< Б. АКУНИН >

# Приключения магистра

БОРИС АКУНИН

# СОКОЛ И ЛАСТОЧКА

*Роман*

МОСКВА 2009

УДК 821.161.1
ББК 84 (2Рос-Рус) 6
А 44

*Иллюстрации*
Игорь Сакуров
www.sakurov.ru

*Художественное оформление*
Максим Руданов

*Консультант*
Михаил Черейский

*Книга издана в авторской редакции, орфографии и пунктуации.*

**Акунин Б.**
А 44 СОКОЛ и ЛАСТОЧКА: Роман. – М.: ОЛМА Медиа Групп, 2009. — 624 с.: ил.

ISBN 978-5-373-02499-0

**УДК 821.161.1**
**ББК 84 (2Рос-Рус) 6**

ISBN 978-5-373-02499-0

# КРУИЗНЫЙ ЛАЙНЕР «СОКОЛ»

Весна 2009 г.

## НИКОЛАЙ АЛЕКСАНДРОВИЧ ЧИТАЕТ ПИСЬМО

*«С.-М. 25 февраля 1702 года*

*Моя истинно любимая Беттина,*

*В соответствии с Уроками эпистолярного Этикета, преподанными незабвенной Мисс Хеджвуд, Письмо Персоны, находящейся в длительном Путешествии, должно начинаться с Благопожелания Адресату, затем коротко коснуться Сфер небесных, сиречь Погоды, оттуда перейти к Области земной, сиречь описанию Места Пребывания, и лишь после этого плавно и размеренно, подобно Течению равнинной Реки, следовать по Руслу приключившихся Событий, перемежая оные глубокомысленными, но не утомительными Рассуждениями и высоконравственными Сентенциями.*

*Что же, попробую.*

*Будь здорова, крепка Духом и не унывай, насколько это возможно в твоем Положении. Пусть дорогие мне Стены служат не только Убежищем твоему бедному Телу, но и Опорой твоей кроткой Душе. Таково мое тебе Благопожелание, и больше, памятуя о своем Обещании, не коснусь сего грустного Предмета ни единым Словом.*

*О небесных Сферах лучше умолчу, чтобы не сбиться на Выражения, недопустимые в благонравном Письме.*

*Во все Время моего Путешествия Погода была гнусной, а Небо сочилось Дождем, мокрым Снегом и прочей Дрянью, напоминая вечно хлюпающий Нос Господина Оберкоммерцсоветника. Ах, прости! Сравнение само соскочило с Кончика моего Пера.*

*Не ласкала моего Взора и Область земная. Нынешняя Война мечет свои Громы и Молнии вдали от моего Маршрута, но Дороги за германскими Пределами отвратительны, постоялые Дворы нечисты, а Извозчики вороваты, однако я не стану тратить Время на Сетования по столь малозначительному Поводу, ибо здесь, в Городе, куда так рвалась нетерпеливая Душа моя, довелось мне столкнуться с Нечистотой и Вороватостью куда горшего Толка.*

*Честно признаюсь тебе, милая моя Беттина, что пребываю в Страхе, Тревоге и Малодушии. Препятствия, возникшие на моем Пути, оказались труднее, чем представлялось издалека. Но, как говорил когда-то мой дорогой Отец, ободряя меня перед Скачкой через Барьеры, Страх для того и существует, чтоб его побеждать, а Препятствия ниспосылаются нам Господом, дабы мы их преодолевали.*

*Это, как Ты несомненно поняла, была высоконравственная Сентенция, от которой я сразу перейду к глубокомысленному Рассуждению.*

*Чему быть, того не миновать, а бегать от своей Судьбы в равной Степени недостойно и глупо. Все равно не убежишь, лишь потеряешь Самоуважение и Честь.*

*Моя Судьба, похоже, уготовила мне Дорогу гораздо более трудную и долгую, чем мнилось нам с Тобою. Город С.-М., самое Имя которого сделалось мне до того неприятно, что я предпочитаю обозначать его лишь первыми Буквами, очевидно, превратится из конечного Пункта моей Поездки в отправную Точку Путешествия гораздо более дальнего и опасного. Боюсь, у меня нет иного Выхода.*

*Арматор Лефевр, в переписке казавшийся столь любезным и покладистым Джентльменом, искренне заинтересованным в Успехе моего Предприятия, при Встрече оказался Выжигой наихудшего Сорта.*

*Назначенная им Цена многократно выше той, о коей мы сговорились, но это еще Полбеды. Гораздо тягостнее дополнительные Условия, от которых я не могу отказаться, а еще более того томят меня недоброе Предчувствие и тягостное Недоверие, которое вызывает у меня этот Человек.*

*Но чему быть, того не миновать. Лишние Расходы меня не остановят, ибо Сокровище, за которым я отправляюсь, с избытком окупит любые Траты, ибо воистину на свете нет Приза дороже этого. Что ж до Опасностей, то страшиться их простительно, а готовиться к ним даже необходимо, но Стыд тому, кто из Боязни отказывается от высокой Цели.*

*Прости, что пишу сбивчиво и не называю Вещи своими Именами, но в эти смутные Времена ни к чему доверять Бумаге лишнее, а предстоящее мне Плавание не совсем безупречно с Точки Зрения Закона.*

*Думаю, ты и так поняла, что я отправляюсь в Путь лично. Иначе у меня не будет Уверенности, что Дело исполнится должным Образом.*

*В конце концов, чтоб добраться до С.-М., мне пришлось потратить почти столько же Времени, не говоря о перенесенных мною Испытаниях. Когда я расскажу тебе о них, ты содрогнешься.*

*Итак, страшись за меня: я попаду во Владения ужасного Мулая.*

*Завидуй мне: я увижу сказочные Чудеса.*

*Молись за меня – я очень нуждаюсь в Молитве чистого Сердца.*

*Твой самый любящий и верный Друг*

*Эпин»*

Николай Александрович Фандорин перевернул ломкий лист, покрытый ровными строчками буро-коричневого цвета. То, что почерк был старинным, а чернила выцвели, беглому чтению не помешало. У магистра истории имелся большой опыт расшифровки старинных документов, часто находившихся в куда худшем состоянии.

Теплоход слегка качнуло на волне. Пришлось на секунду прикрыть глаза – сразу подкатила тошнота. Вестибулярный аппарат никак не желал привыкать к качке. Впрочем, Ника не мог читать даже в машине, на идеально ровном шоссе – немедленно начинало мутить.

На огромном океанском лайнере качка ощущалась при волнении больше четырех баллов, а сегодня, судя по сообщению в корабельной газете «Фэлкон ньюс», ожидалось не больше трех. Должно быть, корабль колыхнула одиночная волна-переросток.

Едва пол выровнялся, Фандорин открыл глаза и прочел надпись на обороте. Триста лет назад конверты были не в ходу. Частные письма обыкновенно складывали, запечатывали и писали адрес на чистой стороне.

Губы Николая Александровича издали сладострастный причмокивающий звук. Кое-что начинало проясняться.

*«Благородной Госпоже Обер-коммерцсоветнице Беттине Мёнхле, урожденной Баронессе фон Гетц в Ее собственные Руки.*
*Замок Теофельс близ Швебиш-Халля».*

Замком Теофельс когда-то владело семейство фон Дорнов, к которому принадлежал и Ника, посвятивший значительную часть жизни исследованию истории своего рода. Любой документ, имеющий хотя бы самое косвенное отношение к Теофельсу, представлял для Фандорина несомненный интерес.

Знакома ему была и фамилия Мёнхле. Так первоначально звали новых владельцев, к которым замок перешел в начале восемнадцатого столетия. Потом они сменили имя на более благозвучное, но жена первого из них в самом деле была урожденная Беттина фон Гетц.

Вопрос: кто таков этот Эпин, пишущий почтенной Frau Ober-kommerzienrat[1] столь интригующее послание, притом с нелестной аттестацией в адрес ее супруга или, во всяком случае, его хлюпающего носа? И почему вдруг по-английски, а не по-немецки?

Ника еще раз прочитал обращение («*My truly beloved Bettina*») и подпись («*Your most loving and assured Friend Épine*»). Любопытно. Очень любопытно.

Ай да тетушка. Загадала загадку!

Но разгадывать загадки было любимейшим занятием и в некотором роде даже источником заработка для Николая Александровича. Поэтому головоломки он не испугался, а решил, что попробует совместить плоды образования (как-никак шесть лет Кембриджа плюс четвертьвековой опыт) с дедуктивными способностями.

Он перечел документ еще несколько раз, повертел так и этак, пощупал фактуру бумаги, даже понюхал. Аромат безвозвратно ушедшего времени и непостижимой тайны кружил голову. Безвозвратно ли? Так-таки непостижимой? Случалось же ему прежде поворачивать время вспять и отмыкать замки, ключ от которых, казалось, навсегда утерян. Что если и теперь удастся?

Осмысление прочитанного, а также осмотр, ощупывание, обнюхивание и облизывание (Фандорин еще и лизнул

---

[1] Госпоже обер-коммерцсоветнице (*нем.*).

темное пятно, которое осталось от давно искрошившегося сургуча) позволяли со значительной степенью вероятности предполагать следующее.

По профессиональной привычке Ника начал не с текстологического исследования и контент-анализа, а с деталей второстепенных, о которых, бывает, забываешь, если сразу углубиться в содержание.

Документ долго хранился в связке или папке, крест-накрест перехваченной шнурком (виден вдавленный след). Держали его по соседству с другими бумагами, более поздней эпохи (на обороте просматриваются фиолетовые разводы – это от чернил девятнадцатого столетия). Скорее всего, письмо выужено из какого-нибудь частного архива. (Почему частного? Да потому что ни штампа, ни инвентарного номера).

Бумага французского производства – такую во времена Людовика XIV производили на овернских мануфактурах. Письмо, очевидно, дошло до адресата. Во всяком случае, было распечатано в Теофельсе. (Это заключение можно сделать по разрезу. В первой четверти восемнадцатого века владельцы замка пользовались одним и тем же ножом для бумаги, оставлявшим характерный зигзаг.)

Теперь почерк. Каллиграфический, ровный, почти без индивидуальных особенностей. Так, вне зависимости от пола, писали отпрыски хороших семей, получившие стандартное «благородное» образование. Можно не сомневаться, что мистер или, скорее, мсье (недаром же над E стоит акцент) Ėpine происходил из дворянского рода и обучался в привилегированном учебном заведении – либо же получил образование дома, что тем более означает принадлежность к аристократии.

Лишь после этих предварительных выводов Николай Александрович разрешил себе – с бьющимся сердцем – вникнуть в суть послания.

Под аббревиатурой «С.-М.» наверняка скрывается город Сен-Мало. Это был главный французский порт эпохи. Там обитали богатейшие судовладельцы-арматоры, отважные капитаны и свирепые корсары, наводившие страх на английских купцов.

«Ужасный Мулай» – это, конечно, марокканский султан Мулай-Исмаил, гроза Средиземноморья. Людовик XIV был единственным из европейских владык, кого этот кровожадный деспот чтил и с кем поддерживал постоянные дипломатические отношения. Нет ничего удивительного в том, что загадочный Эпин, которому зачем-то понадобилось совершить путешествие во владения Мулай-Исмаила, был вынужден обратиться к арматору из Сен-Мало. Кроме как на французском корабле попасть в Марокко в 1702 году было невозможно.

Ну, а теперь главное: ради какого «Сокровища» и «Приза», дороже которого нет на свете, вознамерился Эпин предпринять дальнее и рискованное плавание, да еще в столь тяжелое время? На суше и на море уж скоро год, как шла большая резня, вошедшая в историю под названием Войны за испанское наследство.

Вот, пожалуй, и всё, что можно выудить из этого листка бумаги. Тетя Синтия наверняка знает что-то еще. Достаточно вспомнить, как значительно поглядела она на племянника поверх очков своими небесно-голубыми глазками, как воздела костлявый палец и прошептала: «Возьми и прочти. Я хотела сделать это позже, но после того, что случилось... Ты сам все поймешь, ты умный мальчик. А я должна прийти в себя. Выйду через 96 минут» – и величественно укатила на своей коляске в спальню.

Среди прочих чудачеств, старая дама в последнее время еще и увлекалась нумерологией. Самыми благоприятными числами считала 8 и 12. Сон продолжительностью в восемь на двенадцать минут должен был полностью восстановить ее физические и нравственные силы, подорванные инцидентом в бассейне.

Четверть часа назад, получив от тети документ, Ника был слегка заинтригован, не более. Теперь же буквально бурлил от нетерпения. Ждать еще час двадцать, пока тетушка соизволит выйти и ответить на вопросы? Это было невыносимо.

Но, зная Синтию, Фандорин отлично понимал: другого выхода нет. Еще никому и никогда не удавалось заставить мисс Борсхед переменить принятое решение.

К тому же потрясение действительно было нешуточным. Старушка безусловно нуждалась в отдыхе.

■

## ТЕТЯ САМЫХ ЧЕСТНЫХ ПРАВИЛ

Николас Фэндорин (так звучало имя Николая Александровича на британский манер) очутился среди пассажиров тринадцатипалубного лайнера «Falcon»[2], следующего маршрутом Саутгемптон – Карибы – Саутгемптон, не по своей охоте. В «люкс-апартамент» круизного теплохода Нику поместила воля двух женщин, и трудно сказать, с какой из сторон на магистра было оказано больше давления.

Первая из дам приходилась ему двоюродной тетей. Кузина покойной матери мисс Синтия Борсхед, старая дева, всю жизнь проведшая в кентском поместье, с самого рождения доставляла родственнику массу хлопот. Она безусловно любила своего «маленького Ники», но, будучи существом взбалмошным и эксцентричным, изливала свою любовь очень утомительными способами. Во-первых, она всегда знала, что́ он должен делать и чего не должен. Во-вторых, без конца ссорилась с ним и мирилась, причем в результате ссор «навсегда вычеркивала неблагодарного из своей жизни», а в результате примирений дарила ему дорогие, но чреватые проблемами подарки.

Два недавних примера.

На сорокапятилетие мисс Борсхед прислала племяннику в подарок золотые часы 18 века, усыпанные

[2] «Сокол» (*англ.*).

мелкими бриллиантами. Сначала за них пришлось уплатить таможенную пошлину, которая произвела зияющую пробоину в семейном бюджете. Далее оказалось, что у золотой луковицы двенадцатичасовой завод и ее надо подкручивать дважды в сутки, а про это не всегда вспомнишь. И вообще, довольно глупо выглядит интеллигентный человек, который выуживает из кармана этакое помпезное тюрлюрлю – будто какой-нибудь Майкл Джексон или Киркоров. А оно ведь еще и отзванивает «Боже храни короля», обычно в самый неподходящий момент. Главная же катастрофа приключилась, когда в капризном хронометре что-то сломалось. По бестолковости Николай Александрович не удосужился спросить, во сколько обойдется починка, до ремонта. Ну а потом было уже поздно. Чтоб расплатиться с мастером, пришлось продавать машину... Избавиться же от часов не представлялось возможным. Тетя очень хорошо помнила все свои подарки и часто интересовалась, пользуется ли ими племянник.

Ах, что часы! На последний день рождения Ника получил от тетушки подарочек того пуще. Озабоченная тем, что мальчик растеряет в России последние остатки аристократических манер, Синтия преподнесла бедному Фандорину 1/7 чистокровного жеребца. Одна седьмая означала, что конем он владел на паях еще с шестью собственниками и мог кататься один раз в неделю. Вороного Стюарта Пятого тетя разыскала на сайте шикарного подмосковного клуба, пленилась звучным именем и фотографиями, заплатила какие-то сумасшедшие деньги – и Николай Александрович оказался совладельцем злобного кусачего монстра, к которому и подойти было боязно.

Дальше так: плата за членство в клубе (пришлось брать заем в банке); ежемесячные собрания с остальными шестью компаньонами (ну и рожи! ну и разговоры!); по понедельникам поездки за город, через многочасовые пробки, чтобы покормить Стюарта Пятого сахарной морковкой и сделать очередную фотографию для тетушки.

Карибский круиз тоже был подарком – к 910-летию рода Фандориных. (Сам же Ника когда-то и раскопал, что первый фон Дорн получил рыцарские шпоры в 1099 году.) На девятисотлетие тетя, помнится, прислала спецтрейлером конную статую Тео Крестоносца для установки на дачном участке – но кошмарную эпопею с памятником предка лучше не вспоминать. Сколько ушло денег, времени и нервов на то, чтобы избавиться от каменного чудища!

Теперь, стало быть, новая причуда – океанское плавание.

Три года назад мисс Борсхед перенесла инсульт, усадивший ее в инвалидное кресло, однако не перешла к пассивному образу жизни, а наоборот, всемерно активизировала lifestyle[3]. Пока ходила на своих двоих, очень неохотно покидала пределы Борсхед-хауса и не читала ничего кроме «Дейли телеграф». Теперь же освоила интернет, существенно расширила круг интересов и пристрастилась к путешествиям. По убеждению Николаса, причиной были упрямство и неисправимая поперечность характера. Ничто не смело ограничивать свободы Синтии Борсхед, даже параплегия нижних конечностей.

На приглашение составить тете компанию в морском круизе Николай Александрович ответил вежливым, но

[3] Образ жизни (*англ.*).

решительным отказом. Слишком хорошо он себе представлял, во что это выльется.

Три недели он будет внимать поучениям, как исправить свою незадавшуюся жизнь. Тетя считала «маленького Ники» неудачником и, возможно, была права, но давать советы другим он тоже умел. Это, собственно, составляло его профессию. Знал он и тетины представления о «правильной жизни». Штука в том, что не все люди на свете правильные, а если человек неправильный, то и жить ему следует тоже неправильно.

Три недели будет выслушивать шпильки в адрес жены. Алтын и Синтия друг друга на дух не выносили, и тетушка всё ждала, когда же у племянника наконец раскроются глаза. После истории с принцессой Дианой мисс Борсхед стала чуть терпимей относиться к разводам, допуская их целесообразность в некоторых исключительных случаях. (Нечего и говорить, что брак Николаса относился именно к этой категории).

А еще магистр подозревал, что главной причиной, по которой тетя так настойчиво звала его в круиз, был титул баронета, который Фандорин унаследовал от отца. Синтия Борсхед родилась в семье чаеторговца, разбогатевшего в послевоенные годы, и, как это часто бывает с детьми нуворишей, придавала очень большое значение аристократическим глупостям. Она держалась гранд-дамой, носила только антикварные драгоценности и любила обронить в разговоре имя какого-нибудь титулованного знакомого. Стало быть, в течение трех недель она будет знакомить Нику со скучными стариками и старухами, говоря со значением: «Сэр Николас, второй баронет Фэндорин, мой племянник». С той же целью – чтобы выглядеть побарственней – некоторые заводят породистого пса: борзую или левретку. «Неужто я, дожив до седых волос, ни на что лучшее не годен?» – пожаловался Ника жене. (Белые волоски он у себя обнаружил недавно, расстроился, словно получил повестку с того света, и теперь всё время поминал свои седины.)

Отвязаться от тети Синтии было очень непросто, но в конце концов Николай Александрович, наверное, отбился бы – если б собственная супруга не нанесла магистру удар в спину. Алтын отнеслась к его жалобам без сочувствия, а сразу и безапелляционно заявила: «Поедешь, как миленький».

Хотя удивляться было нечему. Супруга у Ники была дама прагматичная, целиком сосредоточенная на интересах своей семьи. А дела у Фандориных в последнее время шли неважно.

Консультационная фирма «Страна Советов» и до кризиса перебивалась с хлеба на квас. Природа обделила Николая Александровича деловой хваткой. Мало быть хорошим профессионалом, надо еще уметь свои способности продавать – а это тоже требует профессионализма, но иного рода. Агента или менеджера, который рекламировал бы достоинства гениального консультанта, отсеивал невыгодные заказы и выжимал максимум из выгодных, у Фандорина не было. Сам же он предпочитал браться за дела интересные, от неинтересных увиливал. При этом заработок обычно сулили дела скучные, а дела увлекательные частенько оборачивались прямым ущербом.

Взять хоть минувший год.

Самый неинтересный заказ: найти рекламный ход для продвижения на рынок нетрадиционного для России спиртного продукта. Напиток назывался кальвадос и никак не желал продаваться в массовых количествах, ибо название его трудно выговаривалось, а вкус ассоциировался у населения с яблочным самогоном. Однако заказчик, мини-олигарх с разнообразными финансовыми интересами, очень любил благородный нормандский напиток, верил в его российское будущее и уже купил во Франции компанию по его производству. Как быть?

Консультант изучил весь портфель инвестиционной активности клиента и быстро нашел эффективное решение, не требующее дополнительных затрат. Среди прочих проектов, энтузиаст яблочного бренди вложился в съемку телесериала про брутального, хладнокровного опера по прозвищу Ментол. Рабочее название проекта было «Вам с Ментолом?». Николай Александрович предложил поменять герою кличку на Кальвадос. Прошелся по сценарию, коечто подправил. Мол, у милиционера такая привычка: он изживает из своего словаря ненормативную лексику – заменяет ее словом «кальвадос». Например, «кальвадос тебе в глотку», «ребята, нам кальвадос настал» и так далее. Возникает комический эффект, звучное словечко застревает в памяти телеаудитории. Название сериала будет «Полный Кальвадос». Заказчик от идеи пришел в восторг. На полученный гонорар Фандорин заказал себе в офис дубовый книжный стеллаж во всю стену – давно о таком мечтал.

Самое интересное дело в минувшем году было такое: по зашифрованной грамотке 16 века найти клад, зарытый на реке Оскол во время нашествия крымского хана Девлет Гирея. Месяц захватывающей работы в архивах и умопомрачительного дедуктирования, две недели ползания по оврагам с металлоискателем – и наконец блестящий триумф: найден кувшин с парой сотен серебряных «чешуек». Общая стоимость клада по акту – пятнадцать тысяч рублей, при этом находку конфисковала местная милиция из-за неправильно оформленного разрешения на раскопки. Таким образом, доход – ноль целых ноль десятых. Убыток – полтора месяца времени, накладные расходы плюс административный штраф. Зато сколько было счастья, когда в наушниках «Гарретта» раздался победный «цветной» сигнал!

В общем и целом годовой баланс у «Страны Советов» получился удручающий. Не лучше складывались обстоятельства и у Алтын Фархатовны Фандориной.

Профессия, которой она когда-то решила себя посвятить, в современной России окончательно вышла из моды и, что еще печальней, стала гораздо хуже оплачиваться, особенно в условиях кризиса. В девяностые годы, когда юная задиристая девица выбирала свой жизненный путь, журналистика почиталась делом важным и прибыльным. Телекомментаторы создавали и губили репутации политических лидеров, большие чиновники уходили в отставку из-за стрингерских расследований – одним словом, пресса действительно была «четвертой властью».

Потом эпоха публичной политики закончилась, началась эра тотального канкана. Про «четвертую власть» никто больше не поминал, пресса поделилась на две половины: официозно-пропагандистскую и ту, что, путая с проституцией, называют древнейшей из профессий.

С выживаемостью у Алтын было всё в порядке. Поначалу она неплохо приспособилась к новой реальности. Коли не стало общественно-политической журналистики, Алтын перешла в сектор «честного глянца»: возглавила автомобильный ежемесячник для женщин. Но комфортное шеф-редакторское кресло (чудесная зарплата, хорошие бонусы плюс каждый месяц новое авто на тест-драйв) в последнее время стало скрипеть и шататься, того и гляди совсем развалится. Журнал сменил владельца. На беду, у нового хозяина любовница оказалась страстной автомобилисткой. К тому же девочке захотелось иметь собственный журнал – в ее кругу это считалось «круто». Через некоторое время стало ясно, что дни прежнего шеф-редактора сочтены. Владелец только и глядел, к чему бы придраться, чтобы выставить ее за дверь. Алтын пока держалась, но иллюзий не строила. Надеялась лишь на то, что владельцу надоест расставлять капканы и он уволит ее по-честному, то есть с выплатой выходного пособия. На эти деньги можно будет год-другой перебиться, пока не подыщется новая работа. Однако найти что-то приличное вряд ли удастся – журналы закрываются, штаты сокращаются. Безработных шеф-редакторов в Москве, что пингвинов в Антарктиде...

– Старушка, конечно, пассажир тяжелый, – сказала Николасу жена, – я тебе сочувствую. Но ничего, потерпишь. В кои-то веки сделаешь что-то не для себя любимого, а для семьи. Бабуля на девятом десятке, она вышла на финишную прямую. Вопрос – кому достанется приз. Или она завещает свои миллионы какому-нибудь фонду по спасению мухи цеце, или вспомнит, что у нее есть бедный племянник, у которого двое трудных детей и без пяти минут безработная жена. Пусть старая зараза полюбит тебя последней немеркнущей любовью.

Сколько Николай Александрович ни возмущался, сколько ни стыдил супругу за низменное стервятничество, Алтын не устыдилась и напора не ослабила.

– Ничего, Евгений Онегин поехал же пасти своего дядю. А у Онегина, между прочим, детей не было!

Оборона магистра рухнула, когда тетя Синтия сделала мощный ход: сообщила, что совершит с племянником лишь первую часть маршрута, до острова Мартиника, а там останется, чтобы пройти курс кактусотерапии; каюта же (невероятный двухэтажный «люкс» с собственной террасой) останется в полном распоряжении Ники. На оставшиеся две недели круиза к нему смогут присоединиться жена и дети, перелет тетушка оплатит.

– Тортуга! Барбадос! Аруба! – пропела Алтын, водя пальцем по карте. – На халяву! По системе «всё включено»!

– Не обольщайся, – уныло молвил Фандорин, понимая, что проиграл. – Знаю я эти лайнеры. Там одних чаевых раздашь столько, что хватило бы на двухнедельный отпуск в Египте.

– Ты совсем не думаешь о детях, – обрушился на него последний, добивающий удар. – Когда еще они смогут побывать в этих сказочных местах? А вот Синтия, лапочка, о них подумала.

Если уж Алтын называет тетю «лапочкой», дело совсем труба, подумал тогда Николай Александрович.

Первая встреча железных женщин произошла тринадцать лет назад. Фандорин привез юную жену в Лондон – показать свой родной город. Ради такого дела выбралась из Кента и тетушка. Встретились в отеле «Савой», на знаменитом тамошнем afternoon tea[4]. Синтия вырядилась, будто вдовствующая герцогиня на Эскотские скачки: костюм в цвет розового жемчуга, несусветная шляпа и всё такое прочее. Должно быть, желала, чтоб московитка осознала весь масштаб свалившегося на нее

[4] Послеполуденный чай (*англ.*).

счастья – войти в такое семейство! Алтын же в ту пору еще числила себя стрингером и одевалась согласно имиджу. Была она в сандалиях и бесформенном холщовом балахоне, черные волосы украшены разноцветными индейскими бусинами. К этому надо прибавить огромный живот с дозревающей двойней, по случаю которой на балахоне были вкривь и вкось нашиты луна с солнцем.

Обе дамы уставились друг на дружку с одинаковым выражением снисходительного недоумения. Из самых лучших побуждений Синтия сказала (она искренне верила, что аристократический стиль поведения – сочетание чопорности с бесцеремонностью): «Что ж, милая, пока вы в положении, можете носить то, что вам удобнее. Но потом все-таки придется привести себя в приличный вид. Имя «леди Фэндорин», которое вы теперь носите, обязывает. Отправляйтесь в отдел дамского платья «Хародс», пусть к вам вызовут мистера Ламбета. Скажите, что мисс Борсхед из Борсхед-хауса попросила сделать вам полный гардероб. Счет можно прислать на мой адрес». «Окей, – ответила Алтын на своем бойком, но совсем не аристократичном английском. – Заеду, чтоб сделать вам приятное. Но вы тогда тоже загляните, пожалуйста, на Пикадилли в магазин «Готический ужас». Пусть вас тоже прикинут по-людски, сделают татуху на плечо и пирсинг на язык. – Да еще ляпнула, грубиянка, поднявшись. – Пойду я в номер, а то меня что-то подблевывает». Минут пять после ухода новообретенной родственницы тетя хранила мертвое молчание. Потом сдержанно обронила: «Что ж. По крайней мере, она способна рожать детей».

Кстати сказать, на детей у Ники была последняя надежда. В отличие от жены, он не думал, что Ластик с Гелей так уж обрадуются перспективе Карибского плавания. Сын и дочь у Николая Александровича были нестандартные, мало похожие на других подростков.

Перемена характера и поведения произошла с близнецами в нетипично раннем возрасте, лет с десяти. Сначала брат, а вскоре за ним и сестра вдруг стали не такими, как прежде. Пропали непосредственность и веселость, оба сделались молчаливыми и скрытными. О чем думают, непонятно, с родителями не откровенничают, а смотрят иногда так, будто это они взрослые, а папа с мамой – несмышленые дети.

Николас забил тревогу, но не склонная к панике Алтын сказала, что это раннее начало пубертата и что сама она в детстве тоже была сущим волчонком. Ее беспокоило только одно: Ластик с Гелей стали очень мало есть. Мальчик и раньше был самым низкорослым и щуплым в классе, но девочка, всегда отличавшаяся отменным аппетитом, тоже осунулась, на треугольном личике остались одни глаза. Нормальные дети, измеряя свой рост, радуются, когда прибавился новый сантиметр, а эти расстраивались. Зачем-то без конца измеряли объем груди и талию, втягивая и без того впалые животы.

Чтоб не травмировать детскую психику, родители сами сходили на консультацию к специалисту, и тот сказал, что это не вполне типичная симптоматика легкого подросткового аутизма, подсознательный страх роста и взросления. Со временем пройдет само собой, а чтоб не пострадало здоровье, нужно потихоньку подмешивать в еду питательно-витаминные добавки...

Сначала ожидания Николаса оправдались. Плыть на океанском лайнере ни сын, ни дочка не захотели, заявив, что им это неинтересно. Но когда Алтын стала перечислять названия островов, которые посетит корабль, Ластик зачарованно повторил: «Барбадос? Супер. Я еду». «И я еду», – эхом откликнулась Геля. Это всё Джонни Депп, подумал Ника. Насмотрелись про пиратов Карибского моря. Оставалось утешаться тем, что сыну и дочке все-таки не чуждо хоть что-то детское.

И магистр смирился со своей участью. В конце концов, одну неделю можно и потерпеть. В этом даже есть своя прелесть – ненадолго вырваться из привычного мира. Сменить темп, отключиться от повседневных забот, оказаться в размеренном, уютном, благопристойном мире, где все улыбаются, говорят приглушенным голосом, а максимально допустимое проявление эмоций – сухо заметить: «Что ж. По крайней мере, она способна рожать детей». За время обитания в полоумной стране своих предков бывший подданный ее величества привык к повышенному расходу адреналина и, вероятно, жить в Англии постоянно уже не сумел бы. Но поскучать на британском корабле, где намеренно воссоздается и культивируется атмосфера былых времен – почему бы и нет? Раз уж все окружающие так этого хотят.

Первые пять дней плавания более или менее совпали с ожиданиями Николаса. Но когда до Форт-де-Франса осталось плыть всего сутки, тетя Синтия сначала чуть не свернула себе шею, а потом преподнесла племяннику сюрприз, от которого адреналин так и забурлил в крови.

Однако лучше рассказать по порядку. Для этого удобнее всего заглянуть в блог, который Николай Александрович вел с первого дня путешествия.

Дело это было для Фандорина новое, в Москве у него не оставалось времени вести виртуальный журнал, да и нужды особенной не возникало. Обо всем, что произошло за день и что его волновало, Ника мог поговорить вечером с женой. Однако на период недолгой разлуки он взял обязательство записывать все мало-мальски примечательные события в интернет-дневник. Это живее и естественнее, чем слать электронные письма. А реакцию корреспондентов получаешь незамедлительно, в виде комментов.

Верная секретарша Валя наскоро преподала магистру краткий курс блоговедения, открыла аккаунт и помогла выбрать ник (то есть прозвище) с аватаром (визиткой-картинкой). Фандорин решил назваться «Длинным Джоном» в честь пирата из «Острова сокровищ»: даром он что ли заделался мореплавателем, держит курс на Вест-Индию, ну и рост у него тоже подходящий – метр девяносто девять.

Жену приучать к такой форме общения не пришлось, она давно у себя в журнале вела шеф-редакторский блог. Ник у нее был «Болид». Валя – та дневала и ночевала в интернете. В последнее время она причесывалась а-ля Грета Гарбо и приобрела соответствующую томность в манерах, но на стиле письма это не сказывалось. Будучи девушкой нетривиальной судьбы (и это еще мягко сказано), Валентина получила неупорядоченное образование. Бойко тарахтела на иностранных языках, но родным владела нетвердо – особенно орфографией. Вот почему в свое время она с энтузиазмом подхватила моду писать «по-албански», где безграмотность возведена в принцип. Теперь эта дурацкая причуда у приличных интернет-пользователей считается дурным тоном, но Валя отказываться от «албанского» упорно не желала. Или не могла.

Итак, путевые заметки «Длинного Джона» с комментариями «Болида» и «Греты Гарбо»:

## ■ БЛОГ «ДЛИННОГО ДЖОНА»

пишет Long John (ljohn)
2009-04-02 21:48

Отплыли вчера вечером, но писать не мог. Хоть в рекламной брошюре обещали, что морская болезнь пассажирам «Фэлкона» не страшна, меня сильно замутило, едва теплоход вышел в Ла-Манш. Погода гнусная. Сильный ветер, дождь. Волны с нашей одиннадцатой палубы кажутся маленькими, но, думаю, высотой они метра три-четыре и бьют все время в борт. Пол накреняется, горизонт тошнотворно ходит вверх-вниз. Неугомонной С. хоть бы что. Она с помощью горничной (представьте себе, к «люкс-апартаменту» приписаны горничная и батлер!) надела вечернее платье с блестками, жемчуга и укатила знакомиться с капитаном. Я же позорно валялся в кровати. Есть мне мягко говоря не хотелось, а на капитана я еще насмотрюсь – мы сидим за капитанским столом.

Спал я, как труп. Снилось, будто я младенец и меня укачивает в люльке Серый Волчок, причем я очень боялся, что буду ухвачен за бочок.

Утром стало получше, и я смог осмотреть нашу чудесную каюту, а потом и теплоход. Апартамент двухэтажный, с двумя санузлами. Наверху спальня с огромной кроватью, где поселился я, потому что тетю в кресле поднимать по лестнице неудобно. Внизу гостиная с роялем, терраса и кабинет. С. отлично устроилась на диване, за ширмой. У нее есть звонок для вызова прислуги, а еще она прихватила из дому колокольчик – для меня. Среди ночи я проснулся от отчаянного трезвона, кинулся вниз, чуть не полетел со ступенек. С. заботливо спросила, не стало ли мне лучше, а то она так из-за меня волнуется. Не стало, ответил я с истинно британской сдержанностью и поковылял обратно. В ящике стола есть беруши. Без них больше спать не лягу. Если что, пусть С. вызывает звонком прислугу.

Утешаюсь тем, что нам тут будет очень удобно. Геля поселится на диване, Ластик в кабинете – тут можно взять складную морскую койку, ему понравится. А мы с тобой, Алтын свет Фархатовна, обоснуемся по-королевски в будуаре и будем смотреть через панорамное окно на звезды. В Карибском море погода не такая, как здесь, можно завтракать на террасе. Представляешь?

Только я почувствовал в себе достаточно сил, чтобы отправиться на обед, как наш «Сокол» вышел в Бискайский залив. Заболтало так, что по столу начали ездить стаканы. Вы знаете, барышни, как я ненавижу уколы, но тут сдался. Шатаясь, добрался до медпункта и попросил сделать инъекцию от морской болезни. Теперь не тошнит, но есть все равно неохота и тянет в сон.

Самое обидное, что, по-моему, я единственный из двух тысяч пассажиров, кто реагирует на качку. Все вокруг ходят довольные, без конца чем-то восхищаются, выпивают-закусывают в пятнадцати бесплатных забегаловках и вообще наслаждаются жизнью. Все-таки никакой я не британец, нет во мне морской крови. Тетушка вон разрумянилась, посвежела. Шастает на своем драндулете с электромотором то в казино, то в кино, то смотреть на танцы.

Посидел за компьютером – снова поплохело. Что если я так и проваляюсь все дни в кровати?

**пишет** bolid
2009-04-02 22:15

Морская болезнь происходит от слабоволия и расслабленности. Ею страдают только бездельники. Ходи в джим, бегай по палубе, и все пройдет.

**пишет** gretchen
2009-04-02 22:16

Шев, бидняжичко, каг йа зо ваз пирижывайу!

**пишет** Long John (ljohn)
2009-04-03 22:48

Сегодня качки нет. Чувствую себя отлично. За завтраком наелся, как питон. Обедом, файв-о-клоком и ужином тоже не пренебрег. Готов к более полному отчету о первых впечатлениях.

Первое, что меня поразило, это пассажиры. То есть я, конечно, понимал, что трехнедельный круиз на «Соколе» могут себе позволить только люди очень обеспеченные, но как-то упустил из виду, что одних денег тут мало. Нужно еще свободное время. А кто из состоятельных обитателей Соединенного Королевства может позволить себе на целых три недели оторваться от дел? Только те, кто от дел уже отошел.

В Саутгемптоне, перед посадкой на корабль, вкатываю я тетушку в ангар, где регистрируют пассажиров, и вижу картинку из какой-то немудрящей комедии, когда, знаете, все время врубают хохот за кадром.

Целое море седых и плешивых голов, кресла-каталки, трости, сгорбленные спины, а над всей этой геронтомассой висит огромный жизнерадостный биллборд с лозунгом: «Мы так молоды, а уже покоряем мир!» Оказывается, фирма «Пенинсьюлар», которой принадлежит наш «Сокол», недавно отметила свое пятилетие и, как теперь говорят, позиционирует себя лидером нового поколения круизных компаний.

Забегая вперед, расскажу на эту тему еще кое-что, уже из жанра черной комедии. Сегодня я блуждал по кораблю и познакомился с милой девушкой из сервисного отдела. Смугленькая, хорошенькая, родом из Бомбея (тут почти весь обслуживающий персонал из Индии, Филиппин или Индонезии). Ревнуешь, жена? Правильно! Будешь знать, как выпускать орла из клетки.

И вот эта самая Чати, то ли плененная моей красотой и обаянием, то ли (что вероятнее) в расчете на чаевые, завела меня в такое местечко, которое от пассажиров хранится в тайне. В трюме, рядом с холодильником, где держат съестные припасы, имеется еще один. Для покойников. Чати шепнула мне, что за один рейс не меньше пяти, а бывает, что и десяток бабушек и дедушек отдают Богу душу. Это неудивительно, если учесть, что средний возраст пассажиров 77 лет, а один процент (то есть человек двадцать) перевалили за девяносто. Так наш «Сокол» и плывет меж райских островов: наверху играют в бридж, фланируют по палубе и танцуют допотопные танцы, а внизу лежат в блаженной тишине замороженные полуфабрикаты, дожидаясь возвращения на родину.

Кстати о танцах. Это сильное зрелище.

Старики вечером наряжаются в белые смокинги, старухи – в открытые платья и отправляются в танцзал. Я смотрю на всё это, как завороженный. Оркестр играет танго, ча-ча-ча, фокстрот. Недолго, по полторы минуты, чтобы публика не выбилась из сил. Но однажды врубили буги-вуги, и некоторые из old girls и old boys тряхнули стариной. Это было здорово, честное слово. Даже стыдно стало, с какой стати я смотрю на этих людей с насмешливой жалостью. У них было свое время, со своими обычаями и танцами. Этот теплоход – будто плавучий заповедник ушедшего столетия. Я тут гость, и у меня нет никакого права испытывать превосходство перед старыми леди и джентльменами только из-за того, что они умрут раньше (тьфу-тьфу-тьфу).

Помнишь, Алтын, как мы ездили в Китай? Первые несколько дней нам казалось, что у всех вокруг одинаковые лица, но примерно через неделю мы перестали воспринимать окружающих как китайцев, а научились видеть индивидуальные черты. То же и здесь. В первый вечер у меня было ощущение, что я все время натыкаюсь на одних и тех же стариков и старух, в глаза лезли только морщины, обвислые подбородки, коричневые пятна в вырезах вечерних платьев. Но сегодня я перестал замечать, что лица вокруг меня старые. Вроде как всё человечество вдруг состарилось, и я даже вздрагиваю, когда вижу в зеркале свою неприлично свежую физиономию с неестественно гладким лбом и неприятно упругой шеей.

У стариков лица гораздо интересней, чем у молодых. С возрастом отчетливей проступают черты характера, ум или глупость, доброта или злобность, удачливость или невезучесть. Мне кажется, что по рисунку морщин я могу прочесть всю life story[5] человека, и нередко это захватывающе интересное чтение!

Вдруг у меня возникло жуткое предположение. Что если я на самом деле не плыву по океану, а помер? Допустим, разбился в самолете и попал прямиком на тот свет. Нет, правда. Кругом одни старики. Райское, безмятежное существование. Кормят и поят бесплатно. Официанты в белом похожи на ангелов. Пушистые облака, синее море... Эй, на земле! Отзовитесь!

**пишет:** bolid
2009-04-03 23:25

Не глазей на чужих старух, паси-ка лучше свою.

Рассказывай ей почаще про костлявую руку голода, угрожающего твоей

[5] Жизненная история *(англ.)*.

семье. У меня сегодня была разборка с Фифой. Представляешь, эта наглая тварь приперлась в редакцию, заявляется прямо ко мне в кабинет и говорит: «Интерьерчик у вас тут типа «бедненько, но чистенько», только приличных людей отпугивать. Я скажу Костику, чтобы отбашлял на ремонт и пришлю своего дизайнера». Ничего, да? Я ей спокойно так, ты меня знаешь: «А ну кыш за дверь, кошка крашеная». Она от меня вылетела, чуть брильянты из ушей не выскочили. Побежала жаловаться, ну и хрен с ней. Контракт не обязывает меня разводить манирлихи с любовницей работодателя. Не нравлюсь – пусть увольняет. Думаю, после этого милого разговорчика я окажусь на улице, но зато с выходным пособием. Однако надолго этих денег не хватит. Так что окучивай тетеньку. Будь с ней неразлучен.

**пишет:** gretchen
2009-04-04 01:18

Сиводне падбило бапки зо мард. Буголтерие жудь. Расходафф двесте деветь тыщ ни щетая маей so called[6] зорплатэ, каторую магу падаждать. Даходафф шыш. Папутнава ветро.

[6] Так называемой *(англ.)*.

**пишет:** Long John (ljohn)
2009-04-04 20:01

Алтыша, от тетушки я буквально ни на шаг. Распорядок дня у нас такой.

Утром я достаю из-под двери корабельную газету и, пока батлер подает чай, читаю тете всё подряд. Мировым новостям и политике отведено строчек десять, всё остальное – спортивные новости, подробный пересказ вчерашних эпизодов всех основных телесериалов, программа развлечений и оповещение, как нынче одеваться к ужину: белый галстук или черный, смокинг или пиджак, вечернее платье или «свободный стиль» (это значит, что дамам можно являться в костюме, но разумеется, не брючном).

Потом я катаю С. пятнадцать-двадцать кругов по променадной палубе. Мы обсуждаем со всеми встречными погодные условия и желаем друг другу приятного дня.

Перед обедом занимаемся в кружке любителей акварели. Сегодня, например, тема занятия была «Речной туман». Представь себе: плывем вдоль гористых берегов острова Мадейра, сияет солнце, море всё переливается, красота неописуемая, а мы сидим и выписываем серый туман над Темзой.

Обед: сначала все стоят в очередь к стюарду, который капает каждому на ладонь по три капли дезинфицирующего раствора. Без этого обязательного ритуала вход в столовую запрещен. Представляю себе, как отнеслись бы к подобному правилу наши свободолюбивые соотечественники. А британцы дисциплинированно подставляют ладоши, никто и не думает протестовать. Все-таки у нас и у них совсем разное представление о свободе и дисциплине. В прежней жизни я был бы целиком на стороне англичан. Сейчас же, безнадежно обрусев, киплю от возмущения.

После обеда тетя спит 64 или 88 минут. Это мое свободное время. Читаю новости в интернете, гуляю, просматриваю книги в библиотеке (здесь очень приличный подбор справочной литературы).

Перед файв-о-клоком С. плавает в бассейне. Это трудоемкая и монументальная процедура. Я все собираюсь снять на камеру, как тетю спускают в воду на специальном кране для инвалидов. Это напоминает картину «Карл XII в Полтавском сражении». Помнишь, как шведский король, приподнявшись на носилках, командует движением полковых колонн? Примерно так же С. руководит крановщиками.

После бассейна С. играет на рояле, а я делаю вид, что слушаю. Потом пора одеваться к ужину. Я с вами, татарославянами, за 13 лет так одичал, что не имею в гардеробе ни бабочки, ни рубашек с воротником-стойкой, ни смокинга. Пришлось всю эту дребедень брать напрокат.

С. еще подарила мне золотые запонки с бриллиантовой монограммой в виде баронетской коронки, но я в них напоминаю не британского баронета, а цыганского барона. Только представь меня в этаком виде и ты поймешь, на какие жертвы я иду ради семьи.

Сидя за столом, тетя, ясное дело, обращается ко мне исключительно «сэр Николас», в связи с чем во время самого первого ужина приключился маленький инцидент.

На теплоходе два «люкс-апартамента», и счастливые обитатели сих чертогов удостаиваются чести вкушать dinner[7] за капитанским столом. Компанию нам с тетушкой составляют мистер Делони (так зовут пассажира второго «апартамента»), капитан Флинч и, поочередно, кто-нибудь из старших офицеров. В первый вечер, когда я смог выползти к ужину, это был помощник по безопасности Тидбит, типичнейший продукт своей профессии. После 11 сентября для этой публики настали золотые времена. Какие щедрые бюджеты, какие широкие полномочия!

А сколько новых замечательных должностей – например, бдить за безопасностью на круизном теплоходе для миллионеров. Во всех странах сотрудники спецслужб выглядят и ведут себя примерно одинаково. Когда С. в очередной раз меня «обсэрила» («сэр Николас, передайте солонку» или еще что-то), мистер Тидбит вдруг с невинным видом заметил:

[7] Ужин (*англ.*).

«Вот интересно, сохраняется ли титул у бывшего британскоподданного, если он поменял паспорт на иностранный? Не правильней ли именовать вашего племянника «мистер» или gospodin Фандорин?» При этом о моем российском гражданстве речь ни разу не заходила. То есть корабельный спецслужбист решил щегольнуть осведомленностью: мол, такая уж у меня работа – знать всю подноготную о каждом.

Тетя молча воззрилась на плебея, подержала красноречивую паузу и говорит: «Вам как государственному служащему, существующему на деньги налогоплательщиков, полагается хорошо знать законы. Человек может являться одновременно гражданином Великобритании и России. Кроме того, сэр, да будет вам известно, что лишить титула может лишь одна персона. – Тут она выразительно покосилась на портрет ее величества, что висит над капитанским столом. – И это никак не вы, мой дорогой сэр».

Насчет работы не жалей и из-за денег не переживай. Мы живы, здоровы, а значит, что-нибудь придумаем.

**пишет** bolid
2009-04-04 21:15

Ага, особенно ты придумаешь. Вся наша надежда на милую тетушку. Скоро прибуду тебе на подмогу. Клянусь, буду вести себя, как ангел. Буду выглядеть настоящей «леди Фэндорин». Тетушка прослезится, когда меня увидит. Держись, Мальчиш, Красная армия на подходе!

**пишет** Long John (ljohn)
2009-04-04 21:50

Слава Богу, вы с ней не увидитесь. С. заказала вам билеты до Барбадоса, а сама сойдет в предыдущем порту, на Мартинике. Мудрое решение.

Притворяться ты не умеешь, она тоже. Называет она тебя не иначе как «та женщина».

**пишет** bolid
2009-04-04 21:15

Старая стерва! Неужели она меня до такой степени ненавидит? Если б я знала, что эта зараза сходит на Мартинике, не потратила бы столько деньжищ на уродские платья с блестками и черные туфли фасона «похороны Сталина»!

**пишет** gretchen
2009-04-04 22:05

Шев, довайте йа прееду намортинико. Обояю старушко иле предушу патихаму. Саме знаите, каг класна йа умейу деладь ито идругойе.

**пишет** Long John (ljohn)
2009-04-05 14:11

Спокойно, барышни. Все под контролем. Мы с тетенькой живем душа в душу. Очевидно, от дедушки Эраста Петровича мне все-таки досталась по наследству малая толика везучести. Я уже писал, что по вечерам С. таскает меня в казино. Она очень азартна и очень суеверна во всем, что касается games of chance[8]. В первый вечер спросила меня, на что поставить в рулетку. Я, не думая, ткнул в какой-то квадрат. Она поставила фишек на сто фунтов и выиграла. После этого я исполняю при ней роль талисмана. Советуется со мной она не всегда – по ее выражению, «не хочет злоупотреблять фандоринской удачей». Но три раза спрашивала и, представьте, я всё время угадывал. 50% выигрыша мои, так что кое-какие пиастры в этом пиратском рейде я уже награбил.

Сидение в казино – самая скучная часть моего корабельного дня, который, как вы уже поняли, и так небогат на развлечения. В игорном зале народу почти нет, бри-

[8] Азартные игры *(англ.)*.

танские старики не любят глупого риска. Говорят, на Карибах, когда сядут американцы, в казино будет не протолкнуться, а пока возле нас с С. торчит только какой-то постного вида француз. Он думает перед каждой ставкой еще дольше, чем тетя, а ставит, в отличие от нее, по одной желтой фишечке. Всё время проигрывает и ужасно из-за этого страдает. Очевидно, это злокачественная форма мазохизма.

Я, похоже, совсем разбританился. Знаете, что достает меня здесь больше всего? Наше светское общение во время колясочных марш-бросков по палубе. Сегодня провел статистическое исследование. Из двадцати восьми встречных, кто вступил с нами в беседу, одиннадцать человек спросили: «How are you this morning?»[9], остальные семнадцать: «Are you enjoying the view?»[10]. Первым С. неизменно отвечала: «How is your own self?»[11]; вторым: «Fabulous, absolutely fabulous»[12], после чего все следовали дальше, полностью удовлетворенные беседой.

**пишет** gretchen
2009-04-05 14:29

Шев кагда састаритесь йа тожэ будо ваз вазить ф калязкэ.

[9] Как поживаете этим утром? *(англ.)*
[10] Чудесный вид, не правда ли? *(англ.)*
[11] А вы сами-то как? *(англ.)*
[12] Великолепный, просто великолепный *(англ.)*.

**пишет** bolid
2009-04-05 15:20

Ника, если ты хочешь, чтобы я отвечала на твои записи в блоге, забань своего трансформера!

**пишет** gretchen
2009-04-05 15:21

Сома тронсформер!!!

**пишет** Long John (ljohn)
2009-04-05 22:29

Закаты над океаном – зрелище совершенно завораживающее. Сегодня безветренно, и заход солнца выглядит так, будто в зеркале решил утопиться красный апельсин.
Это я, как истинный британец, выдержал паузу и тактично перевел разговор на природу. Не ссорьтесь, девочки. Давайте я вам лучше расскажу про нашего соседа по столу мистера Делони. Не знаю, чем мы с тетей ему не угодили, но я часто ловлю на себе его косые взгляды. За все время он и С. не обменялись ни единым словом, а на мои бессмысленные учтивости этот Delonay отвечает междометиями. При этом

он вообще-то очень разговорчив и без конца развлекает капитана какими-нибудь историями. Корабельная публика, как я уже писал, имеет обыкновение с чрезвычайно заинтересованным видом беседовать о всякой ерунде, но мистер Делони – отрадное исключение. Слушать его никогда не скучно. Он много где был, многое видел. Род его занятий не вполне ясен. Вроде бы он торгует дорогими автомобилями, но в то же время частенько поминает какие-то оффшоры, инвестиционные портфели, активы. Якобы он является председателем правления не то тридцати, не то сорока компаний. Если учесть, что родом этот джентльмен с острова Джерси, такое вполне возможно. Многие из тамошних жителей преуспевают благодаря оффшорному статусу своей родины. Судя по огромной жемчужине в галстуке и бриллиантовому перстню на мизинце, у Делони денег гораздо больше, чем вкуса, но я готов простить ему и невежливость, и пристрастие к мишуре. Без его болтовни я бы на этих чертовых ужинах засыпал и падал носом в пюре из корня сельдерея или в манговый чатни.

Истории джерсийца всегда про одно и то же: как кто-то пытался его объегорить, да не вышло. Концовка бывает двух видов. «Тут я взял сукина сына за шиворот и как следует тряхнул». Или: «Тут я легонечко так улыбнулся и говорю этому сукину сыну...».

Сегодня вечером мистер Делони развлекал нас рассказом о том, как ездил в Индию вести переговоры об открытии автомобильного салона по продаже «ягуаров». (Я пересказываю эту белиберду, чтоб ты лучше представляла, Алтыша, атмосферу трапез, на которых тебе скоро предстоит присутствовать).

Торговался, стало быть, наш Делони с каким-то мумбайским дилером, «самым пройдошистым сукиным сыном во всем штате Махараштра». Никак не могли они договориться об условиях. И тут индиец, наслышанный о том, что у англичан модно терзаться комплексом вины перед прежними колониями, наносит удар ниже пояса. Вы, говорит, мистер Делони, хотите стереть меня в порошок, как ваши предки-сагибы хотели пустить на распыл моего прадедушку. И рассказывает, как во время сипайского восстания его предка раджу (Делони иронически заметил, что у каждого индийца обязательно найдется предок раджа) англичане припугнули виселицей, если он не присягнет на верность. Прадедушка не испугался, ибо для индуса принять смерть от рук неверных – отличный способ обеспечить себе бонус при новом рождении. Тогда колонизаторы, знатоки местных верований, привязали его к дулу пушки, заряженной одним порохом. После такого выстрела от человека.остается кучка кровавых тряпок, предавать огненному погребению нечего, а это для индуса ужасно. И раджа присягнул королеве Виктории за себя и своих подданных.

Эту жуткую историю дилер поведал мистеру Делони с печальной улыбкой и закатыванием глаз. «Но меня на такую дешевку не возьмешь, – сообщил нам джерсиец с веселым смехом. – Я сам во время переговоров с немцами из «Даймлер-Бенца» в трудный момент люблю ввернуть что-нибудь про холокост, да еще привру про бабушку-еврейку, погибшую в Дахау. Знаете, что я ответил своему маратхскому приятелю?» Все кроме тети изобразили живейший интерес (С. игнорирует Делони, никогда даже не смотрит в его сторону). Рассказчик немедленно удовлетворил наше любопытство. «Я слегка так улыбнулся и говорю этому сукину сыну: «Мы, британцы, всегда умели найти верный путь к сердцу партнера. Именно поэтому мир говорит и делает бизнес сегодня по-английски. А не на языке маратхи». Делони громко захохотал, все за исключением С. улыбнулись. «Отлично сказано», – заметил наш дипломатичный капитан и завел разговор о пассатах, сезонных ветрах, которые определяли график трансатлантических плаваний во времена парусной навигации.

Вот так и проходят наши ужины.

**пишет** gretchen
2009-04-06 10:29

Наканетста нигто большэ нифстреваед ф наж диолок. Напишыте исчо пра закад иле васхот. Абажайу аписания прероды!!!

# ■ БОЛЬШОЙ БЛАГОРОДНЫЙ ЯПОНСКИЙ ПОПУГАЙ

Последний коммент Гретхен-Вали означал, что Алтын с детьми уже отправилась в долгую дорогу: сначала в Лондон, оттуда рейсом «Вирджин Атлантик» в Бриджтаун. А что ничего не написала напоследок – это паршивый характер. Обиделась, что он не стал банить развязную секретаршу, вечно сующую свой нос куда не просят.

Пока не истекли 96 минут, как раз можно было бы записать всё случившееся в дневник. Во-первых, это помогло бы собраться с мыслями. Во-вторых, интересно было бы узнать мнение жены. Но Алтын, стало быть, из контакта уже вышла, а от Вали проку будет мало. Дедукция не входила в число ее сильных качеств.

Пожалуй, чем метаться по каюте, дожидаясь тетиного пробуждения, разумней спуститься в библиотеку. В загадочном письме есть кое-какие детали, требующие выяснения и уточнения.

В лифте Фандорин, как обычно, не поднимал глаз, а смотрел под ноги. Так же вели себя и попутчики. Встречаться с кем-либо глазами было рискованно. Согласно корабельному этикету, eye contact[13] предполагал улыбку, улыбка – обмен вежливыми репликами, и всё, потянется цепочка: теперь при каждой случайной встрече придет-

---

[13] Встреча глазами *(англ.)*.

ся останавливаться, здороваться и обсуждать природу-погоду, желать друг дружке чудесного афтернуна, и так далее, и так далее.

В принципе, всё это очень цивилизованно и мило, но с российской точки зрения – фальшь, пустое сотрясание воздуха. В Москве Нику ужасно раздражал недостаток вежливости, здесь – ее избыток. Тут было о чем задуматься. Получалось, что британцем он быть перестал, а русским так и не сделался. Дома (ага, все-таки «дома»!) часто думал: худшая беда *у них тут* – не дураки и не дороги, а тотальное хамство. На корабле же постоянно ловил себя на мысли: «странная *у них*, англичан, все-таки привычка...». Например, даже британская сдержанность, которую Фандорин всегда так ценил, теперь казалась ему какой-то малахольной и противоестественной.

Взять хоть сегодняшний инцидент.

Согласно заведенному распорядку, с 16.15 Синтия плавала в открытом бассейне на солнечной палубе. Николас сел в шезлонг с книжкой («История британской Вест-Индии»), а тетю, наряженную в плюшевый купальник с львами и единорогами, служители пересадили из каталки на подъемник и стали осторожно перемещать над изумрудной водой. В середине, где поглубже, старушку опускали, она отстегивала ремни и десять минут величественно плавала взад-вперед. На воде тетушка держалась отлично. Потом тем же краном ее переправляли обратно.

Сначала всё шло, как обычно: Синтия отдавала команды, словно адмирал Нельсон с капитанского мостика в разгар Трафальгарского сражения; вежливые матросы делали вид, что без ее распоряжений нипочем не справятся с таким мудреным делом. Но когда сиденье оказалось над мраморным бортиком, тетя как-то неловко накренилась, и ремень безопасности то ли лопнул, то ли расстегнулся.

Сам миг падения Николас проглядел – он как раз читал о рейде пирата Моргана на Маракаибо. Услышал донесшееся с нескольких разных сторон приглушенное «ах!», тетин вскрик. Поднял глаза и обмер, увидев столб брызг и пустое раскачивающееся сиденье.

В течение полуминуты, пока не выяснилось, что старушка цела, вокруг царило напряженное молчание. Кто-то приподнялся с шезлонга, кто-то даже вскочил, но в общем все вели себя с безукоризненной сдержанностью. Русские бы заорали, кинулись к бассейну, здесь же никто не тронулся с места. Не из безразличия, а чтобы не мешать специалистам: прислуга лучше знает, что и как нужно делать в подобном случае. Орал и размахивал руками только какой-то дядечка в не по-английски пестрых плавках. Потом, когда стало ясно, что всё в порядке, Николасова соседка со снисходительной улыбкой сказала про крикуна: «Australian, isn't he»[14]. Выговор у эмоционального джентльмена действительно был антиподный.

Зато Синтия проявила себя настоящей англичанкой. Когда перепуганные матросы выудили ее из воды, она сказала лишь: «Полагаю, сегодня я плавать не буду». И бледный от потрясения Ника укатил ее под одобрительные взгляды и сочувственные комментарии публики.

Однако в коридоре, вдали от посторонних глаз, тетя дала-таки волю чувствам.

---

[14] А, он австралиец (*англ.*).

– О, мой Бог, – слабым голосом сказала она. – Я чуть не погибла. Когда я падала из этой чертовой люльки, чуть не лопнула от злости. Думала: «Как некрасиво со стороны Всевышнего! Угробить меня накануне главного приключения всей моей жизни! Просто нечестно!»

– Вы всё это подумали, пока падали с двух метров? – спросил Ника – безо всякой подначки. Он знал по опыту, что в миг опасности мысль многократно ускоряется. – Однако вы не совсем справедливы к Господу. Если вы считаете плавание по океану главным приключением вашей жизни, то оно уже близится к концу. Завтра Мартиника.

– Причем тут плавание! – фыркнула Синтия, но это интригующее замечание Николас пропустил мимо ушей. Он еще не совсем оправился от шока.

– Как же вы меня испугали, – пробормотал он. – Я подумал...

– Что старуха свернет себе шею и ты унаследуешь Борсхед-хаус? – подхватила тетушка. Он хотел возмутиться, но она махнула: молчи, не перебивай. – Нет, мой милый. Борсхед-хаус ты бы, конечно, унаследовал, но ты даже не представляешь, чего бы ты лишился! Какой ужас! Я могла погибнуть, не открыв тебе тайны!

Николай Александрович заморгал.

– Тайны? Какой тайны?

Мисс Борсхед вздохнула.

– Не хотела говорить, пока не прибудем на Мартинику, но после сегодняшнего происшествия просто обязана ввести тебя в курс дела. Неужели ты подумал, что я притащила тебя на этот дурацкий пароход, только чтобы ты катал меня по палубе?

– А... разве нет?

– У меня самоходное кресло, – с достоинством заметила она. – Нет, мой мальчик. Ты мне понадобился не в качестве тягловой силы. Мне нужна твоя голова. Фандоринская голова! – Она постучала его артритическим пальцем по лбу. – Дай мне 96 минут, чтобы прийти в себя. А пока изучи один документ. И поработай своими учеными мозгами.

Сказано это было уже перед самой дверью каюты. А минуту спустя Николас получил для изучения пожелтевшее от времени письмо – без каких-либо комментариев. Пока он разглядывал бумагу, не торопясь ее разворачивать, Синтия ретировалась в свое логово. Из кресла на диван она умела перемещаться без посторонней помощи. Руки у старушки были сильные.

***

Двадцать минут спустя охваченный охотничьим азартом Фандорин ехал в лифте на шестую палубу, в библиотеку. Там имелся отличный подбор книг на разных языках по истории мореплавания. Возможно, удастся что-то найти по французским арматорам периода Войны за испанское наследство.

Читальный зал бывал полон только в ненастную погоду. Но с самого Бискайского залива над океаном сияло солнце, с каждым днем делалось всё теплей, и в этот тихий послеполуденный час Николас оказался в библиотеке совсем один, даже служительница куда-то отлучилась. Вместо нее на столике регистратуры сидел большущий попугай изысканной, но несколько траурной окраски: сам черный, с красным хохолком и желтой каймой вдоль крыльев. Птица водила здоровенным клювом по странице раскрытой книги – будто читала. Фандорин поневоле улыбнулся.

– Пиастрры, пиастрры, – сказал пернатому существу магистр. Попугай покосился на шутника круглым глазом и присвистнул – мол, слыхали уже, придумал бы что-нибудь пооригинальней. Потом взял и перевернул клювом страницу. Должно быть, видел, как это делают посетители, и спопугайничал.

Библиотекарша Николасу была не нужна. Он сам нашел нужный шкаф, разделенный по странам и эпохам. Ага, вот Франция. Вот царствование Людовика XIV. А вот и целый том, посвященный арматорам порта Сен-Мало.

– Лефевр, Лефевр... – бормотал Фандорин, перелистывая указатель.

Их, оказывается, была целая династия, Лефевров. А вот и тот, что, очевидно, упоминается в письме.

Вслух Ника прочел:

– «Шарль-Донасьен Лефевр (1653 – не ранее 1718)». That's my man![15]

Птица издала нервный клекочущий звук. Мельком подняв глаза, Фандорин увидел, что попугай растопырил крылья и таращится на него.

– Не любишь, когда в библиотеке громко говорят? Ну, извини.

Дальше он читал про себя, испытывая волнение, как всякий раз, когда удавалось подцепить ниточку, ведущую из сегодняшнего дня в прошлое.

Дом «Лефевр и сыновья» был основан отцом Шарля-Донасьена во время войны с Аугсбургской лигой для снаряжения корсарских кораблей. Потом успешно

---

[15] Он-то мне и нужен! *(англ.)*

торговал, обслуживая Ост-Индскую компанию. Разбогател на работорговле, переключился на заготовку сушеной трески и импорт муслина из стран Средиземноморья. Ага! В конце семнадцатого века фактически монополизировал выгодный посреднический бизнес по выкупу европейских пленников у берберских морских разбойников, подданных султана Мулай-Исмаила.

– Никаких сомнений. Именно с этим Лефевром вел переговоры наш Эпин, – с удовлетворением сообщил Фандорин попугаю, который перелетел на соседний стол и в упор пялился на магистра.

Внезапно черно-красная птица, которая до сего момента вела себя вполне цивилизованно, сорвалась с места и кинулась на Николая Александровича. Когтями впилась в грудь, прорвав рубашку; клювом ударила в висок – не то чтобы очень сильно, но чувствительно, до крови. Главное же, эта агрессия была до того неожиданной, что Ника остолбенел.

Руки были заняты фолиантом, поэтому сбросить с себя глупую тварь удалось не сразу.

– Кыш! Кыш! – закричал Фандорин, мотая головой.

Наконец бросил книгу и стряхнул попугая. Тот отскочил и беспокойно зацокал лапками по блестящей поверхности стола. Наклонив царственную башку, птица неотрывно смотрела на магистра истории.

На крик из подсобки выглянула библиотекарша. Увидела, что посетитель стирает платком с виска капельку крови и ужасно переполошилась, когда Николас объяснил, в чем дело.

– Вы, наверное, чем-то его испугали? Наш Капитан Флинт никогда ни на кого не бросался. Он такой благовоспитанный! Не пачкает, не шумит, бумагу не рвет. Мы даже не держим его в клетке!

И рассказала, что попугай живет у них уже месяц. Во время прошлого карибского круиза, где-то между Мартиникой и Барбадосом, влетел в окно библиотеки и прижился. Такое ощущение, что ему нравится запах книг. Кормят его попкорном и чипсами. Среди членов экипажа есть один зоолог, так он говорит, что никогда не видал таких попугаев. Птицу сфотографировали, отправили снимок в Королевский орнитологический музей. Оттуда ответили, что такие попугаи действительно нигде не встречаются. По некоторым признакам птица напоминает большого благородного японского попугая, которые считаются давно вымершими. Их изображение встречается на ширмах и веерах эпохи Хэйан, а потом исчезает. Музей попросил доставить птицу для изучения, но в корабельной библиотеке привыкли к Капитану Флинту, не хотят с ним расставаться. Он такой умный, такой тактичный, так бережно обращается с печатными изданиями...

– Я бы взял эту книгу с собой, – прервал Николас словоохотливую даму. Ему наскучило слушать про попугая. Хотелось выяснить еще что-нибудь об арматорском доме «Лефевр и сыновья». А там пробудится Синтия и объяснит, что означает таинственное письмо.

Что, собственно, мне известно? – подытожил он на обратном пути.

Некто по имени Эпин, находившийся в любовных, родственных или дружеских отношениях с Беттиной Мёнхле, женой владельца Теофельса, в феврале 1702 года прибыл в порт Сен-Мало. Вел переговоры с арматором Лефевром о плавании в Барбарию. Цель рискованного предприятия – добыть некое сокровище, дороже которого «нет на свете». Очень интересно, очень!

В каюте магистра ждали два сюрприза.

Во-первых, тетя не спала, а сидела в своем кресле, хотя 96 минут еще не истекли.

– Где тебя черти носят? – сердито закричала она. В возбужденном состоянии тетя забывала об аристократических манерах и предпочитала энергичные выражения. – Я не могла уснуть! Зову, звоню в колокольчик! Выезжаю, а его нет! Нам нужно поговорить, и как можно скорей. Открой дверь на террасу – душно. Сядь рядом! Ты прочитал письмо?

■

## ■ ВТОРОЕ ПИСЬМО

Второй сюрприз приключился, едва лишь Николас распахнул террасную дверь, чтоб впустить в каюту свежий воздух.

Вместе с ветерком в апартамент влетел черно-красный попугай, с хлопаньем пронесся над роялем, столом, тетиной головой и уселся на перила лестницы, что вела на второй этаж.

– Зачем ты впустил это животное? – закричала Синтия. – Немедленно выгони! Оно все тут загадит! Брысь, брысь!

Но прогнать птицу оказалось непросто. Когда Фандорин взбежал по лестнице, попугай переместился в гостиную, на телевизор. Фандорин спустился – попугай преспокойно перелетел обратно на перила. Проделав маршрут вверх-вниз еще пару раз, магистр остановился. У оппонента было явное преимущество в свободе передвижения.

Тут еще и тетя с типичной непоследовательностью накинулась на племянника:

– Что ты пристал к бедной птице? Чем она тебе мешает? Сидит себе и сидит. И ты сядь. Нам нужно поговорить.

Он послушно опустился в кресло и пододвинул к себе письмо Эпина, однако Синтия не позволила задавать вопросы.

– Погоди, – сказала она, подняв руку. – Я все расскажу сама. Молчи и слушай... Я всегда чувствовала, что тебе не по душе мои подарки.

– А? – удивился Николас неожиданной смене темы.

– Не возражай, я знаю. Каждый раз перед твоим днем рождения или какой-нибудь знаменательной датой я долго думаю, что бы такое поинтереснее тебе подарить. А потом чувствую: нет, опять не то. Мальчик остался недоволен.

Магистр поразился еще больше. Они не подозревал в тете такой проницательности.

– Что вы, тетушка. Ваши подарки каждый раз для меня такая неожиданность.

– Это ты говоришь из вежливости. А сам вот не носишь золотой брегет, который я купила на аукционе. Часы тебе не понравились. Да-да, я догадалась. – Синтия печально вздохнула и опять безо всякого перехода объявила: – Бумаги!

– Что?

– Больше всего на свете ты любишь старые бумаги. Всякие там пергаменты, манускрипты, инку... инкунабулы, – не без труда выговорила она трудное слово. – Особенно если они как-то связаны с историей рода Дорнов. Поэтому я и решила подготовить подарок, который наверняка придется тебе по вкусу. Ты знаешь, что после инсульта я освоила интернет...

– Да, я ведь получаю от вас по несколько имейлов в день.

– Не перебивай меня, Ники! Что я хотела сказать? Ах, да. Про подарок. Некоторое время назад задаю я поиск на новые страницы со словом «Теофельс» (я делаю это периодически), и вдруг вижу: в связи со смертью последнего

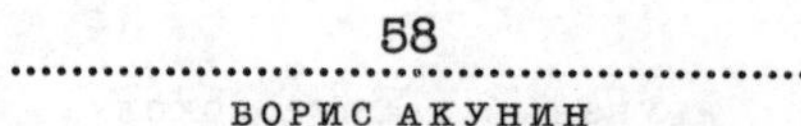

хозяина замка часть обстановки и старые архивы семейства фон Теофельс будут распроданы на интернет-аукционе. И он-лайновый каталог: кое-что из мебели, охотничьи трофеи, всякие там железки и много бумаг. Они разделены на лоты по хронологическому принципу: первая четверть восемнадцатого века, вторая четверть восемнадцатого века, третья – и так до второй четверти двадцатого. Все документы более позднего времени еще до аукциона выкуплены каким-то бундесведомством. Ты ведь знаешь, что эти люди, Теофельсы, при кайзере и при Гитлере занимались военной разведкой или чем-то в этом роде.

– Конечно, знаю, но это вне сферы моих занятий. А документов совсем старинных там не было?

Синтия пожала плечами.

– Откуда? Теофельсы – род не из древних. Хоть на их генеалогическом древе корни восходят аж до Тео Крестоносца, но нам-то с тобой отлично известно, что линия это боковая, бастардная.

Тетя произнесла последнее слово с презрением, достойным не дочери чаеторговца, а обладательницы голубейшей крови.

– Их дворянская грамота куплена за деньги, ведь первый фон Теофельс на самом деле звался Мёнхле и взял звучное имя лишь после того, как завладел замком.

– И письмо, которое вы мне дали, адресовано супруге этого господина – Беттине, урожденной фон Гетц, – нетерпеливо вставил Ника. – Это я понял. Так вы выкупили архив?

– Только один лот. Зато самый старый. За первую четверть восемнадцатого века. Перед тем как обернуть в подарочную упаковку, стала просматривать бумаги. Они почти все на немецком, этим ужасным угловатым шрифтом.

Я перебирала листки без особенного интереса – и вдруг натыкаюсь на английский, причем легко читаемый!

Как подобает истинной дочери Альбиона, иностранных языков тетя не знала и не очень понимала, зачем кто-то еще упорствует в их использовании, когда так удобно и просто объясняться по-английски.

– Я всё понял. Вы прочитали письмо, и вас заинтересовало упоминание о сокровище – правда, довольно туманное.

Синтия загадочно улыбнулась.

– Всё ли ты понял, скоро станет ясно. А пока расскажи мне, знаменитый специалист по старинным документам, много ли ты уразумел из этого письма.

Но когда племянник поделился своими выводами и предположениями, снисходительности в ее тоне поубавилось.

– Надо же, ты сразу догадался, что «С.-М.» – это французский город Сен-Мало. А я вообразила, будто речь идет о швейцарском Сен-Морице. В пятьдесят девятом я каталась там на лыжах и сломала лодыжку.

– Ну что вы! Откуда в Сен-Морице арматор и как можно из Швейцарии уплыть во владения Мулай-Исмаила?

– Ну, я тогда еще не знала, что такое «арматор» и кто таков этот Мулай. Кроме того, во втором письме упоминается Святой Маврикий (Saint Maurice) и пещера, а вокруг Сен-Морица полно горных пещер. И озеро там тоже имеется, так что упоминание о плавании меня не смутило. Но ты, конечно, прав. «С.-М.» – это Сен-Мало...

– Постойте, постойте! – перебил он. – О каком это «втором письме» вы говорите?

Тут Синтия подмигнула – это было настолько на нее непохоже, что Ника вздрогнул. Голубой глаз на миг прикрылся морщинистым веком и вновь воззрился на племянника с веселым торжеством. Раздался дребезжащий смех. Тетя наслаждалась минутой.

– Вот об этом.

Узловатые пальцы достали из-под скатерти заранее приготовленный конверт, а из конверта листок грубой буроватой бумаги.

– Там было еще одно письмо на английском. Точнее, фрагмент письма. Начало отсутствует. Стоило мне прочесть первую строку – и я остолбенела. – Синтия отвела руку с листком от нетерпеливых пальцев Николаса. – Сейчас, сейчас. Только, пожалуйста, читай вслух. Доставь старухе удовольствие. Я хочу слышать, как задрожит твой голос.

Голос Николая Александровича действительно задрожал. Даже сорвался. Первая строка, начинавшаяся с середины фразы, была такая: *«...но главное – вот эта детская считалка. Она поможет тебе запомнить путь к тайнику».*

Как же голосу было не сорваться?

Что-то зашуршало возле локтя. Фандорин оглянулся – это попугай сел на стол и смотрел, разинув клюв, словно тоже хотел послушать. Однако Нике сейчас было не до раритетных птиц.

Почерк был тот же, что в первом письме, только не такой ровный и гладкий, словно пишущий очень торопился. Ни завитушек, ни заглавных буквиц в существительных, ни изящных оборотов. Язык послания казался менее архаичным, почти современным.

Впрочем, углубиться в чтение Николас не успел. Треньнул звонок – это батлер, согласно установленному распорядку, доставил afternoon tea.

– Давайте скажем, что нам не нужно чая! – жалобно воскликнул Фандорин. Мысль о том, что придется прервать знакомство с интригующим документом, была невыносима. – Сейчас начнет священнодействовать!

– Человек выполняет свою работу, – строго сказала тетя. – Надо относиться к этому с уважением. Тебе не хватает выдержки и терпения. Это не по-английски, мой мальчик. Войдите, Джагдиш!

Возглас адресовался батлеру. Улыбчивый индиец во фраке и белейших перчатках вкатил столик, на котором сверкали фарфором, хрусталем и серебром чашки, вазы, приборы, а посередине красовался кувшин с орхидеей.

– Сервируйте чай на террасе, погода сегодня просто чудесная, – велела Синтия и прикрикнула на Нику. – Не подглядывай в письмо! Имей терпение! Покорми пока птичку орешками.

Попугай, который еще пять минут назад у нее был «животным», подлежащим немедленному изгнанию, превратился в «птичку».

– На, жри, – хмуро буркнул магистр по-русски, зачерпнув в одной из вазочек арахиса.

Но пернатое создание лишь мотнуло хохластой башкой и, словно в нетерпении, топнуло по столу.

– Кушай, деточка, кушай.

Синтия попробовала запихнуть орешек прямо в клюв попугаю, но тот взлетел и сел Фандорину на плечо. При этом еще и изогнул шею, как бы пытаясь заглянуть в листок.

– Мне не дают читать, и ты не будешь, – сказал Николай Александрович, убирая руку с письмом.

***

Продолжить чтение удалось минут через пять, когда батлер разлил чай, добавив тете молока, а племяннику ломтик лимона.

Наконец пассажиры люкса остались на террасе вдвоем (если считать попугая, по-прежнему сидевшего на плече у Ники, то втроем). Магистр поспешно отодвинул чашку, развернул листок и начал сначала:

*«...но главное – вот эта детская считалка. Она поможет тебе запомнить путь к тайнику.*

*Прыг-скок, прыг-скок*
*С каблука на носок,*
*Не на запад, на восток,*
*С оселка на брусок*
*Прыг-скок, прыг-скок*
*И башкой об потолок.*

*Вкупе с вышеприведенным рисунком считалка укажет тебе, где спрятано сокровище.*

*Знай, моя милая Беттина, что я оставляю тебе ключ к богатству, свободе, новой жизни – всему, чего ты пожелаешь. Это мой прощальный дар. Я же удаляюсь туда, откуда, надеюсь, нет возврата. И довольно обо мне. Лучше скажу о тебе.*

*Ты самая добрая, щедрая и самоотверженная женщина на свете. Но самоотверженность, когда ее слишком много, из добродетели превращается в грех. Любое достоинство, будучи избыточным, оборачивается своею противоположностью. Жертвовать собою ради других без остатка означает растоптать собственную жизнь, а ведь она бесценный Дар от Господа!*

*Ах, Беттина, поверь мне! И женщина может вырваться из пут судьбы. Это даже не так трудно. Нужно лишь преодолеть страх и твердо знать: главный твой долг не перед кем-то или чем-то, а перед самой собою. Растоптать собственную жизнь – худшее из преступлений в глазах Всевышнего.*

*Меня торопят, времени больше нет.*

*Не сомневаюсь, что сундуки, набитые золотом и серебром, пригодятся тебе больше, чем мне. Этих богатств довольно, чтобы обеспечить свободу сотне, а то и тысяче таких, как ты. Мне же ничего не нужно. Свобода у меня теперь есть. Такая, о которой мы мечтали когда-то детьми, помнишь?*

*Ты, верно, думаешь, что путь к свободе полон непреодолимых препятствий? Ошибаешься. Вот что надобно сделать: заложи свои драгоценности, чтобы хватило средств на дорогу; найми верного и толкового слугу, а лучше двух или трех; садись в карету и ни в коем случае не оборачивайся! Дорога сама поведет тебя. Ты сядешь на корабль, приплывешь в указанное место, отыщешь пещеру, а в ней тайник. Только и всего.*

*Святой Маврикий, покровитель тех, кто не оглядывается назад, поможет тебе.*

*Прощай, моя милая, и будь счастлива.*

*Твой самый любящий и верный друг*

*Эпин»*

Всё вплоть до подписи *Your most loving and assured friend Épine*, было написано той же рукой, что первое письмо. Только внизу, явно другим почерком, кто-то приписал по-немецки: *«Первая страница, где карта и рисунок, сожжена в день святой великомученицы Прасковьи во избежание соблазна»*. Буквы крупные и круглые, чернила более густого оттенка. В одном месте они расплылись, словно на бумагу капнула слеза.

– Кто этот Эпин? – воскликнул Фандорин и перевернул листок, но на обороте ничего не было. – В каких он был отношениях с Беттиной Мёнхле?

– Я тоже гадала, гадала, – вздохнула тетя, – но, боюсь, мы никогда этого не узнаем. Полагаю, друг детства, кузен, но вряд ли возлюбленный. В обоих письмах чувствуется искренняя приязнь, но не страсть. К тому же вряд ли в семейном архиве фон Теофельсов стали бы хранить любовную переписку замужней дамы. Я выяснила, эта Беттина между 1704 и 1720 годом произвела на свет одиннадцать детей.

– Значит, искать свободу она не отправилась... Да еще уничтожила первую страницу. Приписка, наверное, сделана ее рукой?

– Да. Там в папке есть еще несколько писем фрау Мёнхле. Почерк тот же.

Николас еще раз пробежал глазами последнюю строчку.

– Странный поступок: сжечь половину письма, причем именно ту, по которой можно отыскать сокровище. Зачем, почему? На одной считалке далеко не уедешь.

Синтия улыбалась – у нее было время поломать голову над этим естественным вопросом.

– Здесь удивительно не только то, что она уничтожила страницу, но и то, что сочла необходимым написать об этом.

– В самом деле! Что бы это могло значить? Постойте-ка, я сам. – Фандорин потер лоб, попытавшись представить себе Беттину Мёнхле.

Добрая, щедрая, самоотверженная. Отказавшаяся от соблазна свободы и уронившая слезу по этому поводу.

Не любившая своего коммерцсоветника, но родившая ему одиннадцать детей...

– Господин Мёнхле, судя по сохранившимся сведениям, разбогател на ссудных операциях. Легко предположить, что он был человеком алчным. Если бы нашел в бумагах супруги письмо с ключом к сокровищу, обязательно ринулся бы на поиски. Беттина этого не хотела, потому и сожгла первую страницу, где, вероятно, подробно разъяснялось, как отыскать пещеру. Приписка предназначена мужу: мол, не ищи, все равно не найдешь. А вторую страницу фрау Мёнхле сохранила, ибо речь там в основном о чувствах. Должно быть, Эпин был ей очень дорог...

– Умник ты мой, – похвалила Синтия. – Я тоже пришла к этому выводу. Правда, не так быстро.

– И главный вопрос, самый увлекательный. Сокровище. Представляю, как бесился коммерциенрат – или его потомки, когда в конце концов наткнулись на этот документ. – Фандорин сокрушенно вздохнул. – Очень вероятно, что и поныне в какой-то неведомой пещере пылятся сундуки с золотом и серебром. И никто никогда не найдет к ним дороги...

– Ты бы, может, и не стал искать. – Мисс Борсхед с осуждением покачала головой. – Ты бы отступился. Потому что в тебе, Ники, мало характера.

Выпад Николас пропустил мимо ушей, а вот интонация, с которой были произнесены эти слова, его заинтересовала.

– Вы думаете, клад можно найти? Но как к этому подступиться? Тут же нет никаких зацепок!

Она торжествующе поглядела на племянника снизу вверх.

– Ты безнадежно отстал от жизни, Ники. На свете существует интернет.

– И что же вы сделали?

– Самую элементарную вещь. Я зарегистрировалась на всех существующих форумах кладоискателей, – с гордостью сообщила она.

– Вы?

Представить себе мисс Борсхед, чатящуюся с обитателями полоумных кладоискательских форумов, было трудно. Однако тетя истолковала удивление Николаса по-своему.

– Не под своим именем, конечно. Это было бы неприлично. Я взяла ник. Ты знаешь, что такое «ник»? – Он нетерпеливо кивнул. – Красивый ник, из письма. «Юзер Эпин», вот как я там называюсь. – Мисс Борсхед приосанилась. – И картинку приделала: аристократический молодой человек в парике, с тростью.

Пришлось ее разочаровать.

– Ничего особенно красивого и тем более аристократичного в имени Épine нет. По-французски это значит «колючка».

– Да? Ну вот видишь, и тут я ошиблась, как с городом С.-М. – Но обескураженной Синтия не выглядела, совсем наоборот. – В этой связи вот тебе урок на будущее, мистер всезнайка: иногда ошибка приводит к цели быстрее, чем ученость и логика.

– Что вы хотите этим сказать?

– На всех форумах я разместила один и тот же вопрос: «Не находили ли за последние 300 лет в Сен-Морице или его окрестностях, в пещере, большой клад, состоящий из сундуков с золотом и серебром?» Я ведь думала, что речь идет о швейцарском Сен-Морице.

– И что?

– На следующий же день я получила ответ от юзера с ником «Голденбой»: «Эпин, я тот, кого вы ищете. Нам необходимо пообщаться офф-лайн». «Офф-лайн» значит очно, а не по интернету, – сочла необходимым пояснить тетушка.

■

## ■ КОМПАНЬОНЫ

От волнения Николас забыл, что на плече у него примостилась солидного размера птица, а та вдруг взяла и хрипло рявкнула: «Кр-р-рр-р!!!» Это было неожиданно, с перепуга магистр вскочил и опрокинул стул.

– Ну вот, ты уронил птичку, – попрекнула Синтия, когда попугай со стуком шмякнулся об стол.

– К черту птичку! Кто этот человек – Голденбой?! Вы с ним встретились?!

Подобное чувство, ни с чем не сравнимое по волшебной остроте ощущений, Нике доводилось испытывать и прежде. Каждое из тех незабываемых мгновений осталось с ним навсегда. Вдруг томительно перехватит дыхание, сладко заноет под ложечкой, и нечто, казалось бы, навсегда сгинувшее в пучине истории, вдруг начнет проступать сквозь мутную толщу Времени. Словно утонувшая Атлантида или град Китеж вздумали вновь вынырнуть со дна на поверхность.

– Голденбой – это не человек, – медленно протянула старая садистка, наслаждаясь нетерпением племянника.

– То есть?

– Это двое людей. Партнеры компании «Сент-Морис Ризерч Лимитед». Уставная цель – поиск сокровища, спрятанного триста лет назад на острове Сент-Морис.

Именно в этот миг Синтии, конечно же, понадобилось протереть очки. Она сделала паузу и с видом крайней сосредоточенности принялась тереть бархоточкой стекла.

– Где-где? На острове Сент-Морис? Что это за остров? Может быть, вы имеете в виду остров Маврикий, что в Индийском океане?

– Нет. Сент-Морис находится неподалеку от Мартиники, но относится не к французской, а к британской юрисдикции. Это маленький необитаемый островок. Из-за того, что я неправильно расшифровала аббревиатуру «С.-М.», я по случайности попала в десятку. Я-то имела в виду швейцарский Сен-Мориц, а компаньоны «Сент-Морис Ризерч» вообразили, будто я в курсе дела, и немедленно со мной связались. Это называется «наитие». Логикой владеют многие, наитием – единицы.

Старая дама показала пальцем сначала себе на грудь, потом в небо. Бриз почтительно шевелил ее голубоватые седины.

– Не наитие, а случайное совпадение. Ладно, не имеет значения. – Ника сел, снова вскочил. – Да не тяните вы! Что вам рассказали эти люди? Они знают, где искать тайник?

– Это я и попыталась выяснить. Сначала я встретилась с джентльменом, который представился «техническим руководителем» предприятия. Он сам примчался ко мне в Кент буквально через два дня после того, как мы вступили в переписку. Первая беседа была очень странной. – Тетя отпила чаю, хитро улыбнулась. – Каждый пытался выведать у собеседника максимум информации, ничего не сообщив взамен. Но у меня больше терпения, к тому же я отлично умею прикидываться старой идиоткой. Раунд закончился вничью, с небольшим преимуществом в мою пользу. По крайней мере, я узнала, что поиски надо вести не в швейцарском Сен-Морице, а в Карибском море... На следующую встречу они явились вдвоем. Второй у них называется «юридическим руководителем». Оформление находки клада и взаимоотношения между компаньонами – это всё материи заковыристые, тут без хорошего специалиста можно наломать дров.

– Тетя, не мучайте меня! ЧТО – ВЫ – У НИХ – ВЫВЕДАЛИ?

Если б не воспитание, Николас сейчас схватил бы почтенную леди за руку, как Германн старую графиню.

– Ты не даешь мне рассказать всё по порядку, – пожаловалась Синтия. – Ну хорошо, изволь. Дело кончилось тем, что меня пригласили стать третьим компаньоном. Как только я намекнула, что у меня есть ключ к местонахождению тайника, они оба просто затряслись. И стали чрезвычайно сговорчивы. Ты сейчас поймешь, почему.

– Вы показали им письма?

Синтия обиделась.

– Я похожа на дуру? Разумеется, я ничего им не показывала.

– Почему же они вам поверили?

– Из-за моего ника. Они что-то знают про человека по имени «Эпин». Это наверняка. Но, хоть мы и компаньоны, каждый держит свой фрагмент паззла при себе.

– Не понял?

– Они знают, как попасть к месту, где находится пещера. Причем технический руководитель был осведомлен об одной половине маршрута, а юридический – о второй. Вступив в официальное партнерство, они обменялись информацией, но от меня держат ее в секрете. Я нахожусь в выигрышном положении. Они бродят по своему секретному маршруту уже несколько лет, и все без толку. Ключ к тайнику у меня. Поэтому в предприятии мне принадлежит сорок процентов, а им по тридцать. Если б ты знал, как долго мы торговались из-за распределения долей! Но я настояла-таки на своем. Можешь гордиться своей старой тетей.

Он чмокнул ее в морщинистую щеку, специально подставленную для этой цели. Попугай сидел на столе с другой стороны и тянулся к Синтии своим клювом, будто тоже хотел ее поцеловать. Никогда еще Николас не видал столь общительной и любопытной птицы.

– Горжусь, горжусь. Но у вас нет никакого ключа к тайнику! Есть считалка, которая непонятно что значит, а карту и рисунок сожгла фрау Беттина Мёнхле фон Теофельс триста лет назад. Вы им про это сказали?

– Нет.

– Почему?

– Потому что тогда они не согласились бы дать мне 40%.

Магистр задумался. Кое-что начинало проясняться, но очень многое еще требовало разъяснения.

– Тетя, неужели вы плывете на Мартинику искать сокровище? Но у вас нет ничего кроме детской считалки!

– Мои компаньоны знают, где расположена пещера. А найти тайник мне поможешь ты. В конце концов, это твоя профессия – разгадывать подобные ребусы.

Кажется, Синтия была очень довольна, что так замечательно всё придумала. Она намазала ежевичным джемом бриош и вдумчиво откусила кусочек.

– М-м, отличная выпечка.

Попугай почесал крылом голову. Николас схватился за лоб.

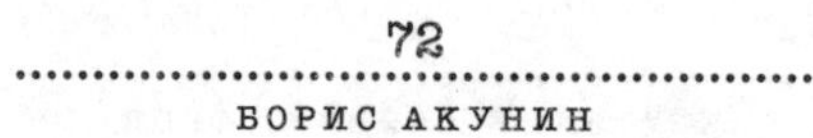

– Ваши компаньоны тоже прилетят на Мартинику?

– Нет. Они плывут на нашем корабле. Ты их видел. Один все время торчит около меня в казино. Ну, который ставит по одной фишке и все время проигрывает, тощий такой, в очках. Это мистер Миньон. Он юрист, точнее нотариус. Француз, – снисходительно добавила тетя, словно это слово исчерпывающе всё объясняло. – А другой, который технический руководитель, это наш сосед по столу мистер Делони.

– Но... но почему они ведут себя, будто вы не знакомы?

Вытерев губы, тетя попросила подлить ей чаю и с важным видом ответила:

– Это азбука конспирации, мой милый. В таком деликатном деле нужно вести себя очень осторожно. Мы условились, что во время плавания общаться не будем, но постараемся держать друг друга в поле зрения. На всякий случай.

Магистр вдруг понял, что тете всё это ужасно нравится, старушка наслаждается ситуацией. Таинственностью, дурацкой конспирацией, собственной значимостью и почтением, которым компаньоны окружают мнимую обладательницу «ключа».

– Это придумал мистер Делони, он человек опытный, – продолжила Синтия. – Он сказал, что если мы будем общаться, то вряд ли удержимся от обсуждения волнующей нас темы. А на корабле полно народу, вечно кто-то крутится рядом. Могут подслушать. Кроме того, из-за нынешнего террористического психоза служба безопасности наверняка понатыкала «жучков» в самых неожиданных местах. Знаешь, что такое «жучок»? Мистер Делони говорит, что эти люди имеют право установить прослушивание даже в каюте, если пассажир ведет себя подозрительно. А черт его знает, этого Тидбита, кто ему покажется подозрительным. Ты же видел этого идиота, который посмел усомниться в твоем титуле!

– Установка прослушивания без санкции суда или хотя бы прокурора невозможна. Вы с мистером Делони насмотрелись шпионских фильмов.

– Деточка, – с жалостью посмотрела на него тетя. – У вас в России это, наверное, невозможно. Но Англия – полицейское государство. Делают, что хотят!

Эту реплику Фандорин оставил без комментариев. Он подумал еще. Спросил:

– А почему Делони глядит на вас волком? И второй, как его, мистер Миньон, тоже посматривает с явной враждебностью. Неужели вы не заметили?

Она усмехнулась.

– Еще бы им не злиться. Им ужасно не понравилось, что меня сопровождает мужчина двухметрового роста. Согласно контракту, я не имею права посвящать в тайну «третьих лиц», даже родственников. Не имею права передавать свою долю сокровища по наследству. Если кто-то из партнеров умрет в процессе поисков, его доля будет поделена между остальными.

– Очень странное условие! – воскликнул Николас.

– Они оба твердо на этом стояли. Пришлось уступить. Зато в качестве компромисса согласились повысить мою долю с одной трети до сорока процентов. Ерунда, что со мной случится? У меня давление сто тридцать на девяносто, я еще их обоих переживу.

Нечего и говорить, что Фандорину, имевшему в подобных делах куда больше опыта, эта деталь совсем не понравилась. Он всё больше хмурился.

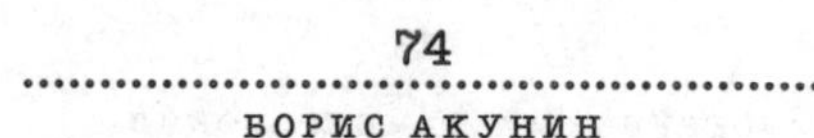

– Ну хорошо. Завтра мы прибудем в Форт-де-Франс, оттуда, вероятно, отправимся на остров Сент-Морис, и там выяснится, что никакого ключа у вас нет.

– У *нас*, – поправила тетя. – Если ты не сумеешь разгадать код, мы действительно попадем в неловкую ситуацию. Но, во-первых, я в тебя верю. А во-вторых, что они мне сделают? Я дама, к тому же меня сопровождаешь ты. И потом, они цивилизованные люди.

Вспомнив хвастливые рассказы мистера Делони, как круто обходился он с разными «сукиными сынами», Николас с сомнением покачал головой.

– Если у вас контракт, в нем наверняка есть параграф о злонамеренном введении деловых партнеров в заблуждение или что-нибудь подобное. Это чревато если не уголовным преследованием, то во всяком случае гражданским иском.

Но тетю это не испугало.

– Значит, ты тем более должен найти разгадку. Иначе компаньоны меня разорят и ты не получишь наследства, которого ждет-не дождется твоя женушка! – преспокойно заявила мисс Борсхед. – И нечего сверкать глазами, как доктор Живаго. Твоя жена была бы круглая дура и никудышная мать, если бы не думала о наследстве.

Он не нашелся что возразить и лишь жалобно вздохнул:

– Ах, тетя, тетя, зачем вы ввязались в эту авантюру?

Она ответила серьезно и грустно:

– Затем что я старая авантюристка, у которой никогда не было ни одной авантюры. Хорошо тебе, Ники, ты вечно попадаешь в какие-то приключения, занимаешься всякими интересными вещами, живешь в интересной стране. А что было у меня? Выращивание цветов, коллекционирование фарфоровых молочников и раз в год поездка на скачки. За всю жизнь только четыре любовника, причем самый романтический – патологоанатом. На моих часах без пяти двенадцать, передвигаюсь я в инвалидном кресле, от будущего, сам понимаешь, мне ожидать нечего. Так неужто я могла отказаться от такого безумно интересного предприятия? – Ее голос задрожал, но не от слез, а от азарта. – Черта лысого! Я буду искать сокровище и найду его! А не найду, так хоть будет что вспоминать остаток дней.

После этого у Фандорина не хватило духа упрекнуть старую эгоистку, что она втравила племянника в мутную историю, ни о чем не предупредив. Николай Александрович выразился мягче:

– Вы могли бы сообщить условия задачи раньше. По крайне мере было бы время подумать, провести какие-то изыскания.

Синтия виновато потупилась.

– Ты прав, деточка. Но я все надеялась, что расшифрую код сама. В письме ведь сказано: «главное – считалка». Я вызубрила этот дурацкий стишок наизусть... Но сегодняшний случай в бассейне напугал меня. Если бы я свернула свою старую шею, то унесла бы ключ в могилу! – мелодраматично воскликнула она.

– Да никакой это не ключ! Рисунка-то нет! На одном «прыг-скок» далеко не ускачешь!

Но переспорить Синтию Борсхед еще никому не удавалось.

– Раз Эпин написал, что ключ в считалке, значит, так оно и есть. И перестань мне перечить! Я уже все решила. Раз я не смогла разгадать код, передаю права на сокровище тебе. – Она сделала широкий жест. – Договор будет переоформлен на твое имя. Немедленно. После сегодняшнего инцидента, о котором наверняка уже говорит весь пароход, компаньоны не станут возражать. Их тоже не порадует, если старуха окочурится, никому не открыв своей тайны. Так что все эти сундуки с золотом и серебром – мой тебе подарок.

– Вот спасибо-то, – язвительно поблагодарил Ника. – А теперь послушайте, что я вам скажу, дражайшая тетушка...

В дверь позвонили.

– Поздно, – прервала Синтия племянника. – Пока ты неизвестно где шлялся, я протелефонировала мистеру Делони и мистеру Миньону. Велела им быть у меня в восемнадцать ноль ноль для важного разговора. Это они. Ради Бога, не устраивай сцен. И не выдавай меня. Ты все испортишь.

■

## ■ НЕ ИГРУШКИ

Знакомиться пришлось заново, хотя мистеру Делони магистр в свое время был представлен, да и с французом при встречах хоть и молча, но раскланивался – как-никак ежевечерне виделись в казино.

Но теперь, конечно, он смотрел на них по-другому. Они тоже разглядывали его не украдкой, а в упор, с одинаково напряженными, недовольными лицами.

Выражение лица – единственное, чем эти двое были похожи. В остальном они являлись полной противоположностью друг другу.

Житель вольного острова Джерси был толст, круглолиц. С мясистым, улыбчивым ртом плохо сочетались часто помаргивающие глазки – взгляд их был ускользающ и недобр. Мистер Делони говорил басом, часто смеялся, много жестикулировал. Одевался так, будто не торговал автомобилями, а работал в шоу-бизнесе. Сейчас, например, он был в лазоревом блейзере с золотыми пуговицами, розовом шейном платке, белых брюках.

Мсье Миньон, напротив, держался строгих серо-серых тонов: темно-серый костюм, светло-серая рубашка, средне-серый в крапинку галстук. Того же оттенка были аккуратно расчесанные седоватые волосы. Светлые, почти бесцветные глаза строго смотрели из-под скучных стальных очков. Одним словом, классический нотариус. Хоть тетя и сказала про него с типичной британской ужимкой «француз», ничего особенно французского в этой сушеной треске Николас не углядел. Манера говорить у Миньона была профессионально сдержанная, будто каждая фраза протоколировалась и могла быть использована против него. Английским он владел безукоризненно – основную часть его клиентов составляют британцы, которые любят покупать недвижимость в его родном городе Динаре. У нотариуса была странная привычка переводить то, что говорили собеседники, на юридический язык.

К примеру, прямо с порога Делони накинулся на Синтию:

– Вы с ума сошли, мисс Борсхед? Неужто вы думаете, что мы станем вести какие-то переговоры в присутствии вашего так называемого племянника? Пусть он выйдет!

Миньон немедленно присовокупил:

– Иными словами согласно параграфу 14.3-d контракта, всякое обсуждение Предприятия в присутствии третьего лица является недопустимым.

– Тогда выйду я, – сказала тетя. – Теперь «третье лицо» это я. Слышали, что я сегодня чуть не отдала Богу душу? Возраст и состояние здоровья заставляют меня передать свои права племяннику – не «так называемому», мистер Делони, а самому настоящему. Знакомьтесь, джентльмены: сэр Николас Фандорин, ваш новый компаньон. Прошу любить и жаловать.

– Вот те на! – Делони почесал двойной подбородок.

– Вновь открывшееся обстоятельство, а именно самоустранение компаньона по состоянию здоровья с последующей переуступкой прав, относится к разделу «форс-мажор» и требует обсуждения, – сказал то же самое, но на свой лад Миньон.

После чего, собственно, и состоялось формальное знакомство: рукопожатия, представления и прочее.

Сели к столу. Попугай тоже уселся – на торшер и разглядывал оттуда переговаривающиеся стороны круглыми, будто изумленными глазами.

– Значит, сведения о тайнике теперь у вас? – спросил Делони.

– Да, у меня, – помолчав сказал Ника и сердито поглядел на Синтию. – Тетя мне всё рассказала.

Партнеры переглянулись.

– То есть вы обладаете всей полнотой информации, – кивнул Миньон, – и, следовательно, отвечаете квалификации параграфа третьего «Полномочия и обязанности Сторон». В таком случае у меня нет возражений против переоформления договора на сэра Николаса Фандорина.

– Мне тоже по фигу, кто приведет нас к золоту, – хохотнул джерсиец, обшаривая Николаса зорким взглядом. – В мужской компании даже проще.

Синтия немедленно вставила:

– Я буду сопровождать сэра Николаса. Это в ваших же интересах. Вдруг возникнут дополнительные расходы? По условиям договора, покрываю их я. Считайте, что вас сопровождает чековая книжка в инвалидном кресле.

Возражений не последовало.

– Прежде чем перейти к следующей стадии взаимоотношений, следует выполнить необходимые формальности. – Миньон строго посмотрел на остальных. – Я немедленно подготовлю приложение о переуступке прав. Все необходимые шаблоны у меня в ноутбуке. Потом мы вместе отправимся к корабельному нотариусу и засвидетельствуем подписи под этим кратким документом.

При этом в содержание самого контракта посвящать нотариуса мы не обязаны.

– Валяйте, старина. Как распечатаете, топайте сюда. Мы вас ждем.

***

Едва Миньон вышел, мистер Делони со смехом накрыл запястье Николаса своей увесистой ладонью:

– Потолкуем попросту, без крючкотворства. Как и подобает настоящим британцам. Мы ведь не французы, у нас всё на честном слове, на джентльменском соглашении. Верно, Ник? Ничего, если я вас буду так звать? А я Фил. Поговорим начистоту? Если ко мне есть вопросы – палите из всех пушек. Отвечу.

Тон у Делони был самый добродушный, рука горячая и мягкая, рот расползся до ушей, но глазки все так же настороженно шарили по лицу собеседника.

Легко иметь дело с людьми, которые твердо уверены, что они умнее тебя, подумал Николай Александрович. Предложением «палить из всех пушек» он немедленно воспользовался.

– Скажите, Фил, а с чего все началось? Ведь компания «Сент-Морис Ризерч» появилась еще до того, как вы вышли на мисс Борсхед.

– Кашу заварил я, – охотно стал рассказывать Делони. – У меня, как у вас, тоже имеется один документец. И тоже старинный. – Здесь он сделал паузу и хитро прищурился, подождав, согласится ли Фандорин с утверждением, что у него есть «старинный документец». Не дождался никакой реакции и продолжил. – Но я не такой темнила, как некоторые. Поэтому готов кое-что рассказать про нашу семейную реликвию. Это записки, им триста лет. Мой прямой предок, доблестный моряк Жак Делонэ, оставил подробное описание своих приключений на Сент-Морисе. Жак был среди тех, кто прятал сокровище. Много поколений Делонэ с детства знали эту историю наизусть. Про горный лабиринт, про каменного истукана.

Попугай гортанно вскрикнул.

Джерсиец шлепнул себя по губам.

– Ты прав, пернатый друг. Я слишком много болтаю. С другой стороны, мы ведь компаньоны и должны доверять друг дружке, верно?

Николас и тетя одновременно кивнули. Фил развел руками – рубаха-парень, и только.

– Вечно меня губит доверчивость, да уж ладно. Слушайте дальше. Мой прапрадед, у которого завелись коекакие деньжонки, сто пятьдесят лет назад даже сплавал на Сент-Морис, но вернулся несолоно хлебавши. Оказалось, что клад найти не так-то просто. Плавание разорило прапрадеда, и он завещал детям не валять дурака, позабыть о сундуках с золотом. Легко сказать! Мальчишкой я все играл в пиратов, рыл в саду ямы. Однажды даже нашел медный фартинг. – Делони засмеялся. – Эх, детство, детство. Я всегда был романтиком, таким и остался. Семнадцать лет назад, после одной удачной сделки, говорю себе: «Фил, старина, (хоть я тогда еще был совсем не старина), а чего бы тебе не слетать на Мартинику?» И слетал, почему нет? Нанял лодку, сплавал на Сент-Морис. Это всего сотня миль от Форт-де-Франса. Мисс Борсхед знает, что мне была известна только половина маршрута. Когда мы сойдемся поближе и обменяемся нашими секретами, я прочту вам записки Жака

Делонэ, и вы поймете, почему оно так вышло. – Рассказчик поднял палец. – Но только на основе взаимности, ясно?

– Ясно. Вы рассказывайте, рассказывайте. – Фандорин под столом дернул тетю за рукав – судя по гримасе, старушка, кажется, собиралась лишить мистера Делони всяких надежд на взаимность. – И что вы обнаружили на Сент-Морисе?

– Кое-что, хе-хе. – Джерсиец лукаво улыбнулся. – Не буду сейчас вдаваться в подробности, скажу одно: за триста лет в природе мало что меняется. Хоть и не без труда, но я сумел пройти путем своего предка. А дальше – ни тпру, ни ну. Но не в моих привычках отступаться. Там, на Сент-Морисе, я почуял запах золота. У меня на бабки ого-го какой нюх. Там оно, сокровище, никуда не делось! Это вам говорю я, Фил Делони! Вернулся домой, стал шевелить мозгами. А голова у меня варит неплохо. Вдруг, думаю, не у меня одного сохранилась фамильная реликвия. Были же на острове кроме Жака Делонэ и другие моряки. Я их даже по именам знаю, верней по кличкам. В записках все перечислены.

«И Эпин?» – хотел спросить Ника, но удержался. Неосторожный вопрос мог выдать всю степень его неосведомленности.

– Еще семь лет я потратил на поиски. Нашел судовой реестр с именами всех, кто уплыл на «Ласточке».

– Да-да, из Сен-Мало, – ввернул Фандорин, надеясь, что не промахнулся. Значит, корабль, на котором Эпин отправился в путь, назывался «Ласточка»? Но в письме Эпина речь шла о плавании не в Вест-Индию, а в Северную Африку. Непонятно.

Делони кивнул:

– В Сен-Мало половина архивов сгорела во время войны. Но мне повезло. Бумаги компании «Лефевр и сыновья» уцелели. Не так-то просто рыться в писанине, которой три века. Хрен что разберешь. Мало того, что она на французском, но в старину, вы не представляете, еще и писали совсем не так, как сейчас.

Он ошибался. Магистр очень хорошо это представлял. И позавидовал невеже, которому повезло добраться до таких аппетитных документов.

– Ладно, к черту подробности. Короче, в девяносто девятом, после всяких ошибок, пустых хлопот, беготни и бесполезной переписки мне наконец повезло. Я вышел на мистера, то есть мсье Миньона. Он-то мне и был нужен. Его предок знал вторую половину маршрута. Найти нашего нотариуса оказалось непросто, потому что он наследник по женской линии. Фамилия другая. Ох, и намучился же я с этими французскими генеалогиями! Надышался пыли, обчихался весь в муниципальных архивах.

Оглушительно отсмеявшись своей немудрящей шутке, Делони продолжил:

– И что вы думаете? У Миньона тоже сохранилась запись о кладе, сделанная его предком в начале восемнадцатого века.

Николас пришел в возбуждение:

– Невероятно! Очень редко бывает, чтобы письменные свидетельства сохранялись так долго! И так удачно дополняли друг друга! Какая поразительная удача!

– Ничего особенно поразительного. То, что Жак Делонэ и предок Миньона оба составили запись для памяти, вполне естественно. История со спрятанным сокровищем была главным событием в их жизни. Что бумаги передавались из поколения в поколение, тоже нормально.

Кто бы стал выкидывать подобную реликвию? Если тут и есть что поразительное, так это дотошность и целеустремленность мистера Филиппа Делони. Аплодисменты! – Джерсиец шутовски поклонился. – Кроме того, информация оказалась все равно неполной. Она складывается не из двух, а из трех компонентов. Только мы с Миньоном поняли это не сразу... Отыскал я нотариуса, стало быть, в 99-м, а на Сент-Морис мы отправились в 2002-м.

– Вы ждали целых три года? – удивился Фандорин. – Ну и терпение! Зачем понадобилось так долго готовиться? До острова можно добраться в два дня: день на перелет до Мартиники, и потом сто миль морем.

– Подготовка тут не при чем. Все дело в акте о сокровищах.

Тетя с племянником переглянулись и одновременно спросили:

– Простите?

– Эх, ребята, взялись искать клад, а не знаете самых элементарных вещей, – укорил их Делони, причем мисс Борсхед поморщилась на фамильярное обращение, а Фандорин воскликнул:

– Вы имеете в виду «Парламентский акт о сокровищах»? Я читал о нем. Он был принят лет десять назад? Больше?

– В 96-м. Замечательный продукт британского законотворчества, осчастлививший кладоискателей всего Соединенного Королевства. Этот акт дает ясное определение термина «сокровище» и разъясняет порядок вступления во владение найденными ценностями. Если массив ценных предметов, спрятанных в укромном месте с целью последующего извлечения, пролежал нетронутым триста лет и владельцы неизвестны, а место сокрытия не находится в частном владении, ты обязан в течение 14 дней зарегистрировать трофей у коронера. Находка получает юридический статус «сокровища», а нашедший становится законным владельцем. Он, правда, должен предоставить приоритет в выкупе сокровища королевским музеям по цене, установленной независимой экспертной комиссией. Но цену назначают честную, рыночную, я проверял. Если музейный бюджет такого расхода не потянет, поступай со своим золотом, как тебе угодно.

– Вы ждали три года, чтоб исполнилось 300 лет? – спросил Ника, вспомнив, что первое письмо Эпина датировано 1702 годом.

– Ну конечно! Иначе началась бы волынка с поиском возможных наследников, включилось бы правительство Испании, правительство Мексики, и конца бы этому не было.

– Испании и Мексики? – рассеянно переспросил Фандорин, покивав, будто понимает, о чем идет речь.

– Ну да. С одной стороны, владельцем сокровищ была испанская корона. С другой стороны, добыча взята в Сан-Диего, а это территория современной Мексики. Разбирательство растянулось бы лет на десять. Если б мы и выиграли процесс, весь навар пришлось бы отдать адвокатам.

– Да-да, разумеется.

Задавать уточняющие вопросы на этом этапе было неразумно, хоть магистр и умирал от любопытства. Испанская корона! Сан-Диего!

Надо отдать должное Синтии. Она не раскрывала рта, всем видом демонстрируя, что теперь компаньоном является племянник, а ее дело сидеть и помалкивать. Это было совсем не в характере тети и долго продолжаться не могло, поэтому на всякий случай магистр держал одну ногу на весу – чтоб вовремя наступить на ступню мисс Борсхед.

– А что же мистер Миньон? – сказала вдруг Синтия. – Его предки, поди, тоже искали сокровище? Может, они знают, где находится пещера?

Мокасин сорок пятого размера прижал сатиновую туфлю тридцать шестого, но мисс Борсхед как ни в чем не бывало продолжила:

– Что там за местность?

У нее же нога парализована, ни черта не чувствует, вспомнил Фандорин, но поздно.

– Разве в вашем документе не указано, где находится пещера? – насторожился Делони.

Николас быстро сказал:

– Мисс Борсхед имеет в виду, как выглядит местность сейчас? Не нарушился ли... ландшафт?

– Ландшафт все тот же. Вряд ли он изменился за последний миллион лет, – пожал плечами джерсиец. – Черт ногу сломит в этом ландшафте. Скоро сами увидите. Вы спросили про предков нашего Минни? Похоже, они были такие же рохли, как он. Никому за триста лет в голову не пришло наведаться на Сент-Морис. Далеко, дорого, рискованно. Французы!

Синтия покивала. Действительно, чего еще ждать от французов?

– Зато по части крючкотворства Минни – дока. Это он предложил учредить компанию и расписал все условия. Вы бы видели, как мы с ним обменивались нашими семейными реликвиями! – Делони загоготал. – Жара, палит солнце, вокруг джунгли, однако наш нотариус в костюме и при галстуке. Глядит на часы. «Десять ноль ноль. Вы мне передаете вышеозначенный документ-один левой рукой, я вам передаю вышеозначенный документ-два правой. Приготовились, можно!» Короче, объединили мы отрезки маршрута, прошли по нему несколько раз. Потом, через год, снова приехали, уже с аппаратурой. Металлоискатели, магнитодетекторы и всё такое. Но в конце концов поняли, что не знаем главного – как и где искать тайник... Эхе-хе. – Он сокрушенно подпер толстую щеку. – Миньон скис. Всё ныл, кто ему возместит расходы, упрекал, что я втянул его в авантюру. Я, честно сказать, тоже приуныл. Но все-таки не отступился. Фил Делони никогда не сдается! Последние годы я не занимался активными поисками, но все-таки послеживал, что происходит в мире кладоискательства. Такое у меня образовалось хобби. И вдруг натыкаюсь на ваш пост! Там про триста лет, про клад, поминается Сен-Мориц (ну, это опечатка, я понял, сейчас-то остров принято называть «Сент-Морис», это он раньше звался «Мориц»), а главное – подпись! В записках моего Жака и у миньоновского предка поминается некий Эпин, в самых нелестных выражениях. Подлый, коварный, вероломный и всё такое. У меня прямо давление подскочило от этого поста! Пульс – сто двадцать! – Делони схватился за сердце, показывая, как он тогда разволновался. – Но прежде чем с вами связаться, пришлось позвонить Миньону. Никуда не денешься – контракт есть контракт. И вот компаньонов стало трое. Все элементы паззла наконец собраны.

Эпин подлый и вероломный? Из писем, адресованных Беттине Мёнхле, у Николаса сложилось иное мнение об этом загадочном персонаже. Тем интереснее будет прочесть свидетельства современников.

– Когда можно будет взглянуть на ваш документ? – спросил магистр с самой обаятельной из своего арсенала улыбок.

Мистер Делони просиял в ответ всеми тридцатью двумя зубами (судя по цвету и идеальной ровности, металлокерамическими):

– Немедленно, мой дорогой Ник! Буквально через секунду после того, как вы предъявите ваш документик.

– Ну уж нет! – отрезала Синтия. – Я возражаю!

– Мадам, но вы отказались от своих прав в пользу Ника!

– Однако не забывайте, что экспедиция снаряжена на мои деньги и впереди возможны непредвиденные расходы. Но если, конечно, господа компаньоны берут их на себя... – Мисс Борсхед ехидно развела руками. – Тогда другое дело.

– Вы взяли на себя все расходы? – удивился Фандорин. – Это очень щедро с вашей стороны.

– Я их кредитовала компании «Сент-Морис Ризерч», – ответила Синтия с вызовом. – Что ты так на меня смотришь? Считаешь старой дурой, швыряющей направо и налево деньги из твоего наследства? Напрасно! Мистер Делони и мсье Миньон обязались возместить мне все затраты, даже в случае если клад не будет найден.

– При условии, что вы исполните взятые на себя обязательства добросовестно, своевременно и в полной мере, согласно пункту 18.9-f, – раздался голос нотариуса.

В пылу спора собеседники и не заметили, как он вернулся. Должно быть, дверь осталась не до конца закрытой.

– Не хотелось бы, – со вздохом произнес Делони. – Хорошо вам, Минни. Вы вон взяли самую дешевую каютку, без окон. А я в расчете на добычу заказал люкс – на деньги мисс Борсхед.

– Приложение распечатано в пяти экземплярах. По одному действующим партнерам, один – выбывшему и один для нотариального хранения. – Миньон положил на стол странички. – Прошу внимательно прочитать. Подписывать будем в присутствии корабельного нотариуса. С ним я уже созвонился, объяснил, что дело срочное. Он ждет вызова.

Зачем теплоходу нотариус, подивился Николас. И сам себе ответил: тут две тысячи стариков, в этом возрасте любимый спорт – переделка завещания. А пассажирам «Сокола» есть что завещать. Неудивительно, что нотариус привык обслуживать этих привередливых клиентов в любое время суток. Отличная у человека работенка: плавай себе по райским морям да деньгу зашибай.

– Возражений нет. – Синтия передала ему листок. – На, читай.

Нельзя сказать, чтобы Фандорину сильно понравился пункт о том, что на него как на компаньона возлагается вся полнота ответственности, если предоставленные им сведения окажутся недостаточными для обнаружения тайника. Ниже шла отсылка к соответствующей статье договора, а там (Ника заглянул) поминались издержки, накладные расходы и моральный ущерб.

– Вас тревожит это условие? – догадался Миньон. – Но мы с мистером Делони берем на себя аналогичные обязательства. Наше дело – привести к месту, где спрятан тайник. Ваше – обнаружить вышеозначенный тайник и обеспечить проникновение в него компаньонов и сопровождающих их лиц, буде таковые окажутся в данном месте согласно единодушному согласию партнеров.

Он наклонился к Николаю Александровичу. С другой стороны магистра мягко взял за локоть Делони:

– Можно сделать по-другому, по-товарищески. Не будем стращать друг дружку. Похерим этот чертов параграф. Сыграем в открытую. Бац – и карты на стол. Мы покажем наши бумажки, вы – вашу. И поглядим, что у нас выходит. Так сказать, поделим ответственность на троих.

Предложение было честное. В иных обстоятельствах Ника бы согласился. Но это означало бы признать, что они с тетей блефуют и что кроме детской считалки у них ничего нет.

Синтия отрезала:

– Нет! Я передаю свои права сэру Николасу только при условии, что все пункты контракта останутся неизменными.

– Хотелось бы выслушать мнение на этот счет нашего нового партнера. – Миньон испытующе смотрел на Фандорина. – Сомнение при взятии на себя соответствующих обязательств может трактоваться как неуверенность в реальности их осуществления.

– Нет у меня никаких сомнений, – хмуро молвил Николай Александрович.

Куда было деваться? Во что может вылиться «моральный ущерб», предположить он не брался. Судя по казуистической физиономии француза и хищным повадкам джерсийца, скромного имущества магистра истории на удовлетворение их нравственных страданий никак не хватит. Оставалось лишь надеяться, что мисс Борсхед не бросит племянника в беде.

– Если стороны пришли по данному вопросу к полному согласию, вызываю нотариуса. С вашего позволения, мадам.

Миньон снял трубку с аппарата внутренней корабельной связи, натыкал четырехзначный номер.

– Это мистер Миньон. В люкс-апартаменте номер один вас ждут, сэр.

Через пару минут явился нотариус, манерами и костюмом напоминающий мажордома из Букингемского дворца. Устрашающий документ был зачитан вслух и подписан с соблюдением всех формальностей.

Выписав счет за оказанные услуги, нотариус удалился, пожелав леди, джентльменам и даже попугаю приятнейшего вечера.

Попугай на пожелание не откликнулся. Последние минут пять он сидел в кресле напротив телевизора и увлеченно долбил клювом по сиденью.

– Обсудим план дальнейших действий, – предложил Делони. – У меня все продумано. Только сделайте что-нибудь с вашей птицей. Она уже достала своим долбежом.

– Иными словами, нельзя ли призвать вашего пернатого питомца к порядку, – поддержал его Миньон.

– Это не наш питомец. Он прилетел из библиотеки.

– Плевать, откуда он прилетел. Он меня отвлекает! – Делони раздраженно вскочил. – Я знаю, как их угомонить, у меня в детстве был волнистый попугайчик. Надо просто накрыть его салфеткой, и он притихнет.

– Тогда это лучше сделаю я.

Если нервный попугай оцарапает или клюнет джерсийца, грубиян может накинуться на бедную птаху, подумал Ника.

С большой салфеткой в руках он приблизился к креслу – и остановился как вкопанный.

Попугай тащил из-под обивки что-то тонкое, черное, длинное. В первое мгновение магистру показалось, что это червяк.

– Что это? – спросила тетя. – Зачем в кресле провод?

Ника уже держал в руках крошечную металлическую коробочку. По роду занятий ему доводилось сталкиваться с подобными устройствами.

– Это миниатюрный «жучок», – сказал Николас, холодея. – На литиево-ионном аккумуляторе. С флэш-памятью. Реагирует на частоту человеческой речи, в остальное время отключается.

Что тут началось!

Мисс Борсхед заохала, не в силах произнести что-нибудь членораздельное. Француз стал кричать о нарушении закона и об исках, которые следует предъявить «физическому либо юридическому лицу, совершившему это противоправное действие». Но яростней всех бушевал экспансивный Фил, обрушившийся на «сукиных сынов». Он желал знать только одно – кто именно приложил к этому руку: британская MI-6, американское ЦРУ или «русское Кей-джи-би».

– Вряд ли тут замешана спецслужба, – возразил Ника. – Я немного разбираюсь в технике этого рода. Такой «жучок» может купить кто угодно. Профессионалы обычно пользуются более сложной аппаратурой.

Вдруг тетя перестала охать и прошептала:

– Если аппаратура любительская, это еще хуже. Значит, кто-то нас подслушивает не в казенных, а в личных интересах...

Все умолкли, нервно озираясь. Компаньонам пришла в голову одна и та же мысль: что если за ними еще и подглядывают?

– Первое, что я сделаю в порту – куплю прибор для выявления шпионской аппаратуры, – пригрозил Делони, обращаясь к люстре. – И пройдусь с ним по всем трем нашим каютам. Тому, кто устроил эту гнусность, не поздоровится! Это будет скандал на всю Англию!

– И Францию, – пообещал мсье Миньон, воинственно погрозив все той же люстре. – Несанкционированное вторжение в частную жизнь является нарушением целого ряда законов. А именно, согласно законодательству Французской республики...

Он стал перечислять какие-то статьи и параграфы, а мисс Борсхед шепнула Николасу:

– Выкати меня на террасу. Я должна тебе что-то сказать.

Когда они оказались снаружи, где дул ветер и шумели волны, тетя взяла его за руку. В ее глазах стояли слезы.

– Прости меня, Ники. Я старая азартная дура! Думала: какое увлекательное приключение, а это, оказывается, совсем не игрушки. Я втравила тебя в скверную историю. Кто мог засунуть в кресло эту мерзость?

На этот счет у Фандорина было несколько версий, но в данный момент его больше занимало другое.

– Кто бы это ни был, ясно вот что. Во-первых, этот человек или эти люди знают о сокровище и живо интересуются его поисками. А во-вторых, тому, кто прослушивал наши разговоры, известно, что мы с вами самозванцы и никакого ключа к тайнику у нас нет. Игра окончена. Нужно признаваться.

Синтия подумала немного, затрясла головой.

– Ничего подобного. Первое письмо, вспомни, ты читал глазами. А из второго прочел вслух лишь самое начало. Потом батлер привез чай, и мы переместились на террасу. Тот, кто нас подслушивал, не может знать, что мы блефуем. Когда мы вернулись в каюту, говорил в основном Делони, а мы с тобой больше слушали и демонстрировали, будто нам всё известно...

Она права, подумал Ника. Так и есть.

– Во что я тебя впутала! – пролепетала тетя. – Мне это не нравится, совсем не нравится! Я ладно, у меня никого нет, но у тебя семья... Хочешь, я вернусь в каюту и во всем сознаюсь? К черту сокровище! Тем более ты прав: мы все равно не знаем, как его искать. Вези меня к ним! Мы сходим с дистанции.

Магистр истории смотрел на линию горизонта, над которой розовыми перьями пушились облака, и не спешил соглашаться.

– ...Нет, – сказал он наконец. – Если я сойду с дистанции, это будет терзать меня всю оставшуюся жизнь.

– Меня тоже! – прошептала старая леди. – Будь что будет, Ники. Британцы не отступают.

Она протянула ему свою костлявую, морщинистую руку, и Фандорин пожал ее.

– А русские не сдаются, – с тяжелым вздохом молвил он.

■

Легкий фрегат

# Ласточка

Весна
1702 г.

# Жизнь и суждения Андоку-Минхера-Каброна-Трюка

Меня зовут Трюк. Бо́льшую часть своей долгой и грустной жизни я провел в странствиях.

Это имя я носил не всегда. «Трюком» нарек меня штурман Ожье, грешную жизнь которого я опекал как умел последние одиннадцать лет. До того я жил с лейтенантом английского флота Бестом и звался «Каброн». Бест был неплохим малым, но очень уж азартным, никогда не умел вовремя остановиться. Я заботился о нем, как о родном, а он проиграл меня французскому штурману в карты, наврав, что я умею ругаться. Вот уж чего бы я ни в коем случае себе не позволил, даже если б устройство моей гортани позволяло имитировать человеческую речь! Учитель говорил: «Произносящий бранные слова отягощает свою карму».

О чем бишь я? Ах да, об именах.

До Каброна я был Минхером и жил на голландском бриге «Святой Лука». Он погиб со всей командой во время жестокого шторма близ Минданао. Никогда не забуду ужасной картины: обломок мачты среди вспененных гребней; несколько прицепившихся к нему людей. Один за другим, обессилев, они разжимали пальцы и уходили в пучину – кто с именем Господа на устах, кто с проклятьем. Первый из моих питомцев, капитан Ван Эйк, да упокоят его бедную душу Всеблагий Будда, Иисус Христос и духи предков, утонул молча. Потом еще два дня я просидел на куске дерева, готовясь к встрече с Вечностью, но судьба распорядилась иначе. Буря стихла, и меня подобрал английский корвет. Человек в синем камзоле протянул ко мне руки с кормы ялика и не рассердился, когда я из последних сил клюнул его в висок. «Cabron! – воскликнул он. – Да ты с характером, райская птица!». Но лейтенанта Мортимера Беста я, кажется, уже поминал.

Осталось сказать, что первое мое имя было Андоку.

Конечно, я его носил не с самого рождения. Откуда взяться имени у птенца? Бедные мои родители были обыкновенные, скромные попугаи. Если б они и обладали способностью мыслить, нипочем бы не поверили, какая странная участь уготована их круглоглазому малышу, которого выдул из гнезда ураганный ветер, нередкий в моих отчих краях.

Будучи крохой, я, разумеется, ничего этого не запомнил, но Учитель потом рассказал мне, как всё произошло.

Он сидел под деревом гинкго, не обращая внимания на ярящийся тайфун, и размышлял о глубинной сути вещей, когда на голову ему вдруг свалился маленький пищащий комочек. Учитель положил меня на ладонь и испытал сатори.

Вот она, глубинная суть вещей, не подумал, а ощутил Он, бережно касаясь пальцем взъерошенных мокрых перышек и разинутого клюва. Этот плевочек, жаждущий жизни, такая же часть вселенской энергии, как я. Учитель наполнился праной и стал еще сильнее.

В благодарность за озарение Он взял меня в ученики. Спас мою крошечную жизнь, взрастил меня, сделал тем, кем я являюсь. И дал имя Андоку, «Мирное Одиночество», тем самым предугадав, а может, и предопределив мою дальнейшую судьбу.

Повезло мне в тот день или нет, сказать трудно. Бывают минуты, когда я жалею, что не разбился о землю в младенчестве. Но бывает и наоборот. «Жизнь одновременно ужасна и прекрасна, – говорил Учитель. – Ужас тоже благотворен, ведь без него не было бы Красоты». С этим, как говорится, не поспоришь.

Впрочем, Учитель редко говорил вещи, которые хотелось бы оспорить. Хотя, возможно, именно они были самыми важными.

Не знаю, сколько Ему было лет. Возможно, Он сам не мог бы с точностью это сказать. Или же не счел нужным помнить как нечто малосущественное. Но не сто и не двести, а гораздо больше, в этом я уверен. Посреди нашего рукотворного острова был курган, в кургане подземная усыпальница, а в самой ее глубине – саркофаг с телом древней императрицы. Учитель как-то обмолвился, что знавал ее лично и что она была лучшей из женщин.

Однако следует рассказать об удивительном месте, где я появился на свет. О заколдованном острове, на который мне, увы, нет возврата.

Там, как повсюду на земле, существовали день с ночью, всходило и заходило солнце, лето сменялось осенью, а осень зимой, но там не было времени. Оно не двигалось. Во всяком случае, так казалось мне. Я менялся, я познавал мир, но сам мир вокруг меня оставался неизменным.

Кажется, я еще не сказал, что родился в Японии, неподалеку от древней столицы. Получается, что моя родина – остров, расположенный внутри другого острова. Будто сон, увиденный во сне. В далекую-предалекую эпоху, которой я не могу помнить, но которую помнил Учитель, умершего императора или императрицу хоронили особенным образом: вокруг погребального кургана рыли ров, а то и два, наполняли их водой, и людям навсегда, на вечные времена запрещалось ступать на землю этого искусственного острова. Вся центральная часть японской земли покрыта такими заповедными островками, они называются «кофуны». Вокруг стоят дома, идет обыкновенная жизнь, но никто и никогда не пересекает темно-зеленую воду запретного рва. И никто наверняка не знает, что творится на территории кофуна. Так продолжается тысячу лет. Удивительный все-таки народ японцы.

Мой остров был из числа крупных. От одного его конца до другого было три с половиной минуты неторопливого лёта или примерно 400 человеческих шагов.

Когда у меня окрепли крылья и я смог взглянуть на кофун сверху, я увидел, что формой он напоминает замочную скважину (хоть и не знал тогда, что это такое): овал, насаженный на клин – либо клин, вонзившийся в овал. Не знаю, что означает эта символика, так и не удосужился спросить у Учителя. Полагаю, соединение мужского и женского начал, что-нибудь в этом роде.

Мой родной остров сплошь зарос деревьями, а от внешнего мира, летать над которым мне не позволялось, он был отделен двумя рвами, меж которых зеленым бордюром располагалась лесистая полоска земли.

Впоследствии я узнал, что о зачарованных курганах у японцев ходят самые невероятные легенды. Будто бы там обитают злые духи, в густой траве ползают исполинские ядовитые гады, а на ветвях сидят калавинки – полу-девушки, полу-птицы.

Всё это, разумеется, чушь, однако у нас на острове и вправду сохранились некоторые животные, в других местах давно вымершие или истребленные теми же людьми. Взять хоть меня. Теперь, вдоволь набродившись по свету, я знаю, что черно-пурпурных попугаев нигде больше не осталось. Я такой один: с большой головой, увенчанной багряным хохолком, с сильно изогнутым надклювьем алого цвета; тело у меня черное, но концы крыльев желтые; желты и лапы с крепкими когтями; в хвосте у меня тринадцать рулевых перьев, а не двенадцать, как у остальных попугаев. Это придает моему полету изящество и оригинальность, но отпугивает сородичей, которые сразу распознают во мне чужака. Впрочем, для меня естественно сознавать, что я не такой, как другие. Каждый из живущих в глубине души, я уверен, чувствует то же самое.

У нас на острове водились двухвостые мыши; необычные бабочки – одно крыло зеленое, другое красное; были и огромные змеи-осохэби, но не ядовитые, а безобидные, питавшиеся лягушачьей икрой и тиной. Не было лишь людей.

До двадцати лет я думал, что Учитель с его длинной бородой, сверкающим голым черепом, с травяной повязкой на чреслах и узловатым посохом – существо единственное и уникальное, вытянутое снизу вверх словно бы в ожидании грядущего взлета в далекие небеса. Лишь незадолго до своего ухода, в безмятежный осенний день, Он велел мне полетать над дальним рвом, где прежде я не бывал, и по ту сторону воды я увидел дощатый помост, а на нем кучку таких же узких созданий. Они были в длинных красивых одеяниях и черных шапочках, несколько похожих формой на мой хохолок. Что-то гнусаво пели, чадили дымом. Это жрецы ближнего синтоистского храма проводили ежегодную церемонию, призванную умилостивить духов кофуна.

Нас, учеников, было четверо. Каждый, подобно мне, попал к Учителю случайно. Выражаясь правильнее, каждого свела с Ним карма, потому что никаких случайностей на свете, конечно, не бывает.

Кроме меня мудрости Учителя внимали порывистый заяц Рокуэн, меланхоличная лисица Ада и добродушный змей Дондо в два кэна длиной.

Учитель мог пробудить Ки (ту волеобразующую субстанцию, которую христиане называют «душой») во всяком живом существе. Он умел разговаривать с нами, а на прощанье наделил каждого даром, драгоценней и тяжелее которого не бывает.

Случилось это так.

Однажды, в горший из дней моей жизни, Учитель собрал нас и сказал – всем разом и в то же время персонально каждому, как умел Он один: «Мое время закончилось. Я узнал о бытии все, что можно узнать. Я переполнился жизнью. Мне пора. Ступай своей дорогой и пройди ее до конца». И Он коснулся каждого посохом, передавая свой Мансэй – Дар Полной Жизни.

Тот, кто обладает Даром Полной Жизни, не бессмертен и не защищен от опасностей, но избавлен от одряхления и никогда не болеет. Если меня не убьют или я сам не решу, что мне пора уйти, я буду жить вечно. Но, в отличие от Учителя, я не владею искусством передавать Мансэй другому. Когда-нибудь, я знаю, это разобьет мне сердце.

Попрощавшись с учениками, Он спустился в подземелье, чтобы лечь рядом со своей императрицей. Не знаю, что Учителя с нею связывало, но таково было Его желание. Там, в саркофаге, они лежат поныне и пролежат до тех пор, пока японцы не разучатся чтить неприкосновенность кофунов.

Мы четверо в скорби и потерянности разбрелись в разные стороны. Вернее, змей уполз, лисица убежала, заяц ускакал, а я улетел. Без Учителя нам вместе делать было нечего. Мы понимали Его, но не друг друга. Не знаю, что сталось с моими товарищами, но не думаю, чтобы кто-то из них пожелал остаться на осиротевшем острове. Лисица и змей умели плавать, а Рокуэн был из нас самым изобретательным. Он мог соорудить плот или просто воспользоваться корягой, не знаю.

Мне было легче. Я просто подавил горестный стон и взлетел так высоко, как только позволяли

*Нас, учеников, было четверо. Каждый, подобно мне, попал к Учителю случайно.*

мои крылья (в каждом по двадцать одному маховому перу). Когда я бросил последний взгляд из-под облаков на мир, где провел детство и юность, кофун предстал передо мной запертой дверью рая, ключ от которого навсегда утрачен.

Несколько лет я скитался по японским островам. Изучал мир, постигал себя. Научился питаться любой дрянью, не содержащей отравы. Защищаться, спасаться бегством. Доводилось и убивать, за пределами рая без этого никак. Оправдывался я словами Учителя, который говорил, что все мы часть одной Жизни, поедающей и питающей самое себя. Если так, то почему я должен быть пищей, а не едоком?

Я был молод и любознателен. Любознательность и привела меня на корабль моего первого питомца, капитана Ван Эйка, отплывавшего из Нагасаки в Голландию с грузом шелка и фарфора. С той поры, вот уже четверть века, я не расстаюсь с морем.

Иногда я спрашиваю себя, почему из всех обитающих на Земном шаре тварей я привязался именно к людям? Ответ прост: потому что из этой породы был Учитель. Он и меня сделал человеком – во всем, кроме обличья. Ибо мы – то, чем мы себя ощущаем, а не то, как выглядим со стороны, не правда ли?

Люди смешны, жестоки, неблагодарны, но моя карма – жить с ними и ради них, ибо, служа человеку, я словно бы возвращаю свой долг Учителю. И это согревает мое Ки.

С другой стороны, разве у меня есть выбор? Я порченая птица. Никогда мне не найти себе пары, никогда не заботиться о птенцах и о подруге (мы, пурпурно-черные попугаи, однолюбы и прекрасные отцы), да и где ее взять, супругу, когда я последний в роду?

Я обречен на вечное одиночество, но, отравленный общением с Учителем, я не могу жить один. Мне нужно смотреть кому-то в глаза, садиться на плечо, оберегать, помогать и наставлять. Всякий из моих моряков был уверен, что он – мой хозяин, и очень удивился бы, если б узнал истину.

А истина в том, что это они – и голландец, и англичанин, и француз – были моими питомцами. Наверное, примерно такие же чувства испытывает индийский слон по отношению к своему хозяину. Слоны живут намного дольше человека. Это великодушное могучее животное передают от отца к сыну, как главное семейное достояние. Если у слона есть чувство юмора (по моим наблюдениям, должно быть), лопоухому наверняка смешно, что маленькое недолговечное существо, которое его кормит и обслуживает, почитает себя «хозяином».

Мне не смешно, когда я думаю о моих подопечных. Мне грустно. Пускай питомец называет себя как хочет, лишь бы жил подольше и был счастлив – а я помогу в меру моих сил. Но я невезуч. Как уже было сказано, за 25 лет я сменил трех избранников. Второй из них меня предал и продал, третий прогнал, и о них я не жалею. Но первый, первый...

Я хотел его спасти, но не сумел. Я всегда чувствую приближение сильной бури, это заложено в меня природой. И я пытался втолковать моему бедному Ван Эйку, что нужно брать курс на зюйд-зюйд-ост, ставить все паруса и искать укрытие в заливе Давао – может быть, мы бы успели,

«Святой Лука» был крепкой посудиной и отлично ходил под бейдевиндом. Но сколько я ни растопыривал крылья, изображая поднятый гафель, сколько ни указывал клювом на юго-юго-восток, сколько ни орал, подражая вою урагана, мой подопечный меня не понял. А когда увидел на краю неба маленькое черное пятнышко, было уже поздно...

О, если бы я был способен говорить! Все в моей жизни сложилось бы иначе. Злая насмешка судьбы! Любой дурак-какаду, жако или лори, даже паршивый волнистый попугайчик способен бессмысленно повторять слова и целые фразы. Но мой язык толст и неповоротлив, щеки слишком впалы, голосовые связки неэластичны. Я понимаю шесть языков, а читаю на восьми, но не способен выговорить даже самое простое слово вроде «да» или «нет».

Ритуал выбора питомца довольно труден. Этому, как и всему самому важному, в свое время меня научил Он, умевший постигать суть другого существа, на миг сливаясь с ним своей душой. Для этого необходимо хотя бы секундное замыкание в единую кровоточную и энергетическую систему. В зависимости от телесного устройства той или иной особи это делается по-разному. Например, мне с моими двадцатью дюймами роста, острыми когтями и большим клювом, если я хочу соединиться с человеком в одно целое, полагается действовать вот как.

Нужно сесть избраннику спереди на левое плечо и немножко сползти по его груди, что происходит естественным образом, в силу гравитации; мои когти при этом сквозь одежду слегка停 пронзают человеку кожу в области сердца – необходима хотя бы одна капелька крови; одновременно я должен тюкнуть объект моего вожделения клювом в висок – тоже до крови. Тогда мое тело образует «нидзи», радугу, между его Инь и Ян, в результате чего два наши Ки сопереливаются.

На словах оно, может, и несложно, но попробуйте-ка проделать такое на практике. Человек может мне ужасно нравиться, но вот понравится ли ему, если на него вдруг накинется большая птица, оцарапает когтями да еще клюнет в висок? Добиться успеха здесь так же нелегко, как вызвать немедленное ответное чувство в девушке, в которую влюбился с первого взгляда.

В Нагасаки, когда я решил покончить с одиночеством и взять себе питомца, я остановил свой выбор на странно одетом человеке с желтыми волосами и круглыми глазами. Он был непохож на нормальных людей (в ту пору я считал, что нормальные люди непременно узкоглазы и черноволосы), и поэтому я сразу ощутил что-то вроде родственного чувства. К тому же он так мечтательно смотрел на закат! То был плотник с голландского корабля – в самом деле, очень хороший человек с добрым, чувствительным сердцем. Но он испугался и сбросил меня со своей груди. Сопереливания душ не произошло. Не сложилось и с двумя другими моряками, так что в конце концов, уже твердо вознамерившись оставить японские берега, я сел на грудь капитана, который лежал на палубе мертвецки пьяный. Безо всяких помех осуществил я обряд, прочел всю немудрящую жизнь Якоба Ван Эйка и принял ее, как свою.

С лейтенантом Бестом я поступил честнее. Он, как все заядлые картежники, был очень суеверен.

Повстречав среди волн невесть откуда взявшуюся «райскую птицу», он принял это за доброе предзнаменование и безропотно стерпел маленькое кровопускание (в общем-то, не слишком болезненное – я стараюсь действовать клювом и когтями как можно деликатней). Бест только вскрикнул: «Cabron!» Он всегда бранился только по-испански, находя, что это наречие по своей звучности лучше всего способно передать полноту чувств. Слово «каброн», вскоре ставшее моей кличкой, одно из самых обидных в этом выразительном языке. Буквально оно означает «козел», то есть некто с рогами, рогоносец. За такое оскорбление в моряцкой таверне сразу бьют кружкой по голове. Лейтенант придумал фокус, который казался ему ужасно остроумным: выкрикивать обидное слово будет не он, а его попугай. Все шесть лет совместной жизни, с упрямством истинного сомерсетца, Бест мучил меня этим «кaброном». Но, как я ни старался, угодить ему не смог.

С штурманом Ожье, выигравшим меня в «ландскнехт», вышло совсем глупо. Я и не собирался брать в питомцы этого мозгляка с хитрыми глазками. Он гонялся за мной по каюте, схватил, и я, обороняясь, совершенно случайно вцепился в его грудь когтями, а клювом залепил в область уха. И всё, пропал. Вмиг увидел несчастное, сиротское детство бретонского мальчишки, ощутил его бесконечное одиночество и внутреннее отчаяние. Сердце мое дрогнуло, я решил «это судьба», и взял штурмана под свою опеку. Хорошо ли, худо ли (в основном худо) я провел с ним долгие одиннадцать лет. Стыдное время! Ожье был паршивым навигатором, но очень ловким шулером. Именно этим зарабатывал он на жизнь. Наедине с самим собой все тасовал и раскладывал колоду, тренировал память и пальцы. Как-то раз, от глупой жалости, я дал ему понять, что различаю карты и могу скрасить его одинокий досуг. Что за ужасная ошибка! Он заставил меня стать своим подельником. Я должен был садиться за спиной его партнеров и знаками показывать, сильные ли у них карты. Лучше всего мы зарабатывали на испанской игре, которая называется «truc». Отсюда и возникло мое имя (прежде того Ожье меня вообще никак не называл).

– Трюк, вот это трюк... – говаривал он в критический момент игры как бы в задумчивости, и я должен был чесать левое крыло либо правое, поднимать лапу и так далее. Нечего и говорить, что мою душу при этом, как говорят карибские индейцы, обжигала медуза.

Две недели назад всё кончилось. В портовом городе Сен-Мало, в кабаке, мой питомец затеял вчистую обобрать наивного юнца, приехавшего, чтобы поступить на морскую службу. Ожье, как водится, сначала немного проиграл ему, потом вынудил поставить на кон все деньги вместе с шпагой, золотым медальоном и даже сапогами. Это у штурмана называлось «ощипать гуся до пупырышков». Но я не захотел участвовать в подлости, демонстративно отвернулся (забыв, что на нашем тайном языке это означает «слабая карта»), и мой питомец продулся в прах.

После этого – кошмарное воспоминание – он с криком гонялся за мной, размахивая саблей. Мое бедное тело разрубить он не смог, но навеки рассек соединяющую нас невидимую нить.

Пятнадцать дней я был совсем один, в холодном северном городе, где беспрестанно дуют злые

ветры. Моя жизнь каждодневно подвергалась опасности, я дрался с наглыми чайками, отчаянно мерз и размышлял о своей нескладной, горькой судьбе.

Ведь я немолод. 52 года для попугая старость. Если б не Дар Полной Жизни, я уже начал бы дряхлеть. Стужа и недоедания в два счета положили бы конец моим страданиям. «Есть ли что-нибудь лучше смерти?» – сказал Сократ. Так не оборвать ли мне самому чугунную цепь своего существования? Не взлететь ли туда, где меня – я верю – ожидает Учитель и где не имеет значения, попугай ты или человек?

Вот какие мысли одолевали меня утром 25 февраля, когда я, нахохлившись, сидел на зубце стены и с тоской смотрел на обрыдший город. Мерзкое ненасытное брюхо тянуло меня на поиск очередной кучи отбросов. Чувство достоинства побуждало к гамлетовскому выбору: быть или не быть – длить свое жалкое существование либо же отказаться от унизительного шныряния с помойки на помойку и подохнуть. Искать нового питомца я не хотел. Я разочаровался в людях.

Искать нового питомца я не хотел. Я разочаровался в людях.

Крепостная стена окружала неприступный город-скалу, соединенную с сушей узким перешейком, и была такой широкой, что по ее верхушке без труда могла бы проехать карета. Бухта, утыканная мачтами кораблей, располагалась с внешней стороны укреплений, я же сидел с внутренней, в тени дозорной башенки, чтоб не мозолить глаза зевакам своим необычным для этих чаечно-гагарных краев опереньем. За спиной, стуча каблуками, ходили люди: моряки, разносчики, торговки, попрошайки – обычный портовый люд.

Ниже, прямо напротив, простиралась пышная Испанская набережная, парадный фасад одного из богатейших портов Европы.

Город Сен-Мало расцвел и разжирел на торговле с заморскими странами. Высокие дома здесь сложены из особого камня, испещренного слюдяной крошкой, и от этого в лучах солнца стены сверкают, будто золоченые кирасы королевских мушкетеров; сходство с гвардейской шеренгой усугубляется острыми крышами, похожими на ребристые медные шлемы. Во время прилива, когда корабли пришвартовываются прямо у крепости, на переплетчатые окна верхних этажей ложатся тени мачт.

Здесь всегда шумно: днем зычно орут грузчики и жадно кричат чайки, а ночью в многочисленных тавернах дерут глотку пьяные матросы. В соленом воздухе смешиваются самые лучшие и самые худшие на свете запахи – свежих устриц и протухшей рыбы, ямайского кофе и волглой мешковины, остиндских пряностей и отхожих мест.

Хоть давеча я назвал город обрыдшим, вообще-то я люблю портовые шумы и ароматы. Во время плаваний, когда подолгу, иной раз по много недель, не видишь ничего кроме воды и неба, я очень скучаю по этой смрадной, скученной, порочной, но такой настоящей жизни! Однако на сей раз мое пребывание на суше чересчур затянулось. Как говорят моряки, я крепко забичевал. Земля мне надоела, моя душа жаждала океанского простора. Оттого-то, верно, и одолевали меня тяжкие, беспросветные мысли.

Жизнь не любит нытья и безжалостно карает малодушных. Из-за уныния и сплина я утратил всегдашнюю бдительность – и понес за то заслуженную кару.

Что-то прошелестело, воздух будто колыхнулся, и мир вокруг меня вдруг сделался мелкоклетчатым, словно кто-то взял и разграфил его на квадраты. Я встрепенулся, хотел расправить крылья – не получилось. Со всех сторон меня опутала тонкая нитяная сеть.

Кто-то схватил меня и крепко стиснул. Я ощутил сладко-соленый запах мальчишеского пота, а еще дегтя, вареной капусты и азарта.

В ужасе я закричал: Кр-р-р-р! Это выражение я позволяю себе лишь в минуту крайнего возбуждения.

Хоть на голову мне, прямо поверх сетки, сразу натянули полотняный мешок, я сразу понял, что произошло.

Как глупо!

Уже несколько дней меня выслеживал настырный остролицый мальчишка с жадными, как у хорька, глазами. Он подманивал меня, рассыпая на земле крошки, а сам что-то прятал за спиной. Он делал умильную физиономию и говорил мне «цып-цып-цып», словно я какая-нибудь курица. Из всех многочисленных опасностей, окружавших меня в городе (тут и кошки, и чайки, и подлые вороны, всегда нападающие скопом), эта казалась смехотворной. Я не удостаивал ее внимания.

И вот мудрейший из земных попугаев, обладатель Дара Полной Жизни, покоритель ста морей (да простится мне нескромность) попался самым жалким манером, будто никчемный воробьишка.

Нет более сильного средства против суицидальных мыслей, чем неотвратимая угроза жизни. То,

Нет более сильного средства против суицидальных мыслей, чем неотвратимая угроза жизни чем ты не дорожил, чем готовился пренебречь, сразу обретает и ценность, и смысл. Животный ужас вытеснил все мысли и чувства.

Я забился, но тщетно.

Радостно вопя, насильник тащил меня куда-то.

Неимоверным усилием я сумел скинуть с головы покров. Это не дало мне свободы, но по крайней мере теперь я мог видеть происходящее.

Оказалось, что паршивец уже сбежал с крепостной стены и несется по Испанской набережной, лавируя меж людьми, повозками и лошадьми.

Куда он меня тащит?

Может быть, это судьба, вдруг подумалось мне. Напряжением воли я подавил панику. Мне помогло изречение Учителя: «Худшие миги жизни дают кратчайший путь к сатори».

Сатори я не испытал, но все же несколько воспрял духом.

Я сказал себе: мальчик увидел необычную и, скажу без ложной скромности, красивую птицу. Захотел ее поймать – как ловят мечту. Проявил похвальное упорство, изобретательность и достиг цели. Так, может быть, всё к лучшему? Доселе мои питомцы были взрослыми, укоренившимися в своих грехах и заблуждениях людьми. Я мог о них заботиться, но исправить их карму был не в силах. Иное дело – душа юная, неоперившаяся. Как много пользы способен я ей принести! Сколь многому деликатно и тактично, исподволь научить! Пусть мальчик сажает меня в клетку, я найду способ завоевать его доверие и дружбу.

И я перестал попусту барахтаться, а вместо этого осуществил ритуал сопереливания, благо постреленок плотно прижимал меня к груди.

Я царапнул его когтем через холщовую рубашку; изогнувшись, клюнул в висок.

Я заглянул в жизнь моего маленького похитителя, проникся его внутренним взором, услышал голос его сердца.

Перед внутренним взором мальчишки длинной чередой выстроились чучела птиц: чаек, крачек, дятлов. Еще там был ястреб и два филина. Поодаль, окруженное мечтательным сиянием, мерцало стеклянными глазами еще одно чучело, черно-пурпурное, в котором я с содроганием узнал себя.

Голос сердца у маленького негодяя шептал: «Три, нет четыре, нет ПЯТЬ ливров!»

Он не собирался сажать меня в клетку. Паршивец зарабатывал на жизнь тем, что убивал птиц и продавал их чучельщику.

Озарение длилось долю секунды.

Клюнутый заорал от боли. Взмахнул сетью и со всего маху жахнул моим бедным телом о стену. Он решил прикончить меня прямо сейчас.

Я был полуоглушен, но не лишился сознания. У моего убийцы сила в руках была еще детская.

Сообразив это, он взялся за дело основательней. Стал раскручивать сетку над головой, чтоб увеличить мощь следующего удара.

Прощаясь с жизнью в этом головокружительном верчении, я кинул последний взгляд на облака, мачты, дома, лужи – на суетный мир, показавшийся мне в тот миг недостойным усилий, потраченных мною на его постижение.

«К черту такую карму», помнится, подумал я.

И невдомек было мне, глупому попугаю, что таким диковинным образом начинается самая лучшая глава моей бесконечно долгой жизни; что я делаю первый шаг к дороге, которая позволит мне вернуться в утраченный рай. Пусть не навсегда, на время, но глубоко заблуждаются те, кто верит, что рай – это навечно. Одна из максим Учителя, которую я долго не понимал, гласит: «По-настоящему ценно лишь преходящее».

## Медноволосая незнакомка

В миг, когда я почитал свой Путь оконченным, откуда-то – как показалось мне в потрясении, издалека – раздался юношеский голос, крикнувший по-французски с легким акцентом:

– Что ты делаешь, мерзкий мальчишка!

Меня больше не вертело, не крутило. Смертоносного удара о каменную стену не последовало.

Головокружение прошло не сразу, перед глазами всё плыло, и я разглядел лишь, что кто-то схватил моего погубителя за плечо – и, видно, крепко, ибо тот взвыл.

Я тряхнул головой, чтоб туман рассеялся. И увидел перед собой не юношу, а молодую женщину или, быть может, девушку. Она была высока ростом, одета в платье китайского перламутрового шелка, из-под фетровой шляпы с фазаньими перьями выбивались волосы тускло-медного оттенка, длинноносое лицо пылало гневом.

– Зачем ты хочешь убить бедную птичку? – воскликнула она, взяв негодяя за ухо длинными пальцами.

По европейским меркам чудесную мою спасительницу никак нельзя было назвать красавицей. Современные мужчины почитают привлекательными женщин круглолицых, мясистых, с толстым дерьером и огромным бюстом. Эта же, как я уже сказал, была долговяза, тоща, движения не по-дамски резки, черты лица остры, не то что у щекастых рубенсовских наяд. Лиф на платье нисколько не выпячивался, а бедра хоть и казались широкими, но исключительно за счет фижм. Прибавьте к этому низкий, немного хрипловатый голос, нисколько не приторный и не писклявый, каким обычно стараются говорить барышни. Мне, впрочем, он прозвучал райской музыкой, а еще сладостней был визг, исторгнутый моим мучителем.

– Мой попугай! – захныкал мальчишка. – Что хочу с ним, то и делаю! Пустите ухо, тетенька!

С юридической точки зрения он был прав, ведь человеческие законы не признают за нами, так называемыми «меньшими братьями», никаких прав личности. Я отношусь к категории «дичи», и, если не имею хозяина, могу стать собственностью первого встречного. Так уж устроен наш несправедливый мир, мне его не переделать. Учитель говорил: «Если не можешь изменить обстоятельства, нет смысла на них сетовать». Я и не сетую.

– Я дам тебе за него три ливра.

Эти слова заставили меня насторожиться. Видите ли, я не избалован человеческим великодушием и привык в каждом поступке подозревать корысть – слишком много била меня жизнь. А тут еще этот плюмаж на ее шляпе. Уж не решила ли дамочка украсить свой головной убор моими маховыми или рулевыми перьями, подумалось мне. Это хорошо говорит о ее вкусе, но означает, что я угодил из огня да в полымя.

– Ага, три ливра! Такого попугая поискать! Мне в чучельной лавке за него все десять дадут! – заорал маленький мерзавец, хотя, помнится, мечтал самое большее о пяти.

С минуту они торговались, а я пытался настроиться на философский лад. Возможно, на моем месте у вас и были бы предпочтения, чем вы хотите стать – чучелом или украшением на шляпе, но я меж двумя этими перспективами большой разницы не видел, да и кто спрашивал моего мнения?

Рыжая дева приобрела меня за семь серебряных монет.

Что ж, всякому существу полезно узнать свою истинную цену. Отличное средство от самомнения! Когда тебя оценивают по стоимости перьев, это здорово отрезвляет.

Мальчишка снял с меня сеть, сказав, что она ему еще пригодится, и убежал, а барышня поставила на мостовую сундучок (я забыл сказать, что она несла прямоугольный и, судя по всему, довольно тяжелый ларец с ручкой), взяла меня двумя руками и с любопытством оглядела.

Я тоже получил возможность рассмотреть ее вблизи.

Да уж, не красавица. Разве что большие круглые глаза пепельно-серого оттенка хороши – разумеется, по европейским меркам. В Японии, например, их бы обозвали кошачьими. Кроме любопытства я прочел в них застарелое, ставшее привычным страдание и тревогу. Такое не часто обнаружишь во взгляде молодой девицы. Хотя, конечно, я не могу считаться авторитетом в этом вопросе, поскольку прекрасный, он же слабый пол мне мало знаком. На море женщин не бывает, а тех, кого встретишь в порту, прекрасными и тем более слабыми назвать трудно.

– Лети! И принеси мне удачу, – сказала незнакомка по-немецки, верней по-швабски (на «Святом Луке» одно время половина команды была из южной Германии, и я хорошо знаю этот мелодичный, мягкий диалект).

Она подбросила меня в воздух и махнула рукой.

– Гляди, больше не попадайся!

Как же я был смущен и тронут уроком, который преподал мне мир! А ведь я только что был готов его проклясть.

Вот этот урок: да, вокруг много беспричинного зла, но есть и беспричинное добро – самое милое, что только бывает на свете. Это когда что-нибудь хорошее делают не намеренно и безо всякой помпы – просто так, не ожидая от сего никаких выгод. Пусть даже барышня в шелковом платье спасла меня из суеверия. Допустим, ей нужна удача в каком-то деле – неважно! Если добро глупое, от этого оно только выигрывает в моих глазах.

Она взяла свой сундучок, в котором что-то звякнуло, и пошла дальше по набережной, а я летал над нею кругами, растроганный до слез (вообще-то попугаи от чувств не плачут, сентиментальной слезливости я научился у людей). Чем бы мне тебя отблагодарить, щедрая чужестранка, думал я.

Молодая женщина шла по каменным плитам решительным и твердым шагом, глядя прямо перед собой. Вдруг я заметил, что прохожие, завидев ее, останавливаются. Некоторые перешептывались, другие даже показывали пальцем – она ничего этого не замечала, погруженная в свои мысли.

И тут я понял, в чем дело. Платье, шелковое платье!

Согласно королевскому эдикту, призванному защитить французские мануфактуры, носить одежду из привозного шелка строго-настрого возбранялось. С нарушителей указа предписывалось прилюдно сдирать запрещенный наряд и взыскивать огромный штраф, а неспособных к уплате заточать в тюрьму.

Девушка несомненно прибыла в страну совсем недавно и не знает, какой подвергается опасности. Нужно ее предупредить, пока какие-нибудь завистники (а скорее завистницы) не наябедничали страже.

Я опустился спасительнице на плечо и рванул клювом узорчатый рукав так, что ткань затрещала. Казалось бы, смысл моего поступка был предельно ясен: скорее переоденься!

Но она, увы, не поняла.

– Кыш! – вскричала она, сбросив меня. – Дура неблагодарная! Ну вот, дырка!

Я летал вокруг нее и кричал, она грозила мне кулаком. Со всех сторон пялились зеваки, привлеченные необычным зрелищем.

Кто-то из женщин, добрая душа, крикнул:

– Мадам, коли вам охота форсить, носите шелк, когда стемнеет! Все так делают!

Но медноволосая не поняла или не расслышала.

В любом случае было уже поздно. Через толпу проталкивался одноглазый человек в засаленном синем кафтане с красными отворотами. Люди неохотно перед ним расступались.

Я знал его – много раз видел на улице. То был сержант городской стражи по прозвищу Кривой Волк, грубиян и мздоимец, каковыми изобилует полиция всех известных мне стран.

– Нарушение эдикта тыща семисотого! – завопил он и схватил девушку на руку. – Попалась, киска! Сейчас сдеру твою китайскую гадость и заголю тебя всем на потеху, будешь знать!

Само собой, делать этого он бы не стал, ибо зачем же портить дорогую вещь, которую потом можно втихую продать. Вымогатель хотел лишь запугать свою жертву, чтобы «конфисковать» платье, а заодно слупить отступного.

– А ну марш за мной в караулку, дамочка!

Он потянул ее за собой. И здесь случилось нечто совершенно поразительное. Вместо того чтоб идти за стражником либо упираться, вместо того, чтоб возмущаться или молить о снисхождении, барышня повела себя исключительно не по-женски.

Сначала она двинула сержанта носком острого башмака по голени. Через нитяной чулок удар должен был получиться весьма чувствительный – Кривой Волк заорал и выпустил пленницу. Воспользовавшись тем, что рука освободилась, девушка двинула служителя закона кулаком в нос, расквасив его в кровь. А в заключение стукнула полицейского сундучком по лбу. Раздался гулкий металлический звук (уж не знаю, от лба или от сундучка), и обомлевший стражник шлепнулся на задницу.

Такая сноровка в драке сделала бы честь любому забияке из матросского кабака.

– А вы что смотрите?! – возмущенно обратилась победительница к зрителям. – На ваших глазах нападают на даму, и никто не заступится! И это галантные французы!

Топнув ногой, она пошла дальше. Зеваки молча смотрели ей вслед. Лица у них были испуганные.

Нанесение побоев королевскому стражнику при исполнении обязанностей – преступление нешуточное, тут штрафом не отделаешься.

Но бедная храбрая барышня не ведала, в какую скверную историю попала. Сержанта она приняла за обычного уличного приставалу или незадачливого грабителя.

А он меж тем начинал приходить в себя.

– Ка... Ка... Караул!!! – прохрипел Кривой Волк. – Помогите мне встать! Вы видели? Все видели? Я ранен! Сюда, ко мне, бездельники!

Эти слова были обращены к двум полицейским солдатам, спешившим на шум от ворот.

Плохо дело!

Я полетел догонять ту, над чьей головой сгустились грозовые тучи. Ей следовало как можно скорей покинуть пределы города, иначе не избежать ареста и заточения в каземат Ворчливой башни.

Не оглядываясь на крики, она подошла к трехэтажному дому господина Лефевра, толкнула тяжелую дверь и вошла. Как я ни торопился, как ни махал крыльями, но влететь за девушкой не успел – только с разлету стукнулся о дубовую створку.

Через минуту у порога оказались и стражники. То ли они видели, куда скрылась преступница, то ли им указал кто-то из горожан, но полицейские встали у входа и заспорили, надо стучать или лучше подождать.

Господин Лефевр – один из отцов города, богатый арматор. Принадлежащие ему корабли плавают по всем морям от мыса Горн до Макао. Потревожить покой большого человека стражники не решались.

После короткого спора они решили дождаться, когда обидчица Кривого Волка выйдет. Я слышал, как сержант, утирая рукавом разбитый нос, сказал:

– А если она ему не чужая, еще лучше. Зацапаем ее, а потом к нему: так мол и так, чего делать будем, ваша милость? Слушайте меня, ребята. Не будь я Кривой Волк, если не получу за оскорбление золотом! Дешево они от меня не отделаются! А коли нет – засажу стерву в крысятник!

Теперь мне нужно было выяснить, в каких отношениях состоит моя спасительница с господином Лефевром. Если она ему родственница или добрая знакомая, беспокоиться не о чем. Арматор сумеет подмазать полицейских, чтоб не доводить дело до тюрьмы. А вдруг, в самом деле, чужая?

Удобнейшая вещь крылья. Если б мне предложили заменить их на руки с десятью пальцами, я поблагодарил бы и отказался. Во-первых, пальцы у меня есть и свои. Пускай только по четыре на лапе, но мне хватает. А во-вторых, способность летать неизмеримо ценнее.

Пока стражники решали, сколько они слупят с Лефевра и как поделят добычу, я взлетел до второго, парадного этажа и заглянул в окно. День был ясный, уже совсем весенний, утренний бриз поутих, и створки были открыты настежь.

Судя по всему, здесь находился кабинет хозяина. Редко доводилось мне видеть столь роскошное убранство. Однажды в Лондоне я провожал лейтенанта Беста до адмиралтейства и, конечно, не удержался – заглянул в окно покоев первого лорда (коль мне не изменяет память, в ту пору им был граф Торрингтон). Так вот, скажу я вам, если размером приемный зал его светлости и превосходил арматорский кабинет, то по части изысканности и богатства явно ему уступал.

Нигде я не видывал такой исполинской мебели, похожей на величественные испанские галеоны. Резной шкаф, весь в блестящих заклепках, был длиной футов в пятьдесят. По стенам висели шелковые гобелены с рельефным рисунком; на золоченых консолях переливались красками изумительные китайские вазы, в хороший корвет ценою каждая; портьеры были драгоценного утрехтского бархата – думаю, и герцогиня не побрезговала бы сшить из такой ткани парадное платье.

За столом черного дерева, в кожаном кресле с высокой, замысловато украшенной спинкой, сидел сухонький человек в пышном золотистом парике. На его желтом, в цвет парика, лице застыло выражение едкой недоверчивости. Знаю я этот тип людей. Спасешь такого из пожара, а он вместо «спасибо» скажет: «Думал, поди, что я тебя озолочу? Ах ты хитрец!».

Это несомненно и был мсье Лефевр, собственной персоной. Он скрипел по бумаге пером, время от времени отрываясь от этого занятия, чтобы скорчить брезгливую гримасу. Должно быть, писал кому-нибудь неприятному.

Моей барышни здесь не было. Я уж хотел подлететь к другим окнам, но дверь кабинета вдруг приоткрылась, в щель сунулся некто в черном парике, не столь пышном, как у арматора. Должно быть, секретарь.

– Патрон, вас желает видеть молодая дама. Она назвалась госпожой Летицией де Дорн, дочерью баварского тайного советника. Велеть, чтоб обождала?

– Нет-нет, проси!

Лефевр накрыл одни бумаги другими, похлопал себя по щекам, и его лицо, только что бывшее желчным и кислым, осветилось любезнейшей из улыбок.

– Милости прошу! – вскричал он, поднимаясь навстречу посетительнице. – Жду, давно жду! И все приготовил, как обещал. Однако позвольте спросить, как прошло ваше путешествие? Представляю, сколь опасным и малоприятным оно было с учетом нынешних обстоятельств!

Арматор несомненно имел в виду большую войну, начавшуюся в прошлом году и поделившую Европу на два лагеря. Причиною конфликта был опустевший мадридский трон, и речь шла о том, кому достанутся богатейшие владения Испании – ставленнику французского короля, либо австрийским Габсбургам. На стороне Вены выступили Англия и Нидерланды; Версаль поддержали Испания и Бавария, так что медноволосая драчунья, стало быть, прибыла из государства, союзного Франции.

Услышав о «тайном советнике», я уж решил, что здесь разворачивается какая-нибудь шпионская интрига и огорчился, ибо, как говорил Учитель, «худшие из людей – торговцы пороком и соглядатаи». Мне не хотелось, чтоб моя благородная избавительница оказалась из этой породы. Все политические интриги и козни, на мой взгляд, ужасная мерзость. Человеку, заботящемуся о своей карме и внутренней гармонии, лучше держаться от таких дел подальше.

Но дальнейший ход беседы показал, что мое предположение ошибочно. Хоть я и мало что поначалу понял, однако сообразил: шпионство тут, кажется, ни при чем.

– Да, поездка заняла целых двадцать дней, – сказала госпожа Летиция де Дорн. – Местности, где идут бои, пришлось объезжать стороной. Но обозы и войска движутся по всем дорогам, это совершенно несносно. Однако, слава Богу, теперь я в Сен-Мало, так что давайте не будем терять времени. Вот задаток, о котором мы условились. Полторы тысячи ливров. – Она поставила на стол ларец, а сама села в кресло. – Вторую половину вы получите, когда корабль доставит сюда моего отца. Вся сумма выкупа в сундуке, который я оставила в гостинице. Я передам сундук капитану.

Лефевр открыл ларец и начал пересчитывать деньги, очень быстро и ловко. Он складывал монеты столбиками. Сразу было видно, что это занятие для него приятнее всего на свете.

– Все точно, – сказал он, закончив, и сделал скорбное лицо. – Но... К моему глубокому сожалению, обстоятельства переменились. Всё из-за этой проклятой войны, от которой я несу кошмарные, совершенно чудовищные убытки.

– Вы хотите поднять стоимость вашего вознаграждения? – нахмурилась барышня. – Могу я узнать, на сколько?

Он негодующе замахал руками.

– Что вы, что вы! Слово Лефевра – булатная сталь! Дело не в моей комиссии. Она останется такой же. Но вот накладные расходы...

Арматор выпорхнул из-за стола и оказался у географической карты, висящей на стене.

– Плавание в Барбарию – сущий пустяк. В мирное время наше маленькое дельце не представляло бы большой трудности. Капитан, доставляющий в Испанию или Марсель груз нашей сушеной трески, завернул бы в Сале, это разбойничье гнездо, провел бы необходимые переговоры, взял на борт вашего батюшку, и вся недолга. Но из-за войны морская торговля прекратилась. Купеческие корабли больше не плавают.

Девушка порывисто поднялась.

– Это довольно странно! Война идет не первый месяц! Вы могли бы написать, что отказываетесь от поручения, но вместо этого в вашем письме было сказано: приезжайте. Объяснитесь, сударь!

– Именно это я и собираюсь сделать, мадемуазель. Не хотел делать этого письменно, ибо в нынешние тревожные времена почта может быть перехвачена, а мое предложение несколько... деликатно.

– В чем оно состоит? Говорите же!

– Я не могу отправить в Барбарию купеческое судно, потому что оно станет легкой добычей проклятых англичан. Но можно снарядить корсарский корабль. Он быстроходен и хорошо вооружен.

– Вы предлагаете послать за моим отцом пиратов? – поразилась госпожа де Дорн.

Он засмеялся.

– У вас, сухопутной публики, довольно путаное представление о таких вещах. Корсары вовсе не пираты.

– Разве они не грабят корабли?

– Разумеется, грабят.

– В чем же разница?

– В том, что захваченного пирата вешают на рее, а корсар считается военнопленным. Потому что корсары грабят лишь те корабли, что ходят под вражеским флагом. Чтобы стать корсаром, нужно иметь патент от адмиралтейства. Получить его может далеко не всякий. А у меня патент есть. Учтите, мадемуазель: пока не закончится эта война – а она может продлиться и пять, и десять лет – никаким иным способом до Барбарии не добраться.

Барышня наморщила лоб – она все-таки не понимала.

– Если корсарский патент – нечто совершенно законное, к чему тайны? Почему вы боялись, что ваше письмо попадет в чужие руки?

– Потому что негоциантский дом «Лефевр и сыновья» имеет репутацию, сударыня. И я ею дорожу. Хоть многие арматоры Франции, Англии, Голландии в военное время подрабатывают корсарством, никто этого не афиширует. Ведь приходится потрошить корабли, принадлежащие вчерашним и завтрашним торговым партнерам. Это порождает недобрые чувства, обиды, озлобление. Вот почему я могу сделать вам такое предложение только устно. У меня как раз подготовлено отличное судно: легкий фрегат «L'Hirondelle»[16] с лихим, надежным капитаном, господином Дезэссаром.

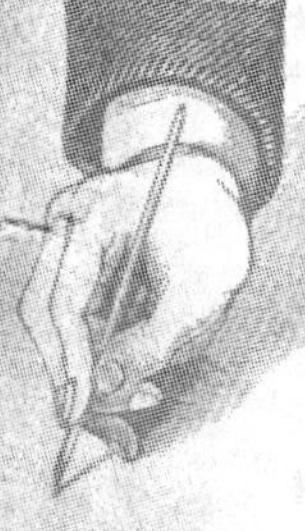

– Дез Эссаром? – повторила девушка, как бы поделив это имя на две части. – Что ж, я согласна! Корсары так корсары, только б отец поскорее вернулся! По рукам, мсье!

---

[16] «Ласточка» *(фр.)*.

Она сняла перчатку и протянула арматору свою руку – слишком большую, не особенно белую и нисколько не округлую, то есть совсем не совпадающую с каноном женской красоты. Лефевр не пожал ее, а склонился и почтительно чмокнул губами воздух над пальцами мадемуазель де Дорн.

– Отрадно видеть столь трогательную дочернюю привязанность. Я тронут до слез. Однако, сударыня, как вы понимаете, одно дело – завернуть в Сале по дороге, сделав небольшой крюк, и совсем другое – снаряжать специальную экспедицию. Я имею в виду расходы.

– В какую сумму они выльются? – деловито спросила она.

– Минуточку... Сейчас прикинем.

Почтенный арматор сел на место, положил перед собой абакус и, щелкая шариками из слоновой кости, принялся за подсчеты.

– Во-первых, жалованье экипажу с доплатой за военное время и плаванье в опасных водах... Допустим, испанцы нам союзники, а у султана Мулай-Исмаила с нашим великим монархом мир и согласие, но эти пронырливые англичане кишат во всех морях, прошу прощения, будто вши в лохмотьях... Итак, сорок матросов в среднем по 70 ливров в месяц... Кладем три месяца: пока туда, пока обратно, да переговоры – у мавров ничего быстро не делается... М-м-м, офицеры и капитан... Теперь припасы. Люди у меня не балованы разносолами, но по полсотни монет на каждого потратить придется... Итого расходы на содержание команды... Ага, с этим всё.

Он записал цифру на бумажке, застенчиво прикрывшись ладонью.

– Идем дальше. Страховка.

– Что?

– Как, вы не слышали об этом чудесном изобретении, которое всем так выгодно? Вы платите страховой компании некий взнос, и больше ни о чем не беспокоитесь. Если ваш корабль пропал – утонул, захвачен пиратами, пропал бесследно, – компания возмещает вам ущерб. Естественно, взнос зависит от дальности плавания и рискованности предприятия. В мирное время за путешествие в Средиземноморье берут всего 3% стоимости судна и товара, ибо французов мавры не трогают, а больше там опасаться некого. Но сейчас ставки, увы, поднялись в десять раз. «Л'Ирондель» стоит 25000, следовательно... – Он поколдовал над счетами еще немного и подвел итог. – В общем и целом вам придется раскошелиться на 21358 ливров и шесть су. Не будем мелочиться, – здесь последовал широкий взмах шитого золотом обшлага, – двадцать одна тысяча триста пятьдесят.

– Сколько?! – ахнула госпожа де Дорн, выхватывая у него листок. – О боже...

– Меньше никак нельзя, – твердо молвил Лефевр и долго еще толковал ей про военные трудности, алчность моряков, обязательные отчисления в казну и возмутительную дороговизну солонины.

– Мне нужно подумать, – наконец произнесла девушка упавшим голосом. – Я возвращаюсь в гостиницу...

Арматор пошел ее провожать, а я встрепенулся и тоже слетел вниз.

Судя по разговору, этот алчный кровосос и не подумает откупаться от Кривого Волка. Нужно было как-то предупредить ее! Бедняжка, вымогатели кружили вокруг нее, будто коршуны. На свете нет тварей кровожадней и отвратительней коршунов! Однажды на острове Мадейра, когда я замечтался, любуясь солнечными бликами на волнах, на меня напал один такой убийца... Впрочем, не хочу вспоминать этот кошмар.

Слетая вниз, я уже знал, как поступлю.

Когда тяжелая дверь скрипнула и полицейские угрожающе сдвинулись плечо к плечу, я взмахнул крыльями и устремился вперед.

Влетел в приоткрывшуюся щель и ловко опустился Летиции де Дорн на плечо. Она еще не успела переступить порог и от неожиданности попятилась, но не завизжала, как сделала бы всякая барышня, а воскликнула по-немецки «черт побери!», что, согласитесь, довольно необычно для дочери тайного советника.

Стражников, однако, и она, и провожавший ее арматор разглядеть успели.

– Какой красивый попугай! Это ваш? – спросил Лефевр. – А что делает перед моей дверью полиция?

– Именем короля откройте! – закричали с той стороны. – В вашем доме укрывается преступница!

– Этот невежа – полицейский? – удивилась госпожа де Дорн. – Зачем же он на меня накинулся, будто пьяный мужлан?

Не обращая внимания на стук (довольно робкий), хозяин расспросил гостью о случившемся и в двух словах объяснил ей, какими это чревато последствиями.

– Я вас выпущу через кухню. На счастье, стражники не знают вашего имени. Бегите в гостиницу и спрячьтесь. Шелка уберите в багаж. Без вуали на улицу не выходите, а лучше в светлое время дня вообще сидите в номере. Полицейских я впущу, когда вы уйдете, и скажу, что знать вас не знаю. Вы желали совершить плавание в Новый Свет на одном из моих судов, но я вам отказал, ибо по случаю войны мы не берем пассажиров. Так это ваш попугай?

Он осторожно потрепал меня по хохолку, и я с трудом сдержался, чтобы не клюнуть его в палец. Терпеть не могу фамильярности.

– Мой.

Она погладила меня по спине, но это прикосновение не было мне неприятно. Совсем напротив.

– Красавец! Не желаете продать? Он слишком приметен, на вас будут обращать внимание, а это вам сейчас ни к чему. Я посажу молодца в золоченую клетку и научу приветствовать посетителей. Хотите 40 ливров?

– Нет. Птица не продается.

Когда она это сказала, что-то дрогнуло в моем сердце. Уже во второй раз. В первый – когда Летиция де Дорн так решительно ответила: «Мой».

Ее поведение объяснилось, когда мы – Лефевр, она и я у нее на плече – быстро шли темным коридором.

– Ты спасла меня от тюрьмы, птичка. Спасибо, – шепнула мне девушка по-швабски и – вы не поверите – поцеловала меня!

Я чуть не свалился.

Меня никто никогда не целовал. Что и не удивительно. Лейтенант Бест, когда напивался, бывало, поил меня ромом изо рта в клюв, но это совсем не то, что девичий поцелуй, уж можете мне поверить.

Вдруг меня осенило. А, собственно, почему нет?

Кто сказал, что мой питомец обязательно должен быть мужчиной? Допустим, мне никогда не приходило в голову приручить существо противоположного пола – я ведь старый бирюк, морской бродяга и совсем не знаю женщин. Но эта рыжая барышня меня заинтересовала.

Была не была! Вероятней всего, когда я ее оцарапаю и клюну, она меня сгонит. Ну, значит, не судьба мне держаться за бабьи юбки. Полечу искать нового подопечного в таверну или в порт. Свой долг госпоже де Дорн я честно вернул.

Я свесил хвост ей на грудь, соскользнул по шелку и сжал пальцы, а клювом как можно мягче (но все-таки до крови, иначе нельзя) ударил девушку в смуглый висок.

# Летиция де Дорн

Моментально, сменяя друг друга с непостижимой быстротой, перед взором моей души пронеслась череда ярких картин. Жизнь девушки по имени Летиция была прочитана мной, словно книга, с первой и до последней буквы. Если мой избранник не оттолкнул и не сбросил меня хотя бы в течение одной секунды, этого довольно. Процесс сопереливания двух Ки почти мгновенен.

Попробую рассказать, как это происходит, хоть слова и неспособны передать состояние абсолютного познания.

Сначала я услышал... нет, не услышал, а узнал полное имя своей новой питомицы.

Летиция-Корнелия-Анна фон Дорн (а не «де Дорн») – вот как ее звали.

А дальше – яркие вспышки, будто зарницы в небе.

Повторяю, я увидел и познал всю ее жизнь и мог бы ее пересказать до малейших несущественных подробностей. Но хватит и нескольких образов, выхваченных наугад. Иначе рассказ растянулся бы на все двадцать пять лет, прожитые Летицией.

Вот небольшой серокаменный замок на холме, в окружении дубовых лесов и зеленых полей. У ворот, на сломанном подъемном мосту, стоит рыжая девочка в простеньком платье и отчаянно машет рукой вслед удаляющемуся всаднику.

Это ее отец, Фердинанд фон Дорн. Он едет навстречу восходящему солнцу, и вся его фигура кажется вытканной из ярких лучей. Сверкает аграф на шляпе, сияют шпоры и эфес шпаги, отливает золотом круп игреневого коня.

Про всадника я знаю многое – столько же, сколько знает про него моя питомица, которая любит этого человека больше всего на свете – не за то, что он дал ей жизнь и нарек красивым именем Laetitia (по-латыни оно значит «радость»), а потому что Фердинанд фон Дорн излучает счастье. Он и в самом деле будто сшит из солнечного света, и восход тут не при чем. У Фердинанда золотисто-рыжие волосы, которые с возрастом обретут оттенок благородной бронзы, у него солнечный смех, искрящиеся весельем глаза и лучезарная улыбка.

Есть люди, которых жалует Фортуна. Во всяком случае, в этом уверены окружающие, которые испытывают по отношению к баловням удачи лютую зависть, смешанную с восхищением. Вообще-то ударов судьбы на их долю приходится не меньше, чем улыбок, просто счастливцы никогда не унывают и не жалуются. Несчастье они сбрасывают с себя недоуменным пожатием плеч, а в счастье запахиваются, словно в ослепительно нарядный плащ. Они не удостаивают замечать невзгод, и так до самой своей смерти. Если кому-то на земле и нужно завидовать, то обладателям этого чудесного дара.

Фердинанд фон Дорн родился вторым сыном в некогда богатой и славной, но захудавшей швабской семье. Никакого наследства ему не досталось, лишь боевой конь. Но Фердинанд говорил, что его в любом случае не прельщает скучная участь землевладельца, а конь чудо как хорош. На таком превосходном скакуне милое дело отправиться на войну и сделать блестящую военную карьеру. И так вкусно он это рассказывал, что остальные братья ему завидовали – даже старший, наследник родового замка. Никто не сомневался, что везунчик станет полковником, а то и генералом.

Но в первую же кампанию Фердинанд был ранен. Пуля пробила ему легкое, он чуть не умер, а когда вылечился, с армией было покончено. Какая тут воинская служба, если при малейшей простуде начинается жестокий затяжной кашель?

Другой бы пал духом, опустил руки, но не таков был Фердинанд фон Дорн. Он твердил лишь о том, как несказанно ему повезло – с пробитым легким, и жив. Чудо из чудес! И вообще солдатская карьера хороша для людей порывистых и бесшабашных, вроде брата Корнелиуса, а для настоящего мужчины истинное счастье заключается в семейной жизни. Подобными речами и своей сияющей улыбкой Фердинанд покорил сердце богатой невесты. Женился, произвел на свет двух сыновей и дочь, а тут еще скончался бездетным старший брат Клаус, и счастливое семейство поселилось в дорновском фамильном замке Теофельс.

Фердинанд отремонтировал и украсил дедовское гнездо, привел в порядок хозяйство и зажил образцовым помещиком, на зависть знакомым и соседям. Но и эта стезя, подобно военной, его подвела. Оспенный мор унес жену с сыновьями, изрыл красивое лицо фон Дорна рытвинами и пощадил только маленькую дочку. Обычный человек сошел бы от горя с ума, но вечный счастливец и тут не утратил бодрости. Да я в рубашке родился, не уставал повторять он. Во-первых, обманул лекарей и не умер, пусть метки на лице будут постоянным напоминанием об этом подарке судьбы. Во-вторых, уцелела моя крошка Летиция, даже личико не пострадало – это ли не чудо? В-третьих же, глупо сидеть в глуши барсуком, зарывать свой талант. Есть вещи увлекательней яровых и озимых. Например, карьера дипломата.

И он поступил на службу к электору баварскому. Странствовал по свету, выполняя неофициальные, часто рискованные поручения. Если удачно с ними справлялся – все говорили, что советник фон Дорн невероятно везуч. Если миссия проваливалась, говорили: везет Дорну, как это он только жив остался.

На рассвете дня, который я описываю, Фердинанд отправляется в очередное путешествие, из которого бог весть когда вернется, а может, не вернется вовсе. Рыжей девочке ужасно хочется, чтобы он обернулся, хочется его окликнуть, но она не решается. Машет рукой, по искаженному личику текут слезы.

Но всадник не оборачивается. Он уже забыл о сером замке, о рыжей девочке – его манит сверкающая солнечными искрами дорога.

Другая картинка.

Девочки-подростки (все в одинаковых коричневых платьицах с белым кружевным воротничком) сбились в кучку у подоконника и смотрят, как по узкой улице фламандского города движется свадебный поезд. В открытом экипаже едут молодые: он очень хорош в алом плаще и треуголке с перьями, она – в пышном бело-серебряном наряде. У всех пансионерок одинаковое выражение лиц – мечтательно-восторженное. Нет, не у всех. Долговязая худышка сложила губки коромыслом, а рыжеватые бровки домиком. Бедняжка знает, что некрасива. Никогда ей не ехать в белом гипюре под приветственные крики, рядом с писаным красавцем.

Еще.

Летиция подросла. Уже девушка. Высокая, стремительная в движениях, с загорелым лицом и облупившимся от солнца носом. Она ловко сидит в седле – не амазонкой, а по-мужски, потому что одета в кюлоты и рубаху (ей ужасно нравится носить старые вещи отца). Рядом, тоже верхом, Фердинанд. «Не трусь, – говорит он. – Ты из рода Дорнов. Вперед!».

Ей очень страшно, но она гонит коня к барьеру – дереву, поваленному бурей. Не выдерживает, зажмуривается. Лошадь чувствует состояние всадницы и перед самым препятствием делает свечку. Будто памятью собственного тела я ощущаю удар о землю, черноту обморока. Потом вижу над собой нахмуренное лицо отца. Первое чувство – паника. Он разочарован!

«Я попробую еще раз», – говорит девушка.

Снова разгон, но теперь она глаз не закрывает. Полет, перехватило дыхание – и обжигающее счастье. Я сделала это! Он может мной гордиться!

Опять вдвоем с отцом.

Фердинанд фон Дорн пытается делать свирепое лицо, что у него плохо получается.

«Я проткну тебя, как перепелку!» – рычит он, размахивая шпагой, на острие которой насажена винная пробка. Но, если клинок пробивает защиту и бьет в живот или грудь, это все равно очень больно.

Летиция уворачивается, парирует удары, а стоит противнику ослабить натиск, немедленно переходит в контратаку.

Фердинанд доволен.

«Барышне полезно прикидываться слабой и беззащитной, чтобы дать возможность мужчинам проявить рыцарство, – говорит он во время паузы, закуривая трубку. – Однако нужно уметь за себя постоять. Не всегда рядом с тобой окажется рыцарь. Если у тебя нет оружия, бей обидчика носком в голень или коленкой в пах, и тут же лбом или кулаком в нос. На такие удары большой силы не нужно».

Дочь кивает. Думает: «Он знает, что у меня никогда не будет мужа, поэтому и учит. И очень хорошо, что не будет».

Теперь мне понятно, почему Кривой Волк потерпел на Испанской набережной столь быстрое и позорное поражение.

Больше всего картин, где Летиция одна. Собственно, она почти всегда одна.

С книгой в саду.

Зимой у окна – смотрит на пустое поле.

Вот поле стало зеленым – уже весна, но девушка сидит в той же позе.

Иногда она держит в руках письмо и улыбается – это прислал весточку отец. Но чаще пишет сама.

Я без труда могу заглянуть ей через плечо и проследить за кончиком пера, выводящего на бумаге ровные строчки.

*«Умоляю вас, батюшка, не верить мягкости константинопольского климата. Я прочла, что ветер с Босфора особенно коварен в жару, ибо несомая им прохлада кроме приятности таит в себе опасность простуды, столь нежелательной при вашей слабой груди...».*

Или другое письмо, более интересное, но пронизанное горечью:

*«Милая Беттина, в отличие от тебя, я предпочту прожить свой век старой девой. Радости материнства, в коих ты чаешь найти утешение, кажутся мне сомнительными. Они вряд ли способны оправдать тяготу жизни с супругом. Ведь мужчины грубы, хвастливы, жес-*

*токи, они считают нас глупыми и ни на что кроме деторождения не годными, а сами очень плохо умеют распорядиться властью, которую захватили. Впрочем не буду с тобой лукавить. Когда я вижу красавца с умным лицом и гордой осанкой, в особенности если у него еще зеленые глаза, мое дурацкое сердце сжимается и ёкает, но, по счастью, зеленоглазые красавцы на моем пути попадаются редко, и я всякий раз нахожу в них какой-нибудь изъян. Зелен виноград! Скорей бы уж миновала молодость, проклятый возраст, почему-то называемый золотой порой жизни. Единственный мужчина, с кем я хотела бы жить, – мой дорогой отец. Скоро ему наскучит странствовать, он вернется в Теофельс, и тогда я буду совершенно счастлива».*

Письма, одинокие прогулки верхом, книги, снова письма. Дни жизни Летиции окрашены в неяркие цвета – светло-зеленый, блекло-желтый, серый. Или мне это кажется, потому что я привык к сочным краскам южных морей?

Потом гамма вдруг меняется, мир чернеет, будто погрузившись в мрак ночи или затмения.

Я вижу Летицию с отцовским письмом в руках – опять. Но она не улыбается, а плачет.

Фердинанд фон Дорн пишет, что ему опять невероятно повезло. Он вел тайные переговоры с турками ввиду надвигающейся войны и получил некоторые очень важные гарантии для своего государя. Правда, на обратном пути корабль был захвачен марокканскими корсарами, но судьба и тут не оставила своего любимца. Он, один из немногих, остался жив, и хоть в настоящее время содержится в темнице в малоприятных условиях, но уже сумел договориться о выкупе. Нужно собрать и доставить в марокканский порт Сале 5000 французских ливров. Придворная канцелярия, конечно же, не пожалеет такой пустяшной суммы за освобождение дипломата, столь много сделавшего ради славы и прибытка его высочества курфюрста.

О, я хорошо знаю, что собой представляют марокканские корсары из страшного города Сале! От одного этого названия бледнеют моряки всей Европы.

Морские разбойники Барбарии бесстрашны и дики. Их флаг – отсеченная рука с ятаганом. Низкие, проворные корабли мавров шныряют вдоль побережья Иберии, Франции и Англии, добираясь даже до Ирландии. Ужасней всего, что охотятся они на людей. Повелитель марокканских исчадий ада, султан Мулай-Исмаил, требует от своего порта Сале платить подать живым товаром. Султану нужны женщины для гаремов и рабочие руки.

А еще белые пленники нужны Мулаю, чтобы продавать их христианским монархам за выкуп. Обычная цена за голову – 800 ливров, так что Фердинанда фон Дорна, видно, сочли важной птицей (сомнительное везение). С другой стороны, иначе его не оставили бы в Сале, а отправили в цепях вглубь Барбарии, в город Мекнес, где султан строит посреди пустыни огромный город-дворец протяженностью в 300 миль.

Про Мулай-Исмаила известно, что он свиреп и непредсказуем. Каждый день он кого-нибудь убивает собственноручно – за мелкую провинность или просто так, для забавы. Подданные с трепетом ждут, в каком одеянии султан нынче выйдет. Если в зеленом, значит, смертей будет немного. Если в желтом, жди большой беды. Из всех иноземных владык Мулай считает себе равным только Короля-Солнце, и потому французские корабли могут плавать по Средиземному морю и Бискайскому заливу без страха. Без опаски заходят они и в марокканские порты – в этом арматор Лефевр не солгал.

Однако я отвлекся.

На письме из Сале картинки не закончились, но темп их убыстрился – все последние месяцы Летиция жила, словно сотрясаемая лихорадкой.

Я увидел кабинет в Мюнхене, услышал равнодушный голос, объясняющий, что турецкая поездка господина фон Дорна была не официальной и потому казна не несет за нее никакой ответственности.

Мелькнула одутловатая физиономия с подшмыгивающим мясистым носом (господин Мёнхле, сводный братец). Зазвенели монеты, ссыпаемые из кожаных мешочков в сундук. По ухабистой дороге понеслась кожаная карета, из-под колес летели брызги, небо висело над зимними полями мокрой мешковиной.

Летиции надоело обивать мюнхенские пороги. Она решила, что выкупит отца сама. Списалась с арматором из главного французского порта Сен-Мало, заложила кузену родовой замок и отправилась спасать того, ради кого не жалко ничего на свете.

Ну что сказать?

Мне чрезвычайно понравилась моя новая подопечная. Видимо, зря я потратил столько лет своей жизни исключительно на мужчин. Если остальные женщины похожи на Летицию де Дорн, подумал я, они действительно являются лучшей половиной человечества.

Моя питомица не только смела и самоотверженна в любви, она еще и умна. Ее изначальный расчет был правилен: именно через мореходов из Сен-Мало и следует действовать. Если б война не положила конец морской торговле, план легко бы осуществился. Что же до предложения Лефевра, мне оно показалось нечестным. Я немного разбираюсь в расценках и обыкновениях корсарского промысла. Если б я умел говорить и имел соответствующие полномочия, то сумел бы существенно сбить запрошенную цену. В конце концов, Лефевр не единственный арматор в городе, да и репутация у него, сколько мне известно, не самая хорошая.

Милое, бедное дитя, как же тебе трудно в этом чужом и непонятном мире! Я помогу тебе, я сделаю всё, что в моих силах!

Хватило нескольких секунд, чтоб я проникся интересами и заботами моей Летиции.

Счастье и огромное везение, что она не сбросила меня со своей груди ни в миг самого соперереливания душ, ни после.

# Подруги

О нет! Она стойко перенесла кровопускание, да еще успокаивающе прижала меня к себе.

– Бедняжка, ты испугалась этих дураков стражников! – Потрогала дырки от когтей на лифе. – И еще я вижу, что мое шелковое платье тебе не по вкусу. Никому оно в этом городе не нравится. Пожалуй, действительно, уберу его в сундук.

Мы шли по узкому переулку, где пахло помоями, а под ногами валялись очистки.

Летиция разговаривала со мной, это грело мне сердце.

– Хочешь, я возьму тебя к себе?

Еще бы я не хотел! Насколько мог сладким голосом я прокурлыкал полное свое согласие.

– Не ворчи, – сказала она. – Не понравится – улетишь. Насильно удерживать тебя я не стану.

Разве можно улететь от того, с кем породнился душой? Глупенькая!

– Как бы мне тебя, птичка, назвать?

Она взяла меня в руки, повертела так и этак. Я снова закурлыкал, готовый принять любое имя. После того, как тебя величали Каброном или Трюком, особенно привередничать не станешь.

И все же ее выбор меня потряс.

– Я стану звать тебя Кларой, моя славная девочка, – объявила Летиция.

О боже... Неужели не видно по хохолку, по гордому рисунку клюва, по всей моей мужественной осанке, что я никак не могу быть Кларой? Я издал крик протеста.

– Ей нравится, – умилилась невежественная девица. – Ты даже пытаешься повторить свое новое имя: клррр, клррр.

Остаток дороги до гостиницы мы молчали. Не знаю, о чем думала моя питомица, а я пытался свыкнуться с мыслью, что отныне буду «славной девочкой» по имени Клара.

Но в гостинице я сразу забыл о своей обиде.

Едва Летиция поднялась в номер и заперла за собой дверь, она повела себя весьма неожиданным образом. Рухнула на постель и громко разрыдалась.

Это застало меня врасплох. Я не привык к слезам – мужчины плачут редко, обычно такое случается спьяну. Я, разумеется, видал на своем веку рыдающих женщин. Но Летиция плакала совсем не так, как они. Не напоказ, не жалобно, не взывая к состраданию, а глухо, безнадежно, словно тяжесть мира стала для нее совсем невыносимой. Она рыдала оттого, что не знала, как ей поступить, а кроме нее принимать решение было некому.

Просмотрев всю ее жизнь, я знал, что плакала моя питомица очень нечасто. Когда это случилось в предыдущий раз?

Я порылся в картинках из ее прошлого и удивился. Как, всего одиннадцать дней назад?

Я снова увидел дорожную карету, но она не ехала, а стояла; над дорогой слепой дождь сменился туманом. Из него выскочили три темных силуэта и превратились в оборванцев. Судя по цвету мундиров то были дезертиры из прусской армии. Один схватил за узду коренника, другой стащил с козел и ударил рукояткой сабли кучера, третий распахнул дверцу и гнусаво пропел: «Вылезай, кошечка, ты приехала». В ответ карета изрыгнула струю дыма, огонь и грохот. Разбойник упал, не вскрикнув. Остальные мгновенно исчезли в тумане.

Молодец, девочка, думал я, слушая, как всхлипывает и стучит зубами Летиция. Не переживай, так ему и надо. Не стоит этот гнусавый твоих слез. Хотя она – уж мне ли было этого не знать – плакала не из-за гнусавого, а из-за того, что мир устроен так ужасно.

В предпоследний раз моя питомица плакала, когда пришло письмо из Сале (это я уже описывал). А в предпредпоследний – в тринадцатилетнем возрасте, из-за прыщика на лбу.

Я и то плачу чаще. И если уж меня пробирает слеза, то не на одну минуту, как эту фройляйн.

Потому что всего через минуту рыдания ее стихли, она скрипнула зубами, сжала кулаки и села на кровати.

Поглядела на меня – улыбнулась. Не знаю, что такого комичного нашла она в моем облике, но я не оскорбился, а обрадовался, что моя подопечная справилась с унынием и слабостью.

– Бедняжка, – сказала Летиция. – Ты тоже напереживалась. Надо тебя покормить.

Она налила молока, накрошила бисквита.

Что ж, мы, моряки, не привередливы. Едали и не такое.

Я вежливо опустил клюв в блюдце, чихнул (у меня от молока всегда чесотка в носу). Солонинки бы с красным перцем, да глоток-другой рома. Кое-как я выбрал крошки, пока они вконец не размокли.

Девушка наблюдала за мной.

– Будем подружками, смешная птица? Мне сейчас очень нужна подруга! Ах, где ты, моя Беттина...

Кто-кто?

Я прикрыл глаза.

Так, Беттина, Беттина...

Книга жизни моей питомицы зашелестела передо мной своими разноцветными страницами и послушно раскрылась на нужном месте.

Брюссельский пансион, куда маленькую Летицию сплавил папаша. Управляет им англичанка, обнищавшая гранд-дама из окружения свергнутого короля Якова. В пансион принимают дворянок-католичек со всей Германии и Фландрии. Учат манерам и идеальному почерку, а также языкам – английскому, французскому и латыни.

Беттина фон Гетц – славная девочка с кротким взглядом и утиной фигурой, дочка дорновских соседей. Все время, проведенное на чужбине, подруги неразлучны. Помните, я описывал сценку, как пансионерки глазеют на свадебный кортеж? Беттина тоже была там. Стояла рядом с моей, обняв ее за плечо, и мечтательно улыбалась.

– Представим, Кларочка, что ты Беттина, – бодро сказала Летиция, сев передо мной и уперев локти о стол. – У тебя такие же круглые глаза. Дай мне совет, моя рассудительная подруга.

Охотно. Советы – это как раз по моей части.

Я кивнул, показывая, что готов слушать. Моя питомица прыснула, но сразу же посерьезнела.

– Вот тебе задачка. Желтолицый сморчок требует с меня двадцать одну тысячу триста пятьдесят ливров да три тысячи за свои услуги, хоть теперь и не очень понятно, в чем они заключаются. Пять тысяч – цена выкупа, и знающие люди говорят, что еще столько же может уйти на бакшиш и непредвиденные расходы. Я же получила под заклад Теофельса от нашего сопливца тридцать тысяч. Допустим, я поторгуюсь с Лефевром и насколько-то собью цену. Но с чем останется отец, когда вернется из плена больной и измученный? Ни дома, ни денег...

Я обратил внимание на то, что в эту минуту она не думала о себе и своем будущем – только об отце. Благородное сердце!

Между тем Летиция продолжила свое размышление вслух.

– Все эти соображения на одной чаше весов. На другой лишь одна гирька, но зато золотая! Через каких-нибудь две недели корабль достигнет берегов Барбарии. Отец будет спасен, мы с ним никогда больше не расстанемся! И еще. Лефевр сказал, что капитана зовут Дез Эссар. Это одна из лучших фамилий Франции. У покойного Людовика

Тринадцатого некий Дез Эссар командовал королевскими гвардейцами. Думаю, на человека из такого рода можно положиться...

Но оживление тут же оставило ее.

– Вдруг я отдам им все свои деньги, а они меня обманут? Или даже не обманут, а просто отступят перед трудностями. Каких бы благородных правил ни был Дез Эссар, для него мой отец – чужой человек. В лучшем случае капитан исполнит свои инструкции, нельзя требовать от него большего. Как же мне быть, дорогая моя Беттина?

«Ты сама только что ответила на этот вопрос», – мысленно сказал я и кивнул в сторону окна.

Но она не поняла.

– Ты считаешь, я должна потолковать с капитаном и убедить его, что мой отец – самый лучший, самый драгоценный человек на свете? Конечно, я сделаю это. Но я некрасноречива и плохо умею взывать к состраданию, ты всегда это говорила.

Да нет же! Разжалобить капитана корсарского судна – пустая затея. Я нетерпеливо топнул ногой. Желая разъяснить свою позицию, перелетел на подоконник и постучал клювом в стекло, за которым виднелась стена и торчащие над нею мачты.

Самой надо плыть, милочка, самой! С попутным ветром это всего лишь двухнедельное плавание, пустяк! А уж если ты окажешься в Сале, то не дашь кораблю уплыть обратно, пока мавры не отдадут твоего обожаемого фатера!

– Вы меня не слушаете, госпожа Мёнхле, – грустно улыбнулась Летиция. – Вам интереснее смотреть в окно. А ведь вы мне не только подруга, но теперь еще и родственница. Нехорошо.

Этого я не понял. Почему «госпожа Мёнхле»? В каком смысле «теперь родственница»? Очевидно, не все странички жизни моей подопечной запечатлелись у меня в памяти с одинаковой ясностью. Пришлось перелистнуть их вновь.

Ах, вот оно что...

У Летиции было две тетки, давно вышедшие замуж, и три дяди. Старший Клаус, стало быть, умер без потомства. Следующий по возрасту после Фердинанда, Андреас, пошел по духовной линии и тоже успел покинуть сей мир. Младший, по имени Корнелиус, был наемником, много лет назад отправился искать счастья в далекую Московию, где и сгинул. Таким образом, Летиция – единственная наследница родового имения. Но у нее, оказывается, есть сводный брат. Он не носит имени фон Дорнов, потому что рожден вне брака, в нарушение церковных законов. Произвел сего бастарда аббат Андреас, вследствие чего мальчик получил фамилию Мёнхле, то есть «монашек». Иеронимус Мёнхле выучился наукам у иезуитов, проявил недюжинные способности к финансам и разбогател на ломбардно-ссудных операциях. Ныне состоит в ранге коммерцсоветника при вюртембергском дворе и даже получил от герцога дворянскую грамоту, но этого Иеронимусу мало. Он мечтает стать настоящим аристократом. В конце концов, разве он не потомок крестоносцев? Если бы он стал владельцем родового замка, через некоторое время все забыли бы, что он, как говорится, рожден «вне колыбели».

Я вижу, как сопящий Мёнхле, хлюпая от волнения носом, подносит Летиции алмазное кольцо. Он явился к кузине с предложением руки и сердца. Вижу, как коммерцсоветник бежит к карете, провожаемый заливистым смехом.

Потом вижу его в церкви перед аналоем. Рядом – невеста. Не наследница замка Теофельс, но зато баронесса. Это Беттина фон Гетц, ее лицо печально и покорно судьбе. Бедняжку попросту продали, как продают лошадь благородных кровей. Господин Мёнхле удачно вложил деньги – повысил свой аристократический статус. Потому-то моя питомица и называет свою подругу родственницей, хотя правильнее было бы сказать «свойственница».

Заодно уж я вытягиваю из нашей общей с Летицией памяти еще один эпизод с участием Иеронимуса.

Зимний вечер в Теофельсе. В огромном камине потрескивают поленья. По стенам и высокому потолку качаются красные и черные тени.

– ...Это совершенно беспроцентная ссуда, милая сестрица. Предлагаю вам ее, как родственник, как искренний друг. Тридцать тысяч звонкой монетой! На целый год! – Пухлые щеки коммерческого советника подрагивают, багровый язык облизывает губы. – Что такое «залог»? Пустяк! Формальность, необходимая для того, чтобы я мог провести эту операцию через свои бухгалтерские книги. Вы вернетесь с дорогим дядюшкой, отдадите мне деньги, и будете жить-поживать в этом славном доме.

Мёнхле скользит жадным взглядом по гербу над камином, по развешанному оружию, по кабаньим и оленьим головам.

Летиция думает: «Ты надеешься, что меня по дороге прикончат разбойники. Или что мы не сможем вернуть долг. И тогда твоя мечта осуществится. Теофельс станет твоим. Бр-р-р-р! Но год – это так много! За это время я умру, но вызволю отца.

И если вызволю, он сумеет добыть денег. А если умру, наплевать. Пускай здесь живут дети Беттины».

Продолжение беседы досмотреть (верней сказать, довспомнить) я не успел, ибо моя питомица вдруг вскочила, подошла к окну и стала смотреть туда, куда я указывал ей минуту назад – на корабельные мачты.

– Господи, ну конечно! – прошептала она. – Где-то там стоит *мой корабль*. Я поплыву на нем сама! Ничто меня не остановит!

Умница! Сообразила!

В течение нескольких минут она ходила по комнате и сама с собою разговаривала, но беззвучно, лишь шевеля губами, поэтому я не знал, какое направление приняли ее мысли. Потом снова села к столу и начала писать письмо. Тут уж я не растерялся. Перелетел к ней под локоть, стал смотреть, как на бумагу ложатся строчки. Время от времени Летиция задумывалась и рассеянно трепала меня по хохолку. Это было чертовски приятно.

Писала она Беттине, по-английски – на языке пансионных лет. Пока досыхали чернила, я проглядел написанное еще раз и остался вполне доволен содержанием. Непонятен мне остался только один пассаж: *«Будь здорова, крепка Духом и не унывай, насколько это возможно в твоем Положении. Пусть дорогие мне Стены служат не только Убежищем твоему бедному Телу, но и Опорой твоей кроткой Душе. Таково мое тебе Благопожелание, и больше, памятуя о своем Обещании, не коснусь сего грустного Предмета ни единым Словом»*.

Это требовалось разъяснить.

Я прикрыл глаза и увидел продолжение сцены у пылающего камина. Но теперь речь держала Летиция, а герр Мёнхле смиренно слушал.

– Дорогой братец, – язвительно говорила она, – я приму твою великодушную помощь, но с некоторыми условиями. Ты получишь Теофельс в заклад, однако в течение года жить здесь будет твоя супруга, а ты не будешь иметь права даже переступить порог замка.

Коммерцсоветник в первое мгновение просиял – его мечта была близка к осуществлению. Потом заморгал, разинул рот.

– А... а как же исполнение законных супружеских прав? Хотя бы раз в неделю, по субботам?

Летиция рассмеялась – надо признать, очень недобро.

– Пока Теофельс мой, ... под крышей фон Дорнов ты не будешь.

Я был эпатирован вульгарностью использованного ею глагола. Грубыми словами меня не удивишь, я старый морской бродяга. Но ведь это девица из благородной семьи, воспитанница английского пансиона!

Год спокойной жизни вдали от постылого муженька – вот прощальный подарок, который Летиция сделала своей дорогой подруге.

Глаза Иеронимуса Мёнхле сверкнули злобой, вечно мокрый нос издал хлюпающий звук, но кузен стерпел и смиренно развел руками. Унизительное условие было принято.

Еще я не понял, что означает подпись *Your most loving and assured Friend Épine*[17]. «Épine» по-французски значит «колючка». Но потом перевел это слово на немецкий – вышло «Dorn» – и даже не стал рыться в памяти. Сам сообразил: не иначе,

---

[17] Твоя самая любящая и верная подруга Épine *(англ.)*

старинная пансионская кличка. С такой фамилией и с таким характером, как у моей подопечной, франкоязычные соученицы из фландрских семей должны были прозвать ее именно так.

Заклеив письмо сургучом и оттиснув свою печатку, Летиция тут же написала второе письмо, короткое и деловое. Она извещала «высокоуважаемого мессира Лефевра», что нынче в девятом часу вечера посетит его, дабы обсудить условия сделки и познакомиться с капитаном Дез Эссаром.

Тон письма был сух и повелителен – так пишет исполнителю требовательный заказчик.

Положительно, я восхищался своей медноволосой питомицей!

## Деловой разговор

– Итак, вы предлагаете мне нанять корсарский корабль, – сказала она, особенно подчеркнув слово «нанять». Я, признаться, не понял, зачем, но Лефевр что-то учуял и внес поправку.

– Если быть точным, мадемуазель, я предлагаю услуги одного из моих кораблей, с моим капитаном и моим экипажем, чтобы выручить из плена вашего батюшку.

К вечеру похолодало, с моря подул холодный ветер, и высокие окна роскошного кабинета были закрыты, а в камине пылал огонь, но арматор зябко ежился, а Летиция, наоборот, разрумянилась. Сразу было видно, кто тут наседает, а кто пятится.

– Я и не говорю, что покупаю ваш корсарский корабль. Я его нанимаю. Не так ли?

Кажется, я начал догадываться о причине ее настойчивости, и от удовольствия слегка чихнул. Чихать очень приятно. Живя с штурманом Ожье, я пристрастился нюхать табак. Клянусь, это одно из милейших занятий на свете. Но с госпожой де Дорн от этого невинного наслаждения придется отвыкать, ничего не поделаешь...

Француз покосился на меня.

– Вы так экстравагантно смотритесь с попугаем на плече. Но, может быть, пересадим птицу в клетку, чтобы она не мешала деловому разговору? – Он показал на большое золоченое сооружение из проволоки, стоявшее на отдельном столике. Туда-то, очевидно, этот выжига и намеревался меня засадить, когда давеча предлагал сорок ливров. – Не угодно ли?

– Не угодно, – отрезала моя новая питомица, и я благодарно сжал ее плечо когтями.

Когда она под покровом темноты отправлялась на встречу с арматором, оставила меня в номере. Но я, конечно, не мог пропустить такое событие. Я открыл клювом оконную раму, слетел на улицу и спланировал Летиции на плечо.

Она не рассердилась, даже обрадовалась.

– Кларочка, ты хочешь со мной? Отлично, а то я немножко трушу.

Но если она и побаивалась хитроумного судовладельца, в разговоре это никак не проявлялось.

– Отчего же вы не хотите признать очевидный факт? – с нажимом повторила она. Лефевр промямлил:

– Не понимаю, о чем тут говорить. Ну да, разумеется. Вы нанимаете судно.

– Отлично. Я нанимаю корсарский корабль. Это во-первых. Теперь второе: я нанимаю *корсарский* корабль.

Браво, девочка! Так держать!

– Да, у корабля есть королевский патент на корсарский промысел, а на борту, согласно правилам, будет писец морского министерства. Но что с того?

– Значит, нанятый мной корабль имеет право нападать на неприятельские суда и захватывать добычу?

– По желанию владельца и на усмотрение капитана, – быстро возразил Лефевр, подняв палец.

– Отлично. А что потом происходит с добычей?

Арматор кисло сказал:

– Ну, ее регистрирует писец. По возвращении треть поступает в королевскую казну, треть идет владельцу, а треть делится между членами экипажа.

– Владелец в этом плавании я, – нанесла решительный удар моя умница. – Следовательно, треть добычи будет моя.

В крайнем волнении Лефевр вскочил с кресла.

– Но ваша цель – выкупить из плена отца! Вы сами это говорили! Если б вы хотели вложить деньги в корсарскую экспедицию, я назначил бы за «Ласточку» совсем другую цену!

Не поддавайся, милая, спорь! Я сжал когти.

Летиция тоже поднялась, чтоб Лефевр над нею не нависал. Оказалось, что она выше ростом.

– Тогда я поговорю с другими арматорами, сравню расценки и выберу наиболее выгодное предложение. Полагаю, на моем месте вы поступили бы так же.

– Я думал, вам не терпится избавить родителя от тяжких страданий, а вы думаете о выгоде! – горестно воскликнул судовладелец. – Ну хорошо, так и быть. Половина трофеев будет ваша, половина моя.

Мои когти снова пошли в ход. Не давай себя надуть!

– Не возражаю... Но в этом случае вы возьмете на себя и половину расходов. Вместо двадцати одной тысячи трехсот пятидесяти ливров я заплачу вам десять тысяч шестьсот семьдесят пять.

Какова сила характера! А скорость устного счета!

Я почувствовал, что могу немного расслабиться. Моей питомице палец в рот не клади.

С четверть часа шла ожесточенная торговля, в итоге которой арматор согласился сократить на треть стоимость аренды корабля, получив в обмен половину интереса. Это далось Лефевру нелегко, ему пришлось попотеть – в том числе, в прямом смысле. Он уже не зяб, на желтом лбу выступила испарина.

– Уф, – сказал он, утирая лицо кружевным манжетом. – Не завидую вашему будущему супругу, мадемуазель. Если вы с вашим нравом вообще когда-нибудь найдете себе партию.

Если он думал, что этим жалким и малодостойным выпадом завершает баталию, то здорово ошибся. Главный сюрприз был впереди.

– Благодарю за беспокойство о моих матримониальных видах, – невозмутимо произнесла Летиция, – однако у меня есть еще один вопрос. Откуда мне знать, поплывет ли вообще ваш корабль в Барбарию? Может быть, он поболтается пару месяцев в море, нахапает добычи и вернется? А вы мне скажете, что выкупить отца не удалось?

– Да... да как вы можете такое... Честь купеческого дома «Лефевр»! Моя репутация! Чудовищное подозрение! Неслыханное оскорбление!

Пока Лефевр бушевал и возмущался, она спокойно выжидала. Наконец, поняв, что криком ее не проймешь, он прищурился и спросил:

6*

– Что вы предлагаете? Хотите отправить с кораблем своего представителя? Но вы никого в Сен-Мало не знаете.

– Я поплыву на «Ласточке» сама.

Француз утратил дар речи. С минуту он таращился на собеседницу, разинув рот. Потом сдернул свой величественный парик, вытер рукавом плешивый череп и устало опустился в кресло.

– Нет, с вами решительно нельзя иметь дело... Вы не понимаете, чего требуете. Знаете ли вы, что такое корсарское плавание?

– Не надо говорить мне об опасностях. Они меня не пугают.

– Да при чем здесь вы! Я и так вижу, что вас не испугают ни черт, ни преисподняя. – Он безнадежно покачал головой. – Дело не в вас. Дело в экипаже. Никогда и ни за что матросы не отправятся в корсарский рейд с бабой на борту. Это приносит несчастье.

Летиция недоверчиво усмехнулась, но на сей раз прохиндей был абсолютно прав! Как я мог упустить это обстоятельство из виду? Очевидно, причина в том, что, полюбив свою новую подопечную, я перестал воспринимать ее как существо противоположного пола, она стала для меня сопряженной частицей моей души. Но моряки и вправду народ суеверный. Если капитан объявит, что в опасную экспедицию с ними идет женщина, весь экипаж немедленно дезертирует. Я и сам, честно говоря, отношусь с предубеждением к таким рейсам. Еще с тех пор, когда утонул мой первый питомец Ван Эйк. Разве я не говорил, что в тот раз его корабль вез из Джакарты жену яванского губернатора со служанкой?

Я встревоженно заерзал на плече своей девочки. Уж эту стену ей было никак не пробить!

Но видно не зря ее в пансионе прозвали «колючкой». Такая, если вопьется, то намертво.

– Суеверия ваших моряков – не моя проблема, сударь. Или я плыву на «Ласточке», или наш разговор окончен.

Я был уверен, что тут он выставит ее за дверь. Но Лефевр опустил голову, долго о чем-то размышлял и в конце концов со вздохом молвил:

– Быть по-вашему. Я велю внести в контракт соответствующий пункт.

– Только учтите, – предупредила она, – я очень внимательно изучу этот документ. Пусть пункт будет сформулирован так: если владелец не сможет обеспечить мое участие в плавании, договор расторгается, а кроме того вы возмещаете мне все расходы по поездке в Сен-Мало.

– А если я найду способ поместить вас на корабль, но вы сами передумаете и откажетесь, то полученный мной аванс не возвращается, – парировал арматор.

Они в упор смотрели друг на друга. Я чувствовал, что хитрый лис нашел какую-то лазейку, слишком уж он стал покладист. Осторожней, душа моя! Не дай себя провести!

– Не надейтесь, – сказала Летиция. – Я не откажусь. Идемте составлять бумагу.

Мы спустились на этаж, где находилась контора. Очень долго, на протяжении часа или полутора, клерк под диктовку записывал пункты контракта, потом другой писец перебеливал документ.

После этого Летиция медленно прочла его вслух. Я внимательно слушал, как говорится, навострив когти. Был готов царапнуть ее, если увижу подвох.

– Мне не нравится пункт 18. – Девушка нахмурилась. – Тут сказано, что судовладелец не несет ответственности за неуспех экспедиции в случае, если пленник... умрет.

Последнее слово она произнесла с усилием.

– А как иначе? На все воля Божья. Если Господь решит призвать к Себе вашего батюшку, моей вины в том нет. Если же у вас будут основания хоть в какой-то степени винить меня или команду в этом несчастье, так на то есть пункт 19, где предусмотрены жесточайшие штрафные санкции.

Возразить на это было нечего. Летиция прочитала документ еще раз и решительно подписала, разбрызгивая чернила. Подписал и арматор.

Сделка была заключена.

– А теперь вернемся в кабинет. Там уже должен ждать капитан Дезэссар. Я предчувствую, что объяснение с ним будет нелегким. Должен предупредить вас, это человек неотесанный и грубый, как большинство моряков.

– Дворянин не может быть груб с дамой, – величественно заметила Летиция.

Я видел, что она очень довольна тем, как вела себя во время трудных переговоров, завершившихся полным ее триумфом. Что ж, я тоже ею гордился.

– Кто дворянин? Жан-Франсуа? – засмеялся Лефевр. – А, вы, верно, подумали, что он их тех Дез Эссаров? – Арматор ткнул пальцем вверх в потолок. – Нет, фамилия капитана пишется в одно слово. Он не голубых кровей. Исконный малоанец, просоленная шкура. Начинал юнгой, был матросом, боцманом, штурманом, подшкипером. Выбился в неплохие капитаны. Жан-Франсуа, конечно, хотел бы получить дворянский герб, все капитаны об этом мечтают. Но его величество жалует эту милость лишь за особенно выдающиеся заслуги.

***

– Вот наша достопочтенная клиентка, мой дорогой Дезэссар. Она желала на вас посмотреть.

Со стула нехотя поднялся коренастый, почти квадратный человек исключительно недворянской внешности. Одет он, положим, был не без потуги на важность: на кантах и отворотах мятого, в пятнах кафтана тускло отсвечивали позументы, на тупоносых башмаках сверкали преогромные серебряные пряжки, а из жилетного кармана, чуть не доставая до пупа, свешивалась толстая цепочка часов. Но кружева на рубашке были желты, золотое шитье засалено, чулки висели складками. Физиономия и подавно не претендовала на изящество. Свирепая физиономия от ветров и солнца обрела цвет и фактуру наждачной бумаги; вздернутый нос, подобно двуствольному пистолету, целился в собеседника широкими ноздрями, зато взгляд маленьких глазок для морского волка был каким-то слишком быстрым, словно ускользающим. Я сразу понял: этот субъект очень и очень себе на уме. Впрочем, среди капитанов купеческого флота, промышляющих попеременно торговлей и узаконенным разбоем, такой тип нередок. Возраст Дезэссара, как у большинства бывалых мореплавателей, точному определению не поддавался. Эта публика задубевает до густой сизости годам к тридцати и после уже почти не меняется до шестого десятка. Рискну предположить, что капитан перебрался на мою сторону сорокалетнего рубежа.

Первое мое впечатление от господина Дезэссара, честно говоря, было неблагоприятным. Особенно встревожило меня то, что, поднявшись, он спрятал за спину руки.

Считается, что глаза – замочная скважина души и в них можно рассмотреть истинную суть человека. Мой опыт этого не подтверждает. Люди тертые обычно следят за своим лицом; иные могут глядеть на вас открыто, умильно, а при случае и подпустить слезу.

У меня другая метода – я определяю нрав и честность по рукам. Язык жестов не менее красноречив, но мало кто даже из отъявленных хитрецов заботится его маскировать.

Пользуясь своим положением бессмысленной твари, я перелетел на шкаф, а оттуда на стол, чтобы рассмотреть руки Дезэссара получше.

– Ваш попугай не нагадит на бумаги? – спросил невежа арматор, на что я лишь презрительно фыркнул.

Нехороши были руки у капитана. Ох, нехороши!

Во-первых, коротколапые – верное свидетельство низменности или, в лучшем случае, приземленности души. Во-вторых, находились в постоянном движении – цеплялись друг за друга, скрючивались, пощелкивали суставами.

Этот человек то ли сильно волновался, то ли что-то скрывал.

Мне захотелось заглянуть в его нутро как следует. Воспользовавшись тем, что он был повернут ко мне спиной, я перелетел ему на плечо, продрал когтем сукно на груди, а клювом прицелился в висок, но Дезэссар так дернулся, что я на нем не удержался. Разведка, увы, не удалась.

– Она у вас бешеная, эта чертова птица?! – заорал капитан грубым голосом, схватил со стола свою треуголку и замахнулся на меня.

– Ей не понравилось, что вы не поклонились даме. Это свидетельствует о плохих манерах, – сухо сказала моя умница, очевидно, с самого начала решив продемонстрировать, кто здесь главный. – Ко мне, Кларочка. Этот господин исправится.

– Черта с два! Я не паркетный шаркун, чтоб мести по полу шляпой! Если ваш поганый попугай станет на меня кидаться, я сверну ему шею, не будь я Жан-Франсуа Дезэссар! – Он так рассердился, что топнул ногой. – Зачем вы меня вызвали, патрон? Чего на меня смотреть? Я не грот-мачта, не румпель и не бушприт!

Тоном светской дамы, разговаривающей с конюхом, Летиция объявила:

– Я хочу видеть, кому вверяю не только свои деньги, но и свою жизнь. Видите ли, мсье, я плыву с вами.

Реакция капитана была предсказуемой. Разумеется, вначале он захлопал глазами, потом уставился на арматора, который с унылым видом кивнул. Ругательства, которыми после этого разразился моряк, я опускаю. Общий смысл воплей был таков: бабе на «Ласточке» делать нечего, матросы этого не потерпят, да и сам он, трам-та-рарам, скорее проглотит свою подзорную трубу, нежели согласится на такое.

Летиция ответила не шкиперу, а судовладельцу:

– В таком случае, сударь, вы найдете мне другого капитана. Согласно пункту 11 нашего контракта.

А понадобится – поменяете всю команду, согласно пункту 12.

Я одобрил ее твердость поощрительным возгласом.

– Успокойтесь вы оба, не кричите! – вскинул ладони Лефевр. – И, ради бога, угомоните вашего попугая, мадемуазель. Без того голова трещит! Я все отлично предусмотрел. Согласно недавно утвержденному указу Адмиралтейства, на корсарском корабле с экипажем более 40 человек обязательно должны быть священник и морской хирург.

– Кто-кто? – переспросила Летиция, очевидно, не поняв словосочетания chirurgien navigan.

– Попросту говоря, лекарь. Штраф за нарушение указа 2000 ливров, поэтому никто из арматоров и капитанов ослушаться не смеет. Это два лишних рта и два лишних жалованья, причем содержание врача немалое – 100 ливров в месяц.

Попа я вам, Дезэссар, уже сыскал. Этот простак согласился плыть бесплатно. А с лекарем мы поступим вот как: переоденем госпожу де Дорн в мужское платье – и собьем одним камнем двух птиц. Во-первых, условия контракта будут выполнены, а во-вторых, сэкономим на медике.

– Вы шутите?! – в один голос вскричали капитан и барышня.

Лефевр невозмутимо смотрел на них прищуренными глазами, в которых поигрывали злорадные искорки. Так вот в чем заключался подвох!

– А что такого? – с невинным видом спросил он. – По правилам, у врача должен быть патент, но, поскольку мало кто из настоящих медиков хочет плавать по морям, разрешается брать лекарских учеников, лишь бы они были грамотны, могли разобраться в содержимом медицинского сундука и имели от роду пятнадцать лет. Вам ведь есть пятнадцать лет, мадемуазель?

Она растерянно кивнула, застигнутая атакой врасплох.

– Ну вот, видите. В вашей смышлености я уже убедился, что же до медицинского сундука, то можете не беспокоиться. Я по случаю закупил оптом на все свои корабли стандартные наборы, одобренные военно-морским ведомством. Там 20 необходимых хирургических инструментов, 28 медикаментов, гипс, корпия и все прочее по утвержденному списку. Никто кроме Дезэссара о вашем маскараде знать не будет. А наш славный капитан не проболтается – это не в его интересах. Как вам мое предложение? Полагаю, это единственный способ решить нашу маленькую проблему.

В сущности, рассуждая логически, он был совершенно прав. Но...

– Но мы так не договаривались, – пролепетала Летиция. Ее самоуверенность пропала без следа. Сейчас моя питомица выглядела перепуганной девочкой. – Я не стану обманывать команду! А вдруг меня разоблачат?

Дезэссар открыл рот и снова закрыл. Его физиономия из сизой сделалась лиловой. Я забеспокоился, не хватит ли беднягу удар. Судя по набухшим жилам на висках, «наш славный капитан» имел предрасположенность к апоплексии.

– Тут уж будете виноваты вы сами. – Арматор пожал плечами. – Договор обязывает меня предоставить вам возможность участия в плавании. Я ее предоставил. Нигде в документе не сказано, какую одежду вы будете носить, женскую или мужскую. Коли вас не устраивает мое предложение, расстанемся миром, но аванс мой.

Однако он тут же сменил тон и заговорил мягко, вкрадчиво:

– Поверьте, сударыня, кроме как в мужском обличье, вам ни на один корабль не попасть. Никто во всей Франции на это не согласится. Во всяком случае сейчас, в военное время. Из вас получится бравый юноша, поверьте опытному глазу. Рост у вас отменный, фигура, по счастью, не отличается округлостью форм, голос низок, а от соли и ветров он обретет хрипотцу. Соблюдайте осторожность, и никто вас не раскусит.

Она жалобно воскликнула:

– Но я ничего не смыслю в медицине! А если придется кого-то лечить?

– Лекарские ученики, которых я сажаю на другие свои корабли, тоже не Гиппократы.

– Да как я буду жить среди мужчин? – Летиция схватилась за виски. – Это невозможно!

– Вы имеете в виду естественные физические различия со всеми, так сказать, вытекающими последствиями? – покивал Лефевр, деликатно отставив мизинец. – Я продумал и это. У вас будет почти отдельная каюта. Только вы и монах. А монах – и не мужчина вовсе, все его помыслы там.

Он закатил глаза и показал на люстру.

Здесь Дезэссар, наконец, справился с негодованием и завопил:

– Черррта с два! Я скорей сожру свои потроха, чем соглашусь на это! Никогда, вы слышите, сударь, никогда и ни за что Жан-Франсуа Дез...

Но арматор быстро перебил его:

– Не хотите – не надо. Корабль поведет мсье Кербиан.

И капитан сразу заткнулся, поперхнувшись на собственной фамилии.

– Он опытный штурман, давно мечтает о самостоятельном плавании, – спокойно договорил Лефевр.

Буян стушевался и только метнул на своего патрона быстрый взгляд, в котором кроме ярости мне померещилось что-то еще. Быть может, смущение? Хотя трудно представить, чтобы просоленный морской волк мог конфузиться.

Летиция опустила голову, вид у нее был совсем потерянный. Полагаю, что на нее всей своей тяжестью обрушилась истина, которую Учитель сформулировал так: «Тяжело идти тропой, что ведет к краю пропасти. Особенно если нельзя повернуть назад».

## *Мортирка гноеотсосная*

Всю ночь мы не спали.

Сначала стригли волосы. То есть, стригла-то их Летиция, а я наблюдал и верещал, если видел, что получается совсем уж неровно.

Непростое дело – самой себя стричь, установив два зеркала одно напротив другого.

Длинные медные пряди падали на пол. Они были похожи на бруски красного золота, которое испанцы привозят из Нового Света в трюмах своих галеонов. Я поднял клювом один локон. От него пахло полевыми цветами, безмятежностью, девичеством – тем, что никогда не вернется.

– Ужас какой, – пожаловалась Летиция, проведя рукой по стриженой голове. – Настоящий *Épine*. Вернее сказать, репейник. Ты, Кларочка, только посмотри!

Она все время обращалась ко мне вслух, а я старался в ответ издавать хоть сколько-то понятные звуки.

«Наплевать! – заметил я, красноречиво качнув головой. – Какое это имеет значение?»

– Ты права, девочка. Уши торчат просто непристойно! Я и не знала, что они у меня оттопырены! Но ничего. Всякий уважающий себя лекарь носит парик.

Арматор дал нам целый тюк мужской одежды. В черный камзол, белую рубаху, черные штаны и козловые башмаки с грубыми чулками Летиция нарядилась, едва мы вернулись в номер. Когда же нацепила дешевый парик из пакли бело-серого цвета, то превращение завершилось. В долговязом, длинноносом юнце было невозможно узнать медноволосую барышню, что я повстречал на Испанской набережной.

Покончив с переменой пола, мы занялись укладкой багажа. Из вещей, которые фрейляйн фон Дорн привезла с собой, в плавании нам мало что могло пригодиться.

Платья, туфли, шляпы, нижнее белье, шелковые чулки, ароматические воды, а также иные принадлежности дамского туалета, назначение которых было мне неизвестно, отправились в сундук.

В качестве предметов полезных Летиция отобрала два карманных пистолета да складной нож.

– Знаешь, Клара, – сказала она, прежде чем запереть крышку, – вот смотрю я на все эти девичьи глупости, и странное у меня предчувствие – будто я никогда больше не надену чепца с лентами, фижм или туфелек на высоких каблуках. А ведь я всё это так ненавидела! Милая моя подружка, я очень невысокого мнения о женской доле. Но как страшно с нею расставаться, и, быть может, навсегда. Длинное платье и завитые кудряшки – неплохая защита от грубого, хищного мира. То, что позволительно даме, нипочем не сойдет с рук мужчине. На удар придется отвечать ударом, а не слезами. И в обморок не упадешь...

«Не думаю, чтоб ты часто падала в обморок, когда носила женскую одежду», – фыркнул я, дернув клювом.

– Не смейся надо мной! Могу я немного похныкать хотя бы наедине с собой?

Ах вот как, «наедине»? Я обиженно отвернулся.

Утром пришли от Лефевра. Забрали деньги, положенные за наем судна. Серебро, оставшееся от тридцати тысяч, тоже взяли, выдав вексель на банкирский дом «Сансон», имеющий в Сале специальную контору, которая оказывает посреднические услуги при выкупе пленников.

Остальные вещи тоже были оставлены на попечение арматора. С узелком в руке и мною на плече новоиспеченный chirurgein navigan перебрался в гостиницу попроще, согласно своему скромному положению.

Летиция очень робела, выходя на улицу. Ей казалось, что первый же встречный ее разоблачит. «Господи, зачем я только согласилась», – шептала она. Я успокоительно пощелкивал ей в ухо.

И вскоре она воспряла духом. Не благодаря моим увещеваниям, а из-за того, что никто не обращал на неприметного паренька ни малейшего внимания. Если и смотрели, то на меня, причем без большого любопытства.

Сен-Мало – город портовый. Тут никого попугаями не удивишь. Мимо прошел одноногий

моряк, за которым на цепочке ковыляла макака-резус – и то никто не пялился. Попадались иссиня-черные негры, апельсиновые мулаты – обычное дело. Вот на бородатого московита в меховой шапке, на того кое-кто оглядывался.

С хозяином гостиницы Летиция договаривалась о комнате уже безо всякой боязни. Она назвалась лекарским учеником Эпином из испанской Фландрии, старалась говорить побасистей, отчего голос у нее прыгал, в точности как у юноши в период созревания – даже я с моим острым слухом и взглядом не заподозрил бы обмана. Если хозяина что и насторожило, так скудость багажа. Но ливр задатка быстро разрешил эту маленькую проблему.

Теперь нам предстояло испытание посерьезней – знакомство с кораблем и экипажем. Лефевр сказал, что, согласно правилам, судовой врач обязан перед отплытием осмотреть матросов и засвидетельствовать их пригодность к экспедиции.

Если б я мог говорить, я объяснил бы моей бедной девочке, заранее трепетавшей от бремени ответственности, что никакой важности в этой процедуре нет. Капитан не дурак, чтобы брать с собой убогих и больных. Обычно лекарь – если он вообще есть – просто глядит на матросов, подписывает нужную бумагу, и дело с концом. Уж мне ли не знать!

Гораздо важнее, как встретят новичка на судне. От первого впечатления зависит очень многое. Я волновался, как родитель перед экзаменом своего чада.

Тоже еще и на корабль надо было посмотреть. У меня глаз наметанный. Если в посудине есть скрытый изъян или, того хуже, если над ней сгустилась недобрая карма, я это сразу вижу. Лучше на такое судно не садиться. Уж я позабочусь о том, чтоб моя питомица не поплыла навстречу собственной гибели.

Из-за отлива «Л'Ирондель» стоял на якоре посреди бухты; на борт нас за два су доставил ялик.

Первое впечатление у меня было неплохое. Я люблю легкие фрегаты. На них весело плавать – или, как говорят моряки, – ходить по морям. Парусным вооружением эти трехмачтовые резвуны не уступают большим военным кораблям, но гораздо проворней на резких галсах и замечательно маневренны.

Пушек на «Ласточке» было не много и не мало, а в самый раз. Шесть каронад по каждому борту, итого, стало быть, двенадцать. Плюс две шестифунтовки на корме да одна вертлюжная на баке. Очень толково. Каронады предназначены для пальбы картечью, потому что корсару надо не топить противника, а захватывать его с минимальными повреждениями. Сначала лупят чугунным горохом по парусам, потом для острастки по палубе, а уж после этого, коли неприятель не спустит флаг – ура, ура, на абордаж! Кормовые пушки нужны, когда удираешь от слишком сильного врага; из них обычно стреляют книпелями, сдвоенными ядрами на цепи, чтоб разорвать преследователю такелаж и паруса. Передняя вертлюжная, то есть вращающаяся пушка, наоборот, очень удобна для погони.

Водоизмещение?

Я бы сказал, тонн 250–270. С одобрением я отметил щедрые лиселя и сдвоенные кливера. Меня не удивило бы, если б «Ласточка» ходила

# Легкий фрега

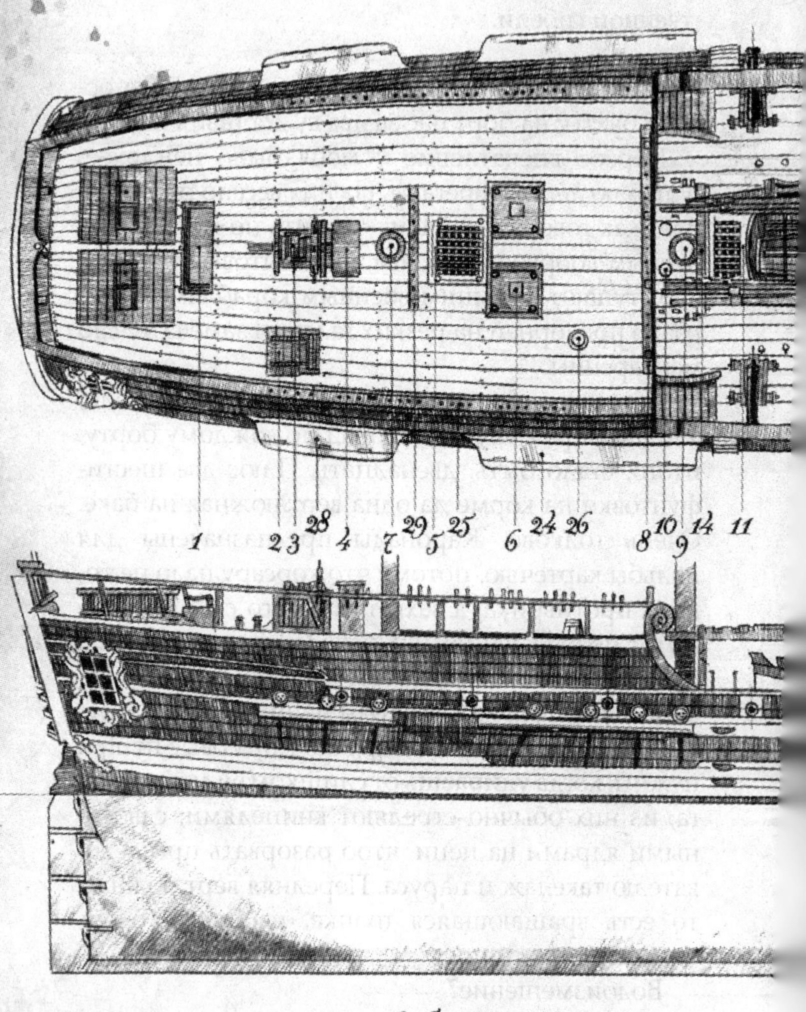


1 – скамья
2 – рубка над квартердек-трапом
3 – рулевое колесо
4 – нактоуз (компасный ящик)
5 – ютовый ящик
6 – камбузные дымоходы
7 – бизань-мачта
8 – битенг с кофель-нагелями
9 – грот-мачта
10 – помпы
11 – шкафутный люк
12 – шлюпки и шлюпбалки
13 – палубная пушка
14 – опора шлюпбалок – грота – кнехт

# т „Ласточка“

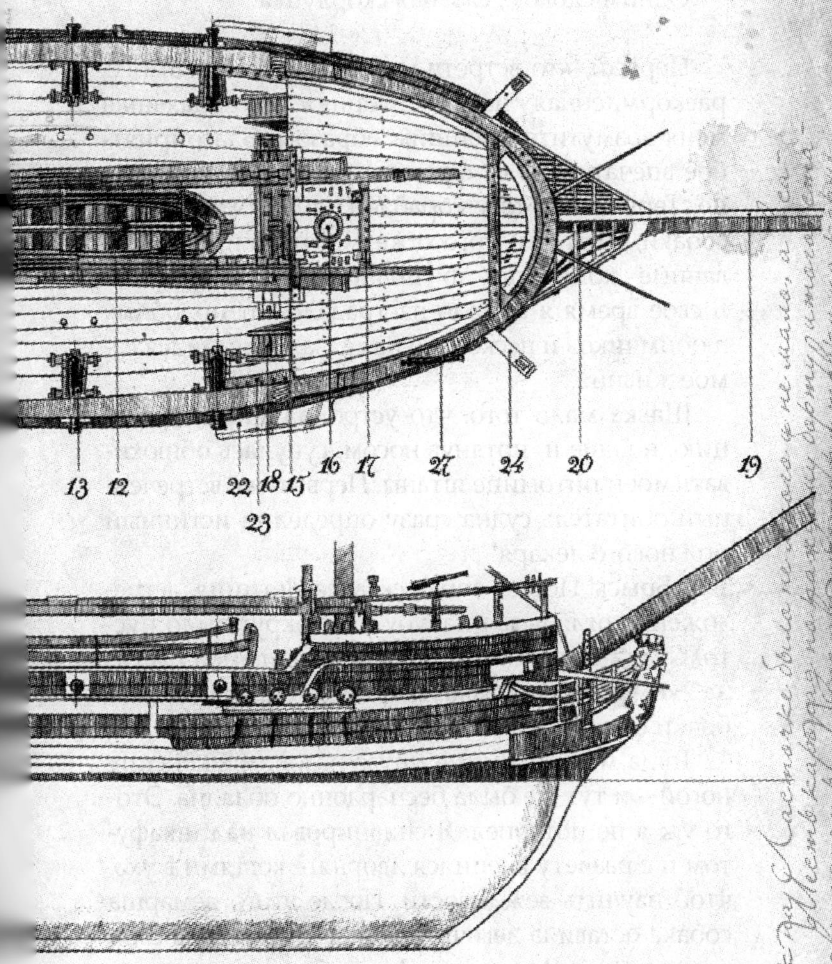


15 – корабельный колокол
16 – фок-мачта
17 – фока-кнехт
18 – баковый трап
19 – бушприт
20 – книвдигед
21 – якорная кран-балка

22 – фока-руслень
23 – кофель-нагельная планка
24 – грота-руслень
25 – кофель-нагели
26 – бочка с питьевой водой
27 – вертлюжная пушка
28 – бизань-руслень
29 – бизань-кнехт

при полном бакштаге на десяти, а то и двенадцати узлах – со скоростью лошади, рысящей по ровному полю.

Одним словом, славная скорлупка.

Первый, кто встретил нас – корабельный пес, раскормленная наглая дворняжка, облаявшая меня возмутительнейшим образом. Благоприятное впечатление от фрегата сразу было испорчено. Терпеть не могу кораблей, на которых живут собаки, коты или, того хуже, мартышки, разбалованные командой до полной распущенности! В свое время я немало настрадался от подобных любимчиков и несколько раз едва не лишился самое жизни.

Шавка мало того, что устроила мне обструкцию, но еще и, потянув носом, сунулась обнюхивать моей питомице штаны. Первый же встреченный обитатель судна сразу определил истинный пол нового лекаря!

– Брысь! Пошел вон! – сказала Летиция, встревоженно оглядывая палубу. Но вокруг было пусто. Судя по грохоту, доносящемуся из-под настила, команда работала в трюме, перекладывала бочки с балластом.

Тогда моя питомица пнула назойливую псину ногой – и тут же была беспардонно облаяна. Этого уж я не потерпел. Я спланировал над шкафутом и с разлету вцепился дворняге когтями в ухо, чтоб научить вежливости. После этого демарша собака оставила девочку в покое и обратила свой гнев на меня. Я же сел на фальшборт, от греха подальше, отковырял щепку и плюнул ею в невежу. Все равно цивилизованных отношений меж нами не будет.

– Селедка, ты что разгавкалась? Марш на камбуз, тебя там ждет косточка!

По трюмной лесенке поднялся вахтенный начальник, которому вообще-то даже в порту запрещается отлучаться со шканцев. Очевидно, с дисциплиной на «Ласточке» дела обстояли не слишком благополучно.

– Ты кто, сынок? – спросил он добродушно, с любопытством оглядывая Летицию в ее черно-белом наряде и кудлатом парике. – Лекарь? Капитан сейчас занят, велел мне заняться тобой, когда заявишься. Я корабельный штурман Кербиан.

Ага, тот самый, которому арматор пригрозил отдать командование, если Дезэссар станет артачиться. Красный нос с прожилками, седые брови, потухшая трубка в углу рта, неторопливая походка вразвалку. Хоть я видел господина Кербиана в первый раз, без труда мог бы описать его жизнь, характер и привычки. Старый бродяга, каких я встречал бессчетное количество, во всех портах и на всех морях.

– Хорошо нынче стало, не то что в прежние времена, – сказал он, пожимая Летиции руку. – Король, дай ему Боже, заботится и о наших душах, и о телах. Есть кому полечить моряка, есть кому и отпеть... Что-то молод ты для хирурга.

– Я лекарский ученик, – осторожно ответила она.

– На суше, может, и ученик, а у нас будешь «господин доктор». Держись посолидней, мой тебе совет. Звать тебя как?

– Эпин. Ле... Люсьен Эпин.

– Экий у тебя говор чудной. Ты откуда родом?

– Я из Фландрии, мсье Кербиан.

По напряженному лицу было видно, что девочка ожидает и других вопросов, но их не последовало.

– Тогда ясно. Зови меня «папаша Пом». У нас всех кличут по прозвищу, так заведено. Только капитана нельзя – плохая примета. Привыкай, сынок, у моряков много примет, с этим строго. И тебе прозвище дадут, когда присмотрятся. Пилюлькой окрестят, а то и Клистиром. – Он хохотнул и шлепнул новичка по плечу. – Прицепится – и навсегда. С юных лет до гроба, с одного корабля на другой. Взять хоть меня. Четырнадцать лет мне было, когда я обожрался яблоками из палубной бочки, до поноса. С тех пор всё Pomme, да Pomme[18]. Тебе-то сколько лет, не в обиду будь спрошено?

– Восемнадцать, – чуть поколебавшись, ответила она.

Папаша Пом подмигнул:

– Ну, будем считать так. Прибавил малость? Усы-то еще не растут? Никуда не денутся, вырастут. Не переживай. У меня только к двадцати под носом вылезло что-то, ужас как я убивался. Зато теперь щетина – хоть картошку чисть. Эй, дневальный! – заорал он настоящим штурманским басом, какой слышно в любую бурю. – Лекарь прибыл! Собрать всех на осмотр! – И обычным голосом: – Пока соберутся, пойдем-ка в кают-компанию, я расскажу тебе про «Ласточку»... Ишь, какой славный попугай. Твой?

Это уж было про меня – я перелетел к Летиции на плечо и стиснул пальцы: не робей, я с тобой!

Штурман, видно, был человек хороший. А это очень важно. В дальнем плавании штурман – второе лицо после капитана.

Мы прошли на квартердек, откуда вниз вела грязноватая лестница (еще один верный признак не слишком примерного порядка на борту).

---

[18] Яблоко (*фр.*).

Папаша Пом на ходу рассказывал:

– «Ласточка» наша – птичка-невеличка, всего 250 тонн. Кого надо, догонит, от кого надо упорхнет. А если что, в обиду себя не даст. Главный канонир у нас хват, каронады из шведского чугуна, и пушки тоже самые лучшие, не какие-нибудь железные – бронзовые.

– Велика ли команда? – опасливо спросила Летиция, наверное, прикидывая, скольких пациентов ей придется пользовать.

– Не особо. На абордаж мы никого брать не собираемся. Кто напугается и спустит флаг – тот наш. А кто заерепенится и начнет отстреливаться, пусть катится к черту. В плавание пойдут шесть офицеров, трое «сухопутов», да кубричного народу сорок две души. Ребята все ловкие – десять марсовых, шестеро носовых, – похвастался Кербиан.

Девочка моргнула. Откуда ей знать, что марсовые матросы, кто работает на верхушке мачты, да ноковые (эти и вовсе добираются до кончиков рей) – цвет и костяк команды. Из сорока двух матросов шестнадцать мачтовых – очень недурно.

У нас всех кличут по прозвищу, так заведено. (Даже капитана нельзя – плохая примета

«Сухопуты» – это, надо полагать, врач со священником и адмиралтейский писец.

– Вообще же, – понизил голос штурман и оглянулся, – команда на «Ласточке» особенная. Чуть не треть приходятся нашему капитану родней, остальные соседи или давние приятели. Рука руку моет. Посторонних не жалуют. До сих пор чужаками тут были я да писец. Теперь прибавитесь вы с попом. Надо и нам друг дружки держаться.

Это меня несколько удивило. Чтобы капитан ходил в море со штурманом, которому не доверяет? Странно.

Однако папаша Пом тут же эту странность разъяснил:

– Меня сам господин Лефевр назначил. Без верного человека, кто блюдет хозяйский интерес, хитрованы-малоанцы вовсе от рук отобьются.

– А вы разве не из Сен-Мало?

– Я родом из Лориана! Неужто не слышно по моей чистой речи? – с обиженным видом воскликнул Кербиан, и Летиция, умница, уважительно кивнула.

– Хорошо ли вы знаете путь в Сале?

– Я-то? Да я ходил в Барбарию раз сто! Считай, что с первым плаванием тебе повезло, малыш. Через месяц, много через два вернемся обратно. Ходка легкая, короткая. Ни с цингой, ни с желтой лихорадкой возни у тебя не будет. И боевых ран много не жди, наш капитан на рожон лезть не любит.

Ободренная этими словами, моя девочка, пригнувшись под низкой притолокой, вошла вслед за штурманом в кают-компанию и с любопытством огляделась.

– Э, с животными сюда нельзя! – показал на меня Кербиан. – Капитан не позволяет. Пусть твой попугай полетает снаружи.

– Это Клара, моя подруга. Я с ней не расстаюсь.

На сердце у меня потеплело. А тут Летиция еще прибавила, с железом:

– С капитаном я поговорю. Он возражать не будет.

Папаша Пом поглядел на лекаря и подмигнул:

– Ты, я смотрю, паренек с характером. Это правильно.

Я быстро исследовал кают-компанию, перелетев сначала на стол, потом на лафет кормовой пушки. Их тут было две – именно что шестифунтовые, я не ошибся. Во время боя стволы просовывают в открытые порты и палят. Оттого стены помещения, тесного и довольно неприглядного, были пропитаны копотью и пороховым дымом.

М-да, видал я на своем веку кают-компании и получше.

Дощатый стол, вокруг – восемь привинченных к полу грубых стульев. Оконные стекла поцарапаны. По бокам рундуки – самые простые, из просмоленной сосны. На «Святом Луке» в кают-компании была мебель красного дерева, серебряная посуда, индийский ковер. А тут единственное украшение – тронообразное капитанское кресло на глухом дубовом коробе, да и то зажатое меж двух орудий.

– Это зачем? – спросила Летиция, разглядывая круглую крышку посреди сиденья.

Папаша Пом скривился:

– Дезэссар важничает. Не может, как все нормальные люди, в ведро делать. – Он поднял крышку, я заглянул в дыру и увидел внизу воду. Выходит, эта часть кормы нависала над морем. – Ишь, барин. Справляет нужду, будто король на троне.

Сглотнув, она спросила:

– А остальные, значит, делают в ведро? И что потом?

Ее, кажется, сильно беспокоил этот вопрос. В сущности, с учетом физиологических различий между полами, это и понятно.

– Как что? Если ты ... , просто выплескиваешь за борт. А коли ... , то кидаешь на веревке в море и потом вытаскиваешь.

Штурман использовал два весьма пахучих словечка, которые я повторять не стану. Я заметил, что Летиция повторила их про себя, пошевелив губами. Очевидно, в пансионе ее таким выражениям не научили.

– Но почему капитан ... здесь, за обеденным столом, а не в своей каюте? – тут же применила она новообретенное знание на практике.

– Это и есть его каюта. Вон на том рундуке он спит, а другой рундук запирается на ключ. Это капитанский шкаф. Там корабельная казна, ключ от порохового погреба, карты. На таком просторе живет один, бесстыдник! – с осуждением молвил штурман. – На других кораблях в кают-компании квартируют еще старший лейтенант и штурман. Но у нас порядки другие. Все офицеры, будто бараны, должны в одной каюте тесниться: оба лейтенанта, канонир, мичман, я. Каждый раз, когда мне надо в лоцию заглянуть, изволь разрешения у Дезэссара спрашивать! Слыханное ли дело? Для вас с монахом, правда, отгородили закуток на пушечной палубе. И то лишь потому, что нужно же где-то устроить исповедальню.

– Значит, я буду жить в исповедальне? – растерялся мой бедный Эпин. – Но это... довольно странно!

– А не странно, что в исповедальне стоит 12-фунтовая каронада? Ничего, в тесноте да не в обиде. Кроме капитана один только адмиралтейский писец живет на особицу. Ему так по закону полагается – обитать отдельно, с несгораемым шкафом.

– Скажите, папаша Пом, а в чем состоят обязанности писца?

Штурман принялся объяснять, но вскоре рассказ был прерван.

В дверь постучали, просунулась щербатая рожа дневального.

– Ребята собрались. По одному заходить или как?

Летиция подобралась, села за стол и достала из широкого кармана тетрадку, кожаную чернильницу с крышечкой и перья.

– Ясное дело, по одному! Да раздевайтесь заранее, снаружи. Нечего зря время терять! – Кербиан повысил голос, чтоб его слышали за дверью. – Офицеров, сынок, осматривать незачем – обидятся. Я тебя с ними после познакомлю.

И медицинский осмотр начался.

– Ты уж не привередничай, – напутствовал лекаря папаша Пом. – По закону положено, чтоб у человека конечности были целы, чтоб на каждой руке не меньше трех пальцев, а во рту не меньше десяти зубов.

– Я знаю, – отрезала Летиция, хотя, уверен, впервые об этом слышала.

«Спокойно, спокойно», прокурлыкал я ей в ухо. Уголок рта у девочки подрагивал, голубая жилка на виске отчаянно пульсировала.

В кают-компанию, переваливаясь на кривых ногах, вошел совершенно голый волосатый дядька и ощерился единственным желтым зубом.

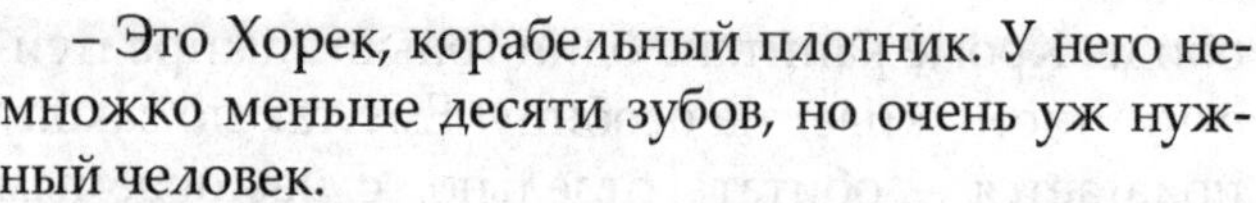

– Это Хорек, корабельный плотник. У него немножко меньше десяти зубов, но очень уж нужный человек.

– А фамилия как?

Летиция приготовилась записывать.

– Хорек, – подумав, ответил плотник. – Господин доктор, мне бы мази какой, а то свербит – мочи нет.

Он показал себе на пах, и моя питомица затрепетала.

Мужской предмет у Хорька был весь в струпьях и язвах – обычное для матроса дело. Меньше надо шляться по портовым борделям.

Насколько мне известно (а мне, напоминаю, известно о Летиции всё) сей орган, будучи девицей, она доселе видела только на античных скульптурах и представляла себе совершенно иначе.

– Что это за уродство?! – вскричала она, безмерно оскорбив плотника.

– Чего это «уродство»? Обычная испанка!

Вот ведь интересно: испанцы ту же самую хворобу называют «французкой».

– Морскими правилами не запрещено, – заступился штурман. – Не то придется полкоманды отчислять. Дай срок, сынок, у тебя тоже будет. Ишь, покраснел как! Вот если по пути зайдем в Кадис, я тебя в такое местечко свожу – живо краснеть разучат. А хочешь, прямо нынче заглянем к толстухе Марго, на Еврейскую улицу? Угощаю, ради знакомства.

Летиция так истово замотала головой, что оба моряка расхохотались.

«1. Хорек, плотник. Годен», – записала она в тетради дрожащей рукой.

– Катись и зови следующего! – велел папаша Пом.

***

Потом нас отвели в каюту показать содержимое лекарского сундука. Летиция после двухчасового осмотра и так была близка к обмороку, а здесь, открыв крышку, вовсе скисла.

В деревянном, запертом на мудреный замок ящике размером три фута на полтора было четыре выдвижных секции, каждая разделена на множество ячеек. В гнездах верхнего этажа лежали хирургические инструменты. На крышке, с внутренней стороны, был приклеен реестр с их названиями.

Летиция читала перечень вслух замирающим голосом, пока я рассматривал каюту. Закуток пушечной палубы, отделенный дощатыми перегородками, был так мал, что хватило одного взгляда.

Почти все пространство занимало орудие, уткнувшееся своим тупым рылом в запертый пушечный порт. Каронада была закреплена толстыми канатами, от которых шел густой смоляной дух (я его очень люблю). Сбоку, одна над другой, располагались две койки – не полотняные, как у матросов, а офицерские, деревянные. Медицинский сундук занимал половину противоположной стены; над ним – образ святого Андрея, покровителя мореплавателей, очевидно, приготовленный для корабельного капеллана. А где размещусь я? Пожалуй, на лафете. Не очень удобно, зато рядом с моей девочкой...

– «Коловорот костесверлильный», «Пила ампутационная», «Тиски головные», «Трепанатор черепной», «Экстрактор трехзубый», «Резец кожнолоскутный», – читала она, почти после каждого названия бормоча «о господи». – «Нож операционный большой», «Нож операционный малый», «Щипцы пулевые», «Пеликан зубодерный», «Птичий клюв зубодерный»...

В чем разница между двумя этими приспособлениями, мне понять трудно, ибо природа меня, слава богу, не отяготила зубами, но Летиция, потрогав эти две железки, задрожала еще пуще.

– ...«Мортирка срамная гноеотсосная». Боже мой, это еще что?

Я приблизительно догадывался, но как ей объяснишь?

– «Прижигатель круглый», «Прижигатель квадратный», «Скобы медные переломные», «Щуп малый», «Зонд большой», «Спатула большая»...

Спатула? А, лопатка для очистки струпьев и омертвевших тканей. Видел такие.

– «Клистир большой», «Клистир малый», «Скребок гангренный», «Набор игл с нитями», «Пинцет», «Бритва мозольная», «Бритва нарывная», «Ска... Скари... Скарификатор двенадцатилезвийный».

Ну уж это и меня поставило в тупик, а моя бедняжка всхлипнула, благо кроме нас в каюте никого не было.

В следующую секцию, аптекарскую, где лежали баночки, коробочки и мешочки с солями, кислотами, слабительными-крепительными, корнями-травами, пилюлями и сушеной шпанской мушкой, Летиция едва заглянула.

Ей было довольно.

– Нет, нет, нет! – прошептала она по-швабски, стуча зубами. – Как я могла вообразить, что это мне по силам! Прочь отсюда! Что ты на меня так смотришь, Клара?

Никак особенно я на нее не смотрел, просто жалел, и всё.

– Я не струсила. Но вдруг кто-то тяжело заболеет, или будет ранен? Обратится ко мне за помощью, за спасением, а что я? Или просто зуб у кого-то заболит? Самозванцем может быть кто угодно, но только не врач! Ах, папа, папа...

И она горько зарыдала.

Я терпеливо ждал. Я достаточно изучил свою питомицу и знал, что последует дальше. Силен не тот, кто не ведает слабости, а тот, кто умеет ее преодолевать.

Первое, что она скажет себе, когда немного окрепнет духом: я поклялась спасти отца любой ценой. Потом вспомнит, что любой лекарский ученик, который заступит на ее место, скорей всего будет так же невежествен.

Она сердито вытерла слезы и сказала не то, чего я ожидал.

– Садись на плечо, Кларочка. Мы отправляемся в книжную лавку.

# Потрясения продолжаются

Как я люблю книги! На моем родном острове в них не было нужды. Память Учителя таила в себе всю мудрость мироздания. Но когда я оказался предоставлен самому себе, один-одинешенек среди запутанного фарватера жизни, книги стали моим надежным лоцманом. Если б я был не птицей, все имущество которой состоит из перьев, а человеком, я непременно обзавелся бы библиотекой и тратил все свои доходы (уж не знаю, чем бы я зарабатывал) на собирание книг и рукописей. С другой стороны, по-настоящему свободен лишь тот, кто абсолютно ничем не владеет, а лучший на свете фолиант – собственная голова.

Однако, если необходимо быстро получить доступ к сложному знанию, лучшего средства, чем хорошая книга, не существует.

В единственной на весь город librairie[19], где в основном продавались географические карты, описания путешествий и прочие полезные для морского дела издания, мы нашли только три медицинских тома и сразу их купили.

То был Cochlearia Curiosa[20] Андреаса Молленброка, De Morbis Artificum Diatriba[21] Бернардино Рамадзини и хирургический атлас.

Полистав страницы последнего, где на гравюрах были изображены рассеченные мышцы, переломанные кости и вспоротые животы, девочка побледнела до зеленоватого оттенка. Я ожидал нового приступа малодушия, но она лишь скрипнула зубами.

– Знаешь, что мы сделаем? – шепнула она, повернув ко мне голову. – Мы строго-настрого запретим капитану нападать на другие корабли. Бог с нею, с корсарской добычей.

Отплытие было назначено на утренний прилив. До самого вечера мы сидели в гостинице, штудируя врачебные книги и делая выписки.

На что я любознателен, и то заклевал носом (в смысле, клювом), а Летиция всё шелестела страницами да скрипела пером. В конце концов, я погрузился в дрему. Мне снились двенадцатиперстная кишка, открытый перелом малой берцовой кости и скорбутные десны.

Очнулся я от звука хлопнувшей двери. Помигал, чтоб прояснить взгляд, повертел головой.

Комната была пуста. На столе белел раскрытый том, над только что потушенной свечой вился дымок.

---

[19] Книжная лавка *(фр.)*.

[20] «Любопытные сведения о цынге» *(лат.)*.

[21] «О профессиональных болезнях» *(лат.)*.

Я догадался, что Летиция, утомившись от занятий, вышла подышать воздухом.

Разве мог я допустить, чтобы она бродила ночью одна по улицам портового города?

Открыв окно, я вылетел наружу.

Девочка вышла из дверей и зашагала, не разбирая дороги. Ее плечи были понуро опущены, шляпа надвинута на глаза. В минуту уныния человека нельзя оставлять одного.

Без колебаний я опустился ей на плечо и бодро воскликнул: «Вот и я! Чудесная погода, не правда ли?»

– Только тебя не хватало, – мрачно ответила она. – Если уж увязалась за мной, по крайней мере не трещи. Голова лопается...

Я охотно объяснил бы ей, что всякую новую науку нужно постигать не наскоком, а постепенно. Не станет же понимающий человек залпом вливать в глотку драгоценное старое вино? Нет, он будет смаковать каждый глоток, наслаждаться вкусом, цветом, букетом. Учение – одно из приятнейших занятий на свете. Правильно прожитая жизнь вся должна состоять из учения, я глубоко в этом убежден. Даже если в зрелости ты сам стал Учителем, всё равно продолжай учиться. Вероятно, мне предстоит жить очень долго, и я уже догадываюсь, в чем будет состоять главная драма моего существования. Я накоплю бездну знаний, опыта, мудрости, но все эти сокровища пропадут втуне. Учителем ни для кого я не стану. Ибо я попугай и неспособен излагать свои мысли внятным для людей образом. Как мучительно в свое время пытался я освоить искусство письма! Сколько испортил бумаги в каюте капитана Ван Эйка! Но неуклюжая моя лапа с четырьмя мозолистыми пальцами, увы, не может начертить ни одной буквы...

Однако я отвлекся.

Мы с Летицией гуляли по тесным, зигзагообразным улицам Сен-Мало с полчаса, пока не оказались в квартале кабаков, таверн и прочих веселых заведений. Здесь было шумно и светло – на стенах и возле вывесок горели фонари.

Отовсюду неслись крики, песни, ругань, хохот. Двое матросов, пошатываясь, как при шторме, упорно и безрезультатно пытались расквасить друг другу физиономии. Тяжелые кулаки бессмысленно рассекали воздух. Оба противника были слишком пьяны. Наконец, один из них, слишком сильно размахнувшись, упал. Второй покачнулся и рухнул на врага сверху.

– О-о-о! – заорал кто-то так громко, что я вздрогнул. – Малыш Эпин! Вздумал развеяться напоследок?

Это был штурман Кербиан. Он мочился у стены, под фонарем с красными стеклами, и махал нам свободной рукой.

– Ты пришел в правильное место, сынок! У толстухи Марго ты получишь всё, что нужно моряку перед плаваньем! А-а, я понял! Ты нарочно сюда пришел! Потому что я тебя пригласил, да? Ну и молодец. Папаша Пом всегда держит слово. Пойдем! Угощаю!

Он схватил мою питомицу за руку и, не слушая возражений, затащил в дверь, над которой висела вывеска с изображением грудастой голой девки верхом на корабельной пушке.

– Это наш лекарь! – громко объявил Кербиан, переступив порог. – Слышите вы? У нас на «Ласточке» теперь собственный врач, как на королевском фрегате! Хороший парень, Люсьен Эпин! Видите, какой шикарный у него попугай?

Я приосанился, но никто на нас даже не обернулся. За столами пили и разговаривали – по-моряцки, то есть все разом, стараясь друг друга переорать.

Немало подобных заведений видел я за последние четверть века. Они всюду более или менее одинаковы. Разница в том, что в одних борделях девки сидят с матросами в питейном зале, а в других ждут клиентов по комнатам. «Толстуха Марго» относилась ко второму типу. Наверх вела крутая узкая лестница, по которой как раз спускался негр с золотой серьгой в ухе; наверху у перил стояла не обремененная одеждами красотка, посылая вслед клиенту воздушные поцелуи. Заодно крутила бедрами, надеясь приманить из зала нового кавалера.

– А я расположился вот тут, – икнув, объявил Censored Кербиан, подводя нас к угловому столику, где сидел незнакомый мне человек в парике – субтильный, рыжебровый, с веснушчатым острым личиком. У его локтя лежала щегольская треуголка с зеленой опушкой из перьев. Незнакомец вообще смотрелся франтом. – Это тоже штурман, как и я. Правда, ир... ик... ирландец, но это все равно. Все штурманы братья! Десять минут как подружились, а будто сто лет вместе проплавали. Так, Гарри?

– Истинно так, старина, – ответил рыжий, разглядывая Летицию – как мне показалось, не слишком дружелюбно. – Так вы, юноша, врач с «Ласточки»?

– Люсьен Эпин, к вашим услугам.

– Гарри Логан. Бичую в этом чертовом Сен-Мало третий месяц. Не так просто найти работу, если говоришь по-французски с английским акцентом.

– Странно, что вы здесь, когда ваша страна воюет с Францией, – сказала моя питомица, усаживаясь. Очевидно, поняла, что Пом все равно не отвяжется.

– Я враг проклятых протестантов и голландского узурпатора! Мой король – Джеймс, и я никогда не изменю присяге!

Ирландец стукнул маленьким, но твердым кулачком по столу, и Пом шумно его одобрил, предложив немедленно выпить за «доброго короля Жака».

Уж скоро пятнадцать лет, как всю континентальную Европу наводнили так называемые якобиты, сторонники свергнутого Якова Стюарта. Средь них много католиков, а среди католиков много ирландцев, что объясняло присутствие мистера Логана в Сен-Мало и его ненависть к «голландскому узурпатору», то есть королю Вильяму, одновременно являвшемуся штатгальтером Соединенных нидерландских провинций.

– В жизни не видал таких попугаев, – молвил веснушчатый, переводя на меня взгляд своих быстрых голубых глаз. – А я немало постранствовал по свету. Как тебя звать, красавец? Хочешь рому?

Он плеснул на стол из своего стакана, и я с удовольствием подобрал несколько капель чудесного мартиникского напитка. М-м-м, как же я люблю это ощущение – по горлу словно стекает расплавленная бронза, отзываясь горячим звоном в пищеводе и благовестом в голове!

Ирландец засмеялся и налил мне еще, а Летиция удивилась:

– Ты у меня пьянчужка, Клара?

Вовсе нет! Учитель говорил: «Мудрая сдержанность не означает отказа от радостей жизни».

Логан налил и новому знакомому, тоже самым любезным образом. Кажется, я ошибся, предположив, что наше появление чем-то раздосадовало этого веселого человека.

– Люблю ученых молодых людей, – воскликнул он, обнимая Летицию за плечо. – Выпьем за знакомство?

– Выпьем. – С замечательной выдержкой она хлопнула Логана по спине и лихо выпила – слава богу, не до дна.

То, что она закашлялась, а на глазах выступили слезы, вызвало у обоих штурманов взрыв хохота.

– Ничего, привыкнешь! – крикнул папаша Пом и тоже выпил. – Моряк без рома что баба без румян! Верно, Гарри?

Рыжий штурман с достоинством заметил:

– Я тоже пользуюсь румянами. И пудрой. Уважающий себя джентльмен должен выглядеть прилично. Во всяком случае, на берегу, где столько хорошеньких женщин.

Он не шутил. Присмотревшись, я заметил, что его лоб неестественно бел, а щеки чересчур розовы. К тому же от мистера Логана исходил аромат фиалок – не совсем обычный запах для морского бродяги.

– Гарри по этой части мастак! – Кербиан восторженно покрутил головой. – Он мне тут начал рассказывать про ямайских мулаток – прямо слюни потекли. А Эпин у нас пока девственник! Ха-ха-ха!

– Я полагаю, это излечимо, – заметил ирландец. – Не правда ли, господин лекарь?

– О-хо-хо! – пуще прежнего закатился Пом. – Это он пошутил! Ты понял, малыш? А сам даже

не улыбнулся! Мне нравится этот рыжий чертяка! Конечно, излечимо. Прямо сейчас мы тебя, малыш, и вылечим. Тут самое подходящее место! В море баб нету. Хорошо туркам, у них, говорят, матросы с утра до вечера жарят друг дружку. А мы христиане, нам не положено! А-ха-ха!

Пока он веселился собственной шутке, которую Летиция, судя по озадаченному выражению лица, не совсем поняла, я думал, что нисколько не сожалею о физической любви, каковой никогда не знал и не узнаю. Чувственность затуманивает рассудок и сближает мыслящее существо со зверем, все бытие которого сводится к двум желаниям: есть да спариваться. И умнейшему из людей, пока он молод, невозможно подняться над своей животностью. Даже католические монахи, дающие обет безбрачия, не избавлены от этой унизительной тяги. Они подавляют в себе инстинкт усилием воли, постом и молитвой, но это не означает, что искушение оставляет их в покое. Полная духовность и настоящая мудрость доступны человеку, лишь когда он достигает старости и освобождается от бремени страстей.

Мне легче, я птица. Когда, бывало, жар молодой крови бросался мне в голову, я находил избавление в полете. Чем выше над землей поднимали меня крылья, тем проще было выветрить дурман.

– Идем наверх, сынок! Папаша Пом угощает! – Старый штурман вскочил и потянул Летицию за собой.

– Благодарю, в другой раз... Нет-нет, ни за что! – отбивалась она.

Я хотел прийти девочке на помощь и клюнуть приставалу в локоть (есть там такая чувствительная точка, от укола в которую рука сразу немеет),

Чувственность затуманивает рассудок и сближает мыслящее существо со зверем, все бытие которого сводится к двум желаниям: есть да спариваться

но Кербиан и сам отстал. Он, в сущности, был добрый малый. Просто выпил лишнего и преисполнился душевной широты.

– Тогда ты, рыжий дьявол! Ты поставил мне выпивку, а папаша Пом быть в долгу не привык! Бери любую девку, какую пожелаешь. Угощаю! Или ты только на словах ходок?

Он покачнулся, а Логан с готовностью воскликнул:

– Чтоб я отказался от этого дела? Никогда и ни за что! Спасибо за предложение, приятель! Это щедро, по-штурмански!

Они обнялись и стали подниматься по лестнице, причем ирландцу пришлось поддерживать приятеля за талию – папаша Пом одолевал ступеньки с трудом.

– «Ко мне, веселые красотки! Гулять мы будем до утра-а!» – запел он громовым голосом.

Второй дискантом подхватил:

*«Я плыл три месяца из Рио,*
*И мне развеяться пора!»*

Летиция вздохнула с облегчением.

– Как утомительны моряки, Клара, – пожаловалась она. – Но нужно привыкать к их обществу. Как ты можешь пить эту отраву?

Осторожно она понюхала стакан, скривилась, пригубила.

– Неужели это можно вливать в себя добровольно?

Э, милая, подумал я, когда прохватит норд-ост да накатит тоска от пустых горизонтов, оценишь прелесть рома и ты.

– Куда ты, старый пьяница? – раздался наверху голос с ирландским акцентом.

Я поднял голову и увидел, как по лестнице, с криком и ужасающим грохотом, чуть не кувырком катится старый штурман. Он пролетел, пересчитав все острые ступеньки, сверзся вниз и остался лежать неподвижный, безгласный. Наверху, растопырив руки, застыл обескураженный Логан.

Мгновение в зале было тихо. Потом все кинулись к упавшему.

Я взлетел на перила, чтобы заглянуть поверх голов.

Похоже, дело было дрянь. Кербиан разевал рот, но раздавалось лишь натужное кряхтение.

Его пытались приподнять, трясли, даже хлопали по щекам, но бедняга не отзывался, его шершавая физиономия посинела.

Я видел, что он не может вдохнуть. Его надо было скорей положить на спину, но как им объяснишь?

Кто-то крикнул:

– Тут был лекарь с «Ласточки»! Где он?

Мою Летицию подтолкнули к упавшему. Она с ужасом смотрела в его умоляющие глаза. Папаша Пом силился что-то сказать, но не мог.

По лестнице сбежал Логан.

– Что случилось, рыжий? – кричали ему.

– Пустите! – Ирландец всех растолкал, наклонился над Кербианом. – «Не держи меня, сам пойду». Вот тебе и «сам»... Э, приятель, ты никак хребет сломал. Плохо дело. У меня раз вот так же марсовый с бизани грохнулся. Надо на спину его, поровней. Не то задохнется.

Молодец рыжий, он говорил дело!

Бедолагу положили на пол. Логан несколько раз сильно надавил ему на грудь, и папаша

Пом задышал. Кровь отлила от лица, оно стало белым.

– Полотенце под шею! За плечи берите! А вы двое за ноги! Кладем на стол, раз-два! – толково распоряжался ирландец.

Про «лекаря» все забыли, но я-то видел, как потрясена Летиция. Она была еще бледней Censor Кербиана.

Когда суматоха немного поутихла, она подошла к ирландцу и с чувством сказала:

– Вы спасли ему жизнь, мсье.

– Надеюсь, на Страшном Суде мне это зачтется. – Он перекрестился с удивившей меня истовостью. Кто бы мог подумать, что хлюст так набожен?

Судя по следующей реплике, Гарри был еще и философ:

– По правде сказать, лучше б мы позволили старому сапогу откинуть подошву. Что за жизнь со сломанным позвоночником? Хотя Господу видней, когда забирать к Себе наши грешные души. На вашем месте, господин лекарь, я бы попробовал влить этому болвану в глотку несколько капель рома. Коли не сможет проглотить, можно звать священника.

Летиция так и сделала, одной дрожащей рукой приподняв страдальцу голову, а в другую взяв стакан.

Папаша Пом дернул кадыком, поперхнулся, но все-таки проглотил.

– Благословенна Пресвятая Дева! – воскликнул Логан, и на его глазах выступили слезы. Редкая сердечность для моряка!

Тем временем пришел капитан «Ласточки», за которым сбегал кто-то из посетителей.

Дезэссар хмуро покосился на Летицию, даже не кивнув ей. Во время медицинского осмотра он один раз заглянул в кают-компанию, с минуту пялился на «Люсьена Эпина» и так же молча удалился. Ничего не сказал он лекарю и теперь. Посмотрел на трудно дышащего штурмана, который был без сознания, и снял шляпу – не в знак скорби, а чтобы почесать затылок.

– Допился, старый болван! Несите его домой. Прямо на столе, – да и плюнул на пол.

Летиция спросила:

– Мы на рассвете отплываем, сударь?

Он, не глядя на нее, буркнул:

– Без штурмана? Нечего и думать.

– А когда?

Ее лицо осветилось. Девочка была рада отсрочке, которая дала бы ей возможность хоть как-то пополнить свои медицинские знания.

– Как только сыщу замену. Но уж точно не завтра. Вы где остановились... молодой человек?

Капитан по-прежнему избегал на нее смотреть.

– В «Сторожевой собаке».

– Я пошлю за вами, когда у меня будет штурман... Ну, ребята, взяли! Я покажу дорогу.

Мы вышли за печальной процессией, но повернули в другую сторону.

– Ах, Клара, – всхлипывая, жаловалась мне Летиция. – Это ужасное событие образумило меня! Я не имею права прикидываться доктором! Несчастный добряк чуть не умер у меня на глазах, а я не знала, что нужно делать. Ты помнишь осмотр? Эти грубые люди доверчиво предъявляли мне свои тела, потрепанные морями и грехами. Помнишь, некоторые радовались, что на корабле теперь будет свой лекарь. Они надеются и рассчитывают на меня... Ах, что же мне делать?

Она шла и плакала, благо улицы были темные, а на улице нам встречались одни пьяные.

Спать Летиция так и не легла. Бродила по тесной комнате, натыкаясь то на стол, то на кровать и всё бормотала.

Я сидел на спинке стула, сочувственно кивал. Девочке нужно было выговориться, а перед безмозглым попугаем изливать душу гораздо проще, чем перед чужим человеком.

В конце концов я даже дождался похвалы.

– Милая моя Кларочка, ты превосходная собеседница. Ни разу не перебила, – с усталой улыбкой сказала Летиция, когда тьма за окном начала сереть. – Знаешь, что я сделаю? Я найму на «Ласточку» настоящего доктора. Среди врачей много добросердечных и порядочных людей, ведь их ремесло относится к разряду самых благородных. Предложу двойную или тройную против обычного плату и поручу выкупить отца. А если не найду подходящего лекаря, поговорю о том же с корабельным священником. Судя по тому, что он идет в плавание без жалованья, это должен быть бескорыстный человек, истинный служитель Божий. Что ты об этом думаешь?

Я скептически наклонил голову.

В жизни не встречал лекаря, который не был бы бессердечным выжигой. Такая уж это профессия – она делает человека нечувствительным к чужим страданиям. О священниках и монахах я тоже не слишком лестного мнения. По большей части это либо изуверы, либо бездельники, а если и попадется меж ними чистая душа, ужиться в такой среде ей трудно.

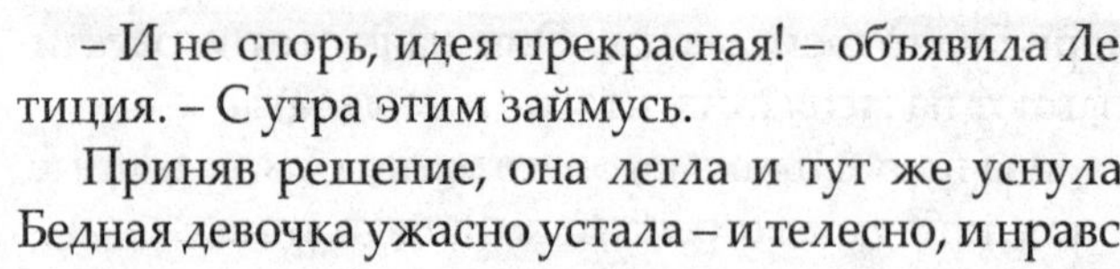

– И не спорь, идея прекрасная! – объявила Летиция. – С утра этим займусь.

Приняв решение, она легла и тут же уснула. Бедная девочка ужасно устала – и телесно, и нравственно.

А мне не спалось. Я сидел и смотрел на ее осунувшееся лицо. С коротко стриженными волосами оно стало таким беззащитным!

Дай Боже, чтоб моей питомице удалось найти достойного человека, который сможет отправиться вместо нее в Сале. Но внутренний голос подсказывал: этого не будет; храброй одинокой девочке предстоят большие испытания. От кармы не убежишь, думал я, вздыхая.

Когда небо порозовело, я открыл окно и полетел над крышами. С юности люблю встречать восход. Рождение нового дня – самый красивый и волнующий миг в вечном круговороте жизни. Бывало, все мы, Учитель и его разномастные ученики, каждое утро садились у воды, на краю нашего блаженного острова, и смотрели, как с востока на запад пятится Чернота, отступая под неотвратимым натиском Света.

Прекрасней всего восход над морем. Я сел на крепостную башню и замер, охваченный благоговейным трепетом.

По воде легла широкая переливчатая полоса, и город Сен-Мало весь заискрился, будто от прикосновения волшебной палочки. Засверкали шпили, крыши, флюгера. На верхушках мачт по железным бугелям и медным скрепам пробежали красноватые сполохи. День обещал быть погожим.

Я стал смотреть в сторону порта, чтобы разглядеть средь прочих кораблей нашу «Ласточку» – и увидел ее почти сразу же.

Прилив позволил судам пришвартоваться прямо у набережной. Многие капитаны воспользовались этим для разгрузки и погрузки, так что возни и суеты на пирсе было предостаточно. Но лишь на одном из кораблей были подняты флаги, как это делают перед самым отплытием. Это была «Ласточка».

Бретонский штандарт с горностаем полоскался на верхушке грот-мачты. Королевские лилии развевались на корме. Я подлетел ближе, увидел на мостике Дезэссара, который распоряжался погрузкой бочонков с ромом. Ром – самое последнее, что обычно грузят на корабль. Эта предосторожность нужна, чтобы вахтенные в порту не перепились от безделья.

«Л'Ирондель» уходит? Как так?!

Должно быть, пока я любовался восходом, посланец капитана разбудил Летицию.

Со всех крыльев понесся я в гостиницу и обнаружил, что моя подопечная спит крепким сном. Никто за нею не приходил!

Я кинулся будить ее, для чего пришлось воспользоваться клювом.

Она еще хлопала глазами, а я уж принес ей парик, швырнул на кровать кюлоты и красноречиво сел на подоконник.

Не теряй времени, золото мое! В порт! Скорей!

Прошла минута, а то и две, прежде чем Летиция перестала на меня браниться и задумалась.

– Ты ничего не делаешь просто так, моя вещая птица, – сказала она, поднявшись. – Я должна одеться и куда-то идти?

Наконец-то! До чего тупы и непонятливы даже самые сообразительные из людей!

– Ты права! Уже светает, мне нельзя терять времени. Прежде всего нужно выяснить у капитана, когда он все-таки рассчитывает отправиться в путь. Потом приступлю к поискам доктора.

Пускай так. Только скорей, скорей!

Мы отправились на пирс. Я все время летел впереди, понуждая Летицию убыстрить шаг. В какой-то миг ко мне в душу закралось сомнение. Что я делаю? Зачем? Не вмешиваюсь ли я в течение кармы? Не лучше ли, если фрегат уйдет в море без нас? Но если б я не поступил так, как поступил, это, пожалуй, было бы предательством по отношению к моей питомице. Это во-первых. А во-вторых, изменить течение кармы совершенно невозможно.

На набережной девочка сама увидела, что «Ласточка» готовится отдать швартовые. Все матросы стояли у борта, на берегу собрались провожающие. Кто-то кричал, кто-то смеялся, кто-то плакал.

– Мерзавец! – ахнула Летиция.

Она протиснулась через толпу, прыгнула прямо на фальшборт и соскочила на палубу.

– Вот те на, доктор! – сказал плотник Хорек, которого мы давеча осматривали первым. – А мы думали, вы дрыхнете в каюте. Ишь ты, чуть без вас не ушли.

Не слушая его, Летиция кинулась на квартердек.

– Я требую объяснений! – бросила она в лицо Дезэссару. – Вы сказали, что не уплывете без штурмана!

– Нам повезло, – промямлил обманщик, отводя глаза. – Штурман нашелся...

И показал на причал. Там стоял рыжий ирландец Логан, целуя и обнимая какую-то женщину с оттопыренным животом.

– Но вы обещали прислать за мной!

Капитан взял ее за локоть, отвел в сторону и очень тихо сказал:

– Послушайте доброго совета, мадемуазель. Вам не нужно с нами плыть.

Она задохнулась от негодования. Не вступая в спор, процедила:

– Дайте мне матроса. Нужно принести из гостиницы мои вещи и книги. Без меня «Ласточка» не уйдет!

Лицо Дезэссара искривилось.

– Что ж, пеняйте на себя. Я хотел как лучше. Сами будете виноваты...

Летиция уже отвернулась и не слышала этих странных слов. Не видела она и непонятного выражения, скользнувшего по курносой физиономии капитана.

А мною вдруг овладело предчувствие какой-то неведомой, но неотвратимой опасности. Этот инстинкт никогда меня не подводит. Не раз он спасал мне жизнь.

Неужели я совершил ужасную ошибку? Будь проклята моя любовь к восходам!

Мною вдруг овладело предчувствие какой-то неведомой, но неотвратимой опасности

ли себя превосходно. Даже капеллан, тоже впервые вышедший в море, держался молодцом. Это был старый и совсем седой, но отнюдь не дряхлый францисканец, на лице которого я сразу прочел нанесенные жизнью иероглифы «твердость» и «доброта» – весьма редкое и оттого особенно ценное сочетание. Меня удивило, что монах не обращал ни малейшего внимания на свою паству. Перед отплытием он стоял на шкафуте, глядя на город и кланяясь ему. Когда же мы отдали концы, священник переместился на бак, к самому бушприту, откинул капюшон, встал на колени и принялся благословлять море. Я подлетел посмотреть на старика. Лицо его вначале было бледным, но скоро порозовело. Губы шевелились, произнося молитву. Так он провел несколько часов, весь вымок от брызг, однако, судя по виду, нисколько не страдал от холода и качки.

Зато девочке становилось все хуже – еще и потому, что к физическим страданиям прибавлялись нравственные. Когда тебе плохо, это полбеды. Совсем беда, когда плохо тебе одному, а все окружающие радуются жизни.

На палубе Летиция пробыла недолго. Она с трудом удерживалась на ногах, не могла ступить ни шагу, не хватаясь за снасти, а если корабль зарывался в водяную яму и через бак перекатывалась пенящаяся волна, девочка зажмуривалась от страха. Ей, верно, казалось, что мы вот-вот перевернемся.

К фок-мачте был пристроен загон для живности, которой команда будет питаться во время плавания. Обыкновенно скотину и кур помещают в трюме, но на «Ласточке» хлев и курятник разместили прямо на палубе. Между прочим, правильно.

Смотрится это, конечно, не слишком воинственно, зато свежий воздух – отличное средство от падежа. Однако истошное мычание, жалобное блеяние и истерическое кудахтанье плохо действовали на страдающего «лекаря».

Когда я попробовал ободрить мою питомицу увещеваниями, она горько сказала:

– Я умираю, а ты смеешься? Бессердечная!

Несправедливый упрек сменился утробным рычанием – бедняжку вырвало.

В конце концов она сделала худшую ошибку, какую только может совершить новичок: ушла со свежего воздуха вниз.

Почти все пространство нижней палубы занимал кубрик. Не занятые на вахте матросы, как обычно во время сильной качки, прицепили к потолку свои бранли, иначе называемые «люлями», и завалились спать. Зрелище это для непривычного глаза странное: холщовые гамаки раскачиваются, будто груши на дереве под сильным ветром. Отовсюду доносится сопение и храп, кто-то мурлычет песенку, кто-то травит байки, там и сям уютно мерцают огоньки курительных трубок. Запахи кубрика я вам описывать не буду. Скажу лишь, что привыкнуть к ним нелегко даже попугаю, хоть обоняние не относится к числу моих forte.

Каютку, отведенную на корабле для двух представителей милосердия, я уже описывал. Накануне отплытия все предметы в предвидении качки были надежно принайтовлены, то есть закреплены с помощью специальных веревок: лекарский сундук, обувной ящик, лампа, ларчик с письменными принадлежностями, отхожее ведро и все прочее. Диковинней всего выглядел святой Андрей, крест-накрест перехваченный пеньковыми узами, чтоб не раскачивался на переборке.

Девочка со стоном повалилась на жесткое ложе, и началась новая мука. От боковой волны Летиция стукалась головой о борт, от килевой – правым локтем о чугунную каронаду, а левым о деревянную стенку.

– Господи, спаси! – взмолилась моя питомица. – Если так будет все время, я умру!

Помочь ей я ничем не мог. Лишь время покажет, сумеют ли ее дух и телесная оболочка справиться с морской болезнью. Примерно один человек из дюжины так и не одолевает этот недуг. Я знал несколько случаев, когда во время длительного перехода люди сходили с ума от постоянной тошноты и бросались за борт.

Если б я не был агностиком, то прочитал бы молитву о скорейшем избавлении моей подопечной от слабости. Впрочем, я все равно это сделал. Как говорил Учитель, «от заклинаний хуже не будет».

Весь остаток дня я просидел на своем любимом месте, на марсе. Смотрел сверху на серо-зеленый простор Ла-Манша, испещренный белыми гребешками, и попеременно читал мантры с молитвами на всех известных мне языках.

Вечером я слетел вниз, снова заглянул в каюту. Дверь в ней заменял кусок парусины, поэтому попасть внутрь мне было нетрудно.

Огонек лампы ритмично колебался, окрашивая низкий потолок красноватым светом. На верхней койке мирно спал монах – этому качка была нипочем. Но спала и Летиция. Отличный знак! Дыхание ее было ровным, на приоткрытых устах

застыла полуулыбка. Я возблагодарил Будду, Иисуса, деву Марию и всех прочих небесных покровителей. Утром моя девочка проснется здоровой!

Погасил лампу взмахом крыла, сел на подушку и тоже уснул. Морской воздух и хорошая волна для меня – самое лучшее снотворное.

Насколько я знаю из рассказов и чтения книг, люди могут увидеть во сне самые разные вещи, подчас совершенно не связанные с человеческим бытом. Мне же всегда снятся только птицы, хотя волей судьбы я с самого рождения отторгнут от мира себе подобных. Если я болен или удручен, на меня нападает стая черных воронов. Если всё хорошо, грезятся райские птицы. Если ни то ни сё – воробьи да сизые голуби.

В первую ночь плавания на фрегате «Л'Ирондель» мне снились сладкозвучные соловьи, певшие все громче и громче, так что в конце концов я проснулся.

Зажмурился от солнечного луча, пробивавшегося сквозь щели орудийного порта. Ощутил аромат волос моей Летиции. Она, кажется, тоже недавно пробудилась и с удивлением озиралась вокруг.

Корабль легонько покачивало на плавных волнах. Сквозь мирное поскрипывание и плеск моря слышался чистый, звонкий голос. Его-то я во сне и принял за соловьиный.

*...Ведь ласточка жмется к земле, ахой!*
*А сокол высоко летает! –*

– с чувством вывел певец.

Меня поразило, что песня доносится не из-за парусинового полога, где располагался кубрик, а снаружи, со стороны моря.

Это озадачило и Летицию.

Она встала, открыла порт и вскрикнула от неожиданности.

С той стороны в люльке висел юнга и красил борт.

– Мое почтение, мэтр Эпин! – поздоровался он. – Прошу извинить, если потревожил. Боцман велел закрасить крышки пушечных портов.

Обычная уловка корсаров: прикинуться невооруженным купеческим судном, чтоб можно было поближе подобраться к добыче. Порты, по военно-морской традиции, обычно белят, но если их покрасить черным, в цвет борта, издали кажется, будто на корабле нет пушек.

– Доброе утро, Ракушка, – поприветствовала юнгу Летиция (молодец, запомнила имя, хотя видела мальчишку всего один раз, во время осмотра). – Пой, пой. Ты мне не мешаешь.

Она затворила порт и стала переодеваться, благо капеллана в каюте не было.

Юнга снова затянул свою песню. В последующие дни нам предстояло услышать ее еще множество раз, хоть и не всегда в таком приятном исполнении.

На всяком уважающем себя корабле обязательно есть собственная песня, нередко обыгрывающая имя судна. Экипаж фрегата «Л'Ирондель» обожал балладу о быстрокрылой ласточке, что снует день-деньской по своим птичьим делам, а над нею высоко-превысоко кружит сокол. Скромная птаха любуется этим принцем неба, занимаясь повседневными заботами, и мечтает о несбыточном.

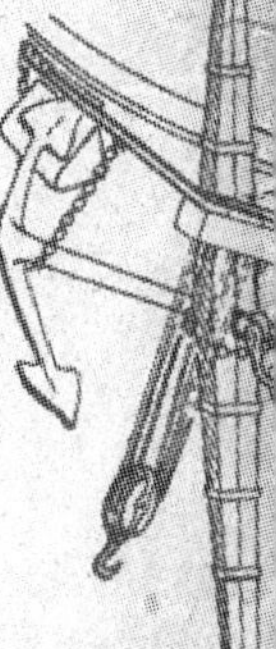

Эта песня нам с Летицией полюбилась. Конечно, ее содержание не выдерживает никакой критики. У ласточки не может возникнуть желания спариться с соколом. Во-первых, это невозможно с точки зрения биологии, а во-вторых, хищник ее просто сожрет. (Жуткие твари эти соколы, доложу я вам, хотя летают, ничего не скажешь, красиво.) Но все равно приятно, когда люди поют о пернатых с искренним чувством, без всегдашнего своего пренебрежения к особям иного, нечеловечьего устройства.

Матросские песни всегда очень длинны, ибо поют их для облегчения монотонной и неспешной работы. Я так и не понял, сколько в балладе куплетов. Ласточка выполнит какое-нибудь из своих бесчисленных дел – добудет прутик для гнезда, поймает козявку и так далее – и замирает, глядя в небо.

После каждой строфы исполняется припев:

*Ни взмыть, ни прижаться к его крылу*
*Вовеки – она это знает.*
*Ведь ласточка жмется к земле, ахой!*
*А сокол высоко летает!*

Как во всех хороших песнях, смысл здесь совсем не в том, о чем поется. Полагаю, безвестный сочинитель вложил в неуклюжие строчки мечту о другой жизни, которой у простого матроса никогда не будет. Впрочем, на корабле всяк распевал о ласточке и соколе на свой лад – кто грустно, кто беззаботно, а кто и насмешливо, – возможно, вкладывая в слова свое значение.

Ни разу не довелось нам услышать историю ласточки до конца. Всегда что-то мешало. А может, песня ничем не кончалась? Такое тоже бывает.

В первое утро юнга Ракушка услаждал наш слух недолго.

– Сколько времени, такой-рассякой, ты будешь возиться на одном месте? – заорал сверху боцман. – Линька захотел, огрызок?

И чудесная серенада оборвалась.

Но свое дело она сделала – задала настроение первому настоящему дню плавания (вчерашний не в счет).

Летиция оделась, посадила меня на плечо и поднялась на палубу.

– Боже, какой простор! – ахнула она.

Мир Будды, Аллаха и Иисуса был золотисто-голубым сверху и золотисто-синим снизу; он благоухал свежим бризом и соленой волной; края двух составлявших его сфер – морской и небесной – смыкались на горизонте.

Я оглядывал лучший на свете пейзаж горделиво, будто сам его сотворил. С одобрением заметил, что у Летиции на глазах выступили слезы восторга. Когда же она, насладившись зрелищем, пробормотала:

– Однако, ужасно хочется есть, – я совсем успокоился.

Океан принял мою питомицу в свое подданство. Морская болезнь не вернется. Всё будет хорошо.

На вахте как раз отбили две склянки – самое время завтракать. Мы отправились в кают-компанию.

По пути матросы приветствовали лекаря, касаясь рукой лба или шапки. На мостике стоял незнакомый молодец в шляпе с облезлым пером. По важному виду и раскатистой брани, которой он сопровождал каждую команду, я сразу догадался, что управлять кораблем для парня дело непривычное. Должно быть, новичок. Потому ему и доверили вахту поспокойней – в ясную погоду, вдали от берега.

Все остальные офицеры сидели в капитанской каюте за столом.

Они разом повернули головы, но поприветствовал врача только один – рыжий штурман.

– А вот и лекарь со своим попугаем, – весело сказал он. – Кто бы мог подумать, что мы поплывем вместе, мэтр? Поди угадай промысел Божий! Я гляжу, вид у вас бодрый, щеки розовые. Значит, станете настоящим моряком!

Остальные молча жевали, разглядывая новенького.

Капитан Дезэссар резко поднялся, нахлобучил шляпу.

– Пойду сменю Проныру.

И вышел, оставив в миске недоеденную похлебку. Я перелетел в угол, чтоб привлекать к своей персоне поменьше внимания, и стал наблюдать, как девочка знакомится с офицерами, а заодно попробовал составить мнение о каждом из них.

Лишь двое из сидевших вокруг стола были (или, по крайней мере, выглядели) джентльменами: щеголеватый штурман и еще один господин с такой кислой миной, будто он пил из стакана не вино или сидр, а чистый уксус. Остальные трое были без париков, без камзолов и на вид ничем не отличались от матросов. Головы повязаны платками, грубые рубахи распахнуты на груди. Что ж, корсарское судно – это вам не регулярный корабль королевского флота.

Да и вели они себя, как неотесанные деревенщины. Если б не развязный ирландец, они еще долго пялились бы на доктора, прежде чем сообразили, что надо познакомиться.

Но Логан, даром что тоже новичок, в два счета всех представил.

– Это Гош и Друа, – показал он на двух крепышей, похожих друг на друга, словно два желудя.

Они и вправду оказались близнецами, а капитану Дезэссару приходились племянниками.

– Я еще не научился их различать, – с улыбкой продолжил Гарри. – Кто из вас кто, ребята?

– Я – Друа[22], потому что я старший, – важно молвил один.

– Всего на полчаса, – возразил Гош[23]. – Зато я первый лейтенант, а ты второй!

Ага, приметил я: у Друа серьга в правом ухе, у Гоша – в левом. Не перепутаем.

Друа угрюмо сообщил:

– Ничего. Дядя сказал, что в следующем плавании старшим помощником снова буду я!

– Если опять не потеряешь якорь, как тогда в Бресте, – вставил Левый.

---

[22] Droit значит «Правый».

[23] Gauche значит «Левый».

– А ты у мыса Грюэн чуть не посадил нас на мель!

Гош перегнулся через стол и звонко влепил брату ложкой по лбу. Второй лейтенант в ответ плеснул первому из кружки в физиономию, и господа офицеры схватили друг друга за рубахи.

– Тихо вы, петухи! – прикрикнул на скандалистов пожилой седоусый мужчина.

Близнецы, сердито сопя, сели на место.

– Это наш старший пушкарь, мсье Кабан, – как ни в чем не бывало продолжил ритуал знакомства штурман. – Господам лейтенантам он приходится батюшкой, а нашему капитану, стало быть, братом.

– Рад познакомиться, мсье Дезэссар, – вежливо поклонилась Летиция.

– «Мсье Дезэссар» на фрегате один, а я – Кабан. Так и зови меня, парень.

Он, действительно, был похож на кабана. Пегие усы напоминали два клыка, маленькие глазки

Он, действительно, был похож на кабана

поглядывали из-под щетинистых бровей остро и хитро.

– А меня извольте называть «мэтр Салье», – сказал уксусный господин, с достоинством откинув с лица пыльный локон парика. – И я буду звать вас «мэтр Эпин». Должен же хоть кто-то здесь показывать пример цивилизованного обращения.

– Рад познакомиться, мэтр Салье.

– А попросту «Клещ», – вставил первый лейтенант, и второй прибавил:

– Точно. Только так его у нас и зовут.

Мэтр Салье поморщился, но не снизошел до ответа.

– Я королевский писец. И никому тут не родственник, не свойственник, не кум и не сват. Надеюсь, доктор, мы с вами сойдемся. Ученые люди должны держаться друг друга, особенно в таком, с позволения сказать, непрезентабельном обществе.

Ах, вот кто это. Ясно.

У французского короля ни один корсар не имеет права выходить в море без адмиралтейского чиновника, призванного охранять интересы короны. Он должен строжайшим образом регистрировать всю добычу и следить за тем, чтобы команда ничего не утаила.

На эту должность подбирают людей определенного склада: желчных, придирчивых, подозрительных. Власти специально следят, чтоб писец был для экипажа чужаком и, желательно, состоял в неприязненных отношениях с капитаном. Несчастные случаи на море не редкость, и проще простого было бы устроить для не в меру дотошного инспектора какое-нибудь происшествие.

Скажем, выпал человек за борт. Или отравился протухшим мясом. Однако с королевскими писцами подобные неприятности почти никогда не случаются, как бы люто ни ненавидели этих крючкотворов моряки. Потому что смерть адмиралтейского чиновника, неважно по какой причине, влечет за собой обязательное неторопливое расследование, на время которого корабль со всем его содержимым помещается под арест. Дотошные допросы, очные ставки и обыски иногда тянутся месяцами, и, пока дело не будет закрыто, никто кроме тяжело больных не смеет сойти с корабля на берег. Можно, конечно, дать взятку, чтобы ускорить волокиту, но обойдется такая мзда ох как недешево.

Господин Салье по прозвищу Клещ, судя по виду и разговору, был классическим образчиком своей профессии.

На столе, накрытом деревянной решеткой с ячейками разной величины (туда ставили миски и стаканы, чтоб они не елозили по поверхности от качки), два прибора стояли нетронутыми.

– Это место капеллана. Чудак сказал, что будет кормиться с матросами, – пожал плечами Логан, попивая сидр из необычного вида кружки: сверху она была оснащена перепонкой. Я не сразу сообразил, что франтоватый штурман таким образом оберегает свои навощенные усики. – А вон там сидит мичман. Он сейчас на вахте.

– Его звать Проныра, он сынок нашей кузины Гуэн, – присовокупил Кабан. – Вы, доктор, держите с ним ухо востро и, главное, не садитесь в карты играть.

Тут же вошел и мичман, будто стоял за дверью.

– Чего вы врете, дядя?! – сказал он, подтвердив мое предположение. – Завидуете моей учености, вот и беситесь. – Он сел к столу и жадно вгрызся в соленый окорок. – Это кто, лекарь? Привет, лекарь. Я тут один настоящий морской офицер, в гидрографической школе учился. Не то что эти.

– Полгода всего, потом тебя поперли, – заметил один из близнецов.

– А вы никто вообще не учились! Поэтому я уже мичман, а вы в мои годы по реям лазили... Ох, хороша лошадка!

Летиция, хоть и была голодна (за вчерашний день она не съела и крошки), посмотрела на еду с некоторым испугом. Ей еще предстояло привыкнуть к корабельной пище.

«Соленой лошадью» моряки называют солонину, составляющую главный продукт их рациона. Свежее мясо подают скупо, не чаще чем раз в неделю, когда забивают бычка или барана. В остальное время едят густую похлебку из чеснока и зерна, запивая пивом или сидром. Офицерам положено вино, матросам по праздникам чарка рома. Муки всегда не хватает, поэтому, если на суше обыкновенно на хлеб кладут тонкий ломтик мяса, то в море наоборот.

Я, впрочем, всего этого (за исключением рома) не употребляю. Солонины мой желудок не переваривает, хлеба попугаю в плавании никто не даст, от чеснока у меня лезут перья. Но в море я не бываю голоден. Во-первых, я почти все время сплю. А во-вторых, коли возникнет охота подкрепиться, могу полетать над волнами и выхватить из воды какую-нибудь зазевавшуюся рыбешку – это у меня очень ловко получается. Когда же мы спустимся в южные широты, над океаном начнут порхать летучие долгоперы, вкуснее которых ничего не бывает. Должно быть, любовь к сырой рыбе объясняется моим японским происхождением.

***

И потянулись дни, почти неотличимые один от другого.

Что такое жизнь на море?

Если нет бури или боя – скука, рутина, да вечная ловля ветра. Коли на счастье дует попутный – то есть на фордевинде, всё просто: знай поднимай побольше парусов да гони вперед, к горизонту. Если дует боковой, то есть на бейдевинде, у марсовых много работы с косыми парусами. Если встречный – корабль маневрирует длинными острыми зигзагами, иногда проходя за целые сутки всего двадцать или тридцать миль.

Матросы борются со скукой по-разному. В свободное от вахты время кто-то вяжет хитрые узлы (это мастерство на кораблях высоко ценится), кто-то травит байки, кто-то играет в карты на щелчки или затрещины. Ставить на кон деньги или вещи команде строжайше заказано – иначе может дойти до смертоубийства, а то и мятежа. Но офицеры в кают-компании обычно пренебрегают этим запретом. Во всяком случае, на корсарских кораблях.

Моей Летиции, однако, заниматься глупостями и томиться бездельем было некогда. Все время, не занятое сном, она штудировала медицину, а когда уставала, выходила на палубу и пыталась разобраться в устройстве корабля. В жизни не встречал человеческих существ с такой жаждой полезных знаний!

Она приставала ко всем подряд, выспрашивая название мачт, парусов и канатов, да как работает руль, да как замеряется скорость и глубина –

задавала тысячу разных вопросов, и большинство моряков охотно ей отвечали.

Между прочим, это отличный способ для новичка с самого начала наладить неплохие отношения с командой.

Единственный, кто упорно избегал общения с лекарем, это капитан. Стоило «мэтру Эпину» появиться на палубе во время вахты Дезэссара, и тот немедленно удалялся к себе, вызвав на смену другого офицера. Если же мы заставали капитана в кают-компании, он тут же уходил на квартердек. Довольно нелепое поведение, если учесть, что вся «Ласточка» от форштевня до ахтерштевня была длиною в полсотни шагов. Рано или поздно прямого столкновения – или, по крайней мере, объяснения – было не избежать. Но Летиция не торопила события. Она, умница, пока что обживалась, присматривалась, пробовала обзавестись союзниками.

# Мы милы Господу

С королевским писцом, при всей его учености, дружба у нас не сложилась. Мэтр Салье сам явился к Летиции в каюту – «с визитом учтивости», как он выразился. Сел на каронаду и битый час разглагольствовал о низменности человеческой натуры, о своей неподкупности, о ценах на сушеную треску и прочих столь же увлекательных вещах. Интересовали его также способы лечения подагры. Полистав книгу, мой лекарь дал совет прикладывать капустный лист и – уже от себя – не засиживаться в одном положении долее четверти часа, ибо затекание нижних конечностей чревато их воспалением. Клещ немедленно поднялся и ушел. При каждой следующей встрече, каковые на маленьком корабле неизбежны, Клещ, в соответствии с прозвищем, намертво впивался в мою девочку со

своими скучными разговорами. Лишь напоминание о вреде длительного пребывания на одном месте могло его остановить.

Зато со штурманом мы быстро сошлись. Это был человек легкий, веселый, не похожий на бретонских моряков и к тому же превосходный рассказчик. Он охотно обучал Летицию азам навигации, названиям всех бесчисленных парусов, элементов рангоута и такелажа, а также прочим морским премудростям. Близнецы-лейтенанты или их папаша артиллерист раздражались, если слушатель не мог уразуметь, что такое «огоны выбленочных узлов, прибезелеванные к ванту» или «нижний юферс фор-стеньлог-штага», зато ирландец был неизменно терпелив и изъяснялся на понятном сухопутному человеку языке. Возможно, Логан тратил столько времени на болтовню с юным лекарем, потому что тоже чувствовал себя чужаком среди команды, сплошь состоявшей из родственников, свояков и кумовей. Я, например, заметил, что ирландец подолгу разговаривал и с Клещом, кажется, нисколько не тяготясь столь тоскливым собеседником.

Гарри безусловно был самым бойким и занятным членом экипажа. Во всяком плавании обязательно сыщется человек, которого можно назвать «душой корабля», ибо, стоит ему появиться в кают-компании, в кубрике или на палубе, и там сразу завязывается шумный разговор, звучит смех или затевается какая-нибудь возня. Без такого живчика в море скучно.

Притом о себе штурман рассказывал не то чтобы неохотно – нет, он постоянно сыпал историями из своего прошлого, – но общей картины из этих баек как-то не складывалось. Родом он, кажется, был из Дублина и при «славном короле Джеймсе» вроде бы служил в королевском флоте, но давать присягу «узурпатору» не пожелал, и с тех пор плавал под флагами всех морских держав. Бывал и в Индийском океане, и в Китае, но чаще всего рассказывал о Вест-Индии, которую, по его словам, «знал, как свою ладонь».

Все моряки ужасные охальники и сквернословы, но Логан заткнул бы за пояс любого похабника. Его сочные, с массой пикантных подробностей рассказы о победах над женщинами всех рас и национальностей пользовались на «Ласточке» большим успехом. Но это нисколько не мешало ирландцу без конца креститься, бормотать молитвы и класть истовые поклоны перед распятием, приколоченным к основанию грот-мачты. Стоило кому-то помянуть черта или обронить что-нибудь святотатственное (у матросов, как известно, за этим дело не станет), и штурман тут же делал богохульнику строгое замечание.

Вот, для иллюстрации, разговор между Летицией и рыжим Гарри, подслушанный мной на второй или третий день плавания.

Моя питомица поинтересовалась, кто была беременная особа, с которой он так нежно прощался на причале.

– Мать моего будущего ребенка, – с гордостью ответил штурман, – дай ей Боже благополучно разрешиться от бремени.

– И вы ее любите?

– Разумеется! Что за вопрос?

Летиция пытливо смотрела на него, пытаясь разобраться в неведомой материи – любовных отношениях между мужчинами и женщинами.

– Но это не помешало вам предыдущим вечером принять предложение папаши Пома и отправиться к шлюхе?

Ирландец ужасно удивился.

– Почему я должен был отказываться от дармового угощения?

– Но ведь вы женаты, – сконфуженно пролепетала девочка.

– У меня такие жены в каждом порту. Я всех их люблю, а они любят меня – пока я с ними.

– А когда вас нет?

– То, чего я не вижу и о чем не знаю, не существует, – ответил штурман, проявив склонность к философии. – Лишь бы знать наверняка, что дети, которых рожают мои бабы, не от кого-нибудь другого. Ну, на то у меня есть свои способы проверки.

– Зачем вам дети, если у вас в каждом порту по жене?

– Дети – дар Божий. А худшее на свете злодейство – вытравить плод, – строго сказал Логан и перекрестился.

Увидев, что собеседник совсем сбит с толку, он подмигнул:

– Ничего, Эпин, вы еще слишком молоды. Я научу вас, как обходиться с бабами.

Рыжий Гарри был весь составлен из качеств, редко сочетающихся в одной натуре. Так же легко, как скабрезность с набожностью, в нем уживались добродушие и железная твердость. Вскоре после того, как наше судно вышло в бурные воды Бискайского залива, я стал свидетелем сцены, заставившей меня взглянуть на штурмана по-новому.

Он сел играть в ландскнехт с Проньфой, крайне неприятным молодым человеком, который однажды попытался выдернуть у меня из хвоста

перо. Мичман был шумлив, хвастлив и к тому же нечист на руку, причем жульничал не изящно, как мой бывший питомец Ожье, а совсем незамысловато. Логан раскусил прохиндея на первой же сдаче.

Мичман был шумлив, хвастлив и к тому же нечист на руку, причем жульничал не изящно, а совсем незамысловато

– Не думал, что из серой бретонской муки может испечься этакий блинчик, – с веселым смехом сказал Гарри, бросая карты. – Осторожней, приятель! За такие фокусы вам однажды отрежут уши.

Произнесено это было безо всякого вызова, тоном шутливого совета. Но субъекты, подобные Проныре, привыкли воспринимать незлобивость как проявление слабости.

Мичман, который был на полголовы выше, с бранью швырнул в щуплого ирландца оловянной кружкой. Дернув головой, Логан уклонился, проворно вскочил из-за стола и, когда противник налетел на него с кулаками, несколькими быстрыми, точными ударами загнал наглеца в угол.

На беду, именно в той части кают-компании на стене висели абордажные сабли. Проныра выхватил одну из ножен и завопил: «Убью!»

Меня всегда удивляло, что Гарри не расстается с оружием, которое висело у него на боку, даже когда он поднимался на марс, чтоб осмотреть горизонт. Я объяснял это обыкновение прежней службой в военном флоте. Теперь чудна́я привычка спасла ему жизнь или, во всяком случае, избавила от увечья.

В короткой схватке, заставившей всех остальных врассыпную броситься из-за стола, Логан обезоружил забияку и лупил плашмя по спине и заднице, пока Проныра не выбежал вон. Одержав победу, штурман как ни в чем не было рассмеялся и попросил всех, бывших в кают-компании, не рассказывать о случившемся капитану, не то глупый мальчишка угодит под арест. Тем дело и кончилось.

Но чуть позже между Летицией и Гарри состоялся разговор, который показался мне примечательным.

– Почему вы не закололи негодяя? – спросила она. – Вам ничего бы за это не было. Он оскорбил вас и первым обнажил оружие. А теперь вы обзавелись лютым врагом, который вполне способен нанести удар исподтишка.

Штурман беззаботно пожал плечами:

– Вы плохо знаете людей, юноша. Этот щенок, получив трепку, будет лизать мне руку и вилять хвостом. Конечно, можно было его прикончить – никто бы не расстроился. Но Господь сказал: «не убий».

Он торжественно воздел палец.

– И вы никогда никого не убивали? – уныло спросила Летиция, должно быть, вспомнив застреленного разбойника с большой дороги.

– Отчего же, много раз. В нашем мире без этого, увы, не проживешь.

– А заповедь?

– У меня строгое правило. – Штурман горделиво тронул ус. – Истребил живую душу – произведи на свет другую. Тогда Бог тебя извинит. Я веду очень точный счет. За свою жизнь мне пришлось прикончить восемнадцать человек, а детей у меня в разных портах от Вера-Круса до Риги родилось семнадцать. Так что на сей момент я в долгу перед Всевышним на одного покойника, но скоро расплачусь по векселю – пять моих баб беременны.

Моя питомица была потрясена такой бухгалтерией.

– Семнадцать детей?! И о всех вы заботитесь?

– Упаси Боже. Я даже не знаю, сколько из них живы, а сколько померли. Это уж не моя забота. Если ребенок понадобился Господу, я тут ни при чем. Но вы не думайте, приятель, что у Гарри Логана нет сердца. У меня в Форт-Рояле, на острове Мартиника, растет любимый сын, малютка Джереми. – Ирландец всхлипнул. – К нему и только к нему стремится мое сердце!

Личностей, подобных Логану, я, пожалуй, еще не встречал. Приятельство моей питомицы со столь неординарным человеком, пожалуй, можно только приветствовать.

Однако больше всего нам повезло с соседом по каюте. Притом что началось это знакомство довольно пугающе.

Как я уже рассказывал, в первый день плавания мы видели капеллана лишь издалека. Ночь он провел на верхней койке, всего в трех или четырех футах над Летицией, но, пребывая в болезненном состоянии, она опять-таки не перемолвилась с монахом ни единым словом.

Первый их разговор состоялся лишь наутро, когда моя питомица (со мной на плече) вернулась к себе после завтрака.

Служитель Господа сидел верхом на каронаде, занимая собою почти все свободное пространство конурки. В руках у него была старинная книга. Я с удивлением воззрился на обложку (то были «Опыты» Монтеня в знаменитом издании 1596 года – не самое обычное чтение для монаха); францисканец с не меньшим удивлением воззрился на нас. Я думал, что дело в моей скромной персоне, но, как оказалось, ошибся.

– Здравствуйте, святой отец, – почтительно поздоровалась Летиция. – Я судовой лекарь Люсьен Эпин. Прошу извинить, что давеча не спросившись занял нижнюю койку. Вам в вашей рясе забираться наверх неудобно. Если хотите, я перетащу свою подушку и одеяло наверх...

– Бог мой, – перебил ее капеллан. – Зачем?!

На его изрезанном морщинами лице сияли яркие, нисколько не выцветшие с возрастом голубые глаза.

– Чтоб вам было удобней.

– Я не о том. Зачем вы проникли на корабль, переодевшись в мужское платье, дочь моя? – понизив голос, спросил он. – Поступок опрометчивый и очень рискованный!

Я чуть не свалился со своего излюбленного места, а девочка вскрикнула. Мне сбоку было видно, как кровь отливает от ее щеки.

– Как вы... Кто вам... – залепетала она, дрожащим голосом. – Капитан, да?

По уверенному тону францисканца было ясно, что отпираться не имеет смысла.

Оглянувшись на занавес, монах взял ее за руку, усадил рядом с собой и перешел на шепот:

– Из ваших слов я делаю вывод, что капитан Дезэссар посвящен в тайну. Это уж совсем удивительно. Конечно, моряки менее наблюдательны, чем я, потому что у них другое ремесло, но все же любая случайность может вас выдать, и тогда...

Он покачал головой.

– Неужели во мне так легко распознать женщину? – испуганно спросила она.

Капеллан снял с нее шляпу и парик. Оценивающе оглядел, подумал.

Я теперь сидел на верхней полке и тоже рассматривал свою подопечную.

Руки, конечно, тонковаты. Но для будущего хирурга это нормально.

Ступни маловаты, однако грубые башмаки до некоторой степени маскируют этот недостаток.

Слишком деликатная шея – это да. Но у юнги Ракушки примерно такая же.

На мой взгляд, лекарь Эпин выглядел вполне убедительно.

– Не знаю, – наконец молвил монах. – Мое ремесло состоит в том, чтобы видеть в людях не внешнюю оболочку, а внутреннюю суть. У меня не совсем такой взгляд, как у других. Возможно, миряне не замечают совершенно немужского трепета и чудесной нежности в вашем взоре. Хоть это самое первое, на что обращаешь внимание. Однако расскажите, дитя мое, что понудило вас пуститься в столь опасное приключение? Должно быть, какая-нибудь любовная история?

Францисканец произнес это с такой ласковой, снисходительной улыбкой, что я сразу перестал его бояться. И Летиция тоже.

Моряки менее наблюдательны, но все же любая случайность может вас выдать

Опустив голову к самому плечу капеллана, она рассказала всю правду.

Он слушал, кивая. Время от времени крестился, перебирал четки, шептал Имя Господне, а если она запиналась, ободряюще поглаживал ее по стриженой макушке.

Признавшись в том, что ничего не понимает в медицине и ужасно боится, вдруг кто-нибудь поранится или заболеет, Летиция горько расплакалась и больше уж не могла говорить связно. Всё всхлипывала, каялась в себялюбии, легкомыслии, обмане, и повторяла: «Что мне делать? Что мне делать?». Прорвалось напряжение последних дней. Достаточно было всего нескольких участливых слов, чтобы внутренняя защита моей девочки дала трещину. Я подпрыгивал на койке, сочувственно клекоча. Капеллан издавал примерно такие же звуки.

Дав рассказчице выплакаться, он вынул из широкого рукава рясы платок и заставил Летицию высморкаться.

– Не казните себя. Вы прибегли к обману из благих побуждений. Если это и грех, то небольшой, а к небольшим грехам Господь снисходителен. Вы же Ему особенно милы, в том у меня нет ни малейших сомнений.

Монах лукаво улыбнулся:

– Не верите? Так я вам сейчас предъявлю неопровержимое доказательство Божьей милости. Знаете, кем был смиренный брат Астольф, то есть ваш покорный слуга, перед тем, как принял постриг? Университетским хирургом в городе Ренне.

Он засмеялся, радуясь ее изумлению.

– Если вы готовы учиться медицинским наукам, я буду наставлять вас.

Это, действительно, было чудо и дар Божий!

Летиция раскрыла рот, не в силах произнести ни звука, а я, наоборот, разразился радостным кличем.

– Попугай у вас глуповат, – заметил брат Астольф, несколько омрачив мое о нем впечатление. – Чего он испугался? А еще говорят, что птицы способны чувствовать настроение людей.

Моя питомица, увы, за меня не вступилась. Она даже не взглянула в мою сторону.

– Почему ни арматор, ни капитан не знают о вашем прошлом? – спросила она, еще не до конца поверив в такую удачу. – Врач и священник в одном лице! Любой судовладелец был бы счастлив заполучить подобного члена команды!

– Я больше не лечу людей. Вначале я пробовал совмещать старую профессию с новой, но врачевать тело и врачевать душу – вещи совсем разные, они плохо между собой совместимы. В конце концов мне пришлось сделать выбор в пользу миссии более важной. Ведь самые опасные болезни таит в себе именно душа. И нередко бывает, что ради ее исцеления приходится жертвовать здоровьем тела. Возьмите, к примеру, хоть обет целомудрия, который вынуждены соблюдать католические священники, дабы ослабить свою телесность и укрепить духовность. Это насилие над человеческой природой, за которое мы, представители духовного сословия, расплачиваемся недугами предстательной железы. – Францисканец засмеялся. – Но, уверяю вас, трудности мочеиспускания – малая плата за освобождение от уз чувственности. Кстати говоря, у нашего артиллериста Кабана застарелая аденома простаты. Он обязательно обратится к вам за помощью. Я научу вас делать

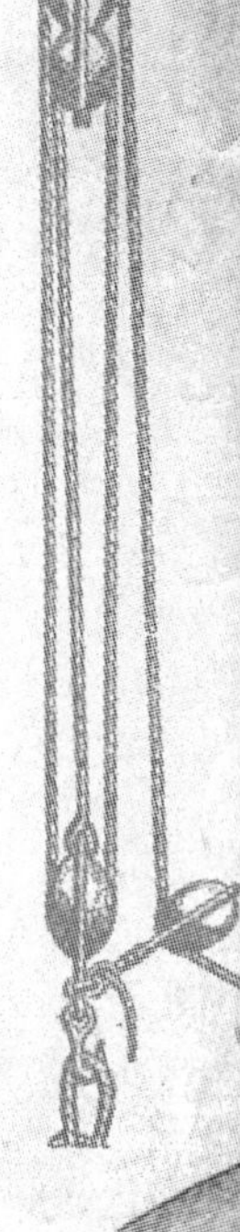

лечебный массаж, это нетрудно. Гораздо тяжелее избавить мсье Кабана от болезненной алчности и врожденного недоброжелательства, главных недугов этого человека. Мэтр Салье по прозвищу Клещ страдает язвой желудка, от чего неплохо помогает шалфеевый декокт. Однако куда худшая язва, именуемая черствостью, разъедает не живот, а душу королевского писца, и тут, боюсь, помочь гораздо труднее.

Монах печально вздохнул и перекрестился.

– Знаете, сын мой (давайте я буду называть вас так, чтобы не сделать случайной оговорки при посторонних), я до того поглощен тайнами духовной природы человека, что начисто утратил интерес к его физической конституции. Ибо тут вечное, а там всего лишь тленное. Однако без искреннего интереса к тленному, к слабой плоти невозможно быть хорошим лекарем. Я дал обет во имя своего монашеского служения отказаться от служения врачебного. Иногда мне, увы, приходилось нарушать эту клятву, потому что очень уж всех жалко, но я верю и знаю, что молитва – средство более эффективное, чем целебные травы или кровопускание.

Я скептически покачал головой. Сомневаюсь, что чтением «Отче наш» можно облегчить мучительный зуд, возникающий при линьке перьев, или боль от укуса злой перуанской блохи. Отец Астольф будто услышал мое возражение и тут же на него ответил:

– Тот, кто умеет молиться по-настоящему, защищен и вооружен от всех напастей. Вот вы, дитя мое, в первый день очень мучились от качки. Я тоже, едва корабль отошел от берега, ощутил сильнейшую дурноту. Но заставил себя забыть о

*Тот, кто умеет молиться по-настоящему, защищен и вооружен от всех напастей*

ней, погрузился в молитву, и морская болезнь отступила. Эта концентрация достигается многолетними усердными упражнениями. Вся сила души словно бы сжимается в кулак – нет, правильнее сказать: собирается в яркий луч. С его помощью можно преодолеть и обычную простуду, и мигрень, и что угодно, ибо этот луч – часть Силы Господней. Вливаясь в сей чистый источник, я становлюсь неуязвим.

А, ну это другое дело! Он говорил о медитативной концентрации – искусстве, которым в совершенстве владеют даосы и йоги. Я проникся к мудрому сенсею еще большим почтением. У этого святого старца мы с Летицией сможем многому научиться.

К первому уроку – из области не медитации, а медицины – капеллан приступил тотчас же.

Начал он с небольшой лекции об основах врачебной науки.

Рассказал о Галене, чья концепция плефоры на века определила развитие европейской медицины. Согласно учению великого грека, все болезни происходят из-за переизбытка того или иного гумора – внутреннего сока, каковых в теле имеется четыре: кровь, флегма, желтая желчь и черная желчь. Поддержание их в равновесии – лучшая гарантия здоровья. Если же баланс нарушен, восстановить его можно посредством одного из четырех действий: очисткой кишечника, голоданием, понуждением к рвоте или кровопусканием.

От основ брат Астольф перешел к азам анатомии.

Летиция разложила на коленях тетрадь, пристроила на пушку чернильницу и усердно записывала. Я тоже слушал очень внимательно – не столько для самообразования (я являюсь сторонником не западной, а китайской медицинской теории), сколько для удовольствия. Пожалуй, главное наслаждение бытия – внимать речам ученого мудреца, о чем бы тот ни вещал.

Время летело незаметно. Однако надо же было случиться, чтоб именно во время этого первого урока произошел первый несчастный случай, без которых не обходится никакое плавание.

Инцидент был сравнительно мелкий – один из матросов замешкался при натягивании каната, и недотепе затянувшимся узлом оторвало указательный палец. Но когда к нам в каюту привели орущего благим матом человека, у которого хлестала кровь, Летиция ужасно испугалась.

Из-за откинутого полога на нее смотрело множество глаз. Был там и мрачный Дезэссар, буркнувший:

– Сделайте что-нибудь, раз уж вы лекарь.

Не знаю, что было бы, если б не Астольф.

– Все замолчите! – строго сказал он. – Доктор будет делать свою работу, а я стану молиться, чтобы Господь облегчил страдания брата нашего Коряги.

Так звали матроса, потому что его лицо было изрыто оспой и несколько напоминало древесную кору.

После этого, молитвенно сложив руки и закатив глаза, монах нараспев заговорил по-латыни.

– Спокойно, дитя мое. Делайте, как я скажу, и все будет хорошо... Велите дать ему кружку рома, чтоб притупить боль.

– Влейте в него рома! Живо! – крикнула Летиция по-французски. Она была бледнее изувеченного матроса, но голос у нее не дрожал.

– Теперь пусть его посадят на стул и крепко возьмут за руки и за ноги... Очень хорошо. Вылейте на рану рому, чтобы избежать заражения.

– А-а-а-а-а!! – заорал Коряга, но ему не дали вырваться.

– В зубы – пулю, не то мы все оглохнем...

Обливающийся холодным потом матрос закусил кусок свинца.

– Выдвиньте ящик с хирургическими инструментами. Возьмите вон те щипчики, маленькие... Нужно вынуть из раны мелкие осколки кости, иначе случится нагноение. Отлично! – одобрил капеллан действия лекаря, не обращая внимания на стоны раненого. – Снова полейте ромом... Учили ли вас вышивать?

– О да, – глухо ответила Летиция. – В пансионе [по-латыни получилось «in gimnasium»] мы только этим и занимались.

– Так представьте, что вышиваете гладью. Берите иголку и нитку. Стежки не должны быть слишком частыми.

Здесь Астольф перешел на французский, обратившись к Коряге:

– Перестань орать, сын мой. Ты мешаешь мне молиться.

Еще через минуту операция была закончена. Лекарь залепил рану мхом и обвязал тряпкой.

– Ну вот и всё, – объявила моя девочка с небрежным видом. – Пустяковое дело.

Капитан за шиворот вытащил Корягу в кубрик, пригрозив:

– Будешь ворон считать, я тебя в следующий раз не к доктору отправлю, а велю линьками выдрать!

И удалился, не сказав Летиции ни слова.

Зато один из старых матросов, столпов корабельного общественного мнения, прошамкал беззубым ртом:

– Эпин-то наш дело знает. Важно рану зашил. Колет иголкой, будто колючкой.

Другой подхватил:

– Верно! Колючка и есть. Доктор-Колючка!

Раздался дружный смех, и я понял, что имя корабельного врача стало его прозвищем. А еще я понял, что команда приняла новичка. Теперь можно было немного расслабиться – дела складывались лучше, чем я ожидал.

***

Я уже упоминал о том, что покачивание волн и морской воздух являются для меня превосходным снотворным. Обычно бо́льшую часть плавания я провожу в полудреме, а то и в самом настоящем сонном забытье. Магический мир потусторонних видений то затягивает меня в свой омут, то выпускает обратно. Я предаюсь мимолетным грезам и неспешным размышлениям. Палящее солнце, пронзительный ветер, проливной дождь – всё мне нипочем. Могу спать хоть по двадцать часов в сутки, делая перерывы, только чтоб немного размять крылья или подкрепиться.

В каюте было душно, тесно, неуютно. Я облюбовал себе отличное местечко под кормовым фонарем, откуда удобно наблюдать за палубой и любоваться пенной дорожкой за кормой.

Однако моему мирному уединению сильно мешала корабельная дворняжка, облаявшая меня при первом визите на «Ласточку». Это сварливое и невоспитанное создание, кажется, ревновало меня к матросам. Дело в том, что после истории с оторванным пальцем частица почтения, которым команда прониклась к доктору, распространилась и на мою персону. Никто мне не докучал, не приставал с идиотскими дразнилками типа «попка-дурак», а некоторые моряки при вечерней раздаче чарки даже угощали меня ромом, обнаружив мою симпатию к этому славному напитку.

Вот брехливая Селедка меня и невзлюбила.

Первый раз она едва не застала меня врасплох. Подпрыгнула, щелкнула зубами прямо у меня перед клювом, так что от неожиданности я свалился за борт и, не будь у меня крыльев, наверняка утонул бы, на что мерзавка несомненно и рассчитывала.

Я, конечно, вернулся и с размаху клюнул ее по уродливому приплюснутому темени, но после

Брехливая Селедка меня и невзлюбила.
Первый раз она едва не застала меня врасплох

этого конфликта пришлось переменить место дислокации. Отныне я сидел на салинге бизани, где гнусная тварь не могла причинить мне вреда и только тревожила мой сон назойливым лаем.

Забегая вперед, скажу, что милосердное Провидение со временем избавило меня от этого врага. Во время бури у португальских берегов Селедка пала жертвой своей собачей кармы – волна смыла дворняжку за борт, туда ей и дорога. Ничто больше не нарушало мой дремотный покой. Дни слились в единый умиротворяющий поток.

Раз или два в день я наведывался к моей питомице, чтобы проверить, как у нее дела. Всё шло неплохо, «лекарь» отлично справлялся со своими обязанностями, в чем я мог убедиться, заглядывая в дневник, который исправно вела Летиция.

Перевернув клювом очередную страницу и убедившись, что не пропустил ничего важного, я возвращался к месту своей спячки и с наслаждением смыкал веки.

Правы японцы, когда говорят: «Сон – лучшая часть жизни».

Из-за этой сонной размягченности я утратил бдительность. И в результате произошло то, что произошло.

# Дневник Люсьена Эпина

Почти все сведения, изложенные в этой главе, почерпнуты мною из тетради, в которой Летиция вела дневник плавания на «Ласточке», записывая сведения о маршруте, новообретенном врачебном опыте, а также самые яркие события. Сих последних в начале пути было много, но постепенно, как это всегда бывает в море, свежесть восприятия приелась, вытесненная рутиной и монотонностью. На третий день, обогнув мыс Дю-Раз, западную оконечность Бретани, фрегат вышел на простор Бискайского залива, берег скрылся из виду, а вместе с ним и само течение времени словно подернулось зыбкой дымкой. Если б не чередование света и тьмы да звон склянок, можно было бы подумать, что время вообще остановилось.

Как говорят моряки, в плавании счет дней идет от порта до порта и от шторма до шторма, но бури нас не беспокоили, а от мыса Дю-Раз до Лиссабона, где «Ласточке» предстояло освежить запас воды и припасов, идти предстояло дней десять, а то и пятнадцать, если ветер поменяет направление или ослабнет.

Начало дневника я опускаю, оно слишком похоже на словарь морских и медицинских терминов, а никаких существенных событий не описано. Пожалуй, перейду сразу к 6 марта, когда у Летиции состоялось важное объяснение с капитаном.

Прибавлю лишь, что велся дневник по-швабски, ибо никто на корабле не знал этого южногерманского наречия, а значит, можно было не опасаться нескромных глаз.

***6 марта, понедельник.***
***Девятый день плавания.***

Ветер WSW, порывистый. Пеленг мыса Финистерре в полдень. За сутки пройдено 94 мили.

Сегодня мы перешли от теории к практике. Добрейший отец Астольф хвалит меня за смышленость и цепкость памяти, уверяя, что обыкновенный лекарский ученик тратит на вводную часть медицинской науки не менее полугода.

Начали мы с самого легкого – лечения запоров. Научилась изготавливать слабительный отвар из Fructus Rhamni cathartici и Grana molucca, а также пользоваться малым клистиром. Возможность попрактиковаться в этом занятии мне предоставил герр Кабан, желудок которого из-за возраста стал плохо переваривать «соленую лошадь», так что бедняк с самого отплытия еще ни разу не справил нужды.

Кстати уж об этой малоприятной материи.

Сколь много неудобств доставляет мне отсутствие латрины на корабле! Если б не деликатность моего славного соседа, удаляющегося из каюты всякий раз, когда природа требует от меня исполнения унизительного долга, просто не знаю, как бы я обходилась. Других уединенных мест здесь нет, да никто кроме меня в них и не нуждается.

*Ночью, после третьей склянки.*

Только сегодня – на девятый день! – мне наконец удалось по душам переговорить с Д. Должно быть, он сам понял, что ведет себя глупо. Нельзя же капитану вечно прятаться от члена экипажа! Д. через дневального вызвал меня на квартердек во время своей вахты, когда вся команда обедала и рядом не было никого кроме рулевого Акулы (это старый матрос, почти совсем глухой).

Д. сказал мне очень решительно: «Давайте наведем ясность в наших отношениях. Мне категорически не нравится, что вы на моем корабле, а я категорически не нравлюсь вам, но тут уж ничего не поделаешь. Предлагаю кое о чем условиться...»

Здесь я его прервала, спросив: «С чего вы взяли, что вы мне не нравитесь? Ничего подобного!»

Эта маленькая дань вежливости произвела на неотесанного Д. сильнейшее впечатление – моряки совсем не приучены к лукавости светского общения и склонны принимать пустую учтивость за чистую монету. Капитан просветлел и даже улыбнулся – по-моему, впервые за время нашего знакомства.

«В самом деле? Тем лучше. Поймите, – перешел он на доверительный тон, – я ужасно рискую. Если кто-то на борту, по вашей неосторожности или по случайности, узнает, нам обоим несдобровать. Вот мое первое условие: ежели такое произойдет, я от вас отопрусь и скажу, что сам был обманут. Вас высадят в первом же порту».

«Неосторожности с моей стороны не будет, о случайностях я тоже позабочусь. Ну а если что, будь по-вашему. Однако, – подпустила я в голос суровости, – если вы, желая избавиться от докуки, сами меня втихомолку выдадите, пеняйте на себя».

Он поморгал, даже не попытавшись протестовать. Очевидно, подобная мысль уже приходила ему в голову.

«Второе условие, – продолжил Д. после паузы. – Хоть вы и зафрахтовали мое судно, не суйте нос в мои дела и перестаньте допекать всех расспросами о курсе «Ласточки», направлении ветров, преодоленном расстоянии и прочих материях, до которых лекарю нет никакого дела! Это выглядит подозрительно».

Вероятно, он прав, подумала я. Моя любознательность может быть неправильно воспринята.

«Хорошо. Что еще?»

Тут он немного смутился и забормотал довольно бессвязно: «Если у нас с вами мир и мы пришли к доброму согласию... А также поскольку вся команда, слава Богу, здорова и дел у доктора немного... Может быть, вы согласитесь... Вы ведь привыкли вращаться во всяких таких кругах... В общем, не могли бы вы немного поучить меня манерам, принятым в возвышенном обществе?»

Я изумилась и чуть было не спросила: «Зачем это вам?» Однако вовремя вспомнила, что капитан Дезэссар мечтает о дворянстве – об этом рассказывал арматор Лефевр. Та же болезнь, которой страдает мой сводный братец Мёнхле. Никогда не могла понять желания прицепить к своему имени частицу «фон» или «де», как будто таким смешным манером можно действительно сделаться благородней! Люди истинно благородные не нуждаются во внешних атрибутах достоинства – оно обретается в их душе и неотделимо от нее.

***7 марта, вторник.***
***Десятый день плавания.***

Ветер W, слабый. Облачно. За сутки пройдено 77 миль. Широта 40°11' N.

Сегодня изучала лечение поносов алиментарного и нервического происхождения. Оказывается, это очень интересно, особенно кровавая диарея эпидемического свойства. Эта страшная болезнь превратила не одно судно в корабль-призрак, населенный мертвецами.

Провела в кают-компании, во время третьей вахты, первое занятие с капитаном. Учила его пользоваться вилкой, держать столовый нож тремя пальцами, а также не чавкать и не хлюпать. Наука дается ему с большим трудом, он весь вспотел. Тяжелее всего оказалось жевать с закрытым ртом. Бедняга жалуется, что от этого начинает давиться.

Во время ужина он поразил офицеров свежеобретенными манерами. Даже Логан, слывущий у нас в кают-компании «тонкой штучкой», не имел понятия о салфетках. Когда Дезэссар важно вытер губы лоскутом белой ткани, за столом воцарилось гробовое молчание. Еще удивительней всем показалось, что капитан не откусывает прямо от окорока, а отрезает ножом тонкие ломти. Теперь и я могу есть цивилизованно, не боясь вызвать осуждение или насмешку (хоть Кабан и обозвал меня «мартышкой» за подражательство).

Очень надоела «соленая лошадь», которой на корабле кормят пять дней в неделю. По субботам подают сушеную треску, и лишь по воскресеньям бульон с куском свежего мяса. Пьют все сидр или красное вино. Коньяк или ром берегут для особенных случаев. Впрочем, говорят, что перед сражением для храбрости каждому члену экипажа положена так называемая боевая порция.

***8 марта, среда.***
***Одиннадцатый день плавания.***

Ветер NW, порывистый. За сутки прошли 112 миль. Широта 39°24' N.

Медицинского учения сегодня не было. Отец Астольф сказал, что мозгам нужно давать отдых, тем более нынче день святого Филемона. До обращения в христианство и мученической гибели в пучинах вод Филемон был актером и большим любителем прекрасного пола. В его память у некоторых народов принято в этот день выказывать женщинам знаки приязни и внимания.

Признаться, я рада передышке. За исключением часа, который ушел на то, чтобы познакомить капитана с тайнами носового платка, весь день я провела на палубе, вдыхая запахи океана и думая об отце, которого, с Божьей милостью, я увижу всего через неделю.

***9 марта, четверг.***
***Двенадцатый день плавания.***

Ветер SW и S. Ясно. В полдень повернули через фордевинд и легли на S. Курс на мыс Феншал.

Кровопускание производится так. Сначала к телу прикладывается скарификатор. Нажатием пружины выпускаешь двенадцать секаторов, которые моментально и почти безболезненно производят разрезы. На места разрезов ставятся подогретые банки для высасывания избытка крови. После того, как банки наполнятся целиком, до половины или до четверти (в зависимости от состояния пациента), их нужно снять, остановить кровотечение прикладыванием тампона, смоченного в растворе спорыньи, и залепить ранки промытой рыбьей кожей. Сначала отец Астольф заставил меня поупражняться на нем самом, потом вызвал боцмана Выдру, который очень любит лечиться и нечувствителен к боли. Теперь я знаю, что эта не столь сложная операция мне по силам.

*Тот же день, вечер.*

Я собиралась пустить кровь и капитану, цвет физиономии которого свидетельствует о перенасыщенности тела гуморами, но в это время марсовый матрос закричал: «Парус!».

Ударил колокол, все бросились по местам. Скоро стало ясно, что это английский купец, трехмачтовый флейт. Мы пустились за ним в погоню.

У нас лучше парусность и мы находились на ветре, поэтому, по словам Д., погоня получилась недолгой. Мне, правда, так не показалось. Понадобилось шесть с половиной часов, чтобы преодолеть жалкие полсотни кабельтовых, отделявшие «Ласточку» от англичанина. Вначале я была возбуждена первой корсарской схваткой, но потом заскучала. Да и не было никакой схватки. Когда Кабан выпалил из носового орудия, взметнув столб воды справа от флейта, купец понял, что до темноты ему не дотянуть, и лег в дрейф.

Д. и королевский писец отправились осматривать добычу. Я увязалась с ними из любопытства и присутствовала при переговорах с капитаном

«Фортуны», бристольского судна, которое везло на Ямайку груз чугунных чушек.

Переговоры представляли собой тягучее и многословное препирательство из-за суммы выкупа. Д. угрожал, что посадит на «Фортуну» свою команду, а британцев запрет в трюм и они проторчат в плену до конца войны. Но английский капитан смекнул, что мы в самом начале плавания и не захотим сокращать свой экипаж ради старого корыта, груженного чугуном. Кончилось тем, что мы получили вексель на голландскую банковскую контору, которая существует специально для таких случаев. Вексель забрал мэтр Клещ, мы вернулись на «Ласточку» и встали на прежний курс.

До чего же, оказывается, скучно ремесло корсара!

Я испытываю смешанные чувства по поводу случившегося. С одной стороны, жалко англичанина – он всё сетовал, что теперь владельцы спишут его на берег. С другой стороны, часть от этих 2800 ливров достанется мне и очень пригодится для уплаты долга «герру коммерциенрату».

***10 марта, пятница.***
***Тринадцатый день плавания[24].***

Сегодня, наконец, перешли к хирургии, которой я боюсь больше всего. Начали с переломов рук и ног – это самое простое из увечий, с которыми мне придется иметь дело. Я научилась: замешивать гипс; выправлять кость; накладывать шину. По-настоящему трудно только второе, особенно, если перелом открытый. Отец Астольф принес несколько щепок разной толщи-

---

[24] С этого места дневника опускаю навигационные подробности относительно направления ветра, широты и прочего как не представляющие интереса. *(Прим. Андоку М.К.Т.Клары)*

ны, завернул их в бумагу, которая изображала кожу, и мы долго исполняли странный ритуал. Он с хрустом ломал деревяшки об колено, а потом я их «лечила», аккуратно распрямляя. Заклеивала порванную бумагу, клала шины, потом работала с гипсом.

Во второй половине дня я становлюсь из ученицы учителем. Водила Дезэссара взад-вперед по кают-кампании, показывая, как кланяются замужним дамам, юным барышням и пожилым герцогиням. Капитан был в парадном кафтане, шелковых чулках и завитом парике, да еще с тростью. В углу мы поставили зеркало, отобранное в качестве трофея у несчастного бристольца.

Д. был похож на индюка, с важностью расхаживающего по птичнику, однако себе он чрезвычайно нравился. За ужином он объявил, что отныне на «Ласточке» будут соблюдаться правила морского этикета, как положено на боевом корабле. Господа офицеры должны являться в кают-компанию нарядными, в париках и при шпагах. «А кому это не по нраву, – грозно предупредил капитан, – будет столоваться в кубрике с матросами».

Поддержали это начинание Гарри (он и так всегда одевается щеголем), писец да мичман Проныра. Оба лейтенанта и пушкарь заявили, что париков отродясь не нашивали, а где жрать «соленую лошадь», им совершенно все равно.

Закончилось криком и руганью.

***11 марта, суббота.***
***Четырнадцатый день плавания.***

Сегодня весь день не до занятий.

Я познакомилась с обратной стороной корсарской профессии.

Утром меня разбудил отчаянный звон колокола и топот ног. Мы снова заметили корабль. Он вынырнул из рассветного тумана в какой-нибудь миле к западу. Восходящее солнце обрисовало в колышущемся воздухе золотистый, прозрачный силуэт. Дезэссар, полезший на мачту с подзорной трубой, закричал: «Английский шлюп! Пушек нет – торговец!»

Чтобы подобраться к добыче ближе, мы тоже подняли английский флаг. Правилами морской войны это не возбраняется. Главное – «предъявить цвета» (то есть опустить чужой флаг и поднять свой) до первого выстрела, иначе это уже будет не военная хитрость, а разбой.

Английский торговый шлюп, казалось, не подозревал подвоха. Он повернулся бортом и спустил почти все паруса. Корабль размером с «Ласточку» и, судя по контуру, довольно ходкий.

Наш капитан все время находился на носу, вскарабкавшись чуть не на самый утлегарь, и неотрывно смотрел в трубу.

Когда до англичанина оставалось три кабельтовых, Д. вдруг заорал истошным голосом: «Поворот! Поворот! Это ловушка!»

«Смотрите! – закричал и Логан, стоявший на вахте. – У него, как у нас, порты закрашены!»

Матросы схватились за тросы, рулевые навалились на рукояти штурвала, и «Ласточка», накренившись набок, стала поворачивать под свежим бейдевиндом.

Я сначала ничего не поняла, но потом увидела, как в черном борту вражеского корабля открываются квадратики, и в каждом торчит пушечное жерло.

Это было такое же корсарское судно, как наше. И прибегло оно к той же уловке, старой, как самое охота: волк притворился овечкой.

«Мы будем драться?» – спросила я у Д., бежавшего от носа к квартердеку. В голове у меня были только колотые, резаные и огнестрельные раны, до которых мы с моим наставником еще не добрались.

«Драпать!» – ответил он к моей великой радости, хоть это и показалось мне странным. В конце концов, британский шлюп (теперь стало ясно, что он не торговый, а военный) был не мощнее «Ласточки».

Со всех сторон раздались вопли: «Прячься! Сейчас пальнет!».

Невесть откуда появившийся францисканец сильно дернул меня за руку, так что я свалилась на палубу, а он упал на меня сверху.

Послышался пронзительный свист и треск, будто сотня палок забарабанила по дереву. Потом воздух качнулся и наполнился грохотом, от которого заложило уши.

Это шлюп дал по нам бортовой залп. Прицел, на счастье, оказался высоковат. Кроме дыр в парусах и царапин на мачтах мы лишились одного из фонарей, да рулевому щепкой проткнуло руку.

Он так жалобно выл, что я сразу позабыла страх и кинулась на квартердек. Моему воображению рисовались всякие ужасы вроде открытой раны черепа или разорванной брюшной полости, поэтому, увидев, сколь пустякова травма, я чуть не расплакалась от облегчения.

Моя Клара, разбуженная пальбой, слетела со своего любимого салинга и с клекотом села мне на плечо. Бедная пташка испугалась, что неудивительно[25]. Я успокоила ее и сама успокоилась. Когда обрабатывала рану, руки у меня не дрожали.

---

[25] *«Бедная пташка», каково? Я бывал в сотне куда более серьезных переделок, а к Летиции спустился, чтобы ее ободрить! И мне это, между прочим, удалось. (Прим. Андоку М.К.Т.Клары)*

Тем временем «Ласточка» очень чисто выполнила разворот. Британец же, потратив время на неудачный залп, потерял преимущество по ветру и здорово поотстал.

Началась погоня, совсем как позавчера, только теперь удирали мы.

Скорость у нас и у шлюпа была почти одинаковая. Верней сказать, под ветром мы шли узла на полтора быстрее, зато он проворнее маневрировал и на галсах подбирался ближе. Когда расстояние сокращалось до пушечного выстрела, мы обменивались парой-тройкой ядер. Шлюп палил по нам из бакового орудия, «Ласточка» отвечала из двух пушек, установленных в кают-компании, где теперь распоряжался Кабан.

По фрегату за весь день ни разу не попали. Удачен ли был ответный огонь, сказать трудно. Хоть Кабан после каждого выстрела и кричал: «Есть!», на нашем преследователе это никак не отражалось.

Часа через два я соскучилась наблюдать за морским боем, который прежде представлялся мне совсем иначе.

Некоторое время провела с Д. на мостике. Капитан рассказал, что в корсарской жизни баталии случаются крайне редко. В основном приходится догонять или убегать. Если противники равны по силе, они обыкновенно расходятся миром, не тратя зря порох. Кровавые сражения происходят при следующих обстоятельствах: если один из капитанов пьян или глуп; если с той стороны пираты, от которых не жди пощады; либо же если удирающее судно не желает сдаваться, рассчитывая продержаться до входа в гавань или до наступления спасительной темноты. Д. участвовал в двадцати девяти корсарских экспедициях, но в настоящий бой попадал только дважды, а про абордажи только слышал, но сам никогда их не видывал.

Вечером я ушла к себе в каюту.

Силуэт шлюпа чернел примерно в полумиле за кормой. Думаю, за ночь он нас потеряет.

***12 марта, воскресенье.***
***Пятнадцатый день плавания.***

Как бы не так!

Утром я увидела англичанина на том же расстоянии. Оказывается, ночь выдалась лунная, и оторваться под ее покровом нам не удалось.

Весь день упорное преследование продолжалось. В нас стреляли всего однажды, издалека, и ядро легло в стороне.

Страшно уже не было, лишь досадно оттого, что мы вторые сутки бежим на вест, отдаляясь от цели плавания, но тут ничего не поделаешь.

Попросила отца Астольфа поскорей перейти к курсу военной хирургии. Весь день посвятили колотым ранам.

Вчера было не до трапез, но сегодня завтрак, обед и ужин подавали как обычно, только не в кают-компании, где хозяйничает главный канонир, а в пороховом погребе. Там нет окон и нельзя зажигать огонь, зато есть деревянный стол, служащий для заправки пушечных картузов. Мне в погребе даже понравилось. При свете масляной лампы сидеть уютней, чем при свечах, а еще приятно было в кои-то веки поесть, не вдыхая густой табачный дым. По случаю воскресенья подавали курицу. Очень вкусно.

***13 марта, понедельник.***
***Шестнадцатый день плавания.***

Ночь опять была ясной. Погоня продолжается. Перемен никаких: та же редкая безрезультатная стрельба, те же маневры. Только ветер с востока усилился, и нас все дальше уносит в атлантические просторы, прочь от африканского берега.

Изучала резаные раны. Отец Астольф похвалил меня за ровность швов (я упражнялась на свиной коже).

К вечеру небо стало затягиваться облаками, на которые все смотрят с надеждой. Что-то будет ночью?

***14 марта, вторник.***
***Семнадцатый день плавания.***

Ночью я дважды открывала порт и выглядывала наружу. Ни луны, ни звезд. К утру пояснело, но благословенная тьма сделала-таки свое дело: проклятый шлюп исчез, горизонт был пуст.

Тем не менее капитан объявил, что во имя осторожности «Ласточка» еще целый день будет двигаться тем же курсом на вест, чтобы снова не наткнуться на англичанина.

Я пробовала спорить, мне невыносима мысль о том, что этот вынужденный détour[26] отдаляет встречу с отцом. Тогда Д. принялся рассказывать о знаменитой плавучей тюрьме Бристоля, куда всех нас посадят, если враги захватят «Ласточку». Во время предыдущей войны он просидел там год и два месяца, пока арматор не заплатил за команду выкуп.

Сбежать с баржи, стоящей на якоре посреди залива, невозможно. Кормят там тухлой рыбой и заплесневелыми сухарями. Но тягостней всего сносить издевательства, которым подлые англичане подвергают своих пленников. Например, всех вновь прибывших ждет непонятная унизительная процедура: раздевают догола, а всю

---

[26] Крюк (*фр.*).

одежду варят в котле – якобы для истребления вшей, хотя кому и когда вредили эти маленькие, безобидные насекомые?

Услышав о раздевании, я содрогнулась и больше не спорила.

С отцом Астольфом разбирали виды и лечение контузий. Оказывается, они не менее опасны, чем кровоточивые раны. Шестнадцатифунтовое ядро, пролетевшее низко над толпой, способно проложить в ней целую просеку, причем большинство ляжет замертво от летального сотрясения мозга.

***15 марта, среда.***
***Восемнадцатый день плавания.***

Сегодня утром капитан сообщил, что ночью мы повернули на зюйд-ост, то есть наконец-то взяли курс на Барбарию. Крюк будет стоить нам по меньшей мере лишних десяти дней, ибо на запад мы бежали под сильным попутным ветром, а при движении на восток придется все время лавировать. Из-за этого ни в какой пиренейский порт заходить не станем. Порцию воды придется урезать, а от свежего мяса отказаться, поскольку клетка для скота и курятник пусты. Я не могла не одобрить такое решение.

В экипаже все здоровы. До обеда мы с моим милым монахом проходили теорию огнестрельных ран. Во второй половине дня перешли к практике. Матросы поймали на крюк с дохлой крысой небольшую акулу и, поскольку эта добыча несъедобна, отдали ее в мое распоряжение. Я выстрелила несколько раз в тушу, предварительно надев на нее старую матросскую рубаху, а потом извлекала пули и вычищала из ран частицы ткани, от которых часто происходит смертоносное нагноение и антонов огонь. Очень трудно. Не представляю, как такую процедуру будет выносить живой, страдающий человек. Отец Астольф говорит, что ему известны способы облегчения боли, но этой темы мы коснемся позже.

***16 марта, четверг.***
***Девятнадцатый день плавания.***

Чистый горизонт. Ветер по-прежнему попутный, хотя ночью, по словам капитана, пришлось все время менять галсы, из-за чего мы почти не продвинулись.

Тема занятий сегодня довольно простая – вправление вывихов. Нужно хорошо знать расположение суставов и иметь сильные руки. С последним у меня неблагополучно. Отец Астольф показал мне несколько упражнений, с помощью которых можно укрепить запястья. Теперь два раза в день по полчаса я поднимаю и опускаю пушечное ядро.

Сегодня была уморительная сценка. Заглядываю к себе в каюту и вдруг вижу мою Клару, которая сидит на раскрытом дневнике и с преумным видом водит клювом по листу, будто читает. Потом перевернула страницу – я прыснула. Увидев, что я наблюдаю из-за шторы, попугай переполошился и опрокинул чернильницу. Последствия этого маленького инцидента видны на предыдущем развороте. Там, впрочем, ничего особенно важного записано не было – лишь рассказ о том, как я обучала капитана искусству светской беседы ни о чем. Повторяться лень.

## *Дневник Люсьена Эпина*
### *(продолжение)*

**17** ***марта, пятница.***
***Двадцатый день плавания.***

Всё то же. Днем попутный ветер, ночью штиль или норд-вест. Капитан говорит, что за сутки мы прошли только шестьдесят миль.

Плавание длится меньше трех недель, а мне кажется, что целую вечность. Каково же морякам, которые держат путь в Китай или в Перу, проводя в море восемь, если не десять месяцев кряду?

Если б не моя учеба да не вечное ожидание какого-нибудь несчастного случая, который подвергнет испытанию мои слабые знания, я, верно, свихнулась бы от скуки.

Сегодня как раз произошло событие, заставившее меня поволноваться.

Один из матросов, некто по прозвищу Косое Рыло (довольно точный портрет), совершил тяжкое морское преступление: подобрав отмычку, проник в винный погреб и вылакал целую бутыль рома, от чего впал в беспамятство и чуть не задохнулся в собственной рвоте.

Чтобы спасти болвана от смерти, пришлось промывать ему внутренности большим помп-клистиром. Дело это грязное и пахучее, но не столь уж трудное. Команда наблюдала за процедурой с большим интересом. Отец Астольф, как прежде, подсказывал мне по-латыни, когда и что надобно делать.

После того как Косое Рыло протрезвеет и окрепнет, он получит сто линьков по спине.

***18 марта, суббота.***
***Двадцать первый день плавания.***

Всё то же: днем несемся, как на крыльях, ночью выписываем зигзаги. За сутки прошли к зюйд-осту 75 миль. Мало.

Косое Рыло подвергли экзекуции. Он не издал ни стона – у матросов считается стыдным кричать, если порка назначена за дело. Коли виноват – терпи.

Освоила лечение множественных кровоподтеков и лопнувшей кожи. Надеюсь, эта наука понадобится мне нечасто.

Урок с капитаном. Тема – менуэт. Боюсь, танцора из Д. не получится.

***19 марта, воскресенье.***
***Двадцать второй день плавания.***

Пятый день движемся обратно на восток, но, как мне говорят, еще далеки от долготы, где столкнулись с английским военным шлюпом.

Обычно я поднимаюсь на палубу, когда солнце уже высоко стоит в небе, но сегодня вышла вскоре после рассвета, так как учебы не было. Отец Астольф нынче нездоров – у него сильная мигрень, которую он пытается лечить молитвой.

Меня удивило, что пурпурный круг солнца поднимается над горизонтом не по носу корабля, как следовало бы, если мы плывем на восток, а за кормой. Я спросила капитана, чем это объяснить, и он ответил, что ветер с ночи неблагоприятен и приходится идти длинными галсами. Досадно!

Странный он все-таки человек, Жан-Франсуа Дезэссар. Иногда я ловлю на себе его взгляд, смысл которого мне непонятен. То ли виноватый, то ли смущенный – хотя смущаться нашему капитану нисколько не свойственно.

Этот субъект совсем не таков, каким кажется поначалу. У него повадки грубого и прямого моряка, который говорит всё, что думает, не заботясь о последствиях. Насчет грубости сомнений нет, но вот насчет прямоты... Мне всё больше кажется, что Д. очень непрост. При этом его мечта о дворянской грамоте отдает чем-то детским. Когда он делает неуклюжие «великосветские» поклоны или с запинкой выговаривает трудную фразу вроде «ежели вашей светлости будет благоугодно», в его глазах загораются возбужденные огоньки, словно Дезэссар участвует в волшебной увлекательной игре.

В море нельзя без суровости, иначе команда в два счета разболтается. И Д. с подчиненными довольно жёсток. Но не жесток. Когда боцман Выдра драл протрезвевшего пьянчужку линьком, капитан тихонько приговаривал (я слышала): «Полегче ты, черт, полегче». Это мне понравилось. Хотя, возможно, капитан просто не хотел, чтобы матрос надолго вышел из строя. Уверена: если придется выбирать между милосердием и практичностью, Дезэссар выберет второе.

Происшествие, случившееся нынче вечером, подтверждает это мое убеждение.

Море перед закатом посвежело. Волны забелели острыми пенными концами, а некоторые валы даже перекатывались по палубе. Один из них смыл корабельную собаку Селедку, которую вся команда обожает, хотя мне от этой шавки одни неприятности – очень уж с подозрительным видом принюхивается она к моим штанам. Я давно желала надоедливому псу провалиться к черту в преисподнюю, но тут вместе со всеми закричала, забегала.

Жалко было смотреть, как Селедка лает и скулит, отчаянно работая лапами.

Матросы хотели спустить шлюпку, но Дезэссар запретил. Он сказал, что волны слишком высоки и лодку может разбить о борт, а она стоит денег.

Правда, потом он долго провожал взглядом косматую башку, то исчезавшую, то появлявшуюся средь валов, и стряхивал с ресниц слезы. Но своего решения не изменил.

Удивила меня Клара. Я знаю, что она состояла с Селедкой в непримиримой вражде, но здесь, разбуженная криками, слетела с бизани и долго кружила над гибнущей собакой, будто желала поддержать ее в смертный час[27].

***20 марта, понедельник.***
***Двадцать третий день плавания.***

Утром на горизонте с подветренной стороны показалось торговое судно. Мы бросились на него,

---

[27] Вообще-то я не злопамятен и не склонен к мстительности, но проклятая дворняга так мне осточертела, что я не мог отказать себе в маленьком удовольствии пожелать ей приятного буль-буль. Теперь мне стыдно за свое поведение. *(Прим. Андоку М.К.Т.Клары)*

как изголодавшийся зверь на добычу, но корабль оказался испанский, то есть союзнический. Все были очень раздосадованы.

Испанец сигналил, прося о встрече, но Дезэссар не стал тратить время на любезности, за что я ему признательна. Мы прошли мимо на всех парусах.

Учила, как противодействовать цинге. Больше из любознательности, чем по необходимости, ибо этот ужасный недуг, главный враг моряка, не представляет опасности при столь коротких плаваниях, как наше.

День тянулся очень медленно.

***21 марта, вторник.***
***Двадцать четвертый день плавания.***

Вторые сутки пасмурно. Солнце ни разу не выглядывало, но ветер свеж, идем быстро.

Если я не ошибаюсь, мы должны уже находиться примерно на широте Гибралтара.

Уроки с капитаном начинают давать плоды. Д. перестал сморкаться на палубу, отрыгивать после еды и давить на себе насекомых. От этого он преисполнился презрения к остальным членам команды, а они над ним втихомолку посмеиваются. Сегодня мы постигали правила изящной жестикуляции.

Тема занятия со святым отцом была более увлекательной – тропическая лихорадка. Впрочем, в сухом и жарком климате Барбарии она нам не грозит.

***22 марта, среда.***
***Двадцать пятый день плавания.***

Скорей бы уж показался марокканский берег! Мое терпение на исходе. Тоску усугубляет хмурая погода.

Вторые сутки пасмурно. Солнце ни разу не выглядывало, но ветер свеж, идем быстро

Не знаю, чем бы я себя занимала без уроков отца Астольфа. Нынче изучали желтую лихорадку febris flava.

*Поздно вечером.*

Я каждый день спрашиваю у Логана, сколько мы прошли за сутки. Сейчас мне пришло в голову сложить эти цифры. Получается, что расстояние до Сале давно преодолено!

Утром выясню точнее.

***23 марта, четверг.***

***Двадцать шестой день плавания.***

Какая горькая ошибка! Я думала, что в корабельный журнал заносится расстояние, пройденное за сутки по прямой, а оказалось, что при помощи лага замеряется весь проделанный путь. По словам штурмана, с учетом потерь на ночное маневрирование, вычисленную мной дистанцию следует делить по крайней мере натрое. То есть, до цели еще очень далеко.

Что ж, запасемся выдержкой.

В конце концов, мне грех жаловаться. Пока плавание идет на удивление благополучно. В команде все живы и здоровы, если не считать «испанской болезни». Каждый день приходится готовить склянки с марганцовым раствором для одиннадцати человек, и каждому я должна сама делать промывание, что сильно обогатило мои представления об особенностях мужского организма. Отец Астольф неизменно присутствует при сей процедуре, пользуясь случаем, чтобы напомнить пастве о последствиях безнравственности. Матросы охотно соглашаются, но, думаю, это до первого порта. Я же в такие минуты не устаю благодарить судьбу за то, что она сделала меня дурнушкой и избавила от самой низменной стороны человеческого существования. Если я когда-то и задумывалась о замужестве, детях и превозносимых поэтами «plaisirs d'amour»[28], то теперь меня на мякине не проведешь. Merci beaucoup за такие plaisirs, я уж лучше как-нибудь доживу свой век в старых девах.

Отец Астольф рассказывал об оспе, холере и чуме. С этими болезнями бороться невозможно. Всё что остается – поглубже закапывать мертвецов, сжигать всю их одежду вкупе с простынями и молить Бога о милосердии.

***24 марта, пятница.***
***Двадцать седьмой день плавания.***

Тучи. Ветер. Прошли сто десять миль.

Сегодня было много интересного, так что писать буду долго, хоть уже и очень поздно.

В кают-компании после обеда состоялся интересный разговор. Как обычно, рассказчиком был Логан. Его истории иногда бывают пусты или скабрезны, но всегда занимательны. Нынче он был в особенном ударе.

Д. стоял вахту, так что слушателей было только трое: я, Проныра и Клещ. Артиллерист с сыновьями, категорически отказавшиеся от париков, уже вторую неделю столуются в матросском кубрике.

Беседа началась со спора между мичманом и писцом о самой большой добыче, когда-либо добытой корсаром. Поминали Френсиса Дрейка, галеоны с золотом и пузатые португальские караки, перехваченные на пути из Ост-Индии с бесценным грузом пряностей.

---

[28] Радостях любви *(фр.)*.

Ирландец дымил трубкой, с интересом слушая. Потом сказал: «Золото, пряности – всё это пустяки по сравнению с кушем, который Джереми Пратт взял в Сан-Диего».

Все посмотрели на Логана, а он грустно улыбнулся и покачал головой: «Вы об этом даже не слышали. А между тем, это самая великая корсарская экспедиция с тех пор, как зародилось наше ремесло. Капитан Пратт, упокой Боже его грешную душу, был великий человек. Таких больше нет. Хотите, я расскажу вам о Невезучем Корсаре?»

Мы, конечно, хотели.

Вот рассказанная история, как я ее запомнила.

Капитан Джереми Пратт был английским приватиром (это то же, что корсар), самым опытным и отважным во всех испанских морях. По словам Логана, который близко знал Пратта, ум и находчивость этого человека были удивительны. Он наверняка затмил бы самого Моргана, если б не столь же удивительная невезучесть, преследовавшая капитана во всех его предприятиях. Многие матросы из суеверия даже отказывались служить под его началом. И все же Пратт пользовался у морского люда огромным авторитетом – из-за умения побеждать вопреки пакостям Фортуны.

Если злой рок нарочно ему не гадил, Пратт всегда добивался поставленной цели.

Если удача предоставляла хоть крошечный шанс – творил чудеса.

Если же всё оборачивалось против него – не сдавался и выкручивался, как мог.

В этой связи Логан высказал одну мысль, показавшуюся мне интересной. «Есть три типа деятельных людей. Самые незамысловатые из них просто не упустят выгоды, коли она сама прикатилась им под ноги. Другие, разрядом повыше, всё время зыркают по сторонам – нет ли где какой добычи, и, чуть завидев подходящую цель, набрасываются на нее. Но ценней всего люди особенного сорта, которые не ждут удачи и не высматривают ее, а сами создают выигрышную ситуацию – из пустоты, из ничего».

Именно к этой породе относился Невезучий Корсар.

История его неладов с судьбой восходит к раннему детству. Двенадцати лет от роду он упал с яблони и переломал ноги, отчего они перестали расти. Другой на его месте смирился бы с долей калеки, но не таков был Джереми. Слабость нижних конечностей он восполнил силой плеч и рук. Гарри рассказал, что с виду Пратт походил на краба: огромное массивное туловище с лапами-клешнями, на коротких кривых ножках. По вантам он поднимался с ловкостью обезьяны, подтягиваясь одними кистями. При абордаже первым перелетал на вражескую палубу, вцепившись в канат зубами. Ну а бегать среди моря особенно незачем и некуда, так что длинные ноги капитану были ни к чему.

«Про подвиги и злоключения Пратта можно рассказывать долго, – продолжил Гарри, – но я завел речь про поход на Сан-Диего, так что не буду отклоняться».

Сан-Диего – порт на южноамериканском материке, откуда в Испанию дважды в год отправляется большой караван с золотом и серебром. Руду доставляют в этот перевалочный пункт с рудников Перу и Юкатана, переплавляют в бруски, штампуют, грузят на галеоны.

Едва пошли слухи о том, что Англия вот-вот вступит с Испанией в войну, Пратт собрал на Барбадосе совет из авторитетных приватиров и предложил дерзкий план: не дожидаясь объявления войны, собрать эскадру и взять курс на Сан-Диего, откуда как раз должен был выйти очередной караван. Пока мир, испанцы не станут принимать особенных мер предосторожности. А после того как в Европе загрохочут пушки, кто станет разбираться, когда был нанесен первый удар – чуть раньше официального разрыва отношений или чуть позже? Опять же, из метрополии до Вест-Индии вести доходят не быстро.

Некоторые капитаны отказались, не пожелав рисковать. Если война не начнется, те, кто участвовал в нападении, окажутся вне закона. Но все же составилась эскадра из четырех сильных кораблей.

Пратту, как всегда, не повезло. Хоть плодотворная идея принадлежала ему, адмиралом выбрали старого Сандерса, уже отошедшего от дел и мирно выращивавшего сахарный тростник близ Порт-Ройяля. А все потому что Сандерс, в отличие от Джереми, слыл счастливчиком.

Дальше – хуже. Старый Сандерс, которому наскучила береговая жизнь, не только с охотой согласился, но еще и пожелал поднять вымпел на «Бешеном» (так назывался корабль Пратта). Джереми перестал быть хозяином на собственном судне и в общем-то остался не у дел.

Вскоре после выхода в море эскадра попала в ураган, отбросивший ее до самой Эспаньолы. Пока чинили порванные паруса и сломанные мачты, пока шли до Сан-Диего, время было упущено. Галеоны успели сняться с якоря и уйти. Нечего и говорить, что все в эскадре винили «черный глаз» Невезучего Корсара.

Обидней всего, что расчет его оказался верен: из Европы пришло известие о войне, и рейд на Сан-Диего был бы совершенно законен.

О том, что Испания и Англия теперь враги, корсары догадались, когда форты Сан-Диего открыли по кораблям с британским флагом залповый огонь без предупреждения.

Едва ли не первым же ядром на «Бешеном» с бизани сбило нижнюю рею, обломок которой упал на мостик и размозжил счастливчику Сандерсу голову. Второй залп был почти столь же злополучен, ибо переломил грот-мачту на пятидесятипушечном «Дербишире», самом мощном корабле эскадры, выведя его из боя.

В таких обстоятельствах, после гибели адмирала, следовало спустить его штандарт и уносить ноги, пока береговые батареи не перетопили все суда. Но Пратт поступил иначе. Он оставил вымпел Сандерса развеваться на флагштоке, поднял сигнал «делай, как я» и повел корабли вперед. Шесть раз они прошли линией параллельно укреплениям, выпустив по ним не одну сотню ядер и бомб. Батареи умолкли одна за другой – орудийная прислуга не выдерживала огня и разбегалась. Наконец, на крыше губернаторского дворца подняли белый флаг. Город сдался.

Когда победители высадились, они увидели, что Сан-Диего пуст. Жители скрылись в окрестных горах, забрав с собою всё сколько-нибудь ценное и даже угнав домашний скот. В домах было нечего взять кроме кухонной посуды да мебели. Ну а золотой караван, должно быть, уже встретился с мощным конвоем, высланным ему навстречу из Гаваны.

Капитаны набросились на Пратта с упреками, виня его за бессмысленные потери. Казалось, экспедиция закончилась полным провалом.

И тогда Невезучий Корсар проявил истинное величие. Можно сказать, совершил грандиознейшее открытие в корсарском деле.

«Да, золото уплыло, и грабить в Сан-Диего нечего, – сказал он. – Но скажите мне, приятели, что во всяком городе стоит дороже всего?»

Они не знали.

«В большом и красивом каменном городе дороже всего стоят дома. Смотрите, тут есть великолепные храмы, дворцы, особняки, купеческие склады, мастерские. Всё это наше. Захотим – спалим или разрушим. Но мы не монстры. Мы готовы продать эту недвижимость местным жителям, по разумной таксе».

И он отправил сбежавшему губернатору письмо с деловым предложением. Каждой из построек города была назначена цена. Если владелец привезет выкуп, сохранность имущества гарантировалась. Дома тех, кто не заплатит в течение трех дней, будут сожжены. Пратт давал свое капитанское слово, что никто из доставивших выкуп не будет задержан или ограблен. К письму прилагался подробный реестр-ценник, над составлением которого корабельные писцы просидели два дня и две ночи. Дороже всего был оценен превосходный губернаторский дворец (в сто тысяч пиастров) и кафедральный собор Святого Диего (в шестьдесят пять). Самые маленькие хибары в предместьях шли всего по сотне. Как наиболее дешевые, они были предназначены к разрушению первыми.

На четвертый день грянули взрывы. Чтобы избежать всеобщего пожара, корсары начали уничтожать дома в тесных небогатых кварталах при помощи пороха.

Нашлась какая-то небоязливая женщина, которая рискнула спуститься с гор и высыпала из узелка горсть монет. Ее скромный домик был оставлен в целости и сохранности, а саму сеньору беспрепятственно отпустили обратно.

После этого в город хлынул целый поток встревоженных домовладельцев. Ни один из них не был обманут.

К исходу дня в назначенных для выкупа местах образовались длиннющие очереди. Золото и серебро тщательно взвешивали и пересчитывали, складывали в сундуки. На выкупленное имущество навешивалась печать Джереми Пратта.

Явился губернатор, чтобы спасти свой чудесный дворец, совсем недавно выстроенный из привозного итальянского мрамора.

Настоятель собора долго торговался, пытаясь сбить цену, взывал к благочестию и пугал небесной карой за святотатство, но Пратт папистских угроз не устрашился и получил от клириков сполна – и за храм Святого Диего, и за все остальные церкви, часовни и монастыри.

В результате четырехдневной торговой операции, в ходе которой порт Сан-Диего по кусочкам выкупил себя у корсаров, на флагманском корабле собралось сокровище, которое не снилось ни одному золотому каравану. Многие вельможи и купцы расплачивались драгоценными камнями – по той простой причине, что, спешно покидая город, они главную часть своих богатств зарыли в землю или спрятали в укромных местах, а алмазы, изумруды и рубины увезти было нетрудно. Не доставать же из тайников при корсарах зарытое золото и серебро? Губернатор, например, за мраморный дворец отдал большой круглый бриллиант редкой розовой окраски.

Но и золота с серебряной посудой у жителей Сан-Диего было взято невиданное количество.

С этой умопомрачительной добычей победоносная эскадра вышла в море. Дележ предполагалось произвести по возвращении, с соблюдением всех предписанных королевским законом формальностей.

Однако злая судьба Невезучего Корсара опять нанесла удар. Невесть откуда, при яснейшей погоде, вдруг налетел страшный смерч и разбросал корабли во все стороны. Три остальных судна, сильно потрепанные, в конце концов прибыли одно на Барбадос, другое в Бриджтаун, третье сдалось французам на Тортуге. Но «Бешеный», вместе с командой, сокровищем и капитаном Праттом, сгинул бесследно.

«Так и пропала самая большая в истории корсарская добыча», – с горьким вздохом завершил Логан свой рассказ.

Мичман Проныра спросил: «А может, этот ваш Пратт просто сбежал со всеми трофеями и сейчас живет где-нибудь припеваючи?»

«Где? – пожал плечами ирландец. – Такое богатство не спрячешь. И потом, он ведь на «Бешеном» был не один. Хоть экипаж сильно поуменьшился после боя в бухте Сан-Диего, на борту оставалось почти восемьдесят душ».

Мы еще долго обсуждали эту историю, действительно захватывающую и таинственную. Но самое загадочное произошло в конце разговора.

«Что-то я нынче разболтался, – быстро проговорил Логан, услышав за дверью шаги. – Про

Так и пропала самая большая в истории корсарская добыча

сокровища Пратта молчок, ясно? Потом объясню...»

Вошел Дезэссар и удивился всеобщему молчанию.

Так я и не поняла, почему Гарри не пожелал продолжить разговор при капитане. Что ж, подожду объяснений.

Тема занятий с отцом Астольфом тоже была необычайно интересной. Он рассказывал о милосерднейшей сфере медицины – anaesthesia, что по-гречески означает «бесчувствие». Бренное наше тело устроено наподобие крепости, все ворота которой охраняются сторожевыми псами. Имя им – нервы. Лишь только в той или иной части крепости обнаружится вражеский агент либо укрепления подвергнутся атаке неприятеля, псы громко лают – подают сигнал, который невозможно пропустить. Этот сигнал и есть боль. Таким образом, главная миссия боли благотворна. Но с не меньшей яростью псы набрасываются и на тех, кто пытается исправить разрушения, причиненные ранением или болезнью. И тогда боль превращается в помеху, доставляющую тяжкие страдания и даже способную лишить жизни.

С незапамятных пор лекари пытаются приучить цепных псов нашего тела к дисциплине – чтоб они вгрызались только во врагов, но не в друзей. При хирургической операции, дабы ослабить терзания и метания больного, ему можно дать смесь опия и тертой мандрагоры, что погружает страдальца в сонное и бесчувственное оцепенение. Но дозу следует соотносить с состоянием пациента. Если он недостаточно силен, сон может оказаться вечным. От слишком большой порции опиата умер Авиценна, великий медик Востока. Его последователи, арабские лекари, протирают раненое место губкой, смоченной в растворе гашиша – это тоже дает облегчение. Ту же губку можно приложить к лицу оперируемого, и, надышавшись дурманного аромата, он засыпает. А в Англии с давних времен известен дуэйл – порошок из желчи кастрированного кабана, латука, болиголова, белены, брионии и корня мандрагоры.

Некоторые отцы церкви заявляют, что применение обезболивающих средств противно религии, ибо нельзя при помощи хитроумных уловок уклоняться от испытаний, которые ниспосылает нам Господь. Но отец Астольф полагает, что нельзя требовать от слабой человеческой плоти слишком многого. Не всем, как ему, ниспослан дар исцеляющей молитвы, а долг врача – не только лечить больного, но и по мере сил избавлять его от лишних мук.

Мало кто из докторов обучен науке обезболивания. Тем ценнее дар, врученный мне добрым монахом: белое маковое молочко, из которого можно изготовить сонный эликсир «морфин», а также все прочие необходимые для анестезии ингредиенты. В том числе я получила великое сокровище – настоящий корень мандрагоры, удивительно напоминающий формой человеческое тело.

Растение это встречается редко, и доставать его надо с превеликой осторожностью, ибо, как говорят, оно страдает и даже кричит, когда его выдергивают. Крики эти будто бы способны лишить рассудка всякого, кто их слышит. Правда это или нет, точно неизвестно, однако на всякий случай корень извлекают из земли необычным способом:

аккуратно обвязывают растение веревкой, которую прикрепляют к ошейнику сильной собаки. Потом, отойдя подальше, подзывают пса, и тот вытягивает мандрагору. Кричит ли она при этой процедуре, Бог весть. Отец Астольф, не желая искушать Провидение, заткнул уши и ничего не слышал, а у собаки рассудка нет, так что терять ей нечего.

До ночи мы терли, варили, цедили, выпаривали – и получили пузырек спасительного зелья, которое мне очень пригодится.

Теперь мой учитель спит, а я решила записать всё, что нынче узнала.

***25 марта, суббота.***
***Двадцать восьмой день плавания.***

Вот еще один разговор с отцом Астольфом, состоявшийся в странных обстоятельствах, но о них позже.

Монах стал объяснять мне, почему на старости лет решил стать морским капелланом, хотя вся его предшествующая жизнь проходила на суше.

Корабль, сказал он, это образ всего человеческого мира, окруженного пустотой и ужасом Вселенной. Притом образ мрачный, не согретый теплом любви, ибо здесь мужчины оторваны от лучшей части своего бытия – жен, детей, матерей. Мужчины без женщин – это проявление всего худшего, что есть в человеке. Как и женщины в отрыве от мужчин. Недаром протестантские вероучители, среди которых было много людей мудрых и достойных (очень смелое утверждение в устах католического пастыря), выступали против мужских и женских монастырей, где часто процветают сухое изуверство или истеричный фанатизм. В соединении полов, в семье заключена великая мудрость Божья. Любящие супруги гасят друг в друге злое, подобно тому как в арифметике перемножение минусов обращается плюсом. Самая отвратительная разновидность людского сборища – это мужчины, соединившиеся для какого-нибудь лихого дела вроде войны или разбоя. Но на земле солдат или разбойник все же не находится в отрыве от большого мира, где есть убежища в виде церквей, мирных хижин или святых мест, источающих благодать. А корабельный экипаж бесприютен и безнадзорен, это плавучий вертеп всевозможных грехов и злых помыслов. Особенно сие верно в отношении корабля корсарского, на котором собраны люди, почитающие себя христианами и добропорядочными гражданами, однако стакнувшиеся ради грабежа и убийства. По мнению отца Астольфа, корсар еще гаже пирата, поскольку тот ощущает себя изгоем и знает, что на берегу его ждет виселица. Корсар же возвращается домой со спокойной совестью и чувством выполненного долга. Самых алчных и удачливых земная власть щедро награждает и провозглашает героями.

Дослушав до этого места, я не удержалась и спросила: «Если вы считаете тех, кто плывет с нами, мерзавцами, зачем вы здесь?»

Он удивился: «А где ж еще быть пастырю, если не с заблудшими овцами? Я врачеватель, исцеляющий души от зла. Мое место там, где самое гноилище. Не в монастырском же мне саду сидеть – благочестивые книги читать да духом умиротворяться?»

Тут важно пояснить, что во время этой нравоучительной беседы мы оба сидели верхом на боцмане Выдре. Это злой человек бешеного нрава. Его боятся все матросы, что для дисциплины, наверное, и неплохо. Скверный характер Выдры, как объяснил отец Астольф, объясняется душевным недугом. Боцман подвержен судорогам эпилептического свойства. Сегодня с ним приключился сильный припадок, так что у меня получилось практическое занятие по падучей болезни.

С бьющимся в корчах эпилептиком следует обходиться вот как. Спеленать руки и ноги, чтоб он не нанес себе вреда; вставить в рот палочку во избежание прикуса языка; потом лить на голову студеную воду.

Пока монах живописал мне мерзость корсарства, я все время тонкой струйкой лила боцману на темя воду из кувшина. Выдра хрипел, грыз палочку, на губах у него пузырилась пена.

***26 марта, воскресенье.***
***Двадцать девятый день плавания.***

Мы плывем уже целый месяц, а конца всё не видно!

Наконец меж туч выглянуло солнце – и опять не с той стороны, где ему следовало. Логан объяснил, что мы сейчас «спускаемся» под норд-вестом к западу, чтобы потом «подставиться» под послеполуденный зюйд-ост. Я с унынием наблюдала, как резво мы «спускаемся», отдаляясь от утреннего солнца и, следовательно, африканского берега.

Из-за воскресенья учебы не было. Отец Астольф служил морскую мессу и исповедовал команду. Всякий раз после этого он делается бледным и изможденным, ибо принимает на себя грехи сорока с лишним человек. Монах залезает в койку и долго лежит лицом к стене. Трогать его в это время не следует.

***27 марта, понедельник.***

***Тридцатый день плавания.***

Снова густая облачность. Хороший бриз. Я теперь сама умею читать показания лага – мы прошли за сутки целых 150 миль.

Единственное маленькое происшествие за день. Матрос по прозвищу Барсук, очень смешливый, так безудержно хохотал на шутку кого-то из товарищей, что у него выскочила челюсть. Теперь уж покатывались все вокруг, а бедолага лил слезы и мычал. Отец Астольф по-латыни объяснил мне, что нужно нанести короткий, точный и сильный удар, чтобы сустав встал на место. Но показать, как это делается, не мог, а мне нечасто доводилось бить людей по лицу. Лишь с одиннадцатого или двенадцатого раза я наконец попала куда следовало. У Барсука вся физиономия в синяках, но он на меня не обиделся, а, наоборот, очень благодарил. Теперь если кто-то вывихнет челюсть, думаю, мне хватит двух-трех ударов.

Господи, где же барбарский берег? Капитан и штурман уверяют меня, что до него осталось совсем недалеко.

***28 марта.***

***Тридцать первый день плавания.***

ТРЕВОГА!

Сразу про главное.

Минувшей ночью я не спала. Готовила эликсиры, декокты и бальзамы по инструкции, составленной отцом Астольфом. Самого его в каюте не было. Он сейчас опекает юнгу Ракушку, который последнее время всё плачет и тоскует по дому.

Пушечный люк был нараспашку, потому что тепло.

Вдруг снаружи влетела Клара, села на стол и беспокойно заклекотала.

Я была увлечена своим делом и ласково отстранила ее: не мешай! Но попугаиха схватила меня клювом за рукав – будто тянула куда-то.

Минуту или две я ее бранила и пыталась прогнать, но потом сдалась. Клара почти все время спит, мы с ней редко видимся, и, если ей хочется со мной прогуляться, почему бы нет?

«Ну хорошо, – сказала я. – Вот мое плечо. Пошли на палубу».

Наверху было чудесно. Я встала на юте, щурясь от лучей восходящего солнца. Клара тревожно похлопывала крыльями, мешая мне любоваться зарей. Внезапно я сообразила, что мы опять идем на запад. Что же это получается? Всякий раз, когда у меня есть возможность сориентироваться по солнцу, оказывается, что «Ласточка» на галсе, противном курсу?

На вахте стоял Друа, второй лейтенант. Я спросила, давно ли мы движемся в эту сторону.

«Давно», – рассеянно ответил он и вдруг переменился в лице – будто чего-то испугался или о чем-то вспомнил.

«Почему?!» – воскликнула я.

«Таков приказ капитана», – пробормотал Друа и отвел взгляд.

Хорошо, что у меня хватило ума сдержаться. Я изобразила зевок, пробормотала «ну-ну», и он успокоился.

Но не успокоилась я.

В восемь часов, дождавшись, когда сменится вахта, я снова поднялась на квартердек. Там был Гош, старший помощник. Поболтав с ним о том, о сем, я как бы между делом поинтересовалась, не менялся ли курс.

Он флегматично ответил: «Как плыли, так и плывем».

Сердце у меня сжалось.

«И вчера? И позавчера?» – как можно равнодушней спросила я.

«Да почитай две с лишком недели».

То есть, с тех самых пор, как английский шлюп заставил нас повернуть на запад!

Я кинулась к монаху, рассказала ему о невероятном открытии, которое сделала благодаря глупышке Кларе, позвавшей меня на прогулку.

«Я ничего не смыслю в морском деле, сын мой, – ответил добряк (он никогда, даже наедине, не обращается ко мне, как к девице). – Вам лучше задать этот вопрос кому-нибудь сведущему».

Но кому? Гарри Логан, которого я считала приятелем, врал мне так же, как Дезэссар!

Я разбудила Клеща, который перед обедом всегда спит для улучшения аппетита. Он долго не хотел открывать, лязгал ключом (дверь у него в каюте крепкая, с хитрым замком). Наконец впустил, выслушал, но без интереса.

Если мы две недели плывем на запад, держа хорошую скорость, мы должны были преодолеть 4000 миль, втолковывала я писцу. За это время можно доплыть до Вест-Индии!

«Вы говорите глупости, – отрезал тупица. – Курс плавания строго установлен и может быть изменен лишь при чрезвычайных обстоятельствах, как то: бунт, эпидемия, ураганный ветер, пожар на борту, кораблекрушение. Ничего вышеизложенного не произошло, а значит, и курс не менялся».

Когда я изложила свои доводы еще раз, он пожал плечами и выпроводил меня за дверь, сказав:

Гарри Логан, которого я считала приятелем, врал мне так же, как Дезэссар!

«Если и так, какая разница, где охотиться на добычу? В Вест-Индии она даже обильней».

Он ведь не знает, зачем «Ласточка» плывет в Сале. Или плыла? Мой бедный отец!

Ну, Дезэссар, я вытрясу твою лживую душу!

# *Земля!*

Слова про «глупышку Клару» оставляю на совести Летиции. Не стану сетовать на человечью неблагодарность, мне к этому не привыкать. Лучше расскажу, как у меня самого открылись глаза.

Сначала они открылись в буквальном смысле. Чуть не целый месяц я беспечно продрых на своем насесте, наслаждаясь ветром, простором, дыханием океана. Веки смыкались сами собой, и требовалось усилие воли, чтобы разлепить их ради ежедневного облета корабля – подкормиться, проведать мою питомицу, осведомиться о событиях за день по ее дневнику.

Но вдруг, как это всегда со мной бывает в длительном плавании, однажды ночью я пробудился свежим, бодрым и почувствовал, что спать больше не хочу и не могу. После долгой череды хмурых дней небо было ясным, усыпанным яркими южными звездами. «Ласточка» мирно скользила по серебристо-черному мрамору океана, оставляя за кормой ровный след.

Мир был божественно прекрасен. Я стал смотреть вверх, вспоминая старинную легенду о том, что звезды – это души умерших праведников, озаряющие своим светом черноту Великой Пустоты. Где-нибудь там, в непостижимой высоте, возможно, мерцает и благородный дух Учителя. Судя по расположению созвездий, фрегат шел на запад, следуя направлению ветра – сезон пассатов, дующих через Атлантику со стороны Африки в сторону Нового Света, еще не закончился. Странно только, что вахтенный начальник не пытался лавировать, как это обычно делается при противном ветре.

Меня переполняла жажда деятельности, и я перелетел пониже, чтобы рассмотреть, кто распоряжается на квартердеке.

Капитан Дезэссар сидел в штурманском кресле, намертво привинченном к палубе, и курил трубку, изредка переговариваясь с рулевыми.

«Ну-ка, полрумба к весту», – сказал он. Теперь «Ласточка» шла ровно на запад.

Что за чудеса?

В тот миг я еще ничего не заподозрил, просто удивился. Но своего наблюдательного поста уже не оставлял. Сидел так, чтобы ничего не упускать из виду и слышать каждое слово, произнесенное на мостике.

Но там ни о чем существенном не говорили – только про каких-то родственников, да про сравнительные качества кальвадоса и ямайского рома. Рулевой с помощником были на стороне рома, Дезэссар отстаивал отечественный напиток.

Перед рассветом, в четыре часа, капитана сменил второй помощник, которому Дезэссар велел всю вахту держаться того же курса.

Без капитана разговор на квартердеке стал чуть живее. Говорили о скором прибытии в порт, где, Бог даст, можно будет славно погулять – выпить, пожрать свежей свининки и наведаться к девкам.

Должно быть, мой разум здорово отупел от долгой спячки. Я слушал эту обычную моряцкую болтовню довольно долго, прежде чем меня ударило. Какая может быть выпивка в мусульманском городе Сале? Какие девки? И тем более какая «свининка»?

Мы плывем не в Марокко – это ясно. А моя девочка ничего не знает! Нужно открыть ей глаза!

В панике я сорвался с места и полетел к ней в каюту. Дальнейшее известно из дневника.

Удостоверившись в обмане, Летиция не стала пороть горячку. Сначала записала всё случившееся – и отлично сделала. Это самый лучший способ привести смятенные мысли в порядок. Потом отправилась обедать в кают-компанию (я, разумеется, ее сопровождал), во время трапезы держалась, словно ничего не случилось. Улучив момент, как ни в чем не бывало спросила Дезэссара, угодно ли ему продолжить занятия. Тот попросил зайти чуть позже, после шестой склянки. Только я один видел, как грозно сжались у Летиции губы. Час расплаты определился.

Подготовка моей питомицы к решительному объяснению меня испугала. Не знаю, что́ у нее было на уме, но она сунула в рукав стилет, а под камзол спрятала заряженный пистолет. Не собиралась же она затеять на корабле вооруженный мятеж, да еще в одиночку?

Я шумно протестовал против этих воинственных приготовлений, но добился лишь того, что Летиция привязала меня за ногу к лафету. «Побудь здесь, моя цыпочка. Тебе незачем видеть, как я прикончу этого мерзавца!» – сказала она и ушла.

Пока я рвал клювом веревку, пока путался в занавеске (пушечный порт был закрыт), прошло несколько минут. Я ужасно боялся, что опоздаю, и всё ждал выстрела.

Наконец я выбрался наружу, пролетел над палубой и спланировал за корму, к окнам кают-компании. Слава Будде, они были не заперты, и я смог сесть на подоконник.

Начало стычки я пропустил, но по крайней мере никого пока не убили. По раскрасневшемуся лицу девочки и перекошенной физиономии капитана я понял, что все обвинения уже предъявлены.

Дезэссар выглядел сконфуженным. Его хитрые глазки бегали, коротконалые руки непроизвольно сцепились за спиной – верный признак криводушия.

– Ваша правда, сударыня, – сокрушенно сказал капитан и сделал неуклюжую попытку изобразить что-то вроде реверанса. – Мы плывем в Вест-Индию. Я знал, что вы рано или поздно догадаетесь. Вы так умны!

Ей-богу, уроки светских манер не пропали даром – неотесанный чурбан научился говорить комплименты. Но Летицию они не задобрили, а привели в еще большую ярость. Должно быть, в глубине души она еще надеялась, что ошибается.

– Негодяй! На что вы рассчитывали? Да я убью вас, и будь что будет!

С этими словами она правой рукой вытащила из рукава стилет, а левой выхватила пистолет, будто одной смерти Дезэссару не хватило бы.

Капитан был хоть и обманщик, но не трус. И не дурак.

Покаянно опустив голову, он молвил:

– Сначала выслушайте, потом убивайте.

Самый умный стиль поведения, когда имеешь дело с разъяренной женщиной.

– Говорите, презренный! – приказала Летиция.

В гневе – с раздувающимися ноздрями и горящим взглядом – она была, пожалуй, даже хороша, если, конечно, вам по вкусу богини-воительницы и амазонки.

– Видите ли, мадемуазель, убегая от англичанина, мы слишком отдалились на запад. Нас подхватили пассаты, дующие в западном направлении от осени и до весны. Если б мы стали им противиться, то мало чего достигли бы. Гораздо разумнее было, используя попутный ветер, дойти до Вест-Индии, там пополнить припасы, немножко поохотиться и повернуть обратно с разворотом пассата. Обычно ветры начинают дуть в обратную сторону в начале апреля, после нескольких дней штиля.

– Но зачем вы меня обманывали? Почему не объяснили этого сразу?

– Вы бы мне не поверили. Я знаю, что вы относитесь ко мне с подозрением, – горько произнес Дезэссар. – Только моряк способен понять мою правоту. Я поговорил с офицерами, и все они согласились. Я велел держать смену курса в тайне от посторонних – якобы из-за Клеща, который вечно сует нос не в свое дело. А на самом деле из-за вас.

Поверьте, эта вынужденная ложь истерзала мне душу. Теперь я даже испытываю облегчение, когда могу говорить с вами откровенно.

Летиция опустила руки, не зная, верить ему или нет.

– Немедленно поворачивайте обратно, – сказала она после паузы. – Пускай мы будем лавировать против ветра. Сколько-нисколько до разворота пассатов мы к востоку продвинемся. Зато потом быстрей доберемся до Африки. Каждый лишний день, проведенный отцом в неволе, отнимает у него год жизни!

Капитан вздохнул.

– Увы, это невозможно. Вода на исходе. Через два или три дня мы будем в Форт-Рояле, на Мартинике. Пополним запасы, переждем штиль и сразу на восток. Слово Дезэссара!

– Не верю я вашему слову, – отрезала она перед тем, как выйти вон.

Громко хлопнула дверь. Капитан сунул руку под парик и задумчиво почесал затылок.

По правде говоря, я тоже не особенно ему поверил. Но, будучи старым мореплавателем, должен признать, что определенный резон в словах Дезэссара имелся. На крыльях западного пассата мы долетим до Африки втрое быстрее, да и Мартиника – отличный остров. Люблю там бывать.

***

Я полетел над бортом, чтобы посмотреть, как моя питомица будет действовать дальше.

Увидел ее сразу – она стояла на квартердеке с Логаном, сейчас была его вахта.

Подлетев, я услышал:

– ...Это все из-за Клеща, дружище. Капитан велел ничего вам не говорить, чтоб вы не проболтались писцу. Я, между прочим, был против. Говорил, что Эпину можно довериться, но меня не послушали. Я для этих бретонцев тоже чужак. Если б я не был штурман, они и мне бы не сказали. – Логан дружески хлопнул Летицию по плечу. – Не дуйтесь, приятель. Какая вам разница?

Моя питомица мрачно смотрела на него.

– Однако сказать королевскому писцу о нарушении установленного маршрута все равно придется. Почему же было не сделать этого сразу?

Хороший, между прочим, вопрос. Я его себе тоже задал.

Гарри рассмеялся, блеснув зубами – мелкими, но совершенно целыми, что редко бывает у моряков, миновавших тридцатилетний рубеж. Цинга и скверное питание мало кого щадят.

– Человек больше склонен внять доводам рассудка, когда у него не остается выбора. Я пообещал капитану, что возьму мсье Клеща на себя. У меня с этим насекомым неплохие отношения.

Это правда. У Логана со всеми сложились отличные отношения, такой уж это был человек. Просыпаясь на своем салинге, я не раз видел, как он болтает о чем-то с писцом, дружески обняв его за костлявое плечо. Гарри приятельствовал даже с Пронырой, к которому все на корабле вплоть до самого последнего матроса относились с плохо скрываемым презрением. Признаться, скверный мальчишка того заслуживал. Он тиранил слабых и беззащитных, вроде корабельного юнги, и заискивал перед теми, кто мог дать ему отпор. За ирландцем же ходил, словно собачонка. Терпеть таких не могу! Однако я отвлекся.

Летиция опустила голову, должно быть, вспомнив, что Клещ к предполагаемому изменению курса отнесся флегматично. Штурману будет нетрудно заручиться одобрением представителя адмиралтейства.

– Что вы так расстроились? – удивился Гарри. – Радоваться надо. Побываете в Карибском море, насмотритесь всякого-разного. А что за славный городок Форт-Рояль!

Она глухо произнесла:

– Мы должны быть в Сале, чтобы выкупить из плена одного человека.

– Должны – выкупим. Просто немного позже. Море так распорядилось, что уж тут поделаешь? А Мартиника – отличное местечко. – Он мечтательно улыбнулся. – Честно вам скажу, доктор, я чертовски рад. У меня в Форт-Рояле сынок растет.

– У вас в каждом порту кто-нибудь растет. – Летиция выглядела совсем убитой.

– Этот особенный. Мой золотой мальчик, мой наследник. Я целый год его не видел. Представляю, как он вырос! – Ирландец расчувствовался, смахнул слезу. – Ах, Мартиника! Лучший остров на земле!

У меня тут же возникло подозрение, не причастен ли сей любвеобильный папаша к тому, что капитан решил не пробиваться на восток, а подчиниться воле пассатов. Вряд ли Дезэссар принял решение, не посоветовавшись со штурманом, а у Логана, оказывается, имелись свои причины стремиться на Мартинику.

Очевидно, та же мысль пришла в голову и Летиции, потому что она метнула на собеседника гневный взгляд, сбросила с плеча его руку и сбежала с мостика.

Я же остался наверху, заняв позицию на бегин-рее бизани. Отныне, решил я, буду смотреть в оба за всем, что происходит на квартердеке, а понадобится – полечу подслушивать к окнам кают-компании. Надо быть настороже. Что-то здесь не так.

Двое суток не покидал я своего поста. Не спал, не ел, а попил только один раз, когда над морем пронесся шумный и стремительный ливень.

Ничего примечательного я не увидел и не услышал, если не считать разговора между штурманом и писцом. Тут я, уж можете мне поверить, не упустил ни слова. Но ничего нового, кроме того, что уже было сказано доктору, Логан не сообщил. Правда, в беседе с Клещом он всё напирал на какие-то особенные выгоды захода на Мартинику, но это, вероятно, было уловкой, чтоб распалить алчность чиновника, получающего процент от добычи.

Признаться ли? Мне было жаль Летицию, не выходившую из каюты, и жаль ее бедного отца, но о заходе на Мартинику я размышлял не без удовольствия.

Ах, Малые Антилы! Как они напоминают мой родной остров, мой потерянный рай! Та же буйная зелень, влажное тепло, многоцветные облака. Какое разнообразие птиц! А сколько попугаев! Мы, попугаи, обитаем только в самых благословенных уголках земли. Можете на меня обижаться, но скажу честно: если там, где вы живете, не водятся попугаи, мне вас жаль. Доброго слова это место не заслуживает. Иногда я подумываю о том, чтобы в старости, покончив с морскими странствиями, поселиться где-нибудь на Гваделупе или Доминике и мирно доживать свой век. Вот только где найти питомца, который разделит со мной вечернюю пору моей жизни?

На третий день с западной стороны в синей рассветной дымке проступили очертания скал. То был какой-то из островков Петит-Терр, что составляют часть Наветренной гряды – внешнего бордюра Вест-Индии. Зеленые зубчики суши разбросаны тут повсюду. Большинство из них необитаемы, многие даже не имеют названия.

Я перелетел на марс и клюнул нокового матроса (он бессовестно дрых) в темя.

Бездельник вскинулся, заорал:

– Земля! Ахой, прямо по курсу земля!

Зазвенел колокол. Корабль проснулся. Все высыпали на палубу.

Я, само собой, уже сидел над квартердеком – подслушивал.

На мостике собрались все офицеры. Те, у кого имелись подзорные трубы, сосредоточенно вглядывались в контуры острова.

– Вроде бы Лоханка, – сказал наконец Логан. – По карте должна быть она... Коли так, обходим с юга, берем зюйд-зюйд-вест и часа через три будем на траверзе Ботона. Там до вечера и простоим. Водой на Ботоне не запасемся, но зато там отличная укромная бухточка.

– Зачем терять время? – спросил Гош. – Чего не повернуть сразу на Мартинику?

– Надо соблюдать осторожность. Хоть воды и французские, но сила на море у проклятых англичан. Днем лучше отсидеться в тихом месте, а плыть ночью, – объяснил ирландец. – Будем скакать мышью от укрытия к укрытию. Кстати сказать, так оно способней и для корсарского дела. Если мимо проплывет кто-нибудь подходящий, мышка может превратиться в кошку. Цап-царап, и готово.

Все, включая капитана, выслушали это суждение с почтением – бретонцы в карибских водах были новичками, а штурман явно знал, что говорит.

***

С полудня мы встали на якорь в тесной бухте Ботона, под укрытием скал, так что с моря «Ласточки» было совсем не видно.

Вся команда кроме вахтенных отправилась на берег – походить по твердой земле, искупаться, поискать съедобных плодов и хорошей воды.

Воспользовались случаем и мы с Летицией.

– Ах, Клара, до чего мне надоели мужчины с их грубыми запахами, руганью, гоготом и испанской болезнью, – тихо говорила моя питомица, вдыхая аромат цветов и трав.

Я поднялся над пальмами, полетал взад-вперед, чтобы проверить, нет ли какой опасности, но чужих не обнаружил. Лишь кое-где виднелись следы костров, скорее всего оставленные буканьерами, которые часто охотятся в подобных местах на косуль или диких свиней.

Островки вроде Ботона почти всегда не заселены. Для мирных собирателей жемчуга или рыбаков жить на отшибе опасно – слишком много по морю шастает лихих людей. А для порта нужна большая гавань с хорошими глубинами и надежной защитой от бурь. Здесь же кроме малюсенького заливчика, где не разместились бы даже два корабля, все лагуны были мелки и бесполезны. Зато поразительно красивы: с ярко-голубой водой, песчаным дном, изумрудными берегами.

– Кларочка, погляди, какая прелесть! Я искупаюсь, а ты кричи, если кто-то подойдет.

Девочка разделась и долго плескалась в укромной лагуне, вскрикивая от восторга. Как же она, бедненькая, соскучилась по чистоте, по одиночеству, по наготе.

Я знаю, что женщины прикрывают тело одеждой не из стыдливости, как думают мужчины, а чтобы выглядеть привлекательней. Это вроде брачного оперенья у птиц. Не то чтобы я мог считать себя таким уж знатоком женских статей, но все же могу уверенно сказать: подавляющее большинство красоток в платье выглядят гораздо привлекательней, чем в своем природном виде.

Однако Летиция представляла собою исключение. Рассматривая ее упругое, гибкое тело, я пришел к выводу, что моя питомица принадлежит к редкой разновидности женщин, кому одежда только вредит. Плавая и ныряя в прозрачной воде, девочка была похожа на грациозного дельфина необычной золотистой окраски.

Залюбовавшись этой милой картиной, я чуть не прошляпил людей, ломившихся к нашей лагуне через заросли. Тот-то был бы сюрприз!

По счастью, кто-то из них заорал:

– Эпин! Доктор! Куда вы подевались?

Это были наши матросы, чем-то напуганные.

Летиция стрелой выскочила из воды, кое-как натянула штаны и рубаху, после чего подала голос:

– Здесь я! Что стряслось?

Выяснилось, что один болван-марсовый (долговязый увалень по кличке Маяк) вздумал купаться прямо в бухте, чего делать ни в коем случае нельзя, потому что здесь повсюду кишат акулы. На мелководье эти хищные твари не заплывают, но

горе тому, кто захочет нырнуть со скалы в глубоком месте.

Рыбина просто прошмыгнула мимо, задев Маяка своим шершавым боком и ободрав ему кожу. Можно не сомневаться, что после разворота она бы его сожрала, поскольку вода аппетитно окрасилась кровью, но товарищи успели вытянуть матроса на берег.

Теперь он орал благим матом – соль разъедала рану.

Летиция блестяще справилась с этой несложной, но непривычной для нее травмой. Промыла больное место пресной водой, смочила целебным раствором, перевязала чистой тряпкой, и инцидент был исчерпан.

После этого никто из моряков не осмеливался купаться даже в безопасных лагунах.

Пообедав, все завалились спать – прямо на теплой земле. Прикорнул и я, удобно устроившись на ветви кипариса. После качки и ветра эта колыбель показалась мне очень уютной, и я провалился в глубокий, безмятежный сон, какой бывает только на суше.

Мне привиделось небо, и я летал в нем, то взмывая в густую синеву, то плавно падая вниз, так что замирало сердце. Это мой любимый сон. Я вижу его, только когда все вокруг хорошо и на душе покой.

Но вдруг в дальнем конце небосвода показалась туча, вся лиловая от накопившейся грозовой силы. Туча шипела и посверкивала молниями, словно вылетевшее из пушки каленое ядро. Дра-да-да-дах! – разразилась она раскатистым громом.

И снова: дра-да-да-дах! Дра-да-да-дах!

Я встрепенулся и открыл глаза.

Небо было ясным. Ничем не омраченное солнце едва начинало клониться к западу.

Дра-да-дах! – ударил где-то неподалеку новый разряд грома.

Воздух слегка качнулся. Я заморгал, чтобы прогнать остатки сна – и увидел, что матросы поднялись и быстро бегут к шлюпкам.

Вскочила и Летиция, спавшая под моим кипарисом.

– В чем дело? – крикнула она.

Никто ей не ответил.

– Живо на корабль! Живо! – махал рукой боцман.

Мое чуткое обоняние уловило запах пороха, а потом снова донеслись звуки пушечного залпа. Где-то неподалеку шел бой!

***

Четверть часа спустя мы поднялись на борт фрегата, который стоял в самой горловине бухты со спущенными парусами, надежно укрытый тенью скал.

В открытом море, на расстоянии полумили от острова, грохотало и изрыгало дым морское сражение. Я взлетел на середину фок-мачты, чтобы понять, кто с кем воюет, и в то же время слышать разговоры на баке, где офицеры сгрудились вокруг капитана.

– Красный – это англичанин, – сообщил Дезэссар, у которого был самый мощный окуляр. – Вижу флаг с крестом Святого Георгия. Трое остальных – испанцы.

– Что за дурак поставил паруса такого цвета и выкрасил корабль белой краской? – спросил

В открытом море, на расстоянии полумили от острова, грохотало и изрыгало дым морское сражение канонир Кабан. – Дорого, непрактично, а главное – за каким чертом?

Дело в том, что один из кораблей, английский фрегат с необычным для судов этого класса хищным наклоном мачт, был с белоснежными бортами и с парусами ярко-алого цвета – ничего подобного мне раньше видеть не доводилось. Он шел наискось к ветру, навстречу трем выстроенным в линию испанцам, не отвечая на огонь их носовых орудий. Неужели он собирался вступить с ними в бой? Один против трех? Притом что флагман неприятельской эскадры был почти вдвое больше, а остальные корабли примерно того же размера, что англичанин?

Однако, приглядевшись, я понял, что у странного судна нет иного выхода. Под ветром, на расстоянии мили, море пенилось бурунами – там несомненно находилась гряда подводных рифов. А делать поворот против ветра было бессмысленно. Испанцы в два счета выйдут на прямую наводку и пустят врага ко дну. Исходя из моего немалого опыта могу сказать, что всякий, попавший в подобную передрягу, спускает флаг, дабы избежать бессмысленной гибели. И ни одно адмиралтейство мира не поставит такое решение капитану в вину.

Быть может, англичанин потому и не отвечает на выстрелы, что хочет подойти ближе и сдаться?

– Я однажды уже видел эту посудину. Она называется «Русалка», – услышал я голос Логана. – Эту оснастку, похожую на соколиные крылья, раз увидев, не забудешь. Только паруса тогда были не алые, а серебристые. Корабль не военный. Он принадлежит одному чудаку, английскому лорду. Не помню, как его зовут. Один мой знакомый торговец доставлял на борт припасы. Говорит, не корабль, а плавучий дворец.

– Значит, англичанин – богатей? – возбужденно спросил Дэзессар. – Надо выскочить из укрытия и присоединиться к союзникам! Поскорей, пока эта краснoперая «Русалка» не спустила штандарт! Тогда по правилам мы будем иметь право на часть добычи!

Он хотел дать команду боцману, но штурман возразил:

– На вашем месте я бы не торопился. Испанцам еще придется повозиться. Разве не ясно по цвету парусов, что англичанин – сумасшедший? Если б он был в здравом рассудке, то уже сдался бы. А он открывает пушечные порты, видите? Лучше вступим в бой, когда испанцы обломают ему клыки. Но, конечно, до того, как «Русалка» спустит флаг. Не хватало еще, чтоб мы попали под залп ее орудий. Если я не ошибаюсь, там установлены мощные 32-фунтовки. Одного такого ядра довольно, чтобы переломить наш грот, как соломинку.

Штурмана поддержал королевский писец:

– Очень разумно! Согласно правилам, добычу делят по числу вымпелов, с поправкой на количество пушек и наличествующий экипаж. По вымпелам мы можем претендовать на 25 процентов, по орудиям... – Он попросил у одного из соседей трубу и стал прикидывать. – Так... На линейном корабле семьдесят или около того, на фрегате сорок, на корвете тридцать – итого сто сорок. А у нас всего пятнадцать. То есть по пушечному коэффициенту мы получаем одну девятую... С экипажным коэффициентом еще хуже. Нас меньше полусотни, а испанцев человек шестьсот—семьсот. Максимум того, на что можно надеяться – 10 процентов. Если же англичанин пощиплет союзникам перья, да еще, Бог даст, отправит один из кораблей на дно, наша доля заметно увеличится.

Офицеры шумно одобрили эту логику, признал ее правоту и капитан.

Испанская эскадра перестроилась в боевую колонну: впереди корвет, за ним линейный корабль, фрегат сзади. Я не флотоводец и не могу объяснить, зачем адмиралу взбрело ставить в голову колонны самое слабое из судов. Наверняка на то были какие-то основания. Возможно, испанцы опасались, что неприятель все-таки попробует уходить против ветра, а корвет быстроходней и маневренней.

Однако «Русалка» не развернулась. Она неслась прямо на головной корабль, по-прежнему не отвечая на огонь его баковой пушки. У меня отличное зрение, я безо всякой подзорной трубки видел, как от белоснежного борта фрегата летят щепки. На расстоянии в полтора кабельтовых от испанца алокрылое судно вдруг резко, с невообразимой ловкостью повернулось боком, срезало корвету нос и почти в упор, с полусотни шагов, ударило по врагу полным залпом.

Я никогда не видел, чтобы корабль тонул так быстро. Должно быть, пушки англичанина были прицелены по ватерлинии, и залп тяжелых ядер расколол корпус по всей длине. Корвет накренился набок, так что с палубы в воду посыпались люди, а потом вообще лег мачтами на воду.

Внизу радостно закричали наши, ничуть не расстроенные потерями союзников. Одним вымпелом и тридцатью орудиями меньше!

Экипажный коэффициент тоже стремительно менялся в пользу «Ласточки».

Чтобы не уйти на дно вместе с судном, команда корвета попрыгала в море, а здешние воды, как я уже говорил, изобилуют акулами...

Картина была ужасной. В разгаре баталии испанцы с других кораблей не могли спустить лодки, чтобы спасти своих товарищей. Среди волн закипела деловитая, жадная суета. Несчастные матросы отчаянно работали руками, плывя в сторону берега, а между ними быстрыми стрелами проносились продолговатые силуэты, которых становилось всё больше и больше... Акулы способны уловить запах крови за несколько миль, и сейчас сюда устремились хищницы со всей округи. Но и тем морякам, кто избежит острых зубов, надеяться было не на что. Берег не сулил им спасения. Всякого, кто доплывет до скал, волны расшибут об острые камни.

О, люди, люди! Что за безумие поселяется в ваших душах и воспаляет ваш мозг? Чего ради вы терзаете, раните, унижаете и убиваете друг друга? Разве мало того, что каждого и так подстерегает целый сонм испытаний, потрясений и бед? Воистину ваши худшие враги – вы сами.

Пока я предавался философской скорби, моя девочка действовала.

– Капитан! – крикнула она. – Надо спустить шлюпки! Мы сможем хоть кого-то подобрать, ведь это наши союзники!

– А воевать кто будет? – сердито ответил Дезэссар. – У меня каждый человек на счету.

Я не знаю, чем закончился этот спор. Капитан английского корабля выкинул такую штуку, что я не поверил своим глазам. Вместо того, чтобы воспользоваться невероятной удачей, позволившей ему с одного залпа утопить самый быстрый вражеский корабль, и попробовать уйти, «Русалка» снова резко поменяла курс. Теперь она шла прямо на испанский флагман, словно хотела с ним столкнуться!

Английским фрегатом управлял либо безумец, либо человек неправдоподобной расчетливости.

Я должен был посмотреть на этого субъекта вблизи. Он того заслуживал.

У меня нет увеличительных стекол, зато есть крылья. Ими я и воспользовался.

Мне не раз доводилось наблюдать за морскими сражениями вот так, сверху. Когда видишь этот страшный, но и завораживающе красивый балет из-под облаков, сердце замирает от ужаса и восторга.

Ветер дул неровно, спадая и вновь набирая силу. Паруса обвисали, надувались, снова обвисали. От этого исполнявшееся внизу па-де-труа обретало рваный ритм, который, впрочем, вполне соответствовал музыке – гулкому, отрывистому речитативу пушек.

Флагман испанцев вовсю палил из носовых орудий. «Русалка» по-прежнему не отвечала. Хоть я не ястреб и не сокол, но передвигаюсь по воздуху гораздо быстрее самого ходкого парусника. Мне хватило минуты, чтобы долететь до алого фрегата. Я сделал круг над мачтами, высматривая капитана, и увидел его там, где ожидал – на мостике, рядом со штурвалом.

Человек с коротко остриженными каштановыми волосами стоял, широко расставив ноги и сложив руки на груди. Он был в белой рубашке и парчовом жилете, но без камзола – готовился облачиться в сверкающую позолотой кирасу, которую держал наготове слуга-негр. На перилах лежал ребристый шлем с плюмажем.

Капитан показался мне великаном. Но, спустившись ниже, я понял, что ошибся. Причин было две: очень прямая осанка, при какой человек кажется выше ростом, и слуга – он оказался не негром, а негритенком. На самом деле хозяин «Русалки» оказался невысок. Еще я увидел, что он довольно молод и чрезвычайно, прямо-таки редкостно хорош собой.

Я неоригинален – люблю красивых людей. На свете их таких, по-настоящему красивых, совсем немного. Но они существуют, и на них держится весь мир, хотя сами они о том, конечно, и не подозревают – иначе они не были бы такими красивыми. Вы ведь поняли, что под «настоящей красотой» я имею в виду вовсе не правильность черт. Самые красивые представители человеческого рода часто бывают внешне нехороши собой (взять хоть бедняжку Летицию). Но капитан «Русалки» и на вид был писаный красавец.

Невыносимо захотелось подсмотреть ему в душу, пока испанские ядра не искромсали и не убили этот прекрасный образчик человечества.

Любопытство подвигло меня на рискованный поступок. Я сложил крылья, упал вниз и сел капитану на плечо.

Он не дернулся, как поступил бы всякий другой, а лишь повернул голову и с удивлением воззрился на меня своими яркими глазами необычного цвета.

– Откуда ты взялся, парень? На островах такие не водятся. Наверно, залетел с испанца? – сказал он по-английски и весело крикнул. – Эй, ребята, у нас перебежчик! Почуял, что победа за нами!

Рулевой с помощником попробовали выдавить улыбку, но у них не вышло. Оба были смертельно бледны. Линейный корабль надвигался на нас, похожий на снежную гору.

Капитан погладил меня по спине и засмеялся, блеснув зубами.

– Это добрый знак! Поворот на полрумба! Мистер Пимпль, заплетайте!

Неужто ему ни капельки не страшно? Или он до такой степени владеет своими чувствами?

Сейчас мы эту загадку разгадаем.

Я перевернулся хвостом вперед, сполз по рубашке, вонзив когти в грудь красавца, а клювом как можно деликатней ударил его в висок.

Только бы он меня не сбросил, только дал бы замкнуть магическую дугу «нидзи»!

Кровь у капитана была горячая, сильно пульсирующая. Сердце билось часто, но ровно.

Непередаваемое ощущение, возникающее от мгновенного слияния двух душ, обожгло меня – в сто раз горячей, чем глоток самого крепкого рома.

Капитан не отшвырнул меня, не вскрикнул, а только рассмеялся и придержал, чтоб я не сполз ниже.

– Так ты не перебежчик? Ты прилетел взять меня на абордаж? Сейчас срублю тебе башку с плеч!

Но я уже знал, что ничего дурного он мне не сделает. Руперт Грей не может причинить зла тому, кто меньше и слабее его.

Я теперь всё про него знал. Я прочел книгу его жизни с первой до последней строчки.

Ах, что это была за книга! В жизни не читал ничего более необычного и увлекательного!

## Алые паруса

Этого человека, как я уже сказал, звали Руперт Грей, но полное его имя было чуть не вдесятеро длиннее, отягощенное титулами и названиями поместий.

Водится на море редкая птица, именуемая «джентльмен-мореплаватель». Появилась она сравнительно недавно и впрыснула струйку свежей крови в мир, прежде населенный всего тремя особями: торговцами, вояками да пиратами. Джентльмен-мореплаватель обычно – богатый бездельник, которому прискучили удовольствия сухопутной жизни и который жаждет новых впечатлений и острых переживаний. Плавают они не для выгоды, а из любопытства. Лучшим из них свойственна любознательность и даже любовь к наукам. Они не только изучают пороки, процветающие в разных частях света, но подчас собирают гербарии диковинных растений или описывают неизвестных в Старом Свете животных.

Я всегда полагал, что избыточность средств и свободного времени вкупе с пытливым умом принесут человечеству больше пользы, чем любой свод законов или строительство мануфактур. Мою правоту подтверждает пример античных мужей, мудрейшие из которых только и делали, что философствовали, не поднимаясь с пиршественного ложа. Новые времена оснастили ложе парусами, так что стало возможно с комфортом странствовать по всему свету.

Верней, однако, было бы назвать Руперта Грея «лордом-мореплавателем», ибо по рождению он стоял много выше обычного джентльмена. Из представителей высшей аристократии последних столетий, пожалуй, лишь португальский принц Генрих Мореплаватель мог бы посоперничать с лордом Греем в одержимости океаном. Но Генрих, кажется, никогда не покидал суши и любил море, так сказать, платонической любовью. Руперт же почти не ступал на землю.

Судьба готовила юноше совсем иное поприще. Старший сын герцога, ведущего свой род от свирепых англов, что высадились на британских островах тысячу лет назад, Руперт прямо с колыбели начал делать придворную карьеру и, верно, еще в молодости достиг бы звучной должности вроде обер-шталмейстера, гранд-егермейстера или какого-нибудь первого лорда опочивальни, но на уме у мальчика было только море и ничего кроме моря.

Шестнадцати лет он сбежал из родительского дома. Скрыв имя и звание, поступил штурманским учеником на корабль, плывущий в далекую

Ост-Индию. Родителям оставил прощальную записку, но о маршруте не упомянул ни словом, зная, что отец выслал бы вдогонку целую эскадру. С тех пор ни в Англии, ни в Европе беглец ни разу не был.

Он прошел по всем ступеням морской службы – без протекции и поддержки, на одном упорстве и силе воли. Не огрубел, не оскотинился, как многие юнцы подобной судьбы, а только окреп и утвердился в любви к морю. В двадцать пять лет он стал капитаном и о большем не мечтал.

Плавать по бескрайнему океану и никому не подчиняться – что может быть лучше?

Но стоило молодому человеку внести свое имя в капитанский реестр, как на него тут же вышли агенты адвокатской конторы, давно уже разыскивавшие по всему свету наследника титулов и огромного состояния. Старый герцог умер, а младший сын не мог вступить в права наследства, пока не установлено со всей достоверностью, что старшего брата нет в живых.

Представитель почтенной юридической компании отыскал капитана Грея в Веракрусе, уверенный, что получит от счастливца щедрое вознаграждение за такую весть. Полдюжины громких титулов, десяток почетных званий, богатые поместья и миллионы в звонкой монете – вот что ожидало наследника на родине.

Приз, доставшийся старательному стряпчему, превзошел все его ожидания. Сумасбродный капитан отказался от всех прав в пользу брата, подписав соответствующее прошение на имя его величества. Обратно в Англию адвокат полетел как на крыльях, твердо зная, что новый наследник за такое известие его озолотит – и, надо полагать, в своих расчетах не ошибся.

Из носителя громкого имени эксцентричный молодой человек превратился просто в лорда Руперта, не герцога, не пэра, не миллионщика. Единственное, что он себе истребовал, это деньги на приобретение собственного корабля. Стряпчий немедленно устроил чудаку неограниченный кредит, которым капитан воспользовался на славу. Лучшего судна, чем он себе построил, и лучшего экипажа, чем подобрал, не существовало на всем божьем свете.

Пожалуй, лишь гондолы с венецианского Гранд-канала могли бы поспорить с «Русалкой» красотой и нарядностью, но гондола не может преодолеть десять тысяч миль по бурным океанским дорогам. Воплощенная мечта капитана Грея издали была похожа на игрушку, на искусно выполненный макет вроде тех, что стоят под стеклянным колпаком где-нибудь в Сент-Джеймском дворце или Версале. Вблизи фрегат выглядел еще краше. Все палубы и даже трюм сияли чистотой, бронза и медь сверкали ярче позолоты. Впрочем, позолоты тоже хватало – ею была покрыта затейливая деревянная резьба, украшавшая корму, нос и борта. Поразительней всего (уж этого от парусника никак не ожидаешь), что корабль еще и благоухал, будто лавка пряностей, разместившаяся внутри цветочной оранжереи – а все потому, что капитан никогда не перевозил дурно пахнущих грузов, отдавая предпочтение благородным товарам вроде индийских специй, абиссинского кофе или розового масла.

Бушприт судна был украшен фигурой русалки, о которой речь еще впереди. Пока же довольно сказать, что, когда корабль вставал у причала, полюбоваться скульптурой собиралась целая толпа, обычно состоявшая из одних мужчин.

У сочной природы южных стран Грей заразился любовью к ярким цветам. Поэтому каждый год он красил корпус своего корабля по-новому и в зависимости от этого заказывал новые паруса. В последнее время паруса у «Русалки» были алые, а борта белые – поистине царственное сочетание.

Быстрее фрегата не знавали моря. Под хорошим ветром он развивал скорость до пятнадцати узлов. Несмотря на женское имя, корабль мог отлично за себя постоять, имея тридцать два дальнобойных орудия и превосходных канониров. Надо сказать, что вся команда судна была на подбор и очень гордилась, что служит на таком невиданном корабле, под началом настоящего полоумного лорда. Матросам даже льстила репутация, закрепившаяся за их капитаном; они и сами, бывая на берегу, любили поразить публику лихими чудачествами.

Истинно красивый человек не может существовать без большой любви к кому-нибудь или чему-нибудь. Любовью всей жизни для Руперта Грея была его «Русалка» – и корабль в целом, и в особенности деревянная дева, прикрывавшая своей обнаженной грудью нос фрегата. Это изваяние вырезал гениальный скульптор-итальянец, которого Грей встретил полуспившимся в одной из таверн Веракруса. Долгие годы художник изготавливал только мадонн для церковных алтарей и так обрадовался необычному заказу, что вложил в русалку весь свой талант и неиспользованный жар души. Получив от капитана неслыханный гонорар, старик пустился в загул и упился до смерти, но умер совершенно счастливым.

А Руперт влюбился в статую. В открытом море он не мог наслаждаться ее ликом и формами, поскольку фигуры было не видно с палубы, а спускать шлюпку по столь сентиментальному поводу он стеснялся. Тем нетерпеливее Грей ждал захода в порт.

Едва фрегат бросал якорь, капитан спешил на причал или садился в лодку и подолгу мечтательно любовался своей русалкой, окутанный облаком ароматного табачного дыма, не замечая, что за странной сценой с изумлением наблюдает множество глаз. (Всякий раз, когда разноцветный корабль заходил в какой-нибудь порт, на берегу немедленно собиралась толпа). Нечего и говорить, что женские глаза взирали на чудно́го моряка с особенным выражением.

Даже если б капитан волшебного судна оказался уродом, его шансы показаться дамам интересным при таких обстоятельствах были бы велики. Но никому не пришло бы в голову назвать лорда Руперта уродом.

Предмет моего изучения, чья душа и жизнь раскрылись передо мной благодаря магической радуге «нидзи», не чуждался женских ласк. Недолгие береговые романы случались у него часто и никак не мешали влюбленности в деревянную Русалку. Тут был Идеал, а там – непрочные, хоть и жаркие узы плоти.

Руперту не приходилось ухаживать за дамами и добиваться взаимности, женщины вешались на него сами, а он воспринимал это как должное. Но горе тем бедняжкам, кто желал не только его объятий, но и сердца.

В отличие от большинства мужчин, душа Грея не искала второй, недостающей половины. Этот

Каждый раз, принимая любовь женщины, Руперт честно предупреждал, что у него нет сердца (он и вправду так думал)

сосуд и так был полон. Или, возможно, не ощущал своей ненаполненности.

Каждый раз, принимая любовь женщины, Руперт честно предупреждал, что у него *нет сердца* (он и вправду так думал). Но разве ту, что сгорает от нежного томления, можно остановить подобными предостережениями? Разве она поверит? Она улыбнется и подумает про себя: погоди, чудесный принц, ты увидишь, какая я, и твое сердце проснется.

Но сердце красивого капитана не просыпалось. Его возлюбленные приходили в отчаяние или ярость – в зависимости от темперамента – и нередко провожали бессердечного проклятьями, что его удивляло и безмерно печалило. Некая сеньорита из Манилы и еще одна яванка с кожей цвета манго даже пытались его убить. Хрупкая, как лотос, куртизанка из Нагасаки умоляла его совершить с ней двойное самоубийство, но Руперт не хотел умирать. Он еще побывал не на всех морях и не насытился свободой.

Вот качество, которое в этой неординарной натуре поразило меня больше всего: я увидел абсолютно свободного человека, будто не замечающего абсолютной несвободы окружающей действительности. В этом смысле он был сродни пиратам, но те подобны вольнолюбивым хищникам, что живут и издыхают по закону джунглей, то есть пожирают слабых и становятся добычей сильного. Руперту Грею незачем было на кого-то охотиться и перед кем-то склоняться. Его не влекло богатство. Его не снедало честолюбие – он и так к двенадцати годам стал полковником, а к пятнадцати камергером.

Согласно моим наблюдениям, мужчины по отношению к жизни делятся на две категории. Те, кто остр умом и деятелен, ставят перед собою труднодостижимые цели, а потом изо всех сил стремятся к ним, то есть живут иллюзией, завтрашним днем, уподобляясь ослу, бегущему за морковкой. Те же, кто умеет наслаждаться минутой и впитывать полноту жизни всеми порами кожи, обыкновенно тусклы умом и скудны духом. Руперт Грей являл собой редкое исключение: он безусловно жил полной жизнью, относясь к сегодняшнему дню не как к ступеньке между вчера и завтра, а как к абсолютной и неповторимой ценности, но при этом был высок духом и скор умом. Просто он твердо знал, что жизнь – это вечное «сейчас», в каждом ее мгновении есть самодостаточный смысл. Поэтому долгие плавания из одного пункта планеты в другой были для этого человека процессом ничуть не менее важным, чем прибытие в порт следования. Так говорил когда-то и Учитель: «Движение к цели значит больше, чем ее достижение». Как мало на свете тех, кто это понимает!

Точно так же капитан Грей относился и к людям, зная, что каждый из них – не инструмент, с помощью которого ты чего-то добиваешься, а самодостаточная величина. Знал он, однако, и то, что люди весьма и весьма различны по качеству. Качество того или иного человека Руперт чувствовал инстинктивно, с первого взгляда – был у него такой редкий дар. Поскольку лорд-бродяга любил хорошие вина и знал в них толк (на «Русалке» имелся превосходный винный погреб), на всякого индивида он мысленно приклеивал этикетку с названием напитка – и всё сразу становилось ясно. Например, в матросы на свой корабль Грей обычно брал тех, кого именовал про себя «честным английским элем». Для боцманов, боцманматов и канониров лучше всего подходили можжевеловый джин или крепкое черное пиво. В офицеры годились лишь хорошие винные сорта – без малейшей кислинки или привкуса плесени.

Примерно десятая часть «бутылок», попадавшихся на пути Руперта, шибала в нос едким уксусом, рвотным зельем или смертельной отравой. Если субъект этого пошиба досаждал Грею, он спокойно, без колебаний и угрызений, разбивал вредоносную склянку вдребезги – и шел дальше.

Но чтобы определить, чего стоит человек, одного вкуса и запаха недостаточно. Даже среди тех, чья внутренняя суть подобна старому бордо, редко можно встретить бутыль, наполненную до краев. Бывает, что благородная влага едва плещется на донышке – то ли ее изначально было немного, то ли вытекла в трещины незадавшейся жизни.

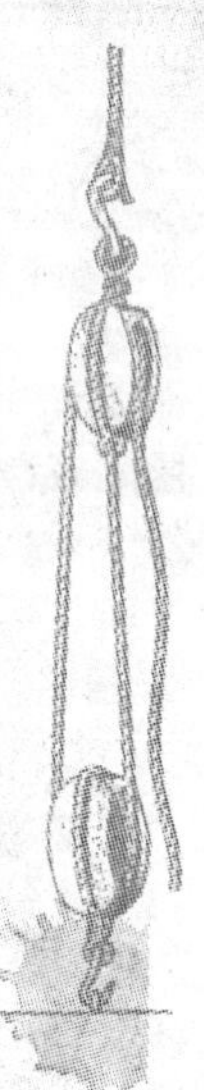

К таким соратникам Руперт относился с особенной бережностью, зная, что сосуд, именуемый «человеком», умеет не только опустошаться, но и наполняться вновь. С теми, кто плавал под началом капитана Грея, это происходило быстро.

Всем, что касалось торговли, на судне заведовал суперкарго (крепчайший неразбавленный спирт). Когда он встретился с Греем, влаги в этом некогда прочном жбане оставалось на самом донышке. Ворчливый, озлобленный, битый судьбой старик собирался уходить на берег, чтоб в одиночестве и тоске скоротать сумерки жизни. Черт знает, что разглядел в нем Руперт, но старый мизантроп стал самым ценным его помощником.

Сам владелец совершенно не интересовался торговыми операциями. Если б не суперкарго, он давно сел бы со своим распрекрасным кораблем на финансовую мель. Расчетливый и прижимистый Аткинс, проклиная хозяина за пристрастие к красивым, маловыгодным товарам, за неаккуратность в соблюдении сроков, за тысячу нелепых чудачеств, все же умудрялся вести коммерцию так, что Грей мог беззаботно плавать, где ему вздумается, и витать мыслями в облаках, совершенно не заботясь о деньгах.

Он вообще мало о чем заботился, этот вечный преследователь горизонта. На суше и море уже целый год бушевала большая война, а Руперт не имел о том понятия. Он несколько месяцев плыл из Ост-Индии, заходя на разные острова, некоторые из которых отсутствовали в лоциях; обогнул мыс Доброй Надежды и собирался поставить «Русалку» на ремонт и очистку не раньше, чем дойдет до Ямайки.

Когда из-за края малопримечательного островка Ботон вышла испанская эскадра и зачем-то поспешила встать выше по ветру, Грей наблюдал за этим маневром с некоторым удивлением, но без тревоги. Лишь когда на флагмане взвился боевой штандарт, а с бака ударила пушка, требуя немедленной сдачи, путешественник догадался, что меж Лондоном и Мадридом, очевидно, завязалась новая свара.

К этому моменту сделать что-либо было поздно – это Руперт понял сразу. Линия испанцев отрезала ему путь к отступлению. Пока «Русалка» выполняла бы разворот почти прямо против ветра, неприятельские корабли изрешетили бы ее ядрами.

Таким образом, ретироваться было невозможно.

О шансах на победу говорить тоже не приходилось.

Лорд Грей знал наизусть все военные корабли великих держав. Ему было довольно одного взгляда в подзорную трубу, чтобы узнать 64-пушечный мэн-о-вар «Консепсьон», 40-пушечный фрегат «Сант-Яго» и 28-пушечный корвет «Идальго».

По мощи огня и численности экипажей испанцы имели пятикратное превосходство – не считая преимущества по ветру.

Что касается последнего, то здесь Руперту удалось несколько выравнять шансы. Он повернул параллельно линии вражеских кораблей, не поднимая боевого флага – словно колебался, сдаваться или нет. Поравнявшись с крайним из неприятелей, взял курс перпендикулярно свежему зюйд-осту, так что испанцам пришлось перестраиваться в кильватерную колонну – иначе «Русалка» получила бы авантаж в маневре.

Командующему эскадрой стало ясно, что без боя англичанин не сдастся.

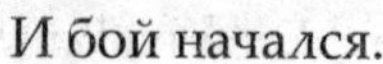

И бой начался.

Среди прочих странностей характера у лорда имелась одна, очень редко встречающаяся у людей с развитым воображением: полное отсутствие страха. Вернее сказать, в миг опасности страх возникал, но был источником не мучений, а удовольствия, ибо преобразовывался в нетерпеливое, радостное волнение. Руперту неудержимо хотелось усилить это опьяняющее чувство, чтобы натянутые нервы зазвенели еще пронзительней.

Я уже говорил, что противников с уксусно-ядовитой душой капитан уничтожал без малейшего сожаления. По духу Грей не был христианином, он не верил ни в святость жизни, ни в смирение, а лишь в то, что человек – это существо, которое всегда имеет право на выбор. Чем ты сильнее, тем больше твоя свобода выбора, тем шире круг имеющихся возможностей. Руперт не был атеистом; он полагал, что Бог существует, но Его миссия – поддерживать и наставлять слабых, сильные же должны решать свои трудности сами. У Господа и без них забот хватает.

Фрегат поднял боевые вымпелы: британский – красный крест на белом поле и личный штандарт капитана, изображавший русалку с мечом в руке.

Когда испанцы перестроились в боевую колонну, поставив впереди быстроходный «Идальго», и началось сближение, стрельба стала точнее. Третьим или четвертым выстрелом носового орудия корвет послал чугунное ядро прямо в грудь деревянной девы. Кораблю от этого ущерба не было, но увидев, как во все стороны летят позолоченные щепки, лорд Руперт почувствовал: душа фрегата убита. Сегодня судно погибнет, а следовательно, умрет и капитан. Но на лице Грея эта мысль никак не отразилась. О том, что можно спустить флаг, он не подумал.

Огляделся вокруг. Отметил зазубренные рифы и взметающийся возле них прибой, увидел скользящие в воде тени акул.

Никаких сомнений. Шансов выбраться из этой переделки нет.

Что ж, всему когда-нибудь наступает конец. Прожитой жизнью Грей был очень доволен. Большое спасибо Всевышнему, если Он есть, а если нет, то тем более мерси.

Арапчонок Блэки (жалко мальчишку, ему тоже погибать) принес из каюты кирасу и каску, но капитан отмахнулся. От ядра и мушкетной пули тонкая сталь не спасет, а до абордажа дело доводить нельзя, слишком неравны силы.

Только не надо думать, что лорд Руперт шел в бой с отчаянием обреченного. Он сразу увидел все выгоды и недостатки решения, принятого испанским флотоводцем. С первыми приходилось мириться; вторыми можно было воспользоваться. А там – как решит Фортуна. На взбалмошность этой дамы сейчас вся надежда.

Логика вражеского адмирала была такова.

Очевидно, испанец знал, с кем имеет дело, и понимал, что капитуляции не будет. Корвет, наименее ценный из своих кораблей, он поставил вперед, рассчитывая, что англичане потратят на «Идальго» бортовой залп, до сближения с флагманом перезарядиться не успеют и станут для его мощных орудий безответной мишенью. Если огонь с «Консепсьона» и не потопит «Русалку», то превратит в груду обломков. Замыкающему «Сант-Яго» останется только высадить абордажную партию.

Дистанцию между своими кораблями держал осторожную, в четыре кабельтовых

Судя по тому, что вся палуба испанского фрегата была заполнена желто-красными мундирами морских пехотинцев, лорд Руперт угадал верно.

План капитану понравился. Приятно иметь дело с сильным, неординарно мыслящим противником. Но на этот случай у Грея имелась некая заготовка, которую он отлично отработал с командой, но в деле еще никогда не применял.

Любопытно было посмотреть, не разойдется ли практика с теорией.

«Плетем косичку»! – сказал он старшему рулевому и главному канониру.

Те кивнули и встали по местам.

«Русалка» подровняла курс, чтобы ветер дул точно справа. То же самое немедленно сделали и испанцы, только у них под галфвиндом оказался левый борт.

Дистанцию между своими кораблями адмирал держал осторожную, в четыре кабельтовых. Для «косички» лорда Руперта это было идеально.

– Прицел по ватерлинии! – кричали на батареях левого борта. – Заряжай холодным кугелем!

«Холодным кугелем» называлось полое чугунное ядро с отверстиями. Пробивая обшивку, оно оставляло дыру в пять раз больше своего диаметра.

Лорду Руперту пока занять себя было нечем, его люди отлично управлялись сами. Поэтому он навел трубу на мостик «Идальго», увидел, что испанский капитан в шлеме с красным пером тоже смотрит в окуляр, и учтиво поклонился.

Фрегат и корвет поравнялись, проходя в полусотне ярдов друг от друга. Залпы ударили одновременно.

«Идальго» бил картечью, что подтверждало предположение Грея: враги хотят не потопить, а захватить красивый корабль.

Борт орудийной палубы на «Русалке» был изнутри укреплен медным листом – как раз на случай картечного обстрела. Поэтому потерь было сравнительно немного, но все же там и сям закричали раненые, а с вант упали несколько матросов, готовившихся исполнить сложный маневр. Урон парусам и такелажу, впрочем, был незначительный.

Зато прицельный огонь кугелями по ватерлинии превзошел самые оптимистичные ожидания лорда Руперта. Ни одно ядро не прошло мимо цели. Два или три попали в воду, но под таким острым углом отрикошетили от ее поверхности и все равно врезались в тушу корвета.

Море хлынуло в образовавшиеся проломы так бурно, что вдоль всего корпуса «Идальго» с треском раскрылась продольная трещина, и судно в считанные секунды легло набок.

Любоваться этим зрелищем Грею, однако, было некогда. Даже невесть откуда взявшийся черно-красный попугай (то есть я, ваш покорный слуга) не мог сейчас отвлечь капитана.

– Мистер Пимпль! – крикнул он первому помощнику. – Заплетайте!

За дальнейшим ходом этого небывалого сражения я наблюдал, так сказать, из самой его гущи. Постараюсь поведать о виденном и пережитом, ничего не исказив, хоть это и непросто. Я не трус, но стальной выдержкой капитана «Русалки» не обладаю, поэтому некоторые детали боя вспоминаются мне как сквозь дымку. Вернее, через завесу порохового дыма.

Подгоняемые свистками мистера Пимпля (густой, пряный грог), марсовые поставили дополнительные лисеcon, рулевые навалились на штурвал, и фрегат ускорил ход, набрав в паруса вдвое больше ветра; теперь мы шли по диагонали, будто собирались врезаться прямо в широкую грудь «Консепсьона», украшенную огромным изваянием Богоматери.

Я уже знал, что такое «заплести косичку». Это значило срезать нос флагману, обойдя его под сорокапятиградусным бакштагом и оказаться к нему правым бортом, орудия которого заряжены книппелями, то есть сдвоенными ядрами. Потопить огромное судно Грей не надеялся, но рассчитывал его обездвижить.

– Высокий прицел! – орал в кожаный рупор старший помощник. – По гроту цель, ребята, по гроту!

Полуголые канониры, обнявшись со своими медными пушками, наводили их на главную мачту линейного корабля. При встречном движении, да с учетом качки такой прицел требовал виртуозного мастерства. Но пушкари на «Русалке» были на подбор, каждого лорд Руперт испытывал лично. Орудийная прислуга, не теряя времени, перебежала на другую сторону – перезаряжать пушки левого борта.

Главный канонир влез на ванты с платком в руке, чтобы подать сигнал к залпу. Взгляды батарейных командиров были прикованы к этому лоскуту материи.

– Не подпускайте слишком близко! – крикнул капитан, но артиллерист лишь досадливо дернул плечом: сам знаю.

Я понял: Грей хочет нанести упреждающий удар, пока картечь «Консепсьона» не ополовинила команду.

Сердце мое чуть не выскакивало из груди. Я непроизвольно потряхивал крыльями, и это, очевидно, мешало капитану сосредоточиться.

– Ну-ка, дружище, найди себе насест поудобней, – рассеянно сказал лорд Руперт, мягко взял меня и подкинул кверху.

Я не обиделся – наоборот, сконфузился, что доставил ему неудобство. С нижнего рея мне было видно еще лучше.

– А вот и дон адмирал, – промурлыкал Грей, разглядывая в трубу нарядных офицеров на квартердеке испанца.

Он снова поклонился, как давеча капитану злосчастного «Идальго».

Высокий человек в шляпе с золотым позументом ответил таким же учтивым поклоном и даже сдвинул ладони, словно аплодируя – надо думать, выразил свое восхищение победой над корветом и изяществом произведенного маневра.

Артиллерист махнул платком, когда бушприт «Консепсьона» оказался на одном уровне с нашим.

Грянули пушки. Скрепленные цепями ядра с ужасающим визгом и свистом рассекли воздух. Треснули разорванные канаты, полопались паруса, захрустело дерево. Высоченная мачта линейного корабля, переломившись у самого основания, сшибла набок бизань и накрыла палубу от шканцев до самой кормы, так что адмирал и его штаб скрылись под пузырящимся гротом.

Две мачты из трех! Какая удача!

Но ответному залпу это помешать не могло.

Стыжусь признаться, но за секунду до того, как высокий борт флагмана изрыгнул дым и пламя, я взлетел повыше. Это произошло само собой – толчок страха будто подбросил меня вверх.

Внизу по палубе «Русалки» словно прошлась невидимая коса. Повсюду валились люди, летела щепа, визжали рикошеты.

Я видел, как первого помощника отшвырнуло и ударило о мачту. Прямо подо мной с вант упал главный канонир, из-под него стала растекаться рубиновая лужа, а поскольку в миг «нидзи» я видел этого человека глазами Грея, мне померещилось, что разливается драгоценный кларет многолетней выдержки.

Мало кто из марсовых и орудийной прислуги остался на ногах после этого убийственного урагана. Но, по чудесному капризу судьбы, буря не тронула тех, кто стоял на квартердеке.

Мой капитан как ни в чем не бывало крикнул старшему рулевому:

– Мистер Драйфорд, два румба к норду! Второго помощника сюда! Продолжаем маневр!

Снизу выскочил второй лейтенант Сильвертон (солодовое виски двадцатилетней выдержки) и оглушительным голосом созвал уцелевших.

Теперь «Русалке» предстояло «заплести косичку», повернув под углом в 90 градусов, и оказаться почти прямо против ветра.

– Отставить! – приказал капитан поредевшим пушкарям, возившимся с орудиями левого борта. – Все на реи!

Мне тоже было ясно, что сделать и то, и другое – то есть перезарядить пушки и обрасопить паруса – уменьшившейся втрое команде не под силу. Лорд Руперт выбрал паруса, но на что он рассчитывал? Даже если фрегат успеет обойти третьего испанца, стрелять будет нечем!

Матросы натянули брасы, поворачивая реи, чтоб поймать как можно больше крутого бейдевинда. «Русалка», которая поначалу едва двигалась на новом галсе, понемногу набирала скорость, и я увидел, что мы еле-еле успеваем срезать нос «Сант-Яго». Но что проку?

– Мистер Сильвертон, вы знаете, что делать! – звонким голосом сказал Грей. Его загорелое лицо светилось азартной улыбкой.

– Так точно, милорд!

Помощник бросился к невысокой кабине, пристроенной к основанию грота. Я полагал, что там хранятся канатные бухты или запасные паруса, но Сильвертон с двумя людьми выкатили оттуда тяжелую металлическую бочку на колесиках. Для них в настил палубы были врезаны медные желобки, я их заметил только теперь. К верхушке загадочного сооружения была присоединена помпа и брезентовая кишка с железным раструбом.

Я захлопал глазами, роясь в книге нашей с капитаном памяти, и оттуда выскочило словосочетание «китайская смесь».

В бочке была горючая жидкость!

В одной старинной книге я читал, что на кораблях византийской империи имелись специальные приспособления, которые могли выкидывать на сотню шагов жидкий «греческий огонь», поджигавший вражеские суда. Потушить его водой было невозможно. Примерно по тому же рецепту изготавливалась и «китайская смесь», на которую сейчас делал свою последнюю ставку капитан «Русалки».

Для того, чтобы пылающая струя достала до неприятеля, нужно было пройти вплотную к «Сант-Яго». Этим сейчас и был озабочен лорд Руперт, вполголоса отдавая рулевым указания.

А на испанце уже изготовились к сближению. Тот, кто командовал «Сант-Яго», не сомневался в победе и не хотел зря портить вражеский корабль, уже почитая его верной добычей. Поэтому к пушечному залпу он не готовился. Весь экипаж собрался

наверху. Матросы сгрудились на носу с абордажными крюками, саблями и топорами; на шканцах трехступенчатой шеренгой выстроились солдаты, целя в нас из ружей. А капитан – должно быть, отменный стрелок – лично наводил вертлюжную пушку с длинным и тонким, как комариное жало, стволом. Целил он не куда-нибудь, а прямо в лорда Грея, да и половина ружейных стволов тоже была направлена на наш квартердек.

Двое подручных мистера Сильвертона качали насос, повышая давление в бочке. Они были в относительной безопасности, прикрытые ее прочным корпусом, но сам лейтенант с шлангом в руках был весь на виду – он стоял у самого борта.

Только б он успел выпустить огненную струю до того, как грянет залп! Только бы «Русалка» успела подойти достаточно близко!

Вдруг я заметил, что ору во весь клюв от ужаса и восторга.

Какой бой, ах какой бой!

– Не спешите, мистер Сильвертон! Только наверняка! Ветер крепчает! – крикнул лорд Руперт, отталкивая негритенка, совавшего ему шлем и кирасу. – Сдует струю – спалим сами себя!

Каску он все-таки надел – по-моему, лишь для того, чтобы отвязаться от арапчонка. Доспех же нацепил на мальчишку, который от этого стал похож на детеныша гигантской черепахи (я видел таких на Галапагосах).

Потом – это, на мой вкус, уж было чересчур – лорд Руперт поклонился испанскому капитану, целившему в него из своей гнусной пушчонки. Тот издевательски послал Грею воздушный поцелуй и махнул шляпой.

На «Сант-Яго» ударил барабан.

Сейчас прозвучит команда «огонь!» Боже, мы не успели...

Не знаю, что тут со мной произошло. Должно быть, помрачение рассудка. Или просветление души (подозреваю, что в некоторых случаях это то же самое).

Я сорвался со своего наблюдательного пункта, где находился в относительной безопасности, слетел вниз и сел на шлем Руперта, растопырив крылья. Издали, наверное, я был похож на черно-красный плюмаж.

Нет, Грей не стал моим питомцем. Я однолюб, я не изменяю тому, кого судьба выбрала в напарники моей душе. С Летицией я не расстанусь till death us do part[29], как говорят при венчании. Мой иррациональный порыв был вызван надеждой, что обитающий во мне мансэй, дар полной жизни, убережет капитана от гибели. Конечно, суеверия – глупость, однако же я неоднократно убеждался, что...

Я не успел тогда сформулировать для себя эту мысль точно так же, как не довожу ее до конца сейчас.

«Fuego!»[30] – закричали на «Сант-Яго», чей бушприт находился в двадцати ярдах от нашего.

В ту же секунду я оглох от грохота сотни мушкетов и ослеп от дыма.

Дым через пару мгновений сдуло ветром, но слух так и не восстановился. Оцепенело смотрел я на онемевший мир, не сразу поняв, что жив и цел.

Повсюду лежали тела. Некоторые корчились или еле шевелились. Рты раненых и умирающих были разинуты, но криков я не слышал.

---

[29] Пока смерть нас не разлучит *(англ.)*

[30] «Пли!» *(исп.)*

Оба рулевых лежали бездыханные. Арапчонка Блэки кираса не спасла – тяжелая пуля пробила его маленькую кудрявую голову.

Но мой капитан стоял не тронутый. Я все-таки спас его!

Он рассеянно, по-моему, даже не заметив жеста, сбросил меня с каски. Я сел на выщербленный пулями штурвал и увидел, что лицо Грея нисколько не изменилось – всё такое же улыбчивое и азартное.

– Мистер Сильвертон, ваш черед! – крикнул он (я не услышал, а догадался по движению губ).

Двое спрятавшихся за бочкой матросов всё качали помпу. Цел был и лейтенант. Перед самым залпом он присел на корточки, спрятавшись за фальшборт.

Сейчас он выпрямился, навел шланг на вражеский фрегат, сравнявшийся с «Русалкой», и повернул кран.

Огненная струя с шипением вырвалась из раструба и, рассыпаясь искрами, стала поливать палубу, канаты, паруса.

«Сант-Яго» вспыхнул легко и радостно, будто только и ждал возможности превратиться в невиданный огненный цветок. По кораблю заметались живые факела, сшибаясь друг с другом и падая.

Я кричал и хлопал крыльями, охваченный жестоким ликованием. Вообще-то это на меня совершенно не похоже. Я безусловно был не в себе.

Внезапно я увидел нечто такое, отчего мое ликование растаяло.

Вражеский капитан так и не выстрелил из своей пушки. Вероятно, решил посмотреть на действенность залпа и, если англичанин уцелеет, добить его наверняка.

Не обращая внимания на ад, бушующий вокруг него, испанец быстро поворачивал дуло. В его правой руке дымился фитиль.

А лорд Руперт этого не замечал!

Я рванулся с места, чтобы прикрыть его своим телом, хотя разве остановил бы жалкий комок перьев летящую картечь?

В этот миг пылающая струя самым своим краем прошлась по квартердеку «Сант-Яго». На испанском капитане вспыхнули шляпа и парик. Рука дрогнула, ствол пушки качнулся.

Свинцовый град ударил ниже мостика – прямо по бочке с «китайской смесью». Ее кованые бока выдержали ружейный огонь, но от картечных пуль, с грецкий орех каждая, сосуд с горючим составом разлетелся на куски. Оба матроса и лейтенант были убиты на месте, а по палубе быстро поползла огненная река, растекаясь жаркими ручейками по щелям между досками.

Вот пламя побежало вверх по канатам. Один за другим стали заниматься паруса. Алое пламя на алой материи, повсюду алая кровь – слишком много алого. Еще и небо на западе, встречая вечернюю зарю, окрасилось в такой же пронзительный оттенок.

Лорд Грей был у штурвала, в одиночку наваливаясь на ручки, с которыми раньше управлялись двое.

«Русалка» медленно поворачивалась под ветер, идя по плавной дуге прочь от обреченного «Сант-Яго», с которого в воду прыгали горящие люди.

Но и наши дела были немногим лучше.

Огненная черта разделила палубу поперек, надвое. Мы с капитаном были с одной стороны, все остальные, кто еще уцелел, – с другой. Их осталось совсем немного. Десятка полтора. Они с отчаянием смотрели на своего капитана, не зная, что делать.

– Все на фок! – крикнул Грей (ко мне понемногу начинал возвращаться слух). – Поднимайте все паруса! Мне нужно подобраться к нему вплотную!

Он показал на флагман – единственный из испанских кораблей, еще сохранявший боеспособность. Пока мы сражались с «Сант-Яго», «Консепсьон» освободился от сбитых мачт, скинув их за борт, развернулся и теперь медленно шел нам навстречу.

Корвет «Идальго» по-прежнему лежал на боку, выставив напоказ обросшее водорослями днище. «Сант-Яго» беспомощно крутился на месте, напоминая причудливой формы костер.

Я не мог в это поверить. Кажется, лорд Руперт собирался продолжать бой!

Горстка матросов подняла на фок-мачте паруса, свернутые при движении под встречным ветром; окутанная дымом «Русалка» заскользила быстрее, слегка кренясь.

Оказывается, кроме нас с капитаном в кормовой части был кто-то еще.

Жмурясь от лучей заходящего солнца, из трюма поднялся квадратнолицый господин в коричневом камзоле. Я знал: это суперкарго мистер Аткинс. Участие в бою не входило в его обязанности, поэтому, пока грохотали выстрелы, он отсиживался в каюте.

Оглядевшись и поняв положение дел, старик сказал:

– Вы достаточно повоевали, милорд. Не валяйте дурака. Надо спускать флаг.

– Мой флаг? – удивился Грей и рассмеялся, словно услышал хорошую шутку.

– Вы что, не видите, черт бы вас побрал?!

Палец Аткинса показал куда-то в сторону.

По деревянным ступенькам, ведшим вниз, к пороховому погребу, стекала вязкая огненная змея.

– Велите всем спуститься с мачт, милорд! Пусть тушат огонь брезентом, иначе мы взлетим на воздух! Нам самим с этой стороны не подобраться, мы отрезаны!

Капитан крикнул матросам:

– Оставаться на местах! Когда махну рукой, брасопь реи! А вы, Аткинс, лучше помогите мне со штурвалом. Скоро нам понадобится резкий поворот.

Заламывая руки, суперкарго завопил:

– Господи, вразуми этого идиота! Через минуту будет поздно! Там же крюйт-камера!

– Успокойтесь, Аткинс. Или вы думаете, я не знаю, где на корабле что находится?

Тут мне сделался ясен самоубийственный план капитана. Ясно стало и то, что никакая сила лорда Руперта не остановит.

Суперкарго опустился на колени и начал молиться. Матросы на реях следили за поднятой рукой своего командира, не ведая, что их смертный час близок.

Я ничем не мог помочь ни этим бедным людям, ни безумцу, для которого самоуважение было дороже жизни. Погибать вместе с ними я не хотел. Не страх, но чувство долга звало меня к моей питомице.

Захлебываясь плачем, я взлетел над «Русалкой» – и вновь спустился, не в силах расстаться с

Рупертом Греем. Я сел на брам-рее. Подо мной тлели паруса, становясь из алых черными.

К нам приближалась развороченная, уродливая громада линейного корабля. Весь форкасл был облеплен вооруженными людьми. Их свирепые лица говорили: пощады никому не будет. Мрачен был и адмирал, снова замаячивший на мостике. Он больше не изображал галантность. Верно, предвидел объяснения с начальством из-за тяжких, ничем не оправданных потерь.

Сотни жизней уже оборвались, истребленные свинцом, огнем и водой; в море продолжали гибнуть несчастные. Но ненасытному року этих жертв не хватило. Главное пиршество Смерти было впереди!

Лорд Руперт выпустил из-под рубашки медальон на золотой цепочке, поцеловал его и махнул рукой.

Матросы взялись за канаты, а капитан и смирившийся со своей участью суперкарго навалились на штурвал.

«Русалка» взяла поправку курса. Теперь она летела прямо на «Консепсьон».

Оглушительно захрустело дерево – это столкнулись корабли. От толчка я слетел с рея и замахал крыльями.

С испанца летели веревки с абордажными крюками, чтобы покрепче прицепить к себе фрегат. Бедные дураки, если б они знали...

Первые храбрецы с воплем посыпались на палубу «Русалки», добежали до середины судна и остановились. От квартердека их отделяла зона огня.

– Капитана живьем! – донесся громовой голос испанского адмирала.

Я увидел, что лорд Руперт смеется. Он оставил штурвал и просто стоял, скрестив руки на груди. Белая батистовая рубашка расстегнута на груди, ветер шевелит каштановые волосы на лбу.

Как же красив этот человек!

Я спустился ниже, не думая об опасности, хотя горящая смесь наверняка уже проникла в крюйт-камеру.

– Прощайте, милорд, – услышал я грустный голос суперкарго. – Какая жалость, что вы безбожник. Это значит, что на том свете нам с вами не свиде...

Тут мир сжался в упругий ком и лопнул, разлетевшись миллионом огненных брызг. Меня подбросило вверх, очень высоко – туда, где наливалось темной синевой вечереющее небо.

# Пленник

Меня не оглушило, не опалило крылья, иначе я бы упал в море и погиб. Спасся я благодаря тому, что вешу неполных четыре фунта – взрывная волна просто подбросила меня, как пушинку, высоко-превысоко.

Я увидел сверху обломки двух кораблей, увидел волны, сплошь в кусках дерева и черных точках человеческих голов. Если б я умел, то зарыдал бы. А так – просто закричал.

Меня неудержимо влекло к месту трагедии.

Я перевернулся, сложил крылья и устремился вниз.

Не буду описывать, что я там увидел. Для этого я слишком люблю людей и слишком неравнодушен к их страданиям. Скажу лишь одно: единственным облегчением для меня было то, что среди уцелевших Руперта Грея я не обнаружил. Должно быть, он погиб мгновенно. Его противнику, испанскому адмиралу, повезло меньше. Контуженный и обожженный, он отчаянно плыл саженками в сторону берега; его надменное горбоносое лицо было искажено ужасом – а сзади сеньора настигали две акулы, уже перевернувшиеся брюхом кверху для атаки.

Я сделал дугу в воздухе, снова взмыл вверх и полетел прочь от этого месива. Мое сердце рвалось на части. Из многих сотен жизней, так страшно оборванных судьбой, я горевал только об одной.

Сколько времени пробыл я с капитаном «Русалки»? Самое большее – полчаса. Но у меня было ощущение, что я знал его долгие годы и что от меня оторвали бесконечно ценный кусок бытия. Да что я! Весь мир будто померк и утратил один из самых прекрасных своих оттенков. Таково уж свойство истинно красивых людей: стоит им исчезнуть, и вселенная тускнеет.

Какое несчастье, какой удар, какая невозвратимая утрата, причитал я, летя к острову. А потом взял себя в руки, призвав на помощь мою вечную утешительницу философию.

Краткое знакомство с капитаном Греем безусловно обогатило меня. Это не утрата, а, наоборот, дар судьбы. Еще один важный урок, преподанный мне жизнью.

Несущественно, из-за чего ты решаешь стоять до конца. Пусть из-за ерунды вроде нежелания спустить раскрашенную тряпку на флагштоке. «Всегда оставайся собой и никогда не сдавайся – вот главный закон жизни», – сказал мне на прощанье лорд Руперт. Не имеет значения, что сказано это было без слов. Я понял.

Когда, подчинившись воле и разуму, мой взгляд прояснился, я был уже вблизи от берега. И увидел, что, пока я воевал, Летиция времени не теряла. Не знаю, как ей удалось убедить Дезэссара, но он-таки спустил на воду обе лодки, и теперь они как раз выгребали из бухты, чтобы подобрать немногих еще державшихся на воде.

Уверен, что на помощь моей питомице пришел отец Астольф. Я увидел его на носу первой лодки – он молился на коленях; по его морщинистому лицу обильно текли слезы. У руля сидел капитан.

Второй шлюпкой командовал Гарри Логан, рядом с которым стояла моя девочка.

Я сел ей на плечо, а она едва на меня покосилась. Только пробормотала: «А, это ты». Полагаю, Летиция и не заметила моего отсутствия, очень уж была потрясена.

Ирландец же оглядывал следы побоища взглядом человека бывалого.

– Не при мсье Кабане будь сказано, пушкари – худшие грешники на свете, – сказал он, когда мимо проплыл издырявленный кусок борта. – Метким картечным выстрелом можно за раз отправить на тот свет два десятка людей. А хуже всего, что артиллерист никогда толком не знает, сколько душ он погубил на своем веку. Всем канонирам суждено гореть в аду, уж это точно. Я, конечно, тоже убийца, но по крайней мере твердо помню каждый свой грех.

– Я помню. Вы говорили, что угробили семнадцать душ, – сказала Летиция.

– Восемнадцать, мой дорогой Эпин. Восемнадцать. Однако перед Богом я почти чист, ибо произвел на свет семнадцать новых душ. Когда Лиз из

Сен-Мало разродится, счет выравняется. А в Форт-Рояле мной посеяно еще несколько семян. Коли они взошли, как предусмотрено природой, то я уже квит или даже в плюсе. В прежние века церковь продавала индульгенции. За деньги можно было искупить любой грех, хоть бы даже смертоубийство. Это, конечно, неправильно. Единственное возможное извинение за столь тяжкое прегрешение – дать новую жизнь вместо отнятой, – с глубоким убеждением заключил рыжеволосый философ.

– Если убил для защиты, это грех простительный, – неуверенно молвила Летиция. Я понял, что она опять вспомнила застреленного разбойника с большой дороги.

– Почему только для защиты? Убивать можно из разных соображений. – Логан удивился. – А если человек тебе здорово мешает? Или, прикончив кого-то, можно получить солидную выгоду? Но в случае корыстного или заранее задуманного убийства я всегда расплачиваюсь авансом. – Он с важностью поднял палец. – Чтоб не становиться должником у Всевышнего по столь опасному поводу. Не хватало еще угодить в чистилище из-за собственной непредусмотрительности! Сто или двести лет лизать раскаленные сковородки? Слуга покорный!

Вдруг Летиция прервала его.

– Вы что!? – закричала она Дезэссару. – Надо подбирать людей! Места не хватит!

Дело в том, что на соседнюю лодку, подцепив багром, затаскивали сундук, приплывший с какого-то из погибшей кораблей.

Но людей до нас добралось совсем немного. На обе лодки мы подняли всего шестнадцать человек,

сплошь одних испанцев. Все они были не в себе после перенесенных ужасов, а одному акула откусила ногу до колена. Летиция наложила жгут, но поздно – бедняк потерял слишком много крови и вскоре испустил дух. Последними его словами была благодарность. «Благодарю Тебя, Мадонна, что мое последнее пристанище будет в земле, а не в кишках мерзкой твари», – молвил он слабым голосом. Уж не знаю, почему внутренности червей предпочтительней акульей утробы, но коли это соображение утешило умирающего, тем лучше.

Шлюпки чуть не касались воды верхушками бортов – столько было подобрано ящиков и тюков со всякой всячиной.

Дезэссар велел поворачивать к берегу, а я поднялся вверх, чтобы почтить место сражения, пока ветер и волны не стерли с поверхности моря следы кровавой драмы.

Луч почти скрывшегося за горизонтом солнца что-то очень уж ярко блеснул на поверхности моря. Я кинул в ту сторону взгляд – и вскрикнул.

На обломке салинга, запутавшись в разорванных вантах, лежал покойник в белой батистовой рубашке, сквозь ворот которой сверкала золотая цепь.

Это был он, он!

Я ринулся вниз.

Взрыв пощадил его черты. Лорд Руперт был прекрасен и в смерти. Даже струйки крови, вытекшие изо рта, ушей и ноздрей, не портили красоты этого удивительного лица.

Я скорбно сел подле мертвеца, погладил его мокрые волосы крылом. И вдруг увидел, что его грудь вздымается.

Боже, что со мной сделалось!

Я так орал и метался, что Летиция, занятая уходом за ранеными, оглянулась в мою сторону.

– Капитан, вон еще один! – крикнула она. – Может быть, он жив! Подберите его, у вас в шлюпке остается место!

Дезэссар сварливо ответил:

– Вы хотите, чтоб мы перевернулись?

Но потом, видно, заметил золотой медальон и велел подгрести ближе.

– Это моё, все слышали? – объявил он. – Я заметил труп первым! Моя личная добыча!

Протянул руку, отпихнул меня и сорвал цепочку.

– «Mermaid»[31] – прочитал он. – Значит, англичанин.

Подплыла вторая лодка. Логан сказал:

– Это, верно, и есть тот богач, владелец «Русалки». Жалко, что сдох. Можно было бы взять хороший выкуп.

– Да он дышит! – воскликнула тут моя умница. – Ну-ка, ребята, берите его!

– Дышит? – Дезэссар быстро проговорил: – Первым до него коснулся я, а значит, он мой. Все свидетели! По уставу, всякая добыча, взятая прямо из воды, принадлежит захватившему, а не судовладельцу и не короне!

– Осторожней, у него могут быть переломаны кости, – велела матросам Летиция.

На берегу Летиция осмотрела пленника. Кости были целы, раны не зияли, но он был недвижен и без сознания.

Я слышал, как францисканец, стоявший рядом и перебиравший четки, тихо сказал:

---

[31] «Русалка» (*англ.*).

– Contusio.

Девочка неуверенно оглянулась на него. Лечение контузий она еще не проходила.

– Что надо делать? – спросила она, отведя капеллана в сторону. – Этот человек умрет?

Я прыгал за ними по земле и подслушивал, затаив дыхание.

– Этот род сотрясений, равно как и его врачевание, наукой мало изучены. Бывает, что контуженный испускает дух, не очнувшись. Или, пролежав сколько-то часов или даже дней, приходит в себя, словно ничего не случилось. Рекомендуется полный покой и неотступное наблюдение. Человек в таком состоянии иногда захлебывается рвотой или даже слюной. Лучше от больного не отходить.

– И это все?

– Нет, конечно. Главное – молиться об исцелении и уповать на волю Божью.

Я так сосредоточенно вслушивался, что не заметил, как сзади подошел Дезэссар.

– Вылечите мне этого англичанина, доктор, – сказал он, безуспешно пытаясь открыть замочек на медальоне. – Он чертовски богат. За такого гуся я могу получить пятьдесят, а то и сто тысяч!

– Я попробую. – Летиция вытирала платком кровь с лица раненого и всё внимательней вглядывалась в его черты. Кажется, лишь теперь она заметила, до чего он хорош собой. – Но не знаю, удастся ли...

Капитан схватил ее за локоть. По-моему, он уже забыл, что «мсье Эпин» на самом деле никакой не лекарь.

– А вы постарайтесь! Если он не сдохнет и я получу выкуп, пятая часть ваша.

Летиция покосилась на него.

– Я же сказал вам: сделаю, что смогу. Но если вы рассчитываете содрать такие деньги, зачем мелочиться? Верните медальон. Должно быть, он дорог этому человеку. Вот если умрет, тогда и заберете.

Дезэссар вздохнул и неохотно положил безделушку на грудь раненого.

– Пусть его перенесут в нашу каюту, – сказал отец Астольф. – Врач должен неотлучно находиться с ним рядом. А я переберусь в кубрик, к матросам.

***

– Ах, Клара, я и не знала, что мужчины бывают так красивы, – говорила мне девочка на следующее утро.

Всю ночь мы просидели над бесчувственным Греем. Несколько раз Летиция погружалась в дремоту, потом виновато вскидывалась и подносила к лицу больного фонарь – все ли в порядке. Напрасно она тревожилась. Я не спал ни мгновения. Если бы что-то случилось, я бы немедленно ее разбудил.

Корабль ночью плыл на запад, на рассвете опять зашел в какую-то укромную бухту, известную нашему бывалому штурману, и простоял там до заката.

Но это я забегаю вперед.

Рано утром, когда в открытый пушечный порт полился мягкий розоватый свет, Летиция погасила лампу и склонилась над лордом Рупертом.

Тогда-то она и произнесла вышеприведенную фразу приглушенным и, как мне показалось, несколько растерянным голосом.

Я горделиво поцокал, как будто слова были сказаны по моему адресу.

Эх, милая, а если б ты видела, каков он в бою, на капитанском мостике! Если б знала его историю, как ее знаю я!

Но и без этого знания Летиция не могла оторвать взгляда от лежащего.

– Наверное, и его суженая – писаная красавица, – печально молвила она. Немножко поколебалась, взяла медальон и, в отличие от неуклюжего Дезэссара, сразу нашла замочек.

Я заглянул поверх ее плеча и увидел то, что рассчитывал увидеть: миниатюрное изображение погибшей «Русалки». Летиция же была озадачена.

– Какой странный, – пробормотала она. – Видимо, он холост...

Тут она тихонько замурлыкала какую-то песенку и преисполнилась деловитости – затеяла обтирать больного (дал нам вчера отец Астольф такую рекомендацию).

Правда, он велел использовать для этого смоченную в спирте тряпицу, а Летиция терла грудь и плечи пленника влажной ладонью. Ее движения, вначале быстрые, становились всё медленней, так что казалось, будто она его просто гладит.

Внезапно она отдернула руку и опустила на Грее рубашку.

– Что со мной? – сказала Летиция с испугом. – Это нехорошо! Клара, это очень нехорошо! Мне это не нравится! То есть...

Она закусила губу, не договорив.

Я хорошо знаю мужчин, но женщин пока изучил недостаточно. Что тут нехорошего и что может не нравиться, я не понял.

Девочка и днем почти не отлучалась – только проведать спасенных испанцев, среди которых, по счастью, раненых не было. Пока Летиция отсутствовала, ее заменял францисканец, который довел процедуру обтирания до конца, а также искусно размял пленнику мышцы рук и ног. Жаль, Летиция не видела лорда Руперта полностью раздетым. Возможно, она избавилась бы от предубеждения относительно мужской наготы. Матросы «Ласточки», которых она пользовала, все, как на подбор, были узловатой и кривоногой плебейской породы, а тело капитана Грея напомнило мне статую олимпийца. Увы, к тому времени, когда моя питомица вернулась, пациент был уже вновь одет, а его голову обвязывал платок, пропитанный целебным бальзамом.

Предполагаю, что именно это лекарственное средство, состав которого, к сожалению, мне неизвестен, и вернуло больного в сознание.

Я упустил момент, когда это случилось.

«Ласточка» так плавно покачивалась на якоре, проникающий в каюту бриз был так свеж, что мы с Летицией оба задремали – сначала она, а за нею и я. Было это уже ближе к полудню.

Затрудняюсь сказать, долго ли я спал. Может быть, всего несколько минут. Но когда открыл глаза, пленник уже очнулся. Он обвел взглядом тесную конурку, меня на пушечном лафете, остановился на привалившейся к переборке Летиции. Брови Грея (пожалуй, слишком изящные для мужчины) приподнялись.

Я стукнул клювом по стволу орудия и подал голос, чтоб разбудить девочку. Она встрепенулась. Посмотрела на лорда Руперта, с ее уст сорвалось:

– Господи, у него еще и глаза зеленые!

Эта странная, произнесенная спросонья фраза прозвучала испуганно.

– Кто вы, мисс? – спросил больной охрипшим голосом. – Почему вы в мужском платье?

Я обомлел. Летиция тем более.

– Откуда... Как вы догадались? – пролепетала она, тоже по-английски.

Он ответил так, что я понял, а Летиция – нет:

– Я чувствую горько-сладкий вкус полынного ликера, это не мужской напиток.

Она опустилась на колени у изголовья, взяла Грея за руку и пощупала пульс.

– Вы еще не совсем пришли в себя. Это ничего, главное, что вы очнулись.

Лорд Руперт попробовал приподняться, но у него не получилось. С губ сорвался стон, голова бессильно упала на подушку.

– Что за чертовщина... Не могу пошевелиться... Я вспомнил. «Русалка» погибла. Мои люди тоже. Почему я жив? Где я?

– Вас спасло чудо, – ответила она, довольная, что речь контуженного становится более осмысленной. – Вы на французском судне.

– Франция – союзница Испании. Если моя страна воюет с испанцами, то, значит, и с вами. Я в плену?

Она кивнула.

– Это не так важно. Главное, вы живы. Благодарите Господа.

– Если я останусь парализован, то не за что. – Горькая усмешка исказила безупречную линию рта. – Где мы находимся, мисс?

Летиция слегка покраснела, но протестовать против такого обращения не стала.

– Близ какого-то маленького острова. Завтра к утру будем на Мартинике. Вы договоритесь с капитаном о выкупе, и вас освободят. А пока лежите и не пытайтесь двигаться. Я скоро вернусь. Клара, если что-нибудь случится, кричи во всё горло.

Она вышла, а пленник поглядел на меня и вдруг подмигнул.

– Здоро́во, приятель. Когда ты слетел с небес, я, признаться, вообразил, что ты – ангел смерти.

Я скромно потупил взгляд, чувствуя себя польщенным. За ангела, пускай даже смерти, меня еще никогда не принимали.

– Почему она назвала тебя «Клара», боевой товарищ?

Я слегка дернул головой – вам ли не знать женщин, милорд. Они так ненаблюдательны.

– Черт знает что, – вздохнул Грей. – На этом корабле даже попугай выдает себя за существо противоположного пола.

Несправедливое замечание вызвало у меня возглас протеста. Помилуйте, я же еще и виноват, что оказался «Кларой»?

Нашу беседу прервало появление Летиции, которая привела с собой францисканца.

– ...Да, я помню про ваш зарок, – говорила она, входя. – Но пожалуйста, ради нашей дружбы, осмотрите больного еще раз. Я не знаю, как его лечить.

Отец Астольф благословил лорда Грея. Тот учтиво поздоровался по-французски и назвал себя, опустив титул:

– Капитан Руперт Грей, к вашим услугам. Вы лекарь, святой отец? Что со мной такое? Я будто отсидел всё тело. Двинуться не могу, только мурашки по коже бегают.

Капеллан попросил его высунуть язык. Согнул-разогнул конечности, зачем-то постучал под коленной чашечкой.

– От сильного сотрясения произошло временное оцепенение мышц и суставов. Нужно всё время мять и растирать члены. Сначала вы не будете почти ничего чувствовать, потом станет больно. Это хороший признак, терпите.

– Вы научите меня, как это делать? – быстро спросила Летиция. – Буду массировать столько, сколько понадобится. Руки у меня стали сильными, вы знаете.

Судя по движению бровей, лорд Руперт был скандализирован этим предложением.

– Благодарю, мадемуазель, но я бы предпочел, чтобы это делал мужчина.

Отец Астольф удивился:

– Вы ему сказали? Но зачем?

– Ничего я ему не говорила. Он догадался сам.

– Вот как? – Капеллан испытующе посмотрел на пленника. – Сударь, никто на корабле кроме меня и капитана Дезэссара не знает этой тайны. Я вижу, что вы человек чести, поэтому объясню вам, в чем дело.

Он коротко рассказал о причинах, по которым госпоже де Дорн пришлось прибегнуть к маскараду. Грей выслушал, все время глядя на Летицию, а потом молвил:

– Тогда прошу прощения за то, что буду обращаться к вам, как к мужчине, сударыня. Если б мой корабль не погиб, я непременно доставил бы вас в Сале. Никогда еще не бывал в Марокко, хотя давно собирался. О тамошних пиратах рассказывают много интересного. И уж, поверьте, я не покинул бы барбарского берега, пока не вызволил бы вашего отца... Впрочем, в моих нынешних обстоятельствах это звучит пустым хвастовством... – кисло закончил он.

Потом отец Астольф, не слушая протестов, снова раздел больного и стал показывать, как делается растирание. Капитан Грей от злости на собственную беспомощность, искусал себе все губы, но поделать ничего не мог. Он лишь попросил, чтобы ему прикрыли «часть тела, вид которой может фраппировать даму», и смирился с неизбежностью.

– ...Сначала мышцы, вот такими продольными и круговыми движениями, чтобы ускорить кровообращение и восстановить чувствительность нервов. Потом сильнее, глубже, чтоб достать до самых мышечных корней. Затем начинайте работать над суставами. От пальцев. Согнули-разогнули, согнули-разогнули. Будет стонать – не обращайте внимания. Наоборот, усиливайте нагрузку. И время от времени протирайте уксусом.

С каким же рвением моя питомица взялась за эту тяжкую работу, едва лишь монах удалился!

Она терла, мяла, крутила и вертела конечности больного, не проявляя ни малейших признаков утомления. Через некоторое время лорд Руперт, вначале смущенно улыбавшийся, побледнел и закусил губу, на лбу у него выступила испарина. Заметив это, Летиция замерла.

– Боже, я делаю вам больно?!

– Это ничего. Святой отец ведь сказал: боль – хороший признак. Если у вас еще есть силы, продолжайте. Только говорите что-нибудь. У вас удивительный голос, он помогает мне почти так же, как ваши пальцы, такие сильные и одновременно такие нежные.

Она покраснела и снова взялась за работу.

– Я... я не знаю, о чем рассказывать. Вы капитан, вы многое повидали... А я всю жизнь провела в глуши.

– Расскажите. Я ничего не знаю про такую жизнь. И про вас ничего не знаю.

Он вскрикнул от слишком резкого ее движения и попросил за это прощения.

– Хорошо. Я буду говорить, если вас это отвлекает...

И она послушно начала рассказывать про замок Теофельс. Сначала с запинкой, подбирая слова. Потом свободнее и плавнее.

Я знал, что моя питомица никогда и ни с кем еще не говорила о себе так долго и так откровенно. С отцом? Нет. Во время нечастых своих приездов он больше говорил сам, а она слушала, затаив дыхание, о дальних странах и придворных интригах. С Беттиной? Пожалуй. Но та все время перебивала и переводила разговор на себя – как и большинство людей. Пленник же внимал рассказу Летиции с огромным интересом, а если и вставлял замечания, то такие, которые свидетельствовали о весьма неординарном складе ума.

Например, стала девочка говорить, как замечательно заживут они вдвоем с отцом, когда он вернется из марокканского плена. Пускай они даже останутся без замка и окажутся стеснены в средствах, все равно – это будет такое счастье! Переполненная чувствами, она умолкла, а Грей задумчиво произнес:

– Вы очень одиноки. И всегда были одиноки. Я тоже. Но вас одиночество гнетет, а меня радует. Нет ничего лучше на свете, чем любить одиночество. Поверьте мне, ибо я старше и опытнее вас. Если владеешь искусством одиночества, это делает тебя сильным, свободным и бесстрашным.

Меня поразила не сама мысль, а то, что ее высказывает человек, образ жизни которого не должен



12 Сокол и Ласточка

располагать к рефлексии. Военачальники, капитаны, всякого рода предводители – одним словом, люди действия и быстрых решений – редко пытаются осмыслить мотивы своих поступков. Пожалуй, единственное исключение – император Марк Аврелий, а больше никого и не припомню.

– А как же... любовь? – спросила Летиция.

У лорда Руперта нашелся ответ и на это:

– Любовь – это незащищенность, уязвимость, несвобода и постоянный страх за того, кого любишь и кого можешь лишиться. Я много размышлял о том, что это за штука такая – любовь. И, кажется, понял.

– Что же это за штука?

– Любовь необходима тому, кто чувствует, что его сосуд неполон. Тогда человек начинает искать, чем, а вернее кем заполнить эту пустоту. Но разве не лучше наполнить свой сосуд самому, стать самодостаточным, свободным – и не нуждающимся в любви?

Я пометил себе, что нужно будет на досуге обдумать этот аргумент в пользу одиночества, и стал слушать их беседу дальше.

Приведу еще одно высказывание капитана Грея. Оно, пожалуй, поразило меня больше всего.

Когда Летиция, сгибая и разгибая пальцы на его руке, рассказывала о детстве, он заметил:

– Слушаю вас, и сердце сжимается от жалости.

Она ужасно удивилась, потому что, желая его развеселить, говорила про смешное – в какие игры играл с нею отец.

– Почему?!

Насупившись, он сказал:

– Вы любите своего отца гораздо больше, чем он того заслуживает. Не обижайтесь, я человек прямой. Говорю, что думаю. Ваши поступки – всегда, в любой ситуации – были вызваны стремлением завоевать его любовь. Вами владеет одна страсть: добиться, чтобы приязнь отца к вам была не прохладно-снисходительной, а такой же живой и горячей, как ваша любовь. Всю жизнь вы доказываете ему, что достойны этого. Из-за этого учились скакать через препятствия, стрелять, фехтовать. Вы ведь и теперь проявляете чудеса храбрости и самоотверженности по той же причине. А только не надо ничего никому доказывать. Вы никому ничего не должны. Кроме самой себя.

Как же она была возмущена его словами! Как горячо опровергала их! Даже расплакалась. Но растирание не прекратила.

Лорд Руперт и сам понял, что наговорил лишнего. Горячо попросил прощения, и в конце концов получил его – «но только из-за снисхождения к его болезненному состоянию».

Он выбился из сил раньше, чем массажистка. Мне кажется, Летиция могла бы растирать его сколь угодно долго и не устала бы. Но когда ресницы пленника сомкнулись, а дыхание стало ровным, она осторожно убрала руки.

Стоило ей умолкнуть, как он беспокойно дернулся и застонал. Она заговорила снова – успокоился.

Тогда девочка поняла, что звук ее голоса в самом деле действует на больного благотворно, и больше уже не умолкала. Лишь стала говорить тише и перешла на швабский.

Поскольку рядом никого больше не было, обращалась она ко мне.

– Клара, а что, если он прав? Мне часто снится, будто я бегу за отцом, кричу, а он скачет прочь и не слышит, и я падаю в жирную, черную землю... Ах, какая разница! Только бы вызволить его из плена. Только бы он был здоров.

Она еще долго говорила, нарочно стараясь не менять интонации и ритма, чтобы Грею лучше спалось. Голос у Летиции действительно убаюкивал – очень скоро я тоже начал клевать носом (то есть, собственно, клювом).

И вдруг захлопал глазами, услышав кое-что новенькое.

Начало я пропустил и навострил уши (еще одно неуместное для попугая выражение), только когда сообразил, что речь уже не об отце.

– ...Он еще и самый умный, вот что ужасно. Нет, положительно это самый лучший мужчина на свете. Если б он еще не был так вопиюще красив! Как он сказал? «Полынный ликер»? Не особенно приятный напиток... Чтобы полюбить одиночество, я должна наполнить свой сосуд этой гадостью до краев? Так можно и слипнуться. Вот если б разбавить его пряным, пенистым, сухим вином, получился бы волшебный напиток!

Каюсь, только теперь я начал догадываться: происходит что-то опасное. И виной тому я. Если б не я, зеленоглазый философ не попал бы в эту каюту и моя девочка не смотрела бы так безнадежно и грустно.

А тут, как на грех, в кубрике опять завели корабельную песню про ласточку и реющего в вышине сокола.

Летиция сердито обернулась, но крикнуть, чтоб не шумели, побоялась. Хотела выйти к матросам, но сняла руку с груди больного, и он жалобно застонал. Пришлось снова сесть.

Кажется, пение не мешало крепкому сну Грея, и девочка успокоилась.

– Вот если бы он не был так богат и красив... – вполголоса продолжила она – и не закончила фразы. – Я и так нехороша собой, а за эти недели вообще превратилась в пугало. Руки красные, в цыпках. Лицо коричневое от солнца. Губы потрескались... Да нет, всё равно ничего бы не вышло. Разве что, если он останется в параличе и ему будет нужен уход... Дура! Мерзавка! – Она ударила себя свободной рукой по губам. – Что ты несешь?!

Боже, боже, до чего же мне было жаль мою бедную девочку! Впервые в жизни я пожалел, что родился на свет птицей, а не лордом-мореплавателем с чеканным профилем и зелеными глазами. Уж я бы сумел оценить в Летиции не только сильные пальцы и убаюкивающий голос. Увы, даже самые умные из мужчин поразительно тупы.

– Клара, ты только послушай! – ахнула вдруг моя питомица. – Ведь это песня про меня! Я слышу ее будто впервые!

Чертовы матросы с душераздирающей стройностью, на два голоса, выводили припев:

*...Ни взмыть, ни прижаться к его крылу*
*Вовеки – она это знает.*
*Ведь ласточка жмется к земле, ахой!*
*А сокол высоко летает!*

И дальше – про то, как она клюет червяка, а он рассекает солнечные лучи. Про то, как она пытается взлететь, но такие высоты ей «не по крылу». Про ее горькие, безутешные слезы.

У Летиции и самой глаза были на мокром месте. Никогда не вслушивалась она в слова так напряженно. Правда и то, что еще ни разу при нас никто не спел так много куплетов этой бесконечной баллады.

Но вот, после очередного «ахой!» история несчастной ласточки, кажется, подошла к финалу.

Певцы сделали паузу, и концовку повел только один из них, тенор:

*Но вечером выпало счастье ей*
*За муки за все и терзанья...*

Слава тебе, Господи, обрадовался я. Слушай, милая, слушай! У ласточки всё закончится хорошо!

Летиция наклонилась в сторону дверного проема и приоткрыла рот – так ей хотелось не пропустить ни слова.

Но и в этот раз дослушать песню нам не довелось.

– Что расселись, лоботрясы?! – грянул в кубрике голос капитана. – Они еще поют! А ну, марш наверх, работы невпроворот!

По палубе зашлепали быстрые ноги, занавеска отдернулась, и в каюту заглянул Дезэссар.

Разбуженный криком лорд Руперт с недоумением уставился на курносую физиономию, обрамленную локонами алонжевого парика.

– Он пришел в сознание! – возликовал наш капитан, устремляя взор к потолку и крестясь. – Какое счастье!

Грей был растроган столь бурным изъявлением радости.

– Благодарю, мсье. Вы очень добры.

– Я всегда говорил, что хорошая оплата способна делать чудеса, – воскликнул Дезэссар, обращаясь к Летиции. – Как только я пообещал вам, доктор, часть выкупа, вы сразу отнеслись к лечению по-другому!

– Выкупа? – переспросил лорд Руперт. Захотел приподняться, но не смог. Тогда он придал лицу официальное выражение и столь же сухим тоном молвил. – Я догадался, кто вы, сударь – хоть вы и не представились. Вы – капитан судна, которое меня подобрало.

– Не судно подобрало вас, а я, лично я, Жан-Франсуа Дезэссар. Вы – мой персональный пленник. И я знаю, что вы лорд и что у вас денег куры не клюют!

– Не клюют, – подтвердил Грей, с любопытством разглядывая француза. – Но вы-то их, я полагаю, поклюете?

– Можете в этом не сомневаться! – Дезэссар сглотнул, сощурил глаза и, дрогнув голосом, произнес. – Сто тысяч. Да, вот именно. Сто тысяч и ни одним су меньше!

Я понял: он назвал такую огромную сумму, чтобы обозначить точку, с которой начнется торговля. Но лорд Руперт пропустил сказанное мимо ушей.

– От вас пахнет дешевым кальвадосом из гнилых яблок, сударь, – сказал он наконец.

Дезэссар удивился, понюхал свой парик.

– Почему гнилых? Я действительно выпил перед обедом стаканчик, но это очень хороший кальвадос! – Тут он рассердился. – Не морочьте мне голову! Вы согласны на мои условия или нет? Если согласны и дадите честное слово, что не попытаетесь сбежать, я оставлю вас в каюте. Но если заартачитесь – пеняйте на себя. Посажу в трюм, на цепь!

– На цепь я не хочу, – задумчиво молвил Грей, словно размышляя вслух. – Бежать в моем состоянии затруднительно... Пожалуй, я дам вам слово, капитан.

– А сто тысяч ливров?

– Получите. Если только я не передумаю и не возьму свое слово обратно. Но вы не беспокойтесь. Прежде чем покинуть корабль без вашего позволения, я непременно предупрежу вас, что уговор расторгнут.

Капитан заморгал, вникая в сказанное. Судя по выражению лица, такое согласие ему не понравилось.

– Идите к черту! Раз так, велю поместить вас под замок.

Вмешалась Летиция:

– Без свежего воздуха пациент умрет. Тем более, в цепях. Это я вам говорю как врач.

Дезэссар фыркнул:

– Тоже еще врач!

Но призадумался, а потом, очевидно, вспомнив уроки дворянских манер, вздернул подбородок и важно объявил:

– Глядите же, милорд. Я вам верю. Но помните: честь потерять легко, а вернуть невозможно.

– В свое время я пришел к такому же точно заключению, – заметил пленник, приятно удивленный. – Возможно, ваш кальвадос не такой уж гнилой, мсье.

Дернув плечом в знак того, что с него довольно глупостей, Дезэссар повернулся к выходу, но на прощанье бросил:

– А как прибудем в Форт-Рояль, часового снаружи я все-таки поставлю.

# Форт-Рояль

Мы плыли всю ночь и потом еще целый день. Воды здесь были спокойные, поэтому осторожничать стало незачем.

В вечерних сумерках «Ласточка» вошла в большую бухту, которая была защищена мощной крепостью, выстроенной на мысу. Огни небольшого города светились в глубине гавани, но якорная стоянка располагалась чуть в стороне, справа от цитадели. Там мы и встали.

Я бывал в Форт-Рояле два или три раза. Это главный опорный пункт французской короны в здешних морях. Он очень удобен для торговли и обороны, прекрасно защищен от ураганов. «Фояльцы» (так называют себя здешние обитатели) тароваты, нахрафисты и с утра до вечера ходят навеселе, причем утверждают, что к пьянству их побуждает забота о здоровье. Из-за болот, окружающих город, здесь свирепствует малярия. Ром якобы является единственным от нее спасением. Он и вправду хорош, мартиникский ром, я его ставлю даже выше ямайского. Правда и то, что ром однажды спас Форт-Рояль от уничтожения.

Это произошло во время войны с Голландией. Эскадра адмирала Рюйтера пришла сюда, чтобы захватить город. Корабли открыли пальбу по крепости, а в городе высадился десант. Но в первом же складе солдаты обнаружили бочки, от которых очень аппетитно пахло, и вместо того, чтобы идти на штурм, все как один перепились. Удивляясь, куда подевались его войска и почему они не нападают на форт с тыла, адмирал тоже приплыл в порт – и увидел, что все полторы тысячи молодцов полегли, сраженные ромом. Чертыхаясь, он велел грузить тела в лодки.

В это время в осажденной крепости проходил военный совет, на котором было решено, что дальнейшее упорство бессмысленно и надо поскорей ретироваться вглубь острова, ибо десант с минуты на минуту отрежет пути отхода. Тут в порту раздался шум и яростные крики – это солдаты Рейтера не желали, чтобы их уносили в лодки из такого чудесного местечка, где осталось еще много выпивки. Но французы вообразили, что враг идет на штурм и, побросав пушки, кинулись наутек. Они тоже были не вполне трезвы, ибо поддержание воинского духа требовало постоянной подпитки. Говорят, что многим беглецам поспешное отступление давалось с трудом, но так или иначе все достигли спасительных джунглей. Кроме одного швейцарца, который, устав от рома, проспал всю суматоху. Проснувшись на следующее утро, он очень удивился, не обнаружив вокруг ни французов, ни голландцев, и стал, таким образом, единственным триумфатором в этой уникальной баталии, которая вошла в историю под названием «Ромовое сражение».

Наши матросы собрались на палубе, по-собачьи вдыхая запахи недальнего берега, откуда ветерок доносил пряные ароматы. Все разговоры были о роме и шлюхах. Отец Астольф увещевал свою паству, напоминая о благих обещаниях и зароках, данных во время плавания. Общее мнение высказал боцман, почтительно ответивший капеллану:

– Ежели бы мы не грешили, святой отец, вы остались бы без работы и куска хлеба. Мы этого не допустим, мы вас слишком любим. Верно, ребята?

Все одобрительно загудели. Тогда раздосадованный францисканец нанес ответный удар:

– Еще неизвестно, выпустят ли вас на берег. Капитан говорил, что мы только обновим припасы, и сразу назад.

Команду охватило уныние.

Принаряженный Дезэссар, стуча по палубе тростью, спустился в шлюпку и отправился нанести обязательные визиты: антильскому генерал-губернатору, губернатору острова Мартиника, коменданту порта Форт-Рояль. Первому нужно было передать письма из метрополии, второму – предъявить корсарский патент и сдать испанских матросов, с третьим договориться о припасах.

Пока же фрегат стоял под прицелом крепостных пушек, и высаживаться на берег было нельзя. Толпа зевак собралась на причале, рассматривая корабль. Потом понемногу разошлась, а матросы всё теснились у борта, гадая, с чем прибудет капитан.

Он вернулся часа через три, когда в небе уже сияли чудесные южные звезды. На севере, даже в ясную ночь, они холодны и тусклы, словно из тьмы на тебя пялится мириад голодных крыс. Над Мартиникой же звездное небо похоже на мантию доброго волшебника, который укрыл вселенную от бурь и невзгод.

Моя девочка тоже ждала на палубе, но с целью, прямо противоположной чаяниям экипажа. Она – я знаю – хотела напомнить Дезэссару о его обещании не задерживаться в Форт-Рояле. Как только капитан поднялся по трапу, Летиция шагнула к нему, но тут из-за мачты вынырнул Гарри Логан и отодвинул ее плечом:

– Минутку, доктор. Мне нужно потолковать с ним наедине.

– Мне тоже!

Дезэссар перевел взгляд с ирландца на нее и строго сказал:

– Штурман на корабле важнее лекаря. Можете зайти ко мне позже.

– Обязательно зайду!

Кто-то из матросов, сняв шапку, спросил:

– Прощения просим, капитан, а на берег-то как?

– Бросайте жребий. Одна смена до утра, другая с утра до вечера. Но учтите, черти: кто напьется до одури – отведает линьков, – обронил он и, взяв под руку Логана, повел его в кают-компанию под троекратное «ура!» ликующей команды.

– Ах так?!

От ярости Летиция топнула ногой и двинулась вслед за Дезэссаром так быстро, что я чуть не свалился с ее плеча.

Мы встали перед запертой дверью, из-за которой еле доносились голоса. Логан шелестел что-то неразборчивое, зато капитан некоторые фразы произносил громко – их-то, собственно, мы и слышали.

«Ты у меня не отвертишься, скотина, – шептала Летиция. – Одна смена до утра, другая до вечера! Подлый обманщик! Ну я тебе покажу! Я пойду к губернатору! Я...»

Тут Дезэссар за дверью рявкнул:

– Не мог я их не отпустить! Так и до бунта недолго. К послезавтрашнему утру протрезвеют – тогда и отправимся.

«Логан на моей стороне!» – обрадовалась девочка.

Штурман опять что-то тихо сказал, и снова раздался сердитый возглас Дезэссара:

– Или оно всё еще там, или его там уже нет! Что меняет один день? Если пассат задует в правильном направлении, мы окажемся на месте через двое суток!

«Так быстро? – поразилась Летиция. – Не может быть! Здесь что-то не так...»

Вскоре ирландец вышел. Увидев лекаря, он остановился, зачем-то оглянулся на кают-компанию и еле слышно сказал:

– Эпин, дружище, пришло нам время поговорить начистоту. Я хочу сообщить вам кое-что очень важное. Но не на корабле. Едем на берег с первой шлюпкой.

Вид у штурмана был не такой, как всегда. Глаза блестели, губы подергивались, словно от нетерпения или радостного предвкушения. Я объяснил себе это тем, что Гарри ждет-не дождется встречи с любимым сыном.

Слова Логана девочка пропустила мимо ушей. Она думала только о предстоящем объяснении с Дезэссаром, поэтому лишь кивнула.

Вид у штурмана был не такой, как всегда. Глаза блестели, губы подергивались, словно от нетерпения или радостного предвкушения.

– Посиди здесь. – Летиция посадила меня на перила лестницы и вошла в кают-компанию одна.

Как бы не так! Я не собирался пропускать такой интересный разговор. Минуту спустя я уже сидел на окне, с внешней стороны – подглядывал и подслушивал.

Моя питомица стояла перед столом и размахивала перед лицом у сидящего Дезэссара пальцем:

– ...немедленных объяснений! – услышал я самую концовку ее короткой гневной речи.

Дезэссар снял парик, вытер стриженую голову обшлагом. Потом вспомнил о благородных манерах, проделал то же самое платком.

– Тут вот какая штука, сударыня, – медленно начал он. – Дело в том, что за время плавания «Ласточка» здорово обросла водорослями. Ее нужно ставить в док. Кренговать, килевать и так далее. Это займет немало времени. Поэтому у меня к вам предложение. Я на берегу поговорил с одним человеком. Это капитан барка «Счастливая камбала» из Тулона, имя его Этьен Бонэ. Очень почтенный господин, с отменной репутацией. Он согласен доставить вас в Сале и выполнить все обязательства по вашему договору с господином Лефевром. Само собой, оплату я беру на себя. Поверьте мне, так оно получится быстрей. Это честное предложение.

Я слышал про Этьена Бонэ – о нем в моряцких кругах действительно шла хорошая слава. На месте Летиции я бы обрадовался возможности расстаться с «Ласточкой» и ее не вызывающим доверия капитаном.

«Соглашайся, соглашайся!» – постучал я клювом по раме.

Оба, вздрогнув, оглянулись на меня.

– А, это ваш попугай, – пробормотал Дезэссар.

Летиция же сказала: «Кыш!», чем здорово меня обидела. Что я ей, ворона с помойки?

Девочка была вне себя от ярости. Перегнувшись через стол, она не закричала – зашипела:

– Вздумали от меня избавиться?! Как бы не так! Я пойду к губернатору! Я покажу контракт, и вам придется его выполнять! В Барбарию меня повезет «Ласточка», безо всяких отсрочек! Чистить брюхо от водорослей будете в Сен-Мало!

– Но капитан Бонэ доставит вас в Марокко на несколько дней быстрее! У него отличное быстроходное судно, только что из дока!

– Утром я буду у губернатора, – отрезала она, испепеляя его взглядом. – И вы сядете в тюрьму за мошенничество. Вот тогда я, так и быть, пересяду на вашу «камбалу». Ясно?

Дезэссар уныло вздохнул.

– Ясно... Всякий раз, когда я хочу поступить с вами по-честному, вы мне мешаете.

Фраза показалась мне довольно загадочной, но Летицию занимало только одно.

– Так мы отплываем? Когда?

– Завтра вечером, с отливом, – неохотно пробурчал капитан.

– То-то же.

Когда я присоединился к ней, она сидела на лестнице, ведущей от кают-компании на квартердек, и всхлипывала.

– А, Клара... Прости, что я на тебя так... Как же мне стыдно!

«Не стоит расстраиваться из-за пустяков, между близкими существами всякое бывает», – мысленно сказал я, положив крыло на ее плечо.

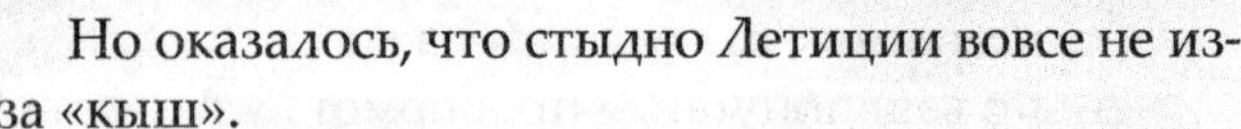

Но оказалось, что стыдно Летиции вовсе не из-за «кыш».

– Я скверная, скверная! – прошептала она. – Надо было соглашаться... Я предала отца из-за... из-за него.

Я не сразу сообразил, кого она имеет в виду. И присвистнул – это я умею. Ах, вот оно что... Она не хочет бросать Грея. Неужели всё так серьезно?

Сверху раздался стук каблуков. Летиция быстро вытерла глаза и поднялась.

Это был Логан.

– Эпин, вы готовы? Шлюпка ждет. Не сомневайтесь, разговор у нас с вами будет очень, очень интересный.

– Что? Да-да, мне надо на берег. Я должна купить для своего пациента кое-какие лекарства. Только, боюсь, аптека сейчас закрыта.

Он весело воскликнул:

– В Фояле всегда всё открыто. Этот город не умеет спать. За мной, дружище!

Пока мы плыли к берегу по черной воде, на которой плясали огоньки, Логан, приобняв мою питомицу, тихо говорил ей что-то приязненное. Ветер уносил слова, а я сидел на другом плече и половины не слышал.

– ...Сразу расположился к вам всей душой... Полный корабль болванов, один вы похожи на человека... – доносились до меня куски фраз. – На борту столько чужих ушей... Отличное местечко для беседы по душам... В рубашке родились, дружище!

Когда мы приблизились к причалу, и берег прикрыл нас от ветра, стало слышно лучше, но Логан уже говорил о другом.

– Однако сначала соберу урожай. Год назад я оставил здесь трех беременных баб. Надеюсь, все разрешились благополучно. Мне очень нужно получить от Господа кредит.

Он выскочил из лодки первым. Летиция еле за ним поспевала, а мне пришлось передвигаться самостоятельно – я полетел над головой у девочки, по временам поднимаясь выше, чтобы посмотреть на славный город Форт-Рояль, где я давненько не бывал.

В Европе поселение такого размера назвали бы деревней, но для Вест-Индии порт был вполне солидным. Домишки, конечно, так себе – по большей части дощатые, сколоченные наспех. Зато здесь имелась крепкая цитадель, а вдоль берега тесно стояли огромные склады, заполненные сахарным тростником, бочками с ромом, ящиками конфитюра и другими товарами, которые плывут отсюда в Старый Свет.

Но Логан вел нас прочь от моря, уверенно лавируя по кривым улочкам, мимо освещенных домов, откуда доносились пьяные крики. Даже в Сан-Мало нет такого количества кабачков, таверн и пивных. И уж во всяком случае, они не так забиты публикой. А все дело в том, что из-за войны на Мартинике застряло множество купеческих кораблей; капитаны не решились выйти в море из боязни стать добычей английских корсаров. Вот уже который месяц экипажи торчали в Форт-Рояле, понемногу спиваясь. В таких случаях съестные лавки, питейные заведения и публичные дома обслуживают клиентов в долг, открывая судну кредит. Свара между монархами может длиться долгие годы, и неизвестно, будут ли векселя когда-нибудь оплачены, но выхода у коммерсантов нет –

иначе провизия сгниет, ром прокиснет, а шлюхи разбегутся. От войны всем одни убытки.

Первый визит Логана закончился скандалом. Из маленького домишки, притулившегося к земляному валу, что защищал городок с суши, выглянула полуодетая баба вдвое толще субтильного ирландца, он о чем-то с нею пошептался и вдруг влепил ей звонкую оплеуху. Баба толкнула обидчика в грудь, отчего Гарри кубарем полетел с крылечка, растянулся на земле и в ярости взвизгнул:

– Сука! Стерва! Ты будешь гореть в аду!

Женщина с плачем скрылась в доме, а штурман, поднимаясь, горько пожаловался:

– Гадина, она вытравила плод! Убила моего ребенка! Это худшее преступление перед Богом!

Потом мы направились, если не ошибаюсь, к Капуцинскому бастиону, возле которого обитала какая-то Лулу. Дама оказалась не одна. На стук из окошка высунулись две головы, причем одна с преогромными усами.

– Прошу извинения за беспокойство, – вежливо молвил Логан. – Здравствуй, малютка Лулу. Помнишь, я обещал тебе подарок, если ты коечто для меня сделаешь? Ты родила?

– Еще в ноябре, – ответила ему высокая, костлявая мулатка, нисколько не удивившись ночному визитеру. – Вылитый ты. Давай золотые серьги.

– Сначала покажи ребенка.

Ему сунули запеленутый сверток, и Гарри, потребовав фонарь, внимательно осмотрел младенца.

– Ты еще бóльшая шлюха, чем я думал! – воскликнул он и топнул ногой. – Никаких серег не получишь!

– Эй, полегче с моей подружкой! – сказала из окна усатая голова, наблюдавшая за событиями с нескрываемым неудовольствием.

Тогда Логан, развернувшись, двинул заступника фонарем по лбу. Стекло разлетелось вдребезги, по лицу бедняги полилось горящее масло.

– Мои усы! А-а! – заорал он, отшатываясь.

Заверещала и мулатка. Штурман плюхнул ребенка на подоконник – и к хору присоединился детский писк.

– Что вы делаете?! – вскрикнула Летиция.

– Идемте, друг мой. – Логан понуро зашагал со двора. – Это не мой ребенок, меня не обдуришь. У моих, даже если это негритенок, в волосах обязательно есть рыжина, а на ушах веснушки – как у меня.

– Разве у негров бывают веснушки?

– У моих – обязательно. О, женщины, женщины! Дураком будет тот, кто им поверит. Я прошу прощения, дружище Эпин, за этот взрыв негодования. К тому же я, кажется, нанес увечье ни в чем не повинному человеку? – Он оглянулся на дом, откуда всё неслись вопли – словно собирался вернуться и принести извинения. – А-а, всё равно. Идемте, приятель. Остается еще одна надежда...

И мы двинулись дальше.

По третьему адресу нам, наконец, повезло. Ленивая заспанная девка в холщовой рубахе предъявила штурману двойню, а заодно уж покормила крошек. Пока они сосали ее здоровенные груди, Логан произвел осмотр. Не знаю, как он сумел в полумраке разглядеть веснушки на крошечных ушках двух малюток (волосы на их головенках еще не выросли), но остался доволен. Вручил родительнице золотые серьги, да еще мониста в придачу. Поцеловал в щеку, назвал умницей и пошел к двери.

– Не хочешь узнать, как их зовут? – спросила кормящая мать, разглядывая подарки.

– Господь знает Своих сыновей, а мне незачем.

– Это дочери.

Он пожал плечами – ему было все едино. Сомневаюсь, что дочки когда-либо увидят своего папашу вновь.

– Я богач! – говорил Гарри, чуть не приплясывая. – Две живых души. Это значит, я не только расквитался, но дал Всевышнему очко вперед. Он мой должник!

– Куда мы идем теперь? – спросила Летиция, которой надоело болтаться по темным закоулкам. – Мне нужна аптека.

– Пора проведать моего сорванца Джереми. Папуся так по нему соскучился! – Голос штурмана дрогнул. – Это близко, пять минут.

Дом, к которому он привел нас теперь, был наряднее предыдущих. Стены его были выкрашены белой краской, к фасаду примыкала терраса с резными перильцами.

– Я забочусь о моем Джереми. Уезжал – оставил сотню ливров. И потом из Бордо с одним приятелем передал, – похвастался Логан и заорал: – Эй, Нана, просыпайся! Это я!

От крика из-за соседнего угла шмыгнула напуганная кошка. И что-то еще там шевельнулось. Я отлично вижу в темноте, поэтому различил контур человека. Голова его была обвязана платком, в ухе блеснула серьга, челюсти сосредоточенно работали, пережевывая табак. Мне этот субъект не понравился. Почему он прячется? В таком городе, как Форт-Рояль, да еще в нынешние тощие времена, запросто могут прирезать из-за кошелька и даже пары хороших башмаков, а мои спутники по местным меркам выглядели богатеями: оба в париках, в добротной одежде.

Я издал предостерегающий клекот, и Летиция обернулась, но подозрительный тип повернулся и быстрым шагом, почти бегом удалился, туда ему и дорога.

– Джеми, детка, твой папуся вернулся! – заорала из окна круглолицая негритянка. – Папуся привез тебе гостинцев, вставай!

Нана выкатилась на террасу, низенькая и круглая, очень похожая на тыкву. Обхватила ирландца в объятья, но он нетерпеливо высвободился – и поскорей вошел в дом. Мы с Летицией остались снаружи, наблюдали семейную сцену через открытое окно.

Встреча отца с любимым чадом была бурной, но недолгой. Гарри вытащил из постельки пухлого бутуза с кожей цвета какао и огненно-рыжими кудрявыми волосами. Мальчонке был, наверное, годик или чуть больше. Штурман тряс его, целовал, а ребенок вел себя так, как всякий нормальный младенец, разбуженный среди ночи – испуганно орал и сучил ножками.

– Ты мой маленький талисман! – всхлипывал сентиментальный ирландец, не обращая внимания на вопли сына. – Всё, что делает папуся, он делает ради тебя! Скоро ты будешь спать в золотой колыбельке и кушать с золотых тарелок!

– У него уже два зуба есть, – сообщила в этой связи Нана, что вызвало у родителя новый взрыв восторга.

Зубы были предъявлены и любовно осмотрены. На этом встреча, собственно, закончилась.

Логан сунул малыша матери и стукнул ее кулаком в ухо.

Она покачнулась. Без особенного удивления, во всяком случае без обиды поинтересовалась:

– За что это ты меня ударил, Гарри?

– Чтоб берегла моего сынишку, как зеницу ока. Если с ним что случится, ты знаешь, что я с тобой сделаю.

– Знаю, – вздохнула она. – Только зря ты такое говоришь. Уж я ли...

– Ладно, Нана, заткнись. Это тебе. – Он кинул на стол кошелек. – Скоро я вернусь, и тогда мы заживем по-другому.

На улице Летиция спросила:

– Мальчуган, конечно, очень славный, но почему из всех своих детей вы отличаете именно его?

– Потому что он принесет мне удачу. – Гарри подмигнул. – А теперь, Эпин, мы с вами пойдем в одну славную таверну, где нам за полдуката дадут комнатку под крышей. Ни один пес не сможет нас там подслушать.

– Мне нужно в аптеку.

– Потом сходите. Если такие мелочи еще будут вас интересовать после нашего разговорца. Аптека старого Люка на главной площади, слева от церкви. Можно звонить в любое время суток, он привык. Ночью туда частенько приползают те, кому попортили шкуру в какой-нибудь потасовке.

– Тогда я предпочел бы заглянуть к мсье Люку прямо...

В отличие от Летиции, меня очень интересовало, что́ за важную беседу собирается провести с нами Логан. Поэтому я летел совсем низко над ними и не смотрел по сторонам. Только этим можно объяснить, что я прошляпил опасность. Как говорят в таких случаях самураи, прежде чем совершить харакири: «Мне нет прощения».

Единственным оправданием мне может служить то, что переулок, в котором это произошло, был совсем не освещен. Если б не луна и звезды, темноту без преувеличения следовало бы назвать кромешной.

Из мрака с быстротой хищников, бросающихся на добычу, выскочили три тени.

Один человек сзади накинулся на Летицию, обхватил за плечи и приставил к горлу нож. Еще двое взяли под руки штурмана.

– Поверни-ка его мордой к луне, – донесся хриплый голос, говоривший по-английски. Логану рывком запрокинули голову. – Это он! Я не ошибся!

Первое оцепенение, естественное при таких обстоятельствах, миновало. Я приготовился к драке. У меня большой, исключительно крепкий клюв. Я никогда не пробовал, можно ли им пробить человеческий висок, но теперь готов был попытаться. Я мирный попугай, принципиальный враг всяческого насилия; я люблю людей – но моя питомица мне дороже принципов и всего человечества вместе взятого.

Я ринулся вниз, целя противнику чуть выше уха. Не знаю, удалось бы мне его убить или только оглушить. От знакомства с моим клювом разбойника спасло то, что как раз в этот миг он сказал:

– Стой тихо, парень, и тебе ничего не будет. Нам нужен не ты.

Я осуществил выход из крутого пике прямо над головой грабителя. Он так и не понял, что над ним прошуршала крыльями не случайная ночная птица, а, возможно, сама смерть.

Я уже говорил, что вижу в темноте гораздо лучше, чем люди. Не упуская из поля зрения негодяя, державшего Летицию (он был в потрепанном шотландском берете), я рассмотрел остальных.

Один был широкоплечий, с лысой или наголо бритой башкой – она слегка поблескивала в лунном свете. Другой, хриплоголосый, показался мне похожим на подозрительного субъекта, что прятался около дома Наны.

Моя догадка тут же подтвердилась.

– Я говорил вам: рано или поздно Гарри заявится проведать своего ублюдка! – ликовал хриплый, размахивая перед носом у штурмана пистолетом.

– Ты головаст, Джим, – сказал лысый, держа Логана сзади за руки. – Ну что, рыжая крыса, поговорим?

– Охотно, Тыква, – ответил Гарри, который, надо отдать ему должное, не потерял присутствия духа. – Я готов ответить на любые вопросы. Только... – и он проговорил что-то очень тихо – я не разобрал.

Не расслышал и Джим.

– Что-что?

Он наклонился вперед, и Логан внезапно боднул его лбом в нос – очень сильно, так что хриплый бухнулся задом наземь. Одновременно проворный ирландец каблуком лягнул Тыкву по ноге, высвободился и отскочил в сторону. В руке его, лязгнув клинком по ножнам, блеснула сабля.

– Ах, ты так?!

Лысый тоже обнажил оружие, сталь зазвенела о сталь. Джим, держась за раскрашенный нос, целил в Логана из пистолета, но юркий ирландец

ни мгновения не стоял на месте. Он делал обманные движения, приседал, крутился вокруг собственной оси.

Тот, что держал Летицию, предупредил:

– Не вздумай рыпаться. Сейчас твоего дружка угомонят.

Выстрел наконец грянул. Джим метил штурману в спину, но тот – будто у него на затылке были глаза – как раз присел, и пуля угодила в грудь Тыкве. Сабля вылетела из пальцев бедняги и задела острием левую руку ирландца. Чертыхнувшись, Гарри схватился за раненое место, лысый же с жалобным стоном упал навзничь.

Джим отбросил свое разряженное оружие и наскочил на Логана с длинным тесаком, однако штурман уже оправился от удара. Он отбил довольно неуклюжий рубящий удар, сделал выпад – широкий клинок пронзил нападающего насквозь.

Увидев, что дело приняло паршивый оборот, третий бандит (его имени я так и не узнал), оттолкнул Летицию и бросился бежать.

– Держите его, Эпин! Не дайте уйти! – крикнул Логан, пускаясь вдогонку.

Но от моей девочки было мало проку. Она стояла, вся дрожа. Вряд ли кто-нибудь посмел бы ее осудить за слабость. Нападение произошло так внезапно, а схватка была такой короткой и кровавой, что даже мужчина неробкого десятка растерялся бы – особенно, если не имеет привычки к потасовкам. Ведь и мне, старому морскому бродяге, всякое повидавшему на своем веку, понадобилось несколько секунд, чтоб взять себя в руки. То есть, в когти.

– Не уйдешь! – Гарри вытащил откуда-то из-под кафтана пистолет, взвел курок и выпалил.

Всплеснув руками, шотландец рухнул. Судя по тому, что с него слетел берет, а также по характерному хрусту, пуля угодила прямо в затылок.

– Убит! – горестно вскричал Гарри, наклоняясь над телом. – Наповал! А ведь я целил в лопатку!

Он подбежал к Джиму.

– И этот издох! Какое горе!

Повернулся к подстреленному Тыкве – и быстро объявил:

– Этого я на себя не записываю. Я тут ни при чем, – сварливо сказал штурман, задрав голову к небу. – Пулю послал не я!

Я догадался, что он объясняется со Всевышним.

– Несчастный я человек. – Гарри был безутешен. – Это жестоко! Только что я был в плюсе, и вот снова в минусе. Проклятые болваны! Они не оставили мне выхода... Да еще руку поранили. Перевяжите меня, Эпин. Я истекаю кровью!

Еще не справившись с дрожью, Летиция задрала ему рукав. Рана оказалась неглубокой, но ирландец всё жаловался:

– Мне больно! А для дела понадобятся обе руки!

– Какого дела?

– Того, о котором я хочу вам рассказать. Но теперь разговор откладывается. Две смерти – дурное предзнаменование. Я не могу сразу вернуть Ему долг, но, по крайней мере, обязан сделать первый шаг. Прощайте, Эпин! Потолкуем завтра.

Он рысцой побежал по переулку, придерживая перевязанную руку.

– Куда вы?

– В бордель! Я должен посеять новые семена! Ведь урожай будет только через девять месяцев!

О, люди, как же вы смешны с вашими нелепыми верованиями и суевериями! Гарри Логан из вас – еще не самый нелепый.

## Что-то начинает проясняться, а что-то еще больше запутывается

Ирландец убежал «сеять семена», а мы остались в темном переулке, в окружении бездыханных тел.

Одно из них, впрочем, еще подавало признаки жизни. Лысый разбойник по прозвищу Тыква, которого Гарри отказался учитывать в своих деликатных взаимоотношениях с Господом, шевелился и жалобно стонал.

Должно быть, вспомнив о своих лекарских обязанностях, а может быть, просто из сострадания, Летиция приблизилась к раненому.

– Ничего не вижу, – пробормотала она. – Нужно перетащить его на открытое место...

Взяла под мышки и оттащила к углу, где тень от домов не закрывала луны. Тыква хрипел: «Оставь меня... Больно! Будь ты проклят...», но Летиция не обращала внимания на его жалобы.

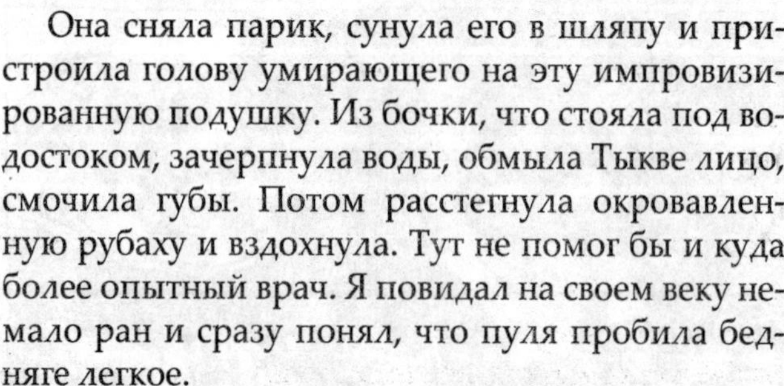

Она сняла парик, сунула его в шляпу и пристроила голову умирающего на эту импровизированную подушку. Из бочки, что стояла под водостоком, зачерпнула воды, обмыла Тыкве лицо, смочила губы. Потом расстегнула окровавленную рубаху и вздохнула. Тут не помог бы и куда более опытный врач. Я повидал на своем веку немало ран и сразу понял, что пуля пробила бедняге легкое.

– Мне конец, – сипел Тыква. – Дай мне глоток рома. Ради Бога! Дай... У Джима за пазухой всегда есть фляга...

Летиция сходила за ромом. Приподняв раненому голову, дала выпить.

Тыква жадно забулькал и не остановился, пока фляга (между прочим, сделанная из маленькой тыквы) не опустела. Огненный ром натворил на свете немало бед, но в данном случае его действие было благотворно или, во всяком случае, милосердно.

Бандит (а я всё еще полагал, что мистер Тыква – разбойник с большой дороги) перестал стонать и корчиться.

– Хорошо... – сказал он почти спокойным голосом. – Я не могу пошевелиться, от ног поднимается холод. Скоро я подохну. Но сейчас мне хорошо. Спасибо тебе, парень, что помог мне в мой смертный час. Не уходи, а? Побудь со мной до конца. А за это я дам тебе добрый совет.

– Ты лучше молчи, из тебя уйдут последние силы.

Тот качнул головой:

– Минутой раньше, минутой позже... Совет вот какой. Не связывайся с рыжим дьяволом. Он попользуется тобой, а потом воткнет нож в спину.

По тебе видно, что ты славный парнишка, из хорошей семьи. Не верь Логану! Он поманил тебя сокровищами Сан-Диего, я знаю. Но учти: Гарри ничего не делает просто так.

– О каком сокровище ты говоришь? – спросила Летиция.

А я сразу вспомнил рассказ о Невезучем Корсаре и его пропавшем корабле.

– Гарри не говорил тебе о сокровище капитана Пратта? Тогда тем более. Я не хочу унести эту тайну в могилу. Пусть все знают, все... Пока у меня еще есть силы, слушай. Это будет мой прощальный подарок конопатому мерзавцу...

Тыква оскалил редкие зубы, но вместо смеха из горла вырвался стон.

– У шотландца Хью в сапоге должна быть фляжка из черепахового панцыря. Может, там еще что-то осталось? Мне нужно подкрепиться. Прежде чем сдохну, я должен тебе всё рассказать. А ты труби об этом повсюду...

Он осушил и вторую емкость, после чего заговорил быстрее. В этом оживлении я увидел несомненные признаки близящейся агонии.

– Слушай же. Шли мы из Сан-Диего, радовались добыче. Такого богатства не доставалось еще никому. Двадцать сундуков золота и серебра! Я думал, куплю на свою долю кабак или даже гостиницу, женюсь, буду жить припеваючи... А Мордатый Джим, он у нас был самый башковитый, говорит: «Всё себе заберем. Тогда, говорит, ты себе не кабак – дворец купишь». Ребята слушают, сомневаются. Сундуки-то все у нас, на «Бешеном», это правда. Но сзади еще два корабля... Тут вдруг буря, страшенная. Раскидала всю эскадру. Наш фрегат сел на мель возле какого-то паршивого

Такого богатства не доставалось еще никому. Двадцать сундуков золота и серебра!!

островка. Логан знает, что это за остров. Гарри, он был у Пратта штурманом... Как ураган прошел, стали мы корабль с мели тянуть. Мордатый Джим опять за свое: Бог, говорит, нам помог. Дураки будем, если упустим свою удачу. Ну и уговорил. Вышли мы на палубу, все семьдесят семь душ. Вот так – мы, на той стороне – только Пратт с Логаном, да лейтенант Брикс. А все равно страшно. Пратт, чертяка клешастый, на расправу короток был. И ничего никогда не боялся. Поэтому кричим хором, как сговорились: «Подымай, капитан, черный флаг! Не желаем больше служить королю!» Он, конечно, за саблю и на нас – хотел рубиться. Но Логан его за пояс ухватил, зашептал что-то. Мы ждем. Заранее меж собой сговорились, что не отступимся. Коли Пратт хочет быть нашим капитаном – его воля, а заартачится – конец ему. Послушался Пратт хитрого ирландца. Это мы потом только поняли, что Гарри насоветовал нас обдурить, а тогда обрадовались. Когда капитан сказал, что будь, мол, по-нашему, «гип-гип-ура» кричали и шапки кидали. Потому что с таким вожаком всё нипочем. Опять же никто из нас навигации не знал, карту читать не умел... А Джереми говорит: «Давайте добычу на острове спрячем. Нечего нам такое сокровище по морю возить. Корабль у нас ядрами пробитый, бурей потрепанный, в трюме течь. Не дай Бог потонет. Пойдем на Тортугу, купим там новое судно, а после вернемся». Выбрали мы десять человек, кому можно доверять. И высадились они вместе с Праттом и Логаном на берег... Что рома-то, нет больше?

Тыква высосал из обеих фляг последние капли. Это его немного подкрепило.

– Сундуки погрузили в шлюпки, полдня перевозили на берег. Там мели, близко к острову не подойдешь... Ждали мы их пять суток, на якоре. Но вернулись только Пратт и Логан. Беда, говорят. На нас дикари напали. Всех поубивали, мы насилу ноги унесли. Вот гады! Ясное дело – поубивали наших товарищей, а добычу спрятали! Хотели мы связать их, да подвергнуть пытке, но не тут-то было. Пратт здоровенный, с полдюжины ребят поубивал-покалечил. Гарри тоже ловок, как вьюн. Да еще лейтенант Брикс им помог. Лейтенанту, правда, Мордатый Джим кишки выпустил...

Силы Тыквы были на исходе. Он говорил еле слышно, и Летиции пришлось наклониться к самым его губам. Я прыгал по земле, взволнованный рассказом.

– Что было дальше? – спросила девочка.

– ...Мы бы с ними справились, но сумасшедший Пратт залез в пороховой погреб, заперся там и кричит: «Подорву корабль к чертовой матери!» И Логан с ним тоже был... Спустите нам парусный бот, говорит, а сами все идите в трюм. Дайте нам уплыть, потом делайте, что хотите. Ну, мы посовещались. Джим говорит: пускай плывут. Мы их на корабле догоним, никуда не денутся... Сделали мы всё, как велел Пратт (а придумал Гарри, это наверняка). Приготовили бот, сами спустились в трюм. Наверху что-то погрохотало. Джим говорит: пора, ребята, вперед! Мы кинулись по лестнице, а люк открыть не можем. Пратт, дьявол двужильный, сверху две палубные пушки прикатил. Сколько мы ни бились, никак не вылезти. Пришлось топором через две переборки прорубаться. Пока выбрались, бота и след простыл... Несколько дней рыскали мы наугад по морю, ну и налетели на риф

Пратт, дьявол двужильный, сверху две палубные пушки прикатил. Сколько мы ни бились, никак не вылезти недалеко от Мартиники. Все кроме Джима, меня и шотландца Хью потопли... Два дня нас на обломке мачты по волнам носило. Потом рыбаки подобрали, привезли в Фояль. И говорят нам: был тут третьего дня Гарри. Один. Сказал всем, что корабль погиб, а капитана Пратта акулы сожрали. Сел Логан, подлый убийца, на французский бриг и уплыл невесть куда... Джим говорит: баба у него тут с ублюдком. Рано или поздно Гарри к ним вернется. И отведет нас к сокровищу Сан-Диего. Будем караулить, ребята... Сколько мы за этот год набедовались, ожидаючи... За то, что мы британцы, чуть в тюрьму нас не посадили. Но мы сказали, что мы больше не подданные короля Вильгельма, а вольные флибустьеры. Отпустили... Чтоб с голоду не подохнуть, чего только не делали. Даже на большую дорогу выходили. Мы с Шотландцем уже отчаялись. Один Джим верил. И вот сегодня...

Не договорив, не вскрикнув, даже не захрипев, Тыква вдруг откинул голову назад и умолк на полуслове. Он был мертв.

Летиция прикрыла ему глаза и стала читать отходную:

– «Иисус милосердный, возлюбленный души, молю Тебя ради мучений Твоего наисвятейшего сердца, ради печалей пречистой матери Твоей, обмой драгоценной Твоею кровью грешников земных, кто ныне страдает и умрет...»

А я потратил время с большей пользой: начал сопоставлять факты. И многое мне открылось – будто раздвинулись шторы, и в темную комнату хлынул свет.

Ах, ах, ах! – закудахтал я почти по-куриному. Да перестань же ты молиться, глупая девчонка! Шевели мозгами!

Летиция оборвала молитву на полуслове, схватилась за голову.

– Господи, Клара, так вот в чем дело! – пролепетала моя питомица. – Какая же я дура! Дезэссар в сговоре с Логаном! Они и не собирались плыть в Сале! Ирландец уговорил капитана взять курс на Карибы, чтобы забрать сокровища английского корсара! Неужели такое возможно?

«Вспомни, как зовут любимого сынишку Логана! – клекотал я. – Неспроста Гарри сказал, что малыш принесет ему удачу! Должно быть, мальчуган появился на свет чуть раньше или чуть позже смерти Джереми Пратта, и суеверный штурман назвал сына в честь капитана, которого отправил на тот свет! Произвел «торговый обмен» с Господом – жизнь за жизнь.

– ...Но почему Логану понадобилось искать корабль в Европе, на другом конце света? Он мог бы сговориться с каким-нибудь корсарским или даже пиратским капитаном прямо здесь, в Вест-Индии?

У меня был ответ и на это. Обращаться к пиратам Гарри не рискнул. Головорезы из «Берегового Братства» забрали бы всю добычу себе – ведь они не признают никаких законов. Привлечь английского корсара Логан не решился, ибо похищенное сокровище является собственностью короля Вильгельма. Любой британец предпочел бы отдать добычу короне, получив взамен законную треть, славу и рыцарское звание впридачу. Поэтому Гарри и отправился в Сен-Мало, столицу французских корсаров, враждебных Англии. Уверен, что Логан нарочно выбрал в напарники именно Дезэссара, никогда прежде не бывавшего в вест-индских водах: капитан вынужден во всем полагаться на опыт и знания своего штурмана.

Но напрасно поглядывал я на Летицию снисходительно, гордясь своей проницательностью. Девочка припомнила кое-что, выскочившее у меня из памяти.

– Папаша Пом не сам упал с лестницы! Это Логан его столкнул! Ему надо было занять место штурмана. Наверное, они заранее договорились с Дезэссаром. Какая гнусность!

Она распрямилась, надела парик, шляпу.

– Садись мне на плечо! Нужно его найти!

«Кого? Зачем?» – встревожился я.

– Не ори. Нужно разыскать Логана. Я больше не желаю быть дурой, которую водят за нос!

Я не был уверен, что это хорошая мысль. Ирландец – человек опасный. Если почувствует угрозу, «одолжится» у Господа еще на одну душу – потом лишний раз в бордель сходит.

Демонстративно растопырив крылья, я запрыгал по земле в сторону, противоположную той, куда давеча убежал Гарри.

– Ты боишься? – укорила меня девочка. – Зря. Я не подам вида, будто что-то знаю. Лишь послушаю, о чем он так жаждал со мной поговорить. А там уж решу.

Я понимаю, что говорила она не со мной, а просто составляла вслух план действий. Но все равно было приятно.

«Мудро, мудро», – пророкотал я.

Взлетел ей на плечо, и мы отправились на поиски Гарри Логана.

***

Летиция бросилась к первому же встречному с вопросом: где тут бордель?

Первым встречным, вернее встречной, оказалась дородная креолка с сатиновым тюрбаном на голове.

– Бедняжка, как тебе невтерпеж, – ответила она, по-матерински поцокав языком. – Поди, только с корабля? Зачем деньги зря тратить? Пойдем со мной. Я такого молоденького даром приголублю.

– Мне нужно в публичный дом! Где он? – нетерпеливо выкрикнула Летиция.

Креолка была оскорблена в лучших чувствах и разразилась всякими выражениями, повторять которые не имеет смысла. Не узнав того, что хотела, моя питомица побежала дальше.

Наученная опытом, она миновала еще двух представительниц того же пола (и, судя по виду, той же профессии), ни о чем их не спросив. Зато первый же попавшийся нам мужчина, хоть и нетвердо держался на ногах, сразу предоставил все нужные сведения:

– Тебе который бордель? У нас в Фояле их три.

– Самый лучший, – подумав, ответила девочка.

Я бы сказал то же самое – для столь ответственного «посева» Гарри Логан скряжничать не станет.

– Дело вкуса, – обстоятельно стал объяснять прохожий. – Кому что нравится. Лично я предпочитаю «Треугольную шляпу», там девчонки веселые. Кто любит музыку, ходит в «Пьяный марабу» – у них и скрипка, и волынка, и бубен. Но самый большой выбор и самые высокие цены, конечно, в «Бутончике».

– Тогда мне в «Бутончик».

– Иди направо, потом налево. Сразу за городской тюрьмой увидишь. И услышишь.

«Бутончик» мы услышали еще раньше, чем увидели. Крики, свист и нестройное пение помогли нам не пропустить нужный поворот.

Двухэтажный дом с длинным балконом был ярко освещен, над гостеприимно распахнутыми дверями висел фонарь в виде нераспустившейся розы.

Как обычно в заведениях этого сорта, внизу располагалась харчевня, где пили, ели, веселились беззаботные грешники. У входа – верный признак респектабельности – Летиции предложили сдать оружие. Сабли или шпаги у нее не было, а про спрятанный в кармане пистолет она благоразумно умолчала. Однако на стойке, среди холодного и горячего оружия, мы заметили саблю Логана на кожаной, прошитой золотыми нитями перевязи. Ирландец здесь, мы не ошиблись!

Села моя питомица в темном закутке под лестницей. Заказала кружку сидра. Прогнала девку, которая хотела «скрасить одиночество такому милашке», и нас оставили в покое – это тоже свидетельствовало о почтенности заведения. В дешевом борделе девки настырны, как мухи.

Час, а то и два мы наблюдали за шлюхами и их кавалерами. То есть наблюдала Летиция, которой в этом грубом мире многое было внове. Я же за минувшие годы насмотрелся на притоны достаточно, и потому не столько глазел, сколько предавался любимому занятию – размышлениям.

В силу обстоятельств своей неординарной жизни я девственник и таковым, вне всякого сомнения, останусь, поэтому меня никак нельзя считать авторитетом в вопросах спаривания. Однако отстраненность не мешает (скорее даже помогает) мне смотреть на эту сторону жизни объективно, делать сравнения. Не без гордости замечу, что прелюдия к случке у нас, птиц, выглядит гораздо красивее и благороднее, чем у людей. Мы не хватаем самок за выступающие части тела, не издаем вульгарных криков, не прибегаем к грубой силе, если нам отказывают. Мы привлекаем подруг пением – в меру видовой принадлежности и таланта. Мы нежны, уважительны. У нас, попугаев, считается недопустимым оставить оплодотворенную самку без заботы, а новорожденных птенцов без пропитания. И потом, мы никогда не врем своим избранницам, как это делают двуногие. Я читал Ронсара, Шекспира и Ариосто, воспевающих романтическую любовь, после чего проникся глубоким недоверием к литературе. Что-то не встречал я галантных кавалеров, трепетных Ромео и рыцарственных Роландов. Во всяком случае среди моряков.

О чем в это время думала Летиция, я могу только догадываться. Она все время молчала, лишь один раз шепнула сама себе: «Он на свете такой один, это несомненно...» Кто, кто, кто? – спросил я, потеребив ее за рукав. Но ответа не получил.

Наконец на лестнице появился Гарри. Его провожали аж три девки, с которыми он щедро расплатился. Стараясь не хлопать крыльями, я перелетел на перила и слышал, как ирландец давал своим подружкам последние наставления:

– ...та получит сотню золотых. Слово Гарри Логана! Но только не вздумайте подсунуть мне чужого байстрюка. Своих деток я всегда отличу. А если кто из вас понесет, да вытравит плод, вырежу на лбу крест, так и знайте!

– За сто пистолей я хоть каймана выношу, – сказала одна из девушек. Остальные, кажется, были того же мнения.

Тут Гарри заметил внизу пухлую пожилую даму, одетую во все черное. По виду ее можно было бы принять за почтенную матрону, но я видел, что именно она тут всем заправляет. Вышибалы, проститутки и даже клиенты слушались ее беспрекословно. То была хозяйка «Бутончика» мадам Роза.

– Эй, тетушка, надо поговорить! – крикнул сверху штурман.

Очевидно, они были старые знакомые. Содержательница борделя улыбнулась, обнажив гниловатые зубы, и поманила ирландца в угол, где у нее стояла конторка с денежным ящиком.

Я, разумеется, немедленно занял удобную позицию – на лампе, прямо над ними, позаботившись о том, чтоб не попасться на глаза Логану. Моя питомица тоже произвела осторожный маневр. Надвинув шляпу на глаза и стараясь держаться тени, переместилась вдоль стены и спряталась за шкафом. Никто не обратил на ее странное поведение внимания. Я давно заметил, что в публичном доме вообще мало пялятся по сторонам. И посетители, и шлюхи слишком заняты немудрящей игрой, которая предшествует спариванию.

– Ну как тебе мои цыпочки, шалун? – спросила мадам Роза, потрепав Логана по веснушчатой щеке.

Он пожаловался:

– Страшны, как жабы.

– Ты не просил красавиц. Ты сказал: чтоб были посередке между месячными, когда бабе легче забрюхатеть. Таких я и выбрала. Не забудь, что ты обещал: если у какой-нибудь из них по твоей милости случится простой в работе...

– Заплачу, заплачу, – нетерпеливо оборвал штурман. – Ты лучше скажи, обдумала мое предложение?

Мадам Роза пожевала губами.

– Ты хочешь купить у меня трех черных девушек. Так?

– Да. Желательно помясистей.

– Не взять напрокат, а именно купить? – уточнила она.

– Да, да, черт бы тебя побрал! Есть товар или нет?

– Гарри Логан, ты хочешь стать моим конкурентом, – горько сказала почтенная дама. – После всего, что я для тебя сделала! Признавайся!

– Нет. Я увезу их из Фояля. Ты никогда их больше не увидишь. Клянусь. Сколько ты хочешь за трех черных толстых баб?

Переговоры перешли в деловую стадию.

– Полные девушки пользуются хорошим спросом. Чем толще, тем желанней. Я продам их тебе по весу. Пять ливров за фунт живого мяса. И делай потом с ними, что хочешь.

– Это сколько же выйдет?

Штурман выглядел озадаченным.

– Считай сам. Во мне сто пятьдесят фунтов. Значит, я бы обошлась тебе в семьсот пятьдесят монет.

Она захихикала, а Гарри почесал затылок.

– Если на вес, беру тощих. Но тогда не по пять ливров, а по три.

Минут десять они торговались. Гарри требовал скидки за старую дружбу и оптовую покупку. В конечном итоге сошлись на полутора тысячах, поплевали на ладони и скрепили сделку рукопожатием.

Тут мадам Роза сказала:

– Добавь сотню и получишь в довесок одну белую. Всего за сотню!

– Чего это ты так расщедрилась? – прищурился штурман. – Говори правду, старая мошенница. Меня все равно не проведешь.

– Я и не думала тебя обманывать. Есть у меня одна стерва, об которую я три плетки измочалила, а всё без толку. Злющая, как бешеная собака. Но если ты берешь девок на вывоз, чтобы перепродать, какая тебе разница?

Он согласился:

– Это верно. Однако я хочу видеть, что́ покупаю.

Кажется, Логан затеял целый весенний сев, подумал я. Неужели он собирается взять в плавание гарем, чтоб уж наверняка заработать кредит у Господа? Тут два вопроса. Во-первых, как на это посмотрит команда? Во-вторых, чего ради ирландцу авансировать Всевышнего сразу на столько душ?

Нечего и говорить, что второй вопрос занимал меня гораздо больше первого.

Охранники-мулаты привели четырех девушек. Три чернокожие были тощие, забитые и испуганно жались друг к другу. Четвертая, со спутанными волосами цвета пакли, в грязном и дырявом платье, была с цепью на шее и связанными руками. На скуле у нее красовался синяк, светлые глаза непримиримо сверкали.

– Поганая старая крыса, – сказала она хозяйке вместо приветствия. – Чтоб у тебя нос провалился! Чтоб ты на собственных кишках повесилась! Чтоб тебя обрюхатила шайка прокаженных! Чтоб в твоей утробе завелись черви! Чтоб у тебя из...

Мадам Роза подала знак, и скандалистке заткнули рот, но из-под кляпа продолжало доноситься невнятное рычание.

– Это бешеная Марта. Остальных зовут Бубу, Муму и Куку. Они славные девочки. Ну что, берешь?

Логан почесал подбородок.

– Если ты хочешь, чтоб я избавил тебя от этой мегеры, надо не прибавлять сотню, а скинуть.

– Черта с два! За двадцать монет мне ее прикончат и кинут в море.

Неугомонная Марта попробовала лягнуть хозяйку ногой, но матрона проявила неожиданную проворность – соскочила со стула и увернулась.

– Ладно. Получай ее бесплатно, – сказала она, пересаживаясь подальше. – Не хочу брать лишний грех на душу. Когда я получу деньги?

– Пусть девок доставят к причалу через час. Там и рассчитаемся. Всё, мне пора. Эй, где моя сабля?

Проданных рабынь стали привязывать к длинной веревке. Три робкие негритянки плакали, очевидно, плохо понимая, что за перемена приключилась в их судьбе, но не ожидая ничего хорошего. Бешеная Марта мычала и брыкалась.

Вот еще одна сфера, в которой пернатые выгодно отличаются от двуногих, думал я. Птица может напасть на другую птицу, чтобы отбить самку, защитить свою территорию или отобрать корм. Но никто из нас не станет мучить себе подобных из злобы или корысти. Рабовладение – одна из отвратительнейших причуд человечества, а между тем торговлю людьми защищает закон и оправдывает церковь. Светоч разума, просвещенный и преосвященный Боссюэ пишет: «Отмена рабства означала бы противление Святому Духу, Который устами Святого Петра повелевает рабу не перечить доле своей и не понуждает владельца к освобождению раба своего». А ведь, казалось бы, всякому разумному существу должно быть ясно: всеобщее счастье и земной рай, которого так жаждут благонамеренные мыслители, наступят лишь тогда, когда вокруг не останется униженных и несчастных...

Иногда я впадаю в задумчивость совсем не ко времени. Вдруг я понял, что, пока я рассуждал о несправедливостях мира, Логан выскользнул за дверь. Не оказалось на месте и Летиции.

Я понесся к выходу, не думая об осторожности. Двое или трое бездельников с криком «Гляди-ка, попугай!» попробовали ухватить меня за крыло. Я лишился пары перьев, но все-таки вырвался наружу.

Летицию я увидел сразу. Она стояла под фонарем, озираясь по сторонам. Но Логана след простыл. Похоже, девочка его упустила.

До рассвета оставалось недолго. Луна давно зашла, звезды потускнели, но сквозь темноту уже просачивался сероватый свет.

– Черт с ним, – пробормотала Летиция. – Все равно через час он будет на причале. За это время я как раз...

Конца фразы я не услышал, потому что девочка повернула вправо, где из-за крыш проглядывал шпиль церкви. Пришлось догонять.

Аптека, вот куда мы спешим, сообразил я.

И точно. Под вывеской с изображением крокодила (это давняя эмблема аптекарского ремесла) Летиция позвонила в колокольчик.

Нам долго не открывали, но моя питомица не отступалась. Стучала в дверь каблуком, кулаками, рукояткой пистолета.

Наконец лязгнул засов.

На пороге стоял сердитый старик в ночном колпаке и шлафроке. В руках у него был короткий мушкетон с трубообразным дулом.

– Только перед рассветом мне удается заснуть! – сказал он. – Если ты купишь у меня товаров меньше, чем на пять ливров, я тебя пристрелю.

– Здравствуйте, мсье Люк. Я врач с фрегата «Ласточка». Вот список снадобий и трав, которые мне нужны. Кроме того я хочу, чтобы вы изготовили декокт для расслабления скованных мышц и оживления парализованных нервов. Вот рецепт. Зелье нужно сделать срочно.

Она дала старику бумажку, составленную отцом Астольфом. Теперь я понял, почему Летиция так рвалась в аптеку.

Мсье Люк сунул мушкетон под мышку, изучил список и рецепт.

– Заходите, мэтр.

И пустил нас в лавку. Пока Люк зажигал горелку и смешивал в колбе ингредиенты, мы разглядывали товары.

Я не раз бывал в колониальных аптеках. В них торгуют не только лекарствами, а чем угодно – всякой всячиной, которую привозят заходящие в порт корабли.

Летиция застряла возле прилавка с благовониями, мазями, помадами и пудрами. Затем перешла туда, где висели платья, и у одного надолго замерла. Оно было из темно-зеленого шелка, с широким бордовым поясом и кружевным воротником. Я мало что понимаю в дамских туалетах, но даже мне было ясно, что этот наряд будет моей девочке к лицу.

Летиция неохотно отошла, потом вернулась и сняла платье с вешалки. Схватила несколько флаконов и косметических баночек.

– Куплю-ка я подарок своей невесте, – обронила она, слегка покраснев.

У аптекаря никаких подозрений не возникло.

– Есть еще сафьяновые башмачки, очень большой выбор. Наши корсары захватили голландский корабль, шедший на Кюрасао. Не желаете взглянуть?

Летиция желала, но декокт был уже почти готов. С печальным вздохом она расплатилась и, забрав покупки, вышла.

На причал мы прибыли с опозданием – шлюпка на «Ласточку» уже ушла. Пришлось с полчаса ждать, пока она вернется.

– Логан там? – спросила Летиция у сидевшего на руле боцмана.

– Нет. Он велел отвезти четырех девок и снова ушел в город. Ребята не хотели везти на корабль баб, но штурман сказал, это только на пару дней.

«Как так? Как так?» – спросил я. Почему на пару дней? А куда Гарри их денет потом?

Девочка этих вопросов боцману задавать не стала – вряд ли он знал ответ.

– А где капитан? – спросила она, нахмурившись.

– У себя в каюте.

Брови моей питомицы сдвинулись еще решительней.

– Ладно, едем.

***

На «Ласточке» было непривычно пусто. Первая смена, отгуляв всю ночь, уже вернулась или, верней сказать, была доставлена на борт: на палубе в ряд лежали бесчувственные тела, от которых исходил густой запах рома. Вторая смена отправилась за своей порцией праздника и должна была прибыть к вечеру – в таком же состоянии. Всё это мне хорошо знакомо по прежним плаваниям и кораблям.

Неожиданность была только одна. В деревянном решетчатом загоне под фок-мачтой, где раньше держали скотину, теперь сидели купленные Логаном рабыни. Черные сбились в кучку и дрожали от страха. Белая, пользуясь тем, что ее развязали, трясла клетку и бранила ужасными словами немногочисленных слушателей: вахтенного начальника Гоша, дневального матроса и юнгу, которому по малолетству отпуск на берег не полагался. Словарь у Марты был неисчерпаемый, фантазия изощренная. Моряки внимали с восхищением, а подросток шевелил губами, стараясь побольше запомнить.

Когда мы с Летицией спускались на нижнюю палубу, бешеная Марта как раз закончила перечислять напасти, ожидающие брюшную полость слушателей, и нацелила свой гнев ниже.

Девочка заглянула к себе в каюту. Там нас ждала радость.

Пленник спал, но отец Астольф, дежуривший у ложа, шепотом сообщил, что господин Грей может двигаться. Он еще слаб, но чувствительность в членах восстановилась, теперь больной быстро пойдет на поправку.

– Слава Богу!

Летиция расцеловала капеллана. Положив покупки, на цыпочках вышла.

Лицо ее посуровело.

– Ну-ка, Клара, полетай где-нибудь.

Она сняла меня с плеча и двинулась в сторону кают-компании. Судя по прикушенной губе и блеску в глазах, Летиция приготовилась к окончательному объяснению с капитаном.

Со всех крыльев ринулся я на свой наблюдательный пункт и на этот раз успел долететь до окна быстрей, чем вошла девочка.

Поэтому я был свидетелем этого достопамятного разговора с первой и до последней минуты.

Дезэссар сидел в одной рубахе, чертя на бумаге какие-то цифры. Когда дверь без стука распахнулась, он быстро накрыл листок шляпой.

– Подлый обманщик, я вытрясу из вас душу вместе с требухой! – процедила Летиция, воспользовавшись одной из метафор бешеной Марты. – Я всё знаю! Всю правду!

Я был сбоку и видел, как у Дезэссара загривок наливается кровью.

– Вы всё знаете...? Но... откуда? Кто вам сказал?

– Неважно! Вы – бесчестный человек. Выкиньте из головы бредни о сокровищах! Клянусь, я подам в суд на вашего хозяина за нарушение контракта. Лефевр сотрет вас в порошок!

– Плевал я на Лефевра! – заорал Дезэссар, вскакивая. – И на вас тоже!

– Подлец! Вас посадят в тюрьму!

– Я подлец? – Капитан задохнулся от возмущения. – Нет, мадемуазель, я-то как раз человек честный! Не то что ваш Лефевр!

– Я не намерена слушать ваши глупости. Сказано ведь: я всё знаю. Решайте. – Летиция скрестила руки на груди. – Или мы нынче же вечером отдаем якорь и плывем в Марокко, или... Пеняйте на себя.

Он почесал затылок, изумленно глядя на разъяренную девицу.

– Но... если вы всё знаете, зачем вы хотите плыть в Марокко? Не понимаю!

Теперь уже Летиция уставилась на него с недоумением.

– То есть?

– Раз вы знаете, что ваш отец умер, какого черта нам делать в Сале?

# Окончательная ясность

У меня подкосились ноги. А тут еще корабль качнулся на волне. Я свалился с окна и чуть не оказался в воде, что было бы скверно – с намокшими перьями не разлетаешься. Но я успел-таки расправить крылья и вернулся на прежнее место.

Фердинанд фон Дорн умер?!

Я ничего не понимал. Что уж говорить о бедной девочке?

Когда я вновь оказался наверху, моему взору предстало удивительное зрелище. Разъяренная Летиция целилась из пистолета, а Дезэссар пятился от нее прочь.

– Есть ли пределы вашей гнусной лживости? Как вы посмели сказать такое! Чтоб у вас язык отсох! – бушевала моя питомица.

Но я сразу понял: сказанное – правда.

Вот теперь все события последнего времени действительно стали понятны. Будто осело облако пыли, и неприглядный ландшафт предстал передо мной во всей беспощадной очевидности.

Возгласы капитана подтверждали истинность озарения.

– Он заряжен? Уберите палец со спускового крючка! Кремневые пистолеты иногда стреляют от легчайшего прикосновения! Господи, мадемуазель, ваш отец действительно умер! Лефевр узнал об этом еще до вашего приезда в Сен-Мало! Он решил провести выгодное предприятие: снарядить за ваш счет корсарский корабль. «Ласточка» сплавала бы к африканскому берегу, набрала бы добычи, на обратном пути загрузилась бы оливковым маслом. А что пленник умер – в этом арматор не виноват. Я с самого начала был против этой подлой затеи! Вы ведь помните, я пытался выйти в море без вас! Но вы поставили меня в безвыходное положение...

Бедная девочка выронила оружие и схватилась за виски. На глазах выступили слезы. Я знал: ее сердце разрывается от горя. У меня в груди тоже жгло и саднило.

– Почему... почему вы мне всё не рассказали сразу? – только и выговорила она.

Дезэссар опустил голову.

– Как я мог? Плавание пришлось бы отменить... А сокровища Джереми Пратта? Вы же знаете о них. Эх, сударыня, такой шанс выпадает раз в жизни, и далеко не всякому...

Понятно. Лефевр желал надуть госпожу де Дорн, а капитан решил обмануть своего хозяина. Если б Дезэссар рассказал арматору о предложении ирландца, Лефевр наложил бы на добычу

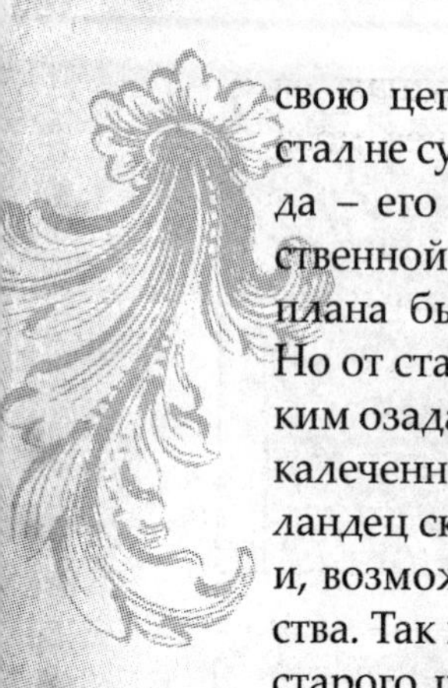

свою цепкую лапу. А так компаньоном Логана стал не судовладелец, а капитан. Почти вся команда – его родственники да свойственники. Единственной помехой для осуществления дерзкого плана был штурман Пом, соглядатай Лефевра. Но от старика избавился Гарри. Я вспомнил, с каким озадаченным видом капитан разглядывал покалеченного папашу Пома. Полагаю, хитрый ирландец сказал Дезэссару: «старика я беру на себя» и, возможно, пообещал, что обойдется без убийства. Так всё и вышло, причем именно Логан спас старого штурмана от удушья. Зачем суеверному Логану лишний «долг» перед Всевышним?

Вряд ли Летиция в эту минуту, подобно мне, восстанавливала цепь прежних событий. Девочка была сражена и сломлена. Человек, составлявший главный смысл ее существования, навсегда ушел. Мне-то хорошо знакомо это чувство окончательной утраты, когда остаешься один на один с чернотой Вселенной.

Я зажмурился, чтобы не видеть страданий моей питомицы.

Громко хлопнула дверь.

Когда я открыл глаза, Летиции в каюте не было. Дезэссар стоял один, в растерянности потирая подбородок. Черт с ним! Я должен быть рядом с моей бедняжкой в наигорший миг ее жизни! Я должен попытаться ее утешить!

Зря я торопился, зря ударялся крыльями о борта и стены тесного трюма. Мои утешения и соболезнования запоздали. Залетев в трюм, я увидел, что девочка лежит под лестницей. Должно быть, хотела подняться на палубу, оступилась и скатилась вниз.

Я ужасно испугался. Лестница, ведущая на квартердек, невысокая, но крутая. Упав с нее, можно сильно расшибиться.

Но Летиция была цела. Она просто лишилась чувств, не выдержала потрясения. Душевные и физические силы ее оставили.

Помочь я не мог. Лишь обмахивал крылом ее бледное личико и горестно вздыхал. Может, и к лучшему, что сознание на время покинуло мою питомицу, думал я.

В трюме было темно. Несколько раз кто-то прошел мимо, не заметив нас. Я даже не взглянул, кто это.

Звучали голоса. Кто-то ругался (кажется, Дезэссар), звякало железо. Мне ни до чего не было дела.

Я страдал из-за того, что лишен дара слова. О, если б я мог поделиться с Летицией уроком, который на прощание преподал мне Учитель!

Когда Он объявил нам, своим ученикам, что уходит, все наши от ужаса лишились чувств: заяц впал в оцепенение, лисица повалилась лапами кверху, змей уснул. Лишь один я сохранил рассудок – но не присутствие духа. Я молил, стенал, драл из себя перья и вздымал крыльями тучи пыли. Какой удар судьбы, какое несчастье! – причитал я. – Без Тебя, Учитель, мы все пропадем!

И Он сказал мне безмолвно: «Не бывает никаких ударов судьбы и несчастий. Всё это глупости, выдуманные слабаками для оправдания своей никчемности. Пропáсть может лишь тот, кто согласен пропасть. Для верно устроенной души всякое событие – ступенька, чтоб подняться выше и стать сильнее. Горестное событие – тем более».

Тогда я Его не понял. Но прошли годы, я стал мудрее и теперь знаю: если со мной стряслась

какая-нибудь беда, надо, едва пройдет первая боль, встряхнуться и сказать себе: «*Зачем* это со мной произошло? Ради какой пользы и какого блага? Что здесь такого, от чего моя душа станет выше и сильнее?»

Еще не было случая, чтоб, подумав, я не нашел ответа.

Прошло немало времени, прежде чем Летиция очнулась. Никто ее так и не обнаружил – одна половина команды всё еще не протрезвела, другая пока не вернулась с берега.

Девочка открыла глаза, и они вмиг наполнились слезами.

Я расправил крылья и повернулся в профиль. Сей гордой позой я хотел призвать мою питомицу к стойкости и мужеству. В этом мире надо быть сильным и не сдаваться. Всякое поражение для сильной души становится победой; всякая утрата – обретением.

Увы, в эту страшную минуту Летиция нуждалась не во мне.

Не обратив никакого внимания на мою пантомиму, девочка поднялась на ноги и бросилась к своей каюте, словно там ее ждало спасение. Я запрыгал вслед.

Но в каморке было пусто.

– Боже, где он? – ахнула она.

И, увидев в дальнем конце кубрика одного из дневальных, громко повторила вопрос:

– Где он?

– Кто, отец Астольф? С час как отправился на берег.

– Нет, пленник!

– Капитан велел запереть его в трос-камеру.

Трос-камерой называется помещение для хранения запасных канатов, оно находится в дальнем конце трюма. По совместительству трос-камера используется как карцер для проштрафившихся членов команды. Там нет окон, а дверь всегда на запоре, чтоб крысы не попортили пеньку.

– Что-о?!

Лучшее средство от горя – ярость. Летиция, которая минуту назад едва переставляла ноги от слабости, вызванной обмороком, тигрицей пробежала через весь трюм.

Перед дверью корабельной тюрьмы дежурил вооруженный матрос – некто Ерш. Он и по нраву был таков: вечно ко всем цепляется, с кем-то враждует, на кого-то орет. На берег Ерша не пустили в наказание за драку, и от этого настроение у скандалиста было еще хуже, чем обычно.

– Куда? – грубо сказал он, перегораживая доктору дорогу. – Велено никого не пускать.

В другое время и в другом расположении духа Летиция несомненно вступила бы с часовым в объяснения, но сейчас она просто ударила его кулаком в зубы – с совсем не девичьей силой. Ерш отлетел в сторону, а она отодвинула засов, вошла в карцер и захлопнула за собой дверь. Я еле успел шмыгнуть следом.

Лорд Руперт полулежал на канатах, его руки были скованы кандалами. При виде Летиции он попытался подняться, но она его удержала.

– Не двигайтесь! Вы слишком слабы!

– Напротив, я чувствую себя превосходно. – В свете лампы, покачивавшейся под низким потолком, блеснули зубы. Грей улыбался! – Какое, оказывается, счастье просто владеть своим телом.

– Но почему вы здесь? И в цепях? Что произошло?

– Ровным счетом ничего. Капитан «Ласточки» пришел меня проведать. Я сказал, что беру честное слово обратно. Теперь, когда я вновь могу двигаться, я сбегу при первой же возможности. Вот он и принял меры предосторожности. Очень разумный и своевременный шаг. Иначе я мог прыгнуть в воду через пушечный порт и преспокойно доплыть до берега. По-французски я говорю прилично, никто в Форт-Рояле не догадался бы, что я англичанин. Но я, конечно, в любом случае не покинул бы корабль, не поблагодарив вас за всё, что вы для меня сделали... дорогой доктор.

Дверь распахнулась. На пороге возник Ерш с перекошенной от ярости рожей. Понадобилась целая минута, чтоб он очухался от удара.

– Я тебе распорю брюхо, жалкий лекаришка! – вопил часовой, размазывая кровь. В правой руке у него сверкала обнаженная сабля.

Лорд Руперт вскочил на ноги и огрел буяна цепью по лбу. Проделал он это очень ловко, будто кот зацапал неосторожную муху когтистой лапой. О палубу шмякнулось тело, стало тихо.

– Вы чем-то расстроены? – спросил пленник, притворяя дверь. – У вас заплаканные глаза.

И она с рыданиями, довольно бессвязно рассказала, что ее обманули, что ее отец мертв и что она теперь одна, совсем одна.

Любой другой мужчина обнял бы плачущую девушку, погладил по голове, стал бы говорить слова утешения. Но лорд Руперт вел себя не так. Очевидно, воспитание не позволяло ему касаться дамы без ее соизволения. Слушал он внимательно, но от соболезнований воздержался. А в конце вообще сказал нечто странное (и, на мой взгляд, довольно жестокосердное):

– Что ж, одна так одна. Теперь вы начнете жить собственной жизнью.

Еще более странно было то, что Летиция не оскорбилась и не возмутилась, а вытерла слезы и долго смотрела на англичанина, ничего не говоря. Для меня загадка, о чем она в эту минуту думала и что чувствовала. Я перестал ее понимать.

Заговорила она теперь совсем об ином.

– Кандалы – чепуха. Я принесу нож и открою замок. Часовой оглушен. А очнется – получит еще. На корабле почти никого нет. Капитан, вахтенный начальник и пара дневальных. Кто попробует меня остановить – убью. Да никто и не сунется. Дезэссар передо мной виноват. Мы сойдем на берег. Мне больше нечего делать на «Ласточке».

Лорд Руперт стал возражать:

– Я не смогу принять это великодушное предложение по двум причинам. Во-первых, оно чревато для вас серьезными неприятностями. Пособничество бегству военнопленного карается тюрьмой. За пятьдесят тысяч ливров мистер Дезэссар поднимет на ноги весь Форт-Рояль...

– Мы уплывем на единственной шлюпке, которая спущена на воду, – горячо заспорила Летиция. – Пока он доберется до губернатора, пока они объявят розыск, мы успеем уйти вглубь острова!

– А во-вторых, – с неизменной учтивостью продолжил Грей, поклоном отдав должное ее доводу, – часовой уже очнулся. Разве вы не слышали, как он задвинул засов? Мы не можем отсюда выйти.

Девочка обернулась и толкнула дверь. Тщетно! Стала в нее стучать, грозно звать Ерша. Ответом было молчание – должно быть, негодяй побежал жаловаться капитану.

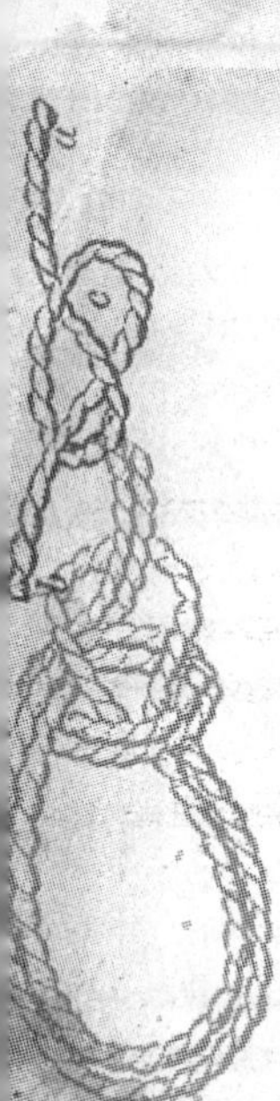

Но Дезэссар не торопился с разбирательством. Шло время, а мы всё сидели, запертые в трос-камере.

Как ни странно, Летицию заточение не очень-то расстроило. Я ждал, что моя вспыльчивая питомица поднимет шум и грохот на весь фрегат, но ничего подобного. Она села на канаты рядом с пленником и стала выспрашивать, как он себя чувствует, нет ли где болей или онемения, не кружится ли голова. Потом принялась сгибать и разгибать ему руки и ноги. Лорд Руперт сначала протестовал, но вскоре смирился и послушно исполнял вся указания. С его лица не сходила мягкая улыбка. Эта мирная, почти идиллическая сцена затягивалась.

А между тем фрегат понемногу возвращался к жизни. Над нашими головами раздавался топот – это протрезвевшие матросы готовили корабль к отплытию. Причалила шлюпка, доставившая вторую смену: донеслись бессвязные крики и нестройное пение. Наконец, зазвенела якорная цепь.

Несколько раз я деликатно пробовал обратить внимание голубков на происходящее. Я подавал голос, вежливо дергал Летицию клювом за пряжку башмака и за край панталон. Девочка не обращала на меня внимания.

Лишь когда «Ласточка» накренилась и заскрипела рангоутом, делая разворот, врач и его пациент встрепенулись.

– Боже, мы уходим в море! – вскричала Летиция.

А я тебе о чем битый час толкую?!

– Теперь мы не сможем сойти на берег! Это я виновата!

Она кинулась к двери и принялась молотить в нее со всей силы.

– Эй, в трюме! Откройте, это я, Эпин!

Но никто не откликался. Половина команды

валялась на палубе пьяная, остальные управляли парусами.

Миновало не менее четверти часа, прежде чем засов открылся.

– Скотина, я вырву тебе глаза! – зарычала Летиция, давно уже перешедшая от отчаяния к ярости.

Но вместо Ерша в проеме стоял Дезэссар, собственной персоной.

– Это я распорядился не выпускать вас, мсье Эпин, пока мы не выйдем в море, – сказал он. – Такой совет дал мне Логан. Извольте следовать за мной. Мы со штурманом хотим с вами поговорить.

– А господин Грей?

– Он останется здесь, под охраной. Если снова не даст честное слово, что отказывается от мыслей о побеге. Даете слово, сударь?

Пленник пожал плечами: как-де вам могла прийти в голову подобная нелепица?

– Ну и сидите в пыльном ящике. А вы, Эпин, марш за мной!

Поведение Дезэссара переменилось таким загадочным образом, что Летиция не решилась спорить. Думаю, ею, как и мной, овладело любопытство.

Я сел девочке на плечо, и мы отправились за капитаном, а у двери карцера встал угрюмый Ерш с перевязанной головой и распухшим ртом. На Летицию он глядел с ненавистью и опаской.

***

В кают-компании нас ждал Гарри. Он был само добродушие.

– А вы парень не промах, мой дорогой Эпин! – воскликнул штурман со смехом. – Я догадался, откуда вы обо всем узнали. Тряхнули как следует раненого, и он вам рассказал. Браво, юноша, вы далеко пойдете. Что старый славный Тыква?

– Умер, – мрачно ответила Летиция, оглянувшись на капитана, который стоял у нее за спиной, словно загораживал выход.

– Не моя вина. Я только увернулся от выстрела. – Ирландец подмигнул. – А может, вы помогли Тыкве побыстрее покинуть этот мир? Своими расспросами, а? – Он расхохотался. – Зря старались. Я и так бы всё вам рассказал. Утром, когда матросы проспятся, капитан объяснит им, куда мы плывем и зачем.

– Выходит, экипаж ничего не знает?

Дезэссар усмехнулся:

– Конечно, нет. Иначе во всех кабаках Форт-Рояля уже болтали бы, что «Ласточка» охотится за сокровищем Джереми Пратта. Вот вы на меня дуетесь, Эпин, а на самом деле вам невероятно повезло. Вы, как все остальные, получите свою долю от самого большого клада, когда-либо существовавшего в этих морях. Богатство всего в двух днях пути отсюда. А если направление ветра не переменится, мы можем оказаться на траверзе Сент-Морица и раньше.

– Сент-Морица?

– Так называется остров, где мы с Праттом спрятали богатства. – Логан расправил плечи. – Один я на всем белом свете знаю точное место.

– Всё будет проделано в полном соответствии с законами его величества, – сказал Дезэссар. – Мы не какие-нибудь пираты. Королевский писец пересчитает и зарегистрирует добычу до последнего су. Это не корсарский трофей, поэтому арматор ничего не получает. По условиям контракта, если капитан злонамеренно не выполнил наказ судовладельца и произвольно изменил курс, это карается штрафом в сорок тысяч ливров. Что ж, я выплачу мсье Лефевру эти деньги, можете не сомневаться! – Капитан расхохотался. – Пускай он лопнет от злости. Треть сокровища достанется мне и моему компаньону. – Дезэссар кивнул на Гарри. – Треть – команде, треть – казне.

Ирландец комично развел руками:

– Не буду от вас скрывать, дорогой доктор, я предлагал господину капитану наплевать на казну и забрать весь куш себе. Однако мсье Дезэссар – честный человек и верный подданный его величества короля Людовика.

– Я хочу дожить свой век не беглым разбойником, который скитается по морям, а почтенным членом общества, у себя дома, в кругу семьи. – Капитан покосился на зеркало, перед которым они с Летицией учились изящным телодвижениям. – К тому же за столь весомый вклад в казну его величество обычно награждает дворянской грамотой. Я стану благородным господином Дэз Эссаром!

– Капитан, вы бы лучше сказали доктору, какова будет его доля, – прервал Гарри мечтания будущего дворянина. – Разве вы не видите, как хмуро он на нас смотрит.

– Вы останетесь довольны. – Дезэссар сделал величественный жест. – Во-первых, я верну все деньги, которые вы потратили на снаряжение судна. Во-вторых, как лекарю вам положен пай, равный трем матросским долям.

Летиция по-прежнему молчала, и Логан истолковал это по-своему:

– Он хочет знать, в какую это выльется сумму. Извольте, я расскажу. Жители города Сан-Диего заплатили Джереми Пратту выкуп за три дворца, сорок богатых домов, двести пятьдесят средних и тысячу триста скромных. Прибавьте к этому компенсацию за сохранность собора и одиннадцати церквей. Плюс портовые склады, пригородные поместья и прочую недвижимость. Всего, по счету писцов британского адмиралтейства, добыча золотом, серебром и драгоценными камнями равнялась 250 тысячам испанских дублонов, именуемых во Франции «четвертными пистолями».

– Это десять миллионов ливров! – подхватил Дезэссар. – Только вообразите! Мы с Логаном получим по одной шестой. Доля простого матроса составит тридцать с лишним тысяч! А ваша почти сто. Ну как, вы довольны?

Я покосился на Летицию. Ее молчание меня озадачивало.

– Вы ошарашены, – констатировал капитан. – Еще бы! Только пообещайте, что будете держать язык за зубами. Я хочу полюбоваться на физиономии моих ребят, когда я сообщу им эту новость.

– Хорошо. Я никому не скажу.

Девочка повернулась и вышла из кают-компании.

«Что у тебя на уме? Что? Что? Что?» – спросил я.

Она рассеянно погладила меня по спине.

***

Фрегат уже вышел в открытое море и резво бежал к горизонту, покачиваясь на крутой волне. На вантах и реях остались с полдюжины марсовых, выполнявших приказы лейтенанта Гоша. Остальные матросы сгрудились вокруг деревянной клетки, разглядывая рабынь. Неукротимая Марта совсем осипла от брани. Она все так же крыла слушателей и грозила им костлявыми кулаками, но ее слова перекрывал шум ветра.

Летиция встала за спинами мужчин и с непонятным мне интересом стала наблюдать эту малоприятную сцену. Моряки переговаривались, обсуждая стати пленниц. Многие, если не все, в порту наведались в публичный дом и утолили телесный голод, поэтому дискуссия носила не плотоядный, а умозрительный характер, будто ценители ваяния разглядывают выставку скульптур. За главных знатоков считались боцман Выдра и плотник Хорек.

– Такие злюки бывают очень страстными, – говорил Выдра, показывая на ярящуюся Марту. – Что тоща, это даже неплохо. Когда на женщине много мяса, в ней мало жару, а подвижности и того меньше.

Хорек с этой точкой зрения соглашался, но ему больше было по нраву «черное дерево»: негритянки-де нежней и благодарней. Я прямо-таки заслушался, когда он, проявив недюжинные способности к поэтической аллегории, принялся описывать молодым матросам науку обращения с женщиной. Сначала, мол, по ней нужно пройтись «топориком», чтобы придать «полешку» нужную форму. Потом проехаться «фуганком», убирая сучки и заусенцы. Наконец, продрать «наждачком» – и баба станет вся гладкая, покорная, хоть лаком покрывай. Каждую метафору плотник объяснял при помощи жестов, чтоб у публики не осталось сомнений, что именно он имеет в виду.

Увлекшись, лектор подошел к клетке слишком близко и сделал неосторожный жест – показал рукой на Бубу (или Муму?), которая понравилась ему рельефным контуром «кормы». Марта воспользовалась этой оплошностью, просунула лицо меж брусьев и вцепилась поэту зубами в палец.

Поднялся крик. Громче всех орал укушенный, остальные шумели, пытаясь ему помочь. Мегера держала палец мертвой хваткой, по ее губам стекала кровь.

– Доктор! Эта акула прокусила мне палец до кости! Помогите! – жалобно воззвал к нам плотник, когда его наконец оттащили.

– Промой рану ромом, замотай тряпкой и никогда больше не оскорбляй женщин, – отрезала Летиция, после чего повернулась и двинулась назад, в сторону кают-компании.

Я поймал озадаченный взгляд, которым мою питомицу проводила бешеная Марта.

– Катись в задницу, красавчик! Мне не нужны заступники! – прохрипела она, но без всегдашней злобы.

«Ты куда, куда, куда?» – допытывался я, едва удерживаясь на плече – так быстро шагала девочка.

– Надоела, отстань!

Она сбросила меня, но я не отставал и прошмыгнул в каюту, едва Летиция открыла дверь.

Внутри был один Дезэссар, склонившийся над картой.

– Что еще? – недовольно молвил он.

– Я хочу покинуть ваш корабль. Мне ничего не нужно. Ни компенсации, ни доли сокровища – можете взять ее себе. Дайте ялик, я вернусь в Форт-Рояль.

Капитан изучающе уставился на нее. Его редкие брови сдвинулись.

– Я похож на болвана? Вы решили рассказать про Сент-Мориц губернатору. Рассчитываете получить от него больше?

– Ничего подобного. Просто мне с вами не по пути. Чтоб вам было спокойнее, можете подождать, пока «Ласточка» отойдет от Мартиники подальше. Пусть баркас спустят на воду к полуночи.

Брови капитана вернулись в исходное положение, на губах появилась улыбка. Должно быть, он посчитал, сколько денег ему достается за паршивый баркас (на «Ласточке» еще оставались ялик и большая шлюпка).

– Глупо. Но дело ваше. Напишите вот на этой бумажке, что отказываетесь от своей доли в пользу капитана Дезэссара. А также, что не будете иметь ко мне претензий из-за невыполнения условий контракта.

Летиция без колебаний выполнила его требование.

Всё это мне очень не нравилось. Что она задумала?

# Ненастоящая женщина

Скоро я это узнал.

– Отче, благословите на преступление, – сказала девочка монаху, вернувшись в каюту.

– На какое? – встревожился тот.

– На государственную измену.

– Ну, это не самое страшное из злодеяний, – заметил отец Астольф. – Господу Богу все равно, к какому мы принадлежим государству. Лишь бы ваше намерение не покушалось на нравственность.

– Я собираюсь освободить из плена подданного враждебной державы...

Капеллан кивнул:

– Что ж, это дело, угодное Господу. Вот и в Писании сказано: «К свободе призваны вы, братие».

– Но это еще не всё. Вероятно, мне придется нанести увечье средней тяжести человеку, который встанет на моем пути.

Францисканец расстроился:

– А вот на это я вас благословить не могу. Даже плохому человеку наносить увечье нехорошо.

Она вздохнула:

– Значит, я сделаю это без вашего благословения. Тогда просто обнимите меня. Мы с вами, вероятно, больше не увидимся.

Отец Астольф прижал ее к груди, поцеловал в макушку. Девочка немного поплакала.

– С тем, кто уносит частицу твоего сердца, не расстаешься до конца жизни. А возможно, и долее того, – сказал ей монах.

Остаток вечера прошел в приготовлениях.

Летиция взяла деньги и оружие. Проверила, есть ли в баркасе всё необходимое: вода, компас, запасной парус и весла.

В полночь матросы спустили лодку, и она закачалась на волнах, привязанная к корме. Подошел Логан, спросил, зачем это. Значит, Дезэссар ничего ему не рассказал.

– Я высажусь на Сент-Мориц первым. Поищу целебных трав, – спокойно ответила ему Летиция то же, что сообщила остальным. – Капитан уверяет, что при такой скорости мы можем оказаться на месте уже завтра утром.

Оглянувшись на матросов, Гарри шепнул:

– Не делайте этого. Вы еще не всё знаете. Я ведь так и не успел с вами объясниться. Поговорим позже, когда все уснут...

– Хорошо, – кивнула она, зная, что никакого «позже» не будет.

Когда склянки отбили полночь и палуба опустела, Летиция посадила меня на кулак:

– Ну что, подружка, поплывешь со мной или останешься на корабле?

Летиция взяла деньги и оружие. Проверила, есть ли в баркасе всё необходимое

Я возмущенно фыркнул: что за вопрос?

– Если б ты знала, что я задумала... – прошептала моя питомица, глядя в сторону.

Не дурак. Сообразил.

Когда в кубрике все уснут, ты пройдешь в дальний конец трюма, стукнешь Ерша по башке, выпустишь лорда Руперта, и мы поплывем на баркасе по ночному морю, под яркими звездами. Красота!

Летиция закуталась в плащ, под которым, я видел, она прятала большой пистолет. Стрелять, конечно, было нельзя, но удар тяжелой рукоятью в висок свалил бы с ног кого угодно.

Я прыгал за моей питомицей. Сердце замирало от страха. План у девочки был отчаянный, слишком многое могло сорваться.

Во-первых, как подобраться к часовому незаметно? Ерш наверняка отнесется к ночному появлению лекаря настороженно.

Во-вторых, даже от сильного удара человек не всегда теряет сознание. Можно наделать шума, от которого проснется вся команда.

В-третьих, вахтенные скорее всего заметят, что Эпин садится в баркас не один...

Пока я мысленно перечислял опасности и риски, мы дошли до юта.

К карцеру можно было попасть двумя способами: либо, пройдя через кубрик, либо, спустившись с юта по лестнице. Летиция выбрала второй путь, чтобы не идти мимо покачивающихся в люлях матросов, кто-то из которых, возможно, бодрствует. Зато со стороны кубрика проще было бы подобраться к часовому незамеченным. При спуске с лестницы это становилось почти невозможно – ступеньки, во-первых, сильно скрипели. А во-вторых, выводили прямо к трос-камере. Тот, кто шел вниз, сразу попадал в поле зрения дозорного.

Эти препятствия казались мне непреодолимыми.

Однако Летиция сбежала вниз, даже не пытаясь прятаться.

– Кто там, на посту? – спросила она, вглядываясь в темноту.

И я хлопнул себя крылом по лбу. Вечно я всё усложняю, упуская из виду какие-то совершенно очевидные обстоятельства.

Конечно же, Ерша давно сменили! У карцера караулит другой часовой, у которого нет причин относиться к корабельному врачу с опаской.

Дальнейшее сразу перестало казаться мне трудно осуществимой авантюрой.

– Это я, Мякиш, – донеслось снизу. – Что, сынок, не спится?

То был самый старый из матросов, добродушный и рассудительный «дядя Мякиш» – так его звали все, даже офицеры. Славный малый, честный и простой. Всю жизнь проплавал он по морям: в мирные времена ловил треску и ходил в торговые экспедиции, в военную пору становился корсаром.

Он повернул лампу. Жесткое, насквозь просоленное лицо сияло беззубой улыбкой. Летиция была скрыта темнотой, ничто не мешало ей с размаху ударить Мякиша рукояткой пистолета в лоб.

Но она этого не сделала.

– Это ты, дядя Мякиш? – пробормотала девочка растерянно.

И я понял, что бить часового по голове она не станет. Ни за что на свете – даже ради спасения лорда Руперта. Если б на посту стоял кто-то несимпатичный, рука Летиции бы не дрогнула. Но наброситься на старину Мякиша, который смотрит на тебя с доверчивой улыбкой? Я бы тоже не смог. Есть вещи, через которые приличный человек (или попугай) переступить не в состоянии.

– А кто тебя сменит? – спросила Летиция.

– Почем мне знать? Это еще не скоро будет, на рассвете. Я только заступил. Ничего, я старый, у меня бессонница. А ребята молодые, пусть подрыхнут.

Она молча посмотрела на Мякиша, потом передернулась и отвела взгляд.

– Чего трясешься, сынок? Часом не подхватил лихорадку? Говорят, Форт-Рояль этот – гиблое место, – заботливо сказал Мякиш.

План побега рассыпался в прах – это было очевидно и мне, и Летиции.

– ...Нет. Продрог на ветру. Что англичанин?

Часовой захихикал и прижался ухом к двери.

– А вот поди-ка, послушай. Похоже, свихнулся. Все болбочет чего-то. Жалко, я по-ихнему не понимаю.

Из карцера, действительно, доносился негромкий голос. Мы тоже приложились к створке – Летиция наверху, я внизу.

– ...Я не сделаю вам дурного, мисс, – услышал я. – Слово джентльмена. Напротив, я так благодарен вам за то, что вы явились из ниоткуда скрасить мое одиночество. Доверьтесь мне. Вот моя рука. Я не злоупотреблю вашим доверием. Мы с вами в этом мрачном мире одни, так давайте держаться друг друга...

Я прижимался к ноге Летиции и вдруг почувствовал, что девочка дрожит. Неужели в самом деле продрогла? Это в плаще-то? Да и ночь совсем не холодная.

– Мне нужно осмотреть пленника, – сказала моя питомица, отодвигаясь от двери. – Капитан волнуется. Из-за выкупа.

Добродушный Мякиш без лишних слов отодвинул засов.

В слабом свете подвешенной к потолку лампы нам предстало необычное зрелище.

Лорд Руперт стоял на одном колене и, учтиво приложив руку к груди, вел беседу с небольшой крысой, которая сидела на канатной бухте и зачарованно внимала ласковым речам. Уж не знаю, как капитан Грей определил пол зверька, но, полагаю, в таких вопросах его светлости можно доверять.

Увидев Летицию, крыса сердито фыркнула, ощерила зубки и выскочила наружу.

Смущенный лорд Руперт поднялся на ноги.

– Она проскочила в дверь, когда вы уходили. Надеялась полакомиться пенькой, а вместо этого стала объектом моих домогательств. Думаю, еще минута-другая, и она подала бы мне лапку.

Я-то в этом не сомневаюсь. У Грея большой опыт завоевания женских сердец. Не устояла бы перед ним и остромордая мисс.

Летиция закрыла дверь.

– Я вытащу вас отсюда, – тихо сказала она. – Я дала слово, и я его исполню. Вот пистолет. Когда откроется дверь, оглушите часового. К корме привязан баркас. Мы уплывем в Форт-Рояль или куда пожелаете!

Он взвесил в руке оружие и вернул его обратно.

– Я очень признателен вам. Но у меня принцип: я не причиняю зла людям, которые не сделали мне дурного.

Девочка рассердилась, хотя только что сама не смогла напасть на дядю Мякиша.

– Не говорите глупостей! Он стоит на пути к вашей свободе!

Лорд Руперт рассудительно заметил:

– Если начнешь истреблять всех, кто стоит на твоем пути, в конце концов останешься на свете один.

– Тогда поступите иначе. Пообещайте Дезэссару, что не попытаетесь сбежать. Всё равно среди моря некуда. А потом снова возьмете слово обратно. Это по крайней мере избавит вас от кандалов на время плавания.

Но невозможный человек отверг и это предложение:

– Такой шаг вступил бы в противоречие с другим моим принципом. Я не даю честное слово, когда твердо знаю, что возьму его обратно. В прошлый раз я думал, что больше не смогу двигаться, только поэтому и пообещал.

У Летиции сжались кулаки, а на глазах выступили злые слезы.

– Человек, у которого слишком много принципов, на этом свете не выживет!

– Напротив, – улыбнулся он. – Твердые правила очень упрощают жизнь. Не приходится ломать голову, как следует поступить в трудной ситуации.

– Ну и сидите тут в цепях, несчастный идиот!

Топнув ногой, она вышла вон. На прощанье я сочувственно покивал Грею, который задумчиво смотрел вслед девочке.

Когда Мякиш запирал, засов никак не желал задвигаться. Часовой сопел и кряхтел, согнувшись в три погибели и повернувшись к нам спиной.

Я видел, как рука Летиции скользнула под плащ, и зажмурился.

Но ничего не произошло.

Мы поднялись наверх, где шумел ветер и в темноте над головой хлопали паруса.

Летиция всхлипывала.

– Я не настоящая женщина, – говорила она, придерживая меня рукой. – Настоящая женщина ради любимого совершит что угодно и не сочтет это за грех. А я предательница. Сначала я предала отца. Теперь любимого. Ах, Клара, я слабая и скверная!

Я протестующе заверещал: «Ты не скверная, просто у тебя благородное сердце! И перестань называть лорда Руперта «любимым», это нас до добра не доведет». Но она, конечно, ничего не поняла.

Палубу качнуло, девочку отшвырнуло к борту. Она устояла на ногах лишь потому, что схватилась за вант. Фок-мачта натужно заскрипела под напором ветра.

– Чтоб ты за борт вывалился, ублюдок! Чтоб тебя там акулы сожрали! – донесся откуда-то сиплый голос.

Это проснулась в своей деревянной клетке бешеная Марта. Три ее товарки лежали, прижавшись друг к дружке, а бунтарка сидела на палубе и грозила нам кулаком.

Летиция приблизилась к загону.

– Вам что-нибудь нужно? – спросила она участливо. – Еды, или воды, или укрыться от холода?

– Мне нужно, чтоб с норд-оста налетел хороший шквал и швырнул эту поганую лохань на рифы Адского Мыса! – Глаза Марты блеснули свирепым фосфоресцирующим блеском. – Там такие острые скалы! Никто не спасется!

Моя девочка удивилась.

– Вы говорите так, будто знаете морское дело.

Что-то в лице Марты изменилось. По-моему, она узнала того, кто давеча заступился за женщин.

– Папаша у меня был рыбак. Я с ним всегда в море ходила...

Впервые фурия произнесла нечто внятное, к тому же безо всякой брани.

– А что случилось потом?

– Старый дурак потоп и оставил нас одних. Чтоб не продавать дом, мамаша продала меня. Я ей говорю: «Сдохну, а шлюхой не буду. Последнее дело – кобелиться за деньги». А она говорит: «Ну и сдохни. Твое дело. Мне малышей поднимать». Сука!

Летиция встала возле самой решетки, просунула руку, отвела с лица Марты спутанные волосы.

– Сколько тебе лет?

– Скоро семнадцать.

Я не поверил ушам. Выходит, она совсем девочка, а выглядит, будто заезженная портовая кляча.

– Значит, ты умеешь ходить под парусом? – спросила моя питомица, оглядываясь на квартердек. Но его в темноте было совсем не видно.

***

Трудней всего было спустить в баркас черных девушек. Они не привыкли к морю, к качке и замирали от ужаса, когда с верхушек волн срывалась белая пена. Но еще больше они боялись своей неистовой товарки. Шипя на них, раздавая затрещины, ругаясь страшными словами, Марта за-

Летиция встала возле самой решетки, просунула руку, отвела с лица Марты спутанные волосы

ставила-таки бедняжек перебраться в лодку. Для этого пришлось каждую обвязать веревкой.

– Ничего, потом спасибо скажут, – хрипло сказала рыбацкая дочь, когда непростая операция завершилась.

Хоть всё это происходило вблизи от квартердека, на котором стояли вахтенный и рулевой, темнота и шум ветра обеспечили надежное прикрытие.

Вот у борта осталась одна Марта. Она взялась за веревку, но замешкалась.

– Это... Как это... – Странно было видеть ее смущенной. – Ты вот что, парень... Тебя хоть как звать-то?

– Люсьен, – ответила моя девочка, посматривая в сторону мостика, где Друа как раз крикнул: «Полрумба влево!»

– Ага... – Марта почесала затылок. – Хочешь побыстрому? Я вот так встану, а ты давай... Эти подождут... Я от чистого сердца, правда...

Оно и видно было, что от чистого. Рыбачка предлагала единственное, чем владела и что так неистово обороняла, не жалея жизни.

– Спасибо. Но у меня есть... невеста.

В голосе Летиции я ощутил тень улыбки. А ничего смешного тут, на мой взгляд, не было. Со мной такое случалось неоднократно: предлагаешь кому-то самое дорогое, а человеку это совсем не нужно – отмахивается, да еще сдерживая смех...

– Ну и черт с тобой!

Марта отпихнула Летицию, перелезла через борт и скрылась во мраке. Минуту спустя моя питомица обрезала натянутый канат и перекрестила висящую в воздухе водяную пыль.

Я слышал, как девочка прошептала:

– Хоть этим свободу... Храни их Боже.

Сам я сидел возле кормового фонаря и провожал взглядом черный контур баркаса. Вот на нем шевельнулось и раскрылось что-то белое – это поднялся парус. Лодка косо пошла поперек ветра.

– А-а, вот вы где, дружище! Заглянул в каюту – там один капеллан. Очень хорошо, наконец-то поговорим без помех!

К нам направлялся Гарри Логан. Бриз трепал ворот его кожаного кафтана.

– А? – крикнул сверху Друа. – Ты мне?

– Нет, приятель. Эпину!

Чтобы ирландец не заметил удаляющуюся лодку, Летиция сама пошла ему навстречу. Они сели под квартердеком, куда не долетали брызги и где не так шумел ветер. Я, разумеется, был тут как тут.

Гарри сразу перешел к делу:

– Капитан рассказал вам про сокровища. Про золото и серебро, которого в тайнике чертова уйма. Мы спрятали в тайнике двадцать сундуков, каждый весом от десяти до двенадцати стоунов. Но Дезэссар не знает самого интересного. – Он наклонился к самому уху Летиции. – Главнейшая часть приза не золото и не серебро. Она хранится в сафьяновом ларе. Пратт лично отобрал и уложил туда самые лучшие ожерелья, кольца, подвески и прочие изделия из драгоценных камней. Хоть по весу это, может быть, всего одна пятидесятая часть клада, но по стоимости – треть, а то и половина. Этот сундучок я французской короне не отдам. Он достанется нам с вами. Мы поделим содержимое пополам. Потому что я испытываю к вам искреннюю симпатию. Что скажете?

Подумав, девочка задала резонный вопрос:

– Зачем вам с кем-то делиться? Из одной лишь симпатии?

Логан рассмеялся:

– Нет, конечно. Штука в том, что в одиночку ларь оттуда не вытащишь. Нужен напарник. Вот я и выбрал вас.

– А почему именно меня? С мичманом и королевским писцом у вас дружба теснее, чем со мной.

– Хотите начистоту? – Гарри положил собеседнику руку на плечо. – Я хорошо разбираюсь в людях. Иначе давно бы уж получил удар в спину. Тысячу раз. Так вот, вы не из тех, кто способен воткнуть приятелю под лопатку нож, даже ради большого куша. Девять людей из десяти это сделали бы, но не вы. Это во-первых. Во-вторых, вы головастый парень, Эпин, схватываете всё на лету. А там есть одна загвоздка. Джереми Пратт никого из нас не пустил внутрь пещеры. Он был силен, как бык, и перетаскал сундуки в одиночку. А пещера там ого-го какая, есть где спрятать сокровище. Я потом украдкой наведался туда. И не нашел тайника. Может, вы сообразите, я очень на вас надеюсь... Есть и третья причина. – Здесь он заговорил так тихо, что мне пришлось пролезть меж ними и задрать голову. – Понадобятся ваши медицинские, точнее сказать, аптекарские познания. Вообще-то нас в деле четверо: мы с вами и Клещ с Пронырой. Я не зря приваживал этих паршивцев, они тоже пригодятся.

– Зачем? Там мало двоих?

– Мало. Вы и я, мы вытащим ларь наружу, но потом придется нести его на себе. Нужны «вьючные ослы» – у меня ведь рука порезана. Ни мичману, ни писцу я не доверяю. Я разработал кое-какие меры предосторожности – для этого необходимо, чтобы «ослов» было именно двое. Не беспокойтесь, у меня все продумано.

– Выходит, драгоценности будут поделены на четыре части?

– Ни в коем случае! – зашипел штурман. – Я же говорю, мне нужны ваши медицинские познания. Первый «осел» протащит сундук половину пути, а потом мы предложим ему подкрепиться ромом, в который вы кое-что подсыпете. Ясно? Потом точно так же поступим со вторым. Делить клад на четыре части не придется.

Летиция кивнула:

– Понятно. Раз яд изготовлю я, вина за два убийства тоже ляжет на меня. Это не отяготит ваших взаиморасчетов с Всевышним.

Ирландец смущенно молвил:

– Я же говорю, вы парень головастый. У меня и так, сами знаете, на сей момент отрицательное сальдо.

– Знаю.

– Ну что? По рукам?

И Гарри протянул свою маленькую, цепкую ладонь.

Я был уверен, что моя питомица с возмущением ее оттолкнет. Но Летиция меня удивила – она скрепила зловещий сговор рукопожатием.

– По рукам. Выкладывайте подробности.

На баке пробили восемь склянок. Четыре часа пополуночи.

– Мне заступать на вахту. – Гарри поднялся. – Сделаем так. Через четверть часа поднимитесь на квартердек. Скажите, что я обещал научить вас управляться с штурвалом. Ваша любознательность известна, рулевой не удивится. Я скажу ему, что он может отправляться в койку. Море тут чистое, скалы и мели остались позади. Вы встанете на место рулевого, и никто не помешает нам продолжить разговор...

Я был вне себя от возбуждения. Прыгал у моей питомицы под ногами, взлетал и дергал ее клювом за рукав. Ветер подхватывал меня, отшвыривал в сторону – туда, где кипели пеной волны, но я возвращался, отчаянно работая крыльями. Я надсаживал горло, кричал: «Что с тобой, девочка?! Я перестал тебя понимать! Ты готова принять участие в хладнокровном убийстве?! Не верю!»

В конце концов Летиция подхватила меня и сунула себе под мышку, чтоб я не мельтешил перед глазами.

– Клара, ты мешаешь мне думать. Уймись.

Я тюкнул ее в теплый бок. Тогда она прошептала:

– Я выкуплю его...

Ах, вот что. Ты хочешь из своей доли похищенного сокровища выкупить у Дезэссара пленника? Ударить по голове славного дядюшку Мякиша ты не смогла, тебе проще отправить на тот свет двух несимпатичных особей? Это очень по-женски. Но я не осуждал мою девочку. Разве что совсем чуть-чуть. Я уже говорил, что не придерживаюсь христианской доктрины о недопустимости убийства – как, впрочем, большинство христиан. Если человек мерзавец, без него, как говорится, воздух чище и трава зеленей. Ни мичмана Проныру, ни мэтра Салье мне будет нисколечко не жалко. Но меня заботило другое.

«Неужто ты не понимаешь, что Логан прикончит тебя, как только ты сделаешь свое дело?» – спросил я, путаясь в складках плаща.

– Ты права, Клара. Пора идти...

***

Десять минут спустя прерванная беседа продолжилась. Логан и Летиция встали у штурвала. Если не считать меня и марсового матроса, кутавшегося в одеяло на верхушке грот-мачты, вокруг не было ни души. Остальных вахтенных штурман отпустил вниз, благо попутный ветер дул ровно, а море опасности не представляло. «Ласточка» сама неслась по волнам, развив скорость узлов в одиннадцать, а то и двенадцать.

– Я не рассказал вам про еще одну сложность, ожидающую нас на Сент-Морице, – говорил ирландец. – Там обитают свирепые дикари, с которыми нам предстоит справиться, прежде чем мы сможем добраться до сокровища.

– Выходит, вы с Праттом их не выдумали? Они действительно существуют?

Логан покосился на нее.

– Тыква рассказал?

– Да. Он был уверен, что вы с Праттом прикончили товарищей, чтоб ни с кем не делиться добычей.

– Честно говоря, я предлагал это капитану. Но упрямец сказал, что он не душегуб. Нет, про дикарей всё правда... Когда мы высадились на остров, их было не видно. Они попрятались. И напали на обратном пути, из засады. Это настоящие дьяволы. Огромные, черные, свирепые. Они прикончили всех кроме Джереми, прежде чем ребята успели взяться за орудие. Убили бы и Пратта, но их предводительница велела взять его живьем – он ей приглянулся.

– Предводительница?!

– Не перебивайте, Эпин. Я всё расскажу... Меня спасло чудо. Или моя предприимчивость – не знаю. Я отстал от остальных и тайком вернулся в пещеру. Хотел понять, куда Пратт запрятал сундуки. Мы ведь ждали его снаружи день, ночь и еще полдня... Тайника я не нашел, но зато остался жив. Когда я шел обратно, увидел на тропе десять раздетых догола, безголовых трупов... – Он передернулся от страшного воспоминания. – Дикари были уверены, что истребили всех и больше не маскировались. Я нашел их логово по стуку бубна и крикам. Засел в зарослях и долго наблюдал.

– А ваш корабль?

– Там мелкая бухта, в которую можно войти лишь при очень высоком приливе. «Бешеный» встал на якоре за скалами, в полумиле от берега. Пратт велел помощнику ждать и ничего не предпринимать. Вот они и ждали. А я сидел в кустах и тоже ждал. Откуда на необитаемом острове взялись черные дикари, объясню после. Это целая история.

– Они что, сами вам ее рассказали?

– Нет, мне рассказал ее Пратт, – ответил Логан, не заметив или проигнорировав недоверчивость, прозвучавшую в вопросе. – Дикари устроили себе жилище на корабле, который бурей выкинуло на мелководье. Завтра сами увидите... Верховодит у них огромная бабища, которую я прозвал Черной Королевой. Я видел, как она обнималась и миловалась с беднягой Праттом. Сначала он был привязан к мачте. На второй день королева его отвязала. На третий отпустила... Я решился выйти из укрытия, когда увидел, что Джереми готовится сесть в лодку, а дикари его не трогают. Не тронули они и меня. Пратт был похож на высосанный лимон – женщина-гора измучила его своей страстью. Он сказал, она называла его «пти-кошон», «поросеночек». У Черной Королевы там целый гарем из дюжины здоровенных негров, каждый по шесть-семь футов ростом. Но такого, как Джереми, – низенького, квадратного, да еще с белой кожей, не было. Вот она его и полюбила. Женщинам вечно хочется чего-то необычного...

Я слушал невероятную историю с разинутым клювом. Судя по обилию неправдоподобных деталей, Гарри говорил правду.

– Черная Королева отпустила Пратта с условием, что он привезет на остров баб. Ее воины нуждаются в подругах. Каждый год королева рожает, но одних мальчиков. Вероятно, в ней слишком мало женского. На что уж Джереми был здоровяк, но она, по его словам, еще сильней. За то, что Пратт привезет на остров новых баб, королева обещала охранять путь к пещере. Такой уговор меж ними, стало быть, состоялся год назад. Пратта прибрал Господь. – Штурман поднял к небу глаза и перекрестился. – Но его обещание исполню я. Мы вчетвером тихо-мирно приплывем на лодке. Доставим дикарям рабынь. Начнется пир, песни-пляски. Дадим им огненной воды, в которую вы кое-что подмешаете... Когда черномазые дьяволы издохнут, никто не помешает нам отправиться на поиски сокровища. Мы найдем клад, вынесем ларец с драгоценными камнями. Избавимся от Проныры и Клеща. Спрячем сундук в надежном месте. А потом высадится Дезэссар. Хватит с него золота и серебра. – Логан засмеялся и горделиво спросил. – Как вам мой план? Ловко придумано?

– Даже чересчур, – медленно ответила Летиция. – А почему нельзя дождаться высокого прилива, войти в бухту и разнести логово дикарей из пушек?

– Потому что они заметят нас раньше. Спрячутся среди скал, и мы нипочем их не отыщем. Будут нападать из укрытия, перебьют поодиночке всю команду. Нет, Эпин, пока мы не уничтожим Черную Королеву и ее людей, сокровища нам не добыть. План-то отличный, сами подумайте: отвезем девок да отравим всю банду к чертовой матери. Вам нужно только насыпать в ром побольше яду. Угощать их буду я сам. У чернокожих нехристей души нет, поэтому на мои расчеты с Господом это не повлияет. Признайте же, что я отлично всё придумал!

Тут девочка его и огорошила:

– Рабынь нет. Они уплыли на баркасе.

«Ласточку» тряхнуло – это Гарри выпустил штурвал, и руль встал поперек ветра. Марсовый матрос вылетел из своего гнезда и едва успел зацепиться за ванты.

Марсовый матрос вылетел из своего гнезда и едва успел зацепиться за ванты

– Вы что там, очумели?! – заорал он, по-обезьяньи болтаясь в воздухе.

Летиция бухнулась на палубу, да и сам Логан оказался на четвереньках. Но это его не остановило. Он сначала пополз, потом побежал к фоку. Корабль мотало из стороны в сторону.

– А-а-а!!! – раздался отчаянный вопль ирландца.

Он увидел, что клетка пуста.

Снизу на палубу высыпали вахтенные матросы. Выскочил полуодетый Дезэссар.

– Что такое? Риф?

– Хуже! – простонал Логан, бегом возвращаясь к штурвалу. Полминуты спустя фрегат выровнялся.

Услышав о бегстве рабынь, Дезэссар встревожился.

– Вниз, все вниз! – крикнул он матросам. – Понадобитесь – позовут! – И стал допытываться у штурмана. – Как это произошло?

– Спросите у лекаря! Он знает больше моего. Боже мой, что теперь делать? Как обезвредить Черную Королеву?

Летиция стояла, опустив голову. По-моему, она жалела о порыве, побудившем ее выпустить девушек. Вот уж чего никогда и ни при каких обстоятельствах нельзя делать –это раскаиваться в проявленном великодушии. Какова бы ни была цена. Так говорил мой Учитель, а ему можно верить.

– Они сбежали... – пробормотала Летиция. – Я видел, но ничего не мог поделать... Было поздно.

– Видел и промолчал? Идиот! – обрушился на него Логан. – Мы бы развернулись и настигли их. А теперь ищи-свищи! Что нам делать, капитан? Готовы ли вы вступить с дикарями в бой?

Дезэссар почесал подбородок.

– Их чертова дюжина, и все здоровенные? Мои ребята не морская пехота. На суше, да еще в джунглях или среди скал от них будет мало проку... Ради такой добычи они, конечно, пойдут на всё. Но после первой же потери пыл пропадет. Я их знаю... Придумайте что-нибудь, Логан. Вы получаете равную со мной долю при условии, что приведете нас к кладу. Иначе соглашение придется пересмотреть.

Вцепившись в рычаги штурвала, Гарри сумрачно глядел перед собой. От напряженной работы мысли у него слегка шевелились уши.

– Поставьте на вахту кого-нибудь другого, – наконец молвил он. – Не могу делать два дела сразу...

Вскоре все мы – капитан, штурман, Летиция и я – спустились в кают-компанию.

– Мы все равно сделаем это, – сказал Логан, минут с пять пометавшись из угла в угол. – Другого способа я не вижу. Итак, капитан, на берег высаживаются Эпин, Проныра, Клещ и я. Раз у нас нет девок, мы их создадим.

– Как это?

– Очень просто. У меня в сундуке есть два женских платья. Я купил их в подарок своим подружкам из Бас-Терра – мы ведь потом собираемся зайти на Гваделупу. Из Клеща бабы не сделаешь, слишком у него гнусная рожа. Но Проныра и Эпин совсем мальчишки. Вот их и переоденем. План остается в силе. Просто надо будет напоить дикарей ромом поскорее, пока обман не раскрылся.

– Я не стану переодеваться женщиной! – вскричала моя питомица, покраснев. – Ни за что на свете!

Дезэссар кашлянул, но промолчал. А Гарри рявкнул:

– Будете, как миленький! Это из-за вашего ротозейства дело оказалось под угрозой! Оставайтесь здесь. Сейчас я приведу Проныру и принесу платья!

Когда ирландец вышел, громко стукнув дверью, Дезэссар спросил:

– Вы решили остаться на корабле? Дело ваше. Но помните, что от компенсации и от своей доли вы отказались. – Тут он, должно быть, сообразил, что в таком случае она может отказаться от участия в рискованном маскараде, и прибавил. – Не буду мелочиться, это недостойно будущего дворянина. Долю, причитающуюся корабельному лекарю, вы, так и быть, получите.

Особенного впечатления на девочку эта щедрость не произвела. Вбежал Логан и кинул на стол два дешевых и довольно грязных платья кричащей расцветки.

– Купил по случаю у старьевщика. Раздевайтесь, Эпин, и выбирайте любое. Мичмана я растолкал. Он сейчас явится. Ну же, снимайте штаны! Чего вы ждете?

Летиция сумела найти выход из непростого положения:

– Я не стану напяливать на себя этот ужас. В Форт-Рояле я купил наряд для своей невесты. Сейчас надену его и вернусь.

Она ушла, а я залез под стол, чтобы послушать, о чем будут говорить капитан и штурман в ее отсутствие.

Дезэссар спросил:

– Я вижу, вы с Эпином сговорились?

– С моим даром убеждения я уговорю кого угодно. Так что вы зря сомневались.

– У меня были на то основания... – промямлил капитан, не вдаваясь в подробности. – Когда справитесь с дикарями, разожгите два костра из сырых веток. Это будет сигнал, что нам можно высаживаться.

– Хорошо. Но учтите, что могут быть проволочки. Вдруг негры переселились вглубь острова? Придется их разыскивать. Это может занять день или два.

– Я буду стоять на якоре до тех пор, пока прилив не позволит войти в бухту. Вы говорили, это возможно один раз в месяц, в ночь полнолуния. Ждать всего двое суток. Если до того времени вы нас не вызовете, значит... – Капитан печально вздохнул. – Но ничего. Наши пушки и мушкеты отомстят за вас.

– Спасибо.

Вошел встрепанный Проныра. Он плохо соображал со сна и долго не мог понять, зачем ему нужно переодеваться, но в конце концов скинул с себя всё и примерил сначала одно платье, потом другое. Увы, оба наряда оказались безнадежно малы. Мосластый и широкоплечий парень со здоровенными ступнями и торчащими из рукавов волосатыми руками совсем не походил на девицу.

– Боюсь, Гарри, изображать бабу придется вам, – сказал капитан. – У вас комплекция в самый раз. А Проныра с Клещом будут сопровождающими.

Штурман с отвращением посмотрел на пестрые тряпки и ничего не ответил. Он видел, что Дезэссар прав.

# Черная королева

Следующим утром мы плыли на ялике к острову.

Он вылез из-за горизонта на рассвете маленьким прыщиком, быстро разросся до размеров бородавки, а потом изрядной шишки, венчавшей сизую плешь океана. Попутный ветер не оставлял нас всю ночь, делаясь сильней и сильней. Казалось, Сент-Мориц сам спешит навстречу нашей «Ласточке». Дезэссар собрал на палубе команду и рассказал про сокровище, которое сделает всех богачами. Речь капитана много раз прерывалась восторженными воплями. Праздничное, хмельное настроение охватило всех. Возбужденные голоса и хохот не умолкали ни на минуту. Когда фрегат встал в дрейф на безопасном расстоянии от обрывистого берега и участники экспедиции сели в лодку, их (то есть нас) проводили троекратным «ура» и опять-таки громким хохотом. Вид штурмана и доктора, обряженных в женское платье, вызвал у матросов взрыв веселья и тысячу шуток, в основном непристойного свойства.

И вот мы направлялись к узкому горлу бухты, притаившейся между утесов. Пользуясь преимуществами пернатости, я поднялся в воздух, чтобы лучше разглядеть остров.

Он был совсем невелик и мало чем отличался от сотен других Антильских островков, разбросанных по тысячемильной дуге. Единственной не совсем обычной чертой была его форма. В моей родной Японии таких вулканических выростов, поднявшихся с морского дна, очень много, но для Вест-Индии подобный силуэт редкость. Сент-Мориц очень походил на шляпу: зеленые поля – берега, над ними серо-коричневая тулья скал, поверху – снова зелень. Бо́льшую часть острова занимало невысокое плато с отвесными краями. Что до размеров, то, на взгляд, от края до края шляпы было миль пять.

По всей окружности Сент-Морица кипела белая пена – это волны бились о сплошную полосу рифов, делавшую островок неприступным и бесполезным для мореплавателей. Если б Логан так уверенно не правил к скалам, мы и не заметили бы, что в них открывается небольшой зазор.

Трое из сидевших в ялике были напряжены и молчаливы. Полагаю, что волновался и Гарри, но у него это выражалось в неудержимой говорливости.

– Паршивая из вас получилась красотка, Эпин, – говорил он, похохатывая. – Не то что из меня. Поглядите, как изящно держу я спину, как пышно оттопыривается моя грудь. А вы похожи на жердь. Зря вы отказались напихать в лиф и на бедра тряпок. На девицу вы похожи, как деревянное сабо на бальную туфельку. Такая уродина может понравиться разве что дикарям с необитаемого острова, которые не видали других женщин кроме своей слонихи.

Я видел, что эти выпады больно ранят самолюбие моей питомицы. Она битый час потратила на то, чтобы достойным образом вернуться в свое природное состояние, не пожалела притираний, помад и пудры. По-моему, она смотрелась очень недурно в зеленом платье, купленном у форт-рояльского аптекаря.

Оба ряженых надели алонжевые парики – Летиция черный, Логан рыжий. Решили, что так лучше, чем с коротко стриженными волосами.

Перед тем, как сесть в лодку, штурман рассказал историю Черной Королевы – чтоб товарищи лучше понимали, с кем им предстоит иметь дело.

На самом деле ее звали Шаша – так обращалась к ней свита. Возможно, это был титул. Богатырша правила воинственным племенем, обитающим в джунглях африканской Сенегамбии. Главным источником его дохода были набеги на соседей: Черная Королева захватывала пленных, продавала их арабским или европейским работорговцам, а взамен получала топоры, зеркала, ткани и сахар. Но однажды коварный магрибец напоил воительницу и ее людей до беспамятства, надел на них колодки и с выгодой продал на французский корабль, отправлявшийся в Вест-Индию. Шаша очнулась в тесном и смрадном трюме, среди полутора сотен невольников, большинство из которых изъяснялись на других наречиях. Все они плакали от ужаса, многие болели от скученности и тоски. Известно, что при пересечении Атлантики нормальной считается убыль в четверть, а то и треть «живого товара».

Но вскоре всё переменилось. При помощи своих воинов, своего ума и своей силы королева установила в трюме железный порядок. Рабы слушались ее беспрекословно. Заболевших лечили знахари, слабых подкармливали, непокорных учили уму-разуму. Никто больше не умирал.

Шкипер не мог нарадоваться на чернокожую великаншу, благодаря которой рейс сулил принести невиданно высокую прибыль. Шаша разгуливала по кораблю, как хотела, всюду совала свой нос, быстро научилась объясняться на ломаном французском. Но всё время плавания, каждый день, она ждала только одного – чтоб вдали показалась земля. Так рассказывала она Джереми Пратту в перерывах меж любовными неистовствами.

И когда, почти два месяца спустя, впереди показался берег, королева подала своим людям условленный сигнал. Черной волной они выплеснулись из трюма, на борту закипела кровавая бойня, и очень скоро ни одного белого не осталось в живых. Вождем «плавучего дома» стала Шаша.

Тут-то и начались главные испытания. Она полагала, что весь Великий Щит (так в ее племени называли Землю) сложен из двух половин, синей и зеленой. На синей, то есть водяной, обитают белые люди, на зеленой – черные. Достаточно попасть к краю суши, и окажешься недалеко от дома. Королеве и в голову не приходило, что она находится в тысячах миль от родных мест.

Второе открытие было еще ужасней. Выяснилось, что «плавучий дом» передвигается не сам собой, а повинуется каким-то непонятным демонам. Они гоняют его по волнам, как им заблагорассудится. То накреняют, то выравнивают, то разворачивают.

Ветер пронес корабль мимо земли и утащил в открытое море, где злосчастных победителей болтало по водам еще много дней. Иногда вдали показывались острова, но пристать к ним злой демон моря не желал.

На судне кончились еда и вода. Королева и ее воины стали есть иноплеменников и утолять жажду их кровью. За каждого съеденного Шаша велела отдавать еще двоих демону моря. В конце концов он умилостивился. Когда королеве пришлось питаться уже собственными воинами, и в живых их оставалось всего «десять и два», демон совершил чудо: погнал корабль прямо на скалы, и скалы расступились. «Плавучий дом» сел днищем на песок.

С тех пор сезоны сменились «десять и еще десять раз», то есть прошло десять лет, поскольку каждый год состоит из двух сезонов. Дикари остались жить на французском корабле, освоили остров. Им хватало пищи, никто больше не умер, и всё было бы неплохо, если б не тоска по родным краям. И еще очень не хватало женщин. Одной Шаши на двенадцать воинов было недостаточно, к тому же раз в год она исправно беременела и тогда не подпускала к себе мужчин. Рождались исключительно мальчики, так что в дальнейшем население Сент-Морица было обречено на вымирание. Как правительница своего маленького королевства, Шаша была этим очень озабочена. Потому и отпустила Пратта за женами для своих воинов.

– Нам с вами, Эпин, предстоит нарожать дикарям дочерей, – сказал в завершение рассказа Логан и залился хохотом.

Никто не разделил его веселья. Летиция слушала хмуро. Клещ и Проныра, кажется, перетрусили.

Больше всего штурмана беспокоило, не наделают ли эти двое каких-нибудь глупостей.

– Я же сказал: не смей ее снимать! – Логан нахлобучил Проныре на голову старую черную треуголку с облезлым страусиным пером. – Это шляпа, в которой здесь был Джереми Пратт! Ты должен быть похож на него хотя бы издали, иначе чертовы дикари попрячутся! Пригнись пониже, растопырь плечи! Джереми был в полтора раза ниже и вдвое шире, чем ты. Повтори, болван, что ты должен делать.

Проныра шмыгнул носом.

– Ну, Клещ останется сторожить лодку, чтоб ее не унесло отливом... А я чего? Тащу вас с Эпином на веревке. Когда подойду к кораблю, надо кричать: «Привет от капитана Пратта!»

– Не «привет», а «салют», дурья башка! И не «Пратта», а «Пупурата» – именно так она его называла. Если ты ошибешься, они проткнут нас дротиками. Эти твари умеют швырять свои копья на полсотни шагов!

– Салют от капитана Пупурата, – повторил Проныра.

– Лучше просто: «Салюта капитана Пупурата». Повтори!

Мы проплыли меж двух острых скал и оказались в лагуне. Она была шире, чем я предполагал.

В дальнем ее конце, у самого берега скривилась шхуна с обвисшими парусами. На вид она была совсем целая. Думаю, что два десятка матросов могли бы запросто стянуть ее с мели при достаточно сильном приливе.

Штурман направил ялик не прямо к кораблю, а в сторону.

– Пусть они нас как следует разглядят, – сказал он, понижая голос, будто дикари могли его подслушать. – Помаши им шляпой, парень. И поскорей надень обратно...

Было очень тихо, лишь из-за скал доносился рокот прибоя. Вблизи стало видно, что до плато, занимающего всю центральную часть острова, простираются сплошные заросли. Кое-где воздух струился и словно бы переливался – вероятно, от болотных испарений.

– Значит, я не отхожу от лодки, так? – сказал королевский писец, нервно оглядывая кусты. На его желтом лбу выступили капли пота, хотя солнце еще не начало припекать.

– Да. Просто стойте, и всё. Можете сесть на песок. И не тряситесь. Вам ничего не угрожает.

Эти слова мэтра Салье не успокоили.

– Если вас перебьют, одному мне с яликом не справиться. Всё преимущество – успею помолиться перед смертью.

Гарри заметил:

– Никто вас насильно сюда не тащил. Четверть сундука, набитого отборными алмазами, изумрудами и рубинами, стоят того, чтобы рискнуть жизнью.

Летиция спросила, показывая на края горного массива:

– Что это там за черные полосы?

Обрыв действительно был словно расчерчен вертикальными линиями.

– Трещины. Там целый лабиринт. Один я знаю дорогу к руднику.

– Какому руднику? – спросил писец, навострив уши. – Вы мне про него не говорили.

– Мне тоже, – хором произнесли мичман и Летиция.

– Не говорил, так расскажу. У нас на «Бешеном» был один испанец. Он и рассказал Пратту, что на Сент-Морице есть отличное место, бывшая копь. Старый Руис в юности служил там охранником, когда рудник еще не прикрыли.

– А что в нем добывали? – спросил Клещ.

– Серебро. Руду грузили на корабль раз в месяц, во время большого прилива. А потом жила иссякла. Поэтому остров уже лет сорок как покинули.

Шлюпка скрипнула килем по песку. Люди спрыгнули в мелкую воду, я полетел вперед, на разведку. Если Черная Королева устроила засаду, я замечу и предупрежу своих, подумал я.

Но Летиция закричала:

– Клара, Клара, назад!

Я вернулся, а она схватила меня и обвязала шнурок вокруг моей ноги!

Оказывается, это Логан ее подучил.

– Так-то лучше, – сказал штурман. – Вы не знаете, что такое дикари. Они верят во всякую чушь. Для них звери и птицы – такие же существа, как люди. Если они заметят, что от нас к ним летит попугай, примут его за лазутчика и могут напасть.

«Значит, дикари умнее вас, так называемых представителей цивилизации!» – крикнул я, но поделать ничего не мог. Оставалось довериться судьбе.

Итак, я сидел, привязанный шнурком, а Летицию и Гарри, в свою очередь, посадил на веревку Проныра, направившийся в сторону шхуны. В руке он тащил плетеный кувшин с ромом, куда Летиция при мне всыпала какого-то белого порошка.

Логан шипел:

– Виляйте задницей, Эпин. И семените, семените! Что вы топаете, как журавль? Пару раз споткнитесь – женщины неловки. Пугливо озирайтесь, вот так.

Он показал, как надо озираться, да взвизгнул, да прикрыл рот ладонью. Моя девочка смотрела на эти кривляния недобрым взглядом.

На сердце у меня скребли кошки. Всех нас очень скоро могли прикончить. Гарри был прав, когда сказал, что для птицы чернокожие исключения не сделают. Большинство народов, живущих в тесном родстве с природой, относятся к животным без высокомерия – почитают или ненавидят нас так же, как себе подобных.

На сердце у меня скребли кошки. Всех нас очень скоро могли прикончить

Если наша миссия и увенчается успехом, это будет означать, что моя питомица, самое дорогое мне существо, при помощи яда хладнокровно умертвила дюжину человек. Смогу ли я относиться к ней после такого злодеяния по-прежнему?

Мы были уже недалеко от корабля, но с него не доносилось ни звука. Ветерок шевелил гирлянды ярких цветов, развешанные по вантам. На верхушках бортов белели какие-то шары, посверкивая веселыми искорками.

– Так было и в тот раз, – вполголоса сообщил Гарри, облизывая сухие губы. – Мы приплыли на лодке. Увидели шхуну. Поднялись на борт – пусто. А потом они напали в каньоне, когда наши возвращались к лагуне...

Мичман вошел в воду по пояс, в нерешительности остановился перед свисающей с борта лестницей.

– Давай, кричи! – шепнул ирландец.

Проныра дрожащим голосом воззвал:

– Привет капитан Пуру... То есть, салюта-пурутата!

Ни звука в ответ.

Он крикнул еще несколько раз – опять ничего.

– Может, они в джунглях? Или передохли от болотной лихорадки? – спросил мичман.

– Дикари не болеют лихорадкой, – мрачно ответил Гарри. – Ой, не нравится мне это... – Он засунул руку под корсет и щелкнул там чем-то железным. – Ладно, полезли.

– После вас, – быстро сказал Проныра, отодвинувшись от трапа.

Я захлопал крыльями: «Пустите вперед меня! Отвяжите!» Но дураки не поняли.

– Ладно. Была не была...

Издавая писклявые повизгивания, должно быть, казавшиеся ему очень женственными, штурман начал подниматься.

На кромке борта он всплеснул руками, ойкнул, будто едва удержал равновесие.

– Никого не ви-идно, – пропел он фальцетом. – Лезьте сюда-а!

Летиция вскарабкалась второй. Последним – бледный мичман.

– Мамочка моя! – пролепетал он, с ужасом глядя на верхушку фальшборта.

То, что я издали принял за белые шары, оказалось человеческими черепами. Кто-то аккуратно соскоблил с них плоть и украсил верхушки разноцветными ракушками.

– ...Четырнадцать, – посчитал Гарри. – В прошлый раз этой красоты не было. Ну, десять – это наши ребята с «Бешеного», а кто остальные четверо? Наверно, какие-нибудь бедняги-буканьеры заплыли поохотиться на диких свиней...

Втроем они вышли на середину палубы, не замечая, что жмутся друг к другу. У меня и самого от страха встопорщились все перья.

– Джереми говорил, что в капитанской каюте у них храм Морского Демона. Туда они носят подношения. А живут дикари в трюме, для королевы там отгорожен угол... Идем что ли?

Гуськом спустились вниз: впереди Логан, потом мы с Летицией, сзади Проныра.

Трюм на шхуне был широкий, и с очень низким потолком, как на большинстве судов, промышляющих работорговлей. Пахло там мускусом, травами, дымом – совсем не по-корабельному.

– Что это? – прошептала Летиция, схватив штурмана за рукав.

Откуда-то из темноты (не было видно ни зги) донесся странный звук: будто тихонько захныкал ребенок. Что-то щелкнуло. И тут же опять наступило безмолвие. Мы затрепетали.

– Салюта капитана Пу... Пурутата! – жалобно вскрикнул Проныра.

Тишина.

Я пытался вглядываться во мрак и растопырил крылья, готовясь защитить мою девочку от опасности.

– Не бойся, глупышка, я с тобой, – сказала она, дотронувшись до меня.

Стало обидно. Неужто после всего, что я для нее сделал, меня можно считать трусом и «глупышкой»?

И снова донесся звук – самый невинный из всех, какие только можно вообразить. Но за всю свою жизнь я не слышал ничего ужаснее.

В полной тьме, в абсолютной тишине загугукал младенец.

Густой, будто охрипший спросонья голос сказал:

– *Мачумба!*

С двух сторон в трюм ворвались яркие столбы света – это справа и слева откинулись люки. Я прищурился, полуослепленный. Слишком резок был переход от кромешного мрака. Взвизгнул и кинулся назад к лестнице Проныра, но споткнулся обо что-то и упал.

Я увидел по бокам двенадцать фигур. Они были похожи на статуи могучих атлетов, вырезанные из эбенового дерева. Это подданные королевы Шаши открыли по ее команде пушечные порты. Сама предводительница сидела в кормовой части трюма на охапке душистых трав. Толком разглядеть ее мне в первую минуту не удалось, возникло лишь ощущение чего-то гигантского, бегемотообразного. Воины были одеты в соломенные юбки, на груди у них висели ожерелья из акульих зубов. Королева же пребывала в царственной наготе. Никогда не видывал я грудей такого объема. К каждой из них прилепилось по младенцу. Еще семь или восемь малышей сидели вокруг своей исполинской мамаши, пялясь на нас круглыми глазенками. Самому старшему из них было лет восемь. Один карапуз, очевидно, не так давно научившийся ползать, издал хныкающий звук, напугавший нас минуту назад. Королева быстрым, но мягким движением щелкнула его по затылку своей поразительно длинной ручищей.

Наконец, я рассмотрел ее лицо. Оно было с хорошую тыкву. В кудрявых волосах белели маленькие лилии. Сочный рот находился в постоянном движении – ее величество что-то жевала. Выпуклые глаза рассматривали нас очень спокойно. Задержались на мне, на «женщинах», остановились на Проныре.

– У Пупурата? – медленно произнесла Шаша.

Логан пнул мичмана ногой: отвечай!

– Ка... капитана Пупурата скоро приходи. Совсем скоро, – пролепетал Проныра, вспомнив инструкции. – А пока вот я... Двух девок привел.

Королева покачала головищей.

– Пуркуа дё? Проми боку[32].

Поняв, что убивать не будут, мичман приободрился и вполне бойко отвечал, что остальных девок скоро доставит сам «капитана» и что он прислал в подарок «волшебной воды».

Воины одобрительно загудели – уж не знаю, из-за девок или из-за «волшебной воды». Вероятно, из-за того и другого. Но без приказа никто с места не трогался. Дисциплина на шхуне была железная.

– Почему он не приходи сам?

Черная Королева изъяснялась по-французски, пренебрегая грамматикой, но при этом очень понятно. Гарри снова лягнул Проныру, благо юбка прикрывала эти телодвижения.

Что отвечать на этот вопрос, мичман знал.

– Приходи завтра. Сегодня плохой день. Понедельник.

Она кивнула, удовлетворившись объяснением. От кого-то из моряков со шхуны королева знала,

[32] Почему два ? Обещай много. (*фр.*)

что есть нехорошие дни, которые называются «понедельниками». Про это Логану рассказал капитан Пратт.

– Муа ожурдуи бон жур, демэн бон жур. Апредемэн па бон. Санг-фамм. Пупурата вьен демэн?[33]

Я-то ее понял: она хотела сказать, что послезавтра ожидает прихода месячных и волнуется, успеет ли Пратт до той поры порадовать ее любовным свиданием.

Проныра захлопал глазами.

– Скажи «да», – процедил Гарри.

– Да!

Шаша впервые улыбнулась и хлопнула в мясистые ладоши.

– Хорошо! Сегодня маленький марьяж. Завтра большой марьяж. Две жены сегодня. Остальные завтра.

Ее подданные взволнованно зашептались. Я догадался: каждому хотелось оказаться в числе сегодняшних, а не завтрашних женихов.

Летиция с ужасом покосилась на черных кавалеров. Поежился и штурман.

– А вот «волшебная вода», – сказал он тоненьким голосом, хотя по плану угощать дикарей ромом предполагалось несколько позже.

Королева плавно поднялась, отложила младенцев и приблизилась к нам с величественностью трехпалубного корабля. Кажется, она намеревалась рассмотреть «невест» как следует.

– Надеюсь, ей не взбредет в голову нас раздевать, – пролепетал Гарри. Даже при сумрачном

---

[33] У меня сегодня хороший день, завтра хороший день. Послезавтра нехороший. Женская кровь. Пупурата придет завтра? *(искаж. фр.)*

освещении было видно, как он побледнел. – Проныра, угощай!

– Ром, ром!

Мичман стал совать свою бутыль, но Шаша слегка тронула его пальцем в грудь, и Проныра отлетел в сторону.

– Тут темно, – сказала королева. – Ходи верх.

Она первой поднялась по лесенке. Мы обреченно следовали за ней. Последним плелся Проныра, его нетерпеливо подталкивали сопящие воины.

Тут-то нам и конец, подумалось мне. Во всяком случае, Логану.

На наше спасение, начала королева экзамен с Летиции. Поставила ее перед собой, скептически оглядела, пощупала сверху, снизу, с боков. Моя девочка стояла ни жива ни мертва. Ее дрожащие пальцы возились с шнурком, привязанным к моей лапе. Я понял: Летиция не хочет, чтоб я погиб вместе с ней. Истинно благородная душа даже в минуту опасности заботится не о себе!

– Совсем плохой, – резюмировала Черная Королева. – Много-много корми, тогда лучше.

И повернулась к штурману, который, судя по виду, приготовился к смерти. Но его Шаша щупать не стала. Как завороженная, она уставилась вниз, на завитые пряди (Гарри был на добрых полтора фута ниже). По-моему, она никогда прежде не видала рыжих волос. Потянула за локон – парик остался у нее в руках, но собственные волосы ирландца были того же красноватого оттенка. Это привело королеву в восторг. Она провела пальцем по веснушчатым щекам Логана.

– Бон фам! Тре бон![34]– в восхищении воскликнула Шаша, даже не проверив стати красотки.

Моя девочка стояла ни жива ни мертва. Ее дрожащие пальцы возились с шнурком, привязанным к моей лапе

---

[34] Хороший женщина! Очень хороший! *(фр.)*

Окружавшие нас воины зацокали языками, загалдели. Я не понимал их языка, но догадывался: каждый просил, чтобы невеста с красными волосами и золотыми пятнышками досталась именно ему.

Пользуясь свободой, я переместился на вант грот-мачты, откуда обзор был гораздо лучше.

Откуда ни возьмись, прилетели две разноцветные птицы неизвестного мне вида. Сели рядом и с любопытством начали меня о чем-то расспрашивать.

«Фю-фить, фю-фить?» – трещали они.

Я знаю несколько человеческих языков, но по-птичьи, увы, не понимаю.

«Отстаньте, пернатые! Не до вас!»

Вид у меня солидный, пропорции впечатляющие, клюв того паче. Местные жители шарахнулись от меня, обругали по-своему и упорхнули. Ничто больше не мешало мне наблюдать за развитием событий.

Черная Королева показала на одного из своих молодцев, самого плечистого и рослого. Что-то сказала, кивнув на Летицию. Детина просиял толстогубой улыбкой и облизнулся. Подошел к моей питомице, съежившейся от страха, выплюнул в ладонь жвачку и пальцами запихал ей в рот. Очевидно, таков был ритуал ухаживания. Когда у девочки от ужаса и отвращения свело челюсть, жених ласково потянул ее за нос и, взяв другой лапищей за низ лица, помог жевать – подвигал подбородок туда-сюда.

Остальные воины смотрели с завистью и нетерпением. Они желали знать, кому достанется вторая женщина.

Однако Черной Королеве не хотелось расставаться с красноволосой чаровницей. Шаша положила

Логану на плечо свою тяжелую руку (ирландец присел) и спросила Проныру:

– Комбьен фамм демэн?[35]

– Боку, боку! – воскликнул тот. – Всем хватит!

Королева объяснила что-то воинам, вызвав у них взрыв восторга. И лишь после этого подтолкнула Логана к самому старому и, вероятно, самому заслуженному из приближенных. Сразу видно мудрую правительницу: отличив одних, она не забыла пообещать награду и остальным.

– Делать марьяж, пить волшебная вода! – объявила Шаша.

Она повела всех в кают-компанию, посередине которой возвышался вырезанный из сандалового дерева истукан. Его выпученные губы лоснились чем-то красным – уж не кровью ли. Все стены были разукрашены пышными цветочными гирляндами. Королева надела одну на шею Логану, другую, пожиже, на Летицию. Таким же манером украсила она и обоих женихов. После этого минут пять все ритмично хлопали в ладоши и, приплясывая, пели что-то заунывное. Вот и вся брачная церемония.

После этого начался свадебный пир.

Все расселись на палубе: в середине королева, слева и справа новобрачные, остальные широким кругом. Мичману Шаша сказала:

– Туа, пти-ом, ва[36].

Повторять не пришлось. Проныра моментально спрыгнул за борт, подняв фонтан брызг. Не оборачиваясь, побежал туда, где возле лодки торчала долговязая фигура писца.

---

[35] Сколько женщина завтра? *(фр.)*

[36] Твоя, маленький человек, уходи. *(фр.)*

Дикари по очереди пили из бутыли, крякая от удовольствия. Мне стало жаль этих простодушных детей природы. Они были обречены. Ах, любовь! На какие злодейства подвигаешь ты даже благородную душу вроде моей Летиции!

Опьянение наступило после первого же глотка. Я много раз замечал, что представители народностей, не привычных к спиртным напиткам, сильно хмелеют даже от самой небольшой дозы.

Сразу же начались пляски. Черная Королева танцевала с монументальной неспешностью, гигантские груди покачивались, складки жира ходили волнами. Вокруг, прикладываясь к бутыли, топтались воины. Обе «невесты» сидели неподвижно, вжав головы в плечи, и ждали развязки.

Вот один из танцоров кулем повалился на палубу, захрипел. Прочие не обратили на это внимания. Упал второй, третий, четвертый. Но те, кто еще удерживался на ногах, были только рады: чем меньше оставалось людей, тем короче делались интервалы между глотками.

Наконец, повалились все кроме Черной Королевы, которая пила уже без остановки, всё еще приплясывая. Вид у нее был одурманенный, но в то же время блаженный. Она напоминала попавшего в рай гиппопотама.

– Вот чертова прорва, – заметил Гарри, отстукивая ритм ладонями по палубе. – Выдула столько яду – на целый полк бы хватило, и всё нипочем.

– Чертова прорва, – повторила Шаша, еле ворочая языком и засмеялась.

Пошатнувшись, она наклонилась над Логаном и погладила его по голове.

– Бон филь. Жоли филь. Туа фэ бон гарсон шво руж. Иль гранди, девенир мон мари[37].

– Само собой, – пропищал Гарри – и с криком откатился в сторону.

Если б он этого не сделал, великанша раздавила бы его своей тушей. Яд наконец свалил Шашу. С великим грохотом она плюхнулась наземь и больше не двигалась.

Штурман вытер пот.

– Уф! Хорошо, что дело не дошло до брачного ложа. Нам с вами, Эпин, грозили бы большие неприятности...

Летиция молча перекрестилась.

– Дело сделано, – сказала она, приподняв королеве веко. – Уходим отсюда. Мне не по себе.

– Мне тоже. Молодцом, доктор. У вас настоящий талант отравителя. Надеюсь, что фляга, приготовленная для наших друзей, окажется не менее эффективной.

Моя бедная девочка, преступница во имя любви, спешила покинуть место убийства.

– Идемте же! – торопила она штурмана.

Но,когда он первым спустился вниз, Летиция вдруг воскликнула:

– Черт! Я где-то обронил свой стилет! Наверное, внизу. Идите, Логан. Я вас догоню!

С недоумением я наблюдал, как она складывает в подол платья оставшиеся после пира бананы и кокосы. Последние она надрезала стилетом, который, оказывается, вовсе не был потерян.

Потом моя питомица действительно спустилась вниз. Заинтригованный, я следовал за ней.

---

[37] Хороший девка. Красивый девка. Твоя делать мальчик красные волосы. Он расти, становись мой муж. *(фр.)*

В трюме копошились осиротевшие малыши. Бедные крошки! О них-то я не подумал, а ведь они погибнут тут без матери.

Летиция положила фрукты и орехи на пол.

– Мама и дяди бай-бай, – сказала она самому старшему из мальчиков, прикладывая сложенные ладони к уху и зажмуриваясь. – Долго бай-бай. До завтра. Ешьте, пейте, ничего не бойтесь. Мама и дяди проснутся.

Малыш посмотрел на нее и засмеялся. Вряд ли он что-либо понял, но цапнул банан и сунул в рот.

– Приглядывай за маленькими.

Летиция погладила его по курчавой головенке и поспешила назад на палубу.

У меня будто гора с души свалилась. Теперь я видел, что дикари не мертвы – они спят глубоким сном. В роме был не яд, а снотворное!

Та, которой я отдал свое сердце, не изверг и не чудовище. Какое счастье!

# Прыг-скок

Сборы к экспедиции вглубь острова заняли всего несколько минут. Всеми владело нетерпение.

Логан велел не брать с собой огнестрельного оружия, чтоб не обременять себя лишней тяжестью, ведь хищных зверей на Сент-Морице нет, а дикари все передохли. Инструменты, по словам штурмана, тоже не понадобятся – Пратт оставил в пещере всё необходимое.

Шли налегке. Единственной ношей была заплечная сумка с провизией. Гарри строго объявил, что, пока сокровище не будет найдено и вынесено, к спиртному прикладываться запрещено. Но все и так были, словно хмельные. Проныра приплясывал на месте от возбуждения, Клещ беспрестанно кусал свои тонкие губы. Летиция побледнела, ирландец раскраснелся.

– Вытаскиваем ларь с драгоценностями, перепрятываем в надежное место, – говорил он. – Только после этого дадим сигнал капитану, что можно высаживаться. Дележ произведем, пока остальные будут перетаскивать золото и серебро.

Королевский писец вставил:

– Золото и серебро я взвешу и пересчитаю сам. Это собственность казны. А ларец будет справедливым воздаянием за перенесенную нами опасность.

– Вы-то, положим, к дикарям в пасть не лазали, стояли себе на безопасном расстоянии, – заметил мичман. – Будет справедливо, если вы получите меньше, чем мы.

– Как бы не так! Уговор есть уговор. – Мэтр Салье подозрительно прищурился. – Я знаю толк в драгоценных камнях, надуть меня вам не удастся!

– Успокойтесь, приятель. – Логан хлопнул писца по плечу здоровой рукой. – Вы собственноручно поделите добычу на четыре части, равные по ценности. А потом мы разыграем их, бросив жребий.

Я заметил, как штурман украдкой подмигнул Летиции.

Этот спор состоялся уже на пути к горному массиву. Шли через густые джунгли, лавируя между болотами и бочагами, по маршруту, известному лишь Логану.

У поваленной пальмы ирландец сделал небольшой привал.

– Пришло время условиться о правилах игры. Как добраться до клада, знаю один я. И делиться знанием не намерен. Я вам, ребята, конечно, доверяю, но не до такой степени. Вдруг вам придет в голову, что выгодней поделить добычу на три части, а не на четыре?

Он захохотал, но больше никто не засмеялся. Все напряженно слушали.

– Поэтому дорогу к сокровищу я поделю на три куска. Каждый из вас будет знать лишь свой отрезок. Кто не согласен – может проваливать. Обойдемся без него.

Возражений не последовало.

– Значит, сговорились. Закавык на пути к тайнику три. Во-первых, нужно попасть в правильный каньон. Их тут по окружности плато несколько сотен. Дорогу от берега до ущелья я вам покажу. Но дальше поведу с завязанными глазами. Кто попробует подглядывать, проткну вот этой саблей – и без обид. – Он снова хохотнул, однако взгляд был прищуренный, острый. – Там в горах двадцать или тридцать поворотов и развилок. Проныра будет знать маршрут от входа в каньон до середины лабиринта. Господин Салье – от середины до рудника. У испанцев всё было устроено хитро. Кто не ведает секрета, нипочем не поймет, как попасть в чрево горы. Эту тайну я доверю нашему доктору. На обратной дороге, когда сундук будет у нас в руках, действовать будем точно так же: Эпин поможет мне вынести ларец наружу. После этого я завяжу ему глаза, и добычу потащим мы с Клещом... пардон, с господином писцом. Когда выберемся к месту, где ждет Проныра, я завяжу глаза и вам, мэтр Салье. Последнюю часть пути, до выхода в джунгли, сундук мне поможет дотащить мичман.

– Зачем городить огород? – спросил Клещ. – Ведь драгоценности будут уже у нас в руках.

– Затем, что дорогу к золоту и серебру знать буду по-прежнему только я. – Штурман лукаво подмигнул. – Лишняя гарантия против какого-нибудь несчастного случая. Никого не хочу обидеть. Но, коли вам все-таки захочется поделить содержимое сундука на три части, учтите: пронести добычу на корабль вы сможете, только если капитан и команда доберутся до главного клада.

Я выслушал этот в высшей степени подозрительный план, всем своим существом ощущая угрозу. Ошалевшие от алчности Клещ с Пронырой были готовы на что угодно, но Летиция, Летиция! Неужто она не видит, сколько опасностей таит в себе диспозиция коварного ирландца?

– Заткните глотку вашему попугаю, Эпин, – сказал грубиян Гарри. – От его криков раскалывается голова.

– Тсс, Клара, успокойся. Она разволновалась от запахов леса.

Летиция рассеянно потрепала меня по хохолку. Каррамба! До чего же тупы бесперые!

И мы двинулись дальше. До обрыва, видневшегося над верхушками деревьев, было примерно три четверти мили. Это небольшое расстояние мы преодолевали целый час, ибо приходилось все время петлять, обходя топи.

Я сосредоточился на дороге.

Обойти болото справа; у серого валуна поворот; через двести шагов пересечь овраг (там Летиция споткнулась и чуть не упала); поворот налево; маленький водопад остается по правое крыло...

Видно было, что и остальные стараются запомнить путь. Проныра постреливал глазами во все стороны; Клещ шевелил губами, считая шаги от поворота до поворота; Летиция, умница, как бы обмахивалась париком, но при этом заплетала на нем какие-то узелки.

Воздух в джунглях был пропитан жаркой влагой, мэтр Салье обливался потом в своем плотном

*Ошалевшие от алчности Клещ с Пронырой были готовы на что угодно, но Летиция, Летиция!*

камзоле. Логан-то оставил накладные волосы в шлюпке, подол женского платья подобрал и засунул за пояс, так что виднелись нанковые панталоны и веснушчатые щиколотки. По ним колотили ножны абордажной сабли.

Гарри все время говорил, говорил, сообщая массу полезных и бесполезных сведений. То ли забалтывал компаньонов, усыпляя их бдительность, то ли просто не мог совладать с возбуждением.

– ...Змей и хищных зверей на Сент-Морице нет, но опасностей хватает. В сезон дождей из земли вылезает уйма сколопендр. Их укус не смертельный, но чертовски болезненный... А вот под этим деревом садиться ни в коем случае нельзя, – сказал он Летиции, когда все остановились перевести дух. – Пересядьте поскорей. Вы решили, что это яблоня? Нет, дружище, это манценилла. Находиться под ней опасно. С листьев может капнуть сок, а это чистейший яд!

Потом он принялся разглагольствовать о болотной лихорадке, главном биче этих мест. По мнению Логана, эту таинственную болезнь источали миазмы болотного воздуха, оседающие в носу, поэтому, проходя мимо трясины, дышать следовало ртом.

Чушь! Я доподлинно знаю, что переносчиками малярии являются комары. Жаля человека, они впрыскивают в кровь болезнетворные частицы. Вот почему я все время летал над головой у Летиции и склевывал гнусных кровососов. Не хватало еще, чтобы моя девочка заболела! Я воспитан на цивилизованной пище и не очень-то люблю дичь, но должен признаться, что сент-морицкое комарье имеет сочный и довольно приятный вкус, отдаленно напоминающий землянику со сливками.

Но вот мы вышли к краю горного массива. Он был невысок, сверху донизу испещрен трещинами – некоторые достигали десяти, даже двадцати футов в ширину и представляли собою входы в очень узкие каньоны. Гарри повернул вправо от утеса, формой напоминающего круглую башню, и довел нас до одиннадцатого по счету ущелья.

– Пришли, – сказал Логан. – Тут припрятано кое-что полезное.

Он зашел за большой камень и выкатил оттуда низенькую тележку на грубых колесах.

– На этой штуке матросы докатили сюда от берега сундуки и инструменты. Дальше пришлось перетаскивать на себе. Нам с вами будет легче. Вынесем сюда наш ларь, один-единственный. Поставим на колеса и довезем до лагуны... Ну, а теперь, ребята, подите-ка сюда.

Он достал из-за пазухи три черных платка, заранее приготовленных для этой цели, и завязал всем глаза, еще раз строго предупредив, что прикончит всякого, кто попытается подглядывать. Выстроил всех вереницей и повел в каньон.

– Вы как слепые попрошайки с поводырем! – весело выкрикнул Логан.

Действительно, было очень похоже.

Нелепая процессия двигалась очень медленно, потому что дно было покрыто каменной осыпью. Ирландец с прибаутками командовал:

– Ногу повыше! Поворачивай влево! Теперь вправо! Живей, сороконожка, живей!

Кто-то постоянно спотыкался, чертыхался, вскрикивал.

– Хоть мне-то развяжите глаза! – взбунтовался мичман. – Я ведь все равно увижу эту часть маршрута, когда буду тащить с вами сундук в обратном направлении!

Ирландец почесал затылок, подумал и признал резонность этого суждения. Платок с Проныры сняли, и теперь дело пошло несколько живей: штурман вел под руку Летицию, мичман – писца.

Комаров в этой части острова не было, и работы у меня поубавилось. Я просто считал повороты, а память у меня, надо сказать, отменная. Один раз я поднялся и пролетел над плоской верхушкой плато, изборожденной многочисленными глубокими расщелинами. Там наверху росли кусты и носились стремительные птицы, похожие на ярко раскрашенных стрижей. Меня они облетали стороной. Когда я смотрел вниз, люди казались мне неповоротливыми жуками, еле ползущими куда-то по своим скучным земляным делам. Мне подумалось, что я мог бы поселиться наверху, в этой чудесной поднебесной стране, и, может быть, обрести здесь покой. Мысль была пустая, мимолетная. Я вернулся назад, к своей карме и к своей питомице.

Между прочим, когда я парил над плато, осматривая сетку трещинообразных каньонов, я увидел, что наш – тот, по которому вел компаньонов Логан, – несколько отличается от остальных. Дно ущелья, хоть и засыпанное камнями, было все же ровней и чище. Должно быть, когда-то здесь проходила дорога, по которой из рудника к берегу доставляли серебро. Дорога эта делала зигзаги меж утесов, уходя вглубь острова.

Штурман остановился возле прижавшегося к обрыву валуна, который при ближайшем рассмотрении оказался изваянием, грубо высеченным прямо в базальтовой стене. Поросший мхом барельф высотой в добрые двенадцать футов изображал круглоглазого толстяка, на животе которого был вырезан крест.

– Кто это? – спросил мичман.

– Святой патрон острова. – Гарри набожно перекрестился три раза подряд. – Когда-то здесь жили индейцы и поклонялись своему богу. Потом испанцы их всех перебили, окропили идола святой водой и нарекли Святым Маврикием. Проныра, ты остаешься здесь. Это середина пути. Вот тебе хлеб и сыр. Воды можешь напиться из ручья. А рома не получишь, пока мы не вернемся.

Проныра угрюмо озирался.

– Почем мне знать, что вы не сговоритесь между собой и не вытащите из сундука самое ценное?

– Не бойся, там хватит на всех. Нет смысла красть по мелочам, – уверил его Логан. – Ты сможешь нас обыскать, если захочешь.

И мы пошли дальше, только теперь ирландец вел под локти двоих. Шпага, висевшая на боку у Летиции, билась о камни.

За первым же поворотом Логан остановился, прошептав: «Тс-с-с», и спрятался за выступ.

Очень скоро послышались крадущиеся шаги. Из-за угла высунулась физиономия Проныры – и побелела, наткнувшись на обнаженный клинок.

– Я предупреждал, – грозно сказал Логан. – Кто попробует жульничать, прикончу. Марш на место, скотина!

Физиономия исчезла.

Клещ тревожно спросил, протягивая руку к платку:

– Что случилось?

– Ничего. Не трогать повязку! Убью!

Писец испуганно спрятал руку за спину.

– Идем дальше...

Тут Гарри сделал нечто удивительное. Подошел к Летиции и потихоньку развязал ей глаза. При этом приложил палец к губам и подмигнул. Мол, вам я доверяю и от вас секретов у меня нет.

Вести одного слепца легче, чем двоих. Движение несколько ускорилось.

Тропа то расширялась, то сужалась, понемногу идя на подъем. По отвесным склонам там и сям стекали маленькие водопады. Некоторые из них уходили прямо в землю, пробив в ней проток. Другие превращались в змееподобные ручьи, которые, попетляв по дну каньона, тоже ныряли в какуюнибудь щель. Звон струй и журчание сопровождали нас все время. Под эти хрустальные звуки мы сделали еще несколько поворотов и вдруг остановились у очередного водопада. Как и многие другие, он имел вид двухступенчатого каскада: падал с вершины плато на подобие каменного козырька, на котором вода, разлетаясь пылью, разливалась шире и катилась вниз переливчатой полосой красноватого оттенка – очевидно, где-то наверху ручей проходил через слой глины. У подножия скалы поток вымыл нишу, а оттуда стекал к противоположной стене ущелья и там с рокотом скрывался под землей. Логан огляделся вокруг и воскликнул:

– Вот оно, это место! Боже Всеблагий, мы прибыли! Пока не велю, повязок не снимать!

Он толкнул Летицию локтем в бок и сделал выразительный жест, означавший: сейчас покажу фокус. Вслух же с торжественным видом сказал вот что:

– Здесь заколдованный вход в рудник. Войти может лишь тот, кто знает заклинание. Сейчас мы с Эпином нырнем в чрево горы, а вы, Салье, останетесь дожидаться нас снаружи. Но упаси вас Христос снять повязку раньше, чем вы прочтете «Отче наш» семь раз подряд. Это опасно для вашей души и тела.

– На всякий случай я прочту молитву двенадцать раз!

Клещ сотворил крестное знамение, а я понял, почему ирландец выбрал для второго отрезка пути именно писца. Мичмана Проныру так легко напугать бы не удалось.

– Абрадакадбра-румбатарабумба! – страшным голосом возопил Гарри, сунув руку в щель между двумя камнями.

Наверху послышался глухой скрежет. Пальцы королевского писца быстро и мелко чертили в воздухе кресты, губы бормотали молитву.

Я задрал голову и увидел, что каменный козырек, на который падал ручей, удлиняется – из него выдвинулась наклонная плоскость. Поток отделился от стены, прорисовав в воздухе буроватую дугу и стал падать в самый край ниши. Обнажилась поверхность склона, ранее прикрытая водопадом. В ней зияла дыра. Это действительно напоминало колдовство!

За мной! – махнул Летиции штурман. Спрыгнул в каменную чашу (вода доходила до колен) и двинулся ко входу. Девочка следовала за ним; ее платье намокло, но подола она не подняла. От брызг перья мои отсырели, но я успел сесть ей на плечо и сжал когти, чтоб не упасть. Над нашими головами шелестел полупрозрачный водяной полог.

Несколько шагов, и Логан с Летицией оказались под сумрачным сводом. Гарри сдвинул какой-то рычаг, наверху снова заскрежетало. В ту же минуту мы оказались в почти полной темноте. Козырек опустился, водопад встал на место. От внешнего мира нас отгораживала подвижная, шумная завеса воды. Удивительное зрелище! Всё вокруг черным-черно, и лишь с одной стороны – живое пятно тусклого красно-коричневого света.

– Толково устроено, а? – заорал Гарри. – Рудник считался секретным и очень крепко охранялся. Если б не боцман-испанец, мы с Праттом нипочем бы его не нашли.

Летиция показала на смутную тень, метавшуюся на той стороне водяной ширмы. От писца нас отделяло не более десяти шагов.

– Этот болван меня не услышит! – так же громко произнес Логан. – Водопад всё заглушает!

Я уже смотрел в противоположном направлении, вглядывался в утробу пещеры, но даже мое острое зрение не могло ничего разобрать в абсолютной темноте.

– Сейчас... Мы оставили факелы справа от входа...

Ирландец сделал шаг-другой и растворился во мраке. Послышался шорох, стук огнива. Рассыпались искры. Потом вспыхнуло ровное пламя. Багровый свет озарил сосредоточенное лицо штурмана и уходящий вверх неровный каменный свод.

– Помогите мне, Эпин. Нужно расставить факелы полукругом... Только не уходите вглубь – провалитесь.

Смысл этого предостережения стал понятен, когда темнота рассеялась.

Пещера была очень большая, овальной формы. Две дюжины факелов, укрепленных среди камней на расстоянии десяти шагов друг от друга, занимали половину ее периметра и давали

довольно огня, чтобы рассмотреть всё чрево горы кроме самой верхушки, куда не достигал свет.

Здесь было сухо и прохладно – не то, что в каньоне. Но поразила меня не разница в температуре и влажности, а совсем другое.

Дно этой естественной полости было выровнено и напоминало каменную площадь или двор замка. И все это пространство чернело дырами колодцев, выдолбленных в шахматном порядке, с одинаковыми промежутками. В свое время я прочел некий познавательный трактат по горнорудному делу, поэтому сразу понял, что это следы работы старателей.

В месте, где ищут руду, обыкновенно пробивают вертикальные разведочные шурфы. Если канал упирается в жилу, его расширяют, превращая в шахту. Вот почему одни колодцы заметно шире других.

– Их тут шестьдесят четыре, – со вздохом сказал Логан. – Все разной глубины – от 10 до 50 ярдов. Год назад, отстав от своих, я вернулся в пещеру и рассчитывал, что без труда отыщу тайник, но увы. Правда, это спасло мне жизнь...

Летиция подошла к одному из отверстий и заглянула внутрь.

– Вы говорили, что добыча занимала два десятка сундуков. Ни в один из колодцев такой груз не влезет.

– Сразу видно, что вы ничего не смыслите в рудном деле. От шахты в разных направлениях ведут квершлаги, горизонтальные уровни, до встречи с жилой. А потом еще штреки вдоль месторождения. Так что места внизу достаточно. Однако должны были остаться какие-то следы! Я спускал фонарь на веревке во все дыры, но ничего не заметил! Ума не приложу, куда чертов Пратт мог запихнуть клад! Видно, придется лазить в каждую яму и простукивать стены. Ничего, времени у нас довольно. Дезэссар высадится на берег не раньше, чем полнолуние позволит «Ласточке» войти в лагуну.

Насчет времени ты, братец, ошибаешься, подумал я, вспомнив, что Черная Королева и ее головорезы завтра проснутся – и вряд ли в радужном настроении. О том же, вероятно, подумала моя питомица.

– Вы говорили, что рассчитываете на мою сообразительность. Быть может, капитан Пратт делал какие-то намеки? Или оставил ключ? Исследовать шестьдесят четыре колодца, особенно если среди них есть глубокие, это работа не на два дня. Тут и недели не хватит. Да и как мы будем спускаться?

– Вот здесь, рядом с факелами, Пратт оставил подъемное устройство. – Логан вытащил дубовые козлы с воротом-перекладиной, к которой крепилась рукоять. Показал крепкий канат и прицепленное к нему сиденье. – Эту штуковину изготовил плотник с «Бешеного», на все руки мастер, царство ему небесное. Вообще-то, чтоб справиться с подъемником, потребны двое: один садится на доску, другой остается наверху и крутит рычаг. Не представляю, как Пратт управлялся в одиночку. Наверное, сначала спускал груз, потом себя, а вытягивал обратно одной силой рук. Говорю вам, это был настоящий атлант...

Я закричал: осторожно, осторожно, ловушка! Но девочка и сама сообразила.

– Постойте-ка, – перебила она штурмана. – Вы что же, думаете, что один из нас будет лазить в шахты, а второй оставаться наверху? И как же, позвольте узнать, вы предполагаете распределить роли?

Логан обезоруживающе улыбнулся.

– В том-то и штука. Я же говорил: вы – единственный человек на всем корабле, от которого я не жду удара в спину. Никому другому я свою жизнь не доверил бы. Спускаться буду я. С моей раненой рукой я все равно не смог бы крутить ворот. Так что в вашей воле взять, да и перерезать канат, чтобы старина Гарри бухнулся вниз и свернул себе шею.

Даже я при всей своей подозрительности успокоился. Летиция же, по-моему, была даже тронута такой доверчивостью.

Даже я при всей своей подозрительности успокоился. Летиция же, по-моему, была даже тронута такой доверчивостью

– А что насчет подсказки? – спросила она. – Неужто Пратт ни звуком не обмолвился о тайнике? Неужто вы его прикончили, ничего не выведав? В это трудно поверить.

Горькая обида – уж не знаю, истинная или притворная – звучала в голосе штурмана, когда он ответил:

– Хорошего вы мнения обо мне! Вы же знаете, Эпин: я человек с принципами. Никогда не стал бы убивать товарища из-за золота! Тем более, пока не узнал, где оно спрятано... – Кажется, Гарри действительно был оскорблен – сомнением в остроте его ума. – Всё произошло иначе. Мы плыли вдвоем по морю, сбежав от взбунтовавшейся команды. Джереми рассказал мне про свой договор с Черной Королевой. А я стал уговаривать его не совершать ужасную глупость. Раз уж так сложилось, отчего бы нам не забрать сокровища Сан-Диего себе? Никто кроме нас двоих не знает, где оно. Всё будет шито-крыто. Я говорил ему очевидные, здравые вещи. Но Пратт был сумасшедшим. «Я не пират, я слуга своего короля!» Схватил меня за горло своими железными ручищами и стал душить. Он убил бы меня, если б я, защищаясь, не всадил ему в бок нож. Это было не нападение, а оборона, клянусь девой Марией! Я не святотатец, я не стал бы разбрасываться подобными клятвами. Тем более, Джереми от этого удара не умер. То есть умер, но не сразу. Когда он разжал свои клешни и повалился на бок, я перевязал его, я поил его водой. Боже, как я умолял Пратта покаяться перед смертью и не уносить с собой в могилу тайну сокровища! Но он ничего мне не сказал... По правде говоря, он меня, скорее всего и не слышал, потому что до самой кончины был без сознания. К вечеру он испустил дух, и я, помолившись, кинул тело за борт...

– Значит, он был без чувств? Молчал?

– Нет, он бредил. Пратт всё время повторял одно и то же, будто болван с заводным механизмом. Я видал такую куклу в Ливорно: она могла сто раз подряд произнести «бонджорно, синьори». Вот и Джереми бубнил, бубнил какую-то ерунду. Я думал, с ума от него сойду.

– Что же он повторял?

– Детскую считалку. Сначала громко, потом тише, под конец шепотом. Так и помер с дурацким стишком на устах.

– Что за считалка?

– Обычная, в Англии ее все дети знают:

*Прыг-скок, прыг-скок*
*С каблука на носок,*
*Не на запад, на восток,*
*С оселка на брусок.*
*Прыг-скок, прыг-скок*
*И башкой об потолок.*

– Да, я помню ее по пансиону, – кивнула Летиция.

Как я умолял Пратта покаяться перед смертью и не уносить с собой в могилу тайну сокровища!

– Вы учились в пансионе? Где?

– Неважно. Только там в считалке немного иначе: «Не на запад, на восток, да с бруска на оселок». Ведь когда точат нож, сначала пользуются бруском, а уж потом доводят лезвие на оселке. Вы перепутали.

Гарри возразил:

– Вы думаете, я не знаю, как точат клинки? Но Джереми повторял именно так: «С оселка на брусок». Его голос намертво засел у меня в памяти... Ну что, приступим? Время-то идет. Предлагаю сосредоточиться не на шурфах, а на шахтах. Их тут всего одиннадцать. Пратту было бы удобнее поворачиваться в колодцах, которые пошире.

Они стали устанавливать подъемник над шахтой, что была ближе всего ко входу. Я же размышлял про стишок.

С чего бы старому морскому волку в свой последний час твердить детскую считалку? Может быть, перед смертью непостижимые видения гаснущего сознания унесли его назад в детство? Однако я неплохо знаю людей этого склада. Их душа от грубой, жестокой жизни так черствеет, что не сохраняет в себе никаких чувствительных воспоминаний. Если в померкшем мозгу Невезучего Корсара и метались какие-нибудь картины, они могли быть связаны только с одним: с колоссальным сокровищем, которое Фортуна подбросила ему – и тут же отобрала.

В особенности не давала мне покоя строчка стишка, зачем-то искаженная вопреки всякой логике.

Тут таилась загадка, причем не особенно сложная. У Пратта не хватило бы ни времени, ни изощренности ума придумать что-то заковыристое.

Мысли, мой рассудок, мысли!

От возбуждения я запрыгал на месте. Это и стало первым толчком к решению задачи. Прыг-скок? А что если...

Пещера была вытянута неправильным овалом от входа влево – справа виднелась глухая стена. Иначе говоря, мы находились как бы на самом зюйд-осте рудника, в правом нижнем его краю. Прямо напротив входа чернел первый шурф. Во втором ряду их было два; в третьем три; в четвертом – четыре и так далее.

Прыг-скок, прыг-скок. Помогая себе крыльями, я перескочил через четыре отверстия, двигаясь по прямой. Каждый бросок равнялся примерно десяти футам, то есть продвинулся я на сорок футов.

С каблука на носок? Что это может значить? Очевидно, поворот под прямым углом.

Поскольку колодцы, через которые я перепрыгнул, все находились у края пещеры (правее их была уже стена), повернуть можно было только налево, что я и сделал.

Не на запад, на восток.

То есть как это? Считалка будто поправляла меня, говоря: нет-нет, ты ошибаешься. Поворачивайся к востоку, то есть направо.

Но ведь там ничего нет? Огонь факелов освещал сплошную, непроницаемую породу. Судя по следам от кирки, ее в свое время обрабатывали – очевидно, чтобы убрать скос. Внизу валялись два продолговатых камня, один потолще, другой потоньше. Вероятно, это были куски породы, вынутой из какого-то шурфа. Но если так, почему они правильной, прямоугольной формы? Какому болвану пришло в голову тратить время на то, чтоб обтесывать бесполезные глыбы?

Ах, ах! – закудахтал я, испытав настоящее сатори, сиречь озарение души.

С клекотом полетел я к моей питомице, схватил ее клювом за рукав, стал дергать.

– Что с тобой, Клара? – удивилась она. – Почему ты кричишь? Что стряслось?

Я стал перепрыгивать через колодцы, изображая «прыг-скок, прыг-скок, с каблука на носок», после чего поворачивался вправо, садился на камень побольше, на камень поменьше. Орал во всю глотку. Потом проделывал тот же маршрут снова, снова и снова.

– Хватит валять дурака, Эпин! – рассердился штурман. – Ваш попугай рехнулся. Перестаньте на него пялиться! Лучше помогите привязать канат!

– Постойте-ка... Что это там, у стены?

Летиция подошла к камням, потрогала рукой их обтесанные грани.

– Логан, идите сюда! Смотрите, этот кусок базальта похож на брусок для точки! А этот, тонкий, на оселок!

Ну слава Будде, наконец-то сообразила!

– С оселка на брусок, – пробормотала она, нагибаясь. – Что это может значить?

Соображай, соображай! Я бы тебе показал, но задача мне не под силу.

Девочка встала на меньший прямоугольник, и он едва заметно опустился. Нажала ногой на второй – что-то заскрипело, ухнуло. Часть стены, казавшаяся сплошным массивом, со скрежетом отползла в сторону. Открылся лаз. Этот механизм был устроен по тому же принципу, что и выдвигающийся козырек, что отодвигал водопад.

– Ийя!!! – пронзительно завизжал Гарри. – Чутье никогда меня не подводит! Я знал, Эпин, вы – тот человек, который мне нужен! Пустите, я первый!

Он ринулся вперед, схватив ближайший факел. Я обогнал ирландца – мне тоже хотелось поскорей увидеть сокровище.

# И башкой об потолок

Пурпурные сполохи запрыгали по бугристому своду еще одной пещеры. Она была гораздо меньше первой и показалась мне странной. Стена, сквозь которую мы проникли, отличалась от остальных. Она была ровной и явно рукотворной, сложенной из грубо вытесанных камней. Довольно скоро я сообразил, что испанские строители намеренно отгородили эту часть спрятанного в горе дупла, чтобы скрыть настоящую шахту – все колодцы, расположенные в первом отсеке рудника, были обманными. С внешней стороны хитроумные строители придали стене тайного рудника естественный вид, а изнутри этого делать не стали, ибо маскировать выход не имело смысла.

– Но здесь пусто! Ничего нет!!! – заревел Логан.

Он метался, размахивал факелом, и совсем не смотрел под ноги. Просто чудом не свалился в квадратное отверстие, выдолбленное прямо посередине пещеры. Колодец был шириной футов в семь, укреплен добротным бордюром. Я-то сразу заметил эту шахту и попробовал в нее заглянуть, но жерло зияло непроницаемой чернотой.

Ирландец опять кричал. Сначала чертыхался из-за того, что чуть не сверзся в дыру; потом ликовал, громогласно выражая уверенность, что сокровище находится именно здесь. Этот шумный человек был весьма утомителен, особенно если учесть, что каждый его вопль отдавался многократным эхом.

Моя питомица вела себя гораздо сдержанней и разумней. Без лишних слов она стала носить из большой пещеры факелы, расставляя их по периметру. Обнаружилось, что в углу сложены кирки и лопаты, стоят лампы и даже есть бочка с маслом, которое за несколько десятилетий не утратило своей горючести. Мы зажгли фонари, и в руднике стало совсем светло.

Пока кладоискатели перетаскивали подъемник, я попробовал проникнуть в колодец. Увы, он был недостаточно широк. Я не умею спускаться вертикально, мне необходимо хотя бы минимальное пространство, чтобы двигаться вниз по спирали, но простора для маневра оказалось недостаточно. Пришлось ждать, пока они наладят устройство.

Сначала опустили одно сиденье, прикрутив к нему лампу. Шаг ворота соответствовал двум футам. Летиция повернула рычаг сорок пять раз, прежде чем снизу донесся глухой стук. Мы со штурманом жадно смотрели вниз.

Ничего кроме стенок, по которым покачивались тени, видно не было.

– Вытягивайте обратно! Буду спускаться! – Гарри пританцовывал от нетерпения. – Совершенно ясно, что Пратт спрятал сокровище в шахте! Там наверняка вбок уходит штрек, из которого когда-то добывали серебро. Крутите живей, Эпин, черт бы вас побрал!

Он сорвал с себя платье и остался в одних панталонах. Хотя в пещере было довольно холодно, безволосая грудь Логана блестела от пота. Саблю он со звоном швырнул на пол.

– Неужели... Господи, неужели... – всё повторял ирландец, то всхлипывая, то смеясь. – Ах, Эпин, мой славный Эпин, мы с вами богачи!

А я думал: пожалуй, самое сильное ощущение – не само счастье, а его предчувствие. Неважно, что именно делает нас счастливыми. Кого – богатство, кого – любовь, кого – победа или открытие. Потом, конечно, окажется, что плод не без червоточины, а горизонт отодвинулся и снова недосягаем, но миг приближения к счастью неомрачим ничем.

– Помните, друг мой, я вам доверился! – донеслось уже из шахты, когда Летиция начала опускать ирландца. – Нет хуже греха, чем предать товарища!

Мне очень хотелось увидеть, как и где спрятаны сундуки. Я попробовал пристроиться у штурмана на плече, но он грубо отшвырнул меня: «Кыш, чертова птица!»

Пришлось сесть повыше, уцепившись когтями за канат.

Наверху скрипел ворот, люлька слегка покачивалась – это Гарри ерзал на доске. Фонарь он держал в руке, опустив ее вниз и жадно вглядываясь в темноту.

– Скорей! Скорей! – покрикивал Логан.

Честно говоря, я тоже сгорал от любопытства. Попугаю золото и алмазы вроде бы ни к чему, что мне с ними делать? Но как сладостно открывать сокрытое, находить спрятанное и проникать в потаенное! Для пытливого ума нет наслаждения острей.

Спуск показался мне бесконечно долгим. Наконец, луч фонаря достиг дна шахты. Не дождавшись, когда его ноги коснутся земли, ирландец спрыгнул. Звук получился неожиданно глухим, едва слышным – очевидно, из-за того, что поверх камней лежал толстый слой пыли.

– Вот и штрек, – пробормотал Гарри, светя в черную прореху коридора, отходившего от шахты по горизонтали.

– А-а-а!!!

Из горла у Логана вырвался полукрик-полувздох: лампа осветила несколько прямоугольных контуров. До первого из сундуков штурман дополз на карачках – он так разволновался, что не мог стоять.

Откинул крышку.

Внутри было пусто.

Гарри кинулся к следующему – то же самое. В третьем на дне лежала серебряная монета. Четвертый снова был пуст.

Задыхаясь, что-то бормоча, вскрикивая от ужаса, Логан прополз вдоль всей вереницы. Жалкая добыча составила два золотых дуката и пять брусков с королевским штампом (именно в таком виде серебро отправляют из колоний в Испанию).

Сев на пол, ирландец горько заплакал. Он утирал локтем слезы, размазывал их по лицу. Мне стало даже жаль неугомонного пройдоху. Сколько усилий, ухищрений, преступлений – и всё зря! С такой же безутешностью, наверное, рыдал бы осиротевший ребенок.

Летиция что-то кричала сверху, но Гарри долго не отзывался.

Прошло не менее четверти часа, пока он вялой походкой, будто разом состарившись, доковылял обратно к колодцу.

– Сокровища здесь нет! – крикнул он замогильным голосом. – Его вытащила эта черная жаба, больше некому! А мы отравили ее и теперь не узнаем, куда она всё перепрятала!

– Что-о-о? – переспросила Летиция.

Гарри сложил руки у рта, повторил еще раз, отчетливей.

А я снова сел на канат и потер крылом свой хохолок – это способствует концентрации мысли.

Если бы Черная Королева и ее люди забрали из колодца сокровище, они прихватили бы и сундуки. Зачем их тут оставлять? Без ёмкостей такую груду металла далеко не перетащишь.

Вот ключевое слово: далеко.

Клад должен быть где-то неподалеку. А сундуки оставлены пустыми нарочно – чтобы те, кто сюда доберется, вообразили, будто их кто-то опередил. Что, если Пратт просто перетащил содержимое сундуков глубже в штрек?

Нет, вряд ли. Это было бы глупо. Вон и Логан, встрепенувшись, побежал с фонарем по коридору. Ничего он там не найдет...

Считалка! Она ведь не заканчивается словами «с оселка на брусок»! Там еще две строчки:

*Прыг-скок, прыг-скок,*
*И башкой об потолок.*

Я снова потер хохолок. Думай, голова, думай!

И к тому моменту, когда Логан несолоно хлебавши приплелся обратно, версия у меня созрела.

Один прыг, он же скок, в первой пещере равнялся четко определенному расстоянию — десяти футам. Не применяется ли та же мера счета и в дальнейшем?

Я проскакал по штреку расстояние, примерно равное сорока футам, и как следует там осмотрелся, обращая особенное внимание на свод коридора. Увы, никаких признаков тайника.

Однако мое замешательство длилось недолго.

– Где моя Клара? – кричала сверху Летиция. – Она с вами?

– Черт ее знает, где ваша птица! Вытягивайте меня! Здесь больше нечего делать! – раздраженно отвечал Логан.

– Без попугая не возвращайтесь!

А я вот он, тут как тут. Вылез из галереи, вспорхнул на канат и уселся над головой у Гарри.

– Нашелся ваш попугай, тяните!

Если «прыг-скок» не работает в горизонтальном направлении, остается только поискать по вертикали. Даром что ли в считалке упомянут потолок?

Мы поползли вверх, я считал футы и вертел головой.

Эврика!

Примерно на середине колодца, то есть как раз в сорока футах от дна, я заметил нечто, ускользнувшее от моего внимания во время спуска: в одном из квадратных камней, которыми были выложены стенки шахты, кто-то вырезал корону. Заметить ее мог лишь тот, кто точно знал бы, где искать.

Я заорал во все горло и стал лупить по знаку клювом, сползая по канату.

– Что вы делаете с моей Кларой? – сразу забеспокоилась Летиция. – Она кричит таким голосом, только если случилось что-то особенное!

Милая, она беспокоилась обо мне.

– Что ты там клюешь, болван? Перестань орать, не то я сверну тебе башку!

Ирландский грубиян протянул руку, чтобы схватить меня. И увидел корону.

– Королевский знак? Откуда он тут взялся?

Люльку качнуло, и Гарри был вынужден упереться рукой в меченый камень. Именно это, оказывается, и требовалось. Раздался скрип, плита подалась, и целый кусок стены отодвинулся, открыв зияющий проем. Мы висели как раз у верхней его кромки, то есть, можно сказать, упирались «башкой в потолок».

Это был вход в еще одну горизонтальную галерею. Отсвет лампы проник внутрь, и там вспыхнуло праздничное сияние. Насколько достигал свет, на полу лежали груды серебряных брусков и золотых слитков, драгоценной посуды, кожаных мешков, в каких обычно перевозят монету. Это и был клад, вывезенный Невезучим Корсаром из города Сан-Диего!

– А-а-а, – негромко и неуверенно произнес Логан. Потом громче. – А-А-А-А!

И наконец что было мочи:

– АААААААА!!!

Я прыгал вперед – по сверкающему металлу, по кувшинам и вазам, по звякающим мешкам. Видимо, Пратт торопился, переправляя сюда сокровища из сундуков. Баснословные ценности были свалены кое-как на протяжении в тридцать или сорок человечьих шагов. Но штрек на том не кончался, он уходил дальше в темноту.

Лишь теперь устройство секретного рудника стало мне окончательно понятно.

Опасаясь врагов, испанцы разработали многослойную систему защиты. Во-первых, нужно было найти путь через каньоны; во-вторых – проход сквозь водопад; в-третьих – лаз во вторую пещеру; в-четвертых – расположение истинного штрека, прорытого в середине шахты вдоль серебряной жилы. Если б не боцман-испанец, когда-то служивший на руднике, Пратт не сумел бы подыскать такого надежного тайника для сокровища. Детская считалка как нельзя лучше подошла для того, чтобы зашифровать путь к кладу. Правда, Пратт несколько поправил общеизвестный стишок, чтоб он точнее соответствовал маршруту. Если мне не изменяет память (а она мне никогда не изменяет), на самом деле считалка звучит так:

*Прыг-скок, прыг-скок,*
*С каблука на носок.*
*Прыг-скок, прыг-скок,*
*Я на запад, на восток,*
*Прыг-скок, прыг-скок,*
*Да с бруска на оселок.*
*Прыг-скок, прыг-скок*
*Ты башкой об потолок.*

Капитан убрал лишнее, кое-что слегка переделал и вызубрил инструкцию наизусть. То-то он перед смертью всё повторял переиначенную считалку. Вероятно, в бреду искал свое сокровище и никак не мог найти...

В галерее за моей спиной пел и танцевал Гарри Логан. Потолок в галерее был низкий, ниже двух ярдов, поэтому, подскакивая, штурман ударялся макушкой, но, кажется, не замечал этого.

– Попугай, мудрая птица! – прочувствованно воскликнул он, увидев меня. – Я закажу тебе золотое кольцо на лапу! Я буду кормить тебя засахаренной саранчой! А когда ты издохнешь, я велю украсить твое чучело рубинами. Вот этими!

Он открыл крышку большого сафьянового ларца и трясущимися пальцами перебирал драгоценные камни. Казалось, что он погружает руки в багровую пену. По стенам скользили переливчатые блики.

Засахаренную саранчу ешь сам, без золотого кольца на лапе я как-нибудь обойдусь, а что касается чучела, то это мы еще поглядим, кто кого переживет, мысленно иронизировал я, но не скрою, слова признательности мне были приятны. Я ведь не избалован человеческой благодарностью.

Опускаю диалог меж обезумевшим от радости штурманом и Летицией. Объяснения были маловразумительны, к тому же осложнены причудами колодезного эхо. Прошло немало времени, прежде чем напарники сговорились, как действовать дальше. Проще всего было бы сначала погрузить на доску ларь, а Логана поднять со следующего захода, но Гарри на это не соглашался. Он кричал, что не расстанется «с камешками» ни на минуту, это-де разобьет ему сердце. На самом деле ирландец, конечно же, опасался, что, завладев ларцом, Эпин оставит компаньона гнить в шахте или, того пуще, обрежет канат во время подъема. Однако вытянуть за раз и человека, и сундук Летиции было не по силам. Сколько она ни пыталась, повернуть рычаг не получалось.

Осердясь, она крикнула:

– Не будьте дураком, Логан! Что мешает мне перерезать веревку прямо сейчас? Вы свалитесь вниз, свернете себе шею, а я потом привяжу новый трос, спущусь и спокойно соберу драгоценности!

Объяснения были маловразумительны, к тому же осложнены причудами колодезного эхо

Скрепя сердце, Гарри позволил вытащить сундук раньше, заставив доктора поклясться, что он не станет открывать крышку, а сначала поднимет товарища.

После утомительных переговоров тщательно закрепленный на сиденье ларец наконец поехал вверх. На его крышке восседал я, гордо расправив крылья. Разве не моими стараниями был найден клад?

С трудом Летиция переставила тяжелый трофей на пол. Он весил, наверное, не меньше сотни фунтов – не в последнюю очередь из-за самого ларца, обильно окованного медью.

Из дыры слышались ревнивые крики:

– Не заглядывайте в него, не заглядывайте! Сначала вытащите меня, вы поклялись спасением души!

Все время, пока девочка крутила ворот, ирландец читал «Господи, помилуй мя грешного». Нечасто доводилось мне слышать, чтобы кто-нибудь молился с такой истовостью. Должно быть, Гарри считал, что в эти минуты его жизнь висела в буквальном смысле на волоске. Если б они с Летицией поменялись местами, я бы не поставил и рисового зернышка на то, что у рыжего штурмана честность возобладает над корыстью.

– Вы благородный человек, Эпин! – с чувством воскликнул Гарри, проворно выбравшись из дыры. – Дайте я вас поцелую!

Но Летиция уклонилась от лобзаний штурмана, перемазанного грязью.

– Открывайте ларец! Мне не терпится посмотреть на сокровище.

Однако теперь Логан не торопился. Он хотел насладиться эффектом.

Сначала Гарри надел платье и повесил саблю, проделав всё это с величием царственной особы, готовящейся к церемониальному выходу. Потом установил по краям четыре факела – мол, игрой камней лучше любоваться при свете открытого огня. После этого встал в торжественную позу и провозгласил:

– Джереми Пратт был странным человеком. За обликом и повадками головореза в нем скрывалась душа поэта! Он выложил драгоценные камни слоями: внизу жемчуг, потом бриллианты, потом изумруды, потом сапфиры, а сверху рубины. Смотрите и запомните эту минуту на всю свою жизнь! Ничего более прекрасного вы не увидите, даже если проживете сто лет!

Он откинул крышку жестом волшебника, и я снова увидел багровое сияние рубинов, но теперь оно было еще ярче и насыщенней.

Летиция ахнула, а Логан глубоко погрузил в ларец руки, зачерпнул полные пригоршни перстней, ожерелий, подвесок – и пурпурная поверхность словно вскипела сверкающим изобилием красок. Не думаю, что это было самое прекрасное мгновение в моей жизни, но запомнить его действительно стоило.

В экстазе штурман всё ворошил и ворошил содержимое сундука, никак не мог остановиться. Красные, синие, зеленые, молочные камни перемешались и заиграли радужными сполохами, оттененные тяжеловатым блеском золотых оправ.

– А вот и розовый алмаз, которым губернатор выкупил свой дворец!

Гарри показал совершенно круглый, неограненный камень удивительного оттенка. Размером он был с райское яблочко. Я не разбираюсь в ювелирных тонкостях, но думаю, что весил он не меньше шестидесяти каратов, а стало быть, являлся одним из самых крупных алмазов за пределами Индии.

– Всё это мы поделим пополам. Только сначала избавимся от двух идиотов, которые дожидаются нас снаружи. Фляга с вами?

– Да, – спокойно ответила Летиция и погладила розовый камень, прежде чем положить его обратно в ларец.

– Ну, беритесь. Нет, с другой стороны, у меня же левая рука порезана, сами знаете. – Они подняли сундук и понесли его к выходу. – А кроме того мне еще положена изрядная доля от золота и серебра, что остались внизу. Клянусь, мне суждено стать самым богатым из всех рыжих ирландцев! – Логан хрипло рассмеялся. По-моему, он был немного не в себе. – Жаль, что вы не девушка, Эпин. С таким приданым я охотно взял бы вас в жены!

Она сухо молвила:

– Вы не в моем вкусе.

Миновав лаз, ведущий в главную пещеру, я оглянулся. Рудник был освещен еще не догоревшими лампами, над черной дырой шахты стоял подъемник. Всё подготовлено для подъема основной части сокровища.

Потом Гарри нажал ногой на «оселок» и «брусок» – каменная плита встала на место.

– Зачем? – спросила Летиция. – Ведь скоро мы вернемся сюда с матросами.

Он подмигнул:

– Для эффектности. В колодце вход в штрек я тоже закрыл. Пусть Дезэссар видит, сколько трудностей мы преодолели.

***

На самом выходе из пещеры, перед бурлящей завесой водопада, Гарри остановился.

– Не будем поднимать козырек. Хоть господин Клещ и недолго пробудет с нами, а все же незачем ему знать лишнее. Вы не боитесь промокнуть, доктор?

И они прошли прямо через падающий сверху поток, по-прежнему держа сундук за ручки. Летиция спрятала меня под мышку – иначе я не сумел бы прорваться через это препятствие, но я все равно вымок до последнего перышка. Теперь раньше, чем через два часа, мне было в воздух не подняться.

Зато на писца наше внезапное появление прямо из струй водопада произвело сильнейшее впечатление.

Мэтр Салье, за все время нашего отсутствия так и не сошедший с места, попятился, замахал руками, потом начал креститься.

– Каранда́-баранда́-дуранда́! – грозно выкрикнул Логан, фыркая и отплевываясь. – Вот и всё чародейство. Как видите, дружище, мы возвращаемся с добычей. Хотите взглянуть?

Выбравшись из чаши, в которой пенилась бурая вода, они с Летицией поставили тяжелую ношу на камни.

Клещ весь дрожал.

– Не знаю, как вы, а я душу дьяволу не продавал! – боязливо сказал он. – Я всего лишь получу свою законную долю!

Но когда он заглянул в сундук, вся робость его оставила. Королевский писец рухнул на колени и тихонько завыл от восторга – при том, что в дневном свете драгоценности сияли гораздо скромней, чем при факельном освещении.

– Ну будет, будет. – Штурман поднял Клеща на ноги. – Дорога неближняя, а груз тяжелый. Но своя ноша не тянет, правда? Сейчас я завяжу Эпину глаза, а мы с вами потащим ее дальше.

Украдкой подмигнув, он повязал Летиции черный платок на лицо, но оставил снизу щелку.

– Держите меня сзади за пояс, доктор.

– Нет, пусть идет сбоку, – быстро сказал Клещ. – Я должен быть уверен, что он не подглядывает.

И мы тронулись в обратный путь. Двигались еще медленней, чем по дороге к руднику – сундук весил немало, а сменить руку Логан не мог, поэтому через каждые сто шагов просил сделать передышку. Всякий раз во время остановки Клещ открывал крышку и жадно смотрел на драгоценности; во время ходьбы он тоже был при деле – беззвучно шевелил губами, проверяя счет шагов от угла до угла. Штурман искоса поглядывал на сосредоточенного писца, чуть кривя рот в недоброй усмешке.

Всякий раз во время остановки Клещ открывал крышку и жадно смотрел на драгоценности

Я тоже вел подсчеты. Когда до места, где нас дожидался Проныра, оставался один поворот, во время очередного отдыха, Гарри вдруг сказал:

– Я совсем выбился из сил. Дайте-ка рому, Эпин. По-моему я заслужил эту маленькую награду. Господин Салье обойдется. Он скоро сменится, а мне тащить сундук и дальше.

Расчет был безошибочный: люди склада Клеща не могут допустить, чтобы кто-то покушался на их права.

– Я тоже устал! – возмущенно воскликнул он. – В отличие от вас я не привык к грубому труду. Я член королевской гильдии писцов, а не носильщик!

– Черт с вами. Пейте первым. Но не больше трех глотков.

Отравленный ром с бульканьем полился в глотку «члена королевской гильдии». Не отрываясь, Логан смотрел, как у Клеща дергается острый кадык.

– Хватит, оставьте и другим!

Не знаю, что подмешала Летиция в напиток, но действие состава было быстрым.

Передавая штурману флягу, Клещ покачнулся. Потом сел на сундук и взялся за виски.

– Что-то голова кружится, – промямлил он, после чего сразу же повалился на землю и больше не шевелился.

– Отличная работа, Эпин. – Рука Логана чертила в воздухе быстрые кресты, глаза были устремлены в небо. – Господи, Ты видишь, это не я.

Моя девочка сдернула повязку и молча смотрела на недвижное тело.

– Что дальше? – спросила она.

– Беритесь за ручку. До Святого Маврикия рукой подать.

Они понесли сундук, а я сел на землю подле мэтра Салье и убедился, что он живехонек, просто спит крепчайшим сном. Кто бы сомневался?

Вернувшись на плечо к Летиции, я благодарно коснулся клювом ее щеки. В Японии говорят: «Самурай не выбирает господина, но счастлив тот, кто служит благородному мужу». Добавлю от себя: «или благородной деве».

Мичмана около изваяния не оказалось. Каменный толстяк бесстрастно пучил на нас свои поросшие мхом глаза, журчал ручей, но Проныры нигде не было.

– Куда подевался чертов молокосос?

Гарри озадаченно огляделся. Обошел вокруг валуна – и остановился. В грудь ему уперся ствол пистолета. Там затаился Проныра. Он был похож на готового к отпору зверька, которого загнали в угол: глаза щелками, зубы ощерены.

– Куда вы подевали Клеща? – спросил мичман свистящим шепотом.

Выходит, мальчишка был не так-то глуп.

– Я ведь сказал: огнестрельного оружия с собой не брать. – Логан не обращал внимания на дуло. – Ты спрятал пистолет под одеждой? Но зачем?

– Вам не удастся меня прикончить! Не на того напали!

Пронырa отступил еще на шаг и остановился. Дальше пятиться было некуда.

– Успокойся, дурак. На что ты нам сдался? Клещ жив-здоров. Мы оставили его охранять вход в тайник. Если б ты только видел, сколько там золота! – Гарри поманил мичмана за собой. – Взгляни-ка, что у нас тут.

Парень двинулся за ним очень осторожно, а оружие держал наготове. Но Летиция откинула крышку, из сундука выплеснулось волшебное сияние, и Проныра, забыв свои страхи, бросился к сокровищу.

Вновь, уже в третий раз за короткое время, я имел возможность наблюдать, как человек помрачается рассудком от алчности. Ирландец пел и плясал, писец выл, а мичман повел себя еще страннее: он уткнулся в ларь, будто собака в миску, и стал целовать драгоценные камни. Пистолет валялся на земле брошенный и забытый, штурман потихоньку поднял его.

– Ну что, дурачок, теперь ты видишь, что Гарри Логан слов на ветер не бросает? – добродушно молвил он, дав юнцу как следует насладиться чудесным зрелищем.

Проныра кивнул. Он утратил дар речи. На грубой физиономии застыло выражение экстатического оцепенения.

– Теперь, Эпин, я вынужден завязать вам глаза, – с важностью объявил штурман и снова подмигнул. – Вы и так видели больше, чем вам положено. Путь с этого места до выхода из лабиринта должен знать только мой друг Проныра.

Он двинулся к мичману, оставив пистолет на камне.

Я увидел, как Летиция, прежде чем повязать платок, быстрым движением сует оружие под платье, и одобрил эту предусмотрительность. Очень хорошо, что девочка настороже. Расслабляться сейчас ни в коем случае нельзя.

До границы горного массива мы добрались без приключений. Как и прежде, Гарри часто останавливался, чтобы дать отдых руке. Он всё болтал, балагурил.

– Отгадайте загадку. Какой предмет весит сотню ливров[38], а тянет на четыре мильона? – не слишком изящно каламбурил ирландец и сам себе с хохотом отвечал. – Вот этот сундучок! А сколько будет четыре мильона разделить на четыре?

Летиция молчала, Проныра тоже будто воды в рот набрал, лишь судорожно сглатывал слюну.

– Какие же вы скучные, ребята! – сокрушался штурман. – Ладно, идем дальше.

Затруднение возникло, когда мы выбрались из ущелья и поставили сундук на тележку. Гарри предложил глотнуть рому за удачное окончание операции, а Проныра, который всегда был не дурак выпить, отказался – замотал головой и отвернулся, когда ирландец сунул ему флягу под нос.

– Ты что? – встревожился Логан. – Не выпить за такое дело – скверная примета!

Гарри предложил глотнуть рому за удачное окончание операции

---

[38] По-французски livre – не только серебряная монета, но и мера веса, равная 1 фунту. *(Прим. редактора)*

Но мичман тряс головой.

– Язык ты что ли проглотил? Пей, я тебе говорю! Будешь упрямиться – насильно волью в глотку!

Поняв, что ирландец не отвяжется, Проныра наконец взял флягу, но пил как-то странно, оттопырив щеку и крошечными глоточками. Эффекта это, впрочем, не ослабило. Минуту спустя несчастный болван подался вперед, будто голова у него стала очень тяжелой и тянула его к земле. Покачнулся на ослабевших ногах, упал ничком. Тут-то загадка его молчаливости и внезапной воздержанности разъяснилась. Рот одурманенного мичмана открылся, оттуда выкатился гладкий розовый камень. Очевидно, Проныра спрятал алмаз, когда целовался с сокровищем.

– Вот скотина! – поразился Гарри. – Надувать своих товарищей! Туда ему и дорога. И помни, Господи, эта смерть – тоже не моих рук дело.

Он брезгливо вытер рукавом камень и положил его в сундук.

Само благодушие, произнес с широкой улыбкой:

– Что ж, остались только мы двое. Как минимум по два миллиона каждому. Звучит неплохо, а? Нужно только докатить добычу до лагуны и поделить ее. Я полностью вам доверяюсь, дружище. Предлагаю вот что: я разложу драгоценности на две кучи, и вы выберете любую. Согласны?

Всем своим существом я ощущал опасность. Теперь, избавившись от напарников и доставив сундук к месту, откуда его можно перемещать без посторонней помощи, Логан больше не нуждался в союзнике. Четыре миллиона ведь лучше, чем два.

Должно быть, Летиция почувствовала мою нервозность, потому что тихо сказала по-швабски:

– Спокойно, девочка. Я не дура. Пусть нападет первым, я готова.

– А? – удивился Гарри. – На каком это вы заговорили языке?

– По-фламандски. Я вырос в тамошних краях, – ровным тоном отвечала моя питомица, вновь заставив меня восхищаться ее выдержкой. – Иногда я думаю вслух.

– И что ж вы подумали вслух?

– Время к вечеру. Лучше поспешить, а то в темноте можно угодить в болото.

– И то правда. Идемте, мой дорогой друг!

Они вдвоем тянули за веревку, так что здоровая правая рука Логана была занята. И все же Летиция не спускала глаз с «дорогого друга».

До наступления темноты оставалось не меньше часа, над морем еще только начинали сгущаться сумерки. Штурман перестал болтать. Он шел молча и грустно вздыхал.

– Эх, парень, – вдруг обратился он к Летиции на «ты». – Думаешь, я не знаю, о чем ты сейчас думаешь? Я видел, как ты подобрал пистолет Проныры. Ничего, я не обижаюсь. Башка у тебя умная, но ты слишком молод. Не научился еще понимать людей по-настоящему. А я человека насквозь вижу. Поэтому пистолета за пазухой не прячу. И спиной к тебе поворачиваться не боюсь. Я и когда в шахте висел, не очень-то тебя опасался. Знал, что ты не оставишь меня подыхать в черной дыре. В тебе совсем нет вероломства. Это редко у кого встретишь. Такие люди идут на вес даже не золота, а рубинов с алмазами.

Он остановился и повернулся лицом к Летиции. Говорил серьезно и проникновенно, не в своей всегдашней манере.

– А вы не заблуждаетесь на мой счет? – спросила девочка. – Как же во мне нет вероломства, если я сегодня отравил пятнадцать живых душ?

– Это не живые души! – махнул Гарри. – Черномазые вообще не в счет, они нехристи. А Клещ с Проныро́й – бессмысленное мясо. Это мы с тобой живые, а они были мумии.

– Кто-кто?

Я тоже навострил уши, не уверенный, что правильно расслышал.

– Мумии – это такие люди, которые по видимости живые, а на самом деле притворяются, – убежденно стал объяснять ирландец. – Я-то давно научился их различать. Есть масса примет. У мумии взгляд тусклый, ей никогда не приходит в голову ни одной необычной мысли. Живет она только ради своего брюха. Господу Богу от этих тварей ни тепло, ни холодно. Неужто ты сам не замечал, что большинство людей какие-то ненастоящие? Будто живут, а будто бы и нет.

Очень интересное наблюдение, и необычайно глубокое! Оно противоречило догматам всех известных мне вероучений, а между тем я тоже частенько не мог отделаться от ощущения, что многие люди похожи на погасшие светильники – не излучают ни света, ни тепла.

– А у нас на «Ласточке», по-вашему, кто живой? – спросила Летиция. Она, как и я, была сбита с толку неожиданным разговором.

Гарри даже удивился:

– Ты еще спрашиваешь? Дезэссар – пройдоха и плут, но душа у него живая. Кабан и его сыновья – совершенные чурбаны, мертвое дерево. Поп, конечно, живой. Из матросов Божий огонек горит в старом добряке Мякише, в глупом Барсуке, в Ерше, хоть он и злобный мерзавец, в сопливом юнге Ракушке. – Он назвал еще несколько имен, и я поразился: ирландец перечислил всех, кто был мне хоть как-то интересен, вне зависимости от симпатий и антипатий. – Все остальные – мумии. Коли подохнут, миру от этого не станет ни лучше, ни хуже. Твой попугай в тысячу раз живее любого из них.

Мне показалось, что я начинаю понимать суть этой диковинной теории. Вероятно, корректнее было бы говорить не о «мумиях», а о людях с непроснувшейся душой – именно так называл Учитель тех, кто живет и умирает, ни разу не задумавшись о высшем смысле своего существования.

– К чему вы мне это рассказываете? – спросила Летиция.

– Называй меня на «ты». Мы теперь, как братья. – Гарри положил ей на плечи обе руки, и раненую, и здоровую. Пальцы, до самых костяшек покрытые бледными веснушками, оказались прямо перед моим клювом. – А говорю я тебе всё это, чтоб ты не считал меня душегубом. Да, Гарри Логан за свою грешную жизнь прикончил немало народу. Если быть точным, двадцать человек. Но средь них не было ни одной живой души, клянусь тебе! Всё это были мумии! Единственное черное пятно на моей совести – Джереми Пратт. Он-то был настоящий, поживей нас с тобой. Но я тебе рассказывал, что мне пришлось защищаться. Это во-первых. Во-вторых, я не убил его, а только ранил. В-третьих, я его перевязал и пытался спасти. А в-четвертых, я назвал в его честь своего любимого сына!

Он смахнул слезу и снова опустил руку Летиции на плечо.

– Неужто ты думаешь, что ради этих цветных камешков, – штурман кивнул на сундук, – я убью настоящего живого человека – такого, как ты?

Девочка посмотрела в его влажные глаза и опустила голову. Ей стало совестно.

– ...Нет, не думаю, – тихо произнесла она.

– А зря.

Ирландец крепко сжал пальцы и нанес ей коленом в пах страшный удар, от которого моя питомица согнулась пополам.

## О неслучайности случайного

Судя по вскрику, Летиции было больно – но не до такой степени, как, очевидно, рассчитывал подлый предатель. От толчка девочка бухнулась на землю, но тут же вскочила на ноги и отбежала назад.

Всякого мужчину этакий удар надолго вывел бы из строя. Есть все-таки свои преимущества и в принадлежности к женскому полу!

Но я-то, я-то хорош! Ладно девочка, она юна и неопытна. Однако как мог я, пожилой, битый жизнью попугай, так развесить уши! Коварный ирландец своей белибердой заболтал меня, заставил забыть об опасности, а ведь я знал, что нападение неизбежно!

Что тут скажешь? Даже злодейство бывает талантливым. Я давно замечаю, что среди негодяев искусных психологов[39] гораздо больше, чем среди людей порядочных. О, мерзавцы умеют пробуждать доверие и склонять к себе сердца!

Кажется, Логан был ошеломлен почти так же, как та, на кого он столь вероломно напал.

– Черт! – воскликнул он, потирая колено. – Странный ты парень, Эпин! Кости у тебя там, что ли?

И ловким кошачьим движением выхватил из ножен саблю. Отточенная, как бритва, она блеснула алым в луче заходящего солнца.

Рука Летиции тоже легла на эфес. Я знаю, Фердинанд фон Дорн научил свою дочь фехтовать, но где ей справиться с этим хищником, прошедшим через сотню кровавых потасовок? Зубы штурмана обнажились в веселой улыбке, свободная рука привычным жестом легла за спину. Правая кисть, казалось, держится на пружинах – так гибко она вращалась; клинок чертил в воздухе быстрые, замысловатые фигуры.

«Пистолет! У тебя есть пистолет!» – заорал я, пытаясь взлететь. Непросохшие крылья отказывались держать меня в воздухе.

Не знаю, поняла меня Летиция или сама вспомнила, но выхватила оружие мичмана. Щелкнул курок кремневого замка.

– Проклятье, – растерянно пробормотал Гарри, опуская руку. – Про пистолет-то я и забыл.

Он сделал несколько маленьких шажков вперед. Острие опущенной сабли скользило по траве.

---

[39] Это ученое слово греческого происхождения я изобрел сам. Оно означает «знаток душ». *(Прим. Андоку М.К.Т.Клары)*

«Стреляй! Не жди! Не давай ему приблизиться!» – надрывался я.

Летиция держала врага на прицеле. Ее лицо было белым, зубы нервно покусывали губу. Она двигалась по кругу, следя за тем, чтоб между ней и противником всё время находилась тележка с сундуком.

– Похоже, я проиграл, – говорил штурман, тоже беспрестанно перемещаясь. – А может, и нет. Знаю я эти пистолеты, их делают в Брестском арсенале. Оружие дрянь. Так что ты не торопись спускать курок. Если осечка, тут тебе и конец. Я бы оценил наши шансы как примерно равные.

«Осторожно! Он заговаривает тебе зубы!»

Вдруг Логан прыжком вскочил на сундук и сделал молниеносный выпад. Девочка еле успела отпрыгнуть назад и сжала палец – но вместо выстрела раздался сухой щелчок. Действительно, осечка!

Гарри смеялся, покачивая саблей.

– Глупый умник. Пока эта штука была у меня в руках, я вынул кремень. Иначе разве я дал бы тебе подобрать пистолет? Обнажай свою шпагу, докторишка. Развлечемся.

Он соскочил с возвышения, обрушив на Летицию мощный боковой удар, но сталь ударилась о сталь.

Завязался быстрый и звонкий поединок.

Фердинанд фон Дорн мог бы гордиться дочерью. Она уступала противнику в силе и искусстве, но с поразительным проворством уклонялась от ударов и очень недурно держала оборону.

Моя помощь, надеюсь, тоже кое-что значила. Я делал всё, что мог: наскакивал на Логана, мельтешил у него перед глазами, царапался, а пару раз даже изловчился ударить клювом. Атаковать сверху не получалось – не было возможности взлететь, не то я тюкнул бы негодяя в макушку. Штурман отмахивался от меня локтем.

Странное, наверное, было зрелище, если поглядеть со стороны. Две потные рыжие девицы отчаянно рубятся, а вокруг них прыгает и полощет крыльями большой черно-красный попугай.

И все-таки мы явно проигрывали. Ирландец согнал девочку с поляны и заставил пятиться по узкой тропинке, с одной стороны от которой были непролазные заросли, а с другой чавкало пузырями и клубилось гнилыми испарениями болото.

Было сыро и душно.

Логан не торопился прикончить свою жертву. Он играл с нею, как кошка с мышкой. То разрежет кончиком сабли край платья, то сделает вид, будто испуган и отступает. И все время упражнялся в остроумии:

– Твоим именем я назову какую-нибудь из дочек, Эпин. В память о том, что ты сдох, наряженный в юбку. Ты ведь Люсьен, кажется? Будет у меня маленькая рыженькая Люсьеночка. Опа! – Тут следовал выпад. – Молодец, здорово увернулся. Боюсь, мне с таким рубакой не справиться...

И прочее подобное.

Пропотевшие панталоны ирландец скинул, чтоб ловчее было двигаться. Платье подоткнул.

Летиция последовать его примеру не решилась, и это ее сковывало. Наконец – не до девичьей скромности – она тоже завернула юбку, и темп схватки сразу убыстрился.

Глядя на стройные, гладкие ноги моей питомицы, Гарри язвительно заметил:

– Ты и впрямь на девку похож. Даже убивать жалко.

И взвыл:

– Проклятый попугай! Двое на одного, да?

Это уже было адресовано мне. Я сумел-таки взлететь и отменно стукнул злодея клювом в затылок – да сам угодил под локоть и полуоглушенный упал наземь.

Без моей поддержки девочке пришлось совсем туго. Логан сделал огромный прыжок, оказался слева от нее и нанес мощный горизонтальный удар, который должен был перерубить Летицию пополам. Отступить ей было некуда, за спиной поблескивала трясина. Проворная, как лесная белка, девочка присела на корточки. Клинок рассек воздух над самой ее головой. Но радоваться было рано. Пинком ноги ирландец сшиб Летицию с тропинки.

Она ушла в болото с головой. Секунду спустя вынырнула, но тронуться с места не смогла – ноги намертво увязли.

Всё, конец... Я зажмурился, чтобы не видеть, как сабля Логана рассечет дорогое мне лицо.

Однако штурман спрятал оружие в ножны. Насвистывая, он смотрел, как Летиция пытается вытянуть ногу из топи или дотянуться до ближайшей ветки. Всё было тщетно.

– Что и требовалось, – с глубоким удовлетворением объявил Гарри. – Я давно мог тебя проткнуть, но зачем мне брать лишний грех на душу? Я и так в долгу перед Всевышним. Тони себе, мой славный Эпин. Я тебе мешать не стану.

Девочка отчаянно рванулась – и провалилась по самый пояс. Ужас исказил ее милые черты.

– Гарри, – взмолилась она. – Ради всего святого! Вытащите меня! Я не буду претендовать на свою долю! Забирайте всё! Или зарубите меня! Только не оставляйте гибнуть в этой гнилой яме!

– Рубить тебя я не стану, это противно моим убеждениям, – вздохнул Логан. – Оставить в живых не могу – я не идиот. Не говори жалобных слов, они разрывают мне сердце. Нет-нет! – воскликнул он. – Ничего не желаю слышать! И не хочу видеть, как ты утонешь. У меня слишком чувствительное сердце! Надеюсь, когда я вернусь с тележкой, от тебя останутся одни пузыри.

Он повернул назад к поляне, зажав уши ладонями.

Я полз по земле, волоча крыло. Я был близко. Но чем я мог помочь моей бедной девочке? Что я мог для нее сделать?

Только одно: погибнуть вместе с ней.

Я сел ей на плечо и закрыл своим крылом ее глаза, чтобы она не смотрела, как к груди подбирается мутная жижа. Я чувствовал себя так, будто стоял на мостике тонущего корабля. Можно сесть в лодку и уплыть, но настоящий капитан не бросит свое судно.

«Будь проклят, подлец! – крикнул я вслед Логану. – Боже, если Ты есть! Покарай его!»

Не думаю, что ирландец меня услышал. Зато меня услышал Тот, с кем Гарри вел свои гнусные расчеты.

Из-за усыпанного алыми цветами куста, похожего на неопалимую купину, высунулась черная рука. Она была мощна, как карающая десница архангела Гавриила. Оживший куст обрушил на затылок штурмана затрещину, от которой тот замертво рухнул, да еще проехал носом по земле.

А потом из зарослей с грохотом и треском, будто Афродита из пены, вышла Черная Королева, разъяренная и величественная.

Лицо ее опухло, глаза налились кровью.

– Сорсье! – закричала воительница хриплым басом. – Тут мез ом ансорселе! Тут морт! Па муа! Муа тро форт![40]

Я понял: даже слоновья доза снотворного оказалась недостаточна, чтобы продержать богатыршу в оцепенении дольше нескольких часов.

О, волшебная нить случайностей! Не знаю, каким причудливым манером ты свилась, чтобы вывести Шашу к этому болоту. Учитель говорил, что в случайность верят только дураки и что просто так, без причины, ничего не происходит. Наверное, разгневанная королева кинулась по следам своих обидчиков. Это неважно. Главное, что она подоспела вовремя. Теперь вся моя надежда была только на нее.

Из-за усыпанного алыми цветами куста, похожего на неопалимую купину, высунулась черная рука

---

[40] Колдуны! Все мои люди заколдованы! Все мертвы! Но не я! Я слишком сильная! *(искаж. фр.)*

«Спаси мою девочку! Скорее!»

Я сорвался с плеча моей питомицы и полетел к Черной Королеве.

– Помогите! – закричала и Летиция.

Шаша подошла к берегу, уперла ручищи в бока.

– Ты тонуть, – констатировала она.

– Пожалуйста, вытащите меня! – воздевала к ней руки бедняжка.

– Если моя тебя вытащить, моя рвать тебя за ноги пополам, – свирепо сказала Черная Королева. – Хочешь пополам?

– Нет...

– Да, лучше тонуть. Моя бросать к тебе твоя подружка. Вы тонуть вместе.

Великанша вернулась туда, где валялся оглушенный Логан, легко перекинула его через плечо и принесла к болоту.

– Не надо! – всхлипывала Летиция. – Вытащите меня! Пожалуйста!

Я тоже просил как только мог, даже голос сорвал. Грязь уже доходила девочке до плеч.

Держа ирландца на весу, Шаша остановилась и рассудительно сказала:

– Зачем? Мои мужчины все умирать. Женщины им не нужны. Мне тоже. Мне нужны мужчины, мужчин больше нет. – На глаза Черной Королевы навернулись гигантские слезы. Она сердито смахнула их и рявкнула. – Вы, две колдуньи, их убивать! Теперь обе тонуть!

Тогда Летиция поменяла тактику, поняв, что мольбами ничего не добьется.

– Да, я колдунья! – крикнула она. – Большая колдунья! Это я заколдовала вас! Но я могу...

Не дослушав, Шаша с ревом швырнула ирландца на землю и ринулась к трясине:

– Ты не тонуть! Я рвать тебя пополам!

– Смотри! Смотри!

Палец Летиции указывал на бесчувственное тело. У Гарри задралось платье выше пояса, так что недвусмысленно обнаружилась его половая принадлежность.

Черная Королева обернулась и замерла. Ее двойной подбородок отвис, красный язык растерянно шарил по пересохшим губам.

– Видишь, какая я великая колдунья? Я превратила свою подругу в мужчину! Вытащи меня!

Недоверчиво Шаша присела на корточки и проверила, не мерещится ли ей чудесное превращение. На лице великанши появилась нежная, почти девичья улыбка.

– Да, теперь это мужчина, – сказала она. – Но моя один мужчина мало. Я тебя вынимать, если ты тоже превращать себя мужчина. Или ты тонуть. Зачем мне женщина?

– Я сделаю еще лучше, – пообещала Летиция, задирая голову – болотная жижа доходила ей уже до шеи. – Я расколдую твоих мужчин обратно.

Королева улыбнулась еще шире:

– Очень хорошо. Тогда можешь оставаться женщина. Мои мужчины хотеть женщина.

Всякая другая, находясь в положении моей питомицы, немедленно согласилась бы – на что угодно, лишь бы поскорей выбраться из топи. Но честная девочка даже тут не покривила душой.

– Нет, я не стану женщиной твоих мужчин. Ты меня отпустишь.

Тогда Шаша ступила одной ногой в воду, протянула свою огромную ручищу и пятерней обхватила Летицию за локоть, чтобы та погодила тонуть.

– Ты колдунья, ты умный, думай сам, – сказала она. – Моя нравится красноголовый мужчина. Он очень красивый. Другие мужчины ревновать и скучать. Моя давать им тебя, и они довольны. Ты тоже довольный. Двенадцать хороший мужчина! Нет, – заключила она, – моя не могу тебя пускать.

– А если всех вас отпущу я? – вкрадчиво произнесла Летиция, снизу вверх глядя на ту, от которой зависело ее спасение. – Домой, в Африку?

– Куда? – переспросила Шаша. – Что такой «Африка»?

Летиция начала ей объяснять, но тут силы меня оставили. Сказались последствия удара и волнение.

Закружилась голова, я ощутил невыразимую слабость и лишился чувств.

***

О дальнейшем ходе событий я могу лишь догадываться. Их свидетелем я не был.

После всех потрясений, после полученной травмы я был нездоров. Ночь я проспал мертвым сном, а когда пришел в себя, оказалось, что я лежу на песке, заботливо прикрытый пальмовым листом. Рядом шелестели волны, раздавался мерный скрип.

Приподняв крылом лист, я увидел поразительную картину.

Был прилив, уровень воды поднялся выше середины рифов, обрамлявших лагуну. В тридцати шагах от кромки вялого прибоя покачивалась на волнах шхуна, которая еще вчера казалась прочно засевшей на мели. В первую минуту я не понял, кому и как удалось вытащить ее из песка, но потом увидел привязанные к корме канаты.

По палубе и вантам сновали черные голые матросы. Кто-то катил бочку с водой, кто-то неумело, но усердно тянул за трос. Моя девочка стояла на мостике, отдавая распоряжения. Рядом, обмахиваясь веткой, сидела Черная Королева и переводила команды своим подданным.

Я не мог взять в толк, что происходит. Летиция уплывает с дикарями в Африку? Но она не умеет управлять судном, не знает навигации!

Выполз я из своего импровизированного укрытия, попробовал взмахнуть крыльями – получилось. Они высохли и были достаточно крепки для полета.

Что ж, в Африку, так в Африку. Куда моя девочка, туда и я!

Минуту спустя я был на шхуне. Сел на кормовой фонарь, осмотрелся.

Выяснилось, что с берега я разглядел не всех, кто находился на мостике.

Летиция стояла, Шаша сидела, но был тут еще один человек, который лежал.

Гарри Логан, бледный и измученный, валялся на палубе, прикованный к ноге королевы длинной тонкой цепью – должно быть, раньше на ней держали «черный товар».

– Что теперь? – спросила его Летиция.

Штурман слабым голосом ответил:

– Всё готово к отплытию. Осталось только крутить капстан и поднимать паруса. – Он послюнил палец, ловя направление ветра. – Потихоньку. Хватит форстакселя и кливера...

– Двоих человек вон к той штуке, вертеть палки, – объяснила Летиция королеве. – Еще двоим тянуть вон за те веревки.

Шаша рявкнула:

– Шатумба зандези уммарда! Кондола му ругнуда дангале кенде лабасеси! Шанда, шанда!

Удивительно, но всё получилось: якорь был поднят, парус постепенно разворачивался и наполнялся ветром. Ровный, свежий пассат дул в восточном направлении, как и полагается в этом сезоне. Ветер дул в сторону Африки и, если не случится какой-нибудь природной аномалии, через две-три недели доставит Шашу и ее людей к родным берегам.

– Эпин, не оставляй меня с этим чудовищем, – разбитым голосом попросил Гарри. – Ты не представляешь, что она со мной проделывала этой ночью! Не знаю, как я только остался жив!

Черная красавица любовно потрепала беднягу по рыжему затылку. Он вжал голову в плечи, всхлипнул.

– Жоли-ду пти ом, – проворковала Шаша. – Боку плезир пандан вояж[41].

---

[41] Красивый-сладкий человечек. Много удовольствий во время плавания. *(искаж. фр.)*

Логан заплакал.

Она приподняла его, словно болонку, смачно поцеловала своими лиловыми губищами и посадила к себе на колени.

– Тужур авек муа, мон шево-руж![42]

Не знаю, можно ли винить мою питомицу за то, что она злорадно рассмеялась.

– Днем ты будешь стоять у штурвала, прикованный цепью, а по ночам – ублажать Черную Королеву. А когда совсем выдохнешься, тебя выкинут, как истрепавшуюся тряпичную куклу!

– Моя никогда не кидать красные волосики! – запротестовала Шаша. – Много кормить, много любить. Рожать много-много детки.

Корабль медленно двинулся в сторону узкого пролива.

– Вставай к рулю, Гарри Логан, – сказала Летиция. – Мы расстаемся навсегда. Желаю тебе сполна расплатиться со Всевышним. Может быть, Он простит тебя, если ты населишь Африку рыжеволосыми негритятами.

Легким подзатыльником Шаша послала ирландца к штурвалу, а моей питомице сказала:

– Адьё, сорсье. Туа фэ тус проми. Ва! [43] Шаганда чакта!

Летиция поклонилась чернокожей властительнице и прыгнула за борт, крикнув:

– Клара, за мной!

Я и так уж взлетел в небо. Сделал прощальный круг над шхуной, по реям которой сновали черные матросы. Насмешливо поклекотал рыдающему Логану да полетел к берегу.

---

[42] Навсегда со мной, мой рыженький! *(искаж. фр.)*

[43] Прощай, колдунья! Ты сделала все, что обещала. Ступай! *(искаж. фр.)*

Начавшийся отлив нес судно в открытое море.

К своей питомице я присоединился, когда она уже стояла по щиколотку в воде и выжимала платье, стройная и прекрасная, как античная статуэтка.

– У нас много дел, – сказала Летиция. – Надо хорошенько спрятать ларец. Потом собрать сырые ветки для костров. Ночью, во время следующего прилива, сюда войдет «Ласточка».

# Возвращение в Рай

Следующей ночью было светло, почти как днем. В небе сияла полная луна, похожая на гигантский тропический плод. Вода поднялась еще выше, чем во время прошлого прилива. Наш фрегат без труда вошел в лагуну и встал на якоре в сотне шагов от берега.

Я в очередной раз поразился бездне талантов, которыми обладает моя питомица. Вот уж никогда бы не подумал, что Летиция умеет так изобретательно и вдохновенно... выдумывать. Импровизация про «великую колдунью» была, конечно, неплоха, но задурить голову суеверной дикарке – это одно, а обвести вокруг пальца хитроумного капитана Дезэссара – совсем другое.

Он высадился на берег в сопровождении десятка матросов, сгорающий от алчности и нетерпения.

– Ну что? – начал он сыпать вопросами, еще не выбравшись из лодки. – Где остальные? Что дикари? Почему вы один? И где корабль работорговцев, о котором говорил Логан?

– Произошли ужасные вещи, – ответила Летиция замогильным голосом. – Я должна поговорить с вами наедине.

Матросы зароптали, но Дезэссар погрозил им кулаком и, схватив ее под руку, оттащил в сторону.

– Скажите главное: что сокровище?

– Не торопите меня. Я по порядку...

Надо было слышать, как живописно и убедительно излагала девочка свою версию случившегося, как искусно лавировала между правдой и вымыслом.

Первая часть ее рассказа, где повествовалось об отравлении чернокожих, почти полностью соответствовала правде. Единственно, Летиция почему-то несколько раз повторила, что отраву в ром сыпал ирландец.

Потом повествование начало все дальше отклоняться от истины. Я слушал, сидя на песке, и только диву давался. Умение складно врать (буду уж называть вещи своими именами) всегда было мне недоступно. Да и как, скажите на милость, может соврать попугай?

– Я говорю Логану: «Давай разожжем костры. Опасности больше нет, а прилив выше, чем мы думали. «Ласточка» сможет войти в бухту уже сегодня». А он: «Я штурман, мне виднее. Лучше найдем сокровище, порадуем капитана». Мичман с писцом его поддержали, им хотелось поскорее увидеть золото... Преодолев множество

трудностей, мы нашли тайник, – торжественно сообщила Летиция.

– Правда?! – Дезэссар схватился за сердце. – И... и что? Золото было там?

– Золото, серебро. Двадцать тяжеленных сундуков.

– Благодарю тебя, Боже! И тебя, Пресвятая Дева! И вас, мои покровители, святой Жан и святой Франсуа!

– Погодите благодарить, – мрачно перебила его она. – Вы еще не всё знаете... Первый сундук мы вынесли наружу сами, тащили его по очереди. Очень устали. Гарри говорит: «Подкрепимся добрым ромом из моей фляги». Проныра и Клещ выпили, а я отказалась. Это пойло не для девичьего горла. Вдруг, смотрю, мои товарищи один за другим валятся на землю. Проклятый ирландец отравил их! Он и на меня накинулся с саблей, хотел убить. Видите, как иссечено мое платье? Видите ссадины и царапины? Я еле спаслась бегством через болото.

– Где золото? – прохрипел Дезэссар. На него было жалко смотреть. – Неужели Логан его перепрятал? Я переверну вверх тормашками весь остров!

– Бесполезно. Я спряталась в зарослях и видела, как всё произошло. Мне открылся коварный замысел негодяя, когда заявились чернокожие, живые и здоровые. Тут-то я и вспомнила, что это Логан заправлял ром ядом. Он и не думал травить Черную Королеву! Никакого яда в бутыли не было.

– Как такое возможно?!

– Гарри и Шаша любовники. Вы бы видели, как она его обнимала и целовала! Дикари вытa-

Мне открылся коварный замысел негодяя, когда заявились чернокожие, живые и здоровые щили из тайника все сундуки и погрузили их на шхуну. Она стояла вон там. Вы увидите под водой след от ее киля... Я смотрела из своего укрытия и ничего не могла сделать. Почти ничего, – добавила она, но взбудораженный капитан не заметил многозначительной оговорки.

Он закричал:

– Логан увез сокровище?! Гнусный обманщик! Почему вы не разожгли костры раньше?!

– Я боялась, что они заметят дым и вернутся расправиться со мной.

– Надо скорей сниматься! Мы догоним Логана, и я скормлю его акулам!

В группе моряков, оставшихся у шлюпки, возникло волнение.

– Почему вы размахиваете руками, капитан? – не выдержал старший из них, артиллерийский офицер Кабан. – Что стряслось?

Дезэссар развернулся, хотел ответить – Летиция еле успела ухватить его за рукав.

– Погодите, – тихо сказала она. – Вряд ли вы отыщете в океане Логана. Он знает эти моря лучше вас. Попусту потратите время. А я могу предложить вам кое-что получше.

Я навострил уши. Что она имеет в виду?

Тот же вопрос задал капитан.

– Что вы имеете в виду?

– Я ведь сказала вам, что почти ничего не смогла сделать. Но кое-что мне все-таки удалось. Пока негры переносили и грузили сокровище, я сумела потихоньку утащить один из сундуков. Он был самый легкий, остальные мне было не поднять. Но зато он оказался самым ценным. В нем не золото и не серебро, а драгоценные камни. Много, очень много!

– Драгоценные камни? – сглотнув, повторил Дезэссар и махнул галдящим матросам, чтоб не мешали.

– Алмазы, рубины, сапфиры, изумруды. Вот столько. – Она развела руки шире плеч. – Логан чуть не взбесился, когда обнаружил пропажу. Бегал по берегу, орал. Но я спряталась, а вода начала убывать. Пришлось им уплыть без драгоценностей.

Капитан схватил ее за руки.

– Где они? Где?!

– В надежном месте.

Он пожирал ее глазами. От волнения брови ходили вверх и вниз.

– Понимаю, – медленно молвил Дезэссар, перейдя на шепот. – Вы не хотите делиться со всеми. И не надо! Если сундук невелик, его можно незаметно переправить ко мне в каюту и запереть в рундук. Без меня вам добычу с острова все равно не вывезти. Мы поделим всё пополам, это честно.

Девочка опустила взгляд.

– Предлагаю более выгодную сделку. Вы получаете всё. Взамен отпускаете пленника и оставляете ему ялик, на котором мы сюда приплыли.

Вот в чем состоял ее замысел! Поистине, это удивительнейшая из девушек! Она готова пожертвовать любыми сокровищами ради любимого!

У Дезэссара отвисла челюсть. Но через миг недоумение сменилось снисходительной ухмылкой.

– Так-так... Хоть вы и оборотисты, сударыня, а все-таки Евина дочь. На уме одни амуры. Глупость делаете, но дело ваше. Ладно бы еще замуж выходили, а то...

– Заткнитесь! Вы не смеете! – зашипела Летиция. Кровь прилила к ее щекам. – Лучше придумайте, как устроить обмен, не вызвав подозрений у команды!

Капитан насупился, сосредоточенно пожевал губами. Хитрые глазки блеснули.

– Я все беру на себя, мадемуазель. А теперь прошу извинить. Это необходимо для правдоподобия.

С этими словами он размахнулся и влепил девочке оплеуху. Летиция кубарем полетела на песок, а я, застигнутый врасплох, только вскрикнул.

– Скотина! Мерзавец! Он обокрал нас! – Дезэссар сорвал с головы треуголку, швырнул наземь и в ярости принялся топтать ее ногами. Туда же полетел и парик. – Ребята, чертов ирландец уплыл с нашим золотом!

Матросы бросились к нему, осыпая вопросами. Капитан сбивчиво отвечал, размазывая по лицу слезы и сквернословя. Он оказался незаурядным лицедеем.

– Возьми себя в руки, Жан-Франсуа, – в конце концов крикнул Кабан. – Он не так далеко уплыл. На паршивой шхуне, с паршивой командой ему не уйти от «Ласточки». Садись в лодку, надо поднимать паруса!

– А наши товарищи? – Дезэссар простер руку в сторону джунглей. – Где-то там лежат тела Проныры и Клеща... То есть, я хочу сказать мичмана Жака Делонэ и королевского писца мэтра Салье. Их надо отыскать и предать христианскому погребению. Иначе как я буду смотреть в глаза адмиралтейскому комиссару и мамаше бедного мальчика?

– Брось. – Канонир тянул капитана к шлюпке. – По Клещу в адмиралтействе никто плакать не станет. А кузина Гуэн не из неженок. Какая ей разница, где тлеет непутевый парень – в джунглях или на дне морском? Не будем терять времени.

Но переубедить Дезэссара было невозможно.

– Я выполню свой долг до конца. Лишний час ничего не изменит. Ты прав, Кабан, с нашей быстроходностью мы все равно его догоним. Плывите на корабль и готовьтесь к отплытию... И вот еще что. – Он сделал вид, что эта идея только сейчас пришла ему в голову. – Доставьте сюда англичанина. Он надоел мне своей строптивостью. В наказание я решил высадить его здесь. Поднимайтесь, Эпин. Хватит валяться! Покажите мне, где лежат дорогие покойники. Этим вы хоть как-то искупите свою вину.

Летиция смотрела на ловкача с почтением, даже на оплеуху не обиделась. Дезэссар действительно неплохо всё придумал. Шлюпка уже вовсю работала веслами, гребя к кораблю.

– Где мои драгоценности? – нетерпеливо спросил Дезэссар.

– Сначала объясните, как вы намерены действовать дальше.

– Когда они вернутся, я скажу, что Клеща и Проныру на том месте мы не нашли. Это значит, что они живы, очнулись и бродят где-то по зарослям. Ждать их мы не можем. Я оставляю им записку, ялик и пленника. Пусть доставят его в Форт-Рояль. Дескать, я погорячился. Незачем оставлять на необитаемом острове того, за кого можно получить выкуп. Англичанин будет прикован к лодке, но я потихоньку суну ему ключ. Растолкуйте своему красавчику, чтоб запасся водой, бананами и плыл себе в британские воды.

План был прост, легко осуществим и пришелся Летиции по вкусу.

Она повела капитана в заросли. Я летел у них над головами.

Ларь оказался спрятан в корнях кривого разлапистого дерева с мохнатым стволом. Не знаю, как оно называется – я неважный знаток флоры.

Вновь, всё с тем же философским интересом, я понаблюдал, какое странное воздействие производит вид сверкающих безделушек на представителей людского рода. Дезэссар исполнил весь традиционный церемониал: и покричал, и поплакал, и помахал руками, и даже изобразил несколько неуклюжих па. Продолжалось это, правда, недолго – время поджимало.

Капитан сбегал к ялику и притащил оттуда мех для воды, пообещав, что взамен даст англичанину другой, из шлюпки. Ссыпал в эту легкую, удобную тару содержимое сундука. В результате груз получился вдвое, если не втрое легче, и Дезэссар смог взять его под мышку.

– Ну вот, – довольно молвил счастливый обладатель сокровища. – У себя в каюте я переложу камешки в надежное местечко. А дальше... Я уже знаю, что мне делать.

Пока мы ждали возвращения шлюпки, он с мечтательной улыбкой рассказал, как распорядится кладом.

– Вы, верно, думаете, что я заберу всё себе? Нет, мадемуазель. Одного богатства мне мало. Я хочу быть дворянином и готов за это хорошо заплатить. Вернувшись в Сен-Мало, я расстанусь с мсье Лефевром. Я снаряжу собственный корабль, совсем небольшой. Если водоизмещение корсарского судна меньше 70 тонн, а экипаж меньше двадцати человек, брать с собой адмиралтейского писца необязательно. Мы поболтаемся в море месяц-другой. Захватим какой-нибудь английский корабль. А на нем – вот чудо – обнаружится сундук с драгоценностями. – Дезэссар потряс мехом, который ни на минуту не выпускал из рук. – Добычу я, как положено, зарегистрирую в адмиралтействе. Треть пойдет в королевскую казну, треть достанется мне как владельцу корабля, а треть пойдет экипажу. Я запишу в команду мичманами и юнгами своих четверых сыновей и восемь племянников, да пару свойственников. Согласно традициям, если сумма королевской доли превышает миллион ливров, капитан может ходатайствовать о дворянском патенте. Суну кое-кому в адмиралтействе и Геральдической палате тысяч пятьдесят или сто, и всё устроится. Поселюсь близ Сен-Мало, построю себе замок и забуду о море!

Не уверен, что Летиция слушала блаженные разглагольствования капитана. Она не сводила глаз с приближающейся лодки – вернее, со скованного цепью человека, что сидел на корме подле рулевого.

– Какого черта с ними увязался поп? – спросил вдруг Дезэссар, нахмурившись.

Среди матросов темнела ряса отца Астольфа.

Он первым спрыгнул в переливающуюся искорками черную воду и решительно направился к капитану.

– Я не позволю оставить человека на необитаемом острове! – закричал добрейший францисканец. – Именем Господа, заклинаю вас не совершать подобного злодеяния! Или же – так и знайте – я тоже останусь здесь!

Благородные порывы иногда бывают исключительно некстати, подумал я. Только усложняют всем жизнь, создавая излишние трудности.

Пока Дезэссар втолковывал капеллану, что изменил свое первоначальное намерение и пленник будет доставлен на Мартинику, Летиция отвела лорда Руперта в сторону и стала делать вид, будто осматривает его.

Там было, что осматривать. Вблизи стало видно, что лицо Грея разбито, изо рта течет кровь.

– Я не люблю, когда меня куда-то волокут, ничего не объясняя, – с достоинством молвил пленник. – Пришлось дать кандалами по башке нескольким грубиянам. Но их было слишком много. Они вытащили меня на палубу и скинули в шлюпку. Если б я знал, что меня везут к вам, я бы не сопротивлялся.

Матросы остались в лодке, затянув всегдашнюю балладу про сокола и ласточку. А я смотрел на мою питомицу и ее любимого. На сердце было тяжело.

Непостижимая вещь красота. Лорд Руперт был в изорванной одежде, избитый, в синяках и ссадинах, но его лицо, озаренное серебряным светом, все равно было прекрасным. Есть люди, очарование которых невозможно испортить ничем. А может быть, я просто смотрел на Грея глазами Летиции, то есть глазами любви.

С другой стороны, на мою девочку я ведь тоже глядел с безмерным обожанием, однако отлично понимал, что вид у нее прежалкий. После поединка, многократных падений, отчаянного барахтанья в трясине Летиция была вся покрыта кровоподтеками и царапинами. Один глаз наполовину заплыл, ушибленное ухо потешно оттопыривалось, волосы слиплись, на шее синела полоса – след от лапищи Черной Королевы.

Как назло, еще и матросы нынче с особенным чувством выводили безысходный припев:

*Ни взмыть, ни прижаться к его крылу*
*Вовеки – она это знает.*
*Ведь ласточка жмется к земле, ахой!*
*А сокол высоко летает!*

Срывающимся голосом Летиция объяснила пленнику, что его ожидает, и сунула ключ от оков, который успела взять у капитана.

Девочка смотрела на лорда Руперта долгим и жадным взглядом, будто хотела запомнить этот миг навсегда, до конца дней. Я с тоской чувствовал, как в ее душу капля по капле проникает горькая отрава. Этот яд никогда не истает; он будет вечно бередить сердце и не позволит моей питомице найти счастье ни с каким другим мужчиной. Другого просто не будет. И то сказать, где найдешь мужчину, способного сравниться с Рупертом Греем? Будь проклят день, когда я увидел на мостике алокрылого фрегата человека с каштановыми волосами!

На шлюпке пели:

*Он реет высоко, поверх облаков,*
*Полет его светел и смел.*
*Ах, где узкокрылой тягаться с ним,*
*У каждого свой предел.*

Если б девочка могла меня понимать, я бы сказал: «Не надо убиваться. Расставание – не самое страшное, ибо после него остается память. Какое богатство может нажить тот, кто хорошо прожил жизнь? Некоторое количество дорогих воспоминаний. В конце все равно каждый уходит в одиночку. Но чем больше у тебя драгоценных воспоминаний, тем удачней сложилась твоя судьба. В старости ты будешь перебирать эти моменты, словно алмазы и изумруды».

– Вы позаботились обо мне, – сказал лорд Руперт. – Но что станется с вами? Ваш отец умер, замок заложен. Вам некуда вернуться.

Она воскликнула с деланой веселостью:

– Обо мне не беспокойтесь. Я сумею выкупить Теофельс. Буду сидеть у окна, смотреть на поля и леса, которые после тропиков уже не будут казаться мне такими зелеными, и вспоминать... свои приключения.

Ее голос дрогнул, но улыбка стала еще шире.

– Поклянитесь именем Господа, что ваши люди доставят этого человека в Форт-Рояль! – донесся до моего слуха возглас отца Астольфа.

Я подскакал ближе к Летиции и Грею, чтобы не пропустить ни слова из их разговора.

– Вы не похожи ни на одну из известных мне женщин, – озадаченно проговорил лорд Руперт. – А я за тридцать лет повидал немало представительниц вашего пола. Полагаю, таких, как вы, на свете больше нет. Если бы я...

Он запнулся, что было на него совсем непохоже.

Что он хотел сказать? Наверное, что-нибудь галантное – ведь он не наивен и отлично знает, что нравится слышать девушкам, даже некрасивым. Ну прояви великодушие, скажи что-нибудь ни к чему не обязывающее, мысленно взмолился я. «Если бы я встретил вас при иных обстоятельствах». Или, еще лучше: «Если бы я был вас достоин». Тебе это ничего не стоит, а она будет помнить каждое слово, старясь под каменными сводами своего серого замка.

А может быть, и хорошо, что Грей не договорил. Теперь девочка была вольна домыслить что угодно. Главное, что у любимого затрепетали ресницы и осекся голос.

Баллада про ласточку тем временем близилась к завершению. Никто не прерывал певцов, они снова добрались до куплета, который сулил счастливую концовку.

*Но вечером выпало счастье ей*
*За муки за все и терзанья...*

Пусть хоть в песне всё окончится хорошо. Ну-ка, пусть сокол спустится с небес к бедной ласточке.

Высокий тенор в одиночестве с невыразимой печалью допел:

*Ей серое с неба слетело перо,*
*Как нищенке грош в подаянье.*

Наконец, Грей довел до конца неуклюжую фразу:

– Если бы я... мог надеяться... когда-нибудь увидеть вас вновь... я был бы очень рад.

Зябко передернувшись, Летиция быстро сказала:

– Да-да, я тоже. Пойду скажу капеллану, чтоб он перестал за вас заступаться. Я не Дезэссар, мне святой отец поверит. Как только мы скроемся за горизонтом, плывите отсюда прочь. Помните, что где-то бродят мичман и писец. На всякий случай я спрятала вон под тем кустом шпагу.

Она слегка подняла руку, слабо помахала ею и пошла прочь, увязая в песке. Я чувствовал, как тяжело дается ей каждый шаг – будто к подметкам приклеился весь земной шар.

– Скажите лишь одно. Вы всё это сделали... для меня... почему? – хрипло спросил лорд Руперт.

Не оглядываясь, она сказала очень просто – может, само сорвалось:

– Потому что я полюбила вас больше спасения своей души.

И по-прежнему не оборачиваясь, быстро замахала рукой: всё, всё, всё!

Я прыгал вслед за своей бедной девочкой, давясь рыданиями, и никак не мог ее догнать.

Зазвенела железная цепь, заскрипел песок.

– Погодите! Стойте!

Грей упал на колени подле ее ног, взялся за край платья. Летиции пришлось остановится. Он открыл рот, но не мог совладать с волнением.

– Что? Что? – спросила она испуганно.

Я слышал, как в шлюпке кто-то сказал (кажется, дядя Мякиш):

– Ишь, неохота бедолаге на острове оставаться. Ты не Колючку проси, дурья башка. Проси капитана!

Лорд Руперт смотрел на Летицию снизу вверх.

– Это правда? То, что вы сказали? Тогда мне не надо свободы! Скажите Дезэссару, что я согласен. Он получит свой выкуп. Пусть высадит нас в каком-нибудь порту, я выдам вексель. Я построю новую «Русалку», мы с вами будем плавать по морям, куда пожелаете. А не хотите – осядем на суше. Мой брат у меня в долгу, он даст мне любые деньги, я построю для вас дворец!

Он еще много что говорил – всё, что мечтает услышать от мужчины влюбленная девушка. Что думал о ней беспрестанно, с самой первой минуты, как только увидел. Что сомневался, земное ли она существо. Что мучительно ощущал свое ничтожество рядом с таким совершенством. Что все остальные женщины по сравнению с ней – пустое место.

Но меня вдруг охватило сомнение: не сон ли это? Что если от нестерпимо яркого света полной луны у меня начались галлюцинации? Я читал, с людьми такое случается. Может, и с попугаями?

Лицо у моей девочки было загадочное. Она внимательно слушала, но никаких чувств не проявляла. Можно подумать, ей каждый день признавались в благоговейной страсти прекрасные лорды! Все-таки женская душа – потемки.

Вдруг она подняла руку, и он покорно умолк на полуслове, глядя на нее со страхом и надеждой.

Я затаил дыхание. Что она скажет?

Летиция с достоинством молвила:

– Вы богаты, но и я не нищенка. Во-первых, у меня есть вот это. – Она вынула из-за пояса что-то маленькое, блеснувшее холодным светом. – Стащила из сундука. Этого с лихвой хватило бы, чтоб выкупить Теофельс.

Он взял, положил на ладонь, рассмотрел.

– Какой крупный алмаз! Идеальной формы. И, если не ошибаюсь, цветной? Я знаю толк в камнях. Этот достоин украсить королевский скипетр.

Грей почтительно вернул алмаз, и она продолжила:

– Камень – чепуха. У меня тут полная пещера золота и серебра. Так что еще неизвестно, кто из нас богаче. Но меня не интересуют богатства. Мне не нужны ни дворцы, ни корабли. Хотите, чтобы я была вашей?

– Больше всего на свете! – воскликнул он. – Неужели у меня есть надежда? Приказывайте! Ради вас я готов на любые...

– Молчи и слушай, – перебила его Летиция. Она наклонилась и крепко обхватила его лицо ладонями. Голос ее стал глух, даже страшен. – Я хочу, чтоб ты был мой и только мой. Чтоб на тебя больше никогда не посмотрела ни одна женщина! А они обязательно будут на тебя пялиться, и я выцарапаю их жадные глаза, а потом умру от стыда и раскаяния, потому что бедняжки ни в чем не виноваты. Ты такой красивый!

– Я бы тоже предпочел, чтобы мужчины на тебя не смотрели, – отвечал лорд Руперт, нисколько не испугавшись. – Если кто-то из них умеет видеть женщин, как их вижу я, он не оставит тебя в покое.

– Ну и что же нам делать? – Она присела на корточки. Теперь их глаза были на одном уровне. – Разве эта задача имеет решение?

Он рассудительно заметил:

– Всякая задача имеет решение, если она правильно сформулирована. Как сделать так, чтобы тебя не видели другие мужчины...

– А тебя – другие женщины.

– Очень просто. В тридцати милях к востоку от Сент-Морица есть чудесный остров. Я не раз проплывал мимо и рассматривал его в подзорную трубу. Там зелено и сухо, на холмах растут вековые деревья, меж ними струятся ручьи. В лоциях остров называется Инаксесибль, «Недостижимый», потому что к нему невозможно пристать. На нем никто никогда не высаживался. Там нет якорной стоянки, а подойти на лодке невозможно – волны разобьют ее о скалы. Но мы поступим иначе. Мы приблизимся на ялике, и я доберусь вплавь, я очень хорошо плаваю. Тебя я вытяну на веревке. Лодка потом разлетится в щепки, но туда ей и дорога. Мы никогда не покинем свой остров.

– Никогда-никогда? Но что мы там будем делать?

– Будем жить счастливо, вдали от всех.

Подумав, она сказала:

– У нас могут быть дети.

– Обязательно будут.

– Что же, они не смогут покинуть остров, если им этого захочется? Не покажется ли им наш рай тюрьмой?

Руперт Грей, как это свойственно мужчинам, из-за будущих детей волноваться не стал.

– Это их дело, – пожал он плечами. – Захотят уплыть – что-нибудь придумают. Чтоб наши с тобой дети не нашли выхода? Не могу такого представить. Но потом они все равно вернутся, потому что лучшего места нигде не найдут.

Никаких иных сомнений у Летиции, похоже, не возникло.

– Хорошо, милый, – молвила она, поднимаясь. – Я только прощусь с прошлой жизнью.

И направилась к капитану с монахом. Шаги ее были легкими, совсем не такими, как прежде. Меня бы не удивило, если б моя питомица вдруг взяла и взлетела. Я даже сам поднялся в воздух, чтобы оказаться рядом, если подобное произойдет. Знаете, как говорят у нас в Японии: «где одно чудо, там и другое».

– Я остаюсь. С ним, – коротко объявила Летиция.

Капитан проворчал:

– Какой сюрприз. Кто бы мог подумать.

Удивленным он не казался. Я и раньше замечал, что Жан-Франсуа Дезэссар вовсе не такой чурбан, каким кажется.

Да и отец Астольф не выказал особенного изумления.

– Ах, тут вот что... – Он перекрестил Летицию, потом перекрестился сам. – Господь никогда не перестанет поражать меня неисповедимостью Своего промысла. Я знаю, Он не оставит вас. Но что могу сделать для вас я, дочь моя? Хотите, я соединю вас нерушимыми небесными узами? Это в моей власти.

– Только побыстрей, а? Без лишних церемоний, – попросил капитан. – Раз-два, объявляю мужем и женой, в радости и в горе, пока смерть не разлучит – и готово. Я все же не теряю надежды догнать эту скотину Логана. Четверть часа, и ни минутой больше.

– Спасибо, святой отец. – Девочка рассмеялась. – Не надо нас венчать. Наш союз и так нерушим, мы никуда друг от друга не денемся. А ваши четверть часа, господин Дезэссар, я лучше потрачу на другое.

Она побежала к ялику, где, среди прочих вещей, лежала кожаная сумка мэтра Салье.

Достав оттуда перо, бумагу и переносную чернильницу, Летиция села писать письмо. Луна светила ей ярче, чем сотня канделябров.

Я, конечно, подглядел. А как же?

Письмо было адресовано Беттине Мёнхле.

Завершив прощание с прежней жизнью, Летиция свернула листок и передала капеллану. Этот в чужие письма нос совать не станет.

Расставание было скомканным – очень уж капитан торопил отца Астольфа.

Шлюпка ударила веслами по воде, матросы снова завели свою балладу, но я уже знал ее дурацкую концовку и не слушал.

Никогда еще не ощущал я такой полноты жизни, как в эту минуту, под ровным светом ночного светила.

Что-то блеснуло на песке.

Это был розовый алмаз. Летиция его выронила. Я хотел криком привлечь ее внимание, а потом подумал: зачем?

Кому нужны в раю розовые алмазы? Чем они лучше мириада прекрасных раковин, которыми усеяны эти берега? От раковин больше проку – ими, например, можно зачерпнуть воды.

Летиция и Грей сидели на песке рядом, обняв друг друга за плечи, и о чем-то тихо говорили.

Я не подслушивал. Мысли мои были печальны.

Мне ниспослан Дар Полной Жизни. Это значит, что я переживу их обоих. Я останусь с тобой, моя девочка, и с тобой, Руперт Грей, пока смерть нас не разлучит. Но сначала мы все долго-долго будем счастливы. Так к чему же умирать раньше смерти? Тем более, никто ведь толком не знает, что она такое и есть ли она вообще.

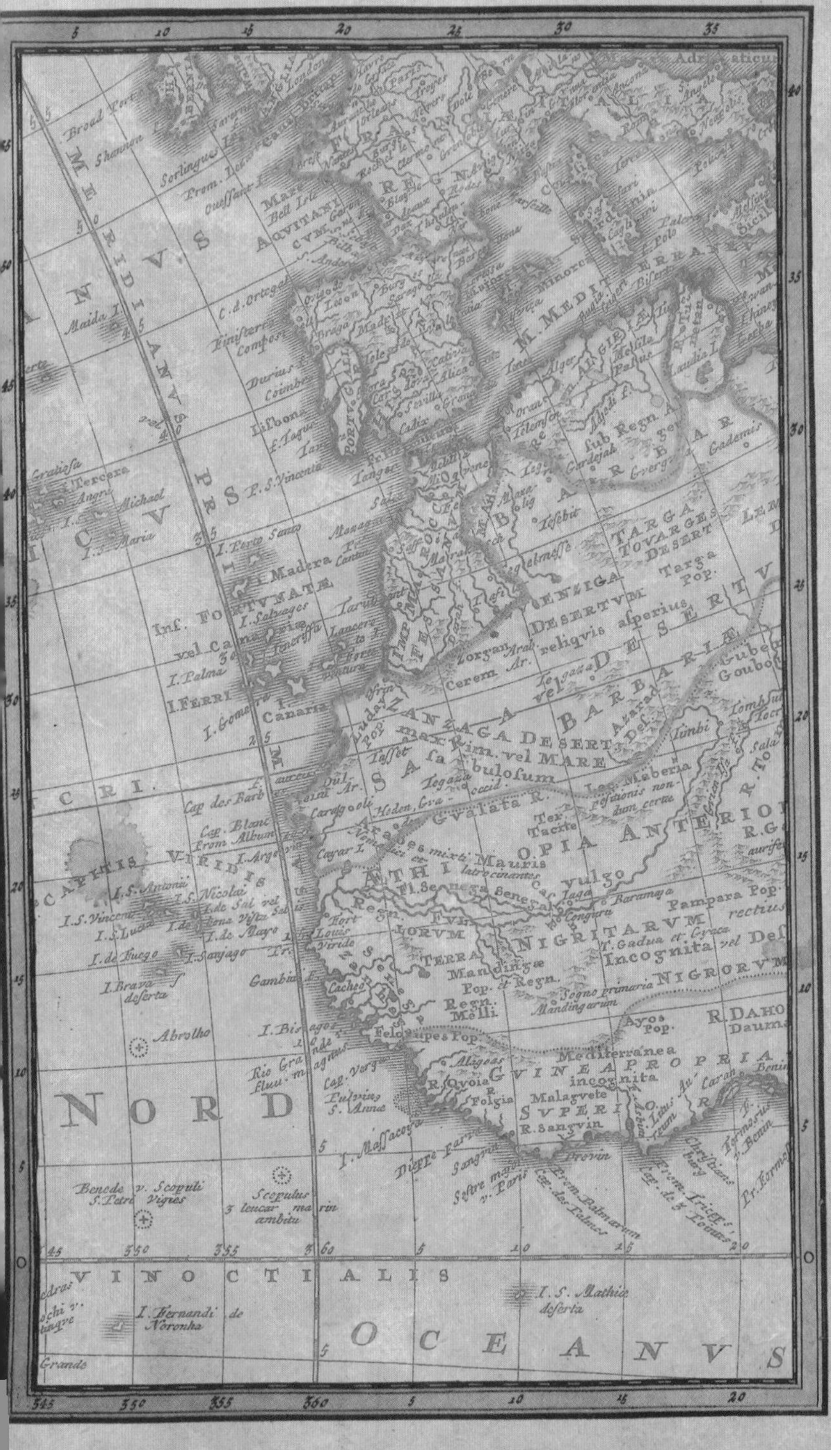

5
10
15
20
25
30
35
MERIDIANVS PRI
OCEANVS
NORD
AEQVINOCTIALIS
OCEANVS
FRANCIÆ REGNVM
ITALIA
M. MEDITERRANEVM
BARBARIA
Sardinia
Sicilia
Corsica
AQVITANI
Paris
London
Madrid
Lisbona
Tanger
I. Madera
INS. FORTVNATÆ vel Canariæ
I. Palma
I. Ferri
I. Gomera
I. Canaria
Tenerissa
Lancerota
Forte ventura
TARGA
TOVARGES DESERT
ZENZIGA
DESERTVM
ZANZAGA DESERT
SARA
BARBARIA
Gvalata R.
ÆTHIOPIA ANTERIOR
Mauris
Senega
Regn. Fvulorum
NIGRITARVM
Incognita
NIGRORVM
Mandingæ
Regn. Melli
GVINEA PROPRIA
Mediterranea incognita
Malagvete
SVPERIOR
R. Sangvin
CAPITIS VIRIDIS
I. S. Antonii
I. S. Nicolai
I. de Sal
I. de Bona Vista
I. de Mayo
I. S. Vincent
I. S. Lucia
I. de Fuego
I. Sanjago
I. Brava
Cap. Blanc
Cap des Barb
Gambia
Abrolho
Scopulus
I. Fernandi de Noronha
I. S. Mathiæ deserta
Tercera
I. S. Michael
I. S. Maria
Maida I.
345
350
355
360

# ■ КРУИЗНЫЙ ЛАЙНЕР «СОКОЛ»

(продолжение)

## ■ СОВЕЩАНИЕ КЛАДОИСКАТЕЛЕЙ

– А русские не сдаются, – с тяжелым вздохом молвил Николай Александрович, пожимая руку мисс Борсхед и думая при этом: «старый осел молодого везет».

На террасу вылетел большой благородный японец и заполоскал крыльями над тетей и племянником, будто то ли благословлял их неустрашимость, то ли, наоборот, призывал образумиться.

Однако древняя мудрость гласит: когда решение принято, сомнения превращаются из блага во зло.

– Джентльмены, прошу перейти сюда, – позвал Николас остальных. – Здесь нас никто не подслушает.

И началось производственное совещание, которое в связи с пугающей находкой уместнее было бы назвать военным советом.

Синтия выглядела подавленной, Миньон беспокойно озирался, даже сангвиник Делони словно сдулся. Както само собою вышло, что роль председателя пришлось взять на себя Нике.

До чего же изнежены жители благословенного Запада, подумал он. Как уверенно они себя чувствуют в устоявшейся системе координат, где властвует благоразумный Порядок, и как мгновенно повергает их в панику даже мимолетное дуновение неконтролируемого Хаоса. Когда-то и баронет Фандорин был таким же. Но поживи-ка в матушке-России лет тринадцать-четырнадцать. Шкура задубеет, нервы укрепятся. Ко всякому привыкнешь.

Удивительней всего было то, что обнаружение враждебного присутствия (именно так, в сущности следовало дефинировать случившееся) испугало магистра лишь в первую минуту. Теперь же, взяв себя в руки, он ощущал явственный прилив энергии, а внутри урчал, потягивался и слегка скреб коготками разбуженный котенок азартного предвкушения. Значит, непредсказуемость и опасность мне по душе? – поразился Николай Александрович. Неужели именно этого мне недоставало последние три года – со времен безумной погони за пропавшей рукописью Федора Михайловича? Есть специфическая категория людей, которых называют «адреналиновыми наркоманами». Эти чудаки закисают без острых ощущений и, чтобы почувствовать полноту жизни, должны прыгать с парашютом, лазить на Эверест или спускаться по горным рекам на плотах. Себя Фандорин никогда не причислял к подобным психопатам. Быть может, напрасно?

Тетя сидела в своей каталке, Делони опустился в шезлонг, Миньон в плетеное кресло. Других посадочных мест на террасе не было. Вместо того чтоб принести стул из каюты, Ника поступил лихо: сел на перила. Мысль о том, что за спиной пустота и, если корабль качнется на большой волне, вниз лететь метров тридцать, только усиливала праздничное щекотание в груди.

– Мы знаем, что наша затея кого-то сильно интересует. Будем начеку, только и всего. – Нике самому понравилось, как он это сказал – просто и мужественно. – Мы действуем легально, законов не нарушаем. Пусть нервничает тот, кто за нами следит.

Ему показалось, что это замечание не слишком ободрило слушателей, но решил дальше в тему не углубляться.

– Не позволим этому обстоятельству сбить нас с главного: поисков клада. Пусть каждый из партнеров сохраняет свою тайну, это ваше и наше право. Однако дополнительная ясность все же необходима. Подам пример открытости. – Он искоса взглянул на Синтию, она напряженно слушала. Делони с Миньоном – те и вовсе подались вперед. – У нас с мисс Борсхед есть два документа, написанных человеком по имени Эпин особе, отдаленно связанной с родом Фандориных. В одном из писем дана инструкция, как добраться до тайника. Но инструкция эта во-первых, зашифрована, а во-вторых, неполна, ибо первая страница письма не сохранилась.

Компаньоны пришли в волнение.

– Как это «неполна»?! – вскричал джерсиец. – Как это «не сохранилась»?!

– Ваше заявление противоречит духу и букве заключенного соглашения! – присоединился к протесту француз.

– На первой странице, очевидно, сообщалось, как выйти к пещере, – на ходу сымпровизировал Ника, спасая ситуацию. – Иначе зачем бы нам понадобилась ваша помощь? Мы обошлись бы собственными силами. А что касается шифра, то я его практически разгадал. Мне просто нужно оказаться на месте, возле входа в пещеру.

Тетя одобрительно кивнула. Остальные двое молча смотрели на Фандорина.

– Что ж, – зловеще произнес нотариус, – верим на слово. Однако напоминаю: в случае невыполнения обязательства найти тайник ваше поведение будет трактоваться как злонамеренное нарушение доверия партнеров. Дальнейшее разбирательство будет происходить в суде.

– Вы лучше о «жучке» вспомните, – огрызнулся Николас. – Есть такое русское слово razborka. Оно тоже подразумевает разбирательство, но отнюдь не в суде, а на пленэре, с применением насилия. Очень возможно, что разбираться будем не мы между собой, а некто посторонний со всеми нами. Так что, джентльмены, давайте жить дружно и не пугать друг друга. Иначе предлагаю разбежаться. Возможно, в данных обстоятельствах это самое мудрое решение.

Его поддержал Делони:

– Заткнитесь, Минни! Ник прав, нам надо быть вот так. – Он плотно сложил два толстых пальца, на одном из которых сверкнул перстень. – Держаться вместе, по-товарищески. На кону такой куш! Двадцать миллионов баксов!

– Сколько-сколько?! – хором воскликнули тетя с племянником.

– Это Минни подсчитал. Он по части бухгалтерии дока. Расскажите им, старина.

Нотариус улыбнулся – кажется, впервые за все время, что Ника наблюдал этого человека. Улыбка у него была кривоватая, в половинку сухого рта. Должно быть, мышцы, отвечающие за веселость, несколько атрофировались от редкого использования.

– Мой предок Бастьен-Кристоф Салье оставил довольно точное описание сокровища, – с удовольствием начал рассказывать Миньон. – Согласно его сведениям, добыча, захваченная во время рейда на Сан-Диего, оце-

нивалась в 250 тысяч испанских дублонов. По тогдашнему курсу это десять миллионов французских ливров. Для перевода данной суммы в современный денежный эквивалент этих сведений недостаточно, поскольку из описания неясно, какую часть составляло золото, а какую серебро. Как известно, стоимость этих благородных металлов с тех пор изменилась неодинаково. На рубеже семнадцатого-восемнадцатого веков золото оценивалось всего в 15 раз дороже. Однако с развитием технологии извлечения серебра из различных руд соотношение кардинально изменилось. Я внимательно слежу за коэффициентом. На вчерашний день он составлял 83,7:1. – Нотариус безо всякого затруднения называл цифры по памяти, как-то особенно вкусно их проговаривая. Сразу было видно: человек в своей стихии. – Но трудность в подсчете современной стоимости клада меня не смутила. Я обратился к испанским источникам и довольно точно сумел восстановить размер и состав контрибуции, изъятой английским корсаром Джереми Праттом в Сан-Диего.

Про Джереми Пратта магистр слышал в первый раз, но на всякий случай кивнул – мол, как же, как же, знаем.

– В сундуках, вывезенных корсарами с материка, было золото в монетах и стандартных штампованных брусках весом по 4,87 унции, то есть по 137 грамм, а также серебро – в виде монет и посуды. В те времена стоимость ценных металлов определялась по весу. Так вот, согласно испанским данным, из города было вывезено примерно 800 килограммов 22-каратного золота и около 500 килограммов серебра. По современному счету на чистый вес, без надбавки за художественную ценность (которая в случае серебряной посуды может оказаться весьма существенной), это стоит порядка 23 миллионов долларов. Треть стоимости контрибуции пришлась на ювелирные украшения из драгоценных камней, сложенных в один большой ларец. Эта часть сокровища, к сожалению, утрачена. Трудно даже вообразить, сколько бы она сейчас стоила, – вздохнул Миньон. – И все же с учетом ювелирной и коллекционной ценности оставшееся золото и серебро могут быть реализованы самое меньшее за двадцать миллионов долларов США.

Николай Александрович попытался сосчитать, сколько будет сорок процентов от двадцати миллионов, но цифры путались в голове. А Делони сказал:

– Жалко, ларец с камнями сгинул. Мой предок нашел на берегу моря один из них, самый красивый – огромный розовый бриллиант. Очевидно, выпал при переноске. Мичман увидел в этом счастливое предзнаменование. Он соорудил плот, вышел в море и вскоре был подобран английским кораблем. Жака доставили на Барбадос. Парень он был башковитый и, чтоб не гнить в тюрьме до конца войны, принес присягу британской короне. С тех пор мы, превратившись из Делонэ в Делони, заделались британцами. Уже за одно это мичман Жак заслуживает вечной благодарности.

Мсье Миньон удивленно приподнял бровь, ничего не сказал и только красноречиво пожал плечами.

– А что розовый бриллиант? – спросила мисс Борсхед.

– Жак спрятал его, как он пишет, «в укромнейшем Вместилище своего бренного Тела», – Фил хохотнул. – А выйдя на свободу, обменял камень у одного барбадосского корсара на корабль. Очень уж парню хотелось вернуться на Сент-Морис за золотом. Но мореплаватель из Жака, видать, был неважный. Он посадил судно на риф, едва выйдя из бриджтаунской гавани. Обнищал, хлебнул лиха. На Сент-Морис больше так и не попал. В конце концов, он осел на Джерси. Мы, Делони, одна из старейших фамилий на острове. Вот и всё, что я на данном этапе готов вам рассказать.

– А что можете сообщить о вашем предке вы? – спросил Ника у нотариуса.

Тот пожевал губами, словно прикидывая, стоит ли делиться информацией. Заговорил осторожными, тщательно взвешенными фразами:

– Бастьен-Кристоф Салье состоял на фрегате «Ласточка» в должности адмиралтейского писца. По современной терминологии это что-то вроде государственного контролера. Лекарь Эпин, про которого мой предок пишет в весьма неприязненных выражениях, напоил его отравленным ромом и бросил умирать в ущелье. Придя в себя, Бастьен долго бродил по горному лабиринту. Лишь на третий день, уже отчаявшись, он сумел выбраться в джунгли. Там чуть не утонул в болоте. Все свои злоключения он описал очень подробно, но я не буду их пересказывать. Вернуться к водопаду он не пытался. Один вид горного массива вызывал у Бастьена ужас и отвращение. Предок мистера Делони, очевидно, уже уплыл на своем плоту, и Салье две недели прожил на острове один. Питался ракушками и фруктами. Поседел. Молился Богу. Дал зарок, если вернется домой, никогда больше не покидать суши. Две недели спустя вернулась «Ласточка» и подобрала писца. Он сменил ремесло и действительно никогда больше не выходил в море. Его письмо, собственно, оставлено в назидание детям: вот-де до чего доводят авантюризм и погоня за химерами. Но путь от каменного изваяния до водопада описан с исключительной точностью. Некоторые детали у нас с мистером Делони вызывали сомнение, потому что Бастьен, дитя своего времени, много пишет о колдовстве и заклинаниях. Однако его указания безошибочно вывели нас к нужному месту. Найти вход в тайник – это уж ваша прерогатива, мистер Фандорин.

– «Сэр Николас», – строго поправила Синтия.

Магистр истории сосредоточенно осмысливал новые сведения: горный массив, лабиринт, водопад. Ясности от всего этого не прибавилось. Скорее наоборот.

– Вы говорили, Фил, у вас уже есть план. Самое время его изложить, – сказал Николас и сделал приглашающий жест в сторону джерсийца, будто уступая ему трибуну.

Делони полностью оправился от потрясения. Очевидно, разговоры о миллионах вернули ему боевитость.

– К черту шпионов! – Он погрозил кому-то невидимому пухлым кулаком. – Пусть только сунутся. Мы сумеем защитить свои интересы. А план предлагается вот какой. Завтра утром мы прибываем в Форт-де-Франс. Корабль стоит там два дня, потом плывет дальше уже без нас. Мы остаемся.

– Кроме меня, – вставил Фандорин. – Я рассчитываю продолжить плавание. Думаю, двух дней достаточно, чтобы понять, есть на Сент-Морисе тайник или нет.

– Вы хотите сказать, что искомый объект запрятан неглубоко? – быстро спросил Миньон, так и впившись в Нику глазами.

– Полагаю, да, – с небрежным видом ответил Фандорин. Если сама местность не придаст считалке хоть какой-то смысл, рассчитывать все равно было не на что. – В случае крайней необходимости я могу, конечно, задержаться еще на день-другой. Догоню теплоход на Барбадосе.

Синтия сказала:

– Интересы племянника при составлении описи сокровища буду представлять я.

При этих словах на лицах у всех участников совещания появилось мечтательное выражение.

– Окей, нет вопросов. – Фил энергично потер руки. – Я все подготовил. Завтра на пристани нас встретит Фреддо и сразу, не теряя времени, доставит на Сент-Морис.

– Фреддо? – переспросил Ника. – Это имя или фамилия?

– Понятия не имею. Я всегда звал его просто «Фреддо». Минни его знает. Это хозяин рыболовной базы на Сент-Морисе. Единственный житель острова – если не считать сына. Парнишка подрос и теперь помогает папаше. Раньше-то Фреддо управлялся на острове в одиночку. Он не все время там торчит. В сезон дождей туристы ловить рыбу не приезжают, поэтому Фреддо живет полгода в Форт-де-Франсе, а полгода на Сент-Морисе. Такой у них семейный бизнес. Я знаю старого пройдоху сто лет – еще с тех пор, как приехал на Сент-Морис искать клад в самый первый раз.

– Стало быть, этот человек в курсе дела?

– Что я, с ума спятил? – Делони даже обиделся. – Он считает, что я археолог. Там, на острове, в шестнадцатом и семнадцатом веке были испанские рудники. Вот их-то я вроде как и исследую. Может, вначале Фреддо что-нибудь и подозревал. Он не простачок. Но столько лет прошло. Он же видел, что никакого навара от моих поездок нету. Миньона в свое время я представил как своего коллегу из Франции. Минни похож на сухаря-профессора, правда? – Джерсиец подмигнул нотариусу, но тот не улыбнулся. – Про мисс Борсхед я написал, что она светило исторической науки из Оксфорда. Вы, Ник, насколько я понял, что-то вроде историка?

Исчерпывающе точное определение, подумал Фандорин: «что-то вроде историка» – и печально кивнул.

– Значит, проблем не возникнет. Я послал Фреддо список оборудования, которое нужно подкупить. Кое-что осталось с нашей прошлой экспедиции, но благодаря финансовому участию мисс Борсхед появилась возможность заказать самую современную аппаратуру. Фреддо подтвердил имейлом, что всё прибыло: детекторы, буры, подъемные и осветительные устройства. Можем долбить, рыть, подниматься, спускаться, вести взрывные работы. Техническая оснащенность на уровне.

– А то, что я просила? – строго спросила Синтия.

– Получено. Самоходная инвалидная коляска с «плавающими» колесами.

Ника поразился:

– Там что, придется плавать? В инвалидной коляске?

– Нет. Плавать не придется. Разве что пересечь несколько мелких ручьев. Но почва каменистая, неровная. «Плавающие» колеса, их шесть штук, способны менять угол поворота и высоту подъема. Тот же принцип, что у марсохода «Патфайндер». Аппарат способен наклоняться на 45°, спокойно преодолевает препятствия высотой до 20 см. Проедет и по каньону, и по пещере. При необходимости может даже использоваться как подъемник. Обошлось это чудо в девять тысяч фунтов.

У Николаса брови поползли вверх, и тетя сердито заметила:

– Это мои деньги! На что хочу, на то и трачу! Я должна собственными глазами видеть, как ты найдешь сокровище!

– Я? – обреченно спросил племянник. – Уже не мы, а персонально я?

– Именно вы, старина, – уверил его Фил.

– Согласно духу и букве нашего договора, – присовокупил Миньон. – Во избежание штрафных санкций.

– Ах, Ники, я сгораю от нетерпения! – Тетя схватила магистра за руку. – Подумать только, это случится уже завтра!

Но Делони ее поправил:

– Послезавтра. Завтра мы попадем на Сент-Морис только во второй половине дня. Пока подготовимся, пока наладим инструменты и аппаратуру, уже стемнеет. Переночуем в гостевом бунгало. Сразу предупреждаю, это не отель «Риц». Ну а наутро, с восходом солнца, отправимся за нашими миллионами.

■

## ■ НА МАРТИНИКЕ

Города с фыркающим именем Форт-де-Франс магистр, собственно, так и не увидел. Разве что издали, когда «Сокол» входил в бухту.

Белые дома, красные крыши и синее небо создавали гамму, вполне уместную для столицы заморского департамента Французской республики. На горизонте торчали невысокие, но крутые горы какого-то легкомысленного вида. Это была единственная вертикаль ландшафта. Сам город распластался вдоль берега. Ничего в архитектурном смысле примечательного не просматривалось. Разве что старый каменный форт на узком мысе. Эта крепость, возведенная в конце семнадцатого века, и дала название поселению. В монархические времена оно называлось попросту «Королевская Крепость», Форт-Рояль – на торопливом креольском диалекте «Фояль». Первый консул Бонапарт, не проявив большой фантазии, переименовал антильскую жемчужину во «Французскую Крепость», но жители, как сообщает путеводитель, по-прежнему называют себя «фояльцами».

Ветер шевелил светлую прядь на лбу Николая Александровича. Чайки кричали над головой. В груди что-то попеременно раздувалось и сжималось.

Цель путешествия была близка. Скоро, очень скоро он вернется сюда – на щите, потерпев поражение, либо со щитом, причем золотым. Под этим небом неестественно сочного цвета могло произойти всё, что угодно. В том числе вещи совершенно фантастические, немыслимые в блеклой России или тусклой Англии.

Пассажирам, сходящим на берег, на грудь клеили эмблемку с номером и выдавали электронный пропуск – мера по борьбе с терроризмом. Начальник службы безопасности мистер Тидбит лично стоял у трапа, кивая каждому. Николасу даже улыбнулся. Возможно, потому, что Фандорин спускался самым последним.

Из-за российского подданства он, единственный из двух тысяч пассажиров, был вынужден пройти контроль. Иммиграционный чиновник, никогда не видавший на паспорте двуглавого орла, оживился и устроил Фандорину форменный допрос – но, кажется, больше из любопытства. Где живете: в Моску, в Ленинград или в Сталинград (других городов, видимо, не знал)? Правда ли, что на самом деле фамилия вашего президента не Putine, а Putin? Как, у вас уже другой президент? И давно? В Моску, наверное, еще лежит снег? И так далее. Наконец с видимым удовольствием шмякнул на страничку штамп (четыре змейки на синем поле) и пожелал «приятного сежура».

Одолеваемые нетерпением компаньоны давно уж сошли на пристань. Первой катилась тетя, за ней везли целую тележку с чемоданами, большинство из которых будет дожидаться Синтию в кактусотерапевтическом спа.

Фандорин знал, куда ему идти: Бухта Якорной Стоянки, причал 5, парковочное место 338. Там должна ожидать лодка старого Фреддо, чтобы немедленно взять курс на Сент-Морис.

По набережной ходили красивые люди с самым разным цветом кожи – от светло-бежевого до кофейного, попадались и вовсе оранжевые. Одеты они были ярко, по-южному. С открытых террас, утыканных пестрыми зонтами, неслась ритмичная карибская музыка. Но путь Николаса лежал мимо этого праздника жизни – прочь от парадной пристани, мимо нарядных яхт и прогулочных катеров, к затрапезным закоулкам порта, где пахло рыбой и водорослями.

Лодка, пришвартованная у тумбы с небрежно намалеванным номером 338, была самой неказистой из всех рыбацких суденышек, что стояли у пятого причала. С мачты свисал вылинявший вымпел, краска облупилась, к борту ржавыми цепями были прикреплены старые автомобильные покрышки. Удивило название: «For Whom the Bell Tolls»[44]. Кажется, это из «Схватки смерти» Джона Донна: «Никогда не спрашивай, по ком звонит колокол, ибо он звонит по тебе...». Чудно́е имечко.

Ни мисс Борсхед, ни компаньонов на палубе не было, однако, судя по каталке, привязанной к подножию мачты, все члены экспедиции уже прибыли.

На трапе, свесив ноги, сидел сильно пожилой дядя в живописно потрепанной шляпе, рваной майке, широких холщовых штанах и с трубкой из кукурузного початка, зажатой в белых зубах. Как у большинства жителей Антильских островов, от многовекового перемешивания разнообразных генофондов, внешность у шкипера была эклектическая: кожа орехового оттенка, глаза по-индейски раскосые, но черты тонкие, европеоидные. Седая курчавая бородка обрамляла улыбчивое, добродушное лицо.

– Так-так, – сказал колоритный абориген на странно звучащем, но бойком английском, дружелюбно оглядев

---

[44] «По ком звонит колокол» *(англ.)*.

Николая Александровича. – Рост два метра, белые джинсы, голубой пиджак, красная сумка. Приметы совпадают. Добро пожаловать на борт, мистер Карков.

– Я Фандорин, а не Карков. – Ника, ступивший было на трап, остановился. Ошибка?

– Знаю, знаю. Но мне сказали, вы русский. А Карков – это русский из романа. Давайте сумку.

Сумку Николас не дал. Речь старика показалась ему странной.

– Какого романа?

– Папаши Хема. Эрнеста Хемингуэя. «По ком звонит колокол».

– В мои времена этого писателя уже не читали, – улыбнулся магистр, успокаиваясь. – Но я понимаю, о чем вы. Смотрел когда-то фильм с Ингрид Бергман и Гарри Купером.

Они поздоровались. Рука у Фреддо была жесткая, будто истыканная занозами.

– А я знаю роман наизусть. Моя семья многим обязана папаше Хему.

– Вы его знали? – с почтением спросил Ника.

– Нет, конечно. Но мой дед пару раз видел писателя на Кубе. Это папаша Хем в тридцатые ввел моду на спортивное рыболовство. Сюда так и повалили американцы, потом туристы из Европы. Сначала мой дед, потом папа, а теперь вот я этим жили и живем. Надеюсь, что и сын прокормится. А все спасибо Хему. – Шкипер с гордостью показал на свое суденышко. – Видали, какая красотка? Уже пятое поколение. У деда была лодка «Прощай, оружие». В межсезонье он гонял контрабандой оружие то в одну латиноамериканскую страну, то в другую. Спрос на этот товар всегда имелся. Бедняга помер в венесуэльской тюряге. У папы сначала был катамаран «Фиеста», на котором он неплохо зарабатывал в сороковые. Следующую лодку старик назвал так же: «Фиеста-2», чтоб не спугнуть удачу – и тоже всё было отлично. Но на «Фиесте-3» родитель угодил в самое око урагана и сгинул, царствие ему небесное.

Фреддо, не переставая улыбаться, перекрестил лоб.

– Соболезную.

– Чего там. Красивая смерть. Немногие, кому довелось выжить, побывав в оке урагана, рассказывают: там покой, ясное небо, солнышко. И гулкая тишина, от которой глохнешь – как внутри колокола. Есть минутка-другая, чтобы помолиться. Ну а потом либо утянет вверх, и тогда еще есть шанс, либо просто размажет по поверхности моря. Быстро, без лишней волынки. По-моему, это лучше, чем медленно подыхать от рака или еще какой-нибудь пакости.

Николас спорить не стал.

– Поэтому вы выбрали для вашего судна такое траурное название?

– Нет, – засмеялся Фреддо. – Клиентам нравится. Многие вроде вас, кино помнят. Ну и вообще – экзотика. На ней держимся. Суровые труженики моря, неказистые с виду, грубоватые, но хорошо начитанные и с тонко чувствующей душой.

Ника на всякий случай улыбнулся, хоть и был несколько сбит с толку. Он представлял себе туземцев иначе.

– Где все?

– Внизу. – Шкипер показал на лесенку. – А вы как думали? У меня настоящая каюта имеется. Шесть спальных мест.

Вблизи стало видно, что потрепанность лодки не так проста, как кажется. Облупленность и обшарпанность, видимо, носили концептуальный характер и тщательно поддерживались. Ника заметил, что доски палубы сделаны из искусственно состаренного дерева, которое, как известно, дороже нового. На красно-белом спасательном круге кто-то нарочно ободрал краску и стер несколько букв в названии.

– Мисс Борсхед снесли вниз на руках?

– Обижаете, tovarisch. У нас все политкорректно. Когда Фил написал, что будет дама в инвалидной коляске, я заказал подъемник и специально оборудованный туалет. Включил в счет, конечно, – подмигнул веселый рыбак. – Пригодится. Рыболовная яхта, приспособленная для handicapped persons[45], это круто. Дал рекламу в интернет – клиенты записались на год вперед.

По лесенке поднимался высокий парень – голый по пояс, фантастического телосложения. На голове у него был красный платок, из-под которого свисали дреды, выкрашенные тем же цветом. В углу рта торчала дымящаяся самокрутка. Принюхавшись, Ника покачал головой.

– Познакомься, Джордан. Это товарищ Карков, наш последний пассажир. А это мой драгоценный наследник. У Джо еще переходный возраст не закончился, поэтому он на всех огрызается.

«Драгоценный наследник» бросил взгляд исподлобья.

– Отваливаем, что ли?

– Отдать швартовые и полный вперед! – скомандовал Фреддо. – Навстречу научным открытиям! Курс – таинственный остров.

---

[45] Инвалидов *(англ.)*

– Чтоб он провалился, твой остров, – проворчал тинейджер.

Из каюты, куда осторожно, держась за перила, спускался Ника, наплывала стандартная карибская музыка: Боб Марли призывал свою женщину не лить слезы.

– Тошнит меня от этой растаманской фигни, – пожаловался шкипер, тащивший сумку. – Исключительно для клиентов держу. Сам-то я из поколения Элвиса.

То, что он назвал каютой, представляло собой глухую конуру без единого иллюминатора. Посередине грубый (но при этом тщательно зачищенный и покрытый лаком) стол со скамьями: по бокам двухярусные койки. На одной из них, чопорно сложив руки на коленях, сидела Синтия и явно не знала, чем себя занять. Так же странно смотрелся в кубрике мсье Миньон в галстуке – будто заложник, попавший в логово сомалийских пиратов. Один Делони чувствовал себя отлично. Он листал спортивный журнал и сосал из банки пиво.

– Сэр Николас прибыл, капитан, – сказала тетя тоном отправляющейся в изгнание королевы. – Можно поднимать паруса и храни нас Господь.

Фреддо ухмыльнулся.

– Прикажете – поднимем. Желание клиента закон. Хотя вообще-то у нас мотор.

Суденышко качнуло. Николай Александрович почувствовал, что его начинает мутить, и поспешил подняться на свежий воздух.

Болтало гораздо сильней, чем на лайнере, хотя море было почти гладким. Оно сверкало и слепило глаза, а пахло одновременно свежестью и гнилью и еще чем-то вроде стирального порошка. Одиннадцатой палубы эти ароматы не достигали, и у магистра возникло ощущение, что только теперь он действительно вышел в море, лайнер же был не настоящим кораблем, а плавучим отелем. От первого же вдоха полной грудью тошнота прошла, будто ее и не бывало. Ника встал у самого бушприта, взялся рукой за трос, и стало ему вдруг так славно, так свободно, что он сам над собой сыронизировал: корсар-флибустьер, да и только.

А потом случилось довольно удивительное событие. Поскольку Николас стоял спиной к берегу, он ничего не заметил, лишь услышал в воздухе странное хлопанье. Обернулся – и на плечо ему села большая черно-красная птица.

– Капитан Флинт? Ты-то откуда взялся? – спросил магистр. – Неужто решил меня сопровождать? А как же библиотека?

Попугай глядел немигающим глазом, повернув голову в профиль.

– Кр-р-р-р.

– Прямо как я. Сбежал от книг навстречу настоящей жизни? С попугаем на плече я вылитый Джон Сильвер, только деревянной ноги не хватает. Ты умеешь кричать «пиастры»?

– Тр-р-р-р.

Птица смотрела на Нику сосредоточенно, не перебивала и только поддакивала. Она была идеальным собеседником.

– Ничего, дело наживное. Деревянную ногу мне обеспечит Делони, когда я не найду тайника. А пиастры вытрясет Миньон. Плевать! Зато через несколько часов я буду на настоящем острове сокровищ.

■

## ■ ОСТРОВ СОКРОВИЩ

Маленькую нашлепку на горизонте Николас высмотрел минут через десять после того, как Фреддо ткнул пальцем куда-то вперед и объявил:

– Вон он, Сент-Морис.

На палубу вышли компаньоны, подняли тетю Синтию, а Фандорин все не мог углядеть ничего кроме бликующей ряби. Но вот одна из волн показалась ему не синей, как остальные, а бурой. К тому же она не двигалась.

– Дайте-ка бинокль, – попросил магистр.

Сент-Морис выглядел неромантично – в самом деле плоская нашлепка скучного коричневатого цвета. Другие островки, мимо которых они проплывали по пути с Мартиники, были хоть зелеными.

– Там невысокое горное плато, – объяснил Делони. – Остатки древнего вулкана. Всё в расщелинах, будто старый растрескавшийся асфальт. Пойду подремлю. Раньше, чем через час, не причалим.

Время было без пяти пять. В мелкую лагуну, надежно укрытую острыми скалами, лодка вошла в шесть. Вода там была прозрачная, пронзительно голубая – каждую раковину на дне видно.

– Вот мои владения.

Фреддо широким жестом обвел берег, где на песке лежала еще одна большая лодка, плоскодонная, ярко раскрашенная, с сияющей белой кабиной.

– Это для клиентов, кто любит гламур, – ухмыльнулся Фреддо. – Всё новенькое, всё сверкает, внутри стиль «техно». Называется «Пятая колонна». Это такая пьеса у Хема.

– У кого? – спросил мистер Делони.

– Неважно. Я забыл, что вы не любитель литературы, Фил. Вон там офис и наша с Джо хибара. Бунгало для клиентов левее, под крышей из пальмовых листьев. Три комнаты, веранда. Кондиционеры недавно поставил. Американцы без них жить не могут.

Под неумолчную болтовню хозяина высадились, расселились. Тете Синтии и Нику досталось по отдельной комнате, Миньон с Делони поселились вместе, но зато у них была веранда и телевизор.

Болтанка в море и нервная ажитация утомили старую леди. Чтобы завтра быть в хорошей форме, Синтия приняла снотворное и еще засветло улеглась.

Партнеры Николаса занялись приемкой и подготовкой заказанного снаряжения. Миньон сверял накладные, рукастый Делони собирал мудреные аппараты, из числа которых Фандорину был знаком только металлоискатель – новейший 28-частотный «Иксплорер». Фреддо отчитывался перед нотариусом, его сын помогал Филу.

Магистру нужно было позвонить. Мобильный телефон средь океанских просторов, разумеется, не работал, но в конторе имелся спутниковый. Там Николас и устроился, благо Фреддо позволил пользоваться аппаратом без ограничения: «У меня как на пятизвездочном курорте – «все включено».

Семья Николая Александровича уже должна была находиться в барбадосском отеле. Предстояло непростое объяснение с женой. Алтын обладала фантастическим чутьем и моментально срисовывала любую неестественность в голосе мужа, а посвящать ее в подробности предстоящей авантюры Фандорин не собирался – себе дороже. Во-первых, замучает вопросами, на которые пока нет ответа. Во-вторых, скажет, что он все не так сделал и совершил тысячу ошибок. В-третьих, объявит, что немедленно отправляется на Сент-Морис, потому что у него, недотепы, ни черта без нее не выйдет.

Короче говоря, жене следовало навесить лапши на уши, а Ника по этой части был не мастер.

Поэтому он долго готовился к разговору, поглаживая по спине своего пернатого приятеля и рассеянно оглядывая помещение, в котором ничего интересного не было. Канцелярский стол (1 шт.), стул продавленный (1 шт.), шкафы металлические (2 шт.), вентилятор неработающий (1 шт.) да сейф допотопный с кнопочным цифровым замком (1 шт.).

Надо сказать ей, что телефон спутниковый и одна минута разговора стоит десять долларов, пришла в голову Николасу спасительная идея. Вот аргумент, который побудит супругу быть предельно лаконичной и не углубляться в детали. А заодно объяснит некоторую натужность тона. Когда в голове работает секундомер, напряженность в голосе неудивительна.

Он натыкал номер, состоявший из полутора десятков цифр. Первые два раза сбился, потом еще три раза не проходил сигнал.

Соскучившись, Капитан Флинт перелетел к несгораемому шкафу и, попугайствуя, принялся точно так же тыкать клювом по кнопкам кодового замка.

С шестого раза Фандорин наконец прорвался. В отеле ответили «just a moment, sir[46]». Секунду спустя жена закричала в трубку:

– Да, да! Слушаю! Ну, что там стряслось? Я с ума схожу!

Николаю Александровичу стало не по себе. Конечно, с интуицией у Алтын все в порядке, но не до такой же степени? Ее голос дрожал, готовый сорваться на рыдание. Железной леди подобная истеричность была совсем несвойственна.

– Да ничего еще не стряслось, успокойся, – сказал он, сразу сдавая все позиции. – Бывал я в переделках покруче...

Он хотел прибавить, что в крайнем случае разбираться с претензиями компаньонов будет тетя, куда ей деваться, а сам думал: откуда Алтын всё узнала?

Но жена сказала нечто, поставившее магистра в тупик:

– Ника, это ты?

– А... кто же еще? Разве ты ждала звонка от кого-то другого?

Вместо ответа она заплакала. Это уж было совсем ни на что не похоже.

– Да что стряслось? – спросил теперь уже он.

– ...Дети пропали... Оба... Я принимала душ. Выхожу – их нет. Жду – не появляются. Я на ресепшн. Говорят, сначала ушел «юный мистер», а потом «юная леди». По отдельности!

– Давно?

– Четыре часа назад. С четвертью...

В трубке что-то грохотало, будто там шла перестрелка.

– Господи, Алтын, что у тебя за звуки?

---

[46] Секундочку, сэр (*англ.*)

– Это не у меня. Это у них. Праздник какой-то, или карнавал. Петарды, ракеты, я не зна-аю... – завыла она.

За все годы совместной жизни он не видел (верней, не слышал) ее в таком состоянии.

– Что с тобой? Геля с Ластиком просто пошли посмотреть на праздник и забыли о времени. Они же дети! Ты сама жаловалась, что они ведут себя, словно маленькие старички. А тут экзотика, праздник-который-всегда-с-тобой, – выскочило у Ники что-то хемингуэевское (должно быть под влиянием Фреддо). – Мы для того их сюда и вывезли, чтоб они встряхнулись, ожили. Тебе не из-за чего тревожиться. Барбадос – совершенно безопасный остров.

– Откуда ты знаешь? – всхлипнула она. – Выдумал, да? Чтоб меня успокоить?

– Ничего я не выдумал. Честное слово. Наше почтенное пароходство, заботясь о пассажирах, выбирает для захода только абсолютно безопасные порты Карибского моря: Форт-де-Франс на Мартинике, Бриджтаун на Барбадосе, Бас-Тер на Гваделупе и Ораньестад на Арубе. Преступность на этих островах почти нулевая. Что с тобой, милая? Почему ты себя накручиваешь? Я тебя не узнаю!

– Потому что это не я! – В трубке раздался уже не плач, а самый настоящий рев. – Это не я, это какая-то жалкая лузерша... У-у-у... Ты прав, я себя накручиваю, ты прав, прав...

Вот теперь Николай Александрович встревожился уже по-настоящему. Чтоб жена признала его правоту, три раза подряд?

– Господи, ты заболела! Немедленно признавайся, что случилось?

– Они ушли и даже не позвали меня, – пожаловалась Алтын. – Я для них пустое место. Я для всех пустое место. Сижу тут, как дура, одна и реву. Я никто! Плохая мать, плохая жена, мне скоро сорок лет, ты знаешь, что я закрашиваю волосы?

Капитан Флинт своим долбежом по кнопкам отвлекал Нику от важного разговора. Поддержать любимого человека в минуту слабости – что может быть важнее?

– Не говори ерунды. – Магистр швырнул в неугомонную птицу большой скрепкой, но не попал. – Волосы у тебя рано седеют, потому что ты брюнетка. Зря ты их подкрашиваешь. Эффект чернобурки в сочетании с молодым лицом – это очень стильно. Ты отличная жена, образцовая мать и совершенно фантастический профессионал. У тебя три премии «Шеф-редактор года»!

Но эти слова вместо того, чтоб поддержать любимого человека, вызвали у него, то есть у нее, новый взрыв истерических рыданий.

– ..... я, а не шеф-редактор! – закричала Алтын, использовав выражение из числа тех, которые в эфире обычно заглушают писком. – Помнишь, я тебе писала, как выставила за дверь ляльку работодателя? Меня за это уволили!

– Ну и супер. – Он все пытался настроить жену на позитив. – Ты же сама этого добивалась. Теперь получишь выходное пособие.

– Ничего я не получу, потому что я – .....! Эти скоты меня надули! То-то маленькая лахудра ушла с таким довольным видом. Я нарушила какой-то там пункт контракта, где перечислены самые страшные преступления. Чуть не на первом месте – личные конфликты с заказчиком рекламы. Оказывается, эта сучка перед тем, как ко мне явиться, купила полосу для анонса своей артгалереи. А потом нарочно меня спровоцировала. И я купилась! Получилось, что я турнула не просто любовницу хозяина, а Рекламодателя! Об этом страшном преступлении уже знает весь журнальный мир. Моя карьера окончена! Меня никуда больше не возьмут! Нам не на что жить, и перспектив – ноль! А все из-за того, что я – .......

Дальше пошел длинный синонимический ряд, от которого Фандорин весь скривился.

Настало время показать, что такое настоящий мужчина.

– Ничего ужасного не произошло, – сказал он, расправляя плечи. – Довольно мне сидеть у тебя на шее. Будем жить экономнее, но как-нибудь перебьемся. В конце концов фирма «Страна советов» тоже что-то зарабатывает. В позапрошлом и прошлом году была прибыль, хоть и небольшая. В этом тоже, надеюсь, будет.

– Не надейся! – отрезала жена. – В позапрошлом и прошлом году я потихоньку переводила тебе на счет часть своих премиальных. Договорилась с Валькой, чтоб она тебе мозги запудрила. На собственные заработки ты и аренду офиса не отбил бы.

Унизительная новость подкосила магистра истории. Вот тебе и настоящий мужчина...

– Как ты могла так со мной поступить? – жалобно пролепетал Ника.

Лучший способ поддержать любимого человека в минуту слабости – проявить слабость самому. Алтын сразу перестала плакать и мрачно объявила:

– Теперь вся наша надежда на тетино наследство. Ника, мать твою, не облажайся! У нас дети. Проблемные. А вот, кстати, и они! Явились не запылились! – загремел железом ее голос. – Хотя нет, запылились! Да еще как! Где это вы так изгваздались? Мать с ума сходит, а они...

Связь разъединилась. Вероятно, жена в сердцах шмякнула трубку.

Что ж, сын с дочерью отыскались – уже неплохо, сосредоточился на позитиве Николай Александрович. Про перспективы, касающиеся тетиного наследства он предпочитал не думать. Если завтра не удастся найти тайник, достославные компаньоны позаботятся о том, чтобы состояние мисс Борсхед сильно поуменьшилось. Можно себе представить, какой могучий союз возникнет при слиянии нахрапа мистера Делони с крючкотворством мсье Миньона. А что не достанется сладкой парочке, подгребут адвокаты...

Дзынь! – раздался вдруг громкий звон. В первую секунду Ника решил, что это телефон, но аппарат молчал. И вообще звук донесся с другой стороны комнаты.

А, это с треньканьем распахнулась дверца несгораемого шкафа. Должно быть, настырный Капитан Флинт по случайности натюкал правильную комбинацию.

Получилось неловко – будто это сам Николас подобрал код.

– Что ты натворил, дурак?

Магистр подошел к сейфу, стараясь туда не заглядывать – на что ему чужие секреты? Он хотел просто захлопнуть дверцу, но попугай уселся на нее сверху и не желал слетать.

– Р-р-р-р-жжж, – прожужжал хохлатый непоседа – и прыгнул прямо внутрь. Тут уж хочешь не хочешь пришлось обойти распахнутую створку.

Это, оказывается, был не сейф, а оружейный шкаф. С одной стороны стояла пара дробовиков, с другой, на полке лежали рядом два старых больших «кольта». Попугай сидел на рукоятке одного из них и косился на Нику, будто предлагал ему взять оружие.

– Хочешь, чтоб Сильвер вооружился? – усмехнулся Фандорин, беря глупыша в руки.

Тут ему показалось, что птица кивнула. Дважды.

Николас засмеялся.

– Нет, приятель, это не по моей части.

Когда он с лязгом закрыл шкаф и несколько раз повернул ручку, попугай горестно вскрикнул.

■

## ■ МОМЕНТ ИСТИНЫ

Кладоискатели выступили в путь на рассвете. Первую часть дороги – через джунгли, мимо болот, до горных отрогов – преодолели быстро, минут за десять. Двигались на двух старинных, или, как теперь говорят, винтажных джипах, на которых вполне мог гонять на сафари Хемингуэй. Первым рулил Фреддо, посадивший к себе мисс Борсхед и компаньонов. Во втором хмурый тинейджер вез оборудование.

В ожидании приключений все оделись по-походному, однако каждый на свой вкус. Синтия повязала платок, сделавшись похожа на советскую бабулю; Ника был в джинсах и кроссовках; Делони – в костюме цвета хаки и пробковом шлеме, с кобурой на поясе; нотариус сменил пиджак на легкую куртку, но остался в галстуке. Есть разряд мужчин (депутаты, адвокаты, банкиры) которые без этого дурацкого атрибута чувствуют себя словно без трусов.

Разговорчивый Фреддо описывал местные достопримечательности, но его никто не слушал. Тетя воинственно постукивала сухим кулачком по дверце. Фандорин мысленно твердил считалку, от которой зависел успех предприятия. Остальные двое углубились в свои записи – очевидно, освежали в памяти маршрут.

Вблизи стало видно, что бурая стена скал вся прорезана щелями. У одной из них, на взгляд Ники ничем не отличавшейся от других, машины остановились.

– Здесь, что ли? – спросил Фреддо. – Я не ошибся? Пять лет прошло.

– Здесь-здесь. Выгружаемся.

Сняли с крыши марсоход, усадили в него тетю, которая, надо отдать ей должное, в пять минут освоилась с управлением и первая въехала в тесный каньон. Хитроумная таратайка, кренясь и подпрыгивая, покатила по камням. Сзади шел Делони с записной книжкой в руке – за первую часть пути отвечал он.

– Это ущелье пропускаем. Сюда нам тоже не надо. А вот здесь сворачиваем направо, – говорил он, и мисс Борсхед, словно танк, за которым следует пехота, бесстрашно устремлялась в указанном направлении.

Отец с сыном замыкали шествие, нагруженные тяжелой поклажей. Партнеры шагали налегке, лишь на плече у магистра сидел Капитан Флинт. На него никто не обращал внимания, привыкли. Один раз попугай взлетел, сделал круг над скалами и вернулся на место.

– Ты мой талисман, – сказал ему Ника по-русски. – Ты должен принести мне удачу.

Птица в ответ прошелестела:

– Спспспспс.

Возле узкого, вертикально торчащего камня, который сплошь зарос серым мхом, Делони остановился.

– Мой предок знал дорогу до этого валуна, который он почему-то называет Истуканом. Давайте, Минни. Ваш бенефис.

Он отпил из фляги рома и предложил остальным. Все отказались.

Нотариус отнесся к своей миссии очень ответственно. Он не просто смотрел в записи, но еще и сверялся по шагомеру и компасу. Из-за этого продвижение замедлилось.

– Бросьте мудрить, Минни, – пожаловался Делони. – Я и то запомнил, как отсюда идти до водопада. Хотите, пойду первым?

Француз сказал:

– Каждый партнер должен выполнить свои обязательства в строгом соответствии с контрактом. Мое дело довести вас от пункта 2 до пункта 3, каковыми терминами в договоре обозначены середина и концовка маршрута, под коими обозначениями подразумеваются...

– Идите к черту, – прервал его джерсиец. – «Коими, каковыми». Топайте дальше, уже недалеко осталось.

Небольшие водопады по дороге встречались неоднократно. Каждый раз, заслышав шум падающей воды, Николас напрягался, но Миньон шел мимо – до очередного поворота. Всего, если брать от входа в лабиринт, Фандорин насчитал семнадцать зигзагов. Он научился заранее угадывать, где свернет проводник. Интуиция с дедукцией тут были ни при чем. За пару секунд до того, как Делони, а потом француз объявляли о повороте, попугай слегка встряхивал крыльями. Известно, что некоторые представители животного мира умеют чувствовать мельчайшие нюансы настроения. Видимо, Капитан Флинт каким-то таинственным птичьим чутьем улавливал волну, исходящую от сосредоточенного и волнующегося человека.

– Такое ощущение, что ты знаешь дорогу лучше них, – шепнул Ника своему приятелю.

Тот закрыл глаз, словно подмигнул. Славная птаха, подумалось магистру. Взять ее, что ли, с собой на Барбадос? А можно и в Москву. Дети будут рады. Но как его провозить через таможню? Он ведь еще какой-то небывало редкой породы...

Пустые мысли прервал возглас Фила:

– Всё, финиш. Испанский рудник находился где-то здесь.

– Это должен объявить я, – возмутился нотариус. – Итак, призываю всех в свидетели, что я добросовестно выполнил предписанные контрактом обязательства и сопроводил вас из пункта 2 в пункт 3.

Небольшой, но полноводный водопад сбегал по отвесному склону, с шумом вливался в каменную чашу, окутанную брызгами, и, превратившись в бурливый ручей, пересекал ущелье, чтобы просочиться в расщелину.

– Ох, косточки старые... Когда я сопровождал вас в первый раз, дорога показалась мне короче. – Фреддо снял здоровенный заплечный мешок и потянулся. – Нет тут никакого рудника. Сами знаете. Искали ведь уже.

– Для ученого вся жизнь – сплошной поиск, – с важным видом сказал ему Делони. – Кладите снаряжение на землю. Вы нам больше не понадобитесь. Значит, как договорились. Возвращайтесь к себе. За нами приедете вечером, в двадцать ноль ноль.

– Окей, босс. – Мулат сверкнул зубами. – Ну, сынок, пожелай профессорам удачи.

Парень сплюнул и отвернулся.

– Вы, наверное, устали? – вежливо спросил Фандорин. – Отдохните немного, потом пойдете.

Он был бы сейчас рад любой отсрочке.

Но чертов Фреддо помотал головой.

– Нет, товарищ. Мы пойдем. Надо к ужину рыбки наловить.

– А вы не заблудитесь? Мистер Делони или мистер Миньон могли бы вас проводить. Да я и сам, в общем-то, запомнил дорогу. У меня отменная зрительная память.

– Не порите чушь! Они не заблудятся. – Делони махнул рукой. – Фреддо бывал здесь с нами неоднократно. Не будем терять времени!

Добродушный папаша и злыдень-сынуля ушли, Николай Александрович остался наедине со сфинксом. Чудище ждало разгадки, пялилось на магистра тремя парами глаз: в тетиных читалась робкая надежда, в остальных – жадное нетерпение и подозрительность.

А Капитан Флинт в эту трудную минуту, вместо того чтоб служить талисманом, покинул своего друга. Попугай поднялся и махал крыльями метрах в десяти над землей – там, где водопад слегка горбился, ударяясь о выступ.

Наступил момент истины, но Ника был к нему не готов. В голове крутилось бессмысленное: «прыг-скок, прыг-скок, обвалился потолок».

– Ваша очередь, Ник. Вот место, к которому мы должны были вас привести. Все вокруг облазано, обстукано, проверено металлоискателями. Доставайте вашу шпаргалку или что там у вас. Говорите, где тайник.

Солнце по пути к зениту оказалось прямо над каньоном, залило его ярким и жарким светом. Мисс Борсхед раскрыла зонт – будто выкинула белый флаг.

– Триста лет это так много, – произнесла она дрожащим голосом. – Рельеф мог измениться. Каменная осыпь, землетрясение, мало ли что.

– Могло произойти всё что угодно. – Мсье Миньон говорил спокойно, терпеливо и веско. Таким тоном судьи в кино зачитывают приговор. – Но вы покажите, где по вашим сведениям находился вход в хранилище.

Фил подхватил:

– У нас есть бур, динамит. Пробьемся!

Лучшая тактика в подобной ситуации – агрессивность.

– Заткнитесь, а? Оба! – рявкнул Ника. – Вы что, не понимаете? Я здесь оказался впервые. Одно дело – бумага, другое – реальность. Нужно осмотреться, всё сопоставить. Дайте бинокль, Фил.

Все почтительно умолкли. Делони снял с шеи бинокль, при помощи которого Фандорин прикрыл лицо. Оно не ко времени залилось краской.

Минут, наверное, десять, он тянул время, рассматривая через окуляры всё подряд. Не видел ничего кроме водяной пыли и каменной поверхности безнадежного серого оттенка. Задержался на ярком пятне – это Капитан Флинт махал своими красными крыльями, окруженный, как нимбом, радужными брызгами водопада. Оптический эффект явно интриговал глупую птицу. Казалось, она хочет нырнуть башкой прямо в воду.

– Вы до скончания века будете рассматривать своего попугая? – не выдержал Делони. – Или это вы облаками любуетесь?

– Там что-то есть. – Николас подкрутил колесико. – Вроде балки.

– Где?

– На выступе. Какая-то ровная поверхность. Похоже, не природного происхождения.

Фил взял бинокль.

– Ну и что? В таком месте тайник не устроишь.

– Это остаток какой-то конструкции. Значит, испанский рудник находился именно здесь.

Синтия тоже потребовала бинокль. За ней нотариус.

Надеясь выиграть время, Николас произнес:

– Надо туда подняться. Но как это сделать?

Джерсиец раздраженно фыркнул:

– А раньше вы не могли сказать, что придется карабкаться по отвесному склону? Мы бы захватили нужное оборудование. Досекретничались! Теперь придется возвращаться на базу!

– Э-ге-гей! – донесся крик, подхваченный эхом. – Всё бездельничаете, археологи?

Из-за поворота появился Фреддо. За ним с сердитым видом плелся его красноволосый отпрыск.

– Я, старый дурак, оставил в рюкзаке сигары. Хотел подымить, а нету! – Он остановился, оглядел партнеров. – Чего это вы такие кислые, господа? Что-нибудь не так?

– Надо влезть вон туда, – показал Делони. – Найдется у вас на базе что-нибудь вроде альпинистского оборудования?

Фреддо сдвинул шляпу, разглядывая водопад. Почесал затылок.

– В мешке есть трос, есть скобы, молоток. Подъемник тоже имеется. Как, малыш, сможешь вскарабкаться? За отдельную плату, конечно.

– Само собой, – быстро подтвердил Делони. – Правда, мисс Борсхед?

Парень кинул взгляд вверх, пожал плечами:

– Ну. Только чего туда лезть. Был я там уже. Плита там из мореного дуба, он в воде не гниет.

– Плита? Зачем?

– А я почем знаю. Старая, гладкая. Водой ее всю отполировало. А больше там ничего нет.

– Вот какой у меня мальчик. – Фреддо любовно потрепал сына по загривку. – Он с альпенштоком тут все скалы облазил.

– Я должен посмотреть сам. – Николас снова взял бинокль, пытаясь сообразить, для чего испанцам понадобилось что-то строить под водопадом.

Можно было, конечно, предположить, что в те времена потока еще не было, однако, судя по словам Миньона, в записках королевского писца упоминается именно водопад... Наверное, его как-то использовали для промывки руды – только и всего. Но другого предлога потянуть время магистр не видел.

– Смогу я туда подняться?

Юный Джордан скептически оглядел его не особенно широкие плечи.

– Навряд ли. Спуститься – еще куда ни шло. Сверху, с откоса. Но туда долго добираться.

– Это ничего, – быстро сказал Николас. – Раз надо, значит надо.

Фреддо жевал незажженную сигарилью.

– Ты вот что, сынок, – предложил он. – Ты сам поднимись, вбей штырь прямо через воду, так? Прикрепишь шкив, так? Пустишь трос, прицепим подъемное кресло, так? Товарищ Карков сядет, и мы его ррраз – поднимем. С комфортом, по бизнес-классу.

К сожалению, идея была хорошая. Единственное, что сумел возразить Фандорин:

– Вы что же, собираетесь поднимать меня через ледяную воду?

– Она не ледяная. Тут в горах ледников нет, высота не та. Потрогайте сами.

Ника помочил руку в льющейся сверху красновато-коричневой, непрозрачной воде. Она, действительно, была не особенно холодная.

– Промокнете – переоденем, – подбодрил его Фил и шепнул. – Вспомните, что́ поставлено на карту.

Бесстрашная тетя сказала:

– Можете поднять меня. Прямо в кресле. Я каждое утро принимаю ледяной душ!

А Фреддо уже втолковывал сыну:

– Первый штырь, длинный, вобьем в камень внизу, вот тут. – Он ткнул пальцем прямо в водопад. – Чтоб подстраховать конец и чтоб мистера на подъеме не болтало. Ты вскарабкаешься сбоку от потока, верхнюю железяку вколотишь тоже через воду, повыше выступа, понял?

– Чего тут не понять?

Джордан начал доставать из поклажи альпинистское снаряжение, а Николас с обреченным видом снял куртку и рубашку.

– Хорошо, что разделись. – Фреддо сунул ему длинный стальной прут с кольцом на конце и молоток на каучуковой ручке. – У меня ревматизм, я под душ не полезу. Вам все одно мокнуть. Сможете вбить штырь сами?

Разуваться или не стоит? Николай Александрович поглядел в нишу, где бурлила и разлеталась брызгами мутная вода. Плевать!

Влез в каменную чашу как был – в джинсах и кроссовках. Волосы сразу пропитались влагой, на лоб свесилась прядь. Вокруг задрожали десятки крошечных радуг. Холодно не было – наоборот, даже приятно.

Он прошел несколько метров до стены, по которой катился поток. Вода доходила долговязому магистру до середины бедер.

– Сюда? – крикнул он, примериваясь.

– Лучше повыше! – еле донеслось сквозь шум водопада.

Ника примерился. Хотел приставить острый конец штыря к камню, но толщина воды оказалась больше, чем он ожидал. Магистра качнуло вперед, он окунулся головой и плечами. Отскочил назад, фыркая и отплевываясь.

– Вы в порядке? – кричали ему.

Он молчал, слыша бешеный стук собственного сердца. Над головой с криком носился Капитан Флинт.

Все так же молча, закусив губу, Фандорин вылез на сухое место.

Его обступили.

– В чем дело? Что-нибудь не так?

Он вытер рубашкой лицо.

– План меняется. Осматривать выступ буду завтра. Сейчас займемся фотосъемкой. Пока каньон освещен солнцем. Фреддо и Джо, вы можете возвращаться. Сегодня ваша помощь не понадобится.

– Я чего-то не пойму... – начал Делони, но Николас незаметно ему подмигнул – тот заткнулся и даже ткнул локтем нотариуса, который тоже собирался задавать вопросы.

Тетя вела себя, как голубица. Сидела под своим зонтом и глядела на племянника кротким виноватым взглядом. Переживала.

– Ну завтра, так завтра, – легко согласился Фреддо. – Значит, планируется еще один день работы? Без проблем. Пока, ученые. Мы пошли.

– Какого черта? – прошипел Делони.

Николас поднял палец: терпение.

Шаги стихли за поворотом, но он выждал еще минуту-другую.

– А вот какого, – с загадочным видом сказал магистр, снова спускаясь в яму. – Показываю фокус. И прошу вас, мистер Миньон, засвидетельствовать, что наша сторона свои обязательства исполнила.

Он прошел по воде, шагнул под струи водопада и эффектно исчез.

Жаль только, не слышал, как ахнули остальные.

■

## В ПЕЩЕРЕ

Сначала Николай Александрович не увидел ровным счетом ничего. Он поморгал, смахнул с лица влагу.

Впереди была сплошная чернота. Снаружи смутно доносились крики, причем выделялся высокий голос мисс Борсхед. Потом раздался плеск, на полупрозрачной портьере из льющейся воды возник силуэт. С кряхтением и отфыркиванием через водопад лез Делони.

– Ник, что это?! – заорал он. – Тайник! Мы сделали это! Уау!

«Уау-уау-уау!!!» загудело черное пространство.

– Мы в пещере, – крикнул Фандорин.

«Пещере-щере-щере!!!»

– Сейчас поглядим.

Из кармана своей водонепроницаемой куртки Фил достал фонарь. Луч рассек темноту, пробежал по неровному своду, плавным конусом уходящему вверх; справа, довольно близко, шла глухая стена, под которой валялись камни; спереди и слева пещера расширялась и углублялась – конца было не видно.

– Что это? – Николас схватил джерсийца за рукав. – Светите на землю!

В каменном полу зияли отверстия. Они были расположены в правильном шахматном порядке, пробитые на одинаковом расстоянии друг от друга.

– Я знаю, – сказал Фандорин. – Мне доводилось читать об устройстве средневековых рудников. Рудокопы искали жилу, продалбливая вниз шурфы. Потом, если обнаруживали перспективный пласт, вели в горизонтальном направлении штреки.

– А где спрятано сокровище?

– Вероятно, в одной из дыр. Осторожно!

Делони сделал несколько шагов вперед и остановился на самом краю узкого колодца. Посветил вниз.

– Черт, глубоко...

Подкрутил фокусировку. Ставший тонким и сильным луч зашарил по пещере.

– Да их тут десятки, этих дыр! Ничего. Все облазаем. Уж теперь-то нас ничто не собьет!

Он звонко шлепнул Николаса по голому плечу.

– Вы молодчага, Ник! Остальное – вопрос техники. Мы будем миллионерами! Что вы дрожите?

– Замерз...

В пещере было холодновато, не то что снаружи.

– Вернемся за остальными и за оборудованием. А вам надо переодеться в сухое и утеплиться. – Делони сделался деловит, он прямо фонтанировал энергией. – Вперед, старина! То есть назад. У нас чертова уйма работы!

***

Трудней всего было переправить в пещеру мисс Борсхед. Хоть она и привыкла принимать по утрам ледяной душ, рисковать старушкиным здоровьем Николай Александрович не мог. Синтию завернули в пластик, перенесли сквозь водяную завесу на руках и усадили в каталку, заранее перетащенную в рудник. Там тетя врубила все фары (кресло было оснащено ближним и дальним светом, даже противотуманками), включила электромотор и стала рулить между шахт. Сначала Фандорин испугался, не свалится ли, но Синтия управлялась очень лихо. Она изъездила всю пещеру, пересчитала отверстия – их оказалось 64, как клеток на шахматной доске. Если нарисовать схему, водяной вход находился в правом нижнем углу – с поправкой на то, что углов как таковых не было, поскольку пространство скорее походило не на прямоугольник, а на овал.

– Здесь остатки какого-то механизма! – докладывала тетя. – Деревянная труха и ржавые железки! ...А тут каменный жернов! ...Ой, я нашла кирку, почти целую!

Тем временем мужчины перенесли багаж, установили освещение.

Фронт предстоящих работ понемногу прояснился.

– Будем ставить электроподъемник поочередно над каждой дырой, спускаться, простукивая каждый сантиметр и работая металлоискателем. Если внизу есть штрек, точно так же исследуем и его. И так 64 раза, – подытожил Делони. – Думаю, на обычный шурф хватит полдня. Там, где имеется горизонтальный уровень, придется провозиться целый день. В общем, дел на несколько недель.

– А кто будет лазить во все эти дырки? Вы? – Мисс Борсхед скептически оглядела тучного джерсийца, глистообразного француза, долговязого племянника.

Нотариус улыбнулся тонкогубым ртом, давая понять, что оценил шутку и готов ее поддержать – в разумных пределах.

– Можем, конечно, и мы, но дело пойдет намного быстрее, если нанять профессионалов. Все зависит от того, готовы ли вы взять на себя финансирование. –

Миньон дождался от Синтии энергичного кивка и продолжил. – Отлично. В этом случае нужно сначала оформить права на поиск, чтобы наши рабочие не могли претендовать на находку. Затем следует озаботиться охраной – известие о том, что мы ищем сокровище в заброшенном руднике, распространится очень быстро. Потом подберем бригаду опытных шахтеров или верхолазов. Я знаю в Динаре весьма почтенную фирму по ремонту крыш. Перевезти сюда специалистов из Европы, конечно, дороже, но зато безопасней...

– Сэр Николас, а почему вы отмалчиваетесь? – перебила нотариуса Синтия. – Что вы-то думаете?

– Я думаю про считалку. По-моему, пора рассказать о ней нашим партнерам. Вы помните стишок, тетя?

– Еще бы!

– Тогда объясните мистеру Делони и мистеру Миньону про код. А я поразмышляю.

Пока мисс Борсхед с удовольствием рассказывала компаньонам про считалку, о которой в письме говорится, что в ней ключ к тайнику, Фандорин отошел в сторону и попробовал сосредоточиться.

*Прыг-скок, прыг-скок*
*С каблука на носок...*

Сконцентрироваться мешал Капитан Флинт, который проник в пещеру, сидя на руках у Синтии. Глупая птица затеяла игру: скакала через ямы. Перепрыгнет, помогая себе крыльями, через первую, вторую, третью, четвертую, потом поворачивает вправо, садится на длинный, обтесанный камень под стеной, повернется, зазывно покричит. Возвращается ко входу – и снова тем же манером. Еще раз, еще раз. И как только не надоест?

– Отстань, ты мне мешаешь.

Ника отстранил попугая, который вцепился клювом ему в рукав, будто хотел потащить за собой. Надоедливая птица снова перелетела на то же место, но не рассчитала скорости, ударилась о стену и с жалобным криком упала. Она лежала на спине, задрав лапки, не шевелилась.

– Дурень бестолковый! Дорезвился!

Вдоль края пещеры, мимо четырех крайних шахт, магистр подошел к бедняге. Капитан Флинт лежал на узком прямоугольном камне. Рядом был еще один примерно такой же, но потолще. Вероятно, строители собирались поставить где-то опоры для укрепления свода, предположил Ника.

– Ты живой, дурашка?

Он оперся одной ногой на первую из опор и наклонился. Попугай открыл блестящий глаз, моргнул.

Вдруг справа от Николаса, где не было ничего кроме сплошного камня, что-то заскрипело. Испугавшись, Фандорин шарахнулся – и наступил на вторую опору. У него подвернулась нога, он чуть не упал. Скрежет стал громче, сверху посыпалась пыль.

Обвал?

Подхватив Капитана Флинта, магистр отпрыгнул.

Кусок стены, казавшейся единым массивом, отполз вбок, открыв черный проход.

– А-а-а-а-а!!! – завопил Николай Александрович.

– Дрррр! Дрррр! – вторил ему попугай.

***

– Ничего удивительного, что механизм в исправном состоянии, – объяснял компаньонам Николай Александрович четверть часа спустя, когда все немного успокоились. – Каменная плита, скользящая в пазах – конструкция очень надежная. Подобные устройства использовались еще древними египтянами. Некоторые из них до сих пор функционируют – через три тысячелетия, а не через три столетия, как здесь.

Они стояли у потайного отверстия, которое вело – теперь это было ясно – во вторую пещеру. Туда уже посветили фонарями. Увидели посередине одну-единственную шахту и сразу забыли про 64 предыдущих. Ни у кого не возникло сомнений в том, что клад спрятан именно здесь.

Ника блеснул дедукцией – объяснил, что в считалке зашифрован путь продвижения к замаскированному входу во внутренний склеп (четыре скачка, поворот лицом «на восток», нажатие сначала на малый рычаг – «оселок», потом на большой – «бросок»). Магистра выслушали с почтением и даже восхищением.

– Вы, Ник, голова, – хлопнул его по плечу Делони. – А что значит вторая половина стишка?

– Пока не знаю. Посмотрим. У меня предчувствие, что мы преодолели еще не все препятствия, но в то же время внутренний голос подсказывает: клад на месте, и мы его найдем!

Он понимал, что слишком много говорит. Николай Александрович пребывал в крайнем возбуждении, почти в опьянении. Не из-за близости золота, верней не только из-за этого. Магистру кружил голову запах, исходивший от второй пещеры. Вероятно, у этого явления имелись вполне объяснимые причины: сюда, в глубь горы, много лет не проникали свежий воздух и влага. Но главное в другом. Здесь *остановилось время*. Это особенное качество атмосферы Фандорин всегда ощущал безошибочно. Он легко мог бы представить, что в пещеру, расположенную сразу за водопадом, сто или десять лет назад кто-то заходил или заглядывал – там аромата закупоренного времени не чувствовалось. Здесь же воздух был нетронут, недвижен, законсервирован. Последний раз он наполнял человеческие легкие триста лет назад. Какой-нибудь бородатый корсар – или тот же загадочный Эпин – выдохнул смесь кислорода и углекислого газа, которую сейчас жадно втягивал ртом житель 21 века Николас Фандорин...

– Ни черта не видно. – Делони светил в шахту мощным фонарем. – Глубоко... Ну уж сюда мы полезем сами. Без шахтеров и верхолазов. Эй, Ник, очнитесь! Помогите Минни перетащить подъемник и прочую хрень.

– И закатите меня! – закричала Синтия, чудесный марсоход которой никак не мог перевалить через «брусок» с «оселком». – Я хочу быть рядом и всё видеть!

Через час всё было готово к спуску. Над шахтой установили лебедку с мотором, подвесили дюралевое сиденье. Согласно произведенному замеру, глубина колодца составляла 91 фут, то есть, как уточнил патриот метрической системы Миньон, 28 метров.

Претендентов на спуск было двое: сэр Николас и Делони. Француз сразу сказал, что предпочитает оставаться наверху. Зато Филу хотелось во что бы то ни стало найти клад самолично.

– Вы слишком толстый и тяжелый, – сказал Николас. От азарта и нетерпения он позабыл и о вежливости, и о политкорректности. – А кроме того я лучше вас соображаю. Не забудьте, что вторая половина считалки не разгадана.

Но джерсиец не сдавался. Напирал на то, что он сильнее, а внизу, возможно, понадобится что-то крушить или двигать.

Поставили вопрос на голосование – ничего не вышло. Осторожный Миньон воздержался, а голос Синтии толстяк засчитывать отказался, потому что она уже не компаньон.

В конце концов бросили жребий. Николая Александровича выручила наследственная фандоринская удача.

И вот он сел, пристегнулся. Фил надел ему на голову пластиковую каску с лампой.

– С Богом! – торжественно сказала тетя.

Заурчал двигатель, магистр погрузился в темноту, которую рассекал прыгающий луч. В освещенном круге пузырилась тенями бугристая поверхность вертикального тоннеля. Нижняя часть шахты была выложена тесаными камнями или плитами. На одной из них мелькнула вырезанная испанская корона.

Спуск занял не больше пяти минут, но показался Николасу бесконечным. Он двигался словно не сверху вниз, а из сегодняшнего дня в пучину истории. Миновал двадцатый век, девятнадцатый, восемнадцатый...

Ноги коснулись чего-то мягкого, будто внизу был простелен поролон или войлок. Но Фандорин не первый раз проникал в потаенные закоулки старины. Он знал: это пыль веков, в самом прямом и буквальном смысле.

– Готово! Прибыл! – крикнул Николас, задрав голову к крошечному желтому пятнышку – так выглядело из колодца жерло шахты.

– Что там? – гулко крикнули сверху.

Он встал, по щиколотку погрузившись в мягкое. Включил фонарь, висящий на груди, повернулся туда, сюда.

Увидел прорубленный в породе лаз горизонтального штрека. Свет проник в отверстие, выхватил из мрака прямоугольный контур, за ним второй, третий...

Это были сундуки. Много.

– Есть! Есть! Нашел!!!

В ответ раздалось:

– Ура-а-а-а-а!

Нике показалось, что он различает и пронзительный голос тети. Суматоха наверху, видно, произошла капитальная. Раз начавшись, вопли больше не смолкали. Потом несколько раз грохотнуло. Фандорин догадался, что это Делони устроил салют из пистолета.

А внизу было тихо, темно, волшебно. Уважая старину и тайну, магистр торжественно, без спешки преодолел расстояние до первого сундука. Осторожно погладил дубовую, окованную железом крышку. Из-за сухости металл почти не проржавел. Дерево тоже уцелело. Ника встал на колени, с наслаждением вдохнул запах истории и лишь после этого медленно и бережно приподнял крышку...

Назад в шахту он выбрался раздавленный и оглушенный. От разочарования, от растерянности пошатывало.

Пусто! Совсем пусто! Двадцать совершенно пустых сундуков – вот и все сокровище...

Николас нажал кнопку на пульте, сиденье двинулось вверх, покачиваясь на тросе. Магистр вяло перебирал руками по стене, чтобы меньше болтало. Чувствовал себя разбитым, опустошенным. Будто кто-то его обокрал, обманул или предал.

Края шахты были совсем близко. Ника взялся за них руками, поднял голову – и остолбенел.

В лоб ему смотрело дуло револьвера.

## ■ НЕ МОЖЕТ БЫТЬ!

Над стволом «кольта» – одного из двух, что Ника видел вчера в сейфе – торчала физиономия весельчака и балагура Фреддо. Только он не улыбался.

– Оружие есть? – спросил поклонник Хемингуэя и для большей выразительности щелкнул курком.

После ужасного разочарования, постигшего магистра в недрах земли, он был в таком расположении духа, что, казалось бы, тягостней не бывает. Однако новый удар (или, как выразились бы на Родине, *наезд*) судьбы совсем его добил.

– Господи, – слабо пробормотал Николай Александрович. – Только этого не хватало...

Он увидел, что Делони и Миньон лежат на каменном полу, держат руки на затылке, а над ними стоит трудный подросток Джо со всегдашней мрачной гримасой на лице и вторым «кольтом» в руке. Тетя Синтия сидела – но не в инвалидном кресле, а на земле. Вид у нее был оскорбленно-негодующий, губы плотно сжаты.

– Оружие? – повторил Фреддо.

Фандорин покачал головой. И в знак отрицания, и чтоб стряхнуть нервное оцепенение.

– Что... тут... произошло? – выдавил он. – Я слышал... выстрелы...

Свободной рукой мулат быстро обшарил его подмышки и подал знак: можно вылезать.

– Такса кинулась на охотника, – объяснил он и хихикнул.

– Какая... такса?

– Собака для норной охоты. В книжке вычитал. Иногда это случается, хоть и редко. Запускаешь таксу в хитрую барсучью нору. Как я вас в эту пещеру. Пес находит добычу, но вместо того, чтобы отдать хозяину, начинает лаять и кусаться. Жалко ему, видишь ли, расставаться с трофеем. Я говорю мистеру Делони вежливо «руки вверх», а он за пистолет. Ну, пришлось пару раз пальнуть в потолок.

– Сукины дети выследили нас, – прохрипел джерсиец. Лежать на животе с заведенными на затылок руками толстяку было трудно. – Когда вы крикнули, что нашли клад, мы стали радоваться, орать. А они налетели сзади. Подслушивали из той пещеры.

– Храбрей всего вела себя мисс Борсхед. – Фреддо отвесил Синтии клоунский поклон. – Она попробовала протаранить меня на своем бронетранспортере. Пришлось ее ссадить.

– Вы оба преступники, – сухо произнесла тетя. – Вы нас, конечно, убьете и заберете наше сокровище, но Бог вас покарает.

Она права, подумал Николас и замер, так до конца и не выбравшись из шахты. Убьют, и никто никогда не найдет наших тел. Бедная Алтын! Бедные дети! Они даже не узнают, что со мной случилось...

Фреддо сунул револьвер за пояс.

– Отвечаю по пунктам. Мы не преступники, а добропорядочные граждане, действующие в строгом соответствии с законом. Если мне и пришлось пальнуть в воздух, то лишь потому что мистер Делони схватился за оружие.

Он пристрелил бы меня и моего несовершеннолетнего сынулю, не выслушав объяснений. Если тут кто-то что-то нарушил, то вы, а не мы. Вы вторглись на территорию частного владения и затеяли поиски, не санкционированные собственником участка. Что хлопаете глазами, товарищ? – Он оскалил зубы, очень довольный собой. – Мой прапрадед еще 120 лет назад купил эту гору вместе с ее недрами за 1 фунт стерлингов. Документ у меня с собой, можете полюбоваться. – Фреддо достал из-за пазухи прозрачный файлик, в котором действительно лежала старинного вида бумага с красной печатью. – Итак, дорогие мои клиенты. Вы вели поиски клада на моей территории без моего разрешения. Более того, вы ввели меня в заблуждение относительно целей вашей деятельности. Один из вас угрожал мне и моему сыну огнестрельным оружием. Всё это действия, которые караются законом. Спросите у мистера Миньона, он знает. Но я, так и быть, не буду производить гражданский арест и сдавать вас в полицию. В благодарность за то, что вы помогли найти сокровище. Мои предки облазили всю первую пещеру, ощупали и обстукали все ее чертовы шестьдесят четыре дыры, но так и не додумались, что здесь есть еще одна пещера. Спасибо вам, друзья мои! Не зря я подсказал вам, как пролезть сквозь водопад. Вы меня не разочаровали. Убери пушку, сынок, и помоги джентльменам подняться. Только пистолет мистера Делони пока оставь у себя – на всякий случай.

«Не убьют!» – такова была первая мысль, пришедшая в голову Фандорину. Всё остальное в первую минуту показалось несущественным. Но только в первую минуту.

Он вытер лоб – оказывается, там выступили капельки пота, хотя в склепе было совсем не жарко. Глубоко вздохнув, магистр наконец вылез из шахты.

Делони с кряхтением поднялся с земли. Сухопарый Миньон уже стоял.

– С вашего позволения, сэр, я бы хотел взглянуть на вышеупомянутый документ, – сказал нотариус, с опаской косясь на «кольт» в руке Джордана.

– Увы, всё так и есть, – уныло подтвердил француз, внимательно изучив бумагу и даже поглядев ее на свет. – Акт о землевладении не утратил законной силы. Если, конечно, вы можете подтвердить, что являетесь прямым потомком и законным правопреемником указанного здесь... м-м-м... Джеремии Логана. – Он вытаращил глаза. – Логана?!

– Логана?! – тупо повторил джерсиец. – Не может быть!

Они оба уставились на Фреддо с одинаковым выражением ужаса и недоверия на лицах. Тот самодовольно улыбался.

– Кто это – Логан? – спросил Ника.

– Это штурман с «Ласточки». Упоминается в письме моего предка, мичмана Делонэ, – пробормотал Фил.

– И моего, мэтра Салье. – Нотариус нервно поправил очки. – Некто Гарри Логан один из всех точно знал, где спрятано сокровище...

Мулат улыбнулся еще шире.

– Всё так и есть. Вы потомки, и я потомок. Меня зовут Фреддо Логан, а Джеремия Логан, догадавшийся оформить право собственности на испанский рудник, мой родной прадед. Так что, джентльмены, сокровище принадлежит мне не только по закону, но и по справедливости.

Единственный из всех, Николас знал, что никакого сокровища внизу нет, но это обстоятельство не лишало историческую тайну интереса.

– Извините, если я правильно понял, вы и ваши предки знали о первой пещере, но не о второй? Как это могло получиться?

Фреддо Логан вздохнул.

– Перед отплытием на Сент-Морис с Мартиники штурман Гарри оставил письмо для своего маленького сына. Там рассказывается о происхождении сокровища, о золоте и бриллиантах, о пещере за водопадом. Но там нет ни слова о второй пещере... Логан так и не вернулся к семье, он сгинул бесследно. Сын вырос, прочитал послание. Попробовал найти золото – не вышло. С тех пор письмо как драгоценная реликвия передавалось в нашем роду от отца к сыну. Каждый из моих предков предпринимал попытку разыскать клад. Мой прадед, светлая ему память, не пожалел фунта стерлингов (для него это была серьезная сумма), чтобы заполучить мертвый рудник в собственность. Мой дед основал на Сент-Морисе базу, чтоб быть поближе к заветной пещере. Я сам еще в детстве сто раз спускался в каждый колодец. Изучил каждый сантиметр. Неужто вы думали, что я не понял, зачем вы сюда явились, мистер «археолог»? – насмешливо обратился он к Делони. – Я долго ждал, и Господь вознаградил меня за терпение! Пожалуй, я даже выдам вам небольшую награду за помощь в розыске. Тысячонку-другую каждому.

– Вот спасибо-то, – кисло молвил Делони.

Тетя Синтия крикнула:

– Чтоб вы провалились с вашей наградой! Немедленно посадите меня в кресло!

А Николас думал совсем о другом. О том, что дистанция в триста лет, этот невообразимо долгий срок, на самом деле гораздо ближе, чем нам кажется. Цепочка поколений совсем коротка, она протягивается из современности в прошлое без особенного труда. Вот здесь, по воле случая и обстоятельств, собрались прямые потомки трех охотников за сокровищами, посетивших остров Сент-Морис (или, как тогда его называли, «Сент-Мориц») в 1702 году. Цепочка замкнулась, время обернулось вспять.

Сколько звеньев отделяет его самого от предков той эпохи – петровского дипломата Никиты Корнеевича Фондорина или его немецкой кузины Летиции фон Дорн, о которой в семейных хрониках глухо упоминается, что она пропала где-то в заморских землях? Он посчитал, загибая пальцы. Восемь поколений, всего лишь восемь!

Пронзительные крики, несущиеся сверху, заставили магистра поднять голову. Под чернеющим сводом носился кругами Капитан Флинт. Бедную птицу, должно быть, перепугали выстрелы.

– Пап, – сказал красноволосый парень ломающимся баском, – может хватить разводить ля-ля? Давай завязывать, а? Заберем твое долбаное золото и наконец свалим отсюда. Я этот остров больше видеть не могу!

– Счастье, что сокровище нашел я. – Фреддо сокрушенно смотрел на сына. – Ты бы на тайну рода Логанов точно, как вы выражаетесь, забил бы. И наплевать тебе, что твои деды и прадеды жили в нищете и лишениях, от всего отказывались ради этой великой мечты! Тебе бы только тусоваться да за девками бегать. Зато теперь, сынуля неблагодарный, скажешь папке спасибо. Лучшие тусовки и классные девки всего мира будут твои. Самого высшего уровня!

– А меня мой уровень нормально устраивает, – огрызнулся юноша. – Ну чего, я лезу в шахту или ты сам?

– Сам. Далеко спускаться? – спросил Фреддо у Николаса. – На самое дно?

Тут настал миг реванша. Не скрывая злорадства, Фандорин ответил:

– Лучшие тусовки и классные девки обойдутся без вашего наследника. Сокровища внизу нет.

– Как нет?! – вскричали все, включая тетю.

Хотя, не все – неромантичный тинейджер оскалился:

– Прикольно.

Николай Александрович улыбался.

– Найти тайник мне помогла одна считалочка...

– Знаю, – перебил Логан. – Она в нашем письме есть. Вы здорово разгадали про прыги-скоки и про оселок с бруском.

– Про «башкой об потолок» я тоже разгадал. Это означает: сколько ни прыгай, все равно ни черта не получишь. Хоть башку себе расколоти. Пустышка ваш тайник. В сундуках ничего нет. Кто-то вынул оттуда золото много лет назад. А скорее всего, никакого сокровища там вообще не было. След ложный.

– Не верю! Не верю! – взвизгнул Фреддо. – Это вы от бессильной злобы наврали! Глупо и мелко! Хотел я выдать вам особенную награду, за сообразительность, а теперь шиш! Мальчик, держи их на мушке. Я спускаюсь!

Когда он под жужжание электродвигателя исчез в колодце, Фил вполголоса спросил:

– Правда, что ли?

Николас кивнул. Тогда джерсиец затрясся от хохота.

– Ох, умора... Я думал, что никогда больше не смогу радоваться жизни... Когда этот достал свою бумагу и я понял, что нас одурачили... Ой, спасибо Тебе, Господи!

– Помогите, пожалуйста, – попросил Фандорин нотариуса. Они вдвоем перенесли тетю в кресло.

– Там совсем-совсем ничего нет? – шепотом спросила племянника мисс Борсхед, когда эта деликатная операция завершилась.

– Только трухлявые деревяшки. Ну и пускай. Для ученого главное – добраться до сути. Даже если таковой не обнаруживается.

Николас успокаивающе улыбнулся старушке. Мсье Миньон уныло подбивал баланс:

– С одной стороны, я понес существенные убытки. Но меньшие, чем мистер Делони, поскольку благоразумно не брал каюту «люкс» и не шиковал. Моя нервная система подверглась шоку. Но я остался жив. Я оказался в юридически щекотливой ситуации. Но мистер Логан при свидетелях пообещал не вчинять нам иска. Это может расцениваться как публичное и ответственное объявление о намерениях...

Из жерла раздался далекий утробный рев. Очевидно, потомок штурмана добрался до сундуков.

Делони снова захохотал.

– Вот уж не думал, что получу столько удовольствия, не найдя клада! Башкой об потолок! Ха-ха! Чего скис, сынок?

Джордан почесал дулом револьвера свою бандану.

– А мне по барабану. Главное, что мы теперь отсюда свалим.

Когда из дыры выплыл Фреддо, он был похож на привидение. Серые губы тряслись, по щекам текли слезы, а из-под седоватых волос сочилась кровь.

– Что с вами? – спросил Ника.

– Головой ударился, – ответил Фреддо и заплакал.

– Ой, не могу! Башкой об потолок! – Мистер Делони аж пополам перегнулся, и даже мисс Борсхед язвительно скривила губы.

– Прадед… дед… отец…! Мне шестьдесят пять! Триста лет псу под хвост! Мечта! – бессвязно выкрикивал мулат. – Острова в океане! Фиеста! Старик и море! Иметь и не иметь! Прощай, оружие!

Он вытащил из-за пазухи файлик, из файлика свою заветную бумагу и разорвал ее на мелкие-мелкие клочки, а потом еще принялся топтать их ногами и все повторял:

– Триста лет! Триста лет! Триста лет! Будь ты проклят, Гарри Логан!

■

## ■ ОВЕРШТАГ!

Пришлось давать бедному Фреддо успокоительное. Он стучал зубами, давился икотой. Даже суровой Синтии в конце концов стало его жалко.

Поразительна была быстрота, с какой незадачливые кладоискатели оставили пещеру. Всем не терпелось поскорей покинуть место, где фортуна так жестоко посмеялась над своими пылкими ухажерами. Кажется, Ника единственный из всех оглянулся назад.

Оборудование бросили, ламп не выключили – пускай догорают. Отверстие в каменном полу глумливо ощерилось на магистра: что, умник, выкусил? Фигу тебе с маслом, а не злато-серебро.

На базу возвращались молча. Каждый думал о своем, и мысли были вряд ли веселые. Однако, посмотрев на спутников, Ника увидел, что это не совсем так. У тети по лицу блуждала мечтательная полуулыбка, а юный Джордан шевелил губами и ритмично покачивал плечами – будто напевал.

В офисе состоялось последнее объяснение.

Мрачный Фреддо заявил, что они с сыном покидают этот паршивый остров – немедленно и навсегда. Только сначала желательно было бы получить полный расчетец за оказанные услуги.

На такую наглость мисс Борсхед только развела руками. Сказала, что за «оказанные услуги» этакого рода в прежние времена вздергивали на рею и что она не заплатит ни пенса.

– Прекрасно, – парировал Фреддо. – Раз наши деловые отношения закончены, добирайтесь до Мартиники сами. Мы уплывем без вас.

Угроза взволновала нотариуса.

– Я не Робинзон Крузо, чтоб оставаться на необитаемом острове! – закричал он. – Вы не имеете права! Это уголовное преступление! Найдутся свидетели, которые видели, как вы нас увозили из Форт-де-Франса!

– Я не отказываюсь отвезти вас обратно. Но не обязан же я работать перевозчиком бесплатно? Финансовая ситуация у меня хреновая. Надо искать покупателя на рыболовную базу и две мои лодки. Сам я в море больше не выйду, меня от этой хемингуэевщины с души воротит. Гоните... две тысячи евро – и сегодня же будете на Мартинике.

– Вы с ума сошли! – Синтия направила на него самоходное кресло. – Я отлично помню, что в составленном вами прейскуранте это стоило триста!

– Сюда триста – потому что вы могли бы нанять в Форт-де-Франсе другую лодку. А на Сент-Морисе у меня конкурентов нет. Хотите – плывите, не хотите – сидите. Я, так и быть, скажу в городе, чтоб за вами кто-нибудь заехал. После уикенда.

– Тетушка, меня ждет семья! – нервно сказал Николас. – Я должен быть в Бриджтауне не позднее, чем завтра. Иначе Алтын с ума сойдет. Она и так в неважной форме...

Мисс Борсхед толкнула мулата своей таратайкой и уставила в него палец.

– Черт с вами, проклятый вымогатель. Плачу тысячу пятьсот, но...

– Идет! – Он быстро схватил ее кисть и пожал. – Полторы тысячи. Можно чеком.

– ...Но при одном условии. За ту же сумму вы доставите сэра Николаса на Барбадос.

– Мы так не договаривались!

– Папа! – вмешался Джордан. – Я могу отвезти его на «Пятой колонне». Мне все равно надо в Бридж. Там сейчас карнавал, концерты всякие, дискотека. Семьсот пятьдесят тебе, семьсот пятьдесят мне. Лады? Имею я право оттянуться? Мало я парился в этой дыре?

Дальнейший спор перерос во внутрисемейную дискуссию, в которой победили молодость и напор.

Логаны ушли готовить к отплытию обе лодки.

Компаньоны остались наедине.

– Я хочу произнести маленькую речь, джентльмены, – сказала мисс Борсхед не совсем обычным голосом.

Ее личико разрумянилось, светлые глазки прочувствованно заблестели.

– Наша экспедиция завершена. Мы не нашли сокровищ. Но у меня нет ощущения, что я попусту потратила время и деньги. Это было самое увлекательное, самое восхитительное приключение за всю мою жизнь! Я благодарна вам всем. Мне будет о чем вспоминать, коротая остаток дней. Спасибо тебе, мой милый Ники. Ты был великолепен. Я сумею тебя отблагодарить, не сомневайся.

Фандорин понял, что она имеет в виду наследство, и покраснел.

– Тетушка... Зачем вы так говорите...

Она остановила его взмахом руки – не надо слов.

– Мистер Делони и мистер Миньон. По нашему договору вы должны возместить мне вашу часть затрат на экспедицию.

– Непременно, – пробормотал Фил, передернувшись. – Не сразу, конечно. Дайте мне время...

– Сначала, мисс Борсхед, я, с вашего позволения, перепроверю все счета. Подозреваю, что там обнаружатся траты, на которые я не давал своего письменного согласия, – настороженно сказал нотариус.

– Не утруждайтесь. – Синтию переполняло великодушие. – Я освобождаю вас обоих от долга. Пусть все расходы останутся на мне.

Реакция партнеров на это заявление была неодинаковой. Делони разинул рот и замигал, нотариус же быстро произнес:

– Тогда, если не возражаете, мы прямо сейчас финализируем наши юридические отношения. У меня на этот случай и распечаточка заготовлена. Сейчас принесу!

Он пулей вылетел из конторы, видимо, боясь, что мисс Борсхед передумает.

– Вы настоящая леди! – Фил, наконец, справился с обуревавшими его чувствами. – Истинная аристократка! Я счастлив и горд, что был вашим партнером!

Синтия величественно наклонила голову.

– ...Но, вы знаете, я совсем забыл. У меня в связи с экспедицией остались еще кое-какие счета. Я оплатил их сам, а для меня это существенная сумма. Раз уж вы настолько щедры... Сейчас. Я мигом!

И толстяк тоже выбежал.

– Ну, как? – спросила сияющая Синтия. – Не правда

ли, я достойна быть членом рода, ведущего свою генеалогию от крестоносцев?

– Вы бесподобны, тетушка. Вы завершаете наше приключение красиво, на благородной ноте.

Вернулся запыхавшийся Миньон.

– Вот, ознакомьтесь. Я, со своей стороны, уже подписал! Мы расторгаем договор, не имеем друг к другу никаких претензий, каждый снимает с себя все обязательства. Общество с ограниченной ответственностью «Сент-Морис Ризёрч Лимитед» прекращает свое существование.

Мисс Борсхед и Николас поставили подписи на всех экземплярах. То же самое сделал и Делони, прибежавший с целым ворохом бумажек.

– У меня бухгалтерия в полном порядке, – сказал он. – Вот, это я купил пистолет с боеприпасами. И он нам пригодился! Вы же видели, я пробовал защищаться от нападения. Это бензин, который я потратил на разъезды по нашим общим делам. Это квитанция за телефонные переговоры...

– Дайте сюда. – Тетя отобрала у него всю пачку. – Ника, посчитай общую сумму.

Магистр рассеянно стал перебирать счета, глядя только на цифры. И вдруг заинтересовался.

– А это что? – спросил он. – Вот это, за 299 фунтов? «Infoac-34 Pro»?

– Не помню. – Джерсиец небрежно махнул пухлой ладонью. – Кажется, аккумулятор для электроподъемника.

– Нет, это не аккумулятор. Я до некоторой степени разбираюсь в подобных вещах. – Николас нахмурился. – «Infoac» – это так называемый «инфоаккумулятор», подслушивающее устройство. Модель та же, что у «жучка» в нашей каюте. Помните, тетушка?

– Мерзавец, – тихо сказала мисс Борсхед и вдруг стукнула мистера Делони сухим кулачком в нос.

– Я протестую!

Он закричал и отпрыгнул, зажимая ушибленное место. Между пальцев у него текла кровь. Кто бы мог подумать, что в руке ветхой старушки столько силы.

– Негодяй! Ты надеялся подслушать наши секреты! Подлец! Клянусь, ты выплатишь мне все до последнего пенса!

– Поздно! Бумага подписана!

Мистер Делони увернулся от «марсохода», который его чуть не протаранил. Мсье Миньон неодобрительно качал головой. Было не очень понятно, что́ он не одобряет больше – нечестность Фила или несдержанность мисс Борсхед.

Впрочем, нотариус счел нужным пояснить свою позицию по данному вопросу.

– Вы поступили некрасиво, Делони, и нарушили целый ряд пунктов нашего соглашения, что было бы чревато серьезными санкциями – если б, как вы справедливо заметили, документ не утратил силы.

– Плевать на документ! Подлецов надо убивать!

Мисс Борсхед развернулась и предприняла новую атаку. Пузатый Делони был едва не сшиблен с ног массивным аппаратом. Но тете и этого показалось недостаточно. Она схватила со стола спиннинг и несколько раз хлестнула бывшего компаньона по чему придется.

Он выскочил на крыльцо, споткнулся, полетел со ступенек. Поднялся, побежал по песку.

Коляска проехала по пандусу, стала набирать скорость. Зрелище было устрашающее, но по-своему красивое. Грузный мужчина, задыхаясь, бежал к берегу; за ним неотвратимо, как судьба, ехала старая леди, размахивая спиннингом; и всё это – на фоне умопомрачительной лагуны, обрамленной скалами.

– Ты не доплывешь до Мартиники! – кричала мисс Борсхед. – Я скормлю тебя акулам!

Кто-то присвистнул у самого уха Николая Александровича. Это был Капитан Флинт. Он сел на плечо магистру и покачал своей черно-красной головой, словно поражался странностям поведения бескрылых двуногих созданий.

***

В открытом море птица не слезала с Никиного плеча. Он постоянно чувствовал на себе пристальный, будто недоумевающий взгляд попугая.

«Пятая колонна» вышла в море намного позже «По-ком-звонит-колокола», уже глубокой ночью, часа за два до рассвета. Джордану пришлось готовить «Колонну» к не столь близкому плаванию: заливать дизель, отлаживать навигационные приборы и так далее. Суденышко было легкое, быстроходное, шло и на моторной тяге, и под полными парусами, благо помогал попутный ветер, но юный шкипер не рассчитывал добраться до Бриджтауна раньше, чем к полудню.

Уже выйдя в море, Николай Александрович снова позвонил жене. После долгой и упорной торговли тетя Синтия выкупила для племянника у Фреддо спутниковый телефон. Она сказала, что иначе будет беспокоиться, как там ее мальчик один среди бушующих волн. Волны были совсем не бушующие, да и «мальчик» плыл по ним не один, но телефону магистр был рад.

Алтын не спала в своем гостиничном номере. Она нуждалась в моральной поддержке. Николас пообещал, что будет звонить ей всю ночь с интервалами в час. Про то, что главное задание выполнено и с наследством все в порядке, он рассказал еще вечером, когда проводил тетю. Мисс Борсхед махала племяннику платком с палубы, ссутулившийся Фреддо стоял у штурвала, мсье Миньон уныло смотрел на остров разбившихся надежд, побитый Делони прятался в трюме. Последние отблески заката окрасили лагуну в цвет разбавленной крови.

Разговор с женой закончился ссорой. «Мало ли что она обещает, – кисло сказала Алтын. – Это во-первых. А во-вторых, старушка она жилистая, еще на наши похороны на инвалидной коляске приедет». Ника разозлился, обозвал супругу злыдней бессовестной и отключил связь.

Потом, как водится, нашел спутнице жизни оправдания: расстроенные нервы, забота о детях, типично русская невоздержанность на язык – на словах мы всегда злее, чем на деле. Позвонил опять, с самыми лучшими намерениями. Хотел отвлечь любимую от депрессивных мыслей. Стал рассказывать про корсарское сокровище. И Алтын сначала слушала очень хорошо, только ахала да ойкала. Но минут через пять вклинилась с вопросом: «Нашли? Ты мне сразу скажи: нашли вы клад или нет?!» Он ответил: «Нет. Сокровища в тайнике не было, но...» Он хотел сказать, что зато было много фантастически интересных приключений. Не успел. «Господи, у тебя вечно одни обломы!» – выкрикнула жена и теперь уже сама шмякнула трубку.

До самого отплытия Ника на нее дулся. Хорошо изучив свою Алтын, он знал, что она не спит, переживает, но первой нипочем не позвонит, хоть и записала номер. Ладно, мужчина должен быть великодушным. Он сам связался с отелем. Оператор ответил, что миссис Фандорин велела не соединять.

Тогда Николай Александрович швырнул ни в чем не повинный телефон на палубу, сел на корме, свесив ноги за борт, и стал ждать рассвета.

В голове бродили мрачные мысли.

С заработком беда. У жены депрессия. Дети проблемные. В стране кризис. В мире тоже. Надеяться и рассчитывать не на что. Прожил на свете почти полвека, а профессией, которая способна прокормить семью, так и не обзавелся. Столько лет игрался в инфантильные игры, сидя на шее у жены. И что теперь? Веселенькая жизненная перспектива: ждать стервятником, пока тетя Синтия помрет и отпишет наследство. Отвратительно!

Так угрызался и самоедствовал Николай Александрович, глядя на черную воду и белый след от винта. На плече осуждающе кряхтел попугай, сзади доносилась болтовня Джордана. Покинув остров, парень будто скинул с себя злые чары. Он больше не супил брови, не кривил рот, не огрызался. Напевал, пританцовывал – в общем, радовался жизни. Не заботясь, слушает его пассажир или нет, Джо рассказывал, что теперь у него всё пойдет по-новому. Потому что у других ребят жизнь как жизнь, а у него? По шесть месяцев в году сиди на этом сучьем Сент-Морисе. Ни дискотек, ни девчонок, ни хрена. Даже если в дождливый сезон заведешь хорошую подружку, будет она ждать полгода, пока ты со своим чокнутым папашей дурью маешься: в тысячный раз лезешь в одни и те же подземные дыры?

Тоска оставила магистра на восходе. На волнах затрепетал нежный свет, и сразу стало ясно, что́ в жизни важно, а что – ерунда.

Важно вот это: простор, океан, пробуждающееся небо, разливающееся сияние и зеленый островок справа по курсу. В мире, где существуют пейзажи подобного совершенства, стоит жить и всё обязательно как-нибудь устроится.

– Что это за остров? – спросил Николас.

– Нью-Тифельс. Название такое. Не знаю, откуда взялось.

– Тоже необитаемый?

Джо засмеялся:

– Нет. Но они чудные, тифельцы. Не такие, как все. Там со всех сторон жуткие рифы, кроме самих тифельцев никто пристать не может. Они все между собой родственники. У них даже язык не такой, как у нормальных людей.

– Как же они живут?

– Рыбу ловят, цацки из кораллов делают. Я толком не знаю. Никогда не бывал. У них вообще никто не бывает. Ни телека у них, ни интернета. Даже вертолетной площадки нет. Если тифельцам чего надо, они сами приплывают.

Фандорин попытался представить себе, каково это – в двадцать первом веке жить в полной изолированности от цивилизации. Как на космической станции, которая летит на далекую-предалекую планету, куда добираться двести или триста лет.

Господи, каких только уголков нет на планете...

Капитан Флинт тоже смотрел на удивительный остров, царапая Николасу кожу через рубашку.

Внезапно он легонько коснулся клювом щеки магистра, словно желая привлечь внимание, и перелетел на мачту. Попугай изобрел очередную игру.

Он вцепился когтями в наполненный ветром парус и стал прыгать по нему вверх: раз, два, три, четыре. Потом спустился обратно – и снова.

Заинтересовавшись странным ритуалом, Ника приблизился.

– Ты что это распрыгался?

Попугай оглянулся на него.

– Сбррр! Сбрррр!

Проделал точно такой же трюк еще несколько раз. Николай Александрович заметил, что всякий раз птица останавливается у эмблемы парусоизготовительной компании: вышито слово «Crown» и логотип в виде коронки. На парусине остались следы от коготков. Расстояние между ними было ровное, словно отмеренное по линейке.

– Дррр! Дррр! – сердито закричал Капитан Флинт. Опять спустился, скакнул вверх четыре раза – прыг-скок, прыг-скок – и остановился так, что коронка оказалась у него прямо над хохолком.

Прямо как в считалке, со вздохом подумал Ника. И башкой об потолок...

Где-то совсем недавно он тоже видел корону. Ах да, в колодце. Когда до дна шахты оставалось совсем недалеко. Интересно, зачем ее вырезали в камне?

Палуба вдруг покачнулась у него под ногами. В глазах потемнело. Зато в голове забрезжил рассвет, а затем и воссияло солнце.

– Пустые сундуки... Две последние строчки... Потолок – наверху... Четыре меры длины, – забормотал магистр, стуча себя кулаком по лбу.

– Эй, мистер, вы что? – с испугом обернулся на него Джордан.

– Поворачиваем обратно, – сказал пассажир со странной улыбкой. – Кажется, это называется «поворот оверштаг»? Возвращаемся на Сент-Морис.

– За каким хреном? Вы там что-нибудь забыли?

– Да. Кое-что. Я останусь на острове. Ты не волнуйся, ждать меня не придется. Высадишь меня и плыви куда хочешь. У меня есть телефон. Понадобится катер – позвоню.

Парень хлопал глазами, видимо, пытаясь понять, не поехала ли у мистера крыша.

– Всё нормально, – сказал ему Ника. – Зачем же я буду жить стервятником и ждать, когда она умрет? Пускай живет еще сто лет. Пускай затеет еще какую-нибудь авантюру и растранжирит все свои деньги. В случае чего окажу ей материальную помощь.

– Кому? – Джо почесал затылок. – Вы о ком говорите? Вы точно в порядке, сэр?

– Оверштаг, мой мальчик, оверштаг!

Лодка круто́ сменила галс, поворачивая против ветра.

Прикрыв ладонью глаза, магистр наблюдал за Капитаном Флинтом. Попугаю надоело забавляться с парусом. Он придумал себе новую забаву. Растопырив черно-алые крылья, носился над самой волной, рассекал когтями воду. Во все стороны летели бирюзовые брызги. Получалось красиво.

■

# Оглавление

## Круизный лайнер «Сокол»
### Весна 2009 г.



## Легкий фрегат «Ласточка»
### Весна 1702 г.

## Круизный лайнер «Сокол»
(продолжение)

Литературно-художественное
издание

**Борис Акунин**

**СОКОЛ и ЛАСТОЧКА**

*Роман*

*Ответственный за выпуск*
Владимир Кузьмин

*Художник*
Игорь Сакуров

*Обложка,
художественное оформление
и верстка*
Максим Руданов

Подписано в печать 09. 04. 2009.
Формат 84×108 1/32. Бумага офсетная.
Гарнитуры: «Оффисина Санс», «Палатино». Печать офсетная.
Усл. печ. л. 32,76 + 0,21 прикл. Тираж 200 000 экз. (1-й завод: 50 000 экз.)
Изд. № 09-9342. Заказ № 1352.

ЗАО «ОЛМА Медиа Групп»
105062, Москва, ул. Макаренко, 3, стр. 1

*www.olmamedia.ru*

Отпечатано в полном соответствии с качеством
предоставленных материалов в ОАО «Дом печати — ВЯТКА»
610033, г. Киров, ул. Московская, 122